Nikola Hahn
Die Detektivin

Nikola Hahn

Die Detektivin

Roman

Marion von Schröder

Der Marion von Schröder Verlag
ist ein Unternehmen der Econ & List Verlagsgesellschaft,
Düsseldorf und München

ISBN 3-547-73761-3

Copyright © 1998 by Marion von Schröder Verlag GmbH, München.
Alle Rechte vorbehalten. Printed in Germany.
Satz: Franzis-Druck GmbH, München
Druck und Bindearbeiten: Bercker, Kevelaer

für Thomas,
der das *Lied vom Tod*
bis kurz vor dem Wahnsinn ertrug

Die moderne Kriminalistik ist ein Kind des mit dem 19. Jahrhundert heraufziehenden Zeitalters der Gesellschafts- und Naturwissenschaften. Dieses Jahrhundert gab dem uralten Kampf der menschlichen Gesellschaft gegen das störende und zerstörende, in jeder Gesellschaftsform lebende, mit jeder neuen Form neu wachsende kriminelle Element ein völlig neuartiges Gesicht.

Im Laufe von hundert Jahren lieferten die Naturwissenschaften den Schöpfern der Kriminalistik die Bausteine für das große Fundament, auf dem sich heute das weltumspannende Ringen mit dem Verbrechertum aller Grade und Formen vollzieht. Für mich bildet die Geschichte dieser hundert Jahre eines der bewegtesten Dramen, das die menschliche Gesellschaft kennt.

(William Hewitt, aus: Jürgen Thorwald,
»Das Jahrhundert der Detektive«, Zürich, 1964)

Junge Mädchen brauchen – außer etwas Geographie, Geschichte und Naturlehre – kein Bücherwissen zu erlernen, sondern müssen vor allem Menschenkenntnis und hauswirtschaftliche Kenntnisse erlangen. Am wichtigsten ist die Bildung des Charakters: Herzensreinheit, Frömmigkeit, Keuschheit, Bescheidenheit, Sanftmut, Ordnungsliebe.

(Frei nach: Campe, »Väterlicher Rat für meine Tochter«, 1789)

1

Oft bedienen sich die Verbrecher der Schiebekarren zum
Transport ihrer Beute, oder sie erscheinen gar mit
Wagen und Pferd auf dem Schauplatz der That.

(W. Stieber: Practisches Lehrbuch
der Criminal-Polizei, 1860)

◈

Frankfurt am Main, den 30. Mai 1882

Liebster Ernst!
Ich wünschte mir, Du könntest sehen, was für einen herrlichen Wäldchestag wir dieses Jahr haben! Die Sonne scheint von einem strahlend blauen Himmel, wie er in Indien bestimmt nicht schöner ist, und der Duft der Rosen in Sophias Garten erinnert mich daran, wie sehr Du mir fehlst ...

»Was tust du da!«
Erschrocken ließ Victoria die Schreibfeder fallen und fuhr herum. In der Tür zu ihrem Zimmer stand ihre Mutter, und ihr ärgerlicher Gesichtsausdruck bildete einen seltsamen Kontrast zu ihrer festlichen Aufmachung. »Beeile dich gefälligst. In einer halben Stunde fährt der Wagen vor!« Wenn Henriette Könitz wütend war, klang ihre Stimme noch greller als gewöhnlich.

Victoria ließ den angefangenen Brief unauffällig in ihrem Schreibtisch verschwinden und stand auf. »Bitte entschuldige, Mama, aber ich habe nicht auf die Uhr gesehen«, sagte sie demütig. Sie wußte, daß ihre Mutter mit Verboten schnell bei der Hand war, und es wäre eine schlimme Strafe, ausgerechnet am *Wäldchestag*, dem höchsten weltlichen Feiertag in Frankfurt, zu Hause bleiben zu müssen.

Victoria liebte es, sich unter die fröhlichen, feiernden Menschen zu mischen, um hier und dort ein paar Neuigkeiten aufzuschnappen, die nicht für ihre Ohren bestimmt waren, oder im

Wald heimlich ihre unbequemen Stiefel auszuziehen und barfuß über das feuchte, weiche Moos zu laufen.

Kopfschüttelnd betrachtete Henriette Könitz die unordentliche Frisur ihrer Tochter und ihr vom langen Sitzen zerdrücktes Kleid. »Eine Dame wirst du nie!« sagte sie tadelnd und verließ das Zimmer.

Victoria schaute in den mannshohen, gefaßten Spiegel, der in der Ecke neben ihrem Bett stand, und lächelte. *Ich habe auch nicht vor, jemals eine zu werden, Mama.*

Kurz darauf kam Victorias Kammerzofe Louise Kübler herein, eine blasse, verhärmt wirkende Frau Anfang Dreißig. Als sie Victoria vor dem Spiegel stehen sah, fragte sie: »Soll ich Ihnen zuerst das Haar machen, gnädiges Fräulein?«

»Wie oft soll ich dir noch sagen, daß du mich duzen sollst, es redet sich dann besser!« entgegnete Victoria beleidigt.

Louise Kübler zupfte verlegen an ihrer weißen Schürze. »Aber die gnädige Frau möchte das nicht.«

»Mama ist nicht hier, oder?« Victoria zwinkerte ihr zu. »Du hast genau dreißig Minuten Zeit, um mich in eine ansehnliche höhere Bürgertochter zu verwandeln, mit der man sich am noblen Oberforsthaus nicht blamiert.«

Die Zofe ging zum Bett, auf dem Victorias Sonntagskleid lag, und strich über den weichen, gelben Seidenstoff. »Ich wünschte, ich dürfte nur einmal so etwas Schönes tragen.«

Victoria machte eine abfällige Handbewegung. »Meinetwegen könntest du das Ding gerne haben. Leider hat Mama etwas dagegen. Und wenn wir jetzt nicht bald mit der Staffage anfangen, muß ich am Ende hierbleiben und den Seelentröster für meine liebe kleine Schwester Maria spielen!« Sie streifte ihr zerknittertes Kleid ab und ließ es achtlos zu Boden fallen. »Sich wegen eines dummen Mannsbildes die Augen auszuweinen und aufs *Wäldche* zu verzichten – das würde mir im Traum nicht einfallen!« Louise reichte Victoria den mit Volants verzierten Plisseerock und half ihr beim Schnüren des hochgeschlossenen, enganliegenden Oberteiles. Danach bürstete sie ihr das Haar. »Stecke ja meinen blöden Zopf gut fest, nicht daß es einen Eklat gibt!« rief Victoria.

»Aber sicher, gnädiges Fräulein.« Zum ersten Mal, seit Louise ins Zimmer gekommen war, lächelte sie.

Victoria zog ihre Handschuhe an, und Louise setzte ihr einen mit künstlichen Blumen verzierten Stadthut auf. Dann suchte sie einen farblich auf die Garderobe abgestimmten Sonnenschirm heraus; ein Accessoire, das Victoria verabscheute, obwohl es für ein vornehmes Fräulein unverzichtbar war. Sie drehte sich vor dem Spiegel und verzog das Gesicht. »Wie ich diese Turnüre hasse! Es sieht aus, als hätte ich einen Gänsehintern.« Wütend streckte sie ihrem Spiegelbild die Zunge heraus.

Es klopfte, und Victorias sechzehnjähriger Bruder David steckte seinen Kopf zur Tür herein. Er grinste, als er ihr mißmutiges Gesicht sah. »Würden Gnädigste geruhen, ihre Toilette demnächst zu beenden, der Wagen wartet!« Als Victoria Anstalten machte, nach dem Tintenfaß zu greifen, zog er sich schleunigst zurück. Diesem verrückten Frauenzimmer war alles zuzutrauen, und ein zersplitterndes Glas voll Tinte wäre nicht der erste Gegenstand, den seine Schwester ihm hinterhergeworfen hätte.

David und Victoria waren wie Hund und Katze, und der dickliche, bauernschlaue Junge genoß es, sie bei jeder Gelegenheit spüren zu lassen, daß Frauen nur Menschen zweiter Klasse waren.

Vor dem Anwesen der Familie Könitz stand ein vornehmer Vierspänner, und Henriette Könitz hatte gerade Louise und David standesgemäß plaziert, als Victoria herbeieilte, so schnell es ihr enger Rock zuließ.

»Das nächste Mal bitte ich mir Pünktlichkeit aus!« mahnte ihr Vater Rudolf Könitz, der ungeduldig vor dem Wagen wartete.

»Ja, Papa«, sagte Victoria folgsam und warf ihrem Bruder einen bösen Blick zu, der aus der Kutsche heraus Grimassen schnitt. Als die Geschwister wenig später nebeneinander im Blickfeld ihres Vaters saßen, benahmen sie sich tadellos, denn beide wußten, daß ein falsches Wort genügen konnte, um sie von dem ersehnten Ausflug ins *Wäldche* auszuschließen.

Die Fahrt führte vom Untermainquai über die vor einigen Jahren errichtete neue Brücke nach Sachsenhausen. Wohin man auch sah, überall waren Menschen unterwegs, zu Fuß, zu Pferd, in Droschken, vornehmen Equipagen und unzähligen Nachen, in denen Färcher das Fußvolk gegen Entgelt zum jenseitigen Ufer brachten. Arm und reich, jung und alt strömten dem Frankfurter Stadtwald zu, um den dritten Pfingsttag zu feiern.

Der Kutscher lenkte den Wagen durch verwinkelte Gäßchen und dann über eine staubige Landstraße an prunkvollen Landhäusern, Obst- und Gemüsegärten vorbei. Hier und da winkten ihm vergnügte Menschen hinterher. Eine dicke Sachsenhäuserin, die eine Gitarre quer auf dem Rücken trug, schimpfte mit ihrem kleinen Sohn, der herumtrödelte. Ein alter Mann schleppte einen Leierkasten mit sich und sang, und über dem Dach aus zahllosen Hüten und Sonnenschirmen schwebte eine Traube aus bunten Luftballons. Wie gerne hätte sich Victoria einem der vielen Grüppchen angeschlossen, die so voller Lebensfreude ins *Wäldche* pilgerten! Statt dessen saß sie, die Hände brav im Schoß gefaltet, schweigend in der Kutsche, denn das Gesicht ihrer Mutter verriet ihr nur allzu deutlich, daß sie immer noch verärgert war. Erst als sie vor dem Oberforsthaus aus dem Wagen stieg, lockerte sich Henriettes Miene etwas auf. Sie zupfte ihr Kleid in Form, spannte ihren Sonnenschirm auf und sah sich neugierig um.

Auch hier wimmelte es von Menschen, die in der Mehrzahl zum gehobenen Bürgertum gehörten. Während sich das einfache Volk an zahlreichen Tischen im Wald vergnügte, bevorzugten die wohlhabenden Bürger das feudale Ambiente des Oberforsthauses, um die neue Garderobe auszuführen.

Rudolf Könitz begrüßte seinen älteren Bruder Dr. Konrad Könitz und dessen Frau Sophia, die auch gerade angekommen waren. »Ich habe zwei Tische besetzen lassen«, sagte er. »Selbstverständlich an exponierter Stelle.« Weil die Plätze am Forsthaus nicht für alle Besucher ausreichten, hatten es sich viele vornehme Familien zur Gewohnheit gemacht, an Feiertagen wie dem Wäldchestag die schönsten Sitzgelegenheiten in den schattigen Lauben und Gängen schon vor Tagesanbruch von Angestellten in Beschlag nehmen zu lassen.

»Na dann! Worauf warten wir noch?« fragte Konrad Könitz. »Ich bekomme langsam Durst.«

Rudolf lachte. »Ich auch.«

Victoria beneidete die Männer, die sich jetzt zurückziehen konnten, um mit ihresgleichen politische Diskussionen zu führen, während von ihr erwartet wurde, mit ihrer Mutter zu parlieren oder wohlanständig dem tanzenden Volk zuzuschauen. Da sie weder zu dem einen noch zu dem anderen besondere Lust hatte, schlug sie vor, einen Spaziergang zu machen.

»Ich denke nicht daran, über schmutzigen Waldboden zu laufen und mein Kleid zu ruinieren!« rief ihre Mutter empört.

Sophia Könitz sah sie lächelnd an. »Wenn du erlaubst, werde ich Victoria begleiten.«

»Tu, was du magst, Schwägerin«, erwiderte Henriette verächtlich und drehte sich zu Louise Kübler um, die unschlüssig neben der Kutsche stand. »Sie kommen mit mir!«

Victoria sah die stumme Bitte in Louises Augen und fragte ihre Mutter, ob sie ihre Zofe nicht mitnehmen dürfe. »Sie könnte das Körbchen mit den Getränken tragen, Mama.« Henriette musterte ihre Tochter mit einem kühlen Blick. »Wenn du es für erforderlich hältst.« Ohne ein weiteres Wort ging sie davon.

Victoria und Sophia folgten einem schmalen Spazierweg, der durch eine Hecke von der Fahrstraße abgetrennt war und von hohen, alten Buchen gesäumt wurde. Mit einem Seitenblick auf das blasse Gesicht ihrer Tante bemerkte Victoria: »Du siehst müde aus, geht es dir nicht gut?«

Sophia zuckte mit den Achseln. »Ich habe heute nacht schlecht geschlafen.«

Victoria schaute über die Schulter nach Louise, die sich etwas abseits hielt, wie es sich für Dienstboten geziemte, und fragte: »Wo hast du denn Emilie gelassen, Tante Sophia?«

»Ich habe ihr freigegeben, aber sie wollte unbedingt noch ein bißchen im Glashaus arbeiten.« Sophia lächelte. »Sie ist ein fleißiges Mädchen, und was noch wichtiger ist: Sie hat ein Gefühl für Pflanzen. Ich bin dir dankbar, daß du sie mir empfohlen hast.« Trotz ihres Lächelns wirkte Sophia traurig.

»Dir fehlt tatsächlich nichts, Tante?« erkundigte sich Victoria nochmals.

Sophia seufzte. »Wenn ich ehrlich bin, fühle ich mich schon seit einer Woche nicht richtig wohl. Es ist so eine Unruhe in mir.«

»Wie meinst du das?«

»Ich weiß es ja selbst nicht! Vielleicht ist es der fehlende Schlaf, der mir dieses Gefühl vorgaukelt ...«

»Welches Gefühl denn?«

»Wenn ich es nur erklären könnte! Ich glaube ...«, Sophia stockte und sah ihre Nichte müde an, »es könnte sein, daß irgend etwas uns bedroht.«

Victoria blieb stehen. »Was sollte uns an einem so schönen Tag bedrohen, Tantchen? Die Sonne scheint, und wir feiern Wäldchestag!«

»Vielleicht sind meine Nerven überreizt.«
»Das wird es sein. Und deshalb werden wir jetzt einen gemütlichen Spaziergang durch den Wald machen, weit weg von dem Geschwätz der feinen Leute. Das ist nämlich wirklich manchmal bedrohlich – bedrohlich dumm!«
»Deine spitze Zunge wird dich noch mal ins Unglück stürzen! Mit dreiundzwanzig solltest du...«
»... einen Ehemann und mindestens zwei Kinder haben.«
Sophia lächelte nachsichtig. »Das Leben einer Frau ist nun einmal gesellschaftlich vorbestimmt, und es tut nicht gut, dagegen aufzubegehren, Kind.«
»Bitte laß uns nicht wieder davon anfangen!«
»Aber ich habe deiner Mutter versprochen...«
»... mich von den Vorzügen einer Ehefrau und Mutter zu überzeugen, ja, ja. Und ich habe dir versprochen, mich zu bemühen. Wie sehr ich mich bemühe!«
»Und herrschet weise / Im häuslichen Kreise... und reget ohn' Ende / Die fleißigen Hände...«
Victoria verdrehte die Augen. Eigentlich fand sie Schillers Werke insgesamt nicht übel, und seine Gedanken über das Verbrechen im allgemeinen und dessen Beschreibung in der Literatur im besonderen waren sehr interessant, aber für das bei jeder Gelegenheit hervorgekehrte »Lied von der Glocke« hätte sie ihm am liebsten post mortem noch den Hals herumgedreht! Aber das behielt sie besser für sich.
»Gnädiges Fräulein, dürfte ich...« Louise hatte sich unbemerkt genähert und schaute Victoria erwartungsvoll an.
»Bitte entschuldige mich einen Moment, Tante Sophia.« Victoria ging mit ihrer Zofe einige Schritte beiseite. »Ich denke, ich kann den Korb auch selbst tragen. Ich gebe dir drei Stunden frei; wir treffen uns dann vor dem Forsthaus.« Indem sie ihre Stimme zu einem Flüstern senkte, fügte sie hinzu: »Sie ist nicht hier!«
In Louises hagerem Gesicht machte sich Enttäuschung breit, und Victoria zischte: »Reiß dich zusammen! Du wirst sie noch früh genug sehen können.«
»Ich habe so sehr gehofft, daß...«
»Deine Stellung hängt davon ab, daß du dich unauffällig benimmst!«
»Und die Ihre ebenso, gnädiges Fräulein«, sagte Louise leise, und diesmal war die förmliche Anrede mit Absicht gewählt.

»Ich wollte dir helfen!« versetzte Victoria gekränkt.

»Wir wissen doch beide, daß Sie zuvörderst sich selbst helfen wollen, gnädiges Fräulein.«

»Laß bitte diesen geschraubten Ton! Ich kann nichts dafür, daß deine geliebte Emilie es vorzieht, in der Erde zu graben, statt dich ...«

»Ich habe sie seit Wochen nicht gesehen.« Louise übergab den Korb und wandte sich ab. Victoria kehrte zu Sophia zurück.

»Was hat Louise denn? Sie wirkt bekümmert«, sagte Sophia, als sie zusammen weitergingen.

»Ich glaube, sie braucht mal ein bißchen Abwechslung in ihrer Arbeit. Kammerzofe bei Victoria Könitz zu sein ist sehr anstrengend«, entgegnete Victoria.

»Du bist unmöglich, Kind«, wies Sophia sie lächelnd zurecht.

Victoria deutete auf eine moosbewachsene Steinbank, die neben dem Weg unter zwei knorrigen Eichen stand. »Wollen wir uns ein wenig ausruhen?« Sophia nickte, und Victoria stellte den Korb mit den Getränken vor die Bank ins Gras. Sie setzten sich.

»Louise hat bestimmt auch ein geschicktes Händchen mit Pflanzen. Vielleicht bringe ich sie mit, wenn ich dich das nächste Mal besuche, Tantchen. Was meinst du?«

»Meinetwegen. Wenn deine Mutter nichts dagegen hat.«

»Was sollte sie dagegen haben? Eine Zofe selbst bei kurzen Verwandtenbesuchen unentbehrlich zu finden ist dem Ansehen einer Tochter aus gutem Hause durchaus förderlich!«

Sophia hielt sich dezent ihre Hand vor den Mund und lachte. Victoria freute sich, daß die Schatten von ihrem Gesicht verschwunden waren, aber noch mehr freute sie sich, daß sie es wieder einmal geschafft hatte, unbemerkt ihr Ziel zu erreichen. Zufrieden schaute sie in das hellgrüne Blätterdach der Eichen hinauf, in dem irgendwo eine Amsel zwitscherte. »Ist es nicht herrlich, daß in Frankfurt selbst die Vögel *Wäldchestag* feiern?« fragte sie und zwinkerte ihrer Tante spitzbübisch zu.

»Sollst sehe, Edgar, des is die best Idee, die mer je gehabt ham!« Oskar Straube wuchtete ein Fäßchen Sachsenhäuser Apfelwein auf eine betagte hölzerne Schiebekarre und setzte sich damit in Bewegung.

»Des werd awwer net selbst gesoffe!« rief Oskars Frau ihnen hinterher, und Edgar schrie zurück: »Do kannste gewiß sei, Lotti: Heut' tun mer uff'm Wäldchestag net saufe, sondern verkaufe, gell, Oskar?«

»Wer's glaabt«, murmelte die Frau. Sie kannte den ungezügelten Durst ihres Gatten nur zu gut, und sein Freund stand ihm in nichts nach.

Der Tag war heiß, und die Sonne brannte den beiden Mainfischern ordentlich auf den Kopf. Am Affentor hielten sie an. »Ei! Ich hab' noch'e besser Idee!« sagte Oskar. Er strich sich den Schweiß von der Stirn, kramte in seiner Hosentasche herum und förderte einen alten Groschen zutage, den er seinem Freund hinhielt: »Damit des Geschäft net ruiniert werd, bezahle mer die Schoppe!« Edgar kratzte sich am Kinn, dann grinste er.

Als die beiden endlich im Stadtwald ankamen, war das Geldstück unzählige Male von einer schmutzigen Hosentasche in die andere gewandert und das Apfelweinfäßchen bis auf den letzten Tropfen leer. Vergnügt winkten sie den vorbeifahrenden Wagen hinterher und intonierten dabei in ohrenbetäubender Stimmlage ein Frankfurter Wäldchestaggedicht von 1802: »Den ersten Pfingsttag begehet man hehr, am zweiten, da sucht man zu glä-hänzen. Am dritten, da macht man die Gläser brav leer, am Mittwoch, da eilt man zu Tä-hänzen...«

Schließlich stellten sie die Handkarre am Wegrand ab und ließen sich mitten in der bunten Gesellschaft aus trink- und eßfreudigen Frankfurtern nieder, die durcheinandergewürfelt im schattigen Wald saßen und abwechselnd redeten, stritten, lachten und die gefüllten Körbe und Flaschen leerten. Es duftete nach Schinken und Würstchen, nach Braten und Geflügel, Kuchen und Pastetchen, und in Römern und Bechern schimmerte grüner Rießler aus den Weingärten Sachsenhausens und der Sekt des dritten Standes, der allseits beliebte Apfelwein.

Es dauerte nicht lange, bis auch Oskar und Edgar wieder gefüllte Gläser in den Händen hielten, und lachend prosteten sie ihren freundlichen Spendern zu. Es war schon spät, als sie sich auf den Rückweg machten, und kurz vor dem Affentor verloren sie sich aus den Augen. Nur wenig später sah Oskar das Mädchen.

»Du hast recht gehabt, Victoria, die Waldluft hat mir gutgetan«, sagte Sophia, als sie auf den Pfad einbogen, der zurück zum Forsthaus führte. »Ich habe mir einfach zu viele Gedanken gemacht, und es war richtig, daß du mich daran erinnert hast, wie undankbar ich bin, an so einem schönen Tag betrübt zu sein.«

»Das hat nichts mit Undankbarkeit zu tun, Tante Sophia. Du brauchst bloß ab und zu ein bißchen Aufmunterung. Und dafür werde ich sorgen«, entgegnete Victoria vergnügt.

Sophia lächelte. »Ach, ich kann mich ja selbst nicht mehr verstehen! Es war diese dumme Angst...«

Victoria blieb stehen und sah ihre Tante erschrocken an. »Es ist doch nicht etwa wieder die Krankheit?« Vor zehn Jahren waren bei Sophia einzelne Symptome aufgetreten, die befürchten ließen, daß sie vom Wahn befallen sein könnte. Aber nach einigen Wochen war sie von selbst genesen, und nicht einmal ihr Mann, der zu den angesehensten Ärzten von Frankfurt gehörte, hatte die Ursache für ihr Leiden herausfinden können.

»Mach dir bitte keine Sorgen, Kind! Mir fehlt nichts.« Sophia lächelte immer noch, aber in ihren Augen lag ein Ausdruck, der ihre Worte Lügen strafte. »Wenn man nachts, statt zu schlafen, im Garten umherschleicht, nimmt es nicht wunder, wenn die überreizten Sinne verrückt spielen und man Stimmen hört, wo nur der Wind in den Blättern rauscht.«

»Sagt Dr. Konrad Könitz, um seine angeblich nervöse Gattin ruhigzustellen«, bemerkte Victoria süffisant.

»Wenn er recht hat...«

»Was sind das für Stimmen?«

»Ich sagte doch: Der Wind narrte mich.«

»Wo hast du sie gehört? Wann? Wie oft?«

»Du liebe Güte, wie konnte es mir einfallen, ausgerechnet dir davon zu erzählen!« Sophia schlug sich in gespieltem Entsetzen vor die Stirn. »Wenn Konrad jemals erfährt, daß ich dir den Schlüssel zur Bibliothek überlassen habe, wird er mich vierteilen!«

»Er wird Papa raten, mich unverzüglich in ein Kloster einzusperren, und dir zur Ablenkung ein halbes Dutzend Palmen schenken. Also, was waren das für Stimmen, die du gehört hast?«

Sophia schüttelte sich. »Es war so unheimlich. Ein Flüstern und Wispern, und es kam aus dem Glashaus. Das heißt, ich glaube, daß es aus dem Glashaus kam. Wahrscheinlich war es tatsächlich nur der Wind.«

»Wie oft hast du es gehört?«

»In der vergangenen Woche zweimal, jedesmal kurz nach Mitternacht.«

»Und das Geflüster ist die Ursache für deine Angst?«

»Nein«, sagte Sophia. »Ich war unruhig und konnte nicht schlafen. Als ich in den Garten hinausging, habe ich dann diese Stimmen gehört.«

»Hast du versucht herauszufinden, aus welchem Teil des Glashauses sie kamen? Aus der Orangerie – oder vielleicht aus dem Erdhaus?«

»Wo denkst du hin! Ich bin natürlich sofort ins Haus zurückgelaufen und habe Konrad geweckt. Er hat im Garten nachgesehen und gemeint, ich müsse mich getäuscht haben. Zwei Tage später habe ich es wieder gehört, ihm aber nichts davon gesagt. Jetzt traue ich mich nicht mehr nach draußen, sobald es dunkel wird.«

»Hat Onkel Konrad auch im Glashaus nachgesehen?«

»Ja.«

»Bist du sicher?«

»Ja! Er hat mir versichert, daß dort nichts ist.«

»Was hältst du davon, wenn wir uns heute nacht zusammen auf die Lauer legen?«

»Was hast du bloß für sonderbare Ideen, Kind.« Sophia schüttelte mißbilligend den Kopf. »Deine Mutter würde es nie erlauben!«

»Irgendwas wird mir schon einfallen, das ich ihr erzähle.«

Sophia sah ihre Nichte streng an. »Du wirst sie doch nicht etwa anlügen wollen!«

»Selbstverständlich nicht, Tante!« sagte Victoria. »Ich glaube, es ist ohnehin besser, wenn ich dich erst morgen früh besuche. Bei Tag sieht man nun mal mehr als in der Nacht. Ich bringe Louise mit. Sie kann mit Emilie im Glashaus arbeiten, während wir uns im Garten umschauen. Wenn sich da wirklich jemand herumgetrieben hat, muß er irgendwelche Spuren hinterlassen haben.« Sie lachte. »Es sei denn, es war eins von Großmamas Kellergespenstern.«

Inzwischen waren sie am Oberforsthaus angekommen. Victoria hielt nach Louise Ausschau; sie war jedoch nirgends zu sehen. In den Bäumen vor dem Forsthaus hingen mehrere Schaukeln, und die beiden Frauen sahen ein Weilchen den Kindern zu, die sich mit lautem Gejohle bis fast in die Kronen hinaufschwangen.

»Ich möchte nur wissen, wo sie so lange bleibt!« sagte Victoria ärgerlich, als Louise nach einer Viertelstunde immer noch nicht da war.

»Wo wollte sie denn überhaupt hin?« fragte Sophia. Victoria zuckte mit den Schultern. »Keine Ahnung. Ein bißchen feiern vielleicht.«

»Und was sagt deine Mutter dazu, daß du eurem Personal eigenmächtig Freistunden gibst?«

»Sie ist immerhin meine Zofe, und wenn ich...« Victoria brach ab, als Louise, völlig außer Atem und eine Entschuldigung stammelnd, angerannt kam.

Victoria drückte ihr wortlos den leeren Korb in die Hand, und dann machten sie sich auf die Suche nach ihrer Familie. Sophia entdeckte sie zuerst und steuerte auf einen der gut besetzten Tische zu, an dem Henriette Könitz mit zwei anderen Frauen saß und sich angeregt unterhielt. Als sie ihre Tochter und ihre Schwägerin herankommen sah, verdüsterte sich ihre Miene.

»Sophia, Victoria! Wo wart ihr so lange?« Verächtlich musterte sie Sophias Kleid. »Du solltest lieber kein Blau tragen, das macht blaß und ausdruckslos.«

»Danke für die Anregung, Henriette«, entgegnete Sophia freundlich. »Wie du weißt, tue ich mich in Fragen der Mode etwas schwer. Meinst du, ein dunkles Grün würde mich besser kleiden?«

»Wir könnten in der nächsten Woche zusammen Stoffe anschauen«, schlug Henriette in versöhnlichem Ton vor. Als ihre Tochter und ihre Schwägerin Platz genommen hatten, begann sie, Sophia in aller Ausführlichkeit mit den tieferen Geheimnissen der Damenmode vertraut zu machen.

Victoria fand das Gerede über Kleider, Hüte und Toiletteregeln schrecklich langweilig. Außerdem war sie wütend, weil sich Sophia wieder einmal ohne jede Gegenwehr von ihrer Mutter hatte bloßstellen lassen. Dabei sah sie in ihrem schlichten blauen Kleid wesentlich hübscher aus als Henriette, die, wie jedesmal, wenn sie ausging, Stunden damit verbracht hatte, sich herauszuputzen. Sie hatte zwar durchaus Sinn für modische Eleganz, aber sie war keine Schönheit, und daran konnte auch der teuerste Schneider nichts ändern. Sehnsüchtig schaute Victoria zu dem Tisch hinüber, an dem ihr Vater und ihr Onkel saßen.

Rudolf Könitz gab gerade die neuesten Auswüchse der Frankfurter Politik zum besten. »Rate mal, was unser Sparbrötchen von Oberbürgermeister sich für dieses Jahr hat einfallen lassen.«

»Na was?« fragte Konrad.

»Seine Politik des Atemschöpfens von Protz und Verschwendung hat ein neues Kind geboren: Ab Mitternacht werden die Gaslaternen heruntergedreht!«

»Und damit fängt er ausgerechnet am Wäldchestag an?«

»Eigentlich sollte die Anordnung ab dem Sommeranfang gelten, aber wenn man den Sommer auf Pfingsten vorverlegt, kann man um so mehr sparen.« Rudolf Könitz lachte zynisch. »Das zwielichtige Gesindel in der Stadt wird ihm zu höchstem Dank verpflichtet sein.«

Victoria gelang es nicht, aus den Gesten und der Mimik der Männer auf ihr Gesprächsthema zu schließen, und so hing sie bald ihren eigenen Gedanken nach. Was mochte wohl die Ursache für die seltsamen Geräusche gewesen sein, die Sophia gehört hatte? Im Gegensatz zu ihrem Onkel glaubte sie nicht an eine Sinnestäuschung. Offenbar gab es irgendein Geheimnis im Glashaus, und sie war fest entschlossen, den Schleier dieses Geheimnisses zu lüften.

Es dämmerte schon, als sich die vornehme Gesellschaft am Oberforsthaus auf den Heimweg machte. Ein Konvoi aus Droschken, luftigen Phaetons und eleganten Equipagen, in denen gediegene Damen und ebensolche Herren saßen, bewegte sich langsam in Richtung Stadt, und alle waren sie sich einig, daß der Wäldchestag in diesem Jahr besonders schön gewesen war. Auch Dr. Könitz hatte ein zufriedenes Lächeln im Gesicht, als er seine Frau auf dem Rückweg fragte: »Geht es dir besser, meine Liebe?«

Sophia nickte. »Der Spaziergang mit Victoria hat mir gutgetan. Morgen kommt sie uns übrigens besuchen.«

»Uns?« fragte Konrad amüsiert. »Ich glaube kaum, daß meine Nichte besonderen Wert auf meine Gesellschaft legt.«

Sophia lachte. »Auf meine schon. Und ich hätte nichts dagegen, wenn sie jeden Tag käme.«

Die Kutsche rumpelte über die Alte Brücke zurück nach Frankfurt und folgte eine Weile dem Mainufer, ehe sie in die Neue Mainzer Straße einbog. Als sie sich ihrem Stadtpalais näherten, bemerkte Sophia einen Mann, der nervös vor dem Eingang auf und ab lief. Die Pferde waren kaum zum Stehen gekommen, als er auch schon den Schlag aufriß. »Entschuldigen Sie bitte vielmals, Dr. Könitz«, rief er nervös, »aber Sie müssen sofort mit mir zu Elisabeth fahren, ich glaube, es ist soweit!«

»Aber das Kind sollte doch erst in zehn Tagen kommen!« Konrad stieg eilig aus. »Helfen Sie meiner Frau«, forderte er den Kutscher auf und rannte ins Haus. Kurz darauf kam er mit seiner Arzttasche zurück.

»Es ist eine Katastrophe: ausgerechnet am Wäldchestag, wenn alle unterwegs sind«, jammerte der Mann. »Ich war schon vor einer Stunde hier, und als niemand öffnete, habe ich es woanders versucht. Aber heute ist einfach nirgends ein Arzt aufzutreiben!«

»Hat Ihnen Emilie nicht gesagt, wann wir zurückkommen?« fragte Sophia erstaunt, und der Mann sah sie ebenso erstaunt an.

»Emilie?«

»Eines unserer Hausmädchen. Sie blieb hier.«

»Nein, da war niemand. Ich habe mehrfach geschellt«, behauptete der Mann und stieg hinter Konrad in den Wagen.

Emilie war nicht im Haus, und sie war auch nicht im Garten. Sie war verschwunden. Wie vom Erdboden verschluckt.

2

Eine planmäßig überlegte Tödtung einer Person lediglich in der Absicht, dieselbe zu bestehlen, gehört in neuester Zeit zu den unerhörten Ausnahmen.

※

Mit einem Stöhnen faßte sich Oskar an den Kopf und betastete vorsichtig die dicke Beule an seiner Stirn. Mühsam stand er auf und schaute sich verwirrt um: Warum lag er mitten in der Nacht unter der Alten Brücke und noch dazu auf der falschen Seite des Mains? Wo war Edgar, wo seine Schiebekarre mit dem Apfelwein? Plötzlich fiel ihm das Mädchen ein. Er war ihr gefolgt und hatte gehört, wie etwas ins Wasser klatschte; irgendwann war er auf dem Boden herumgekrochen, und dann war da das Amulett und die schwarze Silhouette des *Brickegickel*, die in einem dichten Nebel versank, durch den keine Erinnerung drang. Oskar griff in seine rechte Hosentasche und umfaßte das runde, glatte Schmuckstück. Es fühlte sich kühl an. Nein, er hatte nicht geträumt! Aber wie, um Himmels willen, war er unter die Brücke geraten? In seinem Kopf dröhnte und hämmerte es unerbittlich. Er schlurfte zum Mainquai hinauf und überquerte die Brücke zum anderen Flußufer. Er hatte Mühe, den Weg zu finden, denn die ganze Stadt lag im Dunkeln. Alle Straßenlaternen waren aus, und der Mond hatte sich hinter eine Wolke verzogen.

Dribb de Bach, wenige Meter hinter der Brücke auf Sachsenhäuser Boden, wäre er beinahe über seine Schiebekarre gefallen, die am Straßenrand stand, als habe sie nur auf ihren Besitzer gewartet. Oskar starrte das hölzerne Gefährt an und versuchte noch einmal, sich zu erinnern, aber ihm war so schlecht und schwindlig, daß er keinen klaren Gedanken fassen konnte. Den Wagen schwerfällig vor sich herschiebend, bog er von der Brückenstraße nach Westen ins Fischer- und Schifferviertel ab und verschwand in einem engen Gäßchen, das von aneinandergebauten, windschiefen Häusern gesäumt wurde.

Laut holperten die Speichenräder in der nächtlichen Stille über das grobe Pflaster, und als Oskar auf dem kleinen Platz vor seinem Haus ankam, ließ er die Karre einfach stehen und wankte zu dem hohen, steinernen Brunnen in der Platzmitte. Stöhnend drückte er die verrostete Schwengelpumpe, hielt seinen Kopf darunter und ließ sich den kalten Wasserstrahl übers Gesicht laufen. Sofort fühlte er sich besser.

Durch eine schmale Einfahrt gelangte er in einen verwinkelten Innenhof, schlich leise die ausgetretenen Steinstufen zum Hintereingang seines Hauses hinauf und öffnete vorsichtig die knarrende Holztür, die ins Innere führte.

Am nächsten Tag, kurz vor der Mittagsstunde, erschien Victoria zusammen mit ihrer Zofe im Haus ihres Onkels. Sophia selbst öffnete ihr die Tür. Ihr Gesicht sah noch müder aus als am Vortag. Als sie durch die Eingangshalle gingen, sagte sie leise: »Emilie ist verschwunden.«

Victoria warf der schreckensbleichen Louise einen strengen Blick zu und folgte ihrer Tante in den holzgetäfelten Salon. »Was heißt verschwunden? Hat sie etwa irgendwo eine bessere Anstellung gefunden?« fragte sie und ließ sich auf dem Lieblingsmöbel ihrer Tante nieder, einem Sofa aus Bugholz mit Kugelfüßen und voluminösen, zylindrischen Armlehnen.

Sophia zuckte mit den Schultern und forderte Louise auf, in einem der Plüschsessel neben dem Sofa Platz zu nehmen. Louise tat, wie ihr befohlen, ängstlich darauf bedacht, nicht an eines der beiden Beistelltischchen zu stoßen, auf denen Bouquets aus getrockneten Blumen und eine marmorne Büste standen. Sophia schellte nach ihrer Zofe Elsa und wies sie an, einen Kaffee zu kochen. Dann erzählte sie, was am vergangenen Abend geschehen war.

»Und dieser Binding wagt es, zu behaupten...«, rief Victoria, kaum daß ihre Tante geendet hatte.

»Biddling«, warf Sophia ein. »Der Kommissar heißt Biddling.«

»Meinetwegen. Dieser Herr Kriminalkommissar behauptet also allen Ernstes, daß Emilie ohne jeden Grund einfach weggelaufen ist?«

Sophia sah ihre Nichte lächelnd an. »Warum ereiferst du dich so, Kind? Es kann doch sein, daß sie gegangen ist.«

Victoria stellte die zierliche Kaffeetasse auf den Unterteller, daß es schepperte. »Und wohin, bitte? Ohne ihre Sachen mitzunehmen? Ohne ein Wort zu verlieren?«

»Sie würde niemals...«, begann Louise, die nur mit Mühe die Tränen zurückhalten konnte.

»Woher willst du das wissen, du kanntest sie nicht!« fuhr Victoria sie an. Louise senkte schuldbewußt ihren Kopf. »Wann war die Polizei da?« wandte Victoria sich wieder an ihre Tante.

»Heute früh«, sagte Sophia. »Wir haben die Nacht noch abgewartet, weil wir hofften, daß sie auf dem Wäldchestag war.«

Victoria runzelte die Stirn. »Gestern sagtest du doch, daß sie nicht mal freihaben wollte!«

»Vielleicht hatte sie Angst, weil sie meinen Orangenbaum umgeworfen hat.«

»Behauptet das etwa auch der Kommissar?«

»Er meinte, das könne eine mögliche Erklärung für ihr Verschwinden sein, und es sei nicht unwahrscheinlich, daß sie von selbst zurückkomme.«

»Man ergreift nicht wegen eines umgefallenen Pflanztopfes kopflos die Flucht!«

»Emilie wußte, wie wertvoll der Orangenbaum ist. Es sind mehrere Äste abgebrochen.«

»Ich würde gern ins Glashaus gehen und es mir ansehen.«

»Aber der Herr Kommissar war doch schon...«

»Der Herr Kommissar scheint mir die Sache nicht ernst zu nehmen«, unterbrach Victoria ihre Tante mit hochmütiger Stimme. »Am besten...«

»...würdest du dich aus Dingen heraushalten, die Frauen nichts angehen«, tadelte Konrad Könitz, der unbemerkt hereingekommen war und die letzten Worte seiner Nichte mit angehört hatte.

Victoria stand auf und warf trotzig den Kopf in den Nacken. »Warum sollte es mich nichts angehen, wenn plötzlich jemand ohne Grund verschwindet?«

»Weil es nicht deine Angelegenheit ist und weil ich es nicht dulde, daß du Sophia unnötig angst machst!« Konrad warf seiner Frau einen besorgten Blick zu. »Nach der ganzen Aufregung brauchst du jetzt dringend etwas Ruhe, und ich denke...«

»Ein wenig Gesellschaft wird mir bestimmt guttun, Konrad«, sagte Sophia leise.
Victoria wußte, daß Konrad seiner Frau kaum einen Wunsch abschlagen konnte und lächelte ihrer Tante dankbar zu. Sie trug Louise auf, zu Hause Bescheid zu geben, daß sie erst gegen Abend zurückkomme, wartete, bis ihre Zofe das Zimmer verlassen hatte, und trat an die von Brokatvorhängen eingerahmte Terrassentür.
»Wollen wir ein wenig in den Garten gehen, Tante Sophia?«
Sophia stand auf. »Gern, Kind.«
Dr. Könitz sah ihnen mit gemischten Gefühlen nach. Er war davon überzeugt, daß es für Emilies Verschwinden eine harmlose Erklärung gab, und es gefiel ihm gar nicht, daß seine Nichte die ohnehin kränkelnde Sophia mit irgendwelchen hanebüchenen Mutmaßungen verschreckte. Er sah, daß die beiden Frauen den verschlungenen Pfad zum Glashaus einschlugen, und wandte sich vom Fenster ab. Sein Blick fiel auf das goldgerahmte Ölgemälde, das über dem Sofa hing und ihn und Sophia an ihrem Hochzeitstag zeigte. Wie schmal und zerbrechlich sie wirkte!
»Es wird Zeit, daß Victoria verheiratet wird, damit sie endlich die Pflichten einer Frau begreift«, hatte Rudolf Könitz gestern gesagt, und obwohl Konrad selten mit seinem Bruder einer Meinung war, stimmte er ihm ausnahmsweise zu.

Sophia und Victoria hatten inzwischen die Orangerie erreicht, einen steinernen Koloß, der von einem gläsernen Kuppelbau gekrönt wurde; daran angeschlossen war ein Gewächshaus und ein unscheinbarer, in die Erde eingelassener Raum, der nach oben mit einem schlichten Glasdach abschloß und als Überwinterungsraum für frostempfindliche Pflanzen diente.
Der Orangenbaum stand im Mittelteil der Orangerie. Er war in einen neuen, etwas zu engen Kübel gesetzt worden, so daß ein Teil des Wurzelwerkes überhing. Die kleinen, weißen Blüten, die das Bäumchen neben unreifen und einigen orange leuchtenden Früchten zierten, verströmten einen erfrischend süßen Duft. Als Victoria näher heranging, um die abgeknickten Zweige zu betrachten, sagte sie naserümpfend: »Ich weiß nicht, warum, aber ich kann diesen Geruch nicht ausstehen!«
Sophia setzte sich auf die schmiedeeiserne Bank, die Konrad neben ihrem Lieblingsbaum hatte aufstellen lassen, und ihr trauriger Blick schweifte über den Urwald aus Bananenstauden, klei-

nen und großen Palmen, Baumfarnen und unzähligen anderen exotischen Gewächsen, von denen die ältesten mehr als dreißig Jahre alt waren. An einigen Stellen reichte das üppige Grün bis zur Glaskuppel hinauf.

»Befand sich der Baum vorher an der gleichen Stelle wie jetzt?« fragte Victoria.

»Ja.« Sophia stand auf. Andächtig strich sie über ihre ramponierte Lieblingspflanze. »Ich konnte es nicht fassen, als ich gestern abend nach Hause kam und das Malheur bemerkte.«

»Nur mal so eben umgefallen ist der Baum jedenfalls nicht!« stellte Victoria fest. Als sie Sophias verständnisloses Gesicht sah, fügte sie hinzu: »Die Äste sind rundherum abgebrochen.«

»Heißt das etwa, sie hat es mit Absicht getan?« fragte Sophia empört.

Victoria lachte. »So zerzaust, wie dein Orangenbaum aussieht, müßte die gute Emilie ihn mindestens dreimal hintereinander umgeworfen haben, Tantchen!« Sie wurde ernst. »Diese Stimmen, die du gehört hast – meinst du, die kamen von hier?« Sophia wurde blaß. »Ich hoffe, es war tatsächlich nur der Wind.«

»Wenn es nicht der Wind war, werde ich es herausfinden.« Victoria verschwand hinter einem ostindischen Riesenbambus.

»Was hast du vor?« rief ihr Sophia ängstlich nach.

»Ich gehe ins Erdhaus!« Leichtfüßig sprang Victoria die Stufen hinab, die zum Eingang des Überwinterungsraumes führten. Als sie die Tür öffnete, schlug ihr ein Schwall feuchter Luft entgegen. Der quadratische Raum war vollgestellt mit Kübelpflanzen aller Formen und Größen. Über blühenden Fuchsien breiteten sich die steifen, dunkelgrünen Wedel einer alten Phoenixpalme aus. Von dem Glasdach tropfte Kondenswasser herab, und der Boden glänzte vor Feuchtigkeit. Victoria drehte sich zu ihrer Tante um, die ihr gefolgt war. »Wann warst du zum letzten Mal hier?«

»Vor einigen Tagen, ich glaube, am Samstag. Warum?«

»Schau auf den Boden!«

Jetzt sah es auch Sophia: Auf den feuchten Platten zeichneten sich deutlich Schmutzspuren ab.

»Das sind Abdrücke von großen, staubigen Schuhen. War außer dir und Emilie während der vergangenen Tage noch jemand hier drin?«

»Ich glaube, der Gärtner hat in der vorigen Woche eine der

Palmen umgesetzt. Sie sollten eigentlich längst wieder in den Garten ausgeräumt sein. So spät wie dieses Jahr waren wir noch nie damit.«

»Wenn es der Gärtner gewesen wäre, müßten die Abdrücke auch bei den Töpfen zu finden sein, aber dort ist der Boden sauber«, wandte Victoria ein und bückte sich, um die Spuren genauer anzusehen.

»Du meinst, es war jemand im Gang?« rief Sophia entsetzt. »Lieber Gott, laß uns Konrad holen!«

»Damit er mir wieder Vorhaltungen machen kann? Nein, danke.« Victoria durchquerte den Raum und blieb vor einer holzverkleideten Wand stehen.

»Ich habe Angst«, flüsterte Sophia.

»Keine Sorge, ich bin ja bei dir«, entgegnete Victoria lächelnd. Auch ihr schlug das Herz bis zum Hals, aber ihre Neugier war stärker als ihre Furcht. »Wir brauchen eine Lampe. Oben in der Orangerie habe ich eine gesehen. Holst du sie?«

Sophia verschwand. Victoria holte Luft und zählte bis drei. Dann riß sie mit einem Ruck die Tür auf, die fast unsichtbar in das Holz eingelassen war. Sie blickte in ein schwarzes Loch und spürte einen feinen Lufthauch in ihrem Gesicht. Plötzlich waren sie wieder da, die unheimlichen Gestalten aus ihrer Kinderzeit, wilde Räuber und grausame Ritter, die in vergangenen Jahrhunderten mordend und brandschatzend durch diesen dunklen Gang in die Stadt gekommen waren ...

»Alles Quatsch!«

»Hast du was gefunden?« fragte Sophia erschrocken, die mit einer brennenden Öllampe zurückkam.

»Nein, ich habe mich nur an Großmamas Gruselgeschichten erinnert, mit denen sie mich früher erschreckte, damit ich nicht in den Tunnel gehe.« Victoria nahm die Lampe und betrat den niedrigen Keller, der vor dem eigentlichen Tunnel lag; Sophia blieb abwartend im Türrahmen stehen. Früher hatte man in dem Raum Obst gelagert, aber das war viele Jahre her. Im trüben Lichtschein sah Victoria Spinnweben von der Decke hängen. Der Keller war leer bis auf einige Holzbretter, die in einer Ecke aufgestapelt waren. Nicht weit davon entfernt befand sich eine zweite Tür, durch die man in den Tunnel hineingelangte. Sie war mit einem verrosteten Eisenriegel verschlossen. Victoria ging den Keller ab und leuchtete in sämtliche Ecken und Winkel. Aber weder auf dem festgestampften Boden noch an den glatten, erdigen Wänden war irgend etwas Außergewöhnliches zu entdecken. »Es muß jemand hier drin gewesen sein«, sagte sie. »Die Spuren führen genau hier herein.«

»Ich frage nachher den Gärtner«, meinte Sophia mit zitternder Stimme.

»Vielleicht sollten wir im Tunnel nachschauen.«

»Nein!« rief Sophia nervös. »Es ist zu gefährlich!«

Victoria erwiderte nichts darauf. Sie war hin- und hergerissen zwischen Entdeckerdrang und der Angst, daß sie in dem stockdunklen, kaum mannshohen Tunnelsystem, das in den weitläufigen Kellergewölben unter der Könitzschen Villa endete, tatsächlich irgend etwas Schreckliches finden könnte. Jemand mit ziemlich großen Füßen und staubigen Schuhen war jedenfalls vom Erdhaus aus in diesen Vorraum hinein- und wieder herausgegangen. Emilie war ein schlankes, zierliches Mädchen. Sie konnte es auf keinen Fall gewesen sein. Oder hatte sie am Ende etwas entdeckt, das sie nicht entdecken sollte, und diesen Jemand überrascht, der sich am Wäldchestag ungestört glaubte? Aber was konnte es im Glashaus zu verbergen geben? Je mehr Victoria versuchte, eine logische Erklärung für Emilies Verschwinden zu finden, desto mehr Fragen drängten sich ihr auf.

Sophia schaute sie bittend an. »Laß uns ins Haus zurückgehen.«

Victoria blies die Lampe aus und verließ den Keller. »Wenn du erlaubst, würde ich gerne noch ein wenig promenieren, Tante Sophia.«

Sophia nickte, obwohl sie wußte, daß ein Spaziergang durch den frühsommerlichen Garten das letzte war, was ihre Nichte jetzt interessierte. Insgeheim schalt sie sich eine Närrin, daß sie ihr immer wieder nachgab, aber bei Victoria hatte sie noch nie gut nein sagen können. Gemeinsam stiegen die Frauen die Treppe zur Orangerie hinauf und gingen in den Garten hinaus. Victoria sah ihrer Tante nach, bis sie durch die Terrassentür im Salon verschwunden war. Es lag ein würziger Duft nach Blumen und Kräutern in der Luft, und sie verwünschte einmal mehr das unbequeme Korsett, das es ihr nicht erlaubte, tief durchzuatmen. Am liebsten hätte sie es sich vom Leib gerissen, Schuhe und Strümpfe abgestreift und wäre barfuß durch den Garten gelaufen.

Ein einziges Mal hatte sie es gewagt, ihrem Drang nachzugeben, und ihre ansonsten sanftmütige Tante war schrecklich böse geworden. Man durfte Dekolleté zeigen, aber doch keine nackten Füße!

Victoria überlegte, ob sie ins Erdhaus zurückgehen sollte, verwarf den Gedanken aber. Inzwischen hatte Sophia ihrem Mann bestimmt gebeichtet, wo sie gewesen waren, und sie mußte damit rechnen, daß er nachschauen kam. Davon abgesehen, wäre auch Sophias Toleranz schlagartig erschöpft, wenn sie wüßte, daß sich ihre geliebte Nichte keineswegs damit zufriedengab, ab und zu ein verbotenes Buch aus Konrads Bibliothek zu stibitzen. Victoria schlug den Weg zu dem kleinen Pavillon ein, der sich im hinteren Teil des Gartens befand, direkt an der Mauer, die das Könitzsche Anwesen zu den Anlagen hin begrenzte.

Aus den Erzählungen ihrer Großmutter wußte sie, daß die feudalen Villengärten, schattigen Baumgänge und gepflegten Parkanlagen, die die Stadt in ein grünes Band faßten, zu Anfang des Jahrhunderts noch ein steinerner Panzer aus Wällen, Bastionen, Mauern und Türmen gewesen waren. Es fiel ihr schwer, sich das vorzustellen.

Lächelnd ließ Victoria sich auf der alten Holzbank nieder, die in dem rosenberankten Pavillon stand, solange sie zurückdenken konnte. Hier hatte sie schon als Kind gesessen und herrlich ungestört vor sich hin geträumt oder irgendwelche neckischen Spielchen ausgeheckt. Oder über die Lösung von Problemen nachgedacht. Angenommen, es war tatsächlich ein Fremder im Glashaus gewesen, dann war nicht davon auszugehen, daß er durch den Haupteingang spaziert war. Das Pförtchen! Er mußte durch das Pförtchen gekommen sein! Victoria sprang auf. Warum hatte sie nicht gleich daran gedacht?

Sie verließ die Laube und lief ein Stück an der bemoosten, efeubewachsenen Steinmauer entlang. Die kleine schmiedeeiserne Pforte lag versteckt hinter einer dichten, dornigen Hecke aus wilden Rosen. Der Durchgang an der Mauer war schmal, und Victoria zerkratzte sich ihre Arme, als sie sich hindurchzwängte. Doch sie dachte nicht mehr daran, als sie vor sich tatsächlich niedergetretenes Gras und abgeknickte Zweige entdeckte.

Das angerostete Tor hing schief in den Angeln und quietschte leise, als Victoria es aufschob und hindurchschlüpfte. Auch auf der anderen Seite der Mauer wucherten dichte Sträucher, die aber zum Glück dornenlos waren. Sie ging einige Meter an der Mauer entlang und fand sich in einem blühenden Beet mit Studentenblumen wieder. Zum Glück waren keine Spaziergänger unterwegs, so daß sie in Ruhe die verschiedenen Schuheindrücke betrachten konnte, die kreuz und quer durch die Pflanzung führten. Wer auch immer die verborgene Pforte benutzt haben mochte: Ein Blumenliebhaber war es bestimmt nicht gewesen, denn viele der gelb und orange blühenden Blütenköpfe waren rücksichtslos niedergetreten worden.

Als Victoria in die Hocke ging, um sich die Eindrücke genauer anzusehen, erkannte sie, daß sie unterschiedlich groß waren. Verblüfft richtete sie sich wieder auf. Hatte sie es am Ende sogar mit mehreren Eindringlingen zu tun? Auf dem Weg zurück blieb sie auf der Gartenseite mit ihren Haaren im Gestrüpp hängen, und bei dem Versuch, sich zu befreien, fiel ihr Blick auf ein winziges Stückchen braunen Mantelstoff, das sich in den dornigen Zweigen verfangen hatte. Vorsichtig löste sie es heraus und nahm es mit.

»Wo hast du dich herumgetrieben?« schimpfte Konrad, als Victoria in den Salon zurückkam. Vorwurfsvoll deutete er auf ihre zerkratzten Arme und die ruinierte Frisur.

»Ich habe mich an den Rosen am Pavillon gestochen«, sagte sie nervös und griff sich in das zerzauste, aber zum Glück nicht aufgelöste Haar.

»Gestochen? Ich glaube eher, daß du mitten hineingesprungen bist, so wie du aussiehst!« Victoria schwieg betreten, aber ihr Onkel war mit seiner Standpauke noch nicht am Ende. »Sophia hat mir erzählt, daß ihr im Tunnel wart, obwohl du genau weißt, daß ich das nicht will!« Er sah sie drohend an. »Wenn du nicht bald damit aufhörst, deine Nase in Angelegenheiten zu stecken, von denen du nichts verstehst, werde ich ein ernstes Gespräch mit deinem Vater führen müssen.«

»Ja«, sagte Victoria leise. Ihr Vater würde ihr bis auf weiteres sämtliche Verwandtenbesuche streichen und womöglich eine Hausdame verpflichten, um seiner Tochter endlich Benimm beizubringen. Im Gegensatz zu seinem Bruder Konrad macht Rudolf Könitz nicht viele Worte, wenn es darum ging, seine Kinder zu manierlichen Menschen zu erziehen. »Ich danke dir, daß du mir trotz meines ungebührlichen Benehmens Gelegenheit gibst, mich zu bessern«, sagte Victoria artig und haßte sich dafür. Aber es gab keine andere Möglichkeit, um heil davonzukommen. Konrad musterte sie mit einem Blick, dem man ansah, daß er ihre Reueschwüre in Zweifel zog, und verließ das Zimmer.

»Er meint es nur gut«, sagte Sophia, die das Gespräch schweigend verfolgt hatte. »Der Tunnel ist einsturzgefährdet und...«

»Das ist nicht der Grund!« unterbrach Victoria sie aufgebracht, aber sie beruhigte sich sofort wieder. Es hatte keinen Sinn, ihre Tante merken zu lassen, wie sehr sie sich über Konrad geärgert hatte. »Selbstverständlich hat Onkel Konrad recht, Tante.« Sie lächelte. »Wahrscheinlich steht Emilie morgen früh wohlbehalten vor der Tür, und alles ist gut.« Sie glaubte keine Sekunde daran, aber Sophia nickte erleichtert.

Als Victoria später nach Hause gehen wollte, hörte sie zufällig, wie der alte Hausknecht ihrem Onkel erzählte, daß aus dem Weinkeller ein leeres Faß verschwunden sei.

3

Es giebt Personen, welche ganz unbescholten sind und
welche sich rein aus persönlicher Neigung für das
Polizeifach zu Vigilanten-Diensten benutzen lassen. Diese
Personen dürfen nicht mit den Verbrechern verwechselt
werden, welche sich für schnödes Geld dem Verrath ihrer
Genossen hergeben.

❖

An dem Leichnam und der Kleidung befanden sich folgende Spuren eines Kampfes: 1. Nägeleindrücke am Halse und hinter den Ohren, 2. Blutergüsse an beiden Oberarmen, 3. blutig ausgerissene Haarsträhnen, 4. und letztens der zerrissene rechte Ärmel des Kleides.

Am Halse zeigten sich die bei einer Erwürgung oftmals vorhandenen verdächtigen blauen Flecke neben der Strangulationsmarke.

Schließlich wurde durch die gerichtliche Sektion die vollständig sichere Überzeugung gewonnen, daß es sich um Mord handelte.

»Darf ich Ihnen Hannes vorstellen?«

Richard Biddling schlug die angestaubte Akte zu, in der er gelesen hatte, und blickte zu Kriminalschutzmann Heiner Braun hoch, der einen dicklichen, etwa achtzehnjährigen Jungen mit wilden braunen Locken vor sich herschob. »Guten Tag, Hannes«, sagte er.

»Guten Tag, Herr Kommissar«, erwiderte der Junge mit leicht näselnder Stimme und fixierte ihn mißtrauisch über den Rand seiner Augengläser hinweg. Richard lehnte sich zurück und schwieg.

Heiner schubste den Jungen näher zum Schreibtisch. »Na, nun berichte dem Herrn Kommissar, was du mir erzählt hast!«

»Ich wollte aber nur Ihnen...«

»Ich habe dir erklärt, daß nicht ich diesen Fall bearbeite, sondern der Herr Kommissar.« Heiner Braun sah seinen Vorgesetzten entschuldigend an. Er wußte noch nicht so recht, wie er den jungen Kommissar einschätzen sollte, der vor zwei Wochen vom Polizeipräsidium Berlin nach Frankfurt gekommen und ihm kurzerhand vor die Nase gesetzt worden war. »Hannes ist einer unserer Vigilanten, und er leistet mir ab und zu recht gute Dienste.«

»Ein Vigilant bist du also.« Richards Stimme klang abweisend. Er hielt nicht viel von diesen durchtriebenen Polizeispitzeln, die vorgaben, sich in den Dienst von Recht und Gesetz zu stellen, obwohl sie in Wirklichkeit nur auf ihren Vorteil bedacht waren. Während seiner Dienstzeit bei der Berliner Kriminalpolizei hatte er des öfteren üble Erfahrungen mit diesem Gesindel machen müssen, das selbst die eigene Großmutter ans Messer lieferte, wenn ein ordentliches Entgelt dafür in Aussicht gestellt wurde.

»Ich komme wegen Emilie Hehl«, sagte der Junge und schaute hilfesuchend zu Heiner.

»Hannes meint, daß das Dienstmädchen vermutlich nicht die einzige war, die am Wäldchestag zu Hause blieb«, erklärte der Kriminalschutzmann und wandte sich zum Gehen. »Es tut mir leid, Hannes, aber die weitere Unterhaltung mußt du mit dem Kommissar schon alleine bestreiten, ich habe noch zu arbeiten.« Er nickte dem Jungen aufmunternd zu und verließ das Büro.

»Nun laß dir nicht alles einzeln aus der Nase ziehen«, sagte Richard. »Du darfst dich auch setzen, ich beiße nicht.«

Hannes ließ sich auf einem wackeligen Stuhl neben dem Schreibtisch nieder und berichtete, anfangs etwas stockend, dann zunehmend freimütiger, daß er von einem Gespräch zwischen Sophia und Konrad Könitz erfahren habe, in dem es um irgendwelche mysteriösen Stimmen im Glashaus und einen geheimen unterirdischen Tunnel ging, der in der vergangenen Nacht offenbar von einem Unbekannten benutzt worden war, um aus dem Keller ein Weinfaß zu stehlen.

Richard sah den Jungen streng an. »Woher weißt du das alles?«

Hannes senkte verlegen den Blick. »Es wurde mir zugetragen, Herr Kommissar.«

»Von wem?«

»Das kann ich nicht sagen.«

»Kennst du Herrn und Frau Könitz?«
»Sie meinen den Doktor und seine Gattin?«
»Wen sonst?«
»Es gibt noch eine Familie Könitz. Den Bruder vom Doktor, Rudolf Könitz. Er ist ein ziemlich wohlhabender Kaufmann und wohnt am Untermainquai.«

»Na, arm scheint mir der Doktor auch nicht gerade zu sein, wenn ich mir sein Haus und die Orangerie so anschaue.« Richard lachte verächtlich. »Das Ding *Glashaus* zu nennen ist ja eine gelinde Untertreibung.«

»Den Namen haben sich die Könitzschen Kinder ausgedacht, und der Reichtum der Familie ist größtenteils ererbt, obwohl Dr. Könitz als Arzt einen hervorragenden Ruf genießt und demzufolge über ein gutes Einkommen verfügt«, erklärte Hannes.

Richard schaute ihn überrascht an. »Woher weißt du so gut über die Familie Bescheid, Junge?«

»Ich lebe lange genug in Frankfurt«, wich Hannes aus.

»Kennst du Dr. Könitz und seine Frau persönlich?«

»Dazu möchte ich nichts sagen!« beharrte Hannes, und seine Stimme klang auf einmal gar nicht mehr schüchtern, als er hinzufügte: »Wollen Sie mich nun verhören oder das Verschwinden von Emilie Hehl aufklären?«

»Ich verbitte mir diesen Ton!« rief Richard ärgerlich. Hannes zuckte mit den Schultern und stand auf. »Halt! Bleib hier!« Hannes setzte sich wieder und sah den Kommissar abwartend an. Richard räusperte sich. »Also gut. Ich frage dich nicht nach der Quelle deiner Erkenntnisse, und du verrätst mir, was du sonst noch über die Familie Könitz und das verschwundene Dienstmädchen weißt.«

Zwei Stunden später packte Richard die Akten über den *Stadtwaldwürger* zusammen und verstaute sie sorgfältig in seinem Schreibtisch. Er verließ sein Büro und ging über den dunklen, mit altertümlichen Pfeilern und Sturzgesimsen ausgestatteten Flur zum Treppenturm. Direkt daneben befand sich das Dienstzimmer von Heiner Braun. Es war verschlossen. Als Richard aus dem Treppenhaus in den Innenhof hinaustrat, sah er Heiner Braun und den Leiter der Kriminalpolizei, Polizeirat Dr. Rumpff, im Schatten eines Kastanienbaums stehen.

Dr. Rumpff war wütend. »Wie oft soll ich Ihnen eigentlich

noch sagen, daß Sie Anordnungen exakt so auszuführen haben, wie es Ihnen befohlen wird, Braun!« schnauzte er den Kriminalschutzmann an, daß es über den ganzen Hof schallte. »Wenn Sie nicht so gute Arbeit leisten würden, hätte ich Sie schon längst in den letzten Herrgottswinkel versetzen lassen, das können Sie mir glauben!«

»Jawohl, Herr Doktor Polizeirat«, entgegnete Braun. Seine Stimme klang ruhig, aber ohne jede Ehrfurcht, und Richard erinnerte sich an die Worte, mit denen Dr. Rumpff ihn an seinem ersten Diensttag auf seinen zukünftigen Mitarbeiter vorbereitet hatte: *Kriminalschutzmann Braun ist ein fähiger Beamter, aber es mangelt ihm absolut an Disziplin und Gehorsam. Im übrigen neigt er dazu, sich mit dem Pöbel auf eine Stufe zu stellen!* Darüber hinaus hatte der Polizeirat ihm den guten Rat erteilt, sich durch Brauns harmloses Aussehen und sein scheinbar besonnenes Wesen nicht täuschen zu lassen. *Allein im vergangenen Jahr sind gegen ihn zwei Disziplinarmaßnahmen wegen Beleidigung von Vorgesetzten verhängt worden, und ausschließlich seines ungebührlichen Benehmens wegen ist er trotz fast dreißigjähriger Dienstzeit und beachtenswerter Erfolge noch immer nicht zum Wachtmeister befördert worden.*

Richard ging auf die beiden Männer zu und grüßte. Polizeirat Rumpff schaute ihn erwartungsvoll an. »Und, Biddling, was gibt es Neues im Fall Emilie Hehl?«

»Ich habe vorhin von einem Vigilanten interessante Informationen erhalten, die ich gerade überprüfen will.«

»Soso. Und was sind das für Informationen?«

Heiner Braun blinzelte ihm zu, aber Richard verstand nicht, was das bedeuten sollte, und glaubte, sich in ein gutes Licht zu setzen, indem er selbstgefällig feststellte: »Dr. Könitz scheint anzunehmen, daß er es sich erlauben kann, der Polizei gewisse Dinge vorzuenthalten.«

»Um eines unmißverständlich klarzustellen, Biddling«, belehrte Dr. Rumpff seinen Untergebenen mit schneidender Stimme, »Dr. Konrad Könitz ist ein achtbarer Arzt und eine integre Persönlichkeit. Also mäßigen Sie sich in Ihren abfälligen Äußerungen, solange Ihre Annahmen auf dem Geschwätz irgendwelcher Gauner basieren. Guten Tag, die Herren!« Wütend hinkte er über den Hof davon.

»Da haben Sie sich ja punktgenau in den größten Fettnapf

gesetzt, der herumstand«, sagte Heiner Braun kopfschüttelnd, als Rumpff außer Hörweite war. Er sah, wie Richards Miene versteinerte, und setzte lächelnd hinzu:»Na ja, zwei Wochen Dienst im Clesernhof sind auch ein bißchen zu kurz, um sich über alle Feinheiten im Beziehungsgeflecht der Frankfurter Bürgerschaft informieren zu können: Dr. Rumpff geht im Hause Könitz ein und aus. Er und Konrad Könitz sind seit vielen Jahren befreundet.«

»Dann habe ich mir ja gerade Sympathie fürs Leben erworben«, stellte Richard sarkastisch fest und dachte: *Jetzt wird mir langsam alles klar.* Er nahm sich vor, in Zukunft vorsichtiger zu sein. Er wußte tatsächlich zu wenig, um irgendwem hier trauen zu können.

»Nun machen Sie sich mal keine großen Gedanken. Rumpff wird zwar manchmal laut, aber er ist nicht nachtragend. Vor allem nicht, wenn er sieht, daß Sie Ihre Arbeit gut machen«, versuchte Heiner seinen Vorgesetzten aufzumuntern, doch Richard entgegnete mürrisch:»Sie sollten sich besser um Ihre eigenen Probleme kümmern, Braun!«

»Wenn Sie meinen, Herr Kommissar, werde ich das tun«, sagte Heiner freundlich.»Leider werde ich meine Probleme nicht lösen können, solange es als Vergehen gegen die Dienstvorschriften angesehen wird, wenn sich ein untergeordneter Beamter den Luxus einer eigenen Meinung erlaubt. Obwohl ich es wirklich auf Notfälle beschränke.«

»Werden Sie nicht unverschämt!« Richards Stimme klang nicht so streng, wie er beabsichtigt hatte. Insgeheim sah er es als Glücksfall an, daß Braun im Präsidium nicht besonders geschätzt war. Um so leichter würde er ihn für seine Zwecke einsetzen können, ohne Gefahr zu laufen, daß am nächsten Tag der ganze Clesernhof darüber redete. »Hatte Dr. Rumpff einen Unfall, oder warum hinkt er?« fragte er.

»Ja«, antwortete Heiner Braun. »Er war früher Offizier beim Frankfurter Linienbataillon, doch mit einem Sturz vom Pferd endete seine militärische Laufbahn, und er begann eine Karriere bei der Polizei. Sein Steckenpferd ist übrigens die Bekämpfung der Anarchisten, und er kann diesbezüglich beachtliche Erfolge aufweisen.« Heiner grinste. »Die Verfolgung der *gewöhnlichen* Kriminellen rangiert für ihn an zweiter Stelle, was allerdings nicht heißt, daß er schlampige Ermittlungen durchgehen läßt. Aber das werden Sie noch früh genug erleben.«

»Wie lange arbeitet dieser Hannes eigentlich schon für die Polizei?«

»Ich habe ihn vor vier Jahren von meinem Vorgänger übernommen.«

»Vor vier Jahren? Da war er ja noch ein Kind!«

Heiner zuckte mit den Schultern. »Er behauptete damals, achtzehn Jahre alt zu sein. Ich hab's halt geglaubt. Jedenfalls dauerte es einige Zeit, bis er Vertrauen zu mir gefaßt hatte. Er arbeitet nicht gerne mit anderen Beamten zusammen; darum war er vorhin auch so verstockt. Aber das gibt sich, wenn Sie ihn nett behandeln.«

»Haben Sie eine Ahnung, woher der Junge seine Informationen hat?«

»Nein. Ich kann nur sagen, daß bis jetzt immer alles gestimmt hat, was er uns zutrug. Anfangs gab er meistens Hinweise auf Laden- oder Marktdiebe, aber im vergangenen Jahr haben wir mit seiner Hilfe einen großangelegten betrügerischen Konkurs aufklären können, indem er uns verriet, wann und über welches Speditionsbüro die unterschlagenen Waren beiseite geschafft werden sollten. Er hat uns sogar genau aufgeschlüsselt, inwieweit die Verdächtigen ihre Bücher gefälscht und fingierte Forderungen auf Ehefrauen und Verwandte ausgestellt hatten.«

»Aber dazu braucht man umfangreiche interne Kenntnisse!«

Heiner nickte. »Eben deshalb vermute ich, daß unser Hannes ein Familienmitglied eines Unternehmers oder sonstigen Geschäftsmannes ist, obwohl er das mit seiner abgetragenen, geflickten Kleidung offenbar zu kaschieren versucht.«

»Den Eindruck habe ich allerdings auch«, stimmte Richard zu. »Ein Arbeiter oder Handwerksbursche ist er jedenfalls nicht. Nicht nur seine gepflegten Hände und seine gewählte Ausdrucksweise sprechen dagegen, sondern auch sein gutgenährtes Aussehen. Nur wohlhabende Bürger sind in der Lage, ihrem Nachwuchs einen solchen Hängebauch anzumästen.«

»Gut kombiniert, Herr Kommissar. Das einzige, was gegen Ihre Annahme spricht, ist seine Frisur. Kein Mensch, der in Frankfurt etwas auf sich hält, würde sein Kind derart verlottert herumlaufen lassen.«

»Und wenn er gar nicht aus Frankfurt stammt?«

»Hm, ja. Das könnte auch sein.« Heiner lächelte. »Aber ist das nicht egal, solange er uns mit guten Informationen versorgt?«

»Nein!« sagte Richard bestimmt. »Ich will wissen, mit wem ich es zu tun habe.«

»Nicht bei Vigilanten.«

»Gerade bei Vigilanten! Und Hannes wäre der erste, bei dem ich es nicht herausfinden würde.«

Heiner Braun verzog das Gesicht. »Ich sehe schon, es war ein Fehler, ihn zu Ihnen zu bringen. Was haben Sie davon, wenn Sie das Geheimnis seiner Identität lüften und dadurch einen guten Informanten verlieren?«

»Gewißheit.«

»Gewißheit worüber?«

»Welches Spiel gespielt wird.«

»Was für ein Spiel soll der harmlose Hannes schon spielen?«

»Ich kann es nicht erklären, aber irgendwas stört mich an dem Kerl.« Richard runzelte die Stirn. »Da paßt was nicht zusammen. Aber beenden wir das Thema. Ich möchte lieber mit Ihnen über die Familie Könitz sprechen. Kennen Sie Dr. Könitz?«

»Flüchtig, ja. Er ist ein erfolgreicher Arzt, ziemlich reich, seit fünfunddreißig Jahren verheiratet und Vater von fünf Töchtern und einem Sohn. Die Töchter sind inzwischen ebenfalls verheiratet und aus Frankfurt weggezogen. Der Sohn lebt im Ausland.«

»Seit wann?«

»Schon ziemlich lange. Wieso interessiert Sie das?«

Richard ignorierte die Frage. »Ich will Hannes' Hinweise vor Ort überprüfen. Am besten kommen Sie gleich mit.«

Heiner nickte. »Was halten Sie davon, wenn wir bei der Gelegenheit einen kleinen Stadtrundgang machen? Ich nehme an, Sie haben noch nicht viel von Frankfurt gesehen, seit Sie hier sind?«

»Ich hatte keine Zeit dazu.«

»Was studieren Sie auch Tag und Nacht abgelegte Akten.« Richard sah den Kriminalschutzmann mißtrauisch an, und der meinte lächelnd: »Es ist mir nicht entgangen, daß Sie sich aus dem Archiv die Akten über den *Stadtwaldwürger*, sagen wir mal, entliehen haben.«

»Und was geht das Sie an?« fragte Richard böse.

Heiner Braun zuckte mit den Achseln. »Jeder Beamte im Polizeipräsidium weiß, daß diese Sache wie ein Menetekel auf der Seele unseres auf Korrektheit achtenden Dr. Rumpff lastet, und wenn Sie vorhaben, sich gleich im nächsten Fettnäpfchen zu wäl-

zen, dann brauchen Sie ihm gegenüber nur anzudeuten, daß Sie gedenken, die Stadtwaldwürgerfälle wieder aufzurollen.«
»Nachdem ich jetzt über seine engen Bindungen zur Familie Könitz informiert bin, werde ich das schön bleibenlassen.«
»Und wenn ich...?« Heiner brach ab und grinste.
Richard warf ihm einen verächtlichen Blick zu. »Einen Bericht über Ihr ungehöriges Benehmen mir gegenüber würde Dr. Rumpff sicher nicht unkommentiert zur Seite legen.«
»Dürfte ich trotzdem erfahren, warum Sie sich ausgerechnet für diese Sache interessieren, Herr Kommissar?«
»Nein!«
Das war unmißverständlich. Schweigend verließen die Männer den Clesernhof in Richtung Kornmarkt.

»Emilie ist leider nicht zurückgekommen«, sagte Konrad Könitz, als er den Kommissar und seinen Begleiter ins Haus ließ.
»Ich weiß«, entgegnete Richard. »Ich habe noch einige Fragen an Sie und Ihre Frau.«
»Könnten Sie Sophia nicht davon verschonen? Die Sache hat sie sehr mitgenommen, und ich mache mir Sorgen um ihre Gesundheit.«
»Verzeihen Sie bitte, aber es muß sein«, sagte Richard.
Dr. Könitz führte die Beamten in den Salon, wo Sophia Könitz mit einem blonden Mädchen in ein angeregtes Gespräch vertieft war. Beide standen auf, als die Männer hereinkamen. Sie grüßten, und Konrad Könitz sagte zu seiner Frau: »Sophia, Liebste, Herr Kommissar Biddling hat noch einige Fragen wegen Emilie.« Dann wandte er sich an die hübsche junge Dame neben ihr: »Würdest du uns bitte entschuldigen, Victoria?«
Richard musterte sie interessiert. »Sie können gerne bleiben, Fräulein...?«
»Könitz«, vervollständigte Victoria. Sie nahm ihren Fächer, der auf einem Tischchen neben dem Sofa lag, und wedelte damit nervös vor ihrem Gesicht herum. »Ich denke, du hast recht, Onkel. Es ist besser, wenn ich euch jetzt allein lasse.« Ihre Stimme klang arrogant, aber Richard hatte das Gefühl, daß sie damit nur ihre Unsicherheit zu überspielen versuchte. »Ich besuche dich

morgen wieder, Tante.« Mit erhobenem Kopf und ohne die Beamten eines Blickes zu würdigen, ging sie zur Tür.

Richard schaute ihr unauffällig hinterher. Sie sah noch sehr jung aus. »Ihre Nichte?« fragte er.

»Ja«, sagte Dr. Könitz. Er freute sich, daß sein Vortrag von gestern offenbar doch seine Wirkung gezeigt hatte.

»Ich habe erfahren, daß es in Ihrer Orangerie spuken soll, gnädige Frau«, wandte sich Richard an Sophia. Er sah, wie sie blaß wurde.

»Wer hat Ihnen denn diesen Humbug erzählt!« rief Dr. Könitz aufgebracht.

»Ich habe Ihre Frau gefragt, Doktor.«

Sophia atmete tief durch. »Ich habe in der vergangenen Woche einige Male schlecht geschlafen und bin deshalb ein wenig in den Garten hinausgegangen. Ich glaubte, ein Flüstern aus dem Glashaus zu hören. Ich habe sofort meinen Mann geholt, und er hat sich überall umgesehen. Es muß Einbildung gewesen sein.«

Ihre Worte klangen zu wohlüberlegt, um Richard zu überzeugen. »Mit wem haben Sie darüber gesprochen?«

»Mit niemandem, außer ...«, Sophia stockte einen Moment, »außer mit meinem Mann.« Nach kurzem Überlegen fügte sie hinzu: »Es kann aber sein, daß jemand vom Personal das Gespräch zufällig mitgehört hat.«

»Und warum haben Sie mir das gestern verschwiegen?«

»Ich wußte doch nicht, daß das wichtig ist!«

»Und die Information, daß es zu Ihrem Garten einen zweiten Zugang über die Anlagen gibt, hielten Sie ebenfalls für nicht erwähnenswert, oder wie?«

»Ob Sie es glauben oder nicht«, schaltete sich Dr. Könitz verärgert ein, »ich gehe davon aus, daß Emilie weggelaufen ist. Und ich wüßte nicht, was die alte Pforte mit der Sache zu tun haben sollte. Sie wird seit Jahren nicht mehr benutzt.«

Richard beschloß, die weiteren Informationen von Hannes vorerst für sich zu behalten. »Es tut mir leid, wenn ich Sie mit meinen Fragen in unnötige Aufregung versetzt habe, gnädige Frau«, sagte er zu Sophia. »Aber ich möchte mir gern selbst ein Bild machen.«

Dr. Könitz ging zur Terrassentür und öffnete sie. »Bitte sehr – hier entlang, die Herren! Sie dürfen sich gerne davon überzeugen, daß ich nicht das geringste zu verbergen habe.«

Richard fluchte unterdrückt, als er sich in dem dornigen Gestrüpp vor der Gartenmauer trotz aller Vorsicht die Hände zerkratzte. Kurz vor der Pforte blieb er stehen, um einige abgebrochene Zweige in Augenschein zu nehmen, und entdeckte darin zu seiner Überraschung eine dünne Strähne blondes Haar. Vorsichtig löste er sie heraus und setzte seinen Weg fort.

Dr. Könitz und Kriminalschutzmann Braun, die an der Mauer warteten, mußten sich eine ganze Weile gedulden, bis Kommissar Biddling zu ihnen zurückkam. Sein Gesichtsausdruck verhieß nichts Gutes. »Entgegen Ihrer Behauptung, Doktor, scheint es gleich mehrere Personen zu geben, die diesen unbequemen Weg benutzen, um in Ihren Garten zu gelangen. Und eine dieser Personen hat langes, blondes Haar.«

»Habe ich es mir doch gedacht, daß dieses Gör sich nicht einfach so an einem Rosenstock gestochen hat!« Richard und Heiner wechselten einen verständnislosen Blick, und Konrad Könitz fügte bissig hinzu: »Meine Nichte hat gestern versucht, Detektiv zu spielen.« In einigen Worten berichtete er von seiner Auseinandersetzung mit Victoria.

Richard stellte sich dumm. »Und was ist das für ein Gang, in den sie nicht gehen soll, Doktor?«

»Als vor vielen Jahren unser Haus gebaut wurde, stieß man beim Ausschachten auf ein seltsames Höhlenlabyrinth. Vermutlich handelt es sich um die Reste einer unterirdischen Verteidigungsanlage, die irgendwann unter der Stadt angelegt wurde. Genau weiß ich es aber nicht. Einer dieser Gänge führt von unserem Weinkeller durch den Garten zur Orangerie.«

»Und was ist mit den anderen?« wollte Heiner wissen.

»Soweit ich weiß, sind die meisten davon verschüttet«, sagte Dr. Könitz. »Mein Vater ging damals zusammen mit mehreren Männern alles ab. Sie brauchten Tage, um sich zurechtzufinden. Weitere Ausgänge entdeckten sie jedoch nicht.«

»Aber es könnte auch heute noch jemand von der Orangerie aus in Ihren Keller gelangen?« fragte Heiner.

Dr. Könitz nickte. »Wenn er lebensmüde ist, ja.«

»Zeigen Sie mir den Eingang«, forderte Richard ihn auf.

»Aber ...«, begann Dr. Könitz.

»Gehen wir!« sagte Richard.

Kopfschüttelnd schlug Dr. Könitz den Weg zur Orangerie ein; Richard und Heiner folgten in kurzem Abstand.

»Und wenn er recht hat mit seiner Warnung?« flüsterte Braun.

»Ich vertraue nur dem, was ich selbst sehe, Kollege«, entgegnete Richard stur. Die Männer durchquerten die Orangerie und stiegen ins Erdhaus hinab. Als Richard die peinlich sauber geschrubbten Fliesen sah, fragte er gereizt: »Wie oft wird hier drin saubergemacht?«

»Alle zwei bis drei Tage«, antwortete Dr. Könitz. »Warum?«

»Hier sollen gestern noch Fußabdrücke gewesen sein.«

»Woher wissen Sie das nun schon wieder?«

»Ich habe meine Informanten eben überall, Herr Könitz!«

»Warum fragen Sie mich dann überhaupt?« entgegnete Dr. Könitz ungehalten.

»Ganz einfach: Weil ich herausfinden möchte, ob Sie mir auch die Wahrheit sagen.«

»Wollen Sie etwa *mich* verdächtigen, das Dienstmädchen meiner Frau umgebracht zu haben?«

Richard lächelte dünn. »Erstens: Solange ich nicht weiß, wo das Mädchen ist, müssen wir alle Möglichkeiten in Betracht ziehen. Zweitens: Nicht ich, sondern Sie haben von Mord gesprochen. Drittens: Verdächtig ist zunächst jeder, der keinen Nachweis für seine Unschuld erbringen kann.«

»Ich war mit meiner Frau auf dem Wäldchestag. Als wir wegfuhren, war Emilie noch da, als wir wiederkamen, war sie nicht mehr da. Reicht Ihnen das?«

»Wir werden sehen«, sagte Richard. »Und warum war Emilie das Dienstmädchen Ihrer Frau?«

»Weil sie überwiegend im Glashaus gearbeitet hat, und das gehört nun mal meiner Frau!« Dr. Könitz deutete zur gegenüberliegenden Seite des Raumes. »Sie wollten den Eingang zum Tunnel sehen. Da ist er.«

Richard ging näher heran und bemerkte feine Linien in der holzvertäfelten Wand, die die Umrisse einer Tür zeigten. Heiner Braun untersuchte die herumstehenden Pflanzentöpfe, konnte aber nichts Interessantes daran entdecken.

Dr. Könitz öffnete die verborgene Tür und hielt Richard wortlos eine Kerze hin. Richard zündete sie an, betrat den niedrigen Keller und schaute sich kurz um. Dann ging er an dem Holzstapel vorbei zu der zweiten Tür, die in den Tunnel führte. »Sie ist offen«, sagte er.

Dr. Könitz, der ihm gefolgt war, meinte überrascht: »Das verstehe ich nicht. Gestern abend war der Riegel noch vorgeschoben!«

Richard ging einige Schritte in den dunklen Gang hinein. »Sie werden sich verlaufen!« rief ihm Dr. Könitz nach.

»Lassen Sie das meine Sorge sein, Doktor«, schallte es zurück.

»Wir könnten den Raum doch erst mal versiegeln, Herr Kommissar«, schlug Heiner vor, der neben Dr. Könitz stehengeblieben war.

Richard drehte sich zu ihm um. »Sie warten hier auf mich, Braun.« Ehe Heiner etwas erwidern konnte, war er um die erste Biegung verschwunden. Einen Moment lang sahen sie noch den Schein der Kerze, dann lag der Tunnel wieder im Dunkeln.

Als Heiner Anstalten machte, Kommissar Biddling zu folgen, hielt Dr. Könitz ihn am Mantel fest. »Sind Sie etwa auch darauf aus, daß man Sie im nächsten Jahrhundert als Skelett wieder ausgräbt?«

An seinem Gesicht sah Heiner, daß ihm ganz und gar nicht zum Scherzen zumute war. Eigentlich fand er den Doktor recht nett, aber er wußte, daß auf solche Gefühle nicht unbedingt Verlaß war, vor allem nicht, wenn man vielleicht einen Mörder suchte.

Richard folgte leicht gebückt dem niedrigen Gang, dessen Wände aus festgeklopfter Erde bestanden. Es roch nach abgestandener Luft und Moder. Überall lagen kleinere und größere Erdbrocken herum, und ein Blick nach oben zeigte ihm, daß sie aus der Decke herausgebrochen waren. Es war kühl, und er fröstelte.

Als er die erste Weggabelung erreichte, mußte er sich zwischen drei Gängen entscheiden. Er nahm den mittleren und stand kurz darauf vor einem unüberwindlichen Erdwall: Die Tunneldecke war heruntergestürzt. Fluchend lief er zurück und bog in den linken Gang ein. Hier mußte er den Kopf noch mehr einziehen, und als er einen Augenblick nicht auf den Weg achtete, stolperte er über irgend etwas. Er leuchtete auf den Boden und erschrak, als er die blanken Knochen eines verwesten Tieres vor sich liegen sah. Richard bückte sich, um den Fund näher zu untersuchen, und bemerkte nicht weit davon etwas Glänzendes. Es war eine aufwendig gearbeitete, mit zwei Chrysolithen besetzte Brosche aus Goldemail. Er hob sie auf und steckte sie in seine Hosentasche.

In der Hoffnung, noch mehr zu finden, leuchtete er den Boden Zentimeter für Zentimeter ab, aber außer einigen Steinen entdeckte er nichts. Er stand auf und wollte seinen Weg fortsetzen, doch dann stutzte er: Diese Steine waren ihm doch vorhin schon aufgefallen! Richard kehrte um, bog in den verschütteten Gang ein und lachte, als er seine Vermutung bestätigt fand.

»Sollen wir hier jetzt unser Nachtlager aufschlagen?« fragte Dr. Könitz nervös, als der Kommisar nicht zurückkam.

»Lassen Sie uns noch ein Weilchen damit warten«, entgegnete Heiner, der angestrengt ins Dunkel des Tunnels starrte. Ihm war alles andere als wohl in seiner Haut, und er machte sich Vorwürfe, daß er nicht mitgegangen war, obwohl er nach wie vor der Meinung war, daß es klüger gewesen wäre, die Zugänge zu versiegeln, um die Tunnel später mit mehreren Beamten und anständiger Beleuchtung abzusuchen. Aber Kommissar Biddling war offenbar nicht nur mißtrauisch, sondern auch äußerst halsstarrig. Wenigstens schien er nicht ganz so stur auf dem eisernen Prinzip von Befehl und Gehorsam zu bestehen wie seine Vorgänger, und das wiederum machte ihn direkt ein wenig sympathisch.

Plötzlich schimmerte ein schwacher Lichtschein in der Dunkelheit des Tunnels, und kurz darauf kehrte Richard Biddling ans Tageslicht zurück.

»Haben Sie etwas gefunden?« fragte Dr. Könitz und wurde blaß, als Richard ungerührt sagte: »Ja. Und zwar eine Leiche, wenn Sie's genau wissen wollen.« Er grinste, als er die entsetzten Gesichter von Braun und dem Doktor sah. »Bei dem Toten handelt es sich um einen Vierbeiner, der leider den Wegweiser im Tunnel nicht verstanden hat.«

»Sie sind ein widerlicher Zyniker, und wenn Sie mir nicht auf der Stelle sagen, was los ist, lasse ich Sie hinauswerfen!« Dr. Könitz, der sich ernsthaft Sorgen um diesen leichtsinnigen Menschen gemacht hatte, fühlte sich verspottet.

Richard merkte, daß er zu weit gegangen war, murmelte eine Entschuldigung und zeigte dem Doktor die Brosche. »Wissen Sie, wem die gehört?«

»Darf ich?« Konrad nahm das Schmuckstück aus Richards

Hand und betrachtete es von allen Seiten. »Ich weiß nicht recht, aber es kommt mir vor, als hätte ich es irgendwo schon gesehen. Aber das mag nicht viel heißen. Für mich sehen diese Dinge alle gleich aus.« Er gab die Brosche an Richard zurück.
»Der Gang ist teilweise recht breit«, sagte Richard. »Ein Weinfaß ließe sich auf diesem Wege jedenfalls leicht beiseite schaffen.« Er registrierte, daß Konrad Könitz nervös zusammenzuckte. »Ich sagte Ihnen doch, daß ich meine Informanten überall habe.« Er ging zurück in den Tunnel und forderte Dr. Könitz auf, ihm zu folgen. »Und Sie, Braun, schließen die Tür hinter uns und versiegeln sie. In zehn Minuten treffen wir uns vor dem Haupteingang der Villa.«

»Aber...«, setzten Dr. Könitz und Heiner gleichzeitig an. Richard lachte. »Ich garantiere Ihnen, daß ich Sie sicher ans Ziel bringen werde, Doktor. Und Sie, Braun, tun einfach, was ich sagte.« Bevor Heiner einen weiteren Einwand vorbringen konnte, zog Richard den sprachlosen Dr. Könitz in den Gang. »Wie geht es eigentlich Ihrem Sohn Eduard?« hörte Heiner ihn fragen, ehe er die Tür zumachte. Er seufzte. Die Geschichte würde Ärger geben, so oder so. Davon war er inzwischen überzeugt. Sorgfältig brachte er das Siegel an und stieg die Treppe zur Orangerie hinauf.

»Wie haben Sie es bloß geschafft, gleich zweimal den richtigen Weg zu finden?« fragte Heiner neugierig, als Richard tatsächlich zur vereinbarten Zeit aus dem Könitzschen Palais herauskam.

Richard zuckte mit den Schultern. »Ich habe auch den zweiten Zugang versiegelt. Morgen werden wir uns alle Seitengänge genauestens anschauen«, sagte er.

»Und was tun wir jetzt, Herr Kommissar?«

»Wir machen einen Spaziergang zum Untermainquai und besuchen des Doktors größenwahnsinnige Nichte, die nichts Besseres zu tun zu haben scheint, als wichtige Spuren zu vernichten!«

Nebeneinander liefen die beiden Kriminalbeamten die Neue Mainzer Straße hinunter in Richtung Main. Heiner wies auf herrschaftliche Bauten und prächtige Gärten, zwischen denen sich hier und dort Baustellen auftaten. »Irgendwann wird das alles verschwunden sein.« Als Richard ihn fragend ansah, fügte er hinzu: »Bis vor einigen Jahren haben hier die reichsten Familien der ganzen Stadt gewohnt; jetzt zieht es zunehmend Banken und Versicherungen her. Vor allem im Westend werden die herrlichen Gärten und Parks parzelliert und mit häßlichen Mietshäusern bebaut.«

»Ich habe gehört, daß vor der Stadt ein neuer Bahnhof entstehen soll«, sagte Richard.

»Der größte von Europa! Nach dem Entwurf eines *preußischen* Bauinspektors namens Eggert.«

»Und was ist an dem *preußischen* Baumeister so Besonderes?«

Heiner lachte. »Es gibt immer noch Frankfurter, die den ehemaligen Eroberern nicht wohlgesonnen sind.«

»Dr. Könitz zum Beispiel?«

»Wie kommen Sie ausgerechnet auf den? Dann schon eher sein Bruder, obwohl er als Kaufmann nicht wenig vom Zusammenschluß der Nation profitiert hat. Aber mit dem Verstand sind Vorurteile eben selten faßbar.«

»Und was ist mit Ihnen? Mögen Sie die Preußen?«

Zwischen Bäumen tauchte der Main vor ihnen auf. »Hier müssen wir links«, sagte Heiner. Er sah Richard an. »Es gibt gute Menschen, und es gibt schlechte. Die guten mag ich. Biddling hört sich übrigens nicht sehr preußisch an.«

»Die Familie stammt aus Hamburg. Aber ich bin in Berlin geboren und waschechter Preuße.«

Über Heiner Brauns faltiges Gesicht huschte ein Lächeln. »Und ich bin ein Mußpreuß.«

»Sie arbeiten immerhin für die Königlich Preußische Polizei, Braun«, entgegnete Richard ungehalten.

»Als ich im ehemaligen Gendarmerie-Korps anfing, war Frankfurt noch stolze Freie Stadt, Herr Kommissar.«

»Sie sind in Frankfurt geboren?«

»Geboren und aufgewachsen; ich bin aber später nach Weimar gegangen und quasi Goethes Spuren gefolgt.« Heiner grinste. »Allerdings ohne großen Erfolg. Vor vier Jahren kam ich zurück.«

»Warum?«

»Im Polizeipräsidium war eine Stelle frei.«

»Wurden Sie etwa strafversetzt?« wollte Richard wissen.

»Vorher, meine ich.«

Heiner sah ihn mit einem seltsamen Blick an. »Nein. Ich bin aus Frankfurt weggegangen, weil ich erleben mußte, wie bedingungsloser Befehlsgehorsam normale Menschen in Ungeheuer verwandelte.«

»Die Polizei kann nur Ordnung nach außen schaffen, wenn sie auch Ordnung und Disziplin nach innen hält, Herr Braun!«

Heiner lächelte. »Ich bin bestimmt nicht gegen ein gewisses Maß an Reglement, Herr Kommissar. Aber als Staatsdiener fühle ich mich dem Kaiser und dem Volk gleichermaßen verpflichtet, und das, was die Preußen Disziplin nennen, ist für mich der Versuch, den Menschen selbständiges Denken abzugewöhnen.«

»Eine unglaublich dreiste Äußerung gegenüber Ihrem Vorgesetzten, der zugleich Preuße ist, finden Sie nicht?« rief Richard verärgert. »Was macht Sie eigentlich so sicher, daß ich Ihre aufrührerischen Ansichten nicht in Berichtsform nach oben weitergebe?«

»Nichts«, erwiderte Heiner Braun ruhig. »Außer vielleicht der Tatsache, daß ich es im Gefühl habe, daß Sie es nicht tun werden. Nur über die Gründe bin ich mir noch nicht ganz im klaren.« Er blieb vor einem dreigeschossigen Herrschaftshaus stehen, dessen Fassade aus grünem Sandstein bestand. »Wir sind da, Herr Kriminalkommissar. Hier wohnt Victoria Könitz«, sagte er freundlich und schellte.

4

> Eins der vorzüglichsten Mittel zur Überführung einer verdächtigen Person bildet die Haussuchung. Bei der Durchsuchung der Meubles ist namentlich auf geheime Schubfächer Acht zu geben. Man entdeckt diese am Besten, wenn man den cubischen Inhalt der Meubles mit dem Inhalte der in solchen befindlichen Kästen oder Abtheilungen vergleicht.

❖

Als Victoria vom Besuch ihrer Tante nach Hause kam, hörte sie Klavierspiel im Salon. Wahrscheinlich unterhielt ihre Schwester eine der feinen Kaffeegesellschaften, die ihre Mutter regelmäßig gab, um sich über den neuesten Klatsch oder die neueste Mode zu informieren. Maria spielte nicht besonders gut, aber dafür war sie ausdauernd und lebte sichtlich auf, wenn ihre Mutter sie für ihren Fleiß lobte.

Maria liebte Klavierstunden, Victoria ließ sie über sich ergehen. Maria liebte Näharbeiten, Victoria verabscheute sie. Maria strebte danach, eine vornehme Dame zu werden; Victoria haßte vornehme Damen, weil vornehme Damen vorzugsweise hübsch, dumm, demütig zu sein und in Gegenwart von Männern grundsätzlich zu schweigen hatten.

Obwohl ihre Schwester alles andere als anmutig und hübsch war, hatte sie mit ihren knapp achtzehn Lebensjahren kein anderes Ziel mehr vor Augen, als auf einen edlen Prinzen zu warten, der sie aus ihrem Dornröschenschlaf wachküssen und ehelichen würde, und Victoria verachtete sie dafür. Männer! Als wenn es nichts Wichtigeres im Leben gäbe!

Sie schlich am Salon in der Beletage vorbei und ging die Treppe zum zweiten Obergeschoß hinauf. Sie hatte partout keine Lust auf das blödsinnige Geschwätz modeverrückter und klatschsüchtiger Bürgerdamen, für die sich das Tagesgeschehen in der Überlegung erschöpfte, ob sie ein rotes oder ein grünes

Kleid anziehen sollten. Und sie hatte erst recht keine Lust, sich von ihrer Mutter wieder Vorhaltungen machen zu lassen und in Gegenwart ihrer schadenfrohen jüngeren Schwester als angehende alte Jungfer bekrittelt zu werden.

Unbemerkt schlüpfte Victoria in ihr Zimmer. Wenn sie es sich recht überlegte, gab es nur zwei männliche Wesen, die ihr bislang imponiert hatten: ihr Bruder Ernst und Cousin Eduard. Aber wer mochte wissen, was von der Schwärmerei aus ihren Kindertagen übriggeblieben war, wenn sie die beiden eines Tages wiedersehen würde.

Sie ging zu ihrem Schreibtisch, der am Fenster stand, und nahm den Brief aus der obersten Schublade, den sie am Wäldchestag an ihren Bruder begonnen hatte. Wie sehr sie ihn vermißte! Ernst hatte ihr ein Stückchen vom Leben gezeigt und damit eine Sehnsucht geweckt, die sie seitdem nicht mehr losgelassen hatte. Als sie nach draußen schaute, sah sie einen Kutscher zu den Ställen gehen. Wahrscheinlich wollte ihr Vater wegfahren. Tatsächlich dauerte es nicht lange, und ein Zweispänner verließ die Toreinfahrt.

Mutter und Schwester beim Kaffeekränzchen, der Vater unterwegs – das bedeutete herrliche Ungestörtheit! Victoria legte den angefangenen Brief beiseite und zog die unterste Lade des Schreibtisches heraus. Dahinter befand sich ein verborgenes Fach, in dem sie seit Jahren ihre kleinen Geheimnisse aufbewahrte. Sie lächelte, als sie daran dachte, was Ernst ihr vor elf Jahren zum Abschied gesagt hatte: *Damit du mich nicht vergißt, kleine Schwester, darfst du auf meinen Schreibtisch aufpassen, solange ich in Indien bin.* Natürlich war ihr Vater überhaupt nicht damit einverstanden gewesen, daß sein Ältester dieses wertvolle Möbelstück einer zwölfjährigen Heulsuse vermachte, aber Ernst blieb stur. *Es ist mein Schreibtisch, und ich bestimme, wer ihn bekommt!*

Unter seiner Aufsicht wurde das schwere *Bureau plat* mit der lederbezogenen Arbeitsfläche und den bronzebeschlagenen Beinen in Victorias Mädchenzimmer getragen. Ehe er abgereist war, hatte er ihr unter dem Siegel höchster Verschwiegenheit das Geheimfach gezeigt, aus dem sie nun mit freudiger Erwartung das Buch zog, das sie sich vor einigen Tagen aus der Bibliothek ihres Onkels *geliehen* hatte. Es waren Kriminalgeschichten von Edgar Allan Poe, und bis auf zwei hatte sie alle gelesen.

Leider würde sie das Buch bald zurückbringen müssen, damit ihr Onkel nicht durch Zufall den Verlust bemerkte. Victoria seufzte. Vornehme Damen mußten sich nicht nur wohlanständig betragen, sondern auch allem entsagen, was schädlich für ihre sittliche Entwicklung sein könnte. Daß die Beschreibung brutaler Verbrechen wie in Victorias Lieblingsgeschichte *Der Doppelmord in der Rue Morgue* unter diese strenge Tabuliste fallen würde, bezweifelte sie keine Sekunde. Gespannt auf das, was sie erwartete, schlug sie das Buch auf und fing an zu lesen. Aber diesmal war ihr kein Glück vergönnt. Entsetzt fuhr sie herum, als plötzlich ihre Mutter, Kommissar Biddling und Schutzmann Braun hereinkamen.

»Die Herren sind von der Kriminalpolizei und haben einige Fragen an dich«, sagte Henriette und sah sie streng an. »Was hast du mit dem Dienstmädchen von Sophia zu schaffen?«

»Nichts, Mama.« Victoria versuchte, das Buch unauffällig in einer Schublade verschwinden zu lassen.

»Was liest du da?« Ihre Mutter kam näher, aber mit einem Blick auf den Titel entspannte sich ihre harte Miene.

»Könnten wir Ihre Tochter einen Moment allein sprechen, gnädige Frau?« fragte Richard, als Henriette keine Anstalten machte zu gehen.

Sie sah ihn kühl an. »Wenn Sie es für erforderlich halten, Herr Kommissar.« Brüsk drehte sie sich um und verließ das Zimmer.

Victoria war es ganz recht, daß ihre neugierige Mutter von der Unterredung ausgeschlossen wurde, zumal sie Biddlings Gesicht ansehen konnte, daß er ungehalten war. Sie bemühte sich, ihrer Stimme einen hohen Klang zu geben, wie es einem vornehmen Fräulein anstand. »Was wünschen Sie, Herr Kommissar?«

»Woher kennen Sie Emilie Hehl?« fragte Richard und schaute sich im Zimmer um. Es war mit Plüsch und Pomp vollgestopft; neben dem mit einem kostbaren Baldachin überspannten Bett standen zwei nachgemachte Renaissance-Faltstühle, die wahrscheinlich noch unbequemer waren, als sie aussahen, und in einer Ecke thronte ein großer, in einen Goldrahmen gefaßter Spiegel, den Richard genauso geschmacklos fand wie das Lüsterweibchen an der Decke und das altertümliche Lichtgestell aus Schmiedeeisen auf dem Nachtschränkchen.

Victoria, die seine Blicke verfolgt hatte, sagte kalt: »Ich habe

mir die Einrichtung nicht ausgesucht. Und um Ihre Frage zu beantworten: Ich habe Emilie an meine Tante vermittelt.«
»Soso«, sagte Richard und kam einen Schritt näher. »Schöner Schreibtisch.«
»Den hat mir mein Bruder geschenkt.«
»Wie kamen Sie dazu, Emilie an Ihre Tante zu vermitteln?« schaltete sich Heiner Braun in das Gespräch ein.
Richard Biddling sah Victoria direkt in die Augen. Sie konnte seinem Blick nicht standhalten und schaute an ihm vorbei zur Tür. »Mein Kollege hat Sie etwas gefragt, Fräulein Könitz!«
»Ich hatte gehört, daß Emilie eine Stellung sucht, und habe das an meine Tante weitergegeben.«
»Das sagten Sie schon. Ich wiederhole: Woher kannten Sie das Mädchen?«
»Was weiß ich, woher!« gab Victoria patzig zur Antwort. »Ich habe vermutlich irgendeine Bekannte meiner Mutter davon reden hören, daß sie was von Pflanzen versteht und eine Stellung sucht.«
»Sophia Könitz sagte mir, daß Emilie überhaupt nichts von Pflanzen verstand, sich aber sehr geschickt anstellte und schnell lernte.«
»Dann habe ich es halt verwechselt.«
»Verwechselt, aha.« Richards Stimme war voller Hohn. »Haben Sie vielleicht auch zufällig den Hintereingang zum Garten Ihres Onkels mit dem Vordereingang verwechselt?«
Victoria wurde blaß. »Wieso?« fragte sie unsicher.
»Sie haben schönes Haar.« Sie sah Richard verständnislos an. Er holte die blonde Haarsträhne hervor und hielt sie ihr vor die Nase. »Gehe ich recht in der Annahme, daß Sie das an der alten Pforte verloren haben?«
»Ich wollte nur ...«
»Sie unvernünftiges Weibsbild haben alle Spuren zertrampelt!«
»Was wollten Sie dort?« fragte Heiner freundlich und erntete von Richard einen strafenden Blick.
Victoria warf wütend den Kopf in den Nacken. »Ich habe nachgesehen, ob da jemand reingegangen ist. Ihr Kollege hatte das ja nicht für nötig befunden, wie ich überhaupt das Gefühl habe, daß er die Sache nicht allzu ernst nimmt.« Sie bedachte Richard mit einem verächtlichen Lächeln.

»Was erlauben Sie sich eigentlich, Fräulein Könitz!« schrie Richard. Diese Frau war ja nicht zum Aushalten!

»Ich äußere meine Meinung«, sagte Victoria. Ihre Stimme klang plötzlich ganz ruhig. Was sollte ihr dieser unsympathische Mensch schon anhaben können. Jemand, der so schnell aus der Fassung zu bringen war, konnte ihr nicht ernsthaft gefährlich werden. Der werte Herr Kommissar war offensichtlich so sehr von sich überzeugt, daß er glaubte, sein forsches Auftreten werde genügen, um sie einzuschüchtern. Wie alle Männer rechnete er wohl damit, mit einer Frau leichtes Spiel zu haben! Victoria stellte sich vor, wie das Gespräch verliefe, wenn er Maria befragen würde: *Ja, Herr Kommissar, aber sicher, Herr Kommissar, ganz wie Sie meinen.* Und dabei würde ihre einfältige Schwester dieses Mannsbild garantiert mit schmachtenden Blicken anhimmeln und ihn in ihre nächtliche Traumkavallerie von rosenbekränzten Schimmelreiterprinzen einreihen. Der Gedanke ließ sie auflachen, und das machte Richard noch wütender.

»Würden Sie vielleicht die Güte haben, mir endlich auf meine Frage zu antworten, Fräulein Könitz! Woher kannten Sie Emilie Hehl?«

»Wollen Sie sich nicht setzen?« wandte Victoria sich ungerührt an Heiner Braun. Er lehnte dankend ab. Das kleine Machtspiel zwischen Biddling und diesem widerborstigen Fräulein Könitz gefiel ihm. »Mir wäre es lieber, wenn Sie die Fragen stellten, Herr Kommissar«, säuselte sie und schenkte Heiner ein liebreizendes Lächeln. Dabei schaute sie demonstrativ an Biddling vorbei, als sei er Luft.

»Der Kommissar steht dort!« sagte Heiner grinsend.

Victoria tat erstaunt: »Ich dachte, Sie seien mindestens vom gleichen Rang wie Ihr unfreundlicher Begleiter. Aber gute Manieren scheinen in Preußen kein Beförderungskriterium zu sein.«

Richard wurde heiß vor Zorn, aber er riß sich zusammen. Dieser unverschämten Person würde er keinen Angriffspunkt mehr bieten. »Also halten wir fest: Sie können sich nicht erinnern, wie Sie Emilie Hehl kennengelernt haben. Ich nehme nicht an, daß Sie erwarten, daß ich Ihnen das glaube, gnädiges Fräulein.« Er lächelte zynisch. »Aber vielleicht ist Ihnen inzwischen ja wieder eingefallen, warum Sie den Garten Ihres Onkels auf diesem unbequemen Weg verlassen haben?«

»Das sagte ich bereits: Ich wollte nachsehen, ob jemand durch die Pforte ging.«

»Und?«

»Haben Sie sich durch die Dornen gekämpft, um die unmaßgebliche Ansicht einer Frau zu hören, Herr Kommissar? Im übrigen hat mir mein Onkel verboten, mich in die Sache einzumischen.«

»Meiner Meinung nach hängen Sie schon mittendrin!« sagte Richard böse, und als sie ihn überrascht ansah, fügte er hinzu: »Ihre Hände zittern.«

Victoria verschränkte ihre Arme vor der Brust. »Mir ist kalt.«

»Wann haben Sie Emilie Hehl zuletzt gesehen?« fragte Heiner Braun. Er nickte seinem Vorgesetzten zu und ging langsam in Richtung Tür.

»Irgendwann in der vergangenen Woche, als ich bei meiner Tante zu Besuch war«, antwortete Victoria.

Mit einem Schwung riß Heiner die Zimmertür auf und lachte, als die puterrot angelaufene Louise entsetzt einen Schritt rückwärts machte. »Schau an, wen haben wir denn da?«

»Louise, was fällt dir ein!« Victoria war außer sich. »Geh sofort nach unten!«

Die Zofe murmelte eine Entschuldigung und wollte verschwinden. Richard rief sie zurück. »Lauschen Sie immer an den Türen Ihrer Herrschaft?«

»N... nein, natürlich nicht, aber...«, stammelte Louise. Ihre dunklen Augen wanderten unruhig zwischen dem Kommissar und Victoria hin und her.

»Was aber?« fragte Richard streng.

»Ich wollte doch nur erfahren, ob es etwas Neues über Emilie gibt.«

»Kennen Sie sie denn?«

»Ja – ähm, ich meine nein, sie...«

»Sie ist eben eine vom gleichen Stand, und Louises Interesse ist rein allgemeiner Art«, sagte Victoria.

»Ach, und woher wissen Sie das so genau, gnädiges Fräulein?«

»Immerhin steht Frau Kübler seit fast zwölf Jahren in meinen Diensten!« entgegnete Victoria schnippisch.

»Das erklärt natürlich alles.« Richard sah Louise an.

»Sie gehen jetzt mit meinem Kollegen auf Ihre Kammer und beantworten dort wahrheitsgemäß alle Fragen, die er Ihnen stellt!«

»Ja, Herr Kommissar.«

Heiner Braun folgte Louise in den Flur und schloß die Tür. Victoria schaute zum Fenster hinaus. »Was wollen Sie noch von mir, Herr Kommissar?« fragte sie gelangweilt.

»Die Wahrheit, gnädiges Fräulein.«

Sie drehte sich zu ihm um. Ihr Mund verzog sich zu einem spöttischen Grinsen. »Wenn Sie sie vertragen können.«

»Was soll das nun wieder bedeuten?« Richard mußte an sich halten, um nicht erneut ausfällig zu werden. Er kannte viele Frauen, aber eine solche Mischung aus Arroganz und Frechheit war ihm noch nicht begegnet.

»Sie müssen ja wohl zugeben, daß Sie bei Ihrem ersten Besuch im Hause Könitz nicht das getan haben, was Sie hätten tun sollen, Herr Kommissar.«

»Ach, Sie wissen also, wie die Kriminalpolizei arbeitet, gnädiges Fräulein? Sehr interessant.«

»Ich weiß, wie sie zu arbeiten *hätte*!«

»Ich höre.«

»Sie haben sich nicht gründlich im Garten umgeschaut, sonst hätten Sie die Pforte gesehen. Sie haben sich auch nicht gründlich im Glashaus umgeschaut, sonst hätten Sie die Spuren im Erdhaus gesehen, und...«

»Und woraus ziehen Sie Ihre genialen Schlüsse?«

»Sie haben behauptet, Emilie sei weggelaufen.«

»Ich habe gesagt, daß sie weggelaufen sein *könnte*.«

»Ist sie aber nicht.«

»Und wieso nicht?«

»Haben Sie sich den Orangenbaum angesehen?«

»Selbstverständlich.«

»Dann hätten Sie feststellen müssen, daß er nicht zufällig umgefallen ist. Jemand wurde dagegengestoßen. Ich vermute, daß es Emilie war.«

»Darauf bin ich allerdings selbst gekommen«, log Richard und ärgerte sich, daß er den Baum nicht sorgfältiger untersucht hatte. Plötzlich kam ihm eine Idee. Er zog die Goldemailbrosche aus seiner Jackentasche und hielt sie Victoria hin. »Ihr Onkel hat mir aufgetragen, Ihnen das hier zu geben.«

Victoria nahm das Schmuckstück, ohne zu zögern. »Danke. Ich muß sie wohl verloren haben.«

»So ist es. Ich fand sie ungefähr zwei Meter unter der Erde neben einem toten Hund. Seltsamer Zufall, nicht wahr?« Mit Befriedigung registrierte Richard, daß mit einem Schlag alle Hochmütigkeit von ihr abfiel.

»Bitte verraten Sie ja nichts davon meinen Eltern oder meinem Onkel!« rief sie erschrocken.

»Das werden wir sehen«, meinte er gönnerhaft.

Victoria hätte ihm am liebsten ans Schienbein getreten, aber sie beherrschte sich. Wenn Konrad erfuhr, daß sie sich in der vergangenen Nacht heimlich durchs Glashaus in den Tunnel geschlichen hatte, dann wäre es mit den herrlichen Besuchen bei Tante Sophia bis auf weiteres vorbei. »Möchten Sie wissen, was ich dort wollte?« fragte sie unsicher.

»Vielleicht einen Weinfaßdieb erschrecken?«

»Ihr vortreffliches Kombinationsvermögen erstaunt mich außerordentlich, Herr Kommissar.« Sie lächelte süffisant.

Richard ignorierte es. Er war es leid, sich von ihr zum Narren machen zu lassen. »Die Idee mit den Steinen ist übrigens nicht übel«, sagte er betont zuvorkommend. »Aber die liegen nicht erst seit gestern dort, oder?«

»Wir waren als Kinder öfter im Gang. Der Reiz des Verbotenen, Sie verstehen?«

Richard war verblüfft, wie schnell sie ihren Gesichtsausdruck ändern konnte. Unschuldig sah sie ihn mit ihren blauen Augen an, als könne sie nicht einmal ein unfreundliches Wort denken, geschweige denn aussprechen. »Wer ist wir?«

»Mein Cousin Eduard und ich.«

»Der Sohn vom Doktor? Der ist doch mindestens fünfzehn Jahre älter als Sie!«

»Zwölf Jahre, wenn Sie es genau wissen wollen. Wir haben uns wunderbar verstanden. Leider ging er vor zehn Jahren plötzlich weg.«

»Sehr plötzlich, in der Tat«, stellte Richard fest. In seiner Stimme klang ein seltsamer Unterton mit.

»Sie kennen ihn?« fragte Victoria überrascht.

»Vom Hörensagen. Auf Wiedersehen, Fräulein Könitz.«

»Auf ein Wiedersehen lege ich keinen Wert«, sagte sie bissig. Sie ärgerte sich, daß es diesem Biddling zu guter Letzt doch noch gelungen war zu triumphieren. Als er das Zimmer verlassen hatte, ging sie zu ihrem Spiegel. »Warum hat dich der liebe Gott bloß nicht als Victor auf die Welt geschickt«, sagte sie zu ihrem Spiegelbild und streckte ihm die Zunge heraus, wie sie es immer tat, wenn sie mit sich unzufrieden war. Victoria kehrte zum Schreibtisch zurück, und als sie Poes Buch in die Hand nahm, lächelte sie. *Backfischchens Leiden und Freuden* – der Einband dieses langweiligen Romans, den ihre Mutter ihr zur sittlichen Erbauung verordnet hatte, taugte wunderbar zur Tarnung für Detektiv Dupin, der nur durch genaues Beobachten und scharfsinniges Nachdenken einen komplizierten Doppelmord zu lösen imstande war, indem er bewies, daß die Abdrücke am Hals des Opfers gar nicht von einem Menschen stammen konnten.

Und wie er über die Polizei herzog, war einfach köstlich! *Die Pariser Polizisten, die so sehr wegen ihres Scharfsinnes gelobt werden, sind schlau, weiter nichts. Es ist keine Methode in ihrem Vorgehen.* Selbst Eugène Vidocq, den ehemaligen Chef und Gründer der berühmten Pariser Kriminalpolizei, wagte Dupin zu kritisieren: *Aber ohne ausgebildetes Denkvermögen irrte er sich immerzu gerade durch die übertriebene Genauigkeit seiner Nachforschungen. Er verlor den Blick, weil er den Gegenstand zu nahe hielt. So geht es, wenn man zu tief sein will. Die Wahrheit steckt nicht immer in einem Brunnen.* Eine herrliche Passage! Victoria konnte sie gar nicht oft genug lesen. Aber dafür war jetzt keine Zeit. Seufzend verstaute sie das Buch wieder im Geheimfach und verließ ihr Zimmer. Sie mußte sofort mit Louise reden, ehe die dumme Gans mit ihrem Geplappere alles kaputtmachte!

Louises Kammer lag direkt unterm Dach. Es war ein langer, schmaler Raum, der durch eine winzige Dachluke nur dürftig erhellt wurde. Es stand ein Bett darin, ein Stuhl, ein Tisch, eine Kommode mit Waschschüssel und ein kleiner Schrank. Auf dem Bett lag Louise und weinte.

Victoria ließ sich auf dem Stuhl nieder. »Hör bitte mit dem Geheule auf«, sagte sie kaltschnäuzig. »Damit kannst du deiner Emilie auch nicht helfen.«

Louise richtete sich auf und fuhr sich mit den Händen über ihre geröteten Augen. »Der Beamte hat mich so viele Dinge gefragt: Warum ich mich für Emilie interessiere, woher ich sie kenne, und woher du sie kennst ...«

»Na und? Laß ihn fragen, was er will. Du behauptest, daß

du nichts weißt, und niemand wird dir das Gegenteil beweisen können.«

»Es fällt mir aber so schwer«, sagte Louise leise. »Nicht jeder ist wie du, Victoria.«

Victorias harte Miene entspannte sich. Sie stand auf, setzte sich neben ihre Zofe aufs Bett und betrachtete mitleidig ihr hageres, verweintes Gesicht, ihre rissigen Hände und das dünne dunkle Haar, in dem schon erste graue Strähnen schimmerten. Victoria erinnerte sich, daß Louise früher einmal recht hübsch gewesen war, aber das war lange her, und während der letzten Jahre war sie weit über ihre Zeit hinaus gealtert. »Du hast recht, manchmal bin ich ein Ekel«, räumte sie ein. »Aber was soll ich machen, wenn du dich so unglaublich dumm anstellst! Wir kennen uns so lange, und ich möchte nicht, daß Mama dich rauswirft, nur weil sie herausfindet, daß du ihren Moralvorstellungen nicht entsprichst.«

Louise sah Victoria traurig an. »Es ist schon so viele Jahre her, und ich ...«

»Du weißt am besten, daß dieses Argument bei Mama nicht zählt. Aber ich habe versprochen, daß ich dich nicht verrate, und daran halte ich mich. Und jetzt sollten wir über Emilie sprechen. Du mußt mir alles von ihr erzählen, jede Kleinigkeit ist wichtig, hörst du!«

»Ich kenne sie doch kaum«, wandte Louise zaghaft ein.

»Du hast sie immerhin zur Welt gebracht!«

Louise stiegen von neuem Tränen in die Augen. »Es ist nicht viel, aber wenn du meinst, daß es irgendwie nützen könnte ...«

Victoria war gerade wieder in ihr Zimmer zurückgekommen, als ihre Mutter sie rufen ließ. Mit gemischten Gefühlen ging sie in den Salon hinunter. Maria saß immer noch am Klavier und studierte scheinbar interessiert das vor ihr liegende Notenheft, während sie sich insgeheim auf den Tadel freute, den ihre Schwester zu erwarten hatte.

»Was wollte der Kommissar von dir?« fragte Henriette streng.

Victoria sah sie unschuldig an. »Du weißt, Mama, daß eins von Sophias Mädchen verschwunden ist. Und weil ich öfter bei Tantchen zu Besuch bin, dachte der Herr Kommissar, daß ich irgend etwas wisse.«

»Wenn es nicht mehr war, warum wurde er dann so impertinent laut? Man hörte es bis hier unten. Welche Blamage vor meinen Gästen!«

»Es tut mir leid, Mama. Ich kann nichts dafür, wenn dieser Mensch nicht weiß, was sich gehört.« Victoria lächelte. »Aber was soll man von einem ungehobelten preußischen Beamten anderes erwarten!« Ihre Mutter nickte wohlwollend.

»Hast du was dagegen, wenn ich morgen mit Louise zusammen Clara besuche, Mama?« fragte Victoria höflich.

»Selbstverständlich nicht. Ich freue mich, daß du dich um sie kümmerst. Das arme Kind!« Henriette Könitz war nur selten wirklich betroffen. Aber wenn sie von ihrer ältesten Tochter sprach, wirkte ihre Trauer echt, auch wenn sich darunter stets ein wenig Zorn mischte.

»In dieser Familie lügt einer mehr als der andere«, sagte Richard zu Heiner Braun und verzog verächtlich das Gesicht. Nach dem Streitgespräch mit Victoria Könitz hatte er keine Lust mehr auf einen Stadtrundgang gehabt, und sie waren auf dem kürzesten Weg zum Clesernhof zurückgekehrt. In Richards Büro berieten sie, wie es weitergehen sollte.

»Vielleicht hätten Sie mehr Erfolg, wenn Sie nicht ständig an die alten Akten in Ihrem Schreibtisch denken würden. Fräulein Könitz war damals noch ein Kind«, wandte Heiner freundlich ein.

»Was hat das eine mit dem anderen zu tun? Im übrigen dürfen Sie mir glauben, daß ich mich selbst dafür ohrfeigen könnte, daß mich dieses dämliche Weibsbild dazu gebracht hat, derart die Beherrschung zu verlieren!«

»Das soll vorkommen. Allerdings fördert es nicht gerade die objektive Ermittlungsführung.«

»Danke für die Belehrung«, konterte Richard gereizt.

Heiner sah ihn ruhig an. »Ich hoffe, Sie fassen die Kritik eines Untergebenen nicht als persönliche Beleidigung auf, Herr Kommissar.«

Richard mußte plötzlich grinsen. »Ich denke, ich werde es überleben, Herr Schutzmann.« Gegen seinen Willen fing er an, diesen seltsamen Menschen zu mögen, der so anders war als alle Beamte, mit denen er bisher zusammengearbeitet hatte. Trotzdem würde er sich davor hüten müssen, allzu vertrauensselig zu sein, solange er nicht mit Sicherheit wußte, wer alles in dem Spiel mitmischte, das aufzudecken er geschworen hatte. Daß ausgerechnet jetzt das Dienstmädchen der Familie Könitz verschwunden war, erwies sich dabei als willkommener Zufall, der ihm vorher verschlossene Türen öffnete. »Wie erwähnt, werde ich morgen mit einigen Schutzleuten zusammen noch einmal die unterirdischen Gänge unter die Lupe nehmen«, sagte er. »Und Sie werden inzwischen feststellen, woher Emilie stammt, ob sie Angehörige in Frankfurt hat, wie und mit wem sie ihre Freizeit verbrachte und so weiter und so fort. Befragen Sie sämtliche Dienstboten im Hause Könitz, und versuchen Sie herauszufinden, ob sie vor der Anstellung bei der Familie in einer Stellenvermittlung war und einen Kontrakt unterschrieben hatte!«

Heiner Braun zog die Augenbrauen zusammen und sah seinen Vorgesetzten lächelnd an. »Nach fast dreißig Jahren Polizeidienst wäre ich niemals im Leben von selbst auf diese Idee gekommen.«

»Wollen Sie etwa Victoria Könitz nacheifern? Dafür sind Sie nicht zickig genug!«

Heiner stand auf, schlug die Hacken zusammen und salutierte. »Zu Befehl, Herr Kommissar! Nicht zickig, aber dafür zackig!«

»Sie sind unmöglich, Braun«, sagte Richard, und es gelang ihm nur mit Mühe, seiner Stimme den nötigen Ernst zu verleihen.

Sechs Tage nach Emilies Verschwinden, am Montag, dem fünften Juni, kurz vor der Mittagsstunde, erschien Hannes im Clesernhof. Er berichtete, daß Mainfischer am Morgen das vermißte Weinfaß der Familie Könitz aus dem Fluß geborgen hätten, und dann drückte er Kommissar Biddling einen Zettel mit einer Adresse in die Hand. »Dort wurde in der vergangenen Woche ein Amulett abgegeben. Es gehörte Emilie.« Bevor Richard ihn noch irgend etwas fragen konnte, rannte er davon.

5

Die Pfandleiher und Trödler werden von den Dieben vorzugsweise benutzt, um die entwendeten Gegenstände unterzubringen.

❖

Nachdem Richard Biddling einige Male vergebens an die Tür des verräucherten, windschiefen Häuschens von Oskar Straube geklopft hatte, wandte er sich nach links und ging durch die schmale Einfahrt in den verwinkelten Hinterhof, aus dem laute Stimmen drangen. Heiner Braun folgte ihm. Es roch stark nach Fisch, und Richard rümpfte die Nase.

In einer Ecke, halb von einem nachlässig aufgeschichteten Holzstapel verdeckt, hockten zwei stämmige, in grobes Leinen gekleidete Frauen neben mehreren kleinen und großen Körben. Sie drehten den Männern den Rücken zu und kreischten sich in einer Lautstärke an, als wollten sie einander jeden Moment die Köpfe abreißen. »Gottverdammich, die Vulleul, des schlecht Oos, der Deibel soll'n hole ...!«

»Ei, des Gewitter soll'n hunnerttausend Klafter in de Erdbode verschmeiße! Nix als wie Saufe im Kopp!«

Erschrocken blieb Richard stehen und schaute seinen Kollegen fragend an, während die beiden Marktweiber ihr Gezeter fortsetzten. »Sie stellen gerade fest, daß sie mit ihren Ehegatten eigentlich ganz zufrieden wären, wenn die etwas weniger Apfelwein zu sich nehmen würden«, sagte Heiner lächelnd.

Richard schüttelte den Kopf und rief: »Guten Tag, die Damen!« Das Geschrei verstummte augenblicklich. Mit einer Behendigkeit, die er ihnen gar nicht zugetraut hätte, sprangen die Frauen auf und kamen neugierig näher. Während sie Heiner mit einem derben Spruch begrüßten, betrachteten sie Richard mit unverhohlenem Mißtrauen. Er wies sich als Kriminalbeamter aus und erkundigte sich höflich, wo er Oskar Straube finden könne. Er hatte die Frage kaum ausgesprochen, als die ältere der beiden eine wüste Schimpfkanonade losließ, von der er annehmen mußte, daß sie ihm galt. Außer einigen bösen Flüchen verstand er allerdings überhaupt nichts.

Heiner Braun merkte, daß der Geduldsfaden des Kommissars kurz vor dem Zerreißen war, und schaltete sich in das Gespräch ein. »Nun mal halblang, Lotti«, sagte er. Dann folgte ein hitziges Wortgefecht in unverständlichem Kauderwelsch und schließlich eine von wilder Gestik begleitete Verabschiedung. »Der Straube ist unten am Main«, klärte Heiner seinen verständnislos blickenden Vorgesetzten auf, als sie wieder auf der Straße standen. »Im übrigen müssen Sie nicht so ein beleidigtes Gesicht ziehen, die meinen es nicht persönlich. In Sachsenhausen lernen die Kinder das Fluchen noch vor dem Beten, aber ihre Sitten sind um vieles besser als ihre Manieren.«

»Wenn Sie das sagen.«

»Warten Sie ab, bis wir zusammen den ersten Apfelwein beim *Lahmen Esel* oder in der *Kalt Wand* getrunken haben, dann werden Sie mir zustimmen, daß dieses derbe Völkchen das Herz auf dem rechten Fleck hat.«

»Sie glauben nicht im Ernst, daß ich mich mit diesem ungebildeten Pöbel an einen Tisch setze!« wehrte Richard entrüstet ab. Heiner lächelte. »Für polizeiliche Ermittlungen ist es von ungeheurem Vorteil, wenn man über alle Gesellschaftsschichten Bescheid weiß, einschließlich ihrer Sitten und Gebräuche, ihrer Schwächen und Vorlieben. Und wo kann man das bequemer studieren als bei einem gemütlichen Schoppen?« Als Richard nichts erwiderte, setzte er hinzu: »Sie sollten den praktischen Rat eines altgedienten Frankfurter Gendarmen in eigenem Interesse beherzigen, nicht daß es Ihnen ergeht wie dem preußischen Unteroffizier, der nach der Annexion bei einem alten Sachsenhäuser einquartiert wurde.«

»Wieso, was hat er denn angestellt?«

Heiner registrierte zufrieden, daß Richards ärgerlicher Gesichtsausdruck verschwunden war. »Als die Hausfrau das Essen auftrug, legte der junge, forsche Eroberer als Ausdruck seiner Macht seinen Säbel auf den Tisch. Und der Sachsenhäuser ging in den Stall, holte eine Mistgabel und legte sie dazu. Und wissen Sie, was er sagte?«

»Sie werden es mir verraten.«

»Ei, ich hab' gedacht, zu einem großen Messer gehört auch

eine große Gabel.« Richard mußte lachen, und Heiner sagte: »Die Sachsenhäuser nehmen für sich in Anspruch, die gröbsten Leute des ganzen Erdballs zu sein, und sie sind mächtig stolz darauf. Es sind einfache Leute, gewiß! Aber sie legen Wert auf ihre Ehre und ihre Freiheit. Sie können ihnen die unflätigsten Schimpfwörter an den Kopf werfen, aber Sie sollten sich hüten, sie in ihrer Ehre zu kränken.«

»Und ihnen möglichst verschweigen, daß ich Preuße bin, oder wie soll ich Ihre kleine Anekdote deuten?«

»Ach was! Ich wollte lediglich Ihre biestige Miene aufheitern, Herr Kommissar.« Heiner beschleunigte seine Schritte und überholte zwei lautstark diskutierende Frauen, die schwere Körbe auf ihren Köpfen balancierten.

Richard folgte ihm. »Aus irgendeinem Grund scheine ich den weiblichen Teil der Frankfurter Bürgerschaft allein durch mein Erscheinen zu Zornesausbrüchen zu reizen«, sagte er, als sie wieder nebeneinander hergingen.

Heiner Braun sah ihn an, und die feinen Fältchen um seine grauen Augen vertieften sich. »Was die Sachsenhäuserinnen angeht, habe ich Sie hoffentlich aufgeklärt. Und die Damen im restlichen Frankfurt, *hibb de Bach*, die sind im allgemeinen äußerst liebreizend und von ausgesuchter Höflichkeit.«

»Davon habe ich mich ja bereits in aller Ausführlichkeit überzeugen können.«

Heiner zuckte mit den Schultern. »Keine Regel ohne Ausnahme, Herr Kommissar. Wobei ich als objektiver Beobachter gerechtigkeitshalber anmerken muß, daß Ihr Umgangston gegenüber Fräulein Könitz auch nicht gerade den Regeln des Knigge entsprach.«

»Mhm...«, sagte Richard und schwieg.

Über die Löhergasse erreichten die beiden Männer das Sachsenhäuser Mainufer. Ein buntes Durcheinander von baufälligen, ineinander und aneinander gebauten mittelalterlichen Wohnhäusern säumte das Ufer und grenzte zum Teil direkt ans Wasser. Im Gegensatz zur anderen Mainseite mit ihren prächtigen und vornehmen Bauten machte das Ganze einen ärmlichen, heruntergekommenen Eindruck, der dennoch einen gewissen Reiz hatte. An einem schmalen Uferstreifen lagen Fischernetze und Bleichwäsche; etwas abseits schnatterte eine kleine Schar Enten.

Zwei Nachen näherten sich der Landungsstelle; auf jedem

der schlanken Boote lagen silberne Haufen frisch gefangener Mainfische. Richard hoffte, daß einer der Männer Oskar Straube sei, doch Heiner schüttelte den Kopf.

Die lauten Kommandos mehrerer Flößer, die sich jenseits der Maininsel abmühten, ihre aneinandergekoppelte Holzfracht sicher durch die Kreuzbögen der Alten Brücke zu bringen, schallten über den Fluß und mischten sich mit dem Geschrei der Fischer, die nach der Anlandung ihren Fang entluden. Einer der Männer erklärte, daß Oskar Straube heute mit seinem Boot mainabwärts stehe und erst gegen Nachmittag zurückkomme. Richard trug ihm auf, Straube auszurichten, er möge unverzüglich im Polizeipräsidium erscheinen.

»Am besten gehen wir über die Alte Brücke zurück«, schlug Heiner vor. »Den Zoll über den Eisernen Steg kann ich mir mit meinem Salär nicht allzuoft leisten.«

»Wir sind doch im Dienst«, entgegnete Richard.

Heiner ging nicht darauf ein. »Ehrlich gesagt, ich kann immer noch nicht glauben, daß Fischkopp-Oskar etwas mit dem Verschwinden des Mädchens zu tun hat.«

»Fischkopp-Oskar?«

»So wird er genannt, seit er als Junge kopfüber in einen Haufen stinkender Abfälle fiel.« Heiner lächelte. »Es gibt nur wenige Sachsenhäuser, die nicht irgendwann einen Spitznamen verpaßt bekommen. Und den werden sie dann zeitlebens nicht mehr los.«

»Wie gut kennen Sie ihn eigentlich?« fragte Richard.

»So gut, wie man halt jemanden kennt, mit dem man hin und wieder ein Schöppchen trinkt. Oskar ist ein derber, im Herzen aber gutmütiger Kerl, der vor Fleiß und Arbeit seine Armut vergißt, dann und wann etwas zu tief ins Apfelweinglas schaut und sich ansonsten von seiner resoluten Gattin ohne Widerrede herumkommandieren läßt.«

»Er hat Emilies Amulett beim Trödler versetzt.«

»Und wenn vielleicht doch eine Verwechslung vorliegt, Herr Kommissar?«

»Ausgeschlossen. Sowohl Sophia Könitz als auch Emilies Pflegemutter haben das Schmuckstück eindeutig identifiziert. Sie sagten übereinstimmend, daß das Mädchen es Tag und Nacht trug.«

»Eine sentimentale Erinnerung an ihre unbekannte Mutter,

die sie kurz nach der Geburt aussetzte und nie gefunden wurde«, bemerkte Heiner, der im Waisenhaus vergeblich nach Emilies Herkunft geforscht hatte.

»Wahrscheinlich«, sagte Richard. »Festzuhalten bleibt, daß das Mädchen außer ihrer Pflegefamilie keinerlei Bindungen in Frankfurt zu haben scheint.«

»Die Dienstboten im Hause Könitz beschreiben Emilie als einzelgängerisch und jeder Geselligkeit mit ihresgleichen abgeneigt. Sophia Könitz hingegen schwärmte, daß sie gelehrig, fleißig und außerordentlich folgsam gewesen sei. Nie habe sie eine Widerrede geführt oder sich unsittlich betragen. Der einzige Tadel, der Frau Doktor zu ihr einfiel, war ihre übertriebene Putzsucht und ihr Bestreben, es in Kleidung und Benehmen ihrer Herrschaft gleichzutun. Dem alten Hausknecht gegenüber erwähnte Emilie einmal, sie fühle, daß sie etwas Besonderes sei, und irgendwann werde sie das auch allen beweisen.«

Richard grinste. »So eine hatten wir zu Hause auch. Mutter ist fast verzweifelt mit ihr. *Dienstboten sollen reinlich und sauber gekleidet sein, nicht mehr und nicht weniger! Ich dulde keinen Putz am Arbeitskleid und erst recht nicht, daß Sie beständig meinen, mit mir und der Tochter des Hauses in Wettstreit treten zu müssen, was Kleidung und Haartracht angeht!* hielt sie der armen Rosa immer vor. Schließlich warf sie sie hinaus, sehr zu meinem und meines Bruders Leidwesen, denn sie war adrett anzuschauen und nicht so ein grobschlächtiger Küchendragoner wie ihre Nachfolgerin. Bei der machte es überhaupt keinen Spaß, heimlich zuzusehen, wie sie die steile Leiter zum Hängeboden hinaufkletterte.«

»Ach, so einer sind Sie!« rief Heiner amüsiert.

»Mein Bruder und ich waren damals gerade in dem Alter, in dem man entdeckt, daß es zwei Geschlechter gibt. Aber im Gegensatz zu anderen Familien wurde bei uns mit äußerster Strenge darauf geachtet, daß keine Tändeleien mit den Dienstmädchen vorkamen. Heute glaube ich, daß meine Mutter uns beiden trotzdem nicht recht traute, was wohl der eigentliche Grund dafür war, die hübsche Rosa zu entlassen und ...« Richard brach mitten im Satz ab. Wie kam er dazu, vor einem Untergebenen solche persönlichen Dinge preiszugeben? Hatte ihn nicht sein Vater gelehrt, daß zwischen Oberbeamten und Unterbeamten strikte Distanz zu wahren sei und daß es im Dienst keinen Platz geben dürfe für private Angelegenheiten? Aber dieser unmögliche Braun hatte es tatsächlich geschafft, daß er alle seine Vorsätze vergaß!

»Emilie ist zweifellos nicht nur hübsch, sondern eine richtige Schönheit«, kam Heiner auf das verschwundene Mädchen der Könitz' zurück und riß Biddling aus seinen selbstkritischen Gedanken. »Selbst auf dem schlechten Photo, das ich in ihrer Kammer fand, kann man das sehen. Außerdem bin ich ihr einige Male begegnet, als sie mit Sophia Könitz in der Stadt zum Einkaufen war. Sie bewegte sich sehr anmutig. Und sie sah irgendwie erhaben aus, obwohl sie ein schlichtes, dunkles Kleid trug.«

»Sie sollten Liebesgedichte verfassen, statt Mordfälle aufzuklären«, bemerkte Richard verächtlich.

»Darf ein in Ehren ergrauter Schutzmann etwa nicht der Schönheit der Jugend huldigen?«

»Ich habe nichts dagegen«, sagte Richard mit einem kurzen Seitenblick. »Allerdings sehen Sie ganz und gar nicht wie ein sittsamer alter Herr aus, Braun.«

Heiner lächelte. »Nach fünf bis zehn Jahren Dienst im Clesernhof werden auch Sie meinen Humor schätzengelernt haben, Herr Kommissar.« Er wurde ernst. »Wissen Sie, worüber ich mir schon die ganze Zeit den Kopf zerbreche?«

»Sagen Sie's mir.«

»An wen mich Emilie bloß erinnert!«

»Bitte?« fragte Richard überrascht.

Sie gingen die Auffahrt zur Alten Brücke hinauf, auf der Fuhrwerke, Droschken, Reiter und Fußgänger hin- und herströmten. Trotz der neuen Übergänge herrschte auf der ältesten Mainbrücke nach wie vor so reger Verkehr, daß Forderungen laut geworden waren, sie abzureißen und verbreitert wieder aufzubauen. Nachdenklich schaute Heiner einem großen, schwerbeladenen Schiff zu, das mit umgelegten Masten auf die Brücke zuglitt. »Emilie sieht jemandem ähnlich, den ich kenne, und mir will einfach nicht einfallen, wer es ist.«

»Ich hoffe, Sie unterrichten mich, sobald Ihnen die große Erleuchtung kommt, Kollege.«

»Sie nehmen mich nicht ernst, Herr Kommissar.«

Richard grinste. »Wie sollte ich? Immerhin bin ich gerade dabei, Ihren Humor schätzenzulernen, Braun.«

Die beiden Männer passierten die Brückenmühle und das

alte Pumpwerk. Ungefähr in der Mitte der Brücke, kurz hinter einem eisernen, von einem goldenen Hahn bekrönten Kruzifix, blieben sie stehen. »Ein schöner Ausblick«, sagte Richard, und als er sah, daß sich sein Frankfurter Kollege über das Lob freute, fügte er hinzu: »Bis Ihr Fischkopp-Oskar im Polizeipräsidium erscheint, wird es ja noch ein Weilchen dauern. Deshalb möchte ich auf Ihr Angebot zurückkommen und Sie bitten, mir ein bißchen was von der Stadt zu zeigen.«

»Mit Vergnügen! Wir können gleich hier anfangen.« Lächelnd wies der Kriminalschutzmann auf das feierlich-steife Denkmal Karls des Großen, das in einer vorgemauerten Rundung auf der Brücke stand. »Der Bursche hier hat Frankfurt gegründet, als er vor mehr als tausend Jahren vor den feindlichen Sachsen über den Main floh. Der Sage nach wies ihm eine weiße Hirschkuh eine Furt über den Main.«

»Wenn seine damaligen Feinde die Vorfahren der heutigen Sachsenhäuser waren, kann ich seine Flucht nur zu gut verstehen.«

Heiner lachte. »Da sage noch einer, die Preußen hätten keinen Sinn für Humor! Möchten Sie noch mehr von Frankfurts Geschichte wissen?« Sie verließen die Brücke und folgten der bevölkerten Fahrgasse, die in die Stadt hineinführte.

»Ich frage mich schon die ganze Zeit, was dieser *Wäldchestag* bedeutet. Haben Sie da auch eine Legende als Erklärung parat?«

»Aber sicher doch, Herr Kommissar. Anno 1374 erhielten die Frankfurter vom Kaiser das Recht, im Stadtwald Holz zu schlagen, und weil sie schon immer ein praktisch denkendes Völkchen waren, machten sie einfach ein Fest daraus, und so ist es bis heute geblieben.«

Richard räusperte sich. »Wissen Sie, was mich ganz besonders interessieren würde?«

»Nur heraus mit der Sprache! Ich kenne die Stadt wie meine Westentasche.«

»Es hat nichts mit der Stadt zu tun, oder vielleicht doch?« Richard sah seinen Kollegen aufmerksam an. »Ich frage mich, was geschehen muß, daß ein Frankfurter mit Leib und Seele wie Sie von heute auf morgen seiner Heimatstadt den Rücken kehrt.«

Heiner Braun blieb kurz stehen, und als sich ihre Blicke trafen, bemerkte Richard zum ersten Mal, daß die Falten in seinem

Gesicht nicht nur vom Lachen kamen. Langsam gingen sie weiter. »Es war am letzten Tag der Frühjahrsmesse, am 21. April 1873, dem sogenannten Nickelchestag, der wie der Wäldchestag als Volksfest gefeiert wird«, begann Heiner und rieb seine Hände an seinem abgetragenen, fadenscheinigen Mantel. »Bürger und Auswärtige, Männer, Frauen und Kinder bevölkerten die Festwiese am Bleichgarten, aber die Stimmung war nicht so ausgelassen wie in den Jahren zuvor. Schlimme Gerüchte von Klassenkampf und Agitation durchliefen die Stadt, und dann hatten die Brauereien es auch noch gewagt, den Bierpreis um einen halben Kreuzer zu erhöhen. Anderswo war es aus dem gleichen Grund schon zu Unruhen gekommen, und die Polizei wurde in höchste Alarmbereitschaft versetzt.«

Heiner lachte böse. »Aber was hieß das schon. Die gesamte Polizeistreitmacht Frankfurts bestand aus sechs Kommissaren, fünf Wachtmeistern und dreiundfünfzig Schutzleuten – für neunzigtausend Einwohner! Warnungen vor einer Katastrophe hatte es genügend gegeben, aber die dringenden Bittschriften unseres Polizeipräsidenten nach Berlin um mehr Personal und bessere Ausstattung wurden von den Preußen ignoriert. Es kam, wie es kommen mußte: Im Trubel des Volksfestes rottete sich ein Haufen aus Betrunkenen, Unzufriedenen und Krawallmachern zusammen, die plündernd und einen roten Vorhang schwingend in die Innenstadt zogen. Sie zertrümmerten das Inventar von Brauereien, kippten Fässer voller Bier auf die Straße und räumten ganze Läden leer. Es flogen Backsteine, auch gegen die Polizei, die dem Treiben machtlos zusehen mußte. Schließlich wurden sechs Kompanien der preußischen Infanteriegarnison requiriert, um dem Spuk ein Ende zu bereiten.«

Heiner Braun machte eine hilflose Handbewegung. »Hier in der Fahrgasse kam es zu blutigen Zusammenstößen zwischen den Aufständischen und den Soldaten. Es wurde Befehl gegeben, scharf zu schießen, und dann ...« Er brach ab und fuhr sich mit der Hand übers Gesicht.

»Meine Frage war dumm. Entschuldigen Sie«, sagte Richard verlegen.

Eine Weile liefen sie wortlos nebeneinander her, dann gab sich Heiner einen Ruck und fragte betont locker: »Sollte ich Ihr Schweigen etwa so deuten, daß Ihre Neugier über Ihren neuen Dienstort schon befriedigt ist, Herr Biddling?«

»Nun ja, wenn ich es recht bedenke, gäbe es durchaus noch einige Wissenslücken zu füllen«, erwiderte Richard im gleichen Ton. »Zum Beispiel, wo das älteste Haus der Stadt steht, wer den Dom erbaut hat und so weiter und so fort!«

Heiner grinste. »Also, die Sage erzählt ...«

❧

»Womit habe ich das bloß verdient!« rief Richard entsetzt, als ihm nur allzu bekanntes Geschimpfe entgegenschallte, kaum daß er den Treppenturm im zweiten Stock des Clesernhofs verlassen hatte. »Diese Sachsenhäuserinnen sind schlimmer als sämtliche Öbstlerinnen von Berlin und Fischweiber von Paris zusammengenommen!«

»Sie waren in Paris?« fragte Heiner interessiert, während sie den Flur zu Richards Büro entlangliefen, aus dessen geöffneter Tür wüste Flüche drangen.

»Vor zwei Jahren, ja. Ich habe mich ein wenig bei den Kriminalisten der Sûreté umgeschaut.«

»Sie haben das Erbe des legendären Vidocq besichtigt? Davon müssen Sie mir unbedingt erzählen«, sagte Heiner, doch Richard entgegnete mit säuerlichem Blick in Richtung seines Büros, aus dem gerade ein deftiges *Gottverdammich!* ertönte: »Damit werden Sie sich wohl noch ein wenig gedulden müssen, Kollege.«

»Lassen Sie mich mal machen, Herr Kommissar«, sagte Heiner beschwichtigend und ging voraus. Er mußte sich zusammenreißen, um nicht loszulachen, als er das Zimmer betrat, in dem ein verzweifelt um Ruhe bittender, junger Polizeidiener von fünf durcheinanderschreienden Sachsenhäusern bestürmt wurde, auf der Stelle zu erklären, was in drei Teufels Namen eigentlich los sei. Es dauerte eine ganze Weile, bis Heiner das aufgeregte Grüppchen beruhigt und auf den Gang hinausbugsiert hatte. Unter der Androhung: »Ein Mucks, und ihr fliegt raus! Wir sind hier im Polizeipräsidium und nicht in einer Apfelweinschenke!« kehrte er in Richards Büro zurück, in dem der ziemlich unsicher wirkende Oskar Straube verloren herumstand. Auf seiner Stirn glänzten die blaugelben Reste einer dicken Beule.

Richard schloß die Tür, ging zu seinem Schreibtisch, setzte sich und schlug den Bericht auf, an dem er gestern bis spät in die Nacht gearbeitet hatte. »Wir haben den begründeten Verdacht, daß Sie für das Verschwinden der Emilie Hehl verantwortlich sind«, sagte er streng und blätterte in den Akten.

»Awwer die kenn' ich doch gar net!« rief Oskar verblüfft.

»Sie haben am vergangenen Donnerstag beim Trödler Maier dieses goldene Amulett versetzt.« Richard öffnete die oberste Schreibtischschublade, zog das Corpus delicti heraus und ließ es hin- und herpendeln. »Ich will von Ihnen wissen, woher Sie das hatten!«

Der kräftige Fischer sank buchstäblich in sich zusammen und sah aus wie ein Häufchen Elend. »Des, ja, ähm, ich... Ich hab's gefunne. Uff der Maabrick. Am Wäldchestag«, stammelte er und zerknautschte nervös die schäbige Mütze, die er in seinen schwieligen, abgearbeiteten Händen hielt.

»Erzähl uns, wo genau du das Schmuckstück gefunden hast«, forderte Heiner ihn freundlich auf.

Oskar schaute ihn dankbar an. »Ei, Sie kenne mich doch, Herr Braun! Ich tu' doch niemand was zuleid.«

»Ich möchte gern, daß du mir jetzt sagst, woher du dieses Amulett hast«, wiederholte Heiner ruhig, und der Mainfischer berichtete stockend, was ihm am Wäldchestag alles widerfahren war. Dabei bemühte er sich redlich, hochdeutsch zu sprechen, damit auch der preußische Kommissar ihn verstehen konnte.

»Und du kannst dich nicht erinnern, wie du auf die Brücke gekommen bist?« fragte Heiner, als er geendet hatte.

»Nee, wenn ich's doch sach. Da is'n Riß in mei'm Kopp. Ich kann mich an den Brickegickel erinnern, un dann kriech' ich plötzlich im Stockdunkle uff'm Bode rum un find' des Amulett. Un weil ich doch der Lotti versproche hatt, Äppelwoi zu verkaufe, dacht' ich halt – nu ja...« Beschämt senkte er den Kopf.

»Du bist also zum Trödler gegangen, hast das Schmuckstück versetzt und deiner Lotti vorgelogen, das sei der Erlös aus dem Apfelweinverkauf?«

»Ei jo«, gestand Oskar kleinlaut. »Ich hab' des Geld mit dem Edgar geteilt, weil mer doch zusamme verkauft ham.«

»Und was hat der Edgar dazu gesagt?« wollte Heiner wissen. Er hatte große Mühe, ein ernstes Gesicht zu machen.

»Ei nix!« sagte Oskar. »Weil, der war aach froh, daß ihm sei Fraa net rumgezänkt hatt'.«

»Das glaubt Ihnen doch kein Mensch!« rief Richard ungeduldig dazwischen.

Heiner warf ihm einen bösen Blick zu und fuhr mit der Befragung von Oskar fort, der steif und fest auf seiner Darstellung beharrte. *Es fehlt nur noch, daß er dem Kerl anerkennend auf die Schulter klopft*, dachte Richard erbost. Er hatte den Gedanken kaum zu Ende geführt, als Heiner zu Oskar sagte:»Und wegen des Geldes mach dir mal keine Sorgen. Ich habe dem Trödler-Maier den Schaden ersetzt, und du zahlst mir die Summe nach und nach zurück.«

»Des versprech' ich hoch un heilich, Herr Braun. Un verrate Se bittschön nur nix meiner Lotti«, bat Oskar inständig.

Richard traute seinen Ohren nicht. War dieser Mensch jetzt vollkommen übergeschnappt? Wütend sprang er auf und fixierte seinen Untergebenen mit einem vernichtenden Blick. »Spielen Sie nur weiter Märchenfee und Kindertante! Aber erwarten Sie nicht, daß ich mir das eine Sekunde länger anhöre. Wir sprechen uns nachher!« Bevor er die Tür krachend ins Schloß warf, hörte er Oskar fragen:»Ei, was hatter dann, Ihr Herr Kollege?«

»Der ist noch nicht lange in Frankfurt und muß sich erst mal eingewöhnen«, antwortete Heiner Braun ungerührt.

Die Begleitmannschaft von Fischkopp-Oskar saß immer noch im Flur, aber nicht einmal Lotti getraute es sich, den zornrot angelaufenen Kommissar anzusprechen, der wie der Leibhaftige den Gang entlangrannte und im Treppenturm verschwand.

Von Kind auf hatte man Richard gelehrt, daß Korrektheit eine gewisse Distanz beinhalte, und im Polizeifach fand er einen jovialen Umgang mit zu Vernehmenden geradezu sträflich, besonders, wenn es sich dabei um Verdächtige handelte. Er wußte, daß es Kollegen gab, die das anders sahen, und schon in Berlin hatte er sich mit seiner Auffassung nicht gerade beliebt gemacht. Dennoch hielt er sein Verhalten für das einzig richtige. Und hatten seine Erfolge ihm nicht recht gegeben? Sein Magen knurrte, und er erinnerte sich, daß er seit dem Morgen nichts mehr gegessen hatte. Er beschloß, ins Metzgerviertel zu gehen.

Als Richard eine Stunde später in den Clesernhof zurückkam, war sein Zorn weitgehend verraucht, die Sitzbänke im Flur leer und sein Büro verschlossen. Er nahm an, daß Braun den Schlüssel an sich genommen hatte, und klopfte an seine Tür.

»Ja, bitte«, ertönte es von drinnen. Heiner stand an seinem Schreibpult und las in einer der Akten, die sich vor ihm stapelten. »Ich weiß bald nicht mehr, wie ich das alles schaffen soll«,

sagte er, als Richard hereinkam. »Die Herren in Berlin haben scheinbar noch nicht gemerkt, daß die Einwohnerzahl Frankfurts seit der Annexion von siebzigtausend auf mehr als hundertvierzigtausend angestiegen ist.«
»Lästern Sie nur über die Preußen, das scheint ohnehin Ihre Lieblingsbeschäftigung zu sein.« Richard sah ihn streng an. »Ich werde es nicht noch einmal dulden, daß Sie Verdächtige wie gute alte Freunde behandeln, denen man eine nette Gefälligkeit erweist! Zu Ihren Gunsten nehme ich an, daß Ihre Anmerkung bezüglich des Geldes ein Scherz war.«
»Nein, Herr Kommissar.«
»Ist Ihnen eigentlich bewußt, daß Sie drauf und dran sind, einem Verbrecher die Vorteile aus seiner Tat zu sichern?« schrie Richard.
»Oskar wird seine Schulden auf Heller und Pfennig zurückzahlen«, entgegnete Heiner Braun ruhig. »Er ist kein Verbrecher. Im übrigen müssen Sie mich nicht anschreien. Ich bin nicht schwerhörig.«
»Also gut, Braun. Dann erklären Sie mir bitte, wie Sie Ihre Behauptungen zu beweisen gedenken.« Richard nahm sich vor, selbst dann gelassen zu bleiben, wenn der Kriminalschutzmann ihm jetzt erzählen würde, daß er nachher mit Oskar und Lotti einen Schoppen Apfelwein trinken gehe. Heiner reichte ihm zwei Seiten engbeschriebenes Papier. Neugierig fing Richard an zu lesen und stutzte. Das durfte doch nicht wahr sein! »Sie haben den Kerl als *Zeugen* vernommen?«
»Ja, als was sonst? Hatten Sie erwartet, daß ich ihn einkerkere? Wegen was denn? Weil er Emilie unsichtbar gemacht hat, oder wie?« Heiner warf seinem Vorgesetzten einen bitterbösen Blick zu. »Ob Sie es nun wahrhaben wollen oder nicht: Wir können Oskar nicht mehr beweisen, als daß er einen Fund unterschlagen hat, was er im übrigen frei zugibt.«
»Und was ist das hier?« Richard zitierte aus dem Verhörprotokoll: »*Irgendwann habe ich Edgar aus den Augen verloren. Wir hatten beide ziemlich viel Apfelwein getrunken. Ich nahm die Karre mit, und auf dem Weg in Richtung der Alten Brücke sah ich dann ein Mädchen laufen.* – Da haben wir's!«
»Lesen Sie weiter, Herr Kollege«, empfahl Heiner sarkastisch.
»*Ich muß in meinem betrunkenen Zustand wohl geglaubt*

haben, daß es sich um meine Tochter handelt, die da abends allein unterwegs ist, und ich bin ihr gefolgt. Aber sie war es nicht. Danach kann ich mich an nichts mehr erinnern. Das ist ja hanebüchen! Die Tochter! Ich würde mich weigern, so was überhaupt zu protokollieren!«

»Mein Gott, Biddling!« Langsam verlor Heiner die Geduld. »Ich vermute, es war eine Dirne, die in der Hoffnung auf ein paar Kröten dem beduselten Fischer den Kopf verdreht hat. Aber so genau wollte ich das gar nicht wissen, einfach weil es piepewurschtegal ist, verdammt noch mal!« In ruhigerem Tonfall fuhr er fort: »Ich habe Oskar natürlich die Photographie gezeigt. Wer immer dieses unbekannte Mädchen war, das er gesehen hat, Emilie war es jedenfalls nicht.«

»Sagt Oskar«, beharrte Richard stur. »Ich glaube ihm. Basta.«

»Das ist nett von Ihnen. Aber es bringt uns nicht weiter. Im übrigen können Sie nicht selbstherrlich Tatsachen unterschlagen.«

»Ich habe das aufgeschrieben, was Oskar mir gesagt hat. Was ich mir dazu gedacht habe, steht auf einem anderen Blatt. Sie können mir glauben, daß ich darauf zurückkommen werde, wenn es nötig sein sollte. Im Moment ist es das aber nicht.«

»So?« fragte Richard zynisch. »Dann erklären Sie mir mal, wie es sein kann, daß jemand im Stockdunkeln ein Schmuckstück findet, das selbst bei Tage schwer zu entdecken wäre. Außerdem hätte ich gerne gewußt, wie Ihr unschuldiger Fischkopp zu dieser meisterlich eingefärbten Stirn kommt.«

»Glauben Sie ernsthaft, daß der Mann, sturzbetrunken, wie er war, mitten auf der vielbefahrenen Brücke über die arme Emilie herfiel, ihr die Kette wegriß und das Mädchen anschließend in den Main warf, ohne daß es jemand bemerkte?«

»Es kann ja auch woanders passiert sein, und Oskar hat sich den Fundort nur ausgedacht«, wandte Richard ein.

»Und wie paßt das Weinfaß in diese Geschichte hinein? Der Hausknecht von Dr. Könitz ist sich sicher, daß es am Tag vor Emilies Verschwinden noch im Keller stand. Da an Türen und Fenstern der Villa keine Aufbruchspuren vorhanden sind, muß der Dieb das Faß auf anderem Wege weggeschafft haben. Ich denke da an diesen mysteriösen Tunnel. Und schließlich möchte ich Sie daran erinnern, was Sie mir über den Orangenbaum erzählten:

Nämlich, daß offensichtlich jemand dagegengestoßen wurde.«
»Sie meinen, Emilie wurde im Glashaus ermordet, in ein Weinfaß gesteckt und in den Main geworfen?«
»Ob sie ermordet wurde, weiß ich genausowenig wie Sie, Herr Kommissar. Dazu brauchen wir erst mal ihre Leiche. Immerhin wurde das vermißte Faß aus dem Fluß geborgen. Und ich bin der Ansicht, daß es kein Zufall sein kann, wenn innerhalb eines Tages ein Weinfaß und ein Dienstmädchen aus demselben Haus spurlos verschwinden. Es macht keinen Sinn. Was will ein Dieb mit einem leeren Faß, wo doch die ganze Könitzsche Villa voller Pretiosen steht?«
Richard überlegte einen Moment. »Ihre Theorie mag ja was für sich haben, und auch die Spuren an der Gartenpforte fügen sich ein. Trotzdem können Sie mich nicht überzeugen: Angenommen, Emilie ist tatsächlich im Glashaus umgebracht worden. Der Mörder verstaute die Leiche im Faß und schleppte es zum Main.«
»Ja, und?« Heiner sah seinen Vorgesetzten abwartend an.
»Es geht nicht. Erstens: Der Täter müßte wissen, daß er vom Glashaus aus in den Keller der Könitz' kommt und daß dort Weinfässer gelagert sind. Zweitens müßte er wissen, welchen der vielen Gänge er überhaupt nehmen muß, um sich nicht zu verlaufen. Drittens: Er müßte die verborgene Pforte zu den Anlagen kennen. Und viertens müßte er schon über Bärenkräfte verfügen, um ein Holzfaß mit einer Leiche von den Anlagen bis zum Mainufer zu schleppen.«
»Das mag ja sein, aber ...«
»Ich bin noch nicht am Ende, Braun. Selbst wenn der Mörder das Faß zum Main *gerollt* hätte, müßte er das, um nicht aufzufallen, nach Mitternacht getan haben, weil vorher die Straßen voller Wäldchestagbesucher waren. Zu dieser Zeit hatte aber die Familie Könitz Emilies Verschwinden längst festgestellt. Und dann ist immer noch nicht geklärt, warum das Faß leer war, als es gefunden wurde, und wie Emilies Amulett auf die Alte Brücke unter diesen ... diesen Brickedings kam.«
»Sie meinen den *Brickegickel*?« fragte Heiner belustigt. »So heißt der goldene Hahn in der Mitte der Brücke, an dem wir heute vormittag vorbeigelaufen sind. Er zeigt die tiefste Fahrrinne im Main an, und die Legende erzählt ...«
»Das interessiert mich im Moment weniger«, unterbrach Richard ihn gereizt.

»Gut, dann lassen Sie mich die Fakten berichten, Herr Kommissar. In früheren Zeiten versenkte man am Brickegickel im Dunkel der Nacht die Leichen der Selbstmörder im Main. Aber nicht nur die: Bis ins 15. Jahrhundert hinein ertränkte man Verbrecherinnen, indem man sie in ein Faß sperrte und an ebendieser Stelle ins Wasser warf, weil es dort am tiefsten war und man nicht damit rechnen mußte, daß die Ertränkten noch im Stadtgebiet wieder ans Ufer geschwemmt würden.«

»Wollen Sie damit etwa andeuten, daß Emilies Amulett nicht zufällig an dieser Stelle lag?«

»Ich will gar nichts andeuten«, sagte Braun. »Vielleicht ist es wirklich nur ein makabrer Zufall. Ich glaube jedenfalls nicht, daß Oskar sich die Geschichte ausgedacht hat. Und ich hoffe, daß ihm bald noch weitere Einzelheiten einfallen. Irgendwie habe ich es im Gefühl, daß er uns auf die richtige Spur bringen wird.«

»Und ich denke, daß er Humbug erzählt.«

»Na gut. Sie haben Ihre Theorie, ich habe die meine. Aber solange wir sie nicht beweisen können, nützen sie beide nichts. Deshalb schlage ich vor, wir nehmen uns zuerst noch einmal Louise Kübler vor.«

»Die Zofe von Victoria Könitz? Wie kommen Sie ausgerechnet auf die?« fragte Richard verblüfft.

Heiner Braun sah ihn unschuldig an. »Verzeihen Sie, Herr Kommissar, hab' ich's doch glatt vergessen zu erwähnen! Gestern abend lief mir im *Lahmen Esel* der Trödler Maier über den Weg. Und wie wir uns so hübsch bei einem Gläschen Apfelwein unterhalten, sagt er mir, daß am Samstag vormittag eine Frau bei ihm war, die ein Geschenk für ihre Nichte suchte und sich in auffälliger Weise für Emilies Amulett interessierte. Und wie es der Zufall will, paßt die Beschreibung der Dame haargenau auf unsere gute Louise. Aber das ist noch nicht alles. Bevor ich heute morgen zum Dienst ging, habe ich bei drei anderen mir bekannten Trödlern in der Altstadt vorbeigeschaut, und stellen Sie sich vor: Auch dort ist sie gewesen.«

Mit einem Blick zur Uhr sagte Richard: »Wir fahren gleich morgen früh hin und holen sie zum Verhör!«

Heiner lächelte. »Glauben Sie mir jetzt, daß ein gemütlicher Schoppen für polizeiliche Ermittlungen hin und wieder von ungeheurem Vorteil sein kann, Herr Kommissar?«

6

Es giebt einzelne verschrobene Beamte, welche zuletzt jedes Verbrechen für fingiert halten und anstatt an die Ermittlung des Thäters zu gehen, den vom Verbrechen Betroffenen selbst mit beleidigenden, spitzfindigen Kreuz- und Querfragen quälen.

»Was tust du da? Wer hat dir erlaubt, mein Zimmer zu betreten?« Wütend starrte Victoria ihren Bruder David an, der vor ihrem Schreibtisch stand und den Brief von Ernst las, der gestern gekommen war.
»*Liebste Victoria! Du fragst mich, ob ich noch Kontakt zu dem Mann habe, der die Beobachtung mit den Fingerbildern gemacht hat. Leider muß ich Dich enttäuschen*...« David brach ab und grinste. »Willst du etwa heiraten, Schwesterlein? Ich dachte, du kannst Männer nicht ausstehen.«

»Gib ihn mir sofort zurück«, rief Victoria und rannte auf ihren Bruder zu. David wich ihr geschickt aus, sprang übers Bett und tänzelte japsend hinter den Faltstühlen hin und her. »Ich krieg' dich schon noch, du elender Mistkerl«, schimpfte sie.

»Wie denn – mit dem engen Kleid? Hahaha!«

»Wart's ab, du dickgefressener Sack!« Victoria stürmte zwischen den Stühlen durch und bekam David am Arm zu fassen, doch er riß sich los und lief zurück zum Schreibtisch.

»Ich sag's Vater, wie du dich aufführst«, drohte er.

»Wenn du mir nicht augenblicklich meinen Brief wiedergibst, wirst du eine Weile gar nichts mehr sagen können!« Bevor er reagieren konnte, stürzte Victoria auf ihn zu, hielt ihn mit der linken Hand am Hemd fest und verpaßte ihm mit der rechten eine schallende Ohrfeige. Mit einem Schrei ließ David den Brief fallen und ergriff eine Schere, die auf dem Schreibtisch lag. Mit seiner freien Hand fuhr er hoch und riß Victoria an den Haaren.

»Wenn du mich nicht auf der Stelle losläßt, schneide ich sie dir ab!« brüllte er.

Victoria lachte verächtlich. »Mach doch, du Feigling.«

»Victoria! David! Wollt ihr wohl sofort aufhören!« Die schneidende Stimme ihrer Mutter ließ die beiden erschrocken auseinanderfahren. »Seid ihr von Sinnen? Euch auf dem Boden herumzuwälzen!«

Victoria ordnete notdürftig ihr zerdrücktes Kleid und stand auf. »Es tut mir leid, Mama, aber David ist...«

»Sie hat *dickgefressener Sack* zu mir gesagt und mich geschlagen«, heulte David los, auf dessen rechter Wange sich unübersehbar die roten Konturen mehrerer Finger abzeichneten. »Und mein Hemd hat sie auch kaputtgemacht!«

Henriette Könitz maß ihre Tochter mit einem eisigen Blick. »So geht das nicht weiter. Ich werde mit deinem Vater reden. Er wird...« Sie brach ab und starrte fassungslos an Victoria vorbei.

Neugierig drehte sich Victoria um, und ihr wurde kalt vor Schreck, als sie neben der zu Boden gefallenen Schere ihren blonden geflochtenen Zopf liegen sah. Sie schlug die Hände vors Gesicht und fing an zu weinen. »David hat mir das Haar abgeschnitten! Oh Gott, schau nur, was er gemacht hat, Mama.«

Henriettes Zorn richtete sich jetzt auf ihren Sohn. »Du gehst sofort in dein Zimmer!« schrie sie. »Und wage nicht, es ohne meine Erlaubnis wieder zu verlassen!«

Davids ungläubiger Blick wanderte von der Schere zu dem Zopf und dann zu seiner Schwester. »Aber ich habe doch gar nicht...«

»Was? Du erdreistest dich, mich anzulügen?« Ehe der Junge sich versah, färbte sich auch seine zweite Wange rot, und weinend lief er aus dem Zimmer. Victoria registrierte es mit Genugtuung. Ihre Mutter drehte sich zu ihr um. »Du ziehst auf der Stelle ein neues Kleid an und läßt dich anständig frisieren. Dann kommst du nach unten. Der Klavierlehrer wartet.«

»Ja, Mama«, sagte Victoria artig. *Ich hasse Klavierlehrer! Ich hasse Klavierspielen! Ich hasse es, eine Frau zu sein!*

»Ich schicke dir Paula herauf.«

»Kann nicht Louise kommen, Mama?«

»Nein. Ich habe sie nach dem Frühstück zur Markthalle geschickt. Rudolf erwartet heute abend wichtige Geschäftspartner zum Essen.« Mürrisch fügte sie hinzu: »Ich möchte nur wissen, wo sie bleibt. Die Köchin wird langsam ungeduldig. Die ganze Planung gerät durcheinander!«

Eine Viertelstunde später betrat Victoria mit gemessenem Schritt den Salon, in dem der Klavierlehrer sich mit Maria unterhielt. Sie hatte ein dunkelrotes, enges Samtkleid angezogen, und Paula hatte ihr das kurze Haar sorgfältig hochgesteckt und mit zwei kostbaren Kämmen verziert. Der Klavierlehrer, ein hagerer, älterer Mann mit schütterem Haar, begrüßte sie mit einem knappen Kopfnicken und sah sie bewundernd an.

Maria verzog das Gesicht. »Wo hast du wieder herumgetrödelt? Immer müssen wir auf dich warten«, nörgelte sie. »Mama möchte, daß wir anläßlich der Gesellschaft heute abend vierhändig spielen.«

Auch das noch! Victoria hatte insgeheim gehofft, der lästigen Verpflichtung entgehen zu können. Aber sie hätte sich denken können, daß Henriette Könitz nicht darauf verzichten würde, ihre wohlerzogenen Töchter vorzuführen. Es lief immer gleich ab: Nach dem Essen durften sie und Maria die Herrschaften mit ihrem mehr oder minder gekonnten Klavierspiel erfreuen, und sobald ernste Gespräche geführt wurden, hatten sie sich dezent zurückzuziehen.

Maria machte das nichts aus, im Gegenteil: Sie liebte diese Auftritte. Victoria ärgerte sich dagegen maßlos über die wohlwollenden Komplimente, die regelmäßig ihren Abgang begleiteten und ihrer Mutter ebenso regelmäßig ein zufriedenes Lächeln ins Gesicht zauberten. *Was für aparte junge Damen! Und so begabt! Sie können stolz auf sie sein, gnädige Frau.* Victoria fühlte sich dabei wie ein dressiertes Schoßhündchen, dem man fürs Apportieren ein Zuckerstück hinhielt, und sie wünschte sich nichts sehnlicher, als diesen überheblichen Mannsbildern einmal so richtig die Meinung zu sagen. Sie war eine erwachsene Frau und durchaus fähig, ihren Kopf zu mehr als zum Frisieren zu gebrauchen!

Als Kind hatte sie sich eingebildet, ihr Vater sei stolz auf seine kluge Tochter. Aber sobald sie angefangen hatte, Fragen zu stellen, hatte er ihr unmißverständlich klargemacht, daß es eine Menge Dinge gab, von denen Frauen nichts zu wissen brauchten. Es hatte ihr weh getan, zu sehen, wie er seinen Söhnen die Fragen des Lebens erklärte, während sie sich von ihrer unnahbaren Mutter über weibliche Tugenden und Tischmanieren belehren lassen mußte.

Der einzige Mensch, der sie ernst genommen und ihren Wissenshunger wenigstens zum Teil gestillt hatte, war ihr großer Bruder Ernst gewesen; später auch ihr Cousin Eduard. Aber beide hatten sie verlassen, und sie hatte lernen müssen, allein zurechtzukommen. Wie sehr sie diese elende Sonate haßte! Mechanisch glitten Victorias Finger über die Tasten, und ebenso mechanisch wie ihr Spiel war das Lächeln, mit dem sie ihren ältlichen Lehrer ab und zu bedachte, um ihn bei Laune zu halten.

Sie hatte längst kein schlechtes Gewissen mehr, wenn sie ihren Eltern und Geschwistern, ihren Verwandten und Bekannten oder Menschen wie diesem überheblichen Kommissar Biddling Theater vorspielte. Nur bei Tante Sophia tat es ihr ein bißchen leid, sie war so ein lieber Mensch. Aber es war schwer genug, sie wegen des Schlüssels zur Bibliothek zu beruhigen. Mehr Ehrlichkeit würde sie nicht ertragen, da war Victoria sich sicher. Sie hatte überlegt, ihr Geheimnis Ernst anzuvertrauen, den angefangenen Brief aber zerrissen. Selbst Louise wußte nichts. Es war schlimm, daß es niemanden gab, mit dem sie über die Dinge sprechen konnte, die sie beschäftigten.

Maria stieß sie unsanft in die Seite. »Paß doch auf! Du bist schon wieder aus dem Takt.« Ärgerlich fügte sie hinzu: »Wir werden uns unsäglich blamieren, wenn du weiterhin so miserabel spielst!«

»Na und, dann haben die klugen Herren wenigstens einen Grund zum Lästern«, versetzte Victoria, und ihr Lehrer fuhr streng dazwischen: »Ich möchte doch um Konzentration bitten, meine Damen! Von vorn, bitte.«

Nach dem Mittagessen bat Victoria ihre Mutter um Erlaubnis, Sophia besuchen zu dürfen. »Heute abend um acht ist Hauskonzert«, sagte Henriette gereizt.

Victoria lächelte. »Bis dahin bin ich längst wieder zurück, Mama.«

Doch ihre Mutter war mit ihren Gedanken ganz woanders. »Ich möchte wissen, wo diese schreckliche Louise bleibt. Die Dienstboten heutzutage sind zu nichts mehr zu gebrauchen!«

»Vielleicht war viel Betrieb, oder sie hat die Pferdebahn verpaßt«, wandte Victoria ein.

»Sie wird was erleben, wenn sie zurückkommt!«
Victoria zuckte mit den Schultern und machte, daß sie davonkam. Es waren nur einige Minuten zu Fuß bis zum Haus ihrer Tante, aber Victoria hatte darum kämpfen müssen, den Weg allein gehen zu dürfen. Am liebsten hätte es ihre Mutter gesehen, wenn sie sich jedesmal fahren ließe. Dabei gab es nichts Schöneres, als durch die Stadt zu laufen, auch wenn es bloß wenige hundert Meter waren. Aber das würde Henriette Könitz nie begreifen.

Sophia war im Glashaus damit beschäftigt, ihrem Gärtner und zwei Hilfskräften Anweisungen zu geben, wie und wo sie ihre Kübelpflanzensammlung in dem weitläufigen Garten zu verteilen hatten. Sie war darin geradezu pedantisch und gab nicht eher Ruhe, bis auch das letzte Töpfchen einen ihm würdigen Platz gefunden hatte. Da sie ihre Arrangements von Jahr zu Jahr zu verändern pflegte und nicht nach einem festgelegten Plan vorging, zogen sich die Arbeiten jedesmal über mehrere Tage hin, und der Gärtner kam regelmäßig ordentlich ins Schwitzen. Als Victoria die Treppe zum Erdhaus hinunterging, schleppte er gerade mit einem seiner Gehilfen eine riesige Bananenstaude nach draußen.

»Die stellen Sie bitte vorläufig neben den Pavillon!« rief Sophia ihnen hinterher. Dann sah sie Victoria und kam lächelnd auf sie zu.

»Guten Tag, Tante, ich hoffe, ich störe nicht«, sagte Victoria und küßte sie auf die Wange.

»Du störst mich nie, Kind.« Sophia stutzte. »Was hast du denn mit deinem Haar gemacht?«

»David hat ein bißchen Friseur gespielt. Mama war nicht sehr glücklich darüber.«

»Du liebe Güte, deine schönen Locken!« rief Sophia entsetzt.

»Keine Sorge, Tantchen, die wachsen schon wieder. Geht es dir besser?«

»Wenn ich mich um meine Pflanzen kümmern kann, fühle ich mich wunderbar!« Sophias Augen leuchteten. »Komm, ich möchte dir zeigen, was Konrad mir geschenkt hat.« Sie gingen in die Orangerie hinauf, und Sophia blieb vor dem Orangenbaum stehen. Stolz wies sie auf den mit aufwendigen Ornamenten verzierten, mächtigen Terrakottakübel, in den er umgesetzt worden war. »Ist er nicht herrlich?« Liebevoll strich sie über die mit cremeweißen Blüten besetzten Zweige, die sofort ihren intensiven Duft verströmten.« Es mußten einige Äste abgeschnitten werden, aber sieh, er treibt schon neu aus!«

»Hm, ja«, sagte Victoria, die die Begeisterung ihrer Tante nicht recht teilen konnte. »Bitte sei mir nicht böse, aber ich vertrage diesen Geruch einfach nicht. Mir wird übel davon. Laß uns nach draußen gehen.«

Sophia schüttelte den Kopf. »Ich verstehe dich nicht. Als Kind konntest du gar nicht genug davon bekommen und hast die Blüten sogar heimlich abgepflückt.«

»Ich bin eben kein Kind mehr!« versetzte Victoria hart. Doch dann lächelte sie. »Es freut mich, daß es dir wieder gutgeht, Tante Sophia.«

Gemeinsam gingen sie in den Garten hinaus. »Ich bin wirklich sehr in Sorge wegen Emilie«, sagte Sophia. »Konrad denkt immer noch, daß sie weggelaufen ist, aber ich bin mir nicht so sicher. Diese Sache mit dem Amulett ...«

»Du weißt davon?« fragte Victoria überrascht.

»Ja. Kommissar Biddling zeigte es mir und wollte wissen, ob ich es wiedererkenne. Konrad hat heute früh von einem Patienten erfahren, daß ein Sachsenhäuser Fischer das Schmuckstück bei einem Trödler versetzt haben soll. Aber man sagt, er sei nicht verhaftet worden.«

Victoria lächelte. »Die Gerüchteküche brodelt also schon.«

»In dieser Beziehung ist Frankfurt ein Dorf«, erwiderte Sophia, und man sah ihrem Blick an, daß ihr das nicht besonders behagte.

»Hast du eigentlich seit dem Verschwinden von Emilie noch mal dieses geheimnisvolle Flüstern gehört, Tante?«

»Gott sei Dank, nein! Allerdings hatte ich auch keine Veranlassung mehr, nachts in den Garten zu gehen. Konrad hat mir ein wirksames Schlafmittel verordnet.« Sophias Blick wanderte zu einem kleinen Springbrunnen, vor dem der Gärtner gerade zwei Fuchsienbäumchen abstellte. »Das paßt nicht«, rief sie und forderte den Mann auf, die Pflanzkübel neben einigen strenggeschnittenen Eiben zu plazieren, die eine steinerne Bank säumten.

»Vielleicht haben die Flüsterstimmen ja irgend etwas mit Emilies Verschwinden zu tun«, überlegte Victoria.

»Der Kommissar wird es herausfinden.«

Victoria lachte höhnisch. »Der? Der findet nicht mal die Straße bei Vollmond.«

»Victoria! Was ist denn das für ein Benehmen!«
»Entschuldige, Tantchen, das ist mir nur so rausgerutscht.« Sophia schüttelte mißbilligend den Kopf. »Du solltest dich ein wenig mehr unter Kontrolle haben, Kind.«
Victoria nickte brav. *Du wärst entsetzt, wenn du wüßtest, wie gut ich mich tatsächlich unter Kontrolle habe.* »Hast du was dagegen, wenn ich in den Pavillon gehe, Tante? Ich stehe hier ja doch bloß im Weg herum.«

»Nein. Geh nur und genieße den Tag«, sagte Sophia besänftigt, und während Victoria über den Rasen davonging, fuhr sie fort, den schweißgebadeten Gärtner mit Kübeln und Kästen hin und her zu dirigieren. Ihre energischen Rufe schallten durch den ganzen Garten, und Victoria fragte sich, ob ihre Tante wirklich so zart und zerbrechlich war, wie alle glaubten. Sie erreichte den Pavillon und atmete genußvoll den süßen Duft der Rosen ein. Seufzend ließ sie sich auf der alten Bank nieder und lehnte ihren Kopf an das rauhe Holz der Laube. Irgendwie mußten sich die verwirrenden Einzelheiten im Zusammenhang mit Emilies Verschwinden doch zu einem stimmigen Bild formen lassen ...

Als sie jemand leicht am Arm berührte, schreckte Victoria hoch. »Ist Emilie wieder da?« fragte sie verwirrt.

Sophia lächelte. »Du hast geschlafen, Kind. Ich habe uns Kaffee bringen lassen.« Sie wies auf das gedeckte Tischchen neben der Holzbank.

Aromatischer Kaffeeduft stieg Victoria in die Nase. »Das war eine gute Idee!« rief sie begeistert und griff hungrig nach dem Schokoladenkonfekt, das in einer flachen, silbernen Schale auf dem Tisch stand.

Ein Mädchen schenkte den Kaffee aus, und Victoria wollte gerade nach ihrer Tasse greifen, als Sophias Zofe Elsa mit einem Brief in der Hand angelaufen kam. »Ein Bote hat das soeben für Sie abgegeben, gnädige Frau«, sagte sie etwas außer Atem und reichte Sophia das Kuvert. Sophia wurde blaß, als sie die Schrift erkannte.

»Was ist denn?« wollte Victoria wissen, aber ihre Tante antwortete nicht. Sie riß den Umschlag auf und zog das Schreiben heraus. Es war nur ein Bogen, und sie überflog hastig die wenigen Zeilen. »Eduard kommt zurück«, sagte sie und ließ den Brief in ihren Schoß sinken.

»Das ist ja wunderbar! Wann?« Victoria sprang so heftig auf, daß sie beinahe das Tischchen umgeworfen hätte. »Darf ich?« fragte sie und deutete auf den Brief.

»Sicher«, entgegnete Sophia und hielt ihr den Bogen hin. Sie hatte Tränen in den Augen.

»Was hast du? Ist irgendwas Schlimmes mit ihm passiert?« Sophia schüttelte stumm den Kopf. Victoria las:

»*Sehr verehrter Vater! Liebste Mutter!*

Ich habe mich entschlossen, nach meiner langen Reise zurück in die Heimat zu kommen. Wahrscheinlich werde ich noch einige Tage bei einem Freund in Kassel logieren und treffe voraussichtlich Mitte Juli in Frankfurt ein.

Mit vorzüglichen Grüßen und in höchster Freude auf unser Wiedersehen!

Euer Euch liebender Sohn Eduard.«

Victoria gab den Brief an Sophia zurück, die reglos dasaß. »Er ist nicht datiert«, stellte sie fest. »Freust du dich denn gar nicht, Tante Sophia?«

Sophia versuchte zu lächeln. »Doch, ja. Es ist nur ... etwas überraschend, nach so langer Zeit. Den letzten Brief erhielten wir vor drei Jahren, und er kam aus Afrika.« Sie stand auf. »Ich muß sofort Konrad Bescheid geben. Du entschuldigst mich?«

»Aber sicher, Tante. Ich muß ohnehin nach Hause und noch ein bißchen Klavier üben. Maria und ich sollen heute abend spielen. Papa hat Geschäftsfreunde zum Essen eingeladen.«

»Das ist nett, ja«, sagte Sophia, aber Victoria merkte, daß sie gar nicht zugehört hatte. Verwundert schaute sie ihr hinterher, als sie langsam auf das Haus zuging.

»Sie hat eine seltsame Art, sich zu freuen«, bemerkte Elsa, die immer noch neben dem Pavillon stand.

»In der Tat, das hat sie«, erwiderte Victoria und machte sich auf den Heimweg.

Als Victoria das Haus betrat, hörte sie ihre Mutter in der Küche mit der Köchin schimpfen. »Ich kann nichts dafür, daß dieses trödelige Weib die Waren nicht früher herbeigebracht hat. Also beeilen *Sie* sich wenigstens!«

Ungestüm stieß Victoria die Küchentür auf. »Mama, stell dir vor, Eddy kommt heim! Ist das nicht herrlich?« rief sie glücklich, doch wie so oft erntete sie nur einen mißbilligenden Blick.

»Kannst du dich nicht wenigstens ein einziges Mal so benehmen, wie es sich für eine erwachsene Dame gehört?« tadelte ihre Mutter. »Im übrigen wüßte ich nicht, warum ich mich über Eduard Könitz' Rückkehr freuen sollte.«

»Immerhin ist er dein Neffe«, sagte Victoria, doch ihre Mutter zuckte nur wortlos mit den Schultern und wandte sich wieder der Köchin zu.

»Haßt du Sophia so sehr, daß du ihren Sohn gleich einbeziehst, Mama?«

Henriette fuhr herum. Ihr Blick war kalt. »Du weißt nichts, gar nichts weißt du. Und jetzt geh sofort in dein Zimmer!«

Victoria lag eine heftige Erwiderung auf der Zunge, aber sie schluckte sie hinunter. Es hatte keinen Sinn, ihre Mutter noch mehr zu reizen. Gedrückter Stimmung schlich sie nach oben, doch als sie den abgeschnittenen Zopf sah, der auf ihrem Schreibtisch lag, mußte sie lachen. Sie nahm ihn in die Hand und trat vor den großen Spiegel neben ihrem Bett. »Es ist erstaunlich, zu was ein kleiner Bruder nütze sein kann«, sagte sie zu ihrem Spiegelbild und drehte sich im Kreis. Sie beschloß, das Verbot ihrer Mutter zu ignorieren. Henriette würde ohnehin bis auf weiteres damit beschäftigt sein, Küchenanweisungen zu erteilen. Mit dem Zopf in der Hand lief Victoria zur Kammer von Louise hinauf, klopfte kurz und ging hinein. »Schau mal, was ich hier habe!« Triumphierend schwang sie den Zopf, aber mitten in der Bewegung hielt sie erschrocken inne.

Louise war dabei, ihre wenigen Habseligkeiten in einen schäbigen Koffer zu packen, und ihr hageres Gesicht war vom vielen Weinen ganz verquollen. »Deine Mutter hat mich rausgeworfen«, sagte sie mit erstickter Stimme.

»Großer Gott! Warum denn das?«

»Weil ich zu spät vom Einkaufen gekommen bin.«

»Das ist doch kein Grund!«

»Ich habe in der Aufregung nicht darauf geachtet, daß ich am Gemüsestand zu wenig Geld herausbekam. Und deshalb wurde die gnädige Frau erst recht wütend.«

»Wieso hast du auch so herumgetrödelt? Und warum hast du nicht aufgepaßt? Du weißt doch, wie pingelig Mama ist, wenn es ums Geld geht!«

»Sie hat gesagt, daß sie mir Unzuverlässigkeit und Unehrlichkeit ins Gesindebuch schreiben will«, schluchzte Louise. »Wie soll ich das meinen Eltern beibringen? Ich werde nie wieder eine Anstellung finden.« Sie schloß den Koffer und stellte ihn vor das Bett. Mit Tränen in den Augen sah sie Victoria an. Ihr Blick blieb an dem Zopf hängen.

»Ich bin ihn endlich los«, erklärte Victoria nicht ohne Stolz.

»Dann brauchen Sie mich ja nicht mehr zum Frisieren.« Louise nahm ihren Koffer und wollte an ihr vorbei zur Tür.

Victoria stellte sich ihr in den Weg. »He! Du kannst nicht einfach gehen! Ich werde mit Papa reden. Ich will keine andere Zofe als dich. Das muß er einsehen.«

»Er wird einen Teufel tun!« entfuhr es Louise. »Ich bin die Allerletzte, für die er ein gutes Wort einlegen würde.«

»Das laß mal meine Sorge sein. Weißt du noch, damals? Wie sehr ich darum gekämpft habe, daß du bleiben durftest? Und ich habe gewonnen. Ich werde auch diesmal gewinnen, verlaß dich drauf!«

»Das glaube ich nicht. Der Herr Kommissar weiß, daß Emilie meine Tochter ist«, sagte Louise. Aus ihren geröteten Augen liefen Tränen.

»Um Himmels willen! Woher denn?« Louise schwieg betreten, und Victoria rief: »Das war also der Grund für deine Verspätung! Dieser Biddling hat dich verhört, nicht wahr? Der soll mich kennenlernen!«

»Aber...«, begann Louise zaghaft.

»Nichts aber. Pack den Koffer wieder aus. Ich regele das.« Wütend verließ Victoria das Zimmer und warf die Tür ins Schloß. Keine fünf Minuten später befahl sie einem der Kutscher, sofort anzuspannen.

»Gnädiges Fräulein wollen ausfahren?« fragte der Mann.

»Ja. Und zwar ins Polizeipräsidium. Beeilen Sie sich, ich muß rechtzeitig zu Mamas Hauskonzert wieder zurück sein!«

⬥

»Ich vermute, daß diese Zofe...«

Heiner Braun erfuhr vorläufig nicht, was sein Vorgesetzter vermutete, denn mitten im Satz platzte Victoria ins Büro.

»Hat man Ihnen nicht beigebracht anzuklopfen?« fragte Richard verärgert.

»Bei Personen, die nicht wissen, wie man andere Menschen

anständig behandelt, erachte ich Höflichkeiten für unnötig, Herr Kommissar.« Sie sah ihn wütend an. »Haben Sie eigentlich eine Ahnung, was Sie angerichtet haben?« Richard wollte etwas erwidern, doch Victoria ließ ihn nicht zu Wort kommen. »Meine Mutter hat Louise entlassen, weil sie zu spät vom Einkaufen kam!«
»Und warum hat sie nicht gesagt, daß sie bei der Polizei eine Aussage machen mußte?«
»Wenn Mama wütend ist, zählen keine Entschuldigungen.« Richard lachte höhnisch. »Diese Eigenschaft scheint vererblich zu sein«.
Heiner Braun strich sich verlegen übers Kinn. »Bevor Sie sich gegenseitig die Augen auskratzen, sollte ich vielleicht kurz den Sachverhalt klarstellen. Wir waren heute früh auf dem Weg zu Ihnen, um mit Ihrer Zofe zu sprechen, doch dann trafen wir sie unterwegs und nahmen sie gleich mit ins Präsidium.« Er schaute Victoria ernst an. »Sie haben uns belogen, Fräulein Könitz.«
Victoria lächelte unschuldig. »Aber Herr Braun, ich würde doch nie...«
»Emilie ist Louises Tochter. Und Sie wußten es, gnädiges Fräulein.«
»Das konnte ich Ihnen doch nicht sagen!« rief Victoria aufgebracht. »Niemand ahnte etwas davon, und wenn es herausgekommen wäre, hätte Mama Louise auf der Stelle hinausgeworfen! Ein Dienstmädchen mit einem unehelichen Kind, so eine Schande. Zumal sie nicht weiß, wer der Vater ist.«
»Sind Sie da so sicher?« wandte Heiner ein.
»Ja. Louise erzählte mir, daß der Mann sie sitzenließ und spurlos verschwand. Soweit mir bekannt ist, war es irgendein Fabrikarbeiter von außerhalb. Nicht einmal seinen richtigen Namen hat er Louise angegeben. In ihrer Not brachte sie das Kind heimlich zur Welt und stellte es in einem Korb vor dem Waisenhaus ab.«
»Interessante Geschichte«, bemerkte Richard süffisant.
»Sie sagen das gerade so, als glaubten Sie mir nicht!«
»Sie haben bei unserer ersten Begegnung gelogen, warum sollten Sie das nicht wieder tun, gnädiges Fräulein?«
»War Emilie bekannt, daß Louise ihre Mutter ist?« fragte Heiner.
»Nein«, antwortete Victoria. »Louise schämte sich zu sehr.

Das Waisenhaus gab das Kind an Pflegeeltern, aber erst kurz vor Emilies zweitem Geburtstag fand Louise heraus, wer sie waren, und ließ ihnen ab und zu anonym etwas zukommen. Außer Ihnen und mir weiß niemand über Emilies tatsächliche Herkunft Bescheid.« Sie warf Richard Biddling einen zornigen Blick zu. »Louise ist ein anständiger Mensch, und sie hat es nicht verdient, daß Sie ihre Existenz zerstören!«

»Na, na, nun mal nicht gleich so theatralisch. Es wird ja noch gestattet sein, Merkwürdigkeiten beim Namen zu nennen«, sagte Richard.

»Welche Merkwürdigkeiten?«

»Zum Beispiel, warum niemand etwas von Louises Schwangerschaft bemerkte? Oder warum sie erst nach zwei Jahren entdeckte, wo ihr Kind lebte, wenn sie es doch angeblich selbst vor dem Waisenhaus abgestellt hat? Oder, um den Sprung in die Gegenwart zu machen, was sie während ihrer freien Stunden am Wäldchestag getrieben hat.«

»Sie wissen...«

»Ja, ich weiß es, Fräulein Könitz. Und zwar von Ihrer Tante. Sie wird bestimmt nicht begeistert sein, wenn sie erfährt, welches Ei Sie ihr ins Nest gelegt haben.«

»Sie sind der unverschämteste Mensch, der mir je begegnet ist!« schimpfte Victoria.

»Denken Sie von mir, was Sie wollen, gnädiges Fräulein. Aber hören Sie auf, mich anzulügen.«

»Ich lüge nicht!«

»Setzen Sie sich eigentlich generell für die Belange Ihrer Dienstboten ein, oder ist dieses Engagement auf Ihre Zofe beschränkt?«

»Was soll das nun wieder?« fragte Victoria gereizt.

Richards Blick glitt verächtlich über ihr teures Kleid und den Schmuck, den sie trug. »Ich frage mich, ob es nicht einen bestimmten Grund dafür gibt, warum Sie ausgerechnet die arme Louise so vehement verteidigen? Woher wußten Sie überhaupt, daß sie ein uneheliches Kind hat?« Er rechnete kurz nach. »Sie waren damals höchstens sechs Jahre alt.«

»Sieben«, verbesserte Victoria. »Louise hat es mir gesagt.«

»Einfach so?«

»Einfach so! Da brauchen Sie gar nicht so zu grinsen!«

»Ich grinse, solange ich will. Sie werden demnächst eine Vorladung erhalten, damit Ihre Aussage protokolliert werden kann, gnädiges Fräulein.« Richard ging zur Tür und öffnete sie. »Wenn Sie mich jetzt bitte entschuldigen wollen? Ich habe zu tun.« Er war froh, daß er sich diesmal nicht aus der Fassung hatte bringen lassen. Doch so einfach ließ sich Victoria nicht abwimmeln. »Auch wenn es Ihrem verknöcherten preußischen Gerechtigkeitssinn widerspricht, Herr Kriminalkommissar: Ohne ein gewisses Maß an Kooperationsbereitschaft werden Sie gar nichts erreichen!« Boshaft fügte sie hinzu: »Im übrigen hatte ich bestimmt nicht die Absicht, Sie von Ihren unaufschiebbaren Aufgaben abzuhalten. Ich unterhalte mich ohnehin lieber mit Ihrem Kollegen.«

»Ja, dann gehen wir am besten rüber in mein Büro«, schlug Heiner vor, und man konnte seinem Gesicht ansehen, daß er sich königlich amüsierte.

Als er mit Victoria an seinem Vorgesetzten vorbeiging, zwinkerte er ihm zu, aber Richard war der Spaß vergangen. Er konnte machen, was er wollte: Irgendwie fühlte er sich weder dieser hochnäsigen Frau noch seinem disziplinlosen Mitarbeiter gewachsen, und das ärgerte ihn mehr, als er zugeben mochte. Zornig schloß er die Tür und kehrte zu seinem Schreibtisch zurück. Er schob den Stapel Papier beiseite, der darauf lag, und holte die alten Akten über den *Stadtwaldwürger* hervor. Zwei Morde an jungen Mädchen innerhalb von wenigen Wochen, und der Täter lief nach zehn Jahren immer noch frei herum. »Ich werde diese Fälle aufklären, koste es, was es wolle«, sagte er laut zu sich selbst. »Und wenn ich diese verflixten Akten hundertmal Buchstabe für Buchstabe durchlesen muß!«

Es dämmerte schon, als jemand an seine Tür klopfte. Richard schreckte hoch und rieb sich seine brennenden Augen. Auf sein *Ja, bitte!* steckte Heiner Braun den Kopf zur Tür herein.

»Machen Sie eigentlich niemals Feierabend?« fragte er und betrat das Büro.

»Nicht, wenn ich noch Arbeit habe«, gab Richard zur Antwort und unterdrückte ein Gähnen. »Haben Sie die kleine Giftkröte heil nach Hause gebracht?«

»Nichts für ungut, aber so unrecht hatte diese kleine Giftkröte gar nicht.«

»Sie ist unverschämt frech, und sie lügt!«

»Wenn Sie nicht bereit sind, den Leuten anständig zuzuhören, dann erfahren Sie auch nichts, Herr Kommissar«, stellte Heiner sachlich fest. »Ich war zwar nicht in Paris, um die neuesten kriminalistischen Methoden zu studieren, aber Sie dürfen mir gerne glauben, daß Sie mit Ihrer gönnerhaften Überheblichkeit rein gar nichts bezwecken. Bei Frauen wie Victoria Könitz nicht und bei einfachen Leuten wie Oskar Straube erst recht nicht.«

»Ich habe keine Lust, mich über dieses Thema mit Ihnen zu unterhalten, Braun. Guten Abend.«

Richard wandte sich wieder seinem Aktenstudium zu, doch Heiner ignorierte die brüske Abweisung. Zu viel hatte sich in den vergangenen Tagen in ihm angestaut. »Ich frage mich ernstlich, warum Sie überhaupt nach Frankfurt gekommen sind, wenn Sie die Menschen hier so verabscheuen.«

»Ich verabscheue niemanden! Und ich will, daß Sie jetzt gehen, Herr Braun«, sagte Richard förmlich. Er war müde, und ihm war nicht nach tiefsinnigen Erörterungen zumute.

»Sie behandeln die Leute, als seien sie allesamt Verbrecher. Sie sind krankhaft mißtrauisch und halsstarrig – und außerdem völlig überarbeitet.«

Richard wurde blaß vor Zorn. »Was erlauben Sie sich eigentlich?«

»Ich erlaube mir, Ihnen das zu sagen, was ich schon längst hätte sagen sollen, Herr Kommissar«, erwiderte Heiner ruhig. »Schauen Sie in den Spiegel! Sie können kaum noch Ihre Augen offenhalten, so müde sind Sie. Kein Wunder, daß Sie dauernd gereizt sind und die Leute vergrätzen. Was wollen Sie mit Ihrer Arbeitswut beweisen? Haben Sie vor, Polizeipräsident zu werden?«

»Lange höre ich mir Ihre Beleidigungen nicht mehr an!« entgegnete Richard gereizt. »Im übrigen lassen Sie es bitte meine Sorge sein, wann und wie ich arbeite. Ich weiß, was ich tue.«

»Dann ist es ja gut.« *Dieser Mensch ist unbelehrbar. Schade drum*, dachte Heiner resigniert. »Ach, ehe ich es vergesse: Ich habe Victoria Könitz versprochen, daß wir so lange über Emilies wahre Identität Stillschweigen bewahren, wie es im Rahmen der weiteren Ermittlungen zu verantworten ist. Außerdem habe ich mit ihrer Mutter geredet und mich in aller Form entschuldigt. Louise darf bleiben.«

Mit einem lauten Knall warf Richard die Akte auf den Tisch und sprang auf. »Was haben Sie?« schrie er. »Seit wann entschuldigen wir uns für polizeilich notwendige Maßnahmen? Wenn diese dämliche Louise nicht in der Lage ist, ihrer Herrschaft reinen Wein einzuschenken, ist das ihr Pech! Im übrigen möchte ich Sie darauf aufmerksam machen, daß ich hier die Ermittlungen führe, und ich verbitte mir ein für alle Mal Ihre eigenmächtigen Entscheidungen!«

»Verzeihen Sie vielmals, daß ich es gewagt habe, einen selbständigen Gedanken zu fassen, Herr Kommissar«, sagte Heiner. In seinen Augen lag Verbitterung. »Ich möchte Sie darum bitten, morgen Dr. Rumpff zu ersuchen, Ihnen einen anderen Mitarbeiter zuzuweisen.« Ohne seinen Vorgesetzten eines weiteren Blickes zu würdigen, ging er hinaus.

Einen Moment lang war Richard versucht, ihn zurückzurufen, dann siegte sein Stolz. Er schlug die Akte auf und las weiter. Kurz darauf klappte er sie wieder zu, weil er sich nicht konzentrieren konnte, stand auf und lief unschlüssig vor seinem Schreibtisch auf und ab. Schließlich verließ er sein Büro.

Unter der Tür von Heiner Brauns Zimmer sah er einen Lichtschein. Er klopfte und ging hinein. Heiner stand an seinem Pult und machte sich Notizen. Richard lachte verlegen. »Wollen Sie auch Polizeipräsident werden, Braun?«

»Ich werde Ihnen morgen früh den Abschlußbericht über meine bisherigen Ermittlungen vorlegen«, entgegnete Heiner unversöhnlich.

Richard räusperte sich. »Sie sind der mit Abstand respektloseste Beamte, der mir je unterstellt wurde, und Ihre Kritik ist anmaßend und beleidigend. Aber ich weiß Ehrlichkeit zu schätzen. Außerdem habe ich keine Lust, mich an einen neuen Mitarbeiter zu gewöhnen, und im übrigen finde ich, daß unsere Zusammenarbeit so schlecht nicht ist. Nun, ich ...«

»Entschuldigung angenommen«, unterbrach Heiner ihn. Man konnte ihm ansehen, daß er erleichtert war. Er reichte Richard mehrere Blätter Papier.

»Sie haben Victoria Könitz vernommen?« fragte Richard erstaunt, nachdem er die ersten Sätze gelesen hatte.

»Was dachten Sie? Daß ich die ganze Zeit mit ihr in den Anlagen spazieren gefahren bin?« Heiner lächelte. »Ich sage doch: Man muß den Leuten nur zuhören können. Sie hat mir nicht nur verraten, wo Louise am Wäldchestag war, sondern auch, warum sie unbedingt bei den Könitz' in Stellung bleiben will. Sie versorgt von ihrem kargen Lohn ihre alten Eltern mit. Und Victoria schwindelt zu Hause vor, sie als Begleitung zum Einkaufen oder Spazierenfahren zu benötigen, während sie ihr tatsächlich freigibt, damit sie sich um ihre Eltern kümmern kann.«

Richard sah seinen Kollegen mißtrauisch an. »Finden Sie nicht, daß das ein bißchen viel Edelmut ist?«

»Ganz und gar nicht«, antwortete Heiner. »Victoria Könitz ist eine faszinierende Frau, und Sie sollten nicht den Fehler machen, sie zu unterschätzen, Herr Kommissar. Übrigens hat sie mir eine Neuigkeit mitgeteilt, die Sie brennend interessieren dürfte.«

»Schießen Sie los!«

»Mitte Juli kommt Eduard Könitz nach Frankfurt zurück.«

»Das trifft sich gut«, sagte Richard, und Heiner erschrak über den Haß, der in seinen Augen lag.

7

Die Criminal-Polizei ist eine Wissenschaft, welche nicht genug im Publikum verbreitet werden kann, da solche nur durch die Unterstützung von Seiten des gesammten Publikums gedeihen kann und in jeder Familie sollte sich wenigstens einige Kenntnis dieser Wissenschaft, man möchte fast sagen, eine criminal-polizeiliche Haus-Apotheke, befinden.

◆

»Du sollst nachher zu Papa ins Kontor kommen, Schwesterlein!« David grinste Victoria hämisch an. »Ich glaube allerdings kaum, daß er dich in kaufmännischen Regeln unterweisen will.« Victoria sah von der Kaffeedecke auf, an der sie stickte, und streckte ihrem Bruder die Zunge heraus, doch er hatte sich schon weggedreht und lief lachend hinaus.

»Victoria, wie oft soll ich dir denn noch vorbeten, daß du dich wie eine Dame benehmen sollst!« äffte Maria ihre Mutter nach, und ihre beiden Freundinnen, wohlanständige höhere Töchter angesehener Frankfurter Bankiersfamilien, die zur täglichen Handarbeitsstunde gekommen waren, kicherten kindisch.

Victoria konnte sie genausowenig leiden wie ihre dümmliche Schwester und ihren naseweisen Bruder, dessen Lieblingsbeschäftigung darin bestand, sie zu ärgern oder bei ihren Eltern zu verpetzen. »Paß auf, daß du dich nicht in deine plumpen Fingerchen stichst und das kostbare Tuch mit Blut verschmutzt, Schwester«, sagte sie gehässig.

»Sieh du lieber zu, daß du mit deiner Arbeit vorankommst. Du stickst ja schon seit Tagen an ein und demselben Muster herum«, entgegnete Maria im gleichen Ton.

Ohne ein weiteres Wort legte Victoria die Nadelarbeit beiseite und stand auf. Es hatte keinen Sinn, sich mit diesen albernen Gänsen anzulegen.

»David hat gesagt, du sollst *nachher* kommen«, sagte Maria.

»Das laß bitte meine Sorge sein. Wenn dir langweilig wird, kannst du gerne an meiner Decke weitersticken. Du darfst sie dafür auch behalten.«

»Es käme dir wohl gelegen, daß ich deine schlechte Arbeit zu Ende führe, nicht wahr?« Maria lachte verächtlich. »Wenn Mama sieht, wie unordentlich du gearbeitet hast, mußt du ohnehin alles neu machen.«

»Stick du nur fleißig an deiner Aussteuer, Schwesterherz. Das wird ohnehin das einzige sein, was einen Mann dazu bewegen kann, dich zu heiraten.« Ehe Maria etwas erwidern konnte, hatte Victoria den Salon verlassen. Sie ging ins Erdgeschoß hinunter, wo sich die Büroräume ihres Vaters befanden, und wollte gerade anklopfen, als sie ihn hinter der Tür schimpfen hörte: »Was erwartest du von mir? Wie kann ich eine Frau begehren, die kalt ist wie ein Fisch?«

»Und was erwartest du von mir?« rief ihre Mutter. »Daß ich tatenlos zusehe, wie du ein zweites deiner Kinder verrätst?« Ihre Stimme klang spitz und schrill.

Victoria runzelte die Stirn. Was sollte das bedeuten: *ein zweites Kind verraten?* Von was sprachen ihre Eltern da? Sie ging näher zur Tür heran.

»Soll ich dir sagen, welches Problem du hast, Henriette?« Rudolf Könitz lachte höhnisch. »Du kannst es nicht ertragen, daß sie dir überlegen ist. Sie hat Anmut, sie ist gebildet, und sie ist beliebt. Alles Eigenschaften, die dir fehlen. Du bist von Neid zerfressen, gefühllos und häßlich. Nichts läßt du unversucht, um dich in deiner schäbigen Art an ihr zu rächen!«

»Du hast ihr zuliebe dein eigen Fleisch und Blut in den Schmutz getreten!«

»Was redest du für einen hanebüchenen Unsinn, Weib!« schrie Rudolf. »Sie hat sich versündigt, und sie erhielt ihre Strafe dafür! Und wenn du es wagst, mit Konrad darüber zu reden, dann gnade dir Gott! Er mag ein sentimentaler Träumer sein, aber er ist mein Bruder, und ich dulde es nicht, daß Schande über meine Familie kommt. Hast du das endlich begriffen, Henriette?«

Victoria erschrak. So heftig hatte sie ihre Eltern noch niemals miteinander streiten hören, und bislang war sie der Meinung gewesen, daß sich ihre Ehe zumindest auf gegenseitigem Respekt begründete. Doch davon ließ dieses Gespräch nichts erahnen. Sie verstand nur so viel, daß es um irgendeine Sache ging, die Onkel Konrad nicht erfahren durfte. Aber wer war die Frau, von der ihr Vater sprach, und welches seiner Kinder sollte er verraten haben? Maria? David? Kaum vorstellbar. Vielleicht Ernst? Aber der war doch freiwillig weggegangen! Und Heinz, der Zweitälteste, lebte glücklich mit seiner Frau und seinen Kindern in Kassel. Blieb noch ihre älteste Schwester Clara. Wollte Henriette ihrem Mann ernsthaft vorwerfen, daß er sie hatte wegbringen lassen?

Victoria erinnerte sich noch gut daran, wie Claras hysterische Anfälle von Tag zu Tag schlimmer geworden waren, so daß schließlich kein anderer Ausweg mehr blieb, als sie ins Städtische Irrenhaus einweisen zu lassen. Und es war doch gerade ihr Vater gewesen, der diese schlimme Entscheidung so lange wie möglich hinausgeschoben hatte! Wen aber meinte ihre Mutter dann? Doch nicht etwa sie selbst? Ja, sie kam sich verraten vor, weil niemand sie ernst nahm, aber davon sprach Henriette ganz sicher nicht. Und wer, um Gottes willen, war das zweite Kind?

Plötzlich wurde die Tür aufgerissen, und Victoria wich entsetzt einen Schritt zurück, als ihre Mutter vor ihr stand. »Was tust du hier?« fragte sie in scharfem Ton und zog hastig die Tür hinter sich zu.

»Entschuldige, Mama, ich... David hat... Er bat mich, zu Papa zu kommen«, stotterte Victoria.

»Stehst du schon lange hier?«

Victoria spürte, wie ihr vor Scham heiß wurde. »Nein, Mama. Es war so, daß ich gerade anklopfen wollte, und da hast du die Tür aufgemacht, und ich bin erschrocken.«

Henriette sah sie an und wandte sich schnell ab. Hatte Victoria sich getäuscht, oder standen in ihren Augen Tränen? Nachdenklich ging sie ins Büro hinein. »Du wolltest mich sprechen, Papa?« fragte sie wohlerzogen.

Rudolf Könitz, der am Fenster gestanden und nach draußen gesehen hatte, drehte sich zu ihr um. Er war ein stattlicher, hochgewachsener Mann mit hellem, an den Schläfen ergrautem, aber noch vollem Haar, und Victoria fragte sich zum wiederholten Mal, warum er ausgerechnet die unscheinbare, zur Körperfülle neigende Henriette zur Frau genommen hatte.

»Ich denke, es ist an der Zeit, daß ich in diesem Haus einige Dinge klarstelle.« Rudolf bedachte seine Tochter mit einem strengen Blick. »Deine Mutter hat mir berichtet, daß du dich beständig ihren Anweisungen widersetzt.«

»Aber ich ...«

»Halte gefälligst deinen Mund, wenn ich mit dir rede!« Victoria nickte stumm, und ihr Vater fuhr fort: »Du prügelst dich mit deinem Bruder wie ein Gassenweib, du mißachtest selbstherrlich das Verbot, dein Zimmer zu verlassen, und wagst es, deine Mutter vor den Augen der Dienstboten zu beleidigen!«

»Ich wollte nur ...«, begann Victoria erneut, aber wieder ließ ihr Vater sie nicht zu Wort kommen. Schon lange hatte sie ihn nicht mehr so aufgebracht erlebt.

»Es ist mir egal, was du wolltest! Du hast zu gehorchen, wenn deine Mutter dir etwas befiehlt! Und du hast dich zu benehmen, wie man es von einer Könitz erwarten kann! Was glaubst du, für was ich die teuren Klavierstunden, den französischen Hauslehrer und die exklusiven Schneider bezahle? Doch nicht aus Selbstzweck, sondern um aus meinen Töchtern gebildete, sittsame und vornehme Damen zu machen! Oder willst du etwa als alte Jungfer enden, als Übriggebliebene, für die die Gesellschaft nur Spott und Mitleid übrig hat?«

Victoria sah betreten zu Boden. »Ich möchte mich für mein ungehöriges Verhalten entschuldigen. Es war nur, weil ... Ich habe mich so sehr an Louise gewöhnt, und Mama will sie entlassen.«

Sie schluchzte leise, und Rudolf Könitz' Zorn verebbte. Er kam einige Schritte auf sie zu. »Ich verhehle nicht, daß es mir lieber wäre, wenn Louise ginge; es gibt bessere Dienstmädchen als sie. Aber sie ist deine Zofe, und wenn dein Seelenheil davon abhängt, mag sie bleiben. Sollte sie allerdings noch einmal Anlaß zur Beschwerde geben, werfe ich sie auf der Stelle hinaus! Glaube mir, Victoria, ich meine es nur gut mit dir.« Behutsam hob er ihr Kinn an. »Ich möchte stolz auf meine Töchter sein, und ich könnte es nicht ertragen, eine von ihnen einem schrulligen Witwer oder einem minderbemittelten Junggesellen als Hausdame andienen zu müssen. Die Könitz' sind ein altes, stolzes Frankfurter Geschlecht, und so soll es bleiben!«

»Ja, Papa«, sagte Victoria brav und wandte sich zum Gehen.

»Ich bin noch nicht fertig, Kind.«

Victoria blieb an der Tür stehen. »Entschuldige.«
»Auch wenn du meinst, auf diese Louise Kübler nicht verzichten zu können«, er sprach den Namen verächtlich aus, »so solltest du dir doch deines Standes bewußt sein und stets auf gebührende Distanz achten. Und noch etwas: Morgen abend wird mich ein junger Mann aufsuchen und um deine Hand anhalten. Ich möchte, daß du ja sagst.«

Victoria wurde starr vor Schreck. »Aber Papa, wie kannst du verlangen...«

»Du bist eine Könitz!« unterbrach ihr Vater sie hart. »Und in Frankfurt gibt es nicht viele Männer im heiratsfähigen Alter, die einer Könitz würdig sind!«

»Wer ist es?« fragte Victoria, obwohl es ihr egal war. Sie würde ihn nicht heiraten. Ihn nicht und keinen anderen. Weder aus Frankfurt noch sonstwoher.

»Theodor Hortacker, der älteste Sohn von Bankier Hortacker, der vorgestern zum Essen da war. Er war übrigens von deinem Klavierspiel entzückt.«

»Das freut mich, Papa.« *Ausgerechnet der!* »Wann kommt er?«

»Gegen sieben«, erwiderte Rudolf Könitz. »Du darfst dich glücklich schätzen, mein Kind: Theodor Hortacker ist einer der begehrtesten Junggesellen in der Stadt.«

»Ja, Papa.« *Ich kann ihn trotzdem nicht ausstehen.* »Ich habe Tante Sophia versprochen, morgen nachmittag zum Kaffee vorbeizukommen. Ihr geht es nicht gut.« Victoria mußte dringend das Buch von Poe zurückbringen. Und sonntags, wenn ihr Onkel seine allwöchentliche Gesprächsrunde mit seinen Freunden Dr. Rumpff und Dr. Hoffmann abhielt, konnte sie in der Bibliothek herumstöbern, ohne Gefahr zu laufen, überrascht zu werden.

»Wenn du abends rechtzeitig zurück bist, habe ich nichts dagegen, daß du sie besuchst«, sagte Rudolf.

Victoria sah ihn treuherzig an. »Warum kann Mama Tante Sophia eigentlich nicht leiden?«

»Wie kommst du denn darauf?« fragte er mißtrauisch.

»Na ja, ich dachte nur, weil sie sie ständig wegen ihrer Kleider kritisiert und auch sonst nicht sehr freundlich zu ihr ist.« Verlegen schlug Victoria die Augen nieder. »Und weil sie es offenbar nicht gerne sieht, wenn ich Tantchen besuchen gehe.«

»Deine Mutter meint es nicht so. Was sollte sie dagegen haben, wenn du dich mit der Frau meines Bruders gut verstehst?«

»Nichts, Papa«, erwiderte Victoria artig.

»Da du ja bald Braut sein wirst, möchte ich, daß du dich verstärkt deiner Handarbeit widmest«, sagte Rudolf streng. »Und jetzt kannst du gehen.«

Als Victoria die Bürotür hinter sich geschlossen hatte, lief sie wütend in ihr Zimmer hinauf, warf sich aufs Bett, trommelte mit ihren Fäusten auf das Kopfkissen ein und ließ ihren Tränen freien Lauf. Theodor Hortacker war nicht der erste Heiratskandidat, den ihr Vater für sie ausgesucht hatte, aber bisher hatte sie sich immer geschickt aus der Affäre ziehen können. Entweder hatte sie die auserwählten jungen Männer mit derben Sprüchen verschreckt oder sie hochmütig als ihrer nicht würdig abgelehnt. Aber dieses Mal sah es ganz danach aus, daß ihr Vater fest entschlossen war, sie ohne Wenn und Aber unter die Haube zu bringen.

Victoria kannte Theodor nicht näher, und sie hatte auch kein Verlangen danach, das zu ändern. Sie dachte an den Frühlingsball bei Hortackers vor vier Wochen und an seinen konsternierten Gesichtsausdruck, als sie ihm beim Tanzen einen Korb gegeben und ihre Gunst statt dessen seinem jüngeren Bruder Andreas geschenkt hatte, einem schüchternen, blassen Jüngling, der ihr ständig auf die Füße getreten war und sie schließlich nach runden drei Dutzend: *Bitte höflichst um Verzeihung, Fräulein Könitz* mit dem gestammelten Geständnis beglückt hatte, daß er sich eher zum Dichter als zum Tänzer berufen fühle. Zum Glück war er wenigstens so taktvoll gewesen, sie mit Kostproben seines Könnens zu verschonen. Aber ihre innerliche Genugtuung über den Anblick des in seiner Eitelkeit gekränkten Theodor hatte Victoria für ihre malträtierten Füße mehr als entschädigt.

Trotzig wischte sie sich die Tränen aus dem Gesicht, stand auf und schaute in ihren Spiegel. »Ich werde niemals heiraten«, schwor sie ihrem Spiegelbild. »Und wenn doch, dann nur einen Mann, den ich mir selbst aussuche!« Sie fuhr sich über ihr Haar, strich flüchtig ihr Kleid glatt und ging zurück in den Salon, um sich wieder der verhaßten *feineren weiblichen Handarbeit* zu widmen, die sie so überflüssig fand wie einen Sonnenschirm im Novembernebel.

Aber es nützte alles nichts, sie mußte sich in diese Dinge

fügen, und während sie scheinbar eifrig Platt- und Hohlstichmuster anfertigte, schweiften ihre Gedanken in die Welt des Chevalier C. August Dupin, der nur durch Nachdenken einen komplizierten Kriminalfall zu lösen verstand. Nur durch Nachdenken! War das nicht großartig? Victoria Dupin, die Meisterdetektivin, die es allen zeigen würde: dem Vater, dem Bruder, Onkel Konrad und nicht zuletzt diesem schrecklichen Kommissar Biddling und all den anderen Männern, die in Frauen nicht mehr sahen als unmündige, schwächliche Wesen, deren einziger Daseinszweck darin zu bestehen hatte, einen präsentablen Ehegatten zu finden und ihm möglichst viele Nachkommen zu gebären. »*Siegerin* – mein Name heißt Siegerin, und ich werde mich dessen würdig erweisen.«

»Was murmelst du da?« fragte Maria.

Victoria zuckte zusammen. »Ach, nichts, Schwesterlein«, sagte sie mit dem liebenswürdigsten Lächeln, zu dem sie fähig war. Maria schaute sie verdutzt an.

»Was ist denn mit dir passiert? Hat Papa etwa Lobpreisungen über dich ergossen?« Ihre Stimme klang höhnisch, aber Victoria überhörte es.

»Oh, du wirst es nicht glauben«, säuselte sie. »Er hat mir verraten, daß ein reicher, wunderschöner Mann um meine Hand anhalten wird.«

»Wer?« fragte Maria neidisch.

»Tja, da mußt du dich schon bis morgen gedulden.« Schadenfroh betrachtete Victoria das verkniffene Gesicht ihrer jüngeren Schwester. Sie wußte, daß Maria sich jedesmal darüber ärgerte, wenn sie die in Aussicht gestellten Heiratskandidaten ablehnte, während um Marias Hand noch kein einziger Verehrer angehalten hatte, obwohl auch sie, was die Mitgift anging, eine außerordentlich gute Partie war. Aber sie war nun einmal nicht besonders hübsch, und außerdem neigte sie wie ihr Bruder David zur Fülligkeit. Das hatten sie von ihrer Mutter geerbt, während die anderen Geschwister in Statur und Aussehen ihrem Vater ähnelten oder, wie Clara, ihrer verstorbenen Großmutter. Clara war eine Schönheit gewesen, ehe die Krankheit ihre ebenmäßigen Gesichtszüge zu einer häßlichen Grimasse hatte erstarren lassen.

»Ich dachte, du magst nicht heiraten?« fragte eine von Marias Freundinnen.

Victoria lächelte. »Es kommt eben darauf an, wer der Bräutigam ist.« Vielleicht sollte sie sich diesen Hortacker doch ein wenig genauer ansehen. Ihr Vater wäre zufrieden, und sie könnte sich als verlobte Frau ein bißchen mehr Freiheit herausnehmen. Ein Verlöbnis wieder zu lösen war zwar verwerflich, aber wenn es ihr gelänge, als die unschuldig Verlassene dazustehen, könnte sie heil aus der Sache herauskommen. Daß ihr bis zur Hochzeit strengste Keuschheit abverlangt werden würde, kam ihr dabei mehr als gelegen. Sie würde Herzensbrecher Hortacker einfach dazu bringen, sich einer anderen zuzuwenden, und schon wäre sie ihn auf galante Weise wieder los! Warum war sie nicht gleich auf diese geniale Idee gekommen?

Gutgelaunt stickte Victoria weiter und hing ihren Gedanken nach, während Maria angeregt mit ihren Freundinnen plapperte und irgendwelche Vermutungen über tatsächliche oder vermeintliche Liebschaften anderer Frauen anstellte.

»... und weißt du, wo sie sich heimlich getroffen haben?«
»Nein, erzähl!«
»In einem Abbruchhaus. Jeden Montag um Mitternacht.«
»Oh, wie gruselig!«
»Und wie wurden sie entdeckt?«
»Eines Tages hörte der Nachtwächter unheimliches Flüstern, und er...«

Unheimliches Flüstern! Victoria fiel es wie Schuppen von den Augen. War das die Erklärung für die seltsamen Stimmen, die Sophia gehört hatte? Hatte Emilie vielleicht einen Liebhaber, mit dem sie sich nachts im Glashaus traf? Das würde die Spuren im Erdhaus ebenso erklären wie die Benutzung der alten Pforte – und es könnte ein nachvollziehbarer Grund für ihr plötzliches Verschwinden sein. Allerdings nur dann, wenn der Liebhaber nicht vom gleichen Stand war wie Emilie, so daß eine offizielle Verbindung der beiden nicht in Frage kam. Während Victorias Gedanken sich überschlugen, führten ihre Hände mechanisch die Nadel, und sie spürte es nicht einmal, als sie sich in den Finger stach.

»Tagchen, Tante, hat Onkel Konrad seine Versammlung schon eröffnet?« fragte Victoria respektlos, als sie Sophia am Sonntag nachmittag im Salon begrüßte.

Sophia sah sie kopfschüttelnd an und stellte ihre Kaffeetasse auf dem Beistelltischchen neben dem Bugholzsofa ab. »Du solltest dich wirklich um eine etwas gesittetere Ausdrucksweise bemühen, Kind.«

»Ich bemühe mich, Tantchen. Versprochen. Wie geht's dem Orangenbaum?«

Sophia lachte. »Danke, gut.« Sie forderte Elsa auf, ein zweites Kaffeegedeck zu bringen, und berichtete stolz, daß gestern eine Kentiapalme aus Neuholland angekommen sei.

Victoria stellte ihren Handarbeitskorb vor dem Sofa ab und ließ sich neben ihrer Tante nieder, die fortfuhr, von ihren geliebten Pflanzen zu erzählen. Durch verständnisvolles Nicken und ein ab und zu eingestreutes »Oh, wie schön« täuschte sie Interesse vor, bis sie sich schließlich ein Herz faßte und mitten in Sophias weitschweifige Erörterung über die Wuchseigenschaften von kubanischen Königspalmen hinein sagte: »Ich glaube, daß Emilie einen heimlichen Liebhaber hatte.«

Sophia sah sie entgeistert an. »Das ist ausgeschlossen! Sie war ein sittsames Mädchen und hätte nie ...«

»Hast du nicht selbst gesagt, daß sie sich für etwas Besseres hielt und stets bestrebt war, sich herauszuputzen?«

»Das hat doch nichts zu bedeuten«, sagte Sophia. »Es gibt viele Dienstmädchen, deren einziges Vergnügen darin besteht, sich an ihren freien Tagen herauszuputzen.«

»Emilie ging doch gar nicht weg an ihren freien Tagen!« ereiferte sich Victoria. »Sie wollte nicht einmal mit auf den Wäldchestag, obwohl es keine bessere Gelegenheit gibt, eine Partie zu machen. Sie war hübsch, und bestimmt hätte sich ein netter Handwerksbursche gefunden, der um sie geworben hätte.«

»Du hast vielleicht Ideen, Kind!«

»Ist es nicht so? Wenn ich mich recht erinnere, pflegte sie auch keinen Kontakt zu den Dienstboten hier im Haus, oder?«

»Deshalb muß sie noch lange keinen heimlichen Liebhaber gehabt haben. Außerdem war sie viel zu jung dazu.«

»Aber so würde alles einen Sinn ergeben: die Schuhspuren im Glashaus und an der Pforte – und das nächtliche Geflüster!«

»Wenn deine Vermutung zuträfe, hätte Konrad sie entdecken müssen«, wandte Sophia ein. »Er hat im Glashaus nachgesehen.«

»War er auch im Tunnelkeller?«

»Ich weiß es nicht.«

Victorias Augen blitzten. »Ich vermute, nein. Und ich vermute weiterhin, daß die beiden sich dort versteckten, als Onkel Konrad die Orangerie betrat.«

Sophia schaute ihre Nichte zweifelnd an. »Ich kann es mir nicht vorstellen. Aber selbst wenn es so wäre: Müßte dann nicht auch der ominöse Unbekannte verschwunden sein? Bei der Geschwindigkeit, in der Klatsch in dieser Stadt die Runde macht, wüßten wir doch längst davon.«

»Du vergißt das Weinfaß«, warf Victoria ein.

»Wie?« fragte Sophia verwirrt.

»Ich habe gestern lange darüber nachgedacht, wie sich das gestohlene Faß in die ganze Sache einfügt, und nicht zu vergessen: der Orangenbaum und das Amulett!«

»Ich verstehe nicht...«

»Emilie hat nichts mitgenommen, als sie ging. Richtig?«

»Richtig.«

»Und im Glashaus war dein Orangenbaum umgefallen, von dem sie wußte, daß du ihn liebst. Richtig?«

»Ja, aber...«

»Antworte einfach auf meine Fragen, Tantchen! Ihr Amulett, das sie wie ihren Augapfel hütete, wurde bei einem Trödler in der Stadt versetzt, und zwar zwei Tage nach ihrem Verschwinden.«

»Das hat der Kommissar herausgefunden, ja.«

Victoria grinste. »Ein Lob seiner Tüchtigkeit.« Sie wurde wieder ernst. »Ein Weinfaß, das just am gleichen Tage verschwindet wie Emilie, schwimmt im Main herum – leer und ohne Deckel. Welchen Schluß ziehst du aus all dem?«

»Ich weiß nicht recht...«

»Ich will es dir verraten, Tante: Emilie ist gar nicht weggegangen.«

Sophia wurde blaß. »Du meinst...«

»Ich meine, daß sie umgebracht wurde, ja. Und zwar im Glashaus. Und der Mörder ist ihr heimlicher Liebhaber, der sie loswerden wollte; vielleicht, weil sie sich nicht damit zufriedengab, nur eine hübsche kleine Tändelei für ihn zu sein.«

»Es erschreckt mich, wie du redest.«

Victoria zuckte mit den Schultern. »Du darfst nicht denken, daß alle Menschen so edel und gut sind wie du.«

Sophia schwieg betreten, und Victoria merkte, daß sie wieder einmal zu weit gegangen war. Wie gerne hätte sie noch ein paar Überlegungen zur Person des vermuteten Liebhabers angestellt! Statt dessen setzte sie ein unschuldiges Lächeln auf und sagte geziert: »Oh, es lag wirklich nicht in meiner Absicht, dich mit meinem Geplappere zu ängstigen. Es war nur so ein dummer Gedanke, der mir gestern beim Sticken kam, und es hätte ja sein können ... Aber Onkel Konrad hat sicher recht, daß die Sache in den Händen von Kommissar Binding am besten aufgehoben ist.«

»Biddling, der Kommissar heißt Biddling«, verbesserte Sophia und sah ihre Nichte irritiert an. »Manchmal bist du mir ein Rätsel, Kind.«

Vornehm griff Victoria nach ihrer Kaffeetasse, führte sie zum Mund und nahm ein winziges Schlückchen. »Ich bin mir zuweilen selbst ein Rätsel, Tante Sophia.« Sie seufzte. »Weißt du, ich bemühe mich wirklich, eine Dame zu sein. Nur ab und zu, da geht mein Temperament etwas mit mir durch.«

»Das hast du von deinem Vater«, sagte Sophia. »Aber du darfst dich nicht mit solchen schmutzigen Sachen beschäftigen. Das tut dir nicht gut.«

»Ja, Tante Sophia«, sagte Victoria artig. »Bitte versprich mir, daß du niemandem von unserem Gespräch erzählst!«

»Du solltest deine Überlegungen vielleicht trotzdem Kommissar Biddling mitteilen«, wandte Sophia ein.

Victoria sah sie mit großen Augen an. »Ich glaube nicht, daß das sehr sinnvoll ist. Wenn Papa davon erfährt, wird er böse mit mir, weil ich mich mit Dingen befaßt habe, die mich nichts angehen. Und was diesen Herrn Biddling angeht, denke ich, daß er bei seinen hervorragenden Fähigkeiten nicht auf die einfältigen Überlegungen einer Frau angewiesen sein wird, findest du nicht?«

Sophia, der die Ironie in Victorias Worten entgangen war, entgegnete: »Ich habe wirklich allergrößte Mühe, dich zu begreifen, Kind.«

Victoria lächelte. »Meine Güte – jetzt hätte ich vor lauter Geschwätz fast vergessen, dir das Allerneueste zu berichten! Was fällt dir zu dem Namen Hortacker ein, Tantchen?«

»Emilie«, sagte Sophia traurig.

»Emilie?« rief Victoria verblüfft.

»Sie war bei Bankier Hortacker als Dienstmädchen ange-

stellt, ehe sie hier anfing. Aber das weißt du doch selbst. Schließlich hast du sie mir vermittelt.«
»Ja, sicher, Louise – ich meine natürlich, Emilie erwähnte es. Aber ich hatte es glatt vergessen. Und ich will auch gar nicht mehr darüber nachdenken. Immerhin habe ich dir versprochen... Also: Was sagt dir der Name Hortacker sonst noch?«
Sophia lächelte unsicher. »Was willst du hören? Daß Bankier Hortacker reich ist, regelmäßig glanzvolle Bälle gibt und mit den angesehensten Bankhäusern der Stadt, mit Rothschild und Bethmann glänzende Geschäfte macht?«
»Ich dachte eher an seine Kinder.«
»Cornelia, Andreas und Theodor? Wieso, was ist mit ihnen?«
Victoria zwang sich zu lächeln. »Heute abend wird Theodor Hortacker um meine Hand anhalten. Ist das nicht wundervoll, Tante? Ich werde Braut!«
Sophia warf ihr einen zweifelnden Blick zu. »Am Wäldchestag warst du aber noch nicht so begeistert von der Aussicht zu heiraten.«
»Man kann seine Meinung ja ändern, oder?«
»Natürlich. Und du darfst mir glauben, daß ich froh darum bin.« Sophia legte ihre schmalen, gepflegten Hände auf Victorias rechten Arm. »Weißt du, manchmal ist es schmerzlich, sich in Dinge zu fügen, die dem eigenen Willen so sehr entgegenlaufen, daß du denkst, es nicht ertragen zu können. Aber wenn der Schmerz vergangen ist, wird die Sicht klar, und du erkennst, daß du den richtigen Weg gewählt hast. Das nennt man Zufriedenheit.«
»Nennt man es auch Glück, Tante?«
Sophia lächelte sanft. »Das Glück zählt die Stunden und Tage, aber es ist sowenig greifbar wie die Sterne am Himmel. Zufriedenheit dagegen zählt die Monate und Jahre, und sie ist kostbarer als Edelsteine. Aber was rede ich! Genieße es, Braut zu sein. Es ist eines der schönsten Gefühle, die eine Frau haben kann, und wird nur vom Glück einer jungen Mutter übertroffen.«
Victoria schaute sie treuherzig an. »Hast du Onkel Konrad eigentlich geliebt, als du ihm dein Jawort gabst?«
Sophia sah verlegen aus. »Du bist ganz schön neugierig, liebes Kind.«
»Ja, es ist halt so, weil ich doch Theodor Hortacker nur ganz flüchtig kenne. Und da bin ich mir eben unsicher, wie ich mich verhalten soll.«

»Du wirst lernen, ihn zu lieben.«
»So wie du gelernt hast, Onkel Konrad zu lieben?«
»Ja«, sagte Sophia. In ihren Augen lag ein Ausdruck, den Victoria nicht deuten konnte. »Konrad ist ein wunderbarer Mann, und ich hätte nichts Besseres tun können, als ihn zu heiraten.« Sie stand auf, winkte Elsa herbei und befahl ihr, den Tisch abzuräumen. Als sie sich Victoria wieder zuwandte, lächelte sie. »Es ist herrliches Wetter heute, wollen wir nicht ein wenig nach draußen gehen?«
»Gerne, Tante Sophia, nur...« Victoria zögerte. »Ich müßte mal kurz in die Bibliothek, wenn du gestattest. Ein Buch zurückbringen.«
»Und ein neues ausleihen«, ergänzte Sophia. »Ich sollte es dir nicht erlauben! Wenn Konrad davon erfährt, wird er sehr ärgerlich sein.«
»Ich werde nie jemandem verraten, daß du etwas davon wußtest. Das verspreche ich.« Victoria zwinkerte ihrer Tante zu. »Wenn du mich im vergangenen Jahr nicht erwischt hättest, wüßtest du ja auch nichts.«
»Es wäre meine Pflicht gewesen, dir zu verbieten, weiterhin...«
»Ich möchte nichts, außer ein bißchen lesen, Tante.«
»Du kommst dadurch bloß auf dumme Gedanken!«
»Weil ich versucht habe, Emilies Verschwinden aufzuklären? Da gebe ich dir recht. Das war töricht von mir. Aber ich brauche Bücher, Tante Sophia! *Richtige* Bücher, nicht solche Backfischchen-Leidensgeschichten, bei denen ich schon auf der dritten Seite vor Langeweile gähnen muß. Kannst du das denn nicht verstehen?«
»Doch. Aber es schickt sich nicht.«
Victoria zuckte mit den Schultern. »Du hast deine Pflanzen, Maria liebt es, Hunderte von Stunden an einer Kaffeedecke zu sticken, und Mama verbringt ganze Tage beim Schneider. Was kann ich dafür, daß meine Leidenschaft ausgerechnet das Lesen ist?«
Sophia seufzte. »Ich glaube, ich werde im Glashaus ein wenig nach dem Rechten sehen. Sei vorsichtig, ja?« Durch die offenstehende Terrassentür ging sie in den Garten hinaus. Victoria nahm ihren Korb, verließ den Salon und schlich mit klopfendem Herzen die Marmortreppe nach oben.

In freudiger Erwartung öffnete sie den Deckel eines Holzkästchens, das auf einer mit kunstvollen Intarsien verzierten Kommode stand, und holte einen Schlüssel heraus, mit dem sie die Bibliothek aufschloß. Sie betrat den großen, hohen Raum und zog leise die Tür hinter sich zu. Der Anblick der überbordenden Schränke, in denen Tausende von Büchern bis zur Decke gestapelt waren, ließ sie jedesmal einen Augenblick andächtig verweilen. Was für eine Ungerechtigkeit, sie von diesem Schatz auszusperren, nur weil sie eine Frau war!

Victoria stellte ihren Korb ab, zog das Buch von Edgar Allan Poe unter ihrer halbbestickten Kaffeedecke hervor und ordnete es an seinem Platz ein, indem sie die Nachbarbücher etwas zur Seite rückte. Vorsichtig und darum bemüht, keinen Lärm zu machen, schob sie die Bücherleiter unter einen Belüftungsschacht, kletterte hinauf und hielt ihr Ohr an das Ventilationsgitter, aus dem undeutliches Gemurmel kam. Anfangs hatte sie es als nachteilig angesehen, daß das Herrenzimmer, in dem sich ihr Onkel mit seinen beiden Freunden traf, genau unterhalb der Bibliothek lag; bis sie zufällig entdeckt hatte, daß der Schacht, der die beiden Räume mit Frischluft versorgte, wie eine Hörmaschine funktionierte, wenn man nahe genug heranging.

Seitdem liebte sie ihre heimlichen Bibliotheksbesuche noch mehr als vorher und ließ sich bei der Auswahl der Bücher von den Gesprächen der Männer anregen, die sich häufig um kriminalistische oder medizinische Fragen drehten, oder, was Victoria noch spannender fand, beide Themen miteinander verbanden.

»Ich habe zwei Beamte mit den Ermittlungen betraut. Du hast sie ja kennengelernt«, hörte sie Dr. Rumpff sagen.

»Aber herausgefunden haben sie noch nicht viel, außer daß jeder verdächtig ist, der seine Unschuld nicht beweisen kann.« Das war eindeutig die leicht ironische Stimme von Onkel Konrad.

»Solange das Mädchen nicht aufgefunden wird – tot oder lebendig –, gestaltet sich die Sache schwierig. Kommissar Biddling ist zwar neu in Frankfurt, aber er wird sicher alles tun, um den Fall zu klären. In Berlin lobte man ihn wegen seines Pflichtbewußtseins und seines Arbeitseifers«, meinte Dr. Rumpff, und Konrad ergänzte: »Er macht mir in der Tat einen eifrigen, um nicht zu sagen pedantischen Eindruck.«

»Ja, ja, diese bürokratischen Preußen. Viel Sinn für die Bürgerseele haben sie im allgemeinen nicht«, sagte Dr. Rumpff.

Konrad lachte. »Du mußt es ja wissen, immerhin arbeitest du lange genug mit ihnen zusammen. Und das als alteingesessener Frankfurter!«

Victoria hielt sich die Hand vor den Mund und unterdrückte ein Kichern. Offenbar lag sie mit ihrer Einschätzung von Kommissar Biddling gar nicht so sehr daneben.

»Ich kann mich allerdings des Eindrucks nicht erwehren, daß in all den Jahren ein klein wenig Preußentum auch auf unseren guten Carl Ludwig abgefärbt hat«, sagte Dr. Hoffmann, und Dr. Rumpff konterte: »Lieber Heinrich, ich habe es im Grunde genommen mit der gleichen Klientel zu tun wie du, nämlich mit Irren. Leider sind meine Patienten unheilbar kriminell, und im Gegensatz zu dir muß ich sie erst mühsam aus ihren Verstecken ausheben, um sie einsperren zu können. Du darfst mir gerne glauben, daß sich dabei ein Quentchen preußische Pedanterie manchmal als hilfreich erweist.« Nach einer kurzen Pause fügte er hinzu: »Die Seuche, die ich bekämpfe, heißt Anarchismus, und wer weiß, ob nicht doch Verbindungen in die rote Ecke führen. Ich hege insofern die gleichen Befürchtungen wie unser Herr Reichskanzler.«

»Ich versuche zwar seit Jahrzehnten, mich aus politischen Debatten herauszuhalten, aber ich denke, daß Bismarck mit den Sozialistengesetzen der Nation keinen Gefallen erwiesen hat«, hielt Dr. Hoffmann ihm entgegen. »Das Übel wird durch die Verfolgung der Sozialdemokraten nicht beseitigt, sondern verschlimmert. Es wird weitere Unruhen geben, und ausbaden müssen es wieder einmal die Bürger.«

»Jedenfalls haben wir zu wenige Beamte, um die Anarchisten mit Stumpf und Stiel ausrotten zu können«, stellte Dr. Rumpff fest. »Der Anschlag auf der Bornheimer Heide und die blutrünstigen Flugblätter zur Begrüßung des Kaisers waren nur der Anfang. Aber das muß man den Herren in Berlin erst einmal begreiflich machen. Unser Polizeipräsident fordert seit Jahren regelmäßig mehr Personal, und im Hinblick auf die Kosten wird es genauso regelmäßig abgelehnt.« Seine Stimme wurde lauter. »Aber ich bin nicht bereit, mich an den Anblick zerfetzter Menschenleiber zu gewöhnen! Daß es bei den vielen Besuchern auf der Bornheimer Heide vor zwei Jahren nicht mehr Tote gab, war reiner Zufall. Doch unsere Herren Reichspolitiker haben scheinbar andere Probleme, als sich um das Wohl und Wehe der Frankfurter Bürger zu sorgen.«

»Beschäftige dich mit Politik, und du kannst gewiß sein, dir den Tod an den Hals und in die Leber hinein zu ärgern«, sagte Dr. Hoffmann. »Ich denke heute noch mit Schaudern an den Wirrwarr jener Tage im Vorparlament. Nichts als leeres Stroh wurde dort gedroschen, und ein einziges Intrigenspiel war es obendrein. Warum fällt es den Menschen bloß so schwer, über gesellschaftliche Standesunterschiede hinweg Toleranz und Verständnis zu zeigen? Es ist mir doch einerlei, ob jemand Katholik oder Jude, Kaufmann, Gelehrter oder Handwerker ist, wenn er nur zum Wohl der Allgemeinheit denkt und handelt.«

»Standesdünkel und Separatismus wirst du so schnell nicht ausmerzen können, Heinrich«, warf Konrad ein, aber Dr. Rumpff hielt ihm entgegen: »Allerdings solltest du bedenken, daß hierarchische Strukturen für das Funktionieren unserer Gesellschaft unbedingt erforderlich sind. Die Verhältnisse in Kasernen oder Behörden sind nun einmal andere als in Krankenhäusern. Wenn ich als Chef der Kriminal- und Sicherheitspolizei meinen Beamten keine verbindlichen Richtlinien vorgeben würde, könnten wir auch keine sinnvolle Kriminalitätsbekämpfung leisten. Eine kollegiale Arbeit ist insbesondere im Sicherheitsbereich gar nicht durchführbar. Da müssen strenge Vorgaben gemacht werden, denn nicht der einzelne Beamte, sondern nur die gesamte Maschine der Polizeiverwaltung kann letztendlich durchgreifende Resultate erzielen.«

»Ich teile durchaus deine Meinung, daß eine Gesellschaft nicht ohne Regeln existieren kann«, entgegnete Dr. Könitz. »Aber man sollte einen anderen Menschen nicht geringschätzen, nur weil er von niederer Herkunft ist, wie es leider allzuoft Usus ist. Da brauche ich nur an meinen Bruder Rudolf zu denken, den ich bis heute nicht dazu bewegen konnte, unserem Bürgerverein beizutreten, weil er es strikt ablehnt, Menschen unterhalb seines Standes als gleichwertige Gesprächspartner zu akzeptieren. Politische Ambitionen hat er jedoch keine, obwohl er ständig über die Deppen in Berlin oder unseren angeblich geizigen Bürgermeister schimpft. Manchmal habe ich den Verdacht, daß er gar nicht existieren kann, ohne sich über irgendwas oder irgendwen aufzuregen.«

»Ich zumindest bin ihm sehr zu Dank verpflichtet«, sagte Dr. Hoffmann. »Immerhin hat er meinem Irrenhaus eine mehr als großzügige Spende gemacht, die nicht nur seiner Tochter Cla-

ra, sondern allen Insassen, mittellosen wie begüterten, gleichermaßen zugute kommt.«
»Hast du eigentlich noch Hoffnung, daß sie eines Tages wieder gesund wird?« wechselte Konrad Könitz das Thema.
Dr. Hoffmanns Stimme klang bekümmert, als er verneinte. »Ihre Schwester Victoria besucht sie zweimal in der Woche, und ich habe das Gefühl, es tut Clara gut, obwohl sie kaum spricht und ganze Tage reglos in ihrem abgedunkelten Zimmer sitzt. Seit Monaten leidet sie in regelmäßigen Abständen an schmerzhaften Kontrakturen der Muskulatur und zusätzlich an einer mal stärker, mal schwächer ausgeprägten hysterischen Lähmung der rechten Körperseite. Ich muß zugeben, daß ich einen so schweren und langen Krankheitsverlauf selten erlebt habe. Es ist jedenfalls nicht damit zu rechnen, daß sie in absehbarer Zeit nach Hause entlassen werden kann.« Er seufzte. »Vielleicht hätte ihr besser geholfen werden können, wenn dein Bruder sie früher zu mir gebracht hätte.«

»Ich danke Gott, daß wenigstens Sophia von diesem Schicksal verschont geblieben ist«, sagte Konrad ernst. »Ich hatte damals Angst, daß sie auch an dieser schrecklichen Krankheit leiden könnte.«

»Es war einfach zu viel für sie, Konrad«, sagte Dr. Hoffmann. »Claras plötzliche Erkrankung, dann die unschöne Sache mit Eduard und schließlich noch ihre Fehlgeburt. Ich glaube, es war richtig, daß Eduard wegging, damit sich die Gemüter wieder beruhigen konnten.«

»Ich habe ihm ja selbst zugeredet«, meinte Konrad. »Obwohl ich wußte, was das für Sophia bedeutete. Immerhin ist er unser einziger Sohn und Erbe. Und Sophias Fehlgeburt war weniger auf ihr fortgeschrittenes Alter, sondern vielmehr auf die ganze Aufregung und das rücksichtslose Verhalten der Polizei zurückzuführen.«

»Das tut mir heute noch leid«, sagte Dr. Rumpff. »Kommissar Dickert war ein unbelehrbarer Narr, und ich muß mir zum Vorwurf machen, viel zu spät reagiert zu haben. Glücklicherweise war der Polizeipräsident mit mir einer Meinung, daß es unverantwortlich gewesen wäre, ihn weiterhin mit den Ermittlungen in den Stadtwaldmorden zu betrauen.«

»Weißt du, was aus ihm geworden ist?« fragte Dr. Könitz, und Dr. Rumpff entgegnete: »Nein, keine Ahnung.«

Als Victoria den Namen Dickert hörte, runzelte sie mißbilligend ihre Stirn. Mit seinen haltlosen Anschuldigungen gegen ihren Cousin hatte er damals den guten Ruf der ganzen Familie Könitz beschädigt, und, was viel schlimmer war, er trug die Schuld daran, daß sie den letzten Menschen verloren hatte, der ihr zugehört, sie verstanden und akzeptiert hatte. Eduards Abreise vor zehn Jahren hatte sie noch mehr getroffen, als die ihres Bruders ein Jahr vorher, und sie hatte diesen Dickert mit aller Inbrunst gehaßt, zu der eine Dreizehnjährige fähig war.

»Das Schlimme ist nur, daß der wirkliche Mörder nie gefaßt wurde«, hörte Victoria Dr. Rumpff sagen. Es folgte ein kurzes Schweigen. Dann ergriff Dr. Hoffmann das Wort. »Wie du ja weißt, führe ich seit vielen Jahren mit ziemlicher Regelmäßigkeit Sektionen durch, und die Pathologie ist eines meiner großen Interessengebiete. Und jedesmal, wenn ich dich von unaufgeklärten Mordfällen sprechen höre, denke ich daran, daß mein Namensvetter in Wien wohl recht hat, wenn er die strikte Trennung der Gerichtsmedizin von der allgemeinen Pathologie und eine spezielle Ausbildung derjenigen Ärzte fordert, die für Polizei oder Justiz Autopsien vornehmen.«

»Sprichst du etwa von Professor Eduard von Hofmann?« fragte Konrad. »Ich habe vor kurzem einen interessanten Artikel über seine Arbeit in der Deutschen Medizinischen Wochenschrift gelesen.«

»Ja«, entgegnete Dr. Hoffmann. »Ich lernte ihn zufällig auf einer meiner Informationsreisen kennen. Selten habe ich einen Menschen getroffen, der so vehement für seine Sache kämpfte wie er, und daß Österreich-Ungarn neben Frankreich zur zweiten Wiege der Gerichtsmedizin wurde, ist vor allem ihm zu verdanken. Wir hatten einige sehr anregende Gespräche, und er machte mir zwei Dinge klar: erstens, daß es irrig ist, anzunehmen, jeder Arzt sei per se fähig, gerichtsmedizinische Befunde zu erheben, und zweitens, daß die Erkenntnisse der verschiedenen Wissenschaften für die Entlarvung und Verurteilung von kriminellen Elementen zunehmend an Bedeutung gewinnen werden.«

»Wenn ich ein Anarchistennest ausräuchern will, nützt es mir wenig, die von Dynamit zerrissenen Leichenteile zusätzlich von einem Gerichtsmediziner zerkleinern zu lassen«, stellte

Dr. Rumpff sarkastisch fest. »Da brauche ich vielmehr jede Menge Vigilanten, die ich notfalls gegeneinander ausspielen kann, um brauchbare Informationen zu bekommen. Das zu lernen, ist wichtiger als jede Wissenschaft!«
»Es gibt auch noch andere Verbrechen als die der Anarchisten«, gab Dr. Hoffmann zu bedenken. »Um auf mein Beispiel von vorhin zurückzukommen: Vielleicht hätte man den Stadtwaldwürger fassen können, wenn ein versierter Gerichtsmediziner die Autopsien durchgeführt hätte, und alle Vorwürfe gegen deinen Sohn hätten sich in Luft aufgelöst, Konrad.«
»Laß uns bitte nicht mehr darüber reden, Heinrich«, bat Dr. Könitz. »Ich möchte dieses häßliche Kapitel gern ein für alle Mal abschließen, zumal Eduard jetzt bald nach Hause kommt. Sophia und ich freuen uns sehr, ihn wieder bei uns zu haben.«
Konrad fuhr fort, von seinem Sohn zu erzählen, und Victoria zog den Kopf vom Belüftungsschacht zurück, dem feiner Tabakgeruch entströmte. Offenbar rauchte ihr Onkel oder Dr. Hoffmann gerade eine ihrer geliebten Zigarren.

Auch Victoria konnte es kaum erwarten, daß ihr Cousin heimkam. Mit Eduard würde sie endlich wieder einen Menschen haben, mit dem sie offen über ihre Gedanken und Ideen sprechen konnte. Ob er sich sehr verändert hatte? Sie rieb sich ihren schmerzenden Nacken und stieg von der Leiter. Von dem Luftstrom, der aus dem Schacht kam, war ihr rechtes Ohr ganz kalt. Sie machte sich auf die Suche nach einem Buch des Gerichtsmediziners von Hofmann und lächelte, als sie unter »Hof-« zuallererst den *Struwwelpeter* fand. Sie hatte dieses Buch als Kind geliebt, so wie unzählige Kinder auf der ganzen Welt dieses Buch liebten, das Dr. Heinrich Hoffmann aus einer Laune heraus seinem kleinen Sohn vor vielen Jahren als Weihnachtsgeschenk gedichtet und gezeichnet hatte und das inzwischen in mehr als hundert Auflagen erschienen war.

Andächtig zog Victoria das schmale Bändchen heraus und blätterte darin. *Das Häschen sitzt im Blätterhaus / und lacht den wilden Jäger aus.* Die lustigen Bilder von dem scheinbar wehrlosen Hasen, der dem mürrischen, schwerbewaffneten Jägersmann nicht nur eine lange Nase zeigt und die Zunge herausstreckt, sondern den Spieß umdreht und ihn zum Gejagten macht, bis er kopfüber in einen Brunnen springt, hatten sie als Kind begeistert, und das freche Häschen war ihr heimliches großes Vorbild gewesen. Wie hatte Detektiv Dupin noch gesagt? *Die Wahrheit steckt nicht immer in einem Brunnen.* Aber manche Leute mußten erst einmal unten ankommen, um das zu merken.

Sie klappte das Buch zu und betrachtete den Struwwelpeter auf dem Titelbild. Auch ihn hatte sie geliebt, sehr zum Entsetzen ihrer Mutter, die ihr das Buch entrüstet wegnahm, als sie, statt *pfui* zu rufen, feststellte: »Wenn ich groß bin, will ich auch so schöne Zottelhaare haben, und dann bin ich die Struwwelvictoria!« Victoria schob das Buch zurück ins Regal. Sie mochte Dr. Heinrich Hoffmann, obwohl sie ihn nicht näher kannte. Manchmal unterhielt sie sich mit ihm, wenn sie Clara im Irrenhaus besuchte, aber nur über Belanglosigkeiten, weil sie damit rechnen mußte, daß er später Onkel Konrad davon erzählte.

Interessiert griff sie nach einem dünnen Buch, das ebenfalls von einem Mann namens Hoffmann stammte. Sie blätterte und las ein Stück, und was sie las, machte sie neugierig: Es war eine Novelle aus der Zeit Ludwig XIV., in der ein ältliches Fräulein von Scuderi Mordfälle aufklärte. Von wegen Hausdame bei einem schrulligen Witwer oder Junggesellen! Victoria grinste, als sie herausfand, daß dieser E. T. A Hoffmann ein preußischer Richter gewesen war. Vielleicht sollte sie das Buch dem Herrn Kriminalkommissar empfehlen? Gutgelaunt legte sie es in ihren Korb und suchte weiter nach Werken des Gerichtsmediziners Hofmann, fand aber nichts. Statt dessen stieß sie auf ein *Handbuch der Gerichtlichen Medizin,* das ein Berliner Amtsarzt namens Casper 1857 veröffentlicht hatte. Nach einem flüchtigen Durchblättern beschloß sie, auch dieses Buch mitzunehmen.

Schließlich ging sie zu dem kleinen Regal, das in der Ecke neben dem Belüftungsschacht stand, und nahm, ohne lange zu überlegen, das *Practische Lehrbuch der Criminal-Polizei* von Kriminalpolizeidirektor Wilhelm Stieber heraus – noch ein Preuße! –, das sie sich schon mehrmals ausgeliehen hatte, um sich über die Arbeitsweise der Polizei zu informieren. Ob Biddling und Stieber sich kannten? Victoria vermutete es, denn immerhin gehörten beide dem Berliner Polizeipräsidium an. Jedenfalls waren die Ausführungen Stiebers äußerst interessant und aufschlußreich. Sie rückte die Leiter wieder an ihren alten Platz und deckte ihre Bücherschätze sorgfältig mit ihrer halbbestickten Kaffeedecke zu, ehe sie auf Zehenspitzen aus dem Raum schlich und den Schlüssel wieder in dem dafür vorgesehenen Kästchen verschwinden ließ.

Sie fand Sophia im Glashaus und verabschiedete sich eilig. Ihre Neugier auf die Bücher war groß, und sie wollte sich noch eine kleine Lesefreude gönnen, bevor sie Theodor Hortacker ihr geheucheltes Jawort gab.

8

Ein Wink von Seiten eines Vigilanten bringt den Polizeibeamten zuweilen weiter als viele schlaflose Nächte und meilenweite Wege.

❖

Nach wenigen Seiten beendete Victoria ihre Lektüre *Vom Verbrechen des Mordes und des Raubes* und klappte Stiebers Lehrbuch zu. Entgegen ihrer freudigen Erwartung konnte sie sich nicht aufs Lesen konzentrieren. Theodor Hortacker spukte ihr stärker im Kopf herum, als ihr lieb war, und je näher der Abend heranrückte, desto mehr schwand ihre Begeisterung über den gestern noch als brillant empfundenen Plan.

Auch wenn es nur zum Schein war; sie würde sich an einen Mann binden müssen, den sie dreimal oder viermal auf einem Ball oder einer anderen Festlichkeit gesehen hatte und den sie alles andere als sympathisch fand. Was half es ihr schon, wenn andere Frauen sie um diese glänzende Partie beneideten? Außerdem fragte sie sich, warum der umschwärmte Theodor ausgerechnet sie heiraten wollte. Es gab andere Familien in der Stadt, deren Töchter nicht weniger gut bemittelt waren. Also mußte er einen bestimmten Grund für seinen Antrag haben. Wahrscheinlich hing es mit den Geschäftsbeziehungen zwischen ihrem Vater und Bankier Hortacker zusammen.

Victorias detektivischer Spürsinn war entfacht. Vielleicht konnte sie sich einige Tage Bedenkzeit erbitten, bevor sie den Antrag annahm, und bis dahin versuchen, ein bißchen hinter die Fassade zu schauen. Andererseits: Was würde ihr das nützen? Wenn die Frist abgelaufen war, mußte sie sich doch dem Willen ihres Vaters beugen. In jedem Fall konnte es nichts schaden, wenn sie möglichst viel über Hortacker wußte.

Sie beschloß, zuerst Maria auszufragen, denn es war ihr nicht entgangen, daß ihre Schwester zu der Schar verrückter Frauen gehörte, die dem gutaussehenden Theodor schöne Augen machten. Im Gegensatz zu ihr hatte Maria auf dem Frühlingsball nicht nur mit ihm getanzt, sondern sich auch ausgiebig mit ihm unterhalten.

Sorgsam verstaute Victoria die verbotenen Bücher im Geheimfach ihres Schreibtisches und ging hinaus. Als sie vor der Tür zum Zimmer ihrer Schwester stand, hörte sie leises Schluchzen. Sie klopfte laut, und es verstummte. Ungeniert betrat sie das Zimmer. Maria lag in voller Bekleidung quer über ihrem Bett und sah sie aus verweinten Augen böse an. »Ich habe nicht *Herein* gesagt!«

»Entschuldige. Ich muß etwas mit dir besprechen«, sagte Victoria freundlich.

»Wenn du gekommen bist, um dich an meinem Elend zu weiden, kannst du gleich wieder gehen!« giftete ihre Schwester sie an.

»Aber nein, ich ...«

»Du hast mir absichtlich verschwiegen, daß es Theo ist, der um dich anhält!«

Victoria war verwirrt. »Wie? Ich verstehe nicht ...?«

»Du verstehst sehr gut!« rief Maria. »Warum willst du so plötzlich heiraten? Und warum ausgerechnet Theodor Hortacker?« Sie wischte sich die Tränen aus den Augen und warf Victoria einen wütenden Blick zu. »Du liebst ihn doch überhaupt nicht!«

»Natürlich liebe ich ihn nicht!« entgegnete Victoria aufgebracht. »Ich will ihn auch gar nicht heiraten, aber Papa hat es so bestimmt. Und du weißt ja selbst, daß wir uns seinen Wünschen zu fügen haben.«

Maria sah sie unsicher an. »Ist das wirklich wahr?«

»Natürlich ist das wahr! Papa hat mir unmißverständlich zu verstehen gegeben, daß ich unter die Haube gehöre. Und als Heiratskandidaten hat er Theodor Hortacker ausgesucht. Weiß der Himmel, warum.«

»Aber gestern hast du gesagt, daß du dich freust.«

Victoria ging zu Marias Bett und setzte sich neben sie. »Ich wollte dich nur ein bißchen neidisch machen, Schwesterherz.« Maria tat ihr plötzlich leid. Es mußte weh tun, wenn ein Mädchen, das soviel auf Äußerlichkeiten gab wie Maria, immer wieder daran erinnert wurde, daß sie alles andere als eine Schönheit war. »Liebst *du* ihn etwa?« fragte sie, und Maria schluchzte: »Und wie ich ihn liebe! Seine großen braunen Augen, sein schwarzes, seidiges Haar, sein männliches Gesicht, seine Stärke und Kraft, alles, alles liebe ich an ihm!«

Victoria mußte sich ein Lächeln verkneifen. Das war ja höchst interessant! Der Grund für Marias Kummer während der vergangenen Wochen hieß also Theodor. »Du kennst ihn doch gar nicht richtig«, sagte sie.

»Ich kenne ihn mit meinem Herzen, und allein darauf kommt es an«, erklärte Maria feierlich.

»Vielleicht solltest du nicht ganz so viele Marlitt-Romane lesen.«

Maria zuckte zusammen. »Ich wußte, daß du mich verspottest.«

»Ich will dich nicht verspotten, sondern nur darauf aufmerksam machen, daß die Wirklichkeit mit deinen Träumen nicht allzuviel zu tun hat.«

»Ach, und woher weißt du, was die Wirklichkeit ist?« bemerkte Maria spitz. »Das Wort Liebe kennst du doch nur vom Hörensagen!«

Victoria unterdrückte eine scharfe Erwiderung. Sie würde einen Teufel tun und ihrer geschwätzigen Schwester erzählen, daß sie durch die Bibliothek von Onkel Konrad ziemlich genau über das eheliche Zusammenleben von Mann und Frau Bescheid wußte. Der Klapperstorch kam darin jedenfalls nicht vor. Sie beschloß, die Sache diplomatisch anzugehen. »Ich nehme an, daß Theodor Hortacker ebenfalls nicht gefragt wurde, ob er mich heiraten will, und ich wäre froh, wenn dieser Kelch an mir vorübergehen würde.«

»Kelch! Wie kannst du so reden! Theo ist ein wunderbarer Mensch. Ich liebe ihn, seit ich ihn zum ersten Mal sah, und er ist bestimmt der vollkommenste Ehegatte, den sich eine Frau wünschen kann«, schwärmte Maria.

»Und was ist mit ihm? Liebt er dich auch?«

»Er hat es mir nicht direkt gesagt...«, gestand Maria kleinlaut ein. »Doch ich glaube zu spüren, daß er mir gegenüber sehr tiefe Gefühle hegt.«

Victoria überlegte einen Augenblick. »Vielleicht kann ich dir helfen. Aber ich brauche einige Tage Zeit.«

Maria schaute sie mit ihrem tränenverschmierten Gesicht verwirrt und hoffnungsvoll zugleich an. »Was hast du vor?«

»Ich habe gerade den Entschluß gefaßt, mich heute abend noch nicht zu verloben.« Victoria stand auf.
»Ich ... ich werde dir ewig dankbar sein, wenn du ...«, stammelte Maria glücklich.
»An dieses Versprechen werde ich dich sicher zu erinnern haben, Schwesterlein!«

⸻

Heiner Braun brütete wieder einmal über einem Stapel Akten, der einfach nicht kleiner werden wollte. Jedesmal, wenn er eine Sache abgeschlossen hatte, kamen mindestens zwei neue hinzu. Zur Zeit wurde die Polizei mit Anzeigen wegen Hausdiebstahls überhäuft, und er hatte während der vergangenen Tage nichts anderes getan, als nach diebischem Personal in großbürgerlichen Villen zu fahnden, was eine zermürbende Tätigkeit war. Darüber war die Vermißtensache Emilie Hehl etwas ins Hintertreffen geraten, zumal Kommissar Biddling im Auftrag von Dr. Rumpff umfangreiche Überprüfungen in einer Anarchistenangelegenheit machen mußte.

Heiner war es nicht entgangen, daß sich sein Vorgesetzter nach Feierabend weiterhin ausführlich mit den Stadtwaldwürgerfällen beschäftigte und, wo immer er konnte, Erkundigungen über die Familie Dr. Könitz und die damaligen Mordopfer Marianne Hagemann und Christiane Bauder einholte. Es war nur eine Frage der Zeit, bis Dr. Rumpff dahinterkommen würde, und Heiner war sich ziemlich sicher, daß Biddling dann Ärger bekäme. Aber der Kommissar mußte selbst wissen, was er tat.

Heiner hatte nicht die leiseste Ahnung, was Biddling dazu bewegen mochte, sich ausgerechnet in dieser alten Sache so stark zu engagieren. Ob er zufällig in einer Kriminalzeitschrift darüber gelesen hatte? Oder hatte ihm vielleicht Kommissar Dickert davon erzählt, der, soweit Heiner wußte, nach einem Eklat nach Berlin zurückgeschickt worden war? Versuchte Biddling etwa, kriminalistischen Ruhm zu ernten, indem er halbe Nächte in seinem Büro oder in dunklen Gassen zubrachte und irgendwelche Informationen sammelte?

Denkbar war es, denn offensichtlich hatte er sich nicht aus Liebe zur Stadt Frankfurt versetzen lassen. Aber warum haßte er dann Eduard Könitz so sehr, obwohl er ihn persönlich gar nicht kannte? Alle Anschuldigungen, die damals gegen ihn erhoben worden waren, hatten sich im nachhinein als unhaltbar erwiesen, und der größte Fehler, den man Kommissar Dickert vorwerfen konnte, war sicherlich der, nur auf eine Karte gesetzt zu haben. Leider war bisher jeder noch so zaghafte Versuch gescheitert, Biddling über seine Beweggründe in der Stadtwaldwürgersache auszufragen. Seit ihrem Streit in der vergangenen Woche pflegten sie zwar einen jovialen Umgang miteinander, aber Heiner spürte deutlich, daß sein Vorgesetzter ihm nach wie vor nicht recht traute und daß er es sorgfältig vermied, über private Dinge zu sprechen. Aber gegenseitiges Vertrauen brauchte eben seine Zeit.

Lautes Klopfen an der Bürotür riß Heiner aus seinen Gedanken. Es war Hannes. »Guten Tag, Herr Braun, haben Sie ein paar Minuten Zeit?« fragte er und kam herein.

»Für dich habe ich immer Zeit, Hannes«, entgegnete Heiner lächelnd. »Setz dich. Was gibt's?«

»Sie waren gestern nicht hier...«

»Richtig. Ich mußte nämlich einen diebischen Dienstboten verhaften.«

»Ich wollte Ihnen einige Neuigkeiten im Fall Emilie Hehl mitteilen, aber es war nur der Kommissar da. Er hat mich in seinem Büro festgehalten und wollte unbedingt herausfinden, woher ich das mit Emilies Amulett wußte.« Hannes verzog verächtlich das Gesicht. »Er glaubt, daß ich mit dem Fischer Straube unter einer Decke stecke.«

»Unsinn«, sagte Heiner. »Das hat er nicht ernst gemeint.«

»Das denke ich aber wohl!« rief der Junge. »Er hat mich erst nach einer Stunde Verhör gehen lassen, und er war sehr wütend, weil ich nichts verraten habe.« Hannes rückte seine Brille zurecht und schaute den Kriminalschutzmann treuherzig an. »Ich habe Angst vor ihm. Das nächste Mal steckt er mich am Ende noch ins Gefängnis. Aber ich habe nichts getan! Ich möchte der Polizei helfen, und er behandelt mich wie Abschaum. Ich will nicht mehr mit ihm arbeiten, Herr Braun. Wenn ich nicht zu Ihnen kommen darf, komme ich überhaupt nicht mehr!«

»Gut. Ich rede mit ihm, aber versprechen kann ich dir nichts. Die Ermittlungen in der Sache Emilie Hehl führt der Kommissar, ich bin nur sein Gehilfe. Und wenn er darauf besteht, daß...«

»Dann können Sie ihm bestellen, daß ich die letzten Hin-

weise gegeben habe!« Hannes sprang wütend auf. Seine Augen funkelten angriffslustig. »Es ist eine himmelschreiende Ungerechtigkeit, daß immer die falschen Leute das Sagen haben!«
Heiner sah ihn verblüfft an. »Auch wenn du es nicht glaubst, Kommissar Biddling ist ganz in Ordnung. Fehler hat jeder, und der seine ist es, daß er sich vor lauter Dienstbeflissenheit manchmal selbst im Weg steht.«
»Ich will trotzdem nicht mehr mit ihm zusammenarbeiten.«
»Könnte deine Abneigung gegen den Kommissar vielleicht noch einen anderen Grund haben?« fragte Heiner ruhig.
»Ich wüßte nicht, welchen!«
»Du kennst Victoria Könitz, nicht wahr?«
Hannes lief rot an. »Ich kenne sie ... ja. Genausogut wie die anderen Mitglieder der Familien Könitz.«
»Hannes?«
»Ja?«
»Sieh mich bitte an, wenn du mit mir redest.«
Der Junge fixierte den Kriminalschutzmann mit zusammengekniffenen Augen und verschränkte die Arme vor der Brust.
»Was wollen Sie von mir?«
»Manchmal sind es die kleinen Dinge, die eine Lüge entlarven.«
»Aber, Herr Braun, ich ...«
»Du mußt mir nichts sagen. Ich bin im Bilde.«
»Sie wissen ...?«
»Ja. Und ich vermute du befürchtest, daß es der Kommissar auch herausfinden wird, nicht wahr? *Deshalb* willst du nicht mehr mit ihm zusammenarbeiten, stimmt's?«
»Bitte verraten Sie mich nicht!« In Hannes' Augen standen Tränen.
Heiner sah ihn freundlich an. »Ich verspreche es. Aber nur, wenn du mir sagst, was du eigentlich vorhattest.«
»Ich hatte gar nichts vor, Herr Braun. Ich finde Polizeiarbeit interessant, und es macht mir Spaß, irgendwelche Gauner zu entlarven.« Hannes zog ein schmuddeliges Taschentuch aus seiner Hosentasche und schniefte geräuschvoll hinein. »Daß ich in der Sache Hehl Hinweise geben konnte, war reiner Zufall. Ich wußte natürlich, daß es gefährlich für mich werden könnte. Ich habe mit dem Feuer gespielt und mußte damit rechnen, daß ich anfangen könnte zu brennen.« Er seufzte. »Ich nehme an, es ist bes-

ser, wenn ich nicht mehr komme. Es wird mir schwerfallen. Ich habe gern mit Ihnen gearbeitet, und ich werde Sie vermissen, Herr Braun.«

»Ich dich auch, Hannes.« Mit einer aufmunternden Geste deutete Heiner auf Hannes' zerschlissenen Rock. »Du denkst daran, daß ich Experte für Hausdiebstahl bin?«

Der Junge strich über die geflickte Jacke, die sich über seinem Bauch wölbte. »Ich habe nichts gestohlen, es gehört alles mir!«

Er wandte sich zum Gehen, aber Heiner rief ihn zurück. »Halt! Du wolltest mir verraten, was es in der Sache Hehl Neues gibt.«

»Ich bin davon überzeugt, daß Emilie umgebracht wurde. Und zwar im Glashaus«, sagte Hannes.

Heiner lächelte. »Na ja, diese Vermutung ist nicht besonders neu. Und sie nützt uns gar nichts, solange wir weder die Leiche noch den Täter, noch das Motiv haben.«

»Emilie hatte einen Liebhaber, mit dem sie sich nachts heimlich in der Orangerie von Dr. Könitz traf. Sie liebte ihn und forderte eine offizielle Beziehung, der Mann lehnte ab. Emilie drohte mit einem Skandal, sie gerieten in Streit, und er brachte sie kurzerhand um, um ihr den Mund zu stopfen.«

»Ist das jetzt deine persönliche Theorie, oder hast du Beweise?«

»Na ja, direkte Beweise habe ich nicht«, gestand Hannes. »Aber die Stimmen im Glashaus, der kaputte Orangenbaum, die Schuhabdrücke, die Spuren an der Pforte – alles spricht dafür!« Er grinste. »Und ein bißchen Arbeit können Sie und der Kommissar ja auch noch erledigen.«

»Unverschämter Bengel! Grüß Fräulein Könitz von mir, wenn du sie triffst.«

»Ja, das tue ich. Und was werden Sie Kommissar Biddling sagen?«

»Daß er dich zu sehr geärgert hat.«

»Danke, Herr Braun. Sie sind ein guter Mensch. Leben Sie wohl!«

»Mach's gut, Hannes. Wenn deine Theorie stimmen sollte, lasse ich es dich wissen.«

»Bitte melden Sie mich unverzüglich Herrn Theodor Hortacker«, sagte Victoria gebieterisch zu dem Mädchen, das ihr die Tür zur Villa des Bankiers öffnete. Durch eine mit weißem Marmor geflieste Empfangshalle wurde sie in den Salon geführt, der ähnlich eingerichtet war wie der ihres Onkels, mit dem Unterschied, daß hier alles noch viel vornehmer und teurer wirkte als im Hause Könitz.

Kurz darauf kam Theodor Hortacker herein. Er trug einen eleganten Reitanzug und perlgraue Handschuhe, und Victoria mußte sich eingestehen, daß er eine überaus gute Figur machte.

»Ich habe einige Dinge mit Ihnen zu besprechen, Herr Hortacker«, sagte sie förmlich.

Theodor schenkte ihr ein zuvorkommendes Lächeln. »Sollten wir nicht zu einer vertrauteren Anrede übergehen, liebste Victoria? Immerhin werden wir bald Verlobung feiern.«

»Genau darüber beabsichtige ich, mit Ihnen zu reden«, entgegnete Victoria steif.

Theodor schaute sie verwundert an. »Sie wollen meinen Antrag doch nicht etwa ablehnen?«

»Das wäre möglicherweise in Ihrem, ganz sicher in meinem, aber leider überhaupt nicht im Sinne unserer Väter, Herr Hortacker.«

»Wollen Sie sich nicht setzen?« fragte Theodor höflich und verwirrt zugleich.

Victoria ließ sich auf einem dick gepolsterten Sessel nieder, entfaltete den Fächer, den sie in ihrer Hand hielt, und wedelte damit geziert vor ihrem Gesicht herum. Theodor nahm ihr gegenüber Platz. Er sah sie fragend an. »Eigentlich ist es eine einfache Rechnung«, sagte Victoria. »Mein Vater braucht Geld, um Geschäfte zu machen, und Ihr Vater braucht einen standesgemäß verheirateten Erben, der ihm möglichst viele Enkelsöhne schenkt. Was liegt also näher, als eine Heirat zwischen den Familien Könitz und Hortacker zu arrangieren?«

»Erlauben Sie! Ich habe es nicht nötig...«

Victoria lächelte kalt. »Ich kenne die Wahrheit, und die lautet schlicht, daß Ihr Vater allen Grund hat, Sie möglichst schnell zu verbandeln, ehe in der ganzen Stadt bekannt wird, wo überall Ihre kleinen Vergißmeinnicht sprießen.«

»Sie sind eine ziemlich unverschämte Person, Fräulein Könitz!« stieß Theodor wütend hervor.

Victoria bedachte ihn mit einem verächtlichen Blick. »Ich habe in Erfahrung bringen müssen, daß Ihr Vater erhebliche finanzielle Aufwendungen hatte, um ein gewisses Fräulein Hartmann aus Bockenheim und eine in guter Hoffnung befindliche Kleinbürgertochter in Sachsenhausen über den Verlust ihrer Unschuld hinwegzutrösten. Und zwei zur Verschwiegenheit verpflichtete Ehemänner hat er für die Unglücklichen auch noch auftreiben müssen. Daß er solcherlei in Zukunft nicht wiederholen mag, kann ich allerdings verstehen.«

Mit einer herrischen Bewegung streifte Theodor seine Handschuhe ab und warf sie vor sich auf den Tisch. »Was wollen Sie von mir?«

»Wenn Ihr Vater der Meinung ist, daß Sie eine Könitz heiraten sollen, dann halten Sie um meine Schwester Maria an.«

Er starrte sie entsetzt an. »Verkuppeln Sie Ihr häßliches Fräulein Schwester an wen Sie wollen, aber nicht an mich!«

Victoria lächelte sanft. »Ich habe einen kleinen Fehler: Ich bin zuweilen ungeheuer geschwätzig, und ich denke, daß das unter Umständen nicht besonders vorteilhaft für Sie wäre. Also überlegen Sie gut, was Sie tun. Im übrigen verbitte ich mir, daß Sie sich in dieser abfälligen Weise über Maria äußern. Ich weiß zwar nicht warum, aber sie liebt Sie, und wenn Sie sie zur Frau nehmen, erwarte ich, daß Sie sie ehren und achten, wie es einer Könitz gebührt, sonst...«

Theodor Hortacker sprang auf. »Gehen Sie! Sofort!«

»...sonst müßte ich mir überlegen, wie ich es Ihrem Vater möglichst schonend beibringe, daß Sie einen Großteil Ihres Erbes am Spieltisch durchgebracht haben.« Aufreizend langsam faltete Victoria ihren Fächer zusammen und stand auf. »Mein Vater erwartet Sie übermorgen abend um acht Uhr. Guten Tag, Herr Hortacker!« Hocherhobenen Hauptes stolzierte sie aus dem Salon.

»Guten Tag, Fräulein Könitz. Ich freue mich, Sie zu sehen.« Victoria drehte sich erschrocken nach der Stimme um. Es war Andreas Hortacker, und sein blasses Jungengesicht überzog ein zarter Rotschimmer, als er schüchtern fragte: »Wollen Sie meinen Bruder besuchen?«

»Das habe ich schon hinter mir«, meinte sie spöttisch, und der junge Mann entgegnete verlegen: »Wenn Sie mögen, könnte ich...«

»Tut mir leid, aber ich bin furchtbar in Eile! Auf Wiedersehen, Andreas«, sagte Victoria mit einem unverbindlichen Lächeln und lief aus dem Haus. Du liebe Güte, sie hatte diesem Jüngling doch nicht etwa irgendwelche Hoffnungen gemacht, nur weil sie sich von ihm auf dem Frühlingsball die Füße hatte platttreten lassen? Sie stieg in die vor dem Tor wartende Droschke und wies den Kutscher an, zum Untermainquai zu fahren. Während der Wagen über das Pflaster rumpelte, kehrten ihre Gedanken zu Hortacker junior dem Älteren zurück. Voller Schadenfreude malte sie sich aus, mit welchen blumigen Lügen der schöne Theodor seinem Vater die plötzlich erwachte Leidenschaft für Maria Könitz plausibel machen würde, und sie wünschte ihm von ganzem Herzen, daß er dabei ordentlich ins Schwitzen geriet.

Ungefähr hundert Meter vor dem Haus ihrer Eltern ließ Victoria den Kutscher anhalten, stieg aus und zahlte. Das letzte Stück ging sie besser zu Fuß. Schlimmstenfalls konnte sie behaupten, bei Tante Sophia gewesen zu sein, und darauf hoffen, daß das niemand überprüfen würde. Jetzt galt es noch, ihre Eltern zu überzeugen, und das würde alles andere als leicht werden. Sie beschloß, die Sache nicht länger als nötig hinauszuschieben, und bat sofort um ein Gespräch. Aber wenn sie geglaubt hatte, vor allem bei ihrem Vater auf Widerstand zu stoßen, sah sie sich getäuscht. Es war ihre Mutter, die ihr ein energisches »Nein!« entgegenschleuderte, während ihr Vater unschlüssig im Zimmer auf und ab ging. »Maria liebt ihn, und er liebt Maria, sagst du? Warum hat er dann nicht gleich um ihre Hand angehalten?«

»Als Ehrenmann fühlte er sich dem Wort seines Vaters dir gegenüber verpflichtet, und...«

»Es ist ein ungehöriges Benehmen und gegen das Prinzip!« sagte Henriette streng, doch Rudolf wischte ihren Einwand mit einer abfälligen Handbewegung beiseite.

»Prinzip hin oder her: Wenn die beiden sich lieben und Victoria sich durch Hortackers Verhalten nicht gekränkt fühlt, habe ich gegen die Verbindung nichts einzuwenden. Obwohl es mir natürlich lieber wäre, wenn ich meine ältere Tochter zuerst verheiraten könnte!«

Victoria war verblüfft, daß ausgerechnet ihr unbeugsamer Vater, der gewöhnlich bei allem, was er tat, auf strenge Einhaltung der gesellschaftlichen Etikette achtete, Verständnis für ihr Ansinnen zeigte. »Wenn du zustimmst, wirst du Maria sehr glücklich machen, Papa. Und was mich angeht, so fühle ich mich durchaus nicht beleidigt, zumal ich den Antrag noch gar nicht angenommen hatte.« Sie lächelte. »Spricht es nicht für Theodor Hortackers edle Gesinnung, daß er auf seine einzige Liebe verzichten würde, nur weil sein Vater bei dir im Wort steht?« Victoria sah ihren Vater treuherzig an. »Für mich wird sich bei Gelegenheit sicher ein anderer passender Ehegatte finden lassen.« *Aber hoffentlich nicht so bald.*

Rudolf Könitz nickte, und Victoria verließ mit gemessenem Schritt den Salon. Sie schloß bedächtig die Tür und stürmte, jubilierend vor Freude, die Treppe hinauf. Vor dem Zimmer ihrer Schwester blieb sie einen Moment stehen, um sich zu sammeln. Dann klopfte sie kurz und ging hinein. Maria saß auf ihrem Bett und sah sie erwartungsvoll an. »Was hat er gesagt?«

Victoria grinste. »Wer? Papa oder Theodor?«

»Beide!« rief Maria aufgeregt. »Nun sag doch schon!«

»Papa ist einverstanden. Und Theodor ...«

»Ja? Hat er dir offenbart, daß er mich liebt?«

Victoria schluckte. Obwohl sie ihre Schwester oft genug ins Pfefferland gewünscht hatte, fühlte sie jetzt Mitleid. Dieses unbedarfte Geschöpf war allen Ernstes davon überzeugt, daß sie für einen Mann wie Theodor Hortacker die Erfüllung seines Lebens sei. Aber was würde ihr die Wahrheit schon bringen, außer Enttäuschung und Tränen? »Ich müßte mich sehr täuschen, wenn Herr Hortacker nicht übermorgen abend um deine Hand anhalten würde, Schwesterherz«, sagte sie lächelnd.

Maria sprang auf und stürzte auf sie zu. »Ich bin der glücklichste Mensch auf der ganzen Welt! Nie, nie werde ich dir das vergessen, Victoria!«

Victoria befreite sich aus Marias Umklammerung und sah sie ernst an. »Ein kleines bißchen unwohl ist mir bei der Sache schon. Dein Liebster scheint mir nämlich ein ziemlicher Hallodri zu sein, und ich weiß nicht, ob ...«

»Das kannst du doch gar nicht beurteilen! Und wenn wir erst verheiratet sind, wird er sich bestimmt ändern.«

Victoria verzichtete darauf, ihre kleine Schwester auf ihre widersprüchliche Aussage hinzuweisen. »Noch hast du Zeit, dir alles zu überlegen.«

»Was gibt es da zu überlegen? Meine Antwort lautet: Ja, tausendmal ja!«

Victoria ging zur Tür und öffnete sie. »Aber bitte wirf mir

später nicht vor, daß ich dich nicht gewarnt hätte! Ach ja – falls Papa fragen sollte: Ich habe von eurer Liebe durch Zufall erfahren, weil du heimlich in deinem Zimmer geweint hast.«
»So war es ja auch.«
»Ja, so war es. Und jetzt geh! Papa wartet auf dich.«

9

Oft werden die geringsten Kleinigkeiten, welche der
Laie gar nicht beachtet, für den erfahrenen Beamten den
Anhalt zu den wichtigsten Recherchen liefern.

❖

Richard sah, wie das Mädchen über die Alte Brücke nach Sachsenhausen ging, und bevor es in den unübersichtlichen, engen Gäßchen verschwinden konnte, nahm er die Verfolgung auf. Ab und zu versteckte er sich in einer der dunklen Nischen zwischen den Häuserreihen, um nicht von ihr gesehen zu werden. Nach dem Affentor bog sie rechts ab, und als sie die letzten Häuser hinter sich gelassen hatte, folgte sie einem ausgetretenen Fußpfad durch die Felder.

Die Sonne brannte heiß vom Himmel, und der Weg war staubig und schattenlos. Richard wunderte sich, daß niemand außer ihm und dem Mädchen unterwegs war. Schließlich tauchte sie in den Stadtwald ein und erreichte kurz darauf den großen Parkgarten des Sandhofs. Sie setzte sich auf eine kleine Bank und wartete. Richard spürte starken Durst, aber er konnte sich nicht vom Anblick des Mädchens losreißen. Sie hatte dunkles Haar, ein schmales, ebenmäßiges Gesicht, und ihre schlanke Figur wirkte kindlich und fraulich zugleich.

Plötzlich fand er sich am Mainufer wieder und beobachtete entsetzt, wie ein Mann aus einem Nachen stieg, das Ufer hinauf ging und den Weg zum Sandhof einschlug. Er konnte das Gesicht des Mannes nicht sehen, aber er wußte trotzdem sofort, um wen es sich handelte. Sein Körper war wohlproportioniert, sein Anzug von feinstem Tuch, und er hatte weizenblondes Haar. Am Sandhof herrschte mittlerweile reges Treiben. Musik erklang, Gläser wurden geleert, und unter Bäumen lustwandelten verliebte Pärchen mit streng blickenden Anstandsdamen im Schlepptau. Der Mann wurde lautstark von zwei Bekannten begrüßt, was ihm nicht zu gefallen schien. Er gab dem Mädchen einen Wink, es möge den Garten in Richtung des Waldes verlassen, und wenig später ging auch er. Noch ehe die beiden auf den versteckten Pfad abbogen, wußte Richard, was geschehen würde. Der Schweiß brach ihm aus allen Poren. Er wollte das Mädchen warnen, aber kein Ton kam aus seiner ausgedörrten Kehle. Er wollte hinter ihr herlaufen, doch er konnte nicht einen Schritt tun. Und dann verschwand der Pfad unter einem Teppich aus weißen, duftenden Blüten, und er hörte einen gellenden Schrei, der unvermittelt in einen monotonen Singsang überging: »*An dem Leichnam befanden sich folgende Spuren eines Kampfes: erstens Nägeleindrücke am Halse hinter den Ohren, zweitens Blutergüsse an beiden Oberarmen, drittens blutig ausgerissene Haarsträhnen...*«

»Du Mörder, du elender Mörder!« rief eine zweite Stimme dazwischen, und dann hallte ein Schuß im ganzen Haus wider.

Schweißgebadet schreckte Richard hoch, und es dauerte einen Moment, bis er merkte, daß er geträumt hatte. Erleichtert fuhr er sich übers Gesicht und sah in das spärliche Nachtflämmchen neben seinem Bett, das von einem glimmenden Docht erzeugt wurde, der mit dem ihn umgebenden Blechgefäß in einem mit Wasser und einer dünnen Ölschicht gefüllten Glas schwamm. Wie spät mochte es sein? Er stand auf und tastete sich durch das dunkle Zimmer zu dem Stuhl, auf dem er seine Kleider abgelegt hatte. Dabei stieß er sich heftig an der Tischkante und unterdrückte einen Schmerzenslaut. Er zündete eine Kerze an und holte seine goldene Taschenuhr hervor. Zwei Uhr nachts, du liebe Güte! Er hatte nicht einmal drei Stunden geschlafen. Dieser verdammte Stadtwaldwürger raubte ihm noch den letzten Nerv! *Aber dieses Mal kommst du nicht ungeschoren davon, Eduard Könitz, verlaß dich drauf!* Grimmig ignorierte Richard die Schwere in seinen Gliedern und die Kopfschmerzen, die ihn schon seit Tagen plagten, und zog sich an. Er verließ sein Zimmer im dritten Stock eines schmalen Fachwerkhäuschens, schlich leise, um seine Vermieterin nicht zu wecken, die hölzerne Treppe hinunter, durchquerte den düsteren Flur und trat ins Freie.

Rapunzelgäßchen hieß die mit verschachtelten, überkragenden Häusern bebaute enge Straße, in die sich selten ein größeres Fuhrwerk und noch seltener das Sonnenlicht verirrte. Wie die Finger einer Hand mündete es zusammen mit vier weiteren Gäßchen auf einen kleinen Platz, den die Frankfurter Fünffingereck getauft hatten. Das trübe Licht der Gaslaternen warf unheimliche Schatten in die Häuserschlucht, in der eine gespenstische Stille herrschte.

Das Polizeipräsidium lag nur knappe zweihundert Meter vom Rapunzelgäßchen entfernt. Vor allem deshalb hatte Richard sich für das spärlich möblierte Zimmer im Haus der Witwe Müller entschieden. Standesgemäß war es nicht, und seine Mutter, die in Berlin in einer vornehmen Villa residierte, würde die Hände über dem Kopf zusammenschlagen, wenn sie es wüßte. Aber das Salär, das der Staat einem in mittlerer Position stehenden Beamten gewährte, war nicht besonders üppig, und im Gegensatz zu anderen Staatsdienern lehnte Richard es ab, seine Familie aus Repräsentationsgründen um finanzielle Unterstützung zu bitten.

Als er in seinem Büro im Clesernhof ankam, legte er seinen Mantel und den Hut ab, zündete eine Kerze auf seinem Schreibtisch an, kramte die Stadtwaldwürgerakten hervor und blätterte sie ungeduldig durch. Schließlich fand er, was er suchte. Es war ein an den Rand gekritzelter Zusatz im Bericht zum Auffindezustand der Leiche von Marianne Hagemann, über den er sich bislang keine Gedanken gemacht hatte: *In der rechten Hand befand sich ein Zweig mit weißen, wohlriechenden Blumen.* Richard schlug den Ermittlungsbericht zum zweiten Mord auf, überflog ihn hastig und wurde auch hier fündig: *Über Nacht hatte starker Wind geherrscht, so daß die Leiche teilweise von herumfliegendem Laub bedeckt war... Die später durchgeführte genaue Untersuchung der Kleidung der Toten erbrachte... sowie zwei kleine, gelblichweiße Blüten mit schwachem Duft, deren Herkunft nicht geklärt werden konnte.* Im weiteren Verlauf der Ermittlungen war jedoch nirgends mehr auf dieses seltsame Detail eingegangen worden.

Wenn es sich in beiden Fällen um die gleiche Pflanze handelte und diese im Stadtwald wuchs, mußte sie eine längere Blühdauer haben, da sich die beiden Morde im Abstand von sechs Wochen ereignet hatten. Wiederholt hatte Richard versucht, vom Sandhof aus den Pfad ausfindig zu machen, der zum damaligen Tatort führte. In den Akten wurde er als versteckte Lichtung mitten im Wald beschrieben, als verschwiegenes Plätzchen mit einem Wassertümpel und einer alten Holzhütte, die hin und wieder Liebespaaren für ein heimliches Tête-à-tête diente.

Es gefiel ihm zwar nicht, aber er würde nicht darum herumkommen, Heiner Brauns Hilfe in Anspruch zu nehmen, um den Ort zu finden. Gähnend betrachtete Richard mehrere Zettel, auf denen er seine Erkenntnisse und Überlegungen der vergangenen Tage notiert hatte. Es wurde Zeit, dieses Durcheinander in eine anständige Form zu bringen, ehe er seine eigene Schrift nicht mehr entziffern konnte.

Seit Stunden wälzte sich Sophia Könitz unruhig in ihrem Bett hin und her, aber sie konnte keine Ruhe finden. Die Luft im Zimmer war stickig, und sie hatte das Gefühl, irgend etwas schnüre ihr die Kehle zu. Sie setzte sich auf, doch die Beklemmung in ihrer Brust wollte nicht weichen.

Sie lauschte den gleichmäßigen Atemzügen von Konrad, dessen Bett etwas von dem ihren abgerückt war. Darauf bedacht, ihn nicht zu wecken, stand sie schließlich auf, tastete im Dunkeln nach ihrem Matinee und streifte es über. Dann verließ sie das Zimmer und ging nach unten. Durch die Tür im Salon trat sie nach draußen auf die Terrasse. Als sie die kühle Nachtluft einatmete, fühlte sie sich sofort besser.

Fröstelnd lehnte sie sich an die steinerne Brüstung, die die Terrasse begrenzte. Noch immer traute sie sich bei Dunkelheit nicht in den Garten, obwohl sie das unheimliche Flüstern seit Emilies Verschwinden nicht mehr gehört hatte. Ob Victoria mit ihrer Vermutung vielleicht doch recht hatte? Sophia sah das junge, unschuldige Gesicht von Emilie vor sich und schüttelte den Kopf. Nein, dieses wohlerzogene, sittsame Mädchen hätte sich niemals in ihrem Glashaus versündigt! Sophia lächelte, als sie an die sonderbare Vertrautheit dachte, die sie ihr gegenüber gefühlt hatte, fast so, als sei ein verlorenes Kind heimgekommen. Aber war das ein Wunder? Sie hatte fünf Töchter geboren, aufgezogen und nacheinander aus dem Haus gehen sehen. Fünf Töchter und einen Sohn.

Ankomme Donnerstag, 13. Juli, mit dem Nachmittagszug um drei Uhr, Taunus-Bahnhof. Eduard. Nach zehn langen Jahren würde sie ihn morgen wiedersehen.

»Findest du wieder keinen Schlaf?«

Mit einem unterdrückten Schrei fuhr Sophia herum. »Meine Güte, hast du mich erschreckt!«

Konrad nahm sie behutsam in seine Arme. »Entschuldige,

meine Liebe, das wollte ich nicht. Ich fand dein Bett leer und dachte mir, daß du hier bist. Soll ich dir eine Arznei geben?«

»Nein, laß nur. Die frische Luft hat mir gutgetan. Ich glaube, ich bin sogar ein bißchen müde.«

»Schwindele nicht, Weib!« tadelte Konrad, aber Sophia kannte ihn lange genug, um zu wissen, daß er damit nur seine Sorge um sie zu überspielen versuchte.

»Ich liebe die Stille der Nacht, in der die Sterne wie kleine Hoffnungsschimmer leuchten«, sagte sie leise. *Das läßt mich selbst den Tod nicht fürchten.*

»Du zitterst ja, ist dir kalt?« fragte Konrad besorgt.

Sophia schüttelte den Kopf. »Weißt du, daß ich in letzter Zeit oft an den kleinen Hartmut denken muß, dem Gott nicht einmal erlaubt hat, einen einzigen Tag auf der Erde zu bleiben?«

»Sei dem lieben Gott besser dankbar, daß er *dich* dafür hiergelassen hat! So groß mein Schmerz über den Tod des Kindes auch war, er wäre um vieles größer gewesen, wenn du gegangen wärst.«

»Manchmal glaube ich, daß er meinen Sohn sterben ließ, um mich zu strafen. Weil ich dir keine gute Frau bin«, flüsterte Sophia.

»Aber Liebste! Wie kannst du so etwas denken! Du bist die beste und vollkommenste Frau, die sich ein Mann nur wünschen kann«, rief Konrad bestürzt.

»Ich hätte dir so gern einen zweiten Sohn geschenkt«, sagte Sophia.

Konrad küßte sie zärtlich auf die Stirn. »Ach was! Solange wir einen haben, der gesund und tüchtig ist, reicht das völlig aus. Und auf unsere wohlgeratenen Töchter kannst du auch stolz sein. Für jede habe ich einen guten Ehemann finden können, und das ist viel wert.« Ironisch setzte er hinzu: »Mein Bruder hat da offensichtlich mehr Schwierigkeiten.«

»Victoria hatte sich so auf ihre Verlobung mit Theodor Hortacker gefreut«, meinte Sophia bekümmert. »Es muß verletzend für sie sein, daß er auf einmal ihrer jüngeren Schwester den Vorzug gibt.«

Konrad lachte. »Du nimmst die scheinheiligen Trauerbekundungen deiner Nichte doch nicht etwa ernst? Mich würde es gar nicht wundern, wenn sie selbst dieses merkwürdige Arrangement angezettelt hätte.«

»Warum sollte sie das tun?«

»Weil sie Spaß daran hat, sich ständig ungefragt in anderer Leute Angelegenheiten zu mischen«.

»Wie kannst du so schlecht von ihr denken!«

»Ich denke nicht schlecht von ihr, aber ihren Beteuerungen bezüglich weiblicher Tugenden sollte man nicht allzuviel Glauben schenken.« Er machte eine kleine Pause. »Eigentlich mag ich sie sogar recht gern. Allerdings bin ich davon überzeugt, daß selbst die Frage der Reichsgründung schneller entschieden werden konnte als die, welcher Mann es auf Dauer mit Victoria Könitz aushält!«

»Jetzt übertreibst du aber«, rief Sophia lachend.

Konrad freute sich, daß die Traurigkeit aus ihrem Gesicht verschwunden war. Er zog seinen Hausrock aus und legte ihn ihr fürsorglich um die Schultern. »Übertreibung hin oder her. Ich danke jedenfalls Gott, daß sie nicht *meine* Tochter ist.«

»Sie möchte mitkommen, wenn du Eduard morgen vom Bahnhof abholst.«

»Morgen? Heute, meine Liebe!« warf Konrad gutgelaunt ein. »Du kannst dir nicht vorstellen, wie glücklich ich bin, ihn wieder hier zu haben.«

»Doch«, sagte Sophia leise. Wie hatte sie noch zu Victoria gesagt? *Das Glück zählt die Stunden...* Und weiter wollte sie jetzt nicht denken. Schweigend folgte sie Konrad ins Haus.

❖

»Du meine Güte, haben Sie etwa auf Ihrem Schreibtisch übernachtet?« rief Heiner Braun entsetzt, als er am nächsten Morgen in Richards Büro kam.

Richard schreckte zusammen und fuhr sich durch sein dunkles, zerzaustes Haar. Ausdruckslos starrte er auf den Wust von Papieren, die rings um ihn ausgebreitet waren. »So ähnlich.«

»Ich würde Ihnen dringend einige Stunden Schlaf und eine Rasur empfehlen. Wenn Sie in diesem Aufzug Dr. Rumpff über den Weg laufen, ist Ihnen ein Anschiß sicher.«

»Muß ich mir eigentlich um diese Uhrzeit schon solche Disziplinlosigkeiten gefallen lassen? Aber bei Ihnen ist ohnehin Hopfen und Malz verloren, Braun!« Verlegen brachte Richard sein verrutschtes Hemd in Ordnung. Da war er doch glatt über den Akten eingeschlafen!

Heiner zog sich einen Stuhl heran und setzte sich. »Mal ganz im Ernst, Herr Kommissar. Wenn Sie so weitermachen, sind Sie in spätestens einer Woche am Ende. Und das kann nun wirklich nicht im Sinne der Sache liegen.«

»Ich wüßte nicht...«

»...was mich das angeht. Ja, ja.« Heiner schaute seinen Vorgesetzten freundlich an. »Sie können übrigens das Licht löschen. Draußen scheint die Sonne.«

Richard blies die Kerze aus. »Tun Sie mir einen Gefallen, Braun, und verschonen Sie mich für heute mit weiteren guten Ratschlägen. Ich habe zu arbeiten.« Der Kopfschmerz war unerträglich. Müde schob Richard die Akten zur Seite und begann, die vor ihm liegenden Notizen durchzusehen.

»Wissen Sie, was ich mich frage?« meinte Heiner und blieb stur auf seinem Stuhl sitzen.

»Hmm?«

»Welche Rolle Sie mir in Ihrem Spiel zugedacht haben.«

Richard sah ihn überrascht an. »Wie soll ich das verstehen?«

»Genauso wie ich es gesagt habe. Anfangs habe ich vermutet, daß Sie aus Karrieregründen nach Frankfurt gekommen sind.«

»Ach, und jetzt denken Sie das nicht mehr?«

»Wenn jemand seine Karriere fördern will, ist er bestrebt, als erstes seinen Vorgesetzten zu gefallen und nicht seinen Untergebenen.«

»Sehr interessant. Weiter«, sagte Richard sarkastisch, doch Heiner ließ sich nicht beirren.

»Ihr Vorgänger hätte schon mindestens ein halbes Dutzend Berichte über das unhaltbare Benehmen des Kriminalschutzmanns Braun angefertigt.«

Richard rang sich ein Lächeln ab. »Wenn das Ihr Wunsch ist, werde ich ihn gern erfüllen.«

»Sie wissen genau, wie ich das meine. Wenn Sie sich bei Dr. Rumpff tatsächlich profilieren wollten, dann würden Sie mehr Energie in die Aufklärung des Vermißtenfalles Emilie Hehl stecken oder ihm mindestens zweimal in der Woche ein neues Konzept zur erfolgreichen Bekämpfung der Anarchisten vorlegen. Doch was tun Sie statt dessen? Sie lassen sich mit einem respektlosen Unterbeamten auf Diskussionen ein und verrennen sich in eine Sache, die Ihre Karriere bei der Polizei eher beenden als befördern könnte.«

»Und welchen Schluß ziehen Sie aus Ihren abenteuerlichen Theorien?« fragte Richard verärgert.

»Daß Sie nicht aus beruflichen, sondern aus rein persönlichen Gründen handeln, Herr Kommissar. Was hat Ihnen Eduard Könitz angetan, daß Sie Ihn so sehr hassen?«

Heiner hatte erwartet, daß Richard unwirsch reagieren würde, aber er war zu verblüfft dazu. Und zu müde. Er starrte ihn aus geröteten Augen einen Moment lang wortlos an. Dann sagte er resigniert: »Wissen Sie was? Lassen Sie mir meine Ruhe.«

Heiner Braun stand auf. »Schade, daß Sie mir nicht vertrauen. Dabei könnte ich Ihnen gewiß das eine oder andere Interessante über die Stadtwaldwürgerfälle erzählen. Aber wenn Sie nicht wollen, dann halt nicht.« Er ging zur Tür.

»Sie waren damals doch noch bei den Uniformierten!«

Heiner blieb stehen und drehte sich um. »Na und? Wissen Sie, welche Wellen die Sache in Frankfurt geschlagen hat? Zwei tote Mädchen im Stadtwald, und das innerhalb weniger Wochen! Über Monate hinweg sprach man von nichts anderem.« Er kam zu Richards Schreibtisch zurück. »Davon abgesehen, war ich in der Schutzmannschaft eingesetzt, als die Leichen geborgen wurden.«

»Bei beiden?«

»Bei beiden. Es war kein schöner Anblick, das können Sie mir glauben.«

»Dann kannten Sie auch Kommissar Dickert?«

»Ich habe ihn erlebt, ja.«

»Sie sagen das so abfällig.«

»Er war ein ... na ja, wie soll ich's erklären, ein echter Preuße eben. Bürokrat durch und durch. Gehorsam und Pflichtgefühl, Disziplin und Strenge, Schuld und Sühne. Hart gegen sich und hart gegen andere. Für die Befindlichkeiten der Frankfurter hatte er keinerlei Gefühl.«

Richard warf Heiner einen bösen Blick zu. »War das ein Wunder, so wie sie mit ihm umgesprungen sind?«

»Nun, das kam ja erst später«, sagte Braun. »Und ganz unschuldig war er auch nicht daran. Obwohl die Beweise gegen Eduard Könitz keineswegs stichhaltig waren, hat er ihn unter Mißachtung der Rechtsvorschriften drei volle Tage eingesperrt, ohne daß seine Familie wußte, wo er war. Außerdem soll er beim Verhör ordentlich mit Schlägen nachgeholfen haben.«

»Waren Sie dabei, oder woher wissen Sie das so genau?« fragte Richard gereizt.

»Man sprach ganz allgemein von Berliner Verhältnissen. Dort jedenfalls schienen solche Methoden für viele Beamte normal zu sein. Dr. Rumpff war außer sich, als er davon erfuhr. Der Polizeipräsident auch. Soweit ich mich erinnern kann, wurde Dickert suspendiert und nach Berlin zurückgeschickt.«

»Da erinnern Sie sich richtig, Herr Kollege.«

Heiner sah Richard neugierig an. »Hat *er* Ihnen von dieser Sache erzählt?«

»Und als Dickert weg war, klappte man die Akten zu, und der Frieden war wiederhergestellt, oder wie?«

»Sie müssen die allgemeine Lage damals bedenken, Herr Kommissar.« Heiner räusperte sich verlegen. »Sechs Jahre nach der Annexion waren die Preußen bei einem großen Teil der alteingesessenen Frankfurter Bürgerschaft trotz der Reichsgründung nach wie vor nicht besonders beliebt, und das nach preußischem Vorbild organisierte Polizeipräsidium erst recht nicht. In der Hoffnung, das Verhältnis zu entkrampfen, hatte man mit Dr. Rumpff bewußt einen Frankfurter zum Leiter der Kriminalpolizei ernannt, und der preußische Polizeipräsident war seit Jahren bestrebt, mit den Frankfurtern seinen Frieden zu machen. Daß das Verhalten des Beamten Dickert in dieser Situation wirkte, als gieße man Öl ins Feuer, können Sie sich sicher denken.«

»Ich denke mir vor allem, daß man ihn anders behandelt hätte, wenn der Mordverdächtige nicht ausgerechnet der Sohn von Dr. Rumpffs gutem Freund Konrad Könitz gewesen wäre.«

»Damit tun Sie Rumpff unrecht. Er wollte Eduard keinesfalls decken, sondern lediglich verhindern, daß er ohne ausreichende Beweise an den Pranger gestellt wurde. Die ganze Angelegenheit hat dem Ruf der Familie Könitz schweren Schaden zugefügt.«

»Das ist allerdings ein Argument! Was zählen dagegen schon zwei tote Kleinbürgertöchter und das ruinierte Leben eines Kriminalbeamten?«

»Ich denke, Sie versteigen sich da in etwas, Herr Kommissar.«

»Ach ja? Und warum glaubte man unbesehen der Aussage von Eduards Freund und tat die Beobachtung der alten Holzsammlerin als Spinnerei ab? Warum fand keine Haussuchung bei

Dr. Könitz statt? Warum konnte man trotz größter Anstrengung nur den Färcher finden, der Eduard zum Sandhof hinüberfuhr, nicht aber den, der ihn zurückbrachte? Und warum wurden schließlich die Akten so schnell zugeklappt? Lauter Fragen, auf die ich keine Antwort finde!«
»Die Akten wurden durchaus nicht voreilig abgeschlossen, das kann ich Ihnen versichern. Dazu war die Sache viel zu brisant. Aber die Ermittlungen führten zu nichts. Dann ging Eduard Könitz ins Ausland, und einige Monate später beherrschte der große Börsenkrach die Schlagzeilen; danach die Toten beim Bierkrawall. Es war ein unruhiges Jahr. Die Prioritäten verschoben sich, und irgendwann legte man die Stadtwaldwürgerakten notgedrungen als ungeklärt ins Archiv.«
»Und seitdem wagt keiner mehr, daran zu rühren.«
»Ohne neue Beweise sehe ich auch keinen Sinn darin.«
»Ich werde die Beweise erbringen«, sagte Richard und rieb sich seinen schmerzenden Kopf. »Wenn Sie mir dabei helfen!«
»Nur, wenn Sie mir endlich reinen Wein einschenken.«
Richard sah Heiner unschlüssig an. Ohne Brauns Sachverstand und seine Ortskenntnis würde er nicht weiterkommen. Dafür ließen die Akten zu viele Fragen unbeantwortet. »Also gut«, meinte er, und man konnte seiner Stimme anmerken, daß es ihn Überwindung kostete, weiterzusprechen. »Ich kannte Kommissar Dickert, ja. Und er hielt durchaus auf Disziplin und Gehorsam. Aber noch höher galt ihm die Ehre, Polizeibeamter des preußischen Staates zu sein. Auch nach der Reichsgründung fühlte er sich in erster Linie als Preuße und erst in zweiter als Deutscher. Als man ihm seine Ehre nahm, hatte sein Leben keinen Sinn mehr.« Richard schluckte. »Einen Tag nach seiner Rückkehr aus Frankfurt brachte er sich um.« Braun schaute ihn fragend an, und Richard setzte müde hinzu: »Kriminalkommissar Friedrich Dickert war mein Vater.«

10

Die großen Schwierigkeiten, welche der Dienst in der Criminal-Polizei darbietet, werden hiernach leicht zu begreifen sein. Tüchtige und wahrhaft brauchbare Beamte dieses Fachs sind unendlich selten.

❦

Heiner Braun war fassungslos. »Es tut mir leid... Ich konnte ja nicht ahnen... Und wieso überhaupt Ihr Vater?«
»Sie fragen sich, warum ich nicht seinen Namen trage?« Richard zuckte die Achseln. »Das Werk meiner Mutter. Erst war sie über alle Maßen verzweifelt, dann über alle Maßen wütend. Wie konnte Vater es wagen, sie hilflos in dieser Welt zurückzulassen! Es dauerte nicht lange, und sie verheiratete sich wieder. Allerdings mit einer besseren Partie. Georg Biddling verfügt über ein beachtliches Vermögen, und was kann einer Beamtenwitwe mit dürftiger Pension Besseres widerfahren, als einen großzügigen Industriellen zu ehelichen, der noch dazu bereit ist, ihren Kindern seinen Namen zu geben?«
»Das hört sich nicht sehr wohlwollend an.«
»Mein Vater hat hart gearbeitet, um zu erreichen, was er war. Und Polizeipräsident konnte er eben nicht werden«, stellte Richard sarkastisch fest. »Genausowenig wie Sie oder ich. Trotzdem war er mir ein Vorbild.«
»Und das hat Ihnen Ihre Mutter verübelt?«
»Als ich mich nach langem Zögern dazu bereit erklärte, den Namen Dickert abzulegen, tat ich es nicht, um später Biddlings Vermögen erben zu können. Ich tat es, weil meine Mutter es von mir verlangte, und ich schäme mich noch heute dafür. Ich war kaum zwanzig, als mein Vater starb, und ich wünschte mir nur eins: Polizeibeamter zu werden wie er.«
»Und was hat Ihr Adoptivvater dazu gesagt?«
Richard machte eine abfällige Handbewegung. »Zuerst versuchte er erfolglos, mir die Vorzüge des freien Unternehmertums

schmackhaft zu machen, dann hat er mich einen sturen preußischen Holzkopf genannt und schließlich resigniert gesagt, ich solle tun, was mir beliebe. Therese war nahe daran, mich in eine Irrenanstalt einweisen zu lassen, als ich ihr erklärte, daß ich den schlechtbezahlten Staatsdienst einem feudalen Leben als Fabrikantenerbe vorziehe.« Richard bemerkte Heiners irritierten Blick und fügte hinzu: »Therese ist meine Frau.«

»Sie sind verheiratet?« fragte Heiner verblüfft.

»Hatten Sie mir das nicht zugetraut?«

»Wenn ich ehrlich bin, nein. Warum ist sie nicht mitgekommen?«

»Weil Therese Biddling der Meinung ist, daß Ehre nicht satt macht. Und in dem präsentablen Berliner Stadtpalais von Georg Biddling lebt es sich allemal bequemer als in einer beengten Frankfurter Altstadtwohnung, die ich ihr anzubieten hätte. Außerdem erwartet sie ein Kind.«

»Und da lassen Sie sie einfach allein? Nur, um Ihre unsinnigen Rachegelüste gegen Eduard Könitz zu befriedigen?«

Richard lächelte kühl. »Ich nehme an, Sie sind nicht verheiratet, oder?«

Heiner Braun sah ihn ernst an. »Nein. Warum?«

»Das hab' ich mir gedacht! Lassen Sie es sich gesagt sein, daß es manchmal ganz gut tut, seine Gattin für ein Weilchen nicht zu sehen.« Richard unterdrückte ein Gähnen und stand auf. »Ich verlasse mich darauf, daß Sie mein kleines Geständnis in bezug auf Kommissar Dickert für sich behalten.« Heiner nickte, und Richard griff nach seinem Mantel und seinem Hut. »Schluß mit den Plaudereien! Ich habe Ihnen den gewünschten Wein eingeschenkt, und jetzt zeigen Sie mir endlich diese gottverdammte Lichtung, nach der ich schon seit Tagen suche!«

»Eddy, Eddy! Hier sind wir!« rief Victoria über den ganzen Bahnsteig hinweg.

Konrad Könitz schüttelte mißbilligend den Kopf. »Du führst dich auf wie ein kleines Kind!«

»Genauso fühle ich mich auch, Onkel: glücklich wie ein Kind!« Winkend lief sie auf den braungebrannten, blonden Mann zu, der gerade dabei war, einem Gepäckträger Anweisungen zu erteilen. Ehe er es sich versah, landete sie lachend in seinen Armen.« Eddy, was freue ich mich, daß du endlich wieder da bist!« Eduard Könitz schaute sie fragend an. »Victoria?«

»Du wirst doch wohl deine Lieblingscousine wiedererkennen, du Schuft! Ich habe mir die Augen nach dir ausgeweint!« Eduard lachte. »Natürlich! Victoria, der Wildfang. Aber inzwischen bist du ja eine wunderhübsche Prinzessin geworden!«

»Nur leider benimmt sie sich nicht so«, bemerkte Konrad, der inzwischen ebenfalls herangekommen war. »Willkommen daheim, mein Sohn.« Peinlich darauf bedacht, seine Rührung zu verbergen, reichte er Eduard die Hand.

»Sei gegrüßt, Vater. Ist Mutter nicht hier?«

»Sie wartet zu Hause auf dich.«

»Zu Hause. Wie schön das klingt.« Eduards Augen leuchteten. »Frankfurt hat mich wieder!«

»Es hat sich eine Menge verändert in der Stadt, seit du weggegangen bist«, sagte Victoria. »Gleich nachher können wir einen Spaziergang machen, und ich zeige dir alles.«

»Nach der anstrengenden Reise steht Eduard der Sinn bestimmt nach anderem als einem Fußmarsch über Frankfurter Kopfsteinpflaster«, wandte Konrad unwillig ein und ärgerte sich, daß er seiner vorlauten Nichte überhaupt erlaubt hatte, mitzukommen. Gemeinsam gingen sie zum Ausgang.

»Du denkst also, ich könnte mich ohne deine Hilfe im neuen Frankfurt verlaufen, kleine Prinzessin?« spöttelte Eduard.

Victoria rümpfte die Nase, wie sie es schon als Kind getan hatte, wenn ihr Cousin sie nicht ernst nahm. »Wir haben zwei neue Brücken über den Main, und draußen vor der Stadt beginnt man, einen großen Bahnhof zu bauen. Überall werden alte Häuser abgerissen und neue errichtet; der Zoo ist umgezogen, und die *Latern* darf wieder erscheinen«, faßte sie die Ereignisse des letzten Jahrzehnts zusammen.

»Aber die Preußen sind noch da?« fragte Eduard amüsiert, und sein Vater erwiderte im gleichen Tonfall: »Ich glaube auch nicht, daß wir sie jemals wieder loswerden.«

»Freundlicher sind sie ebenfalls nicht geworden«, fügte Victoria hinzu.

Eduard grinste. »Das überrascht mich nicht sonderlich.«

Sie verließen den Bahnhof und warteten neben ihrer Kutsche, bis alle Koffer verladen waren, was mehr Zeit in Anspruch nahm als die anschließende Fahrt zum Könitzschen Stadtpalais. Noch bevor Dr. Könitz, Eduard und Victoria ausgestiegen waren, eilten zwei Hausdiener herbei, um das Gepäck abzuladen.

Sophia wartete im Salon. Sie hatte Tränen in den Augen. Auch Eduard fiel es schwer, die Fassung zu wahren. »Ich freue mich, dich zu sehen, Mutter«, sagte er.

»Ich freue mich auch, mein Sohn.« Lächelnd ging sie ihm entgegen und schloß ihn ohne weitere Worte in ihre Arme.

Konrad zog seine Nichte dezent in die Empfangshalle zurück. »Du kannst morgen noch lange genug Wiedersehen mit ihm feiern. Jetzt gehört er erst einmal seiner Mutter.«

»Du hast recht, Onkel«, sagte Victoria artig, und ausnahmsweise meinte sie es auch so.

»Also, hier muß es irgendwo gewesen sein.« Ratlos ging Heiner Braun vor einer undurchdringlichen Brombeerhecke auf und ab und schüttelte den Kopf. »Ich verstehe das nicht.«

»So weit war ich allerdings auch schon«, bemerkte Richard lachend. Der Gang durch den schattigen Wald und die frische Luft hatten ihm gutgetan. Seine Müdigkeit war verflogen, und sein Kopf schmerzte kaum noch. »Ich kann inzwischen jede Ameise mit *du* anreden, so oft habe ich dieses Waldstück bereits durchkreuzt. Aber wenn selbst ein alter Frankfurter wie Sie ins Zweifeln gerät...«

»Ich zweifle nicht, ich überlege«, erwiderte Heiner. »Ich kann mich an drei nebeneinanderliegende flache Steine erinnern. Einige Meter dahinter führte der Pfad zwischen zwei alten Eichen hindurch.«

»Zwei alte Eichen, wie entzückend! Der halbe Wald besteht aus alten Eichen, Sie Witzbold«, lästerte Richard, aber Heiner ließ sich nicht beirren. Etwa zehn Schritte weiter blieb er stehen und fixierte nachdenklich das Gelände ringsum.

»Ich glaube, hier ist es.« Ehe Richard etwas erwidern konnte, verschwand er zwischen wuchernden Farnen und mannshohem Dornengestrüpp.

»He! Warten Sie gefälligst«, rief Richard ihm nach und fluchte, als er sich in den Dornen verfing. »Zum Donnerwetter noch mal, Braun, können Sie nicht...«

»Ich hab's!« Heiners Kopf tauchte aus den Farnen auf. »Hier liegen die Steine.« Er bückte sich, nahm einen dürren Ast und schlug damit das Gestrüpp nieder, unter dem tatsächlich drei runde, moosbewachsene Felsen zum Vorschein kamen. »Und da stehen die beiden Bäume.«

»Den Pfad sehe ich allerdings immer noch nicht«, wandte Richard ein.

»Der ist natürlich völlig überwuchert. Ich kann mir nicht vorstellen, daß sich seit damals ein einziger Mensch an diesen gruseligen Ort getraut hat.«

Mit dem Ast in der Hand kämpfte sich Heiner vorwärts, und Richard folgte ihm ohne weiteren Kommentar. Eins war sicher: Diesen Weg hätte er in hundert Jahren nicht gefunden! Je tiefer sie in den Wald eindrangen, desto mehr lichtete sich das Unterholz, und sie kamen leichter voran.

»Und Sie sind sicher, daß wir hier richtig sind, Braun?«

»Ganz sicher, Herr Kommissar. Wenn wir stramm gehen, sind wir in fünf Minuten da.«

Er behielt recht. Der Boden wurde feuchter, das Unterholz dichter, und dann tauchte vor ihnen eine sumpfige, stark verbuschte kleine Wiese auf, in deren Mitte sich ein mooriger Tümpel befand. Auf der anderen Seite der Lichtung sah Richard zwischen den Bäumen die Hütte. »Wir haben es gefunden!« sagte er erleichtert und lief weiter.

»Halt!« rief Heiner, aber es war zu spät. Richard war in einen grasüberwachsenen Graben getreten und versank bis zu den Knöcheln im Schlamm. Fluchend befreite er sich. Heiner wies lächelnd auf einen schmalen Weg, der am Waldrand entlangführte. »Sie sollten den Rat eines altgedienten Gendarmen beherzigen und dem Wildpfad dort drüben folgen, Herr Kommissar.«

Mit einem mißmutigen Grummeln säuberte Richard seine verschmutzten Schuhe im Gras und ließ seinem Kollegen den Vortritt, so daß sie nunmehr trockenen Fußes die Hütte erreichten, die sich beim Näherkommen als halbverfallener, efeuberankter Bretterverschlag erwies. Es kostete sie einige Mühe, die verklemmte Tür zu öffnen. Im Inneren war es dunkel und stickig. Heiner stieß den verwitterten Klappladen eines Fensterchens auf, so daß wenigstens etwas Licht hereinkam. Bis auf ein verrostetes Bettgestell, einen wackeligen Tisch und einen grob zusammengezimmerten Schemel war der Raum leer. An den Wänden und im

Dach taten sich Ritzen auf, durch die Brombeerranken hereinwucherten; die wenigen Möbel bedeckte eine dicke Staubschicht.

»Hier drin war schon ewig keiner mehr!« stellte Richard fest. Mit einem Blick auf das schwere Bett fügte er hinzu: »Ich vermute, daß man früher mit dem Wagen herfahren konnte?«

»Das ist richtig«, antwortete Heiner. »Zu meiner Jugendzeit hauste hier ein alter Mann, der seine Schafe auf der Wiese weiden ließ, ein wortkarger Sonderling mit brustlangem, verfilztem Bart und unruhigen Augen, die einem kalte Schauer über den Rücken jagten. Der Alte schaffte auch das Bett herbei. Weiß der Himmel, wie er es allein in die Hütte geschleppt hat. Für uns Kinder war es eine gehörige Mutprobe, sich anzuschleichen und ihn zu ärgern. Eines Tages war er samt Schafen verschwunden, und man hat nie mehr etwas von ihm gehört. Jahre später wurde die Hütte unter Liebespärchen gehandelt, die ein paar ungestörte Stunden miteinander verbringen wollten.« Er seufzte. »Es war wunderschön hier draußen, vor allem nachts, wenn sich der Mond im Wasser des Teiches spiegelte.«

»Ach ja?« meinte Richard süffisant.

»Ein Liebespärchen war es auch, das die Leiche von Marianne Hagemann entdeckte«, fuhr Heiner fort. »Sie lag etwa fünfzig Meter von der Hütte entfernt im Wald. Offensichtlich hatte sie versucht, ihrem Peiniger davonzulaufen.«

»Und das zweite Opfer fand man in der entgegengesetzten Richtung?«

»Ja. Ungefähr dort, wo der Pfad beginnt, auf dem wir hergekommen sind.«

»Der Mörder hat die Leichen nicht versteckt?«

»Nein. Vor allem das zweite Opfer, Christiane Bauder, lag geradezu wie auf dem Präsentierteller. Jeder, der zur Hütte gewollt hätte, wäre über die Tote gestolpert.«

»Lassen Sie uns wieder nach draußen gehen«, sagte Richard. Vor der Hütte blieb er stehen und schaute angestrengt über die Wiese, als suche er etwas. Sein Blick blieb schließlich an einigen weißen Tupfen hängen, die in der Nähe des Tümpels aus dem Grün der Wiese hervorlugten. »Ich möchte mir gern die Blumen da hinten ansehen.«

Heiner grinste. »Sind Sie unter die Romantiker gegangen, Herr Kommissar?«

»Quasseln Sie nicht, Braun, laufen Sie!« Richard ließ ihn

vorausgehen und achtete peinlich genau darauf, nicht wieder in irgendein verstecktes Sumpfloch zu treten.«Es muß ja ungemein anheimelnd gewesen sein, mit der Liebsten im Dunkeln von einer mondbeschienenen Schlammpfuhle in die nächste zu tapsen.«

Heiner lachte. »Früher war es nicht so feucht hier, und die Wiese war durch die regelmäßige Beweidung gut begehbar. Man konnte sogar direkt am Wasser lagern.«

Richard bückte sich nach den weißen Blumen, die zwischen den Gräsern blühten.

»Das ist Schafgarbe«, erklärte Heiner. »Früher gab's viel mehr davon. Aber stehende Nässe mögen sie nicht so sehr.«

»Diese Abneigung teile ich uneingeschränkt«, sagte Richard genervt und verscheuchte eine hartnäckige Mückenschar, die um seinen Kopf herumschwirrte. Er zupfte eine der weißen Doldenrispen ab und betrachtete sie eingehend. »In der Tat: kleine, weiße Blumen!« Er roch daran. »Und duften tun sie auch. Sogar ziemlich stark. Wie lange blühen die?«

»Bis in den Herbst hinein. Wieso?«

»Bei den toten Frauen wurden weiße Blüten gefunden. Und mich interessiert, ob die von hier stammten oder nicht.«

»Davon höre ich zum ersten Mal«, entgegnete Heiner erstaunt. »Als ich mit meinen Kollegen zusammen die Tatorte absperrte, habe ich auch die Leichen gesehen. Insbesondere Christiane Bauder war übel zugerichtet. Aber weder bei ihr noch bei Marianne Hagemann habe ich irgendwelche Blumen bemerkt. Allerdings muß das nicht viel bedeuten, denn die Untersuchungen Ihres Vaters waren bei unserem Eintreffen schon im Gange.«

»Im Fall Hagemann brachte jemand nachträglich den Zusatz im Auffindebericht der Leiche an, daß sie in ihrer Hand einen Zweig mit weißen, duftenden Blumen gehalten habe«, sagte Richard. »Bei Fräulein Bauder wurden zwei weiße Blüten in der Kleidung entdeckt. Das ist mehr oder weniger alles, was die Akten dazu hergeben.« Er zerdrückte den Blütenstengel zwischen seinen Fingern und ließ ihn zu Boden fallen. »Da die Toten im Wald beziehungsweise am Waldrand gefunden wurden, diese Blumen aber hier wachsen, schließt das wohl aus, daß sie zufällig an den Tatort gerieten. Es sei denn, die beiden Frauen waren vorher auf der Wiese zugange.«

»Wenn es sich überhaupt um Schafgarbe gehandelt hat«, wandte Heiner ein.

»So viele wohlriechende, weißblühende Pflanzen wird es hier ja nicht geben, oder?«

»Wie man's nimmt. Es könnte auch Labkraut gewesen sein. Das wuchs hier früher in Massen. Oder die Kuckucksblume. Die duftet übrigens ziemlich intensiv, vor allem nachts. Und ich kann mich erinnern, daß wir sie am Waldrand gepflückt haben. Wann war das noch gleich? Sommer oder Herbst? Ach ja, und außerdem gab's jede Menge ...«

»Danke, es reicht.« Richard zog ein Gesicht, als habe er in eine Zitrone gebissen. »Sie hätten Botaniker werden sollen, Braun.«

»Sie haben mich nach kleinen, weißen Blumen gefragt, Herr Kommissar.«

»Warum haben die das damals bloß nicht sorgfältiger aufgezeichnet!« schimpfte Richard.

»Die?« Heiner sah ihn ruhig an. »Die Ermittlungsführung oblag ausschließlich Ihrem Herrn Vater.«

Richard verkniff sich eine Erwiderung und ärgerte sich, daß ausgerechnet ein Untergebener ihn darauf aufmerksam machen mußte, daß sein Vater scheinbar nicht ganz so unfehlbar gewesen war, wie er bislang angenommen hatte.

»Was stand denn nun genau in diesen Berichten?« fragte Heiner, dem die biestige Miene seines Vorgesetzten nicht entgangen war.

»Das habe ich doch gesagt: kleine, weiße Blüten von schwachem Duft, deren Herkunft nicht geklärt werden konnte!«

»Na, das ist immerhin etwas. Sämtliche Pflanzen, die ich aufgezählt habe, wuchsen hier früher in größeren Gruppen«, erklärte Heiner. »Wenn also bei den Toten Blüten gefunden wurden, hat man die doch bestimmt als erstes mit den in der Nähe stehenden Pflanzen verglichen. Und die Anmerkung *Herkunft ungeklärt* kann nur bedeuten, daß es sich eben *nicht* um eine hier vorkommende Spezies handelte.«

Genau das schien Richard nach der Aktenlage ganz und gar nicht sicher. Ihm kam der Verdacht, daß sein Vater dieses Detail einfach übersehen hatte. Aber vielleicht maß er der Sache auch zuviel Bedeutung bei und es gab eine nachvollziehbare Erklärung dafür, warum die Blütenspur damals nicht weiterverfolgt worden war. Ohne seinen sonderbaren Traum hätte er der dürftigen Aktennotiz ja auch keine größere Aufmerksamkeit geschenkt.

»Wenn die tote Marianne Hagemann die Blüten tatsächlich in ihrer Hand hielt, als man sie fand, läßt das einen weiteren Schluß zu«, unterbrach Heiner Richards Gedankengang.

»Und welchen?«

»Da es ziemlich unwahrscheinlich ist, daß ein Mädchen, das in Todesangst vor ihrem Mörder flieht, unterwegs Blumen pflückt, muß das schon der Täter für sie besorgt haben.«

»Ihren Zynismus können Sie sich sparen, Braun! Im übrigen sollte man ein solches Detail nicht überbewerten. Zumal es uns nicht weiterbringt.«

»Da bin ich anderer Meinung, Herr Kommissar. Oft sind es nämlich die kleinen Dinge, die eine Lüge entlarven.« Heiner lächelte. »Und die übersieht man nur allzuleicht, wenn man persönliche Rachegelüste zum Ermittlungsprinzip erhebt.«

»Sie stehen selbstverständlich in allen Lebenslagen souverän über den Dingen, was?« hielt Richard ihm gereizt entgegen.

»Nein. Auch ich mußte lernen, daß Gefühle nicht immer die beste Grundlage für kluge Entscheidungen sind.«

Schweigend kehrten sie auf den Pfad zurück und verschwanden kurz darauf im Wald. Auf dem Rückweg zum Clesernhof hingen die Männer ihren eigenen Gedanken nach und sprachen kaum miteinander. Als sie das Präsidium betraten, meinte Richard: »Eine Tasse Kaffee würde mir jetzt guttun.«

Heiner nickte. »Nicht nur Ihnen. Ich besorge welchen und komme zu Ihnen ins Büro.«

»Sie haben bis heute keinen Einblick in die Stadtwaldwürgerakten gehabt?« fragte Richard, als Heiner einige Minuten später mit einer alten Emailkanne und zwei angeschlagenen Tassen hereinkam.

»Nein«, antwortete er und schenkte Kaffee aus. »Ich kann Ihnen im wesentlichen nur mit Informationen dienen, die damals durch die phantasievolle Frankfurter Gerüchteküche geisterten.«

Richard schob ihm ein Päckchen Akten zu. »Wenn wir Erfolg haben wollen, müssen Sie über alles Bescheid wissen. Lesen Sie das durch. Falls nötig, zehnmal hintereinander.«

»Warum sind Sie eigentlich so sicher, daß Eduard Könitz der Stadtwaldwürger ist?« fragte Heiner.

Richard runzelte die Stirn. »Bin ich das?«

»Ihr Gesichtsausdruck sagt es mir.«

»Ach? Und was sagt er Ihnen sonst noch?«

»Daß Sie um alles in der Welt die Ehre Ihres Herrn Vater wiederherstellen wollen.«

»Was ist daran verwerflich?«

»Nichts. Solange Sie es nicht auf Kosten anderer tun.«

»Bitte?«

»Wie Kommissar Dickert ziehen Sie es nicht im entferntesten in Erwägung, daß die Morde ein anderer begangen haben könnte.«

»Es spricht nicht allzuviel dafür, daß es so war.«

»Es spricht auch nicht allzuviel dafür, daß es nicht so war! Genau das ist ja das Problem«, erwiderte Heiner ernst. »Wenn Sie sich von vornherein auf einen Täter festlegen und nur die Spuren verfolgen, die Ihren Verdacht bestätigen, erreichen Sie schließlich das Gegenteil von dem, was Sie erreichen wollen.«

»Sie glauben nicht an Eduard Könitz' Schuld?«

»Was ich glaube, ist zweitrangig. Solange wir ihm die Morde nicht nachweisen können, gilt er als unschuldig. Und dementsprechend sollten wir ihn behandeln.«

»Ich weiß schon. Sie sind eher für nette Plauderstündchen à la Fischkopp-Oskar.«

»Ein gewisses Maß an Gelassenheit und Höflichkeit löst die Zunge des Gegenübers oft besser als die härtesten Repressalien, Herr Kommissar.«

»Dieses Prinzip wenden Sie offenbar nicht nur bei Verdächtigen an!«

Heiner lächelte. »Richtig. Ab und zu funktioniert es auch bei Vorgesetzten.«

»Ihre Respektlosigkeit ist wirklich nicht mehr zu überbieten, Braun! Nehmen Sie die Akten, und verschwinden Sie auf der Stelle, ehe ich ausfällig werde!«

»Ihr Wunsch ist mir Befehl, Herr Kommissar«, sagte Heiner artig, klemmte sich die Akten unter den rechten Arm und nahm mit der linken Hand seine halbleere Kaffeetasse. »Wenn Sie so nett wären, mir die Tür zu öffnen?«

Richard stand auf. »Braun, Sie sind...«

»...ein ausgesucht freundlicher Mensch, ich weiß«, meinte Heiner grinsend, und Richard brachte es wieder einmal nicht fertig, einen ernsten Gesichtsausdruck zu wahren.

11

> Bei der Observation eines Verbrechers ist es oft von
> Wichtigkeit auf die Veränderungen zu achten, welche
> plötzlich mit seinem Körper vorgehen. Es erscheint
> höchst verdächtig, wenn der Verbrecher die Haare färbt,
> eine Perücke anlegt, seine Kleidung wechselt,
> oder dergleichen.

Als Victoria aufwachte, durchfuhr sie ein unbeschreibliches Glücksgefühl. Es war Sonntag, und Eduard hatte versprochen, den Nachmittag für sie freizuhalten. Seit vier Tagen war er wieder in Frankfurt, und bislang hatte er nicht einmal für ein Plauderstündchen Zeit gefunden. Aber heute würde sie ihn endlich ganz für sich haben! Wie sehr sie sich darauf freute, nach so vielen Jahren wieder mit ihm zusammen in Sophias Gartenlaube zu sitzen und zu diskutieren, wie sie es früher getan hatten, als Ernst noch dagewesen war!

Victoria lächelte, als sie daran dachte, daß ausgerechnet ihre auf tugendhaftes Benehmen bedachte Tante unbewußt dazu beigetragen hatte, daß ihre vorwitzige Nichte die aufregende Welt der Jungen so ausgiebig kennenlernen konnte. *Mach dein hübsches Kleid nicht schmutzig, Kind! Nein, Tante Sophia.* Und so hatte sie es ausgezogen, denn das war die einzige Möglichkeit, es nicht schmutzig zu machen. Dann waren sie durch die verborgene Pforte in die Freiheit geschlüpft, und die schönste Zeit ihres Lebens hatte begonnen.

»Guten Morgen, gnädiges Fräulein, würden Sie ge...«

»Louise, wie oft soll ich dir noch sagen, daß du diese schreckliche Anrede sein lassen sollst!«

Louise ging zum Fenster und zog die Vorhänge zurück. »Die gnädige Frau hat angedroht, daß sie mich auf der Stelle hinauswirft, wenn ich mir die kleinste Unregelmäßigkeit erlaube«, sagte sie. »Deshalb ist es besser, ich halte mich an die vorgegebenen Regeln.«

»Na gut. Wenn das so ist, wünscht das gnädige Fräulein jetzt angekleidet und anständig frisiert zu werden.« Lachend sprang Victoria aus dem Bett. »Wenn ich meinen eigenen Hausstand habe, werde ich allen meinen Dienstboten bei Strafe verbieten, mich jemals mit Gnädigste anzusprechen. Ich hasse dieses Wort!«

»Um einen eigenen Hausstand zu haben, müssen Sie erst mal einen Mann finden«, wandte Louise ein.

»Wer sagt denn das? Ich kann für mich selbst sorgen, das wirst du sehen!«

»Welches Kleid wünschen Sie anzuziehen?«

»Egal. Such irgendeins aus. Obwohl ... Nein, heute darfst du mich ausnahmsweise besonders feinmachen. Ich besuche nämlich nachher Eddy!«

»Nehmen Sie mich mit?« fragte Louise hoffnungsvoll.

»Nein. Aber ich will übermorgen zu Clara fahren, und dann kannst du in die Stadt, um nach deinen Eltern zu sehen.« Victoria setzte sich auf einen der Renaissance-Faltstühle und sah zu, wie ihre Zofe einen spitzenbesetzten Unterrock, ein Tageskleid aus blauem Atlas samt roßhaargepolsterter, hufeisenförmiger Turnüre und ein mit Stahlfedern verstärktes Korsett herbeitrug. »Nach dem Bad gestern abend habe ich wunderbar geschlafen.« Gähnend stand sie auf und ging zu ihrem Spiegel. Sie fuhr sich mit den Fingern durch ihr schulterlanges, seidig glänzendes Haar. »Am liebsten würde ich es noch kürzer und offen tragen. Und ohne einen dieser blöden Hüte.« Sie drehte sich zu Louise um. »Ich war meinem lieben Bruderherz noch nie so dankbar wie in dem Augenblick, als er sich mit der Schere in der Hand auf mich stürzte. Endlich kein Theater mehr wegen der Haare! Stell dir vor, Mama hat mir befohlen, den abgeschnittenen Zopf zusätzlich als Haarteil zu benutzen, damit das kurzgeschorene gnädige Fräulein die Familie nicht blamiert. Witzig, was?«

»Ja«, sagte Louise, aber ihr Gesicht sah alles andere als belustigt aus.

Victoria streifte ihr Nachthemd ab, und Louise reichte ihr den Unterrock. »Du siehst müde aus. Was ist denn los?« fragte Victoria sie.

»Ich habe schreckliche Angst, daß der Herr Kommissar deinen Eltern die Wahrheit über Emilie erzählt.« Unbewußt fiel Louise wieder ins vertraute Du. »Ich kann nachts kein Auge mehr zutun deswegen.«

»Ach was!« rief Victoria. »Sein Kollege hat mir versprochen, daß sie das für sich behalten – wenigstens so lange es irgendwie geht.«

»Und wie lange wird das sein? Ich finde keine Stellung mehr, wenn es herauskommt. Warum hast du Emilie auch ausgerechnet an deine Tante vermittelt?«

»Wie konnte ich ahnen, daß sie einfach von heute auf morgen verschwindet? Schließlich warst du es, die mich gefragt hat, ob ich nicht eine neue Stelle für sie wüßte, weil sie bei Hortackers aufhören mußte. Den Grund dafür hast du mir übrigens bis heute nicht verraten.«

»Weil ich ihn nicht kenne«, entgegnete Louise und fügte nicht ohne Stolz hinzu: »Vielleicht haben die gnädige Frau und ihr Fräulein Tochter Emilies Schönheit mißbilligt.«

Victoria grinste. »Das mag sein. Zumal Emilie in ihrem Putz nicht gerade zurückhaltend war. Sie wäre nicht die erste, die ihre Stellung verloren hätte, weil sie den Damen des Hauses zu viel Konkurrenz machte. Obwohl sich Theodors Schwester Cornelia in dieser Hinsicht wirklich nicht zu sorgen brauchte. Ihre Anmut wird in ganz Frankfurt gerühmt. Allerdings war Emilie ...«

»Emilie *ist* etwas ganz Besonderes«, entgegnete Louise empört, »und ich habe geschworen, daß ihr die Schönheit nicht zum Fluch werden wird wie ...« Erschrocken brach sie ab und nestelte nervös an Victorias Mieder herum.

»Was redest du da? Was für ein Fluch?«

»Atmen Sie nicht so heftig, sonst kann ich das Korsett nicht schließen.«

»Man sollte diese Dinger für Männer einführen, dann wären sie schnell abgeschafft!« giftete Victoria. Sie atmete aus, und Louise zwängte das Korsett zusammen, bis sie aufstöhnte. »Auch wenn du mich noch so schnürst, für meine Frage reicht die Luft allemal. Also: Warum ist Emilies Schönheit ein Fluch?«

Louises hageres Gesicht wurde ausdruckslos. »Es gibt Dinge ... Es ist eine andere Welt, und sie ist weit weg von der Ihren, gnädiges Fräu ...«

»Willst du mich heute unbedingt verärgern? Sprich endlich in normalem Ton mit mir!« Victoria drehte sich um, damit Louise die Turnüre anlegen konnte. »Ich warte auf deine Antwort«, meinte sie ungeduldig über die Schulter, während ihre Zofe mit zitternden Händen versuchte, die Einlage mit Bändern an ihrer Taille zu befestigen.

»Ich habe nur so dahergeredet«, wich Louise aus und war froh, daß Victoria ihr nicht ins Gesicht sehen konnte.

»So hörte es sich aber nicht an.«

»Mehr kann ich nicht sagen.«

»Und warum nicht?«

»Weil ich nicht will!« Louises Stimme klang plötzlich trotzig. »Und weil ich Ihnen nicht jeden einzelnen meiner Gedanken mitteilen möchte, auch wenn Sie glauben, das Recht zu haben, über mich bestimmen zu können.«

Victoria fuhr herum. Ihr Gesichtsausdruck war hart. »Wie oft willst du mir das noch vorhalten? Gut, ich habe dich dabei erwischt, als du aus der Küche die Wurst gestohlen hast, und ich gebe zu, daß ich dieses Wissen ein bißchen ausgenutzt habe. Ich war ein Kind, und ich habe mir keine großen Gedanken darüber gemacht. Aber war es wirklich so schlimm? Ich habe nichts weiter von dir verlangt, als daß du gewisse Dinge übersiehst und...«, ihre Miene lockerte sich auf, »daß du mich anständig frisierst! Deshalb bat ich Vater, dich zu meiner Kammerzofe zu machen. Und ich bekam dich.«

»Aber...«

»Ja?«

»Ach, nichts.« Louise senkte beschämt den Kopf.

»Los, raus mit der Sprache! Was wirfst du mir vor?« Victoria verzog ihren Mund zu einem spöttischen Grinsen. »Daß ich schon als Zehnjährige wußte, was ich wollte? Du wärst ja in diese Lage gar nicht gekommen, wenn du nicht gestohlen hättest. Gut, ich habe dir angedroht, alles Mama zu sagen, wenn du nicht in Zukunft tust, was ich will. Das war nicht besonders fein von mir. Aber hatte ich eine andere Wahl?«

»Ich jedenfalls hatte keine.«

»Jetzt mach doch kein Drama daraus! Tatsache ist, daß du deine Herrschaft bestohlen hast. Daß du es für Emilie tatest, hast du mir schließlich selbst verraten.«

Louise reichte Victoria das hochgeschlossene, langärmelige Kleid und half ihr beim Anziehen. »Weil Sie nicht eher Ruhe gegeben haben.«

»Ich war eben von jeher ein neugieriger Mensch. Außerdem war deine Ausrede selbst für ein Kind zu dumm! Weshalb hast du Emilie eigentlich nie gesagt, daß du ihre Mutter bist?«

Louises Augen flackerten nervös. »Weil ... es ging nicht.«

»Und warum nicht?«

»Ich schämte mich zu sehr.«

»Als du dich mit ihrem Vater eingelassen hast, hast du dich ja auch nicht geschämt!«

»Was wissen Sie schon davon, gnädiges Fräulein!«

»Was regst du dich auf? Es ist mehr als fünfzehn Jahre her.«

»Ich glaube, meine Nerven sind überreizt.«

In Louises Augen standen Tränen. Victoria legte ihr besänftigend die Hand auf die magere Schulter. »Entschuldige. Ich wollte dir nicht weh tun, dafür mag ich dich zu gern. Ich finde es nur schade, daß du mir nicht vertraust. Immerhin weißt du ja von mir auch einige Geheimnisse.«

»Es gibt Geheimnisse, die darf man niemandem anvertrauen.«

»Ach! Und warum nicht?«

»Weil ich mein Wort gegeben habe.«

»Wem?«

»Ich verrate nichts.«

Victoria merkte, daß es sinnlos war, weiterzufragen. Aber es gab schließlich noch andere Mittel und Wege. Und herausbekommen würde sie es! Genauso wie sie herausbekommen würde, was mit Emilie geschehen war. Und wer mochte wissen, ob nicht beides am Ende irgendwie zusammenhing? Sie war froh, daß sie Louise nicht alles erzählt hatte, und in Zukunft würde sie ihr gar nichts mehr sagen. Was für ein Glück, daß Eduard wieder da war! Victoria sehnte sich nach einem Menschen, dem sie ihr Herz ausschütten konnte, nach jemandem, der sie ernst nahm und sie nicht ständig wie ein unmündiges Kind behandelte. Sie warf Louise einen verächtlichen Blick zu. »Du kannst gehen, den Rest mache ich allein«, sagte sie schroff. »Du warst für mich immer mehr als nur ein Dienstmädchen. Schade, daß du es anders siehst.«

»Es tut mir leid«, sagte Louise leise. Weinend lief sie aus dem Zimmer.

Victoria zog sich fertig an, bürstete ihr Haar, nahm es über den Ohren nach hinten und steckte es zusammen mit dem abgeschnittenen Zopf zu einem Knoten. Dann zog sie ihre widerspenstigen Ponylocken mit einem Kamm in die Stirn und betrachtete ihr Werk kritisch im Spiegel. Warum mußte Schönheit nur mit soviel Aufwand verbunden sein? Aber für Eduard war ihr nichts zu viel. Eddy, Ernst und Victoria: die Unzertrennlichen! Und ihre Mutter glaubte bis heute, sie hätte mit Sophias Töchtern brav im Salon gesessen und Puppenmutter gespielt.

Victoria lächelte. Herrliche Abenteuer hatte sie erlebt, draußen auf den Straßen der Stadt, den beiden Großen immer auf den Fersen, anhänglich und gelehrig, und wenn es sein mußte, auch widerborstig und stur. Ernst sollte stolz auf seine kleine Schwester sein. Er war immerhin der einzige Mensch, der sie jemals für ihre Klugheit gelobt hatte, während Eduard sie naseweis und vorlaut nannte. Und doch waren sie sich nach Ernsts Weggang nähergekommen, bis die Verleumdungen dieses widerlichen Dickert ihr Kinderidyll für immer zerstört hatten. Plötzlich kam Victoria eine Idee. Sie ging zu ihrem Schreibtisch, öffnete das Geheimfach und kramte in den gesammelten Briefen von Ernst, die sie seit dem Zwischenfall mit David unter Verschluß hielt. Eduard war so weit in der Welt herumgekommen – vielleicht hatte er ja irgendwo etwas über diese merkwürdigen Fingerbilder gehört, von denen Ernst ihr berichtet hatte. In der Bibliothek ihres Onkels war sie jedenfalls nicht fündig geworden. Es schien etwas völlig Neues zu sein.

Victoria faltete einen der Briefbögen auseinander und las zum wiederholten Mal die Schilderungen ihres in Indien lebenden Bruders.

... und da ich weiß, wie sehr Dich diese Dinge interessieren, liebste Schwester, möchte ich Dir eine kleine Geschichte erzählen.

Es war ein Zufall, wie so vieles im Leben ein Zufall ist, und es liegt schon einige Jahre zurück. Ich glaube, es war 1878 oder 1879, als ich während einer Reise nach Hooghly die Bekanntschaft eines britischen Verwaltungsbeamten namens William Herschel machte.

Er war nicht in bester gesundheitlicher Verfassung, als wir uns zum ersten Mal begegneten: eine von Amöbenruhr und Fieberanfällen geschüttelte, ausgezehrte Gestalt mit glanzlosen Augen in einem bärtigen, hohlwangigen Gesicht; und er wurde nur von einem Gedanken beseelt, nämlich in seine Heimat Eng-

land zurückkehren zu dürfen. Und doch faszinierte mich irgend etwas an ihm. Vielleicht war es der kleine Hoffnungsfunke hinter dem ganzen Jammer, der fast unsichtbar in seinen erloschenen Augen glomm? Ich weiß es nicht.

Ich schien jedenfalls der erste Mensch zu sein, von dem er sich seit langer Zeit ernst genommen fühlte, und er erzählte mir von einer seltsamen Sache, auf die er vor zwanzig Jahren in Junipur gestoßen war, wo er als junger Sekretär Dienst tat. Es handelte sich um die sonderbaren Abdrücke, die menschliche Hände und Finger auf Holz, Glas und auch Papier hinterlassen. Chinesische Händler, die nach Bengalen kamen, besiegelten Abmachungen mit ihren geschwärzten Daumen, Abdruckbildern voller eigenwilliger Linien, Bögen, Wirbel und Schleifen, die Herschel in ihren Bann zogen.

Er legte ein Notizbuch an, in dem er mehr als neunzehn Jahre lang seine eigenen und viele indische Fingerabdrücke sammelte und miteinander verglich. Voller Verwunderung stellte er fest, daß jeder Mensch besondere, unverwechselbare Linien besaß, die sich auch über Jahrzehnte hinweg nicht veränderten.

Mein seltsamer Freund behauptete sogar, in der Lage zu sein, diese Fingerbilder voneinander unterscheiden zu können! Als ich ihm nicht glauben wollte, machte er ein kleines Experiment: Er ließ drei Diener kommen und verlangte nach Papier. Dann schwärzte er den Männern und mir die Hände und ließ uns Abdrücke auf das Papier machen. Danach holte er einen polierten Sektkelch und sagte, daß einer von uns ihn anfassen solle, sobald er den Raum verlassen habe.

Ich wollte ihn ärgern, nahm den Kelch und ließ ihn außerdem noch von einem der Diener berühren. Aber stell dir vor: Herschel entlarvte uns beide, nachdem er das Glas gegen das Licht mit einer Lupe betrachtet und mit den Abdrücken auf dem Papier verglichen hatte. Ist das nicht unglaublich?

Victoria faltete den Brief zusammen. Es *war* unglaublich! Wenn das stimmte, was Ernst schrieb, wäre es möglich, Verbrecher nur durch ihre Fingerabdrücke zu entlarven. Detektiv Dupin wäre begeistert davon! Wie schade, daß ihr Bruder diesen Herschel aus den Augen verloren hatte. Victoria zog Ernsts letztes Schreiben hervor, das durch Davids rüde Behandlung ziemlich zerknittert war.

Liebste Victoria!
Du hast mich gefragt, ob ich noch Kontakt zu dem Mann habe, der die Beobachtung mit den Fingerbildern gemacht hat. Leider muß ich Dich enttäuschen. Ich habe gehört, er sei noch vor 1880 nach England zurückgekehrt, krank und mit seinem Schicksal hadernd.
Wie es so oft vorkommt in unserer Zeit, haben es gerade diejenigen Menschen am schwersten, die verwegene und ungewöhnliche Ideen haben. Aber das weißt Du ja selbst am besten...

Ja, sie wußte es. Und dieses Wissen tat weh, auch wenn sie es durch Kaltschnäuzigkeit oder vorgespielte Artigkeit zu verbergen versuchte. *Männer sind Menschen. Frauen sind Gebärende.* Und wer sich diesem ehernen Gesetz entgegenstellte, war ein Nichts, ein Neutrum, gut nur als Hausdame, Gesellschafterin oder verschrobene Tante, die ihrer Familie zur Last fiel und deren Namen ihre Nichten nicht tragen durften, weil ihm der Makel der Unfruchtbarkeit anhaftete.

Mit einem trotzigen Lächeln steckte Victoria Ernsts Briefe in die dazugehörigen Umschläge zurück. Sie war nicht mehr allein, und in Eduards Begleitung konnte sie Dinge tun, die einer ledigen jungen Dame ansonsten niemals gestattet wären. Sie ging zu dem kleinen *Vide poche* neben ihrem Bett, nahm einen mit aufwendigen Stickereien versehenen Zierbeutel aus der obersten Etage und steckte die beiden Kuverts hinein. Dabei fiel ihr ein, daß ihre Mutter sie gestern wieder wegen ihrer schlechten Handarbeiten gerügt hatte. Sie mußte deswegen unbedingt mit Maria reden! Seitdem der schöne Theodor zähneknirschend, aber äußerst galant, um ihre Hand angehalten hatte, tat ihre Schwester fast alles für sie, und es wäre bestimmt nicht zuviel verlangt, wenn sie ihr als kleines Dankeschön diese schreckliche Kaffeedecke besticken würde.

Selten war Victoria ein Sonntagvormittag so lang vorgekommen wie dieser. Frühstück, Kirchgang, Mittagessen, etwas Geplaudere und endlich die Erlaubnis, den Besuch bei ihrer Tante machen zu dürfen. Sie sah dem verkniffenen Gesicht ihrer Mutter an, daß es ihr nicht recht war, aber in Gegenwart ihres Mannes traute sie sich offenbar nicht, einen Einwand dagegen zu erheben. Mißgönnte sie ihr, daß sie glücklich war, Eduard zu sehen? Oder war sie neidisch auf Sophia, die ihren Ältesten wieder bei sich zu Hause hatte, während ihr geliebter Ernst keinerlei Anstalten unternahm, aus Indien zurückzukehren? Victoria konnte sich keinen Reim auf das merkwürdige Verhalten ihrer Mutter machen.

Sie ging nach oben, um einen Sonnenschirm und ihren Beutel zu holen. Als sie zurückkam, stand ihre Mutter am Treppenabsatz und flüsterte ihr zu: »Vergiß nie, daß ich immer nur das Beste für meine Kinder will. *Für alle meine Kinder.*«

Warum betonte sie das so sonderbar? Victoria schaute in Henriettes dick gepudertes, faltiges Gesicht, und ihr wurde bewußt, daß sie eine alte Frau war. Alt und verbittert. Dabei war sie nicht einmal fünfzig. Wie frisch und lebendig wirkte dagegen die um vier Jahre ältere Sophia!

»Nicht alle Menschen, die gut reden, sind es auch«, sagte Henriette steif. Warum konnte sie nicht freundlicher sein? Warum hatte sie so gar nichts von dem, was ein Kind sich von seiner Mutter wünschte?

»Ja, Mama«, erwiderte Victoria gehorsam und wandte sich zum Gehen, aber ihre Mutter hielt sie am Ärmel ihres Kleides fest. »Nimm dich in acht!«

»Aber warum ...«

In diesem Moment kam Rudolf Könitz aus dem Salon. Erschrocken ließ Henriette ihre Tochter los und lief hastig die Treppe hinauf. Victoria sah ihr ratlos hinterher. Wenn sie überhaupt irgend etwas an ihrer Mutter bewunderte, dann war es ihre Unerschrockenheit. Was war bloß geschehen, daß sie plötzlich voller Angst zu sein schien?

Rudolf Könitz war der fragende Blick seiner Tochter nicht entgangen. »Es wäre gut für sie, wenn Ernst wiederkäme«, sagte er.

Victoria nickte. *Ich werde niemals zurückkehren. Aber bitte verrate es den Eltern nicht. Noch nicht.* »Ja, das wäre gut«, wiederholte sie leise und verließ das Haus.

Es war ein Tag, wie er schöner nicht hätte sein können. Die Sonne brannte von einem wolkenlosen Himmel, und zwischen den Bäumen der Uferpromenade glänzte der Main. Seit sie ein Kind war, fühlte sich Victoria dem Fluß verbunden, und sie hatte es immer bedauert, daß ihr Schlafzimmer nicht zur Mainseite hin lag. Ausgerechnet der dumme David durfte das Zimmer mit der herrlichsten Aussicht bewohnen, aber er war eben ein Junge, und Jungen bekamen grundsätzlich das Beste von allem. Was änderte es, daß ihm das romantische Panorama vor seinem Fenster mindestens so gleichgültig war wie Victoria ihre halbbestickte Kaffeedecke! Wahrscheinlich war sie ohnehin der einzige Mensch in Frankfurt, der den Main dann am schönsten fand, wenn er nach einem kräftigen Frühjahrsregen seine schlammigen Fluten über die Ufer schwappen ließ und die wohlgefügte Ordnung rundherum durcheinander brachte. Dafür liebte sie diesen Fluß! Doch heute floß er träge dahin, und an seinem Ufer promenierten angeregt plaudernde Damengrüppchen mit würdevoll schweigenden Herren in ihrem Gefolge auf und ab.

An der Ecke zur Neuen Mainzer Straße klappte Victoria den ungeliebten Schirm zu und ließ ihr Gesicht von der Sonne bescheinen. Eine weißgekleidete Dame in Begleitung zweier Herren schaute ihr pikiert hinterher. *Die Sonne verdirbt die Haut und läßt dich wie eine Bauernmagd aussehen, Kind!* Victoria kicherte. Manchmal wäre sie nur zu gerne eine Bauernmagd. Dann müßte sie sich wenigstens nicht in unbequeme Kleider und Schuhe zwängen und auch nicht ständig auf die Etikette achten. Daß diese scheinbaren Freiheiten aus harter Arbeit geborene Notwendigkeiten waren, kam ihr nicht in den Sinn. Wie sollte es auch? *Richtige* Arbeit war ihr und ihresgleichen nicht gestattet. Sticken, Nähen, Klavierspielen, Französisch lernen – damit durfte man sich als höhere Bürgertochter beschäftigen. Aber Geld verdienen? Einen Beruf ausüben? Undenkbar! Übermütig schwenkte sie ihren zugeklappten Schirm durch die Luft. *Für dich käme ohnehin nur ein einziger Beruf in Frage, Victoria Dupin!*

Das Mädchen, das ihr die Tür öffnete, sagte höflich, daß weder Sophia noch Eduard im Hause seien.

Victoria sah sie ungläubig an. »Tante Sophia hat mir gesagt, daß sie heute eine Freundin besuchen möchte, das ist richtig. Aber mit Eduard habe ich eine Verabredung. Ganz sicher! Bestimmt wartet er oben auf mich.«

»Bitte! Schauen Sie eben selbst nach«, entgegnete das Mädchen mürrisch und ließ sie eintreten.

Eduards Zimmer lag auf der gleichen Etage wie die Bibliothek, und Victoria klopfte einige Male laut gegen die Tür. Als es dahinter still blieb, drückte sie die Klinke herunter und ging ungeniert hinein. Während der Abwesenheit von Eduard war in dem Raum nichts verändert worden. Neben einem breiten Messingbett an der Wand stand ein Bugholzschaukelstuhl, und der wuchtige, mit Palisander und Rosenholzbändern furnierte Schreibtisch thronte immer noch vor dem Fenster, das zum Garten hinausging.

Von hier oben hatte man einen wunderbaren Ausblick über das Könitzsche Anwesen. Die Kuppel des Glashauses gleißte in der Sonne wie ein großer, geschliffener Diamant. Doch dafür hatte Victoria heute keinen Sinn. Ihr Cousin hatte sie tatsächlich versetzt. Ohne eine Entschuldigung, ohne ihr Bescheid zu geben! Ihre gute Laune zerplatzte wie eine Seifenblase, und sie hatte Mühe, die Tränen zu unterdrücken. *Auch Eddy bin ich nicht wichtig.* Aber vielleicht hatte er dringend weggemußt und eine Nachricht hinterlassen? Victoria sah auf dem Schreibtisch und dem Bett nach, fand jedoch nicht den kleinsten Hinweis.

Sie wollte sich schon abwenden, als ihr Blick auf den Papierkorb fiel, in dem eine zerknüllte Zeitung lag. Neugierig zog sie sie heraus und glättete die Seiten: Es war irgendein Provinzblatt aus der Gegend um Weilbach mainabwärts und schon eine Woche alt. Wo hatte Eduard das bloß her?

Flüchtig überflog sie die einzelnen Seiten: einen Bericht über die wohltuende Wirkung der Weilbacher Schwefelquelle bei chronischem Katarrh des Magens und Darms, eine Notiz über einen auf frischer Tat ertappten Marktdieb und mehrere Abhandlungen über lokalpolitische Belanglosigkeiten. Der einzige interessante Artikel stand auf der letzten Seite, und Victorias Hände fingen an zu zittern, als sie ihn las.

Braun hat recht, dachte Richard, als er am Sonntag mittag aufwachte. *Lange halte ich das nicht mehr durch.* Die Kopfschmerzen waren zum Dauerzustand geworden, und durch den Mangel an Schlaf fiel es ihm immer schwerer, sich irgendwelche Dinge zu merken. Aber er würde nicht eher aufgeben, bis Eduard Könitz überführt war! Mochte Braun reden, was er wollte; für Richard stand fest, daß Dr. Könitz' Sohn der *Stadtwaldwürger* war.

Sein Vater hatte sich nicht geirrt. Friedrich Dickert irrte niemals. *Du mußt hart werden, Junge, so hart, daß nichts und niemand dich brechen kann. Und vergiß die Weiber, die sind nur gut, um anständige Erben in die Welt zu setzen.* Alles, wirklich alles würde Richard auf sich nehmen, um Eduard endlich dahin zu bringen, wo er schon vor einem Jahrzehnt hingehört hätte: unters Henkerbeil! Er quälte sich aus dem Bett, zog den Vorhang vor dem kleinen Fenster zurück, das zur Straßenseite hin ging, und öffnete es. Obwohl die Sonne hoch am Himmel stand, warf sie nur Schlaglichter ins Zimmer, weil die Häuser so eng aneinanderstanden. Ein lauer Wind wehte ihm ins Gesicht, und aus dem Gäßchen drang Kinderlachen und das Gekeife einer Frau zu ihm herauf. Er ließ das Fenster offen, um die abgestandene Luft abziehen zu lassen, und ging zu dem wurmstichigen Waschtisch neben der Tür.

Er war noch beim Ankleiden, als jemand klopfte. Es war Frau Müller, seine Vermieterin, und sie fragte durch die geschlossene Tür, ob er mit ihr zu Mittag essen wolle.

»Ja, gerne«, rief Richard. »Ich komme sofort!«

Frau Müller war eine Dame mittleren Alters mit dunklem, schon leicht ergrautem Haar, das sie streng nach hinten frisierte, und sie legte großen Wert auf gute Umgangsformen, allerdings ohne jeden Standesdünkel. Richard war sich sicher, daß sie einmal bessere Zeiten gesehen hatte, und er fragte sich, welches Schicksal sie in dieses baufällige, kleine Häuschen geführt hatte. Sie sprach niemals darüber, und er hätte es taktlos gefunden, sie auszufragen. Selbst Heiner Braun, der fast jeden Frankfurter mit Namen zu kennen schien, hatte ihm lediglich sagen können, daß sie erst vor einigen Jahren in die Stadt gezogen war, kurz nachdem sie das Haus von einem entfernten Verwandten geerbt hatte.

Ihr einfaches, aber mit viel Sorgfalt zubereitetes Essen schmeckte Richard vorzüglich, und gestärkt mit grüner Kräutersuppe und gebackenem jungem Hühnchen ließ sich der Tag gleich besser an. Nach einer guten Tasse Kaffee waren seine Lebensgeister vollends zurückgekehrt, und er beschloß, ins Präsidium hinüberzugehen, um einen längst fälligen Bericht zu schreiben.

Seit Eduard wieder in Frankfurt war, hatte er verschiedene Personen aufgesucht, und Richard hoffte, daß er über diese Kontakte weiterkommen würde. Die Akten kannte er mittlerweile fast auswendig, aber genützt hatte ihm diese Studiererei herzlich wenig. Die Eltern von Marianne Hagemann waren ein Jahr nach dem Mord an ihrer Tochter aus Frankfurt weggezogen, und niemand konnte ihm sagen, wohin. Von Christiane Bauders Familie lebte nur noch ihre Mutter, und die hatte es strikt abgelehnt, mit ihm über die damaligen Ereignisse zu sprechen. Genauso erfolglos war sein Versuch verlaufen, die alte Holzsammlerin ausfindig zu machen, die behauptet hatte, Eduard nach dem zweiten Mord im Stadtwald gesehen zu haben. Und die Sache mit den weißen Blüten hatte er nach Brauns botanischer Belehrung ebenfalls ad acta gelegt.

Das einzige, was Richard bislang in Erfahrung bringen konnte war, daß Eduard Marianne Hagemann vermutlich gekannt hatte, obwohl ihre Eltern das in ihrem Verhör damals bestritten hatten. Eine ehemalige Nachbarin der Hagemanns, ein fürchterlich geschwätziges, altes Weib, hatte ihm unter Eidesschwüren auf ein halbes Dutzend Heilige versichert, daß Eduard das Mädchen im Sommer 1872 mehrmals besucht habe. Angeblich hatte die Frau aus Angst vor Schereeien die ganzen Jahre über geschwiegen, doch so gern Richard ihr auch glauben wollte, konnte er sich des Gefühls nicht erwehren, daß ihre Beobachtung in Wahrheit nur eine aus Gerüchten genährte Vermutung war.

Da Eduard jetzt wieder in Frankfurt lebte, hielt er es ohnehin für erfolgversprechender, sich direkt an seine Fersen zu heften, statt sich über verstaubten Akten die Haare zu raufen. Leider schien der junge Könitz über die Konstitution eines Bären zu verfügen. Jedenfalls trieb er sich halbe Nächte in der Stadt herum, und nicht immer an den besten Plätzen.

Gestern abend hatte er in Begleitung von zwei Männern die Wohnung des *Grafen* aufgesucht, eines in Polizeikreisen als professioneller Hasardspieler bekannten Mannes, dem aber nichts nachzuweisen war, weil er äußerst vorsichtig agierte. Wie war es Eduard bloß gelungen, so kurz nach seiner Rückkehr in diesen verschwiegenen Kreis aufgenommen zu werden?

Als die drei Männer lärmend und sichtlich angetrunken wieder auf die Straße gekommen waren, zog schon die Morgendämmerung herauf, und Richard, den vor Müdigkeit fröstelte, hatte sich schleunigst in einem dunklen Hauseingang versteckt.

Eduard brüstete sich lautstark damit, daß das *Schaumkonfekt* diesmal besonders süß gewesen sei, und Richard wurde klar, daß sie nicht nur Karten gespielt hatten. Einer von Eduards Begleitern, ein junger, schlanker Mann, machte einige derbe

Bemerkungen über die mangelhaften Qualitäten einer *Leierkasten-Guste*, und Eduard lachte gröhlend. »Warte nur Hortacker, wenn du erst verdonnert bist, mit meiner kleinen Cousine das Bett zu teilen, wirst du dir nach der *Leierkasten-Guste* noch alle Finger lecken!«

Hortacker schien das nicht besonders lustig zu finden und entgegnete wütend: »Wenn ich könnte, wie ich wollte, würde ich dieser dummen Person und ihrer verdammten Schwester mit dem größten Vergnügen die Hälse langziehen und sie anschließend im Main ersäufen!«

»Was läßt du dich auch von einer Frau bei deinen Geschäften erwischen«, lästerte Eduard.

Die Männer gingen so dicht an Richard vorbei, daß er meinte, ihren Alkoholatem riechen zu können. »Was heißt hier erwischen! Weiß der Teufel, woher sie die ganzen Informationen hatte! Ich jedenfalls weiß, daß ich erledigt bin, wenn mein Vater von der Sache erfährt, und so blieb mir gar nichts anderes übrig, als um die häßliche kleine Kröte anzuhalten. Eigentlich sollte ich ja *sie* heiraten.«

»Wen? Victoria?« Eduard schlug Hortacker lachend auf die Schulter. »Laß mich raten: Die hübsche Prinzessin hat sich einen anderen Prinzen ausgesucht und dich kurzerhand an den Frosch verkuppelt!«

»Von wegen Prinz! Mit dem Schandmaul nimmt sie nicht mal ein Sachsenhäuser Gassenkehrer! Da nützt auch alle Schönheit nichts.«

Eduard Könitz konnte sich gar nicht mehr einkriegen vor Lachen, und Richard wunderte sich, daß nicht schon längst von irgendwoher der Ruf nach Ruhe schallte. »Ach, welch grausames Schicksal hat unseren armen Theo doch ereilt«, höhnte er. »Da wollte er vor seinem Eintritt ins sittsame Eheleben ein hübsches Abschiedsspielchen zelebrieren und seinen Zorn über die Könitzsche Sippschaft im Bierglas ertränken: Und wer läuft ihm über den Weg? Ich! Der einzige und meistgeliebte Cousin von Victoria Könitz! Soll ich bei ihr ein gutes Wörtchen für dich einlegen?«

»Nimm dir lieber ein Beispiel an unserem schweigsamen Michel hier und halt's Maul, Könitz!« fauchte Theodor Hortacker, und dann waren die drei Männer in einer dunklen Seitengasse der Frankfurter Altstadt verschwunden.

Während Richard den Römerberg überquerte, dachte er über das belauschte Gespräch nach, aber klug wurde er daraus nicht. Victoria Könitz hatte es offenbar irgendwie geschafft, diesen Hortacker dazu zu bringen, ihrer Schwester einen Heiratsantrag zu machen. Aber welchen Sinn hatte das? Wie hatte sie überhaupt herausbekommen, daß er ein Spieler war? Oder hatte Eduard mit dem Hinweis auf Hortackers Geschäfte etwas anderes gemeint?

Die Bemerkungen der Herren über das *Schaumkonfekt* und die *Leierkasten-Guste* waren dagegen eindeutig gewesen, und Richard hoffte, daß Braun wußte, wo er die beiden Damen finden würde, um sie ein wenig über die speziellen Gewohnheiten von Eduard Könitz auszufragen. Vielleicht konnte sein Kollege ihm auch sagen, wo dieser Theodor einzuordnen war. Richard war sich sicher, den Namen Hortacker in letzter Zeit irgendwo gehört oder gelesen zu haben, aber ihm wollte einfach nicht einfallen, in welchem Zusammenhang das gewesen war.

Richard Biddling war nicht der einzige, der am Sonntag im Polizeipräsidium zu tun hatte, und als er sich dem Clesernhof näherte, sah er Polizeirat Dr. Rumpff aus dem Torbau an der Karpfengasse treten. Unter den beiden herzförmigen Schildern am Ausgang mit der Inschrift *Gott allein die Ehr – Anno Christi 1732* blieb er stehen und wartete, bis Richard herangekommen war.

Richard begrüßte ihn, und Dr. Rumpff fragte nach dem Ergebnis einer Wohnungsüberprüfung in der Töngesgasse, die Richard für ihn hatte machen sollen. Angeblich hatte sich an der angegebenen Adresse im Hinterzimmer eines Krämerladens ein Mann namens Schneider oder Schmidt verborgen gehalten, der ebenso angeblich mit einem gesuchten Anarchisten gesehen worden war.

Richard war froh, daß er den Auftrag noch vor der Observation von Eduard erledigt hatte und gab die gewünschte Auskunft. Gleichzeitig hoffte er, daß Dr. Rumpff nicht nach dem Stand der Ermittlungen in der Vermißtensache Hehl fragen würde, denn da war er noch keinen Schritt weitergekommen, vor allem deshalb nicht, weil ihm die nötige Zeit für gründliche Ermittlungen fehlte. Zum Glück schien der Polizeirat es eilig zu haben. Er verabschiedete sich ohne weitere Fragen und hinkte in Richtung der Alten Mainzer Gasse davon.

Wahrscheinlich stattet er seinem Freund Dr. Könitz wieder

einen Besuch ab, dachte Richard grimmig, als er über den Innenhof zum Treppenturm ging. Er hielt Dr. Rumpff längst nicht für so integer, wie Heiner Braun ihn glauben machen wollte. Er hatte die Befindlichkeiten der Frankfurter Bürger höher bewertet als die Ehre von Friedrich Dickert, und das war Grund genug, ihm gegenüber mißtrauisch zu sein. *Vorgesetzte und Untergebene können niemals Freunde sein, merk dir das, Junge. Die einen nutzen ihre Macht, die anderen deine Schwäche aus, um zu triumphieren.*

Richard wußte nicht, wie lange er schon in seinem Büro gesessen und geschrieben hatte, als er im Flur ein Geräusch hörte. Er lief zur Tür, öffnete sie einen Spalt und sah gerade noch, wie ein dunkler Lockenschopf zum Treppenturm huschte. Hatte Braun nicht behauptet, daß Hannes jede weitere Zusammenarbeit mit der Polizei ablehne? Was tat er also hier?

Leise verließ Richard sein Zimmer und schlich ihm hinterher. Als er an Heiners Büro vorbeikam, sah er etwas Weißes unter der Tür liegen. Er bückte sich und zog ein verschlossenes Kuvert hervor, auf dem *Für Herrn Braun – persönlich!* geschrieben stand. Er steckte den Brief ein, ging die Treppe hinunter und spähte vorsichtig ins Freie.

Es war tatsächlich Hannes, der über den Hof rannte und durch den Torbau verschwand. Richard folgte ihm unauffällig. Vielleicht würde er heute endlich erfahren, wer dieser Vigilant wirklich war! Nachdem der Junge den Clesernhof verlassen hatte, hatte er es überhaupt nicht mehr eilig. Er schlenderte am Römer, dem Frankfurter Rathaus, vorbei und betrachtete scheinbar interessiert die markanten Staffelgiebel. Auch Richard schaute zu der Fassade der fünf Häuser hinüber und grinste, als er an Heiner Brauns Anekdoten dachte, die er über fast jedes Frankfurter Bauwerk zum besten gab. *Die Legende erzählt, daß Höflinge dem für das alte Rom schwärmenden Kaiser Karl IV. zu Gefallen eines der Häuser einst Römer tauften. Ob's stimmt, weiß der Kuckuck, aber es ist eine schöne Geschichte, und weil die Frankfurter schon immer ein praktisch denkendes Völkchen waren, kauften sie 1405 das alte Handelshaus und machten kurzerhand ihr Rathaus daraus. Und jedesmal, wenn der Platz nicht reichte, kauften sie ein Haus dazu, und aus Bequemlichkeit nennen sie halt alles Römer!* Dieses Sammelsurium aus Anbauten und Umbauten namens Römer mit seinen unzähligen Kammern, Sälen, Höfen, Gängen und Treppen war das merkwürdigste Rathaus, das Richard je gesehen hatte, und er glaubte es Braun aufs Wort, daß es darin Dinge gebe, von denen man zwar wisse, daß sie da seien, die man aber vor lauter Umbauten nicht mehr finden könne.

Hannes wandte seinen Blick vom Römer ab, schaute sich unschlüssig um und schlug den Weg zum Mainquai ein. Er folgte der Straße flußaufwärts an der Alten Brücke vorbei bis zur Schönen Aussicht. Es waren etliche Fußgänger, Droschken und Reiter unterwegs, und Richard hatte Mühe, den Vigilanten nicht aus den Augen zu verlieren. Doch dann blieb Hannes plötzlich stehen, stieg zum Mainufer hinunter, setzte sich in die Sonne und starrte aufs Wasser. Was sollte das nun wieder bedeuten? Hatte der Junge ihn etwa bemerkt und wollte ihn ärgern?

Als der Vigilant endlich seinen Weg fortsetzte, war eine gute Stunde vergangen, und Richard lief der Schweiß in Strömen am Körper hinunter. Hannes dagegen schien die Hitze nicht im geringsten zu stören. Er unternahm einen ausgedehnten Spaziergang durch die Obermainanlage, bog in die Rechneigrabenstraße ein und erreichte kurz darauf die Judengasse.

Die Judengasse war die einzige Straße Frankfurts, die Richard schon vor seiner Ankunft gekannt hatte, denn sie galt über Jahrhunderte hinweg als eines der berühmtesten Judenghettos in Europa. Auf der westlichen Straßenseite waren die meisten Häuser abgerissen, und die verwahrloste Ostseite sollte in den nächsten Jahren ebenfalls dem Erdboden gleichgemacht werden. Heiner Braun hatte Richard erzählt, daß vor etwa siebzig Jahren, als das Ghetto aufgehoben und den Juden erlaubt wurde, frei in Frankfurt zu siedeln, in der düsteren, in Viererreihen bebauten und von hohen Mauern und Türmen eingeschlossenen Straßenschlucht mehr als dreitausend Menschen gelebt hatten.

Seit die Häuser zum Abriß freigegeben waren, hatte man sie systematisch verkommen lassen, und in einigen der einsturzgefährdeten Gebäude hatten sich Obdachlose und Lumpensammler eingenistet. Richard erinnerte sich, daß vor einigen Wochen zwei Männer zu Tode gekommen waren, als über ihnen eine Geschoßdecke zusammenbrach. Er wich einer durchgefaulten Verschalung aus, die einst ein Gesims oder eine Brüstung verschönt haben mochte, ehe sie auf das Pflaster gestürzt und auseinandergebrochen war, und bemühte sich, den Abstand zwischen sich und dem Vigilanten nicht allzugroß werden zu lassen.

Hannes war inzwischen im nördlichen Teil der Gasse angekommen und verschwand in einem Holzhaus, das an eine weit über den Giebel hinausragende, von einer Kugel gekrönte Brandmauer grenzte. Richard folgte ihm. Dabei betrachtete er mißtrauisch das im oberen Drittel des Torbogens angebrachte Eisengitter, das sicher einmal eine kunstvolle Zierde gewesen war, ehe es die letzten Eigentümer schutzlos dem Rostfraß überlassen hatten.

Im Torgang führte eine ausgetretene Holztreppe nach oben; geradeaus ging es in einen kleinen Innenhof. Richard entschied sich für die Treppe und kam kurz darauf in ein Zimmer, das mit Trümmern aus altem Hausrat und Lumpen übersät war, die einen so furchtbaren Gestank nach Fäulnis und Fäkalien verbreiteten, daß nicht einmal die frische Luft ihn mildern konnte, die durch die zerbrochenen Fensterscheiben hereinströmte.

Wohin war Hannes nur verschwunden? Naserümpfend durchquerte Richard den Raum und gelangte in ein nicht weniger verwahrlostes Nebenzimmer. Von hier führten mehrere Türen in verschiedene Richtungen. Richard nahm die linke, lief durch einen langen Flur, ging treppauf und treppab, stieß sich Arme und Knie an Gerümpel, das er in den düsteren Gängen und Kammern zu spät bemerkte, und gestand sich schließlich ein, daß er die Orientierung verloren hatte.

Auf dem Weg zurück ins Erdgeschoß fiel sein Blick auf ein quadratisches, mit einem hölzernen Gitter verschlossenes Fenster, durch das die Sonne ein feingezeichnetes Schattenmuster warf. Neugierig schaute er nach draußen – und entdeckte Hannes! Er saß in einem verwilderten Gärtchen, das jemand irgendwann auf den Resten der alten Stadtmauer angelegt hatte, und ließ sich von der Sonne bescheinen. An die Mauer gelehnt stand eine Leiter, die in den kleinen Hof führte, den Richard beim Hereinkommen gesehen hatte; er unterdrückte einen Fluch, stolperte nach unten, bis er zwei Häuser weiter wieder auf die Straße kam, rannte zurück zu dem Torbogen und dann in das Höfchen.

Doch als er außer Atem auf die Mauer gestiegen war, fand er Hannes' Platz leer. Suchend schaute er sich um, aber weder in den zerfallenen Sommerhäuschen, die, jeden Quadratzentimeter

Platz ausnutzend, auf der breiten Mauerkrone klebten, noch in dem schattigen Hofgang konnte er eine Spur von Hannes entdecken. Wütend beschloß Richard, die Suche aufzugeben und kletterte zurück in den Hof. Doch dann hörte er von irgendwoher ein schepperndes Geräusch. Es klang dumpf, und plötzlich wußte er, wo der Junge war.

Zielstrebig ging er an dem Brunnen in der Mitte des Hofes und an einer Mauerruine vorbei, und dahinter entdeckte er einen von dürrem Strauchwerk zugewucherten Kellereingang. Vorsichtig schob er das Gestrüpp beiseite und schlich die schiefen Steinstufen nach unten. Bald war es so dunkel, daß er sich nur noch tastend fortbewegen konnte; es war stickig und roch nach modriger Erde. Als Richard das Ende der Treppe erreicht hatte, bemerkte er in der Finsternis vor sich einen schwachen Lichtschein. *Hab' ich dich!* dachte er und trat im gleichen Moment gegen die Blechschüssel, die auch Hannes zum Verhängnis geworden war. Mit einem Fluch rannte er auf das Licht zu und sah gerade noch, wie der Junge hastig eine Kerze löschte, ehe er im angrenzenden Keller verschwand.

»Bleib stehen!« rief Richard und versuchte vergeblich, sich in der Dunkelheit zu orientieren. Aber solange Hannes kein Licht machte, würde der auch nichts sehen, und bei dem ganzen Unrat, der herumlag, ließ es sich gar nicht vermeiden, beim Weitergehen irgendwelche Geräusche zu verursachen. Doch sosehr Richard auch horchte, es blieb still. Er zog eins von drei Zündhölzern hervor, die er bei sich trug, und entflammte es. Die Kerze stand nur wenige Meter von ihm entfernt. Er nahm sie, zündete sie an und setzte die Verfolgung fort.

Durch eine schmale Tür gelangte er in einen Nachbarkeller und von dort in einen Gewölbegang. Es war feucht, und von der Steindecke tropfte Wasser herab. Richard hatte das Gefühl, immer tiefer in den Untergrund zu gehen, aber wo kam dann der Lichtschein her, den er am anderen Ende des Ganges schimmern sah? Er lief darauf zu und fand sich in einem großen, hohen Raum wieder, dessen Decke zum Teil heruntergestürzt war. Durch das entstandene Loch fiel gerade so viel Licht, daß er erkennen konnte, wie eine Gestalt mit seltsam unförmigem Bauch und dunklen Haaren den Schuttberg hinaufkletterte, der sich unterhalb des Durchbruchs auftürmte. »Bleib sofort stehen, Hannes!« schrie er. Als der Junge seine Aufforderung ignorierte, ließ Richard die

Kerze fallen und rannte auf den Steinhaufen zu. Unter seinem Gewicht gerieten die lose aufeinanderliegenden Trümmer ins Rutschen, und er mußte sich mit den Händen abstützen, um das Gleichgewicht nicht zu verlieren. Hannes hatte inzwischen die höchste Stelle erreicht und wollte sich am Rand des Abbruchs hochziehen, aber seine Hände fanden keinen Halt an dem brüchigen Gestein.

»Laß los!« brüllte Richard und zog ihm die Beine weg. Hannes schrie auf, und als Richard unwillkürlich seinen Griff lockerte, befreite sich der Junge und rutschte den Steinhaufen hinunter. Doch bevor er erneut in der Dunkelheit untertauchen konnte, bekam Richard ihn an der Jacke zu fassen. Wortlos und wild schlug der Vigilant um sich und versuchte verzweifelt, seinen zerschlissenen Rock und damit seinen Verfolger abzuschütteln, aber diesmal ließ sich Richard nicht täuschen. Hart faßte er in Hannes' Mähne – und hielt sie in der Hand! Hannes riß sich los und verschwand in einem Seitenkeller. »Du verfluchter Bengel! Ich kriege dich, und wenn wir den ganzen Tag Verstecken spielen!« rief Richard zornig und rannte ihm hinterher.

In dem Raum, in den sich Hannes geflüchtet hatte, war es stockfinster, aber Richard hörte ihn atmen und lief direkt auf das Geräusch zu. Wie beabsichtigt prallte er mit dem Vigilanten zusammen. Er hörte lautes Poltern, das von einem spitzen Schrei begleitet wurde, einen dumpfen Aufprall – und dann nichts mehr.

Schlagartig fiel ihm ein, daß es in manchen Häusern zwei Kellergeschosse übereinander gab, und ihm wurde kalt vor Schreck. Er kniete sich hin, kroch vorsichtig vorwärts, und seine ausgestreckte Hand griff ins Leere. »Hannes? Hannes, sag doch was!« rief er in die Dunkelheit hinab, aber der Junge antwortete nicht. Er gab nicht einmal ein Stöhnen von sich.

Schwerfällig stand Richard auf. *Mitleid ist wie ein Strudel. Wenn du hineingerätst, wirst du unweigerlich nach unten gezogen. Es zählt das Ziel, nicht der Weg, mein Junge.* »Nein, Vater!« schrie er, und seine Worte hallten unheimlich in den dunklen Steingängen wider. Mit zitternden Händen entzündete er ein zweites Zündholz und hielt es über die Öffnung. Das Flämmchen brannte nur kurz, aber lange genug, um zu sehen, daß eine morsche Holzstiege in die Tiefe führte, aus der ein Teil des Geländers herausgebrochen war. Zwischen Hoffnung und Angst schwankend, kletterte er vorsichtig Stufe für Stufe nach unten.

Hannes lag unmittelbar neben der Treppe. Er rührte sich nicht. Kurzentschlossen riß Richard das letzte Streichholz an, und was er sah, ließ ihn erstarren.

12

Mag die Sache anfangs noch so verzweifelt aussehen und muß man auch zu ganz unsicheren und abentheuerlichen Vermuthungen seine Zuflucht nehmen, der Beamte fange nur an überhaupt erst in einer Sache thätig zu sein, der Erfolg trifft zuweilen ganz unerwartet ein.

―◆―

Victoria spürte, wie ihr jemand etwas Kaltes auf die Stirn legte. Verwirrt schlug sie die Augen auf und blickte direkt in die braunen Augen von Richard Biddling, der neben ihr kniete und ihr vorsichtig mit einem feuchten Tuch über das Gesicht fuhr. Wo war sie? Was war geschehen? Plötzlich kehrte die Erinnerung zurück und mit ihr der Schmerz. Stöhnend griff sie sich an den Kopf und wollte sich aufsetzen, aber Richard drückte sie sanft zurück. »Sie hätten sich mit Ihrem dummen Versteckspiel das Genick brechen können!« sagte er vorwurfsvoll.

Jetzt ist alles aus, dachte sie. *Ein für alle Mal.* Aber es war ihre eigene Schuld. Sie hätte Hannes nicht ins Spiel bringen dürfen. Nicht bei Emilie Hehl. Sie hatte die Hartnäckigkeit Biddlings unterschätzt, und das war ein Fehler gewesen. Ein unverzeihlicher Fehler, der statt des Jägers den Hasen in den Brunnen hatte fallen lassen. Victoria zwang sich ein Lächeln ins Gesicht, obwohl sie vor Schmerzen kaum atmen konnte. »Ich fühle mich, als sei ein Brauereiwagen über mich drüber gefahren«, sagte sie und unterdrückte den Drang, einfach loszuheulen. Diese Genugtuung wollte sie ihm nicht auch noch gönnen. Sie betrachtete ihre verschrammten Hände und tastete vorsichtig über ihre Stirn, die wie Feuer brannte.

»Es ist nur eine harmlose Platzwunde«, sagte Richard. »Sie können von Glück reden, daß Sie vor dem Sturz die Brille verloren haben!«

»Danke für den Trost«, erwiderte sie sarkastisch, biß die Zähne zusammen und versuchte erneut, sich aufzurichten. Es war nicht auszumachen, welche Stelle ihres Körpers am meisten weh tat, aber sie wollte nicht länger wie ein hilfloser Käfer vor ihm liegen.

»Sie sind wirklich die Sturheit in Person!« Kopfschüttelnd half Richard ihr beim Aufstehen.

Erst jetzt merkte Victoria, daß sie in dem Hofgang hinter dem Haus waren. »Haben Sie mich etwa...«

»Ja, ich habe!« fiel er ihr ins Wort. »Da Sie zum Laufen nicht in der Lage waren, mußte ich Sie wohl oder übel aus dem Kellerloch herauftragen. Außerdem habe ich mir erlaubt, Ihr blutendes Knie zu verbinden und Ihren hübschen Seidenkissenbauch als Unterlage und Ihr blütenweißes Taschentüchlein als Waschlappen zu mißbrauchen.« Er grinste. »Sollte ich Sie dadurch irgendwie in Ihrer Ehre gekränkt haben, gnädiges Fräulein, so entschuldige ich mich hiermit in aller Form.«

»Sie sind der unverschämteste Mensch, den ich kenne, Herr Biddling«, entgegnete sie wütend.

»Sie wiederholen sich, Fräulein Könitz.« Er sah sie mit einem Blick an, den sie nicht deuten konnte. Der besorgte Ausdruck in seinen müden Augen paßte überhaupt nicht zu seinem sarkastischen Tonfall, und Victoria hätte zu gern gewußt, was ihm gerade durch den Kopf ging. Sie versuchte, einige Schritte auf einen kleinen Mauervorsprung zuzugehen, um sich zu setzen, aber ihre Beine wollten ihr nicht gehorchen, und sie mußte es sich gefallen lassen, daß Richard sie stützte.

Er setzte sich neben sie. »Warum?« fragte er.

Victoria senkte den Kopf und schwieg. Kommissar Biddling war wirklich der letzte Mensch, mit dem sie über ihre Geheimnisse und Sehnsüchte und über die faszinierende Welt sprechen wollte, in der Hannes zu Hause war. Was würde er jetzt mit ihr tun? Sie in diesem Aufzug ihren Eltern übergeben und ihnen alles verraten? Beim bloßen Gedanken daran brach ihr der Schweiß aus. Ihre Mutter würde sie keinen Schritt mehr unbewacht aus dem Haus gehen lassen, und ihr Vater würde noch unerbittlicher darauf drängen, sie schnellstmöglich zu verheiraten. Und außerdem würde er Louise hinauswerfen.

»Wenn Sie nicht mit mir reden möchten, Fräulein Könitz, dann werde ich jetzt eine Droschke kommen lassen und Sie nach Hause bringen«, sagte Richard Biddling und stand auf.

»Nein!«

»Soll ich Sie statt dessen lieber ins Gefängnis sperren?«
»Nein«, flüsterte sie. Sie fühlte sich gedemütigt, aber was half ihr das? Dieses Spiel hatte sie verloren, und wenn sie nicht auch alles andere verlieren wollte, mußte sie dem Sieger wohl oder übel Tribut zollen. »Was wollen Sie von mir wissen?« fragte sie unsicher.

»Alles!« entgegnete Richard und setzte sich wieder neben sie. »Alles über Louise und Emilie, die Gründe für Ihre absurde Verkleidungskomödie und...«, er zögerte kurz, »noch so einiges andere über die Familien Könitz.«

Victoria versuchte, ihrer Stimme einen festen Klang zu geben. »Gut. Ich erzähle Ihnen, was ich weiß. Aber nur unter zwei Bedingungen.«

»Und die wären?«

»Erstens: Sie verraten meinen Eltern nichts von Louises Mutterschaft und zweitens: Sie schweigen über Hannes.«

Richards Blick wanderte über ihr schmerzverzerrtes Gesicht, ihre staubigen Kleider und ihr blutendes Knie. Wie ein Häuflein Elend hockte sie da, aber statt zu jammern, stellte sie Forderungen! Er war hin und her gerissen zwischen Argwohn und – wie sollte er es nennen? Mitgefühl? Bewunderung? »Sie müssen zu einem Arzt«, sagte er.

»Das lassen Sie nur meine Sorge sein, Herr Kommissar.« Vorsichtig wischte sich Victoria den Schweiß von der Stirn, der in der Wunde brannte. »Im Keller, wo die Kerze war, steht ein Schrank. Darin finden Sie einen Koffer mit meinen Kleidern. Würden Sie ihn mir bitte holen?««

»Wenn Sie mir versprechen, derweil nicht wegzulaufen, gnädiges Fräulein.« Als Richard kurz darauf mit dem Koffer zurückkam, fand er Victoria schweißüberströmt im Torbogen zur Straße. Er sah sie zornig an. »Ihnen sollte man nicht mal glauben, daß Wasser naß ist!«

»Ich wollte nur...« Der Schmerz in ihrer Brust nahm ihr den Atem. Sie lehnte sich gegen die Wand.

Richard stellte den Koffer ab und faßte sie mit einer Behutsamkeit am Arm, die sie erstaunte. »Ich denke, ich bringe Sie am besten zu Ihrem Onkel. Der ist doch Arzt, nicht wahr?«

»Nein, bitte nicht!«

»Aber warum denn nicht?«

»Weil ich es nicht will!«

Selbst in dem schattigen Torgang konnte Richard die Angst in ihrem blassen Gesicht erkennen. Ohne, daß er lange darüber nachdachte, strich er ihr übers Haar und fragte freundlich: »Was ist eigentlich los mit Ihnen?«

Victoria schluckte. In ihrem Hals steckte ein dicker Kloß, der ihr das Sprechen verbot. Der Tag hatte so vielversprechend begonnen – bis Eduard sie im Stich ließ. *Am Sonntag habe ich Zeit für dich, Prinzessin.* Nichts als Lüge! Die Männer waren doch alle gleich! Sogar Louise hatte Geheimnisse vor ihr, und ihre kleine Freiheit namens Hannes war jetzt auch gestorben. Das war das Schlimmste von allem.

Das Gesicht des Kommissars verschwamm vor ihren Augen, und Wut, Schmerz und Enttäuschung brachen in einem Sturzbach hervor, gegen den sie machtlos war. Mit einer unsicheren Geste legte Richard Biddling seine Arme um sie, und Victoria lehnte sich an seine Schulter und dachte an nichts mehr, während sie sein Jackett naßweinte. Als sie sich wieder beruhigt hatte, sagte er leise: »Ich besorge uns jetzt eine Droschke, und Sie sagen mir, wohin ich Sie bringen soll. Einverstanden?«

»Ich würde mich gerne waschen und umziehen, ehe ich nach Hause gehe, Herr Kommissar.«

Richard überlegte kurz, dann fiel ihm Frau Müller ein. »Meine Vermieterin... sie ist eine nette Dame und verschwiegen dazu.«

»Eine Frau in meinem Aufzug wird sie trotz aller Nettigkeit kaum ungefragt in ihr Haus lassen«, wandte Victoria ein.

Er nickte zögernd. »Da könnten Sie recht haben.«

Victoria deutete in den Hof. »Wenn Sie mir etwas Wasser aus dem Brunnen holen und meinen Koffer in den kleinen Unterstand neben der Stadtmauer tragen würden, könnte ich mich dort ankleiden.«

»Bei allem Respekt, Fräulein Könitz, aber Sie haben nicht im Ernst vor, sich jetzt in ein Kleid samt Korsett zu zwängen?«

»Doch, Herr Kommissar. Genau das beabsichtige ich.«

»Und wie gedenken Sie, Ihre Blessuren zu Hause plausibel zu erklären?«

»Das regele ich schon irgendwie. Und wenn Sie meine Bedingungen akzeptieren, verspreche ich Ihnen, daß ich alles sage, was ich über Emilie und Louise weiß.«

»Einverstanden. Aber wenn sich herausstellen sollte, daß

Ihre Zofe oder sogar Sie selbst mit dem Verschwinden von Emilie irgend etwas zu tun haben, werde ich ...«

»Das ist ja nicht zu glauben!« rief Victoria böse und ärgerte sich, daß sie sich beinahe von ihm hatte einwickeln lassen. Er traute ihr nicht, und seine überraschende Freundlichkeit war nichts als wohlüberlegtes Kalkül. Hatte sie etwas anderes erwartet? »Ich schaffe es alleine!« sagte sie unwirsch, als er ihr seinen Arm als Stütze bot.

»Ich hindere Sie nicht daran, gnädiges Fräulein.« Richard nahm den Koffer und ging in den Hof, ohne sich weiter um sie zu kümmern. Er holte den Blechnapf aus dem Keller, pumpte Wasser hinein und trug ihn zusammen mit dem Koffer in den Verschlag. Als er zurückkam, hatte Victoria nicht einmal die Hälfte des Weges geschafft. Er schüttelte den Kopf. »Sie würden wohl eher sterben, als mich um Hilfe zu bitten, was?« Sie war zu erschöpft, um zu antworten, und ließ sich ohne Widerworte von ihm in den Unterstand bringen. »Ich warte draußen an der Mauer auf Sie«, sagte er, und sie nickte stumm.

Einige Augenblicke blieb Victoria reglos stehen. Als sich ihre Augen an das Dämmerlicht gewöhnt hatten, hinkte sie zu der Holzbank, auf der Richard Biddling die Wasserschüssel und ihren Koffer abgestellt hatte. Mühsam zog sie die alten Kleider aus und wusch sich den Schmutz aus dem Gesicht und von den Händen. Jede noch so kleine Bewegung tat weh, aber das war alles nichts gegen die Schmerzen, die ihre Brust durchfuhren, als sie versuchte, das Korsett zu schließen. Ihr wurde übel und schwindlig, und sie schaffte es gerade noch, sich an den rauhen Bohlen der Hüttenwand abzufangen.

»Ist alles in Ordnung bei Ihnen?« erkundigte sich Richard von draußen.

»Ja, ja«, rief Victoria hastig zurück. »Ich bin gleich fertig.« Sie wollte in ordentlichem Zustand zu Hause ankommen, und dazu mußte sie ihr Kleid anziehen, koste es, was es wolle. Sie riß sich zusammen, warf die Sachen von Hannes in den Koffer, bückte sich, zog ihre Halbstiefel an und knöpfte sie zu. Dann richtete sie sich auf, hielt den Atem an und biß die Lippen aufeinander, bis es schmerzte.

Mit einem Ruck zwängte sie das Korsett zu und legte die Turnüre an. Als sie das Kleid überstreifte und nach den Handschuhen griff, zitterte sie am ganzen Körper. Mit letzter Kraft frisierte sie ihr Haar, steckte es mit dem abgeschnittenen Zopf zu einem Knoten, setzte den mit einem Vogelbalg verzierten Hut auf und holte einen Handspiegel aus dem Koffer. Obwohl sie ihren Pony tief in die Stirn gekämmt hatte, schimmerte eine große Beule darunter hervor. Aber wofür hatte sie schließlich einen Sonnenschirm! Sie nahm das ungeliebte Utensil in die eine, den Koffer in die andere Hand und humpelte zum Ausgang.

Richard Biddling stand vor dem Mauervorsprung und klopfte sich den Kellerstaub aus dem Anzug. Neben ihm lag die Perücke von Hannes. Als er Victoria aus dem Unterstand kommen sah, lief er zu ihr hin und nahm ihr den Koffer ab. »Was haben Sie mit Ihrer Lippe gemacht?« fragte er.

»Wieso?«

»Sie blutet.«

Victoria wischte das Blut weg. »Ich wäre Ihnen dankbar, wenn Sie mir jetzt eine Droschke bestellen würden.«

Richard sah sie kopfschüttelnd an. »Meinen Sie nicht, daß Sie Ihre Tapferkeit etwas übertreiben?« Als sie schwieg, setzte er hinzu: »Es gefällt mir nicht, Sie alleinzulassen. Man weiß nie, was sich hier für Gesindel herumtreibt.«

Victoria grinste gequält. »Das sind harmlose Gesellen. Ein paar obdachlose Lumpensammler. Ich habe...«

»... schon mit ihnen gefrühstückt, was?«

»Ich nicht, aber Hannes.« Sie sah ihn verächtlich an. »Sie wollen mir doch nicht etwa weismachen, daß Sie sich um mich sorgen, Herr Biddling?«

»Was denken Sie von mir? Daß ich ein Unmensch bin und Sie hier stehen lasse?« rief er wütend.

Sie lächelte kalt. »Das tun Sie schon deshalb nicht, weil ich Ihnen Informationen über Emilie versprochen habe.«

»Ich bin fasziniert, wie gut Sie mich durchschauen, gnädiges Fräulein!« Am liebsten hätte er sie tatsächlich einfach stehenlassen. Sollte sie doch sehen, wie weit sie mit ihrer gottverdammten Sturheit kam! Wortlos nahm er ihren Koffer und ging zum Ausgang.

»Das *gnädige Fräulein* können Sie sich übrigens sparen«, keuchte Victoria hinter ihm, aber Richard dachte nicht daran, die Unterhaltung fortzusetzen. Als sie im Torgang an der Treppe angekommen waren, stellte er den Koffer ab und sagte knapp: »Sie warten hier. Ich hole einen Wagen.« Ohne sie eines weiteren Blickes zu würdigen, lief er auf die Straße hinaus. Victoria schaute ihm verwirrt hinterher. Sie hatte ihn mit ihren Worten doch nicht etwa verletzt? Ach was! Er wollte Informationen von ihr. Sie wollte, daß er ihr Geheimnis für sich behielt. Es war eine Abmachung, die nichts mit irgendwelchen Gefühlen zu tun hatte. Förmliche Freundlichkeit auf beiden Seiten, nichts sonst. Sie seufzte. Wie sollte sie diese vertrackte Sache bloß ihren Eltern erklären? Doch halt: Sie war eine Treppe hinuntergestürzt, na und? Das konnte überall passieren. Vornehme Damen pflegten bei den unmöglichsten Gelegenheiten in Ohnmacht zu fallen, und eine vornehme Dame sollte sie ja sein. Sie mußte es nur irgendwie schaffen, ungesehen ins Haus zu kommen.

Entschlossen raffte Victoria ihr Kleid nach oben, entfernte die Binde von ihrem rechten Knie und warf sie hinter sich in eine dunkle Nische neben der Treppe. Die Wunde brach wieder auf, und das Blut besudelte ihre Strümpfe, doch es kümmerte sie nicht im geringsten.

Es war erstaunlich, wie schnell es Richard Biddling gelungen war, eine Mietdroschke aufzutreiben. Er ließ sie direkt vor dem Torgang halten und half Victoria beim Einsteigen. Sie bat ihn, den Koffer mit Hannes' Sachen vorläufig für sie aufzubewahren. Richard lachte. »Haben Sie es denn immer noch nicht begriffen, liebes Fräulein Könitz? Hannes gibt es nicht mehr. Und deshalb braucht er auch nichts mehr zum Anziehen.« Er drückte dem Kutscher Geld in die Hand. »Für die Fahrt zum Untermainquai und dafür, daß Sie keine Fragen stellen.«

Der Mann nickte, und Richard wartete vor dem Tor, bis der Wagen abgefahren war. Dann ging er in den Hof zurück, um die Perücke und das Kissen zu holen. Als er den Koffer öffnete, um die Sachen hineinzulegen, fand er unter den alten Kleidern Victorias besticktem Zierbeutel. Neugierig öffnete er ihn und zog die beiden Briefe heraus. Er zögerte kurz, dann begann er, sie zu lesen.

»Wollen Sie verreisen, Herr Kommissar?« fragte Heiner erstaunt, als er Richard die Tür öffnete. »Woher wissen Sie überhaupt, wo ich wohne?«

»Erstens: nein. Zweitens: Ich bin Kriminalist, Braun. Und drittens habe ich Ihnen eine kleine Neuigkeit mitzuteilen.«

Heiner zuckte mit den Schultern. »Na, dann kommen Sie herein.«

Richard folgte seinem Kollegen über abgetretene Sandsteinstufen in einen schmalen Durchgang zu einem Innenhof, in dem eine primitiv konstruierte Bude stand, von der ein derart penetranter Geruch ausging, daß es nicht schwerfiel, ihre Bestimmung zu erraten. Über eine Treppe, die so eng war, daß Richard Mühe hatte, mit seinem Koffer nicht anzustoßen, ging es vier Stockwerke nach oben in einen winzigen Flur und von dort in eine etwa zwölf Quadratmeter große Stube, die mit einem verschlissenen, plüschbezogenen Kanapee, zwei nußbaumpolierten Rohrstühlen, einem alten Tisch, einem wuchtigen Bett und einer altertümlichen Holztruhe zugestellt war.

»Am besten gehen wir raus aufs Belvederche«, schlug Heiner vor, als er Richards irritierten Blick bemerkte. »Ihren Koffer können Sie aufs Bett stellen.«

»Das ist nicht meiner, und ich bin gespannt, was Sie sagen werden, wenn ich Ihnen verrate, wem er gehört.« Richard runzelte die Stirn. »Aber vorher verraten Sie mir bitte, was ein Belvedingsda ist!«

Heiner zog einen zimmerhohen, dunkelblauen Vorhang zurück, hinter dem sich eine Tür verbarg. Er öffnete sie und verschwand nach draußen. Als Richard ihm neugierig folgte, fand er sich plötzlich zwischen den Schornsteinen, Giebeln und Schieferdächern von Alt-Frankfurt wieder. Vorsichtig ging er über den mit Brettern belegten Boden einer nur wenige Quadratmeter großen Plattform und blickte über ein angerostetes, von orange und gelb blühender Kapuzinerkresse umranktes Eisengitter in die Tiefe. Staunend betrachtete er das Meer aus bunten Dachknäufen, eckigen und runden Türmchen, Wetterfahnen und üppig bewachsenen Altanen, auf denen sich Feuerbohnen und Weinranken an Schnüren und Latten emporschlängelten und schattige Lauben bildeten, aus denen hier und dort Kinderlachen tönte.

»Das ist ja eine ganz eigene Welt hier oben!« rief er verblüfft.

Heiner Braun lächelte. »Darf ich Ihnen auf einem *echte Frankforter Belvederche* einen *echte Frankforter Äppelwoi* einschenken, Herr Kommissar?«

Richard trat von dem Geländer zurück und setzte sich vorsichtig auf einen klapprigen Holzstuhl neben seinen Kollegen. Mißtrauisch spähte er durch die Bretterritzen nach unten. Die

Konstruktion sah nicht besonders vertrauenserweckend aus. Heiner lachte. »Keine Sorge, das hält schon seit Generationen, und da wird es nicht ausgerechnet jetzt einstürzen wollen!«

»Merkwürdig, daß man von der Straße aus gar nichts von dem Leben hier oben bemerkt«, sagte Richard.

»Das alte Frankfurt steckt eben voller Rätsel, Herr Kommissar! Schließlich wurde es auch nicht auf dem Reißbrett entworfen wie die noblen Häuser draußen im Fischerfeld oder die nüchternen Mietblöcke in der Neustadt. Hier wurde jahrhundertelang nur nach den Gesetzen von Bedürfnis und Lebensfreude gebaut, und jedes einzelne dieser alten Häuser hat sein kleines Geheimnis – und einen eigenen Namen: Zur alten Rose, Zur blauen Traube, Zur Rapunzel, Zur bunten Kirsche, Zur wilden Frau, Zum grünen Käse ... Und alle haben sie eine Geschichte.«

Richard grinste. »Na, rücken Sie schon heraus damit, was die Legende dazu sagt!«

»Sie vereimern mich«, versetzte Heiner gespielt beleidigt. Er seufzte. »Wenn es nach unseren modernen Baumeistern ginge, hätte die Legende überhaupt nichts mehr zu sagen, denn nach deren Meinung gibt es nichts Geschmackloseres als Überhänge, Erker und jegliche Dachneigung über dem rechten Winkel, und sie täten nichts lieber, als die gesamte Frankfurter Altstadt schnellstmöglich dem Erdboden gleichzumachen.«

»Nun ja, sie sind tatsächlich ziemlich düster und verbaut, Ihre geschichtenträchtigen Altstadthäuser.« Richard fuhr sich mit der Zunge über seine ausgetrockneten Lippen. »So ein kleines Schlückchen von Ihrem *Äppelwoi* könnte ich jetzt wohl vertragen.«

Heiner stand auf und verschwand in der Stube. Wenig später kehrte er mit einem Krug und zwei gerippten Gläsern zurück. Er schenkte aus und schob Richard eines der Gläser zu. Vom vielen Herumlaufen in der prallen Sonne war sein Hals völlig ausgedörrt. Durstig trank er einen großen Schluck und verzog angewidert das Gesicht. »Das zieht einem ja die Löcher in den Strümpfen zu!« rief er entsetzt.

Heiner Braun brach in schallendes Gelächter aus. »Ich hätte es wissen müssen, daß ein Preuße das Frankfurter Nationalgetränk nicht zu würdigen weiß! Aber ich verspreche Ihnen: Nach dem zehnten Schoppen werden Sie begeistert sein.«

Richard beäugte mißtrauisch den goldgelben Inhalt seines

Glases und schüttelte sich. »Das Zeug haben die Sachsenhäuser früher wohl ihren Feinden eingeflößt, um sie in die Flucht zu schlagen!«

»Apropos Sachsenhäuser. Ich habe gestern abend Oskar Straube getroffen«, sagte Heiner, noch immer lachend.

»Lassen Sie mich raten: in einer Apfelweinschenke!«

»Wo sonst? Er hat eine Rate seiner Schulden abbezahlt und dabei erzählt, daß ihm wieder eingefallen ist, was an jenem Abend auf der Mainbrücke geschah, als er Emilies Amulett fand.«

»Ach ja?« Richard guckte so säuerlich wie das Getränk in seinem Glas.

»Er sagte, daß er sich mit einem Mann geprügelt hat. Direkt unter dem *Brickegickel*. Und dieser Mann trug einen Bart und einen langen Mantel.«

»Und was noch?«

»Sie erinnern sich an das Gasleuchten-Sparexperiment unseres Bürgermeisters am Wäldchestag? Es war stockduster. Mehr konnte Oskar beim besten Willen nicht erkennen.«

»Also sind wir so schlau wie vorher.« Richard betrachtete unschlüssig sein Apfelweinglas. »Was anderes für meine durstige Kehle haben Sie nicht zufällig, Kollege?«

»Nur Wasser, Herr Kommissar«, sagte Heiner belustigt.

»Was heißt hier *nur*? Her damit!«

»Um noch mal auf Oskar zurückzukommen...«, setzte Heiner Braun an, als er kurz darauf mit einem Becher zurückkehrte, aber Richard fiel ihm ungeduldig ins Wort.

»Vergessen Sie doch endlich diesen Fischkopp mit seinen Lügengeschichten. Ich habe etwas viel Interessanteres für Sie!« Er nahm den Becher entgegen und leerte ihn in einem Zug, ehe er weitersprach. »Wem, glauben Sie, gehört der Koffer da drin?«

Heiner zuckte mit den Achseln. »Keine Ahnung.«

»Ich werde Ihnen ein wenig auf die Sprünge helfen.« Richard stand auf, holte das Gepäckstück herbei, öffnete es und zog Hannes' Perücke heraus.

Heiner wurde blaß. »Woher haben Sie...?«

»Woher? Fragen Sie lieber, von wem!« Richard grinste. »Unser Hannes ist eine Hanna und heißt mit Nachnamen Könitz, wenn Sie verstehen, was ich meine.«

»Sie hat doch versprochen...« Heiner brach mitten im Satz ab, aber Richard hatte bereits verstanden, und sein Gesicht nahm eine tiefrote Färbung an, als er losbrüllte: »Verdammt noch mal, Braun! Sie haben es die ganze Zeit über gewußt!« Wütend warf er die Perücke zurück in den Koffer und sprang so heftig auf, daß sein Stuhl nach hinten gegen die Wand kippte.

»Ja«, gestand Heiner kleinlaut. »Ich wußte es. Aber ...«

»Und ich Rindvieh habe geglaubt ...«

»Geben Sie mir die Chance, die ganze Geschichte zu erzählen, Herr Kommissar?« unterbrach ihn Heiner ruhig.

»Nein! Ich habe keine Lust mehr auf Ihre Märchen, Braun!« *Jedem Menschen, dem du Vertrauen schenkst, drückst du ein Schwert in die Hand, mit dem er dich verletzen oder vernichten kann! Vergiß das nie, mein Junge.*

»Es war die Art, wie sie sprach und der Ausdruck in ihren Augen, was mich stutzig machte«, sagte Heiner. »Um Fräulein Könitz' willen hielt ich es für besser, die Sache einfach zu vergessen.«

»Sie haben mich belogen und hintergangen, Braun!« Richards Stimme klang bitter.

»Nein, das habe ich nicht«, entgegnete Heiner freundlich. »Und das wissen Sie auch. Vielleicht erinnern Sie sich? Ich habe von Anfang an gesagt, daß ich Ihre Idee, Hannes zu enttarnen, nicht besonders gut fand.«

»Sie haben den Kerl gedeckt!«

»Der Kerl ist eine Dame, wie Sie ja herausgefunden haben, und ich wollte lediglich verhindern, daß Sie in Ihrem Zorn gegen alles, was Könitz heißt, eine Dummheit begehen.«

»Was erlauben Sie sich, mich zu maßregeln!« Richard stellte den Koffer mit einem harten Ruck auf den Boden, stützte sich mit beiden Händen auf dem Tisch ab und sah seinen Untergebenen mit einem strafenden Blick an. »Rumpff hat recht. Sie gehören ans Ende der Welt versetzt!«

»Was haben Sie mit ihr gemacht?«

Richard ärgerte sich über die Besorgnis in Heiners Stimme. »Was wollen Sie hören? Daß ich sie in ein Weinfaß gesteckt und im Main versenkt habe? Vielleicht habe ich mir auch vorher einen Mantel übergezogen und mich auf der Alten Brücke mit Fischkopp-Oskar geprügelt? Immerhin steckt diese Stadt voller Rätsel, wie Sie vorhin so schön bemerkten.«

»Ich finde das nicht besonders lustig, Herr Kommissar.« In Heiners grauen Augen lag ein bekümmerter Ausdruck. »Fräulein

Könitz hatte keine böse Absicht. Sie ist offenbar ziemlich einsam, und...«

»... und Fischkopp-Oskar hatte auch keine böse Absicht, und Eduard Könitz ist der einsamste Mensch der Welt, und Louise Kübler wollte mit ihrer Tochter nur mal eben im Main baden, wobei sich Emilie zufällig verschwommen hat!« rief Richard zornig. »Wie ich Ihre Brave-Leute-Theorien hasse!«

»Und Ihr Vater war ein Kriminalbeamter ohne jeden Fehl und Tadel, den das häßliche Frankfurter Volk in den Tod getrieben hat, während es einen Mörder unbehelligt laufen ließ«, erwiderte Heiner bissig. »Gott wohnt im Himmel, Herr Kommissar.«

»Sie... Sie können mich mal!« Richard fehlten die Worte, und er konnte sich selbst nicht erklären, warum er nicht längst gegangen war. Braun hatte kein Recht, in diesem Ton mit ihm zu reden. Genausowenig wie Victoria Könitz das Recht hatte, irgendwelche Forderungen an ihn zu stellen. Ein kleines Gespräch mit Victorias Eltern, ein kurzer Bericht über Heiner Brauns Benehmen an Dr. Rumpff und beide wären erledigt. Warum tat er es nicht? *Ich will Eduard Könitz sterben sehen, und ich brauche Informationen, Beweise. Egal wie, egal woher.* Richard wußte, daß es das allein nicht war, und es gefiel ihm nicht. Er war nicht in diese Stadt gekommen, um Freundschaften zu schließen. Und was Victoria Könitz anging... Nein, lieber nicht darüber nachdenken!

»Was haben Sie mit ihr gemacht?« fragte Heiner noch einmal.

»Wir haben uns ein kleines Wettrennen durch die Häuser in der Judengasse beziehungsweise durch die Keller derselben geliefert, das mit Fräulein Könitz' freiem Fall ins zweite Untergeschoß endete«, gab Richard kaltschnäuzig zur Antwort und lachte höhnisch, als er Heiners verstörtes Gesicht sah. »Keine Angst, Ihre teure Vigilantin weilt noch unter den Lebenden. Allerdings sieht sie etwas lädiert aus.« Er griff in sein Jackett und zog den Brief heraus, den er unter Heiners Bürotür gefunden hatte. »Hier – ein letzter Gruß von Hannes; an Sie persönlich adressiert!« Mit einer verächtlichen Handbewegung ließ er das verschlossene Kuvert auf den Tisch fallen, nahm den Koffer und ging zur Tür.

»Herr Kommissar?«

Richard blieb stehen. »Was denn noch, Braun?«

»Interessiert es Sie gar nicht, was drinsteht?«

»Nein«, log Richard und sah zu, wie sein Kollege den Umschlag öffnete und ein zusammengefaltetes, leicht verknittertes Blatt hervorzog.

Es war ein lieblos herausgerissener Zeitungsartikel, und ein Blick auf die Überschrift genügte Heiner, um zu begreifen, warum Hannes ihm diese Nachricht hatte zukommen lassen. »Ich glaube, unsere Suche nach Emilie Hehl ist zu Ende, Herr Kommissar«, sagte er freundlich und reichte Richard das Papier.

13

> Vorzugsweise eignen sich die prostituirten Dirnen dazu, die Geheimnisse der Verbrecherwelt auszuforschen. Die Verbrecher fühlen sich zu diesen namentlich hingezogen und verleugnen im Umgange mit ihnen nicht selten die Vorsicht, die sie sonst gegen Jedermann beobachten, wobei den prostituirten Weibern in der Regel noch eine feine Beobachtungsgabe und ein gesundes Urtheil zu Statten kommen.

»Na, wie geht's meiner kleinen Prinzessin heute?« Mit einem breiten Grinsen ließ sich Eduard auf den Stuhl fallen, der neben Victorias Liege in dem rosenberankten Pavillon in Sophias Garten stand.

»Kleine Prinzessin, also bitte! Ich bin keine dreizehn mehr, lieber Cousin«, sagte sie und zupfte verlegen an ihrer Decke.

Eduard schüttelte den Kopf. »Eine Dame sollte sich einen besseren Platz aussuchen, um in Ohnmacht zu fallen, als ausgerechnet den obersten Absatz einer Marmortreppe. Du hättest tot sein können!«

»Na und? Wen hätte das schon groß gestört?« Victoria lächelte, aber in ihren Augen sah Eduard, daß es ihr ernst war. Er beugte sich über sie und streichelte ihre verbundenen Hände.

»Was redest du für einen Unsinn, Prinzessin! Da komme ich nach zehn langen Jahren nach Hause, und statt sich zu freuen, spricht meine Victoria vom Sterben.«

»Am Sonntag hast du ...«

»Ich gebe es ja zu: Es war unhöflich von mir, dir nicht Bescheid gegeben zu haben, daß ich wegmußte. Aber es war wirklich wichtig. Ich möchte so schnell wie möglich eine Arbeit finden, weißt du.«

»Doch nicht sonntags!«

»Sei mir nicht böse, aber von geschäftlichen Dingen verstehen Frauen nun mal nichts.«

»Wirst du mich als nächstes fragen, wann ich beabsichtige, zu heiraten, damit ich gesellschaftsfähig werde?«
Eduard zog seine Hand zurück. »Was ist denn los mit dir? Früher warst du ...«
»Früher hast du mich auch nicht behandelt wie eine Minderbemittelte, Eduard. Ich bin eine Frau, aber deshalb bin ich noch lange nicht blöd!«
»Habe ich das behauptet?« Eduard lehnte sich zurück und verschränkte die Arme hinter seinem Kopf. »Im Gegenteil. Wenn ich mich recht erinnere, warst du es, die immer als erste die Rätsel gelöst hat, die Großmama uns aufgab! Welchen Hut setzt man nicht auf?«
»... oben spitz, unten breit, durch und durch voll Süßigkeit!« ergänzte Victoria, und diesmal klang ihr Lachen echt.
»Oder erst diese verflixten Palindrome! Während Ernst und mir bestenfalls so geistreiche Wörter wie *aha* oder *stets* einfielen, streute unser Dreikäsehoch Victoria mir nichts, dir nichts Begriffe wie *Reliefpfeiler* oder sogar ganze Sätze in die Runde: Die Liebe ist Sieger – Rege ist sie bei Leid!« Eduard grinste. »Weißt du noch, wie wir uns deswegen gestritten haben?«
»Regeis tsi ebeil Eid!« rief Victoria und prustete los. »*Was für ein verdammter Eid?* hast du geschrien, und ich habe mich gefühlt wie ein König nach siegreich geschlagener Schlacht.«
»Worte waren eben noch nie meine Stärke. Außerdem hast du keine Ahnung, wie schmachvoll es für einen Jüngling ist, von einem kleinen Mädchen vorgeführt zu werden.«
»Ach, schau an! Dann war deine Piesackerei also nur verletzte Eitelkeit?«
»Du und Ernst, ihr konntet froh sein, daß ich mich mit euch Gemüse überhaupt abgegeben habe. Immerhin wart ihr noch naß hinter den Ohren, und ich schon fast ein Mann!«
»Mit besonderer Betonung auf *fast*, lieber Eddy.«
»Ich konstatiere, daß du immer noch so unverschämt frech bist wie damals.« Er zwinkerte ihr zu. »In der ganzen weiten Welt habe ich keine Frau getroffen, die dir diesbezüglich das Wasser hätte reichen können, Cousinchen!«
»Und ich habe selten einen Mann getroffen, der so herzerfrischend flunkert wie du, liebster Cousin«, versetzte Victoria gutgelaunt. Wie dumm von ihr, sich wegen des verpatzten Sonntagnachmittags so aufzuregen. Eduard war schließlich von jeher

für die unmöglichsten Überraschungen gut gewesen. *Ich darf mein Kleid nicht schmutzig machen, Eddy. Na gut, du Ferkelchen. Zieh das hier an. Aber wehe, du verrätst auch nur ein Sterbenswörtchen davon Tante Sophia!* Victoria kicherte, und Eduard rief mit gespielt bösem Blick: »Was fällt dir ein, dich über einen weitgereisten Mann lustig zu machen!«

»Nichts liegt mir ferner! Ich dachte nur gerade daran, wie ich zum ersten Mal Hosen trug. Sophia und Mama ahnen bis heute nichts davon.« Sie grinste. »Und weißt du, was ich besonders lustig fand, Eddy?«

»Mhm?«

»Wie du damals Claras häßliche Lieblingspuppe geköpft hast! Ich habe sie übrigens später im Main seebestattet und mich dabei mindestens so mutig gefühlt wie die verwegenen Räuber in Großmamas Gruselgeschichten.«

»Tatsächlich?« Eduard sah sie an, und Victoria spürte, daß seine blauen Augen nach all den Jahren immer noch eine eigentümliche Faszination auf sie ausübten. Es lag etwas Geheimnisvolles in ihnen und ein gleichzeitiger Ausdruck von Weichheit und Härte, der sie verwirrte. An dem Tag, als Ernst ihr seinen Schreibtisch geschenkt und nach Indien abgereist war, hatte sie aufgehört, ein Kind zu sein, und nie würde sie ihre zaghaften Schritte in die aufregende Zauberwelt der Gefühle vergessen, nie die schmerzende Erkenntnis, daß Liebe den Keim des Hasses in sich tragen kann, und nie ihre Wut auf diesen widerlichen Kommissar Dickert, der ihre Träume brutal zerstört hatte.

Victoria lächelte Eduard zu, und er lächelte zurück, und es war, als sei er niemals weggewesen. Sie begann zu sprechen, und wie das Wasser des Mains nach einem Gewitterregen rissen ihre Worte alles mit sich fort, ihre Verzweiflung und Einsamkeit ebenso wie das Gespinst aus Lügen und Heucheleien, mit denen sie sich trotz allem ihre kleinen Freiheiten erkämpft hatte. Es gab keine Geheimnisse mehr zwischen ihnen, und als sie anfing, die Geschichte von Hannes zu erzählen, brach Eduard in lautes Gelächter aus. Sie lachten, bis ihnen die Tränen aus den Augen liefen und Victoria sich nach Luft ringend die schmerzende Seite hielt. Sie konnte sich nicht daran erinnern, wann sie sich zuletzt so glücklich gefühlt hatte.

Kommissar Biddling hätte nicht ungelegener kommen können. »Ihre Tante hat mir gesagt, daß ich Sie hier finde, Fräulein

Könitz. Ich muß mit Ihnen sprechen«, sagte er steif und blieb abwartend vor dem Pavillon stehen. »Ich hoffe, ich störe nicht.«

»Ach was«, versetzte Eduard lässig und stand auf. »Wir haben uns nur ein paar nette Preußenwitze erzählt. Wenn ich Ihnen meinen Platz anbieten darf, Herr Kommissar? Ich wollte ohnehin gerade gehen.«

Biddlings Gesichtsausdruck ließ erkennen, daß er sich ärgerte, aber er verkniff sich eine passende Erwiderung. Die unausgesprochene Feindseligkeit zwischen den beiden Männern, die sich gegenseitig belauerten wie zwei Raubtiere vor dem entscheidenden tödlichen Sprung, machte Victoria angst.

»Laß dich nicht über den Tisch ziehen, Cousine!« Eduard lachte selbstgefällig, als er Richards verstimmte Miene sah. »Wir Frankfurter müssen schließlich zusammenhalten, nicht wahr?« Offensichtlich fand er Gefallen daran, Biddling zu kränken, und fast bereute es Victoria, ihm alles erzählt zu haben.

»Wirklich ein ausgesucht höflicher Mensch, Ihr Herr Cousin«, bemerkte Richard sarkastisch, als er gegangen war.

»Was wollen Sie von mir?« fragte Victoria ungehalten.

Richard nahm auf Eduards Stuhl Platz und stellte seine Aktenmappe neben sich auf den Boden. Seine Augen wanderten von Victorias bandagierten Händen zu der verschorften Wunde auf ihrer Stirn. »Auf der Eingangstreppe in Ohnmacht gefallen, soso. Und das hat man Ihnen ohne weiteres geglaubt?«

»Warum nicht?« entgegnete sie unbekümmert. »Als Onkel Konrad Papa erzählte, daß ich mir nur eine Rippenprellung, Blutergüsse und oberflächliche Schrammen zugezogen habe, waren alle sehr erleichtert. Ich werde bis zu meiner Genesung hierbleiben, damit Onkelchen mich unter ärztlicher Kontrolle hat.«

»Das mit der Kontrolle ist gar keine schlechte Idee.«

Victoria warf ihm einen ärgerlichen Blick zu. »Sagen Sie endlich, was Sie von mir wollen. Ich bin müde.«

Richard griff in seine rechte Jackentasche, zog den zerknitterten Zeitungsausschnitt aus dem Weilbacher Provinzblatt hervor und hielt ihn ihr vor die Nase.

»Und?« fragte Victoria provozierend.

»Wo haben Sie das her?« entgegnete Richard im gleichen Ton.

»Aus einem Papierkorb.«

»Und wo stand dieser Papierkorb, wenn ich fragen dürfte?«

»Ich kann mich nicht erinnern.«

»Sie lügen schon wieder, Fräulein Könitz.«

»Es ist Emilie, nicht wahr?«

»Nein.«

»Nein?«

»Ich habe mir das Autopsieprotokoll schicken lassen. Die unbekannte Tote, die man am 6. Juli bei Weilbach aus dem Main barg, war mindestens fünf Jahre älter und von besserem Stand als Emilie.«

»Wie bitte sieht man einer Wasserleiche an, daß sie von besserem Stand ist?« hielt Victoria ihm pikiert entgegen.

»Ich bin bestimmt nicht gekommen, um mit Ihnen über das Wie und Warum von Sektionen zu debattieren!«

»Wer hat die Autopsie durchgeführt?« fragte sie ungerührt.

Richard sah sie unwillig an. »Habe ich mich etwa nicht klar ausgedrückt? Im übrigen stelle ich hier die Fragen und...«

»Zu Befehl, Herr Kriminalkommissar!«

»Wenn Sie mich veralbern wollen, ist es wohl besser, die Unterhaltung mit Dr. Könitz fortzusetzen.« Richard nahm seine Aktenmappe und wollte aufstehen.

»Nun seien Sie doch nicht gleich beleidigt!« rief Victoria hastig. »Onkel Konrad hat die Zeitung von einem Patienten bekommen, dann hat Eduard sie gelesen und weggeworfen. Am Sonntag fand ich sie zufällig, und ich dachte, Herr Braun könnte vielleicht was damit anfangen.«

»Herr Braun, aha!«

»*Sie* glauben mir ja sowieso nichts. War der Arzt wenigstens gerichtsmedizinisch geschult?«

»In Preußen gibt es ein besonderes Regulativ für gerichtliche Leichenöffnungen, gnädiges Fräulein.«

»Vorschriften laden dazu ein, sie zu übertreten«, konterte Victoria frech. »Ich bin jedenfalls davon überzeugt, daß es sich bei der Toten um Emilie handelt.«

»Die Leiche hat höchstens acht bis zehn Tage im Wasser gelegen, Emilie ist aber schon am 30. Mai verschwunden, also vor gut sieben Wochen!«

»War der Arzt in Gerichtsmedizin ausgebildet?«

Richards Augen verengten sich. »Was soll diese dumme Fragerei?«

»Es ist ein fataler Irrtum zu glauben, jeder Arzt sei per se fähig, gerichtsmedizinische Befunde zu erheben«, erklärte Victoria hochmütig. »Die kriminalistische Seite der Pathologie ist eine Wissenschaft für sich, und gerade bei Wasserleichen kann ein unerfahrener Arzt schlimmen Irrtümern unterliegen.«

Richard war verblüfft. »Hat Ihnen das Ihr Onkel erzählt?«

»Nicht direkt. Onkelchen ist nämlich, was *Weiber* angeht, der gleichen Meinung wie Sie.«

»Und die wäre?«

»Erstens: daß sie keine Ahnung haben. Zweitens: daß sie keine Ahnung haben dürfen. Drittens: daß es so das Beste ist.«

»Die überwiegende Mehrheit der Frauen fühlt sich nicht unwohl damit«, entgegnete Richard und dachte an Therese. Die Vorstellung, mit seiner Frau über seinen Beruf zu sprechen, belustigte ihn. Therese war für die schönen Dinge des Lebens geschaffen, sie hielt Klavierabende, organisierte Wohltätigkeitsbälle und Kaffeekränzchen und verbrachte ganze Tage beim Schneider zur Anprobe ihrer neuen Garderobe. Im Grunde genommen fand er es auch in Ordnung. Alle Frauen waren so, und die Gründe dafür hatte er nie hinterfragt. Genausowenig wie er sich gefragt hatte, ob er Therese liebte, als er sie heiratete. Seine Mutter hatte es bestimmt und behauptet, im Sinne seines Vaters zu handeln. Nur das hatte ihn schließlich überzeugt.

»Und woher nehmen Sie die Beweise für Ihre Wohlfühlvermutung bezüglich des weiblichen Geschlechts, Herr Biddling?« fragte Victoria sarkastisch.

»Beweise? Beobachtung und Erfahrung haben mich das gelehrt, liebes Fräulein Könitz!«

»Und da wundern Sie sich, daß ich Hannes erfunden habe?«

»Wie kommen Sie jetzt darauf?«

»Was tut ein Kind, das eine gute Idee hat, aber genau weiß, daß die Erwachsenen es nicht ernst nehmen? Ganz einfach! Es erzählt, daß es im Krämerladen zufällig hörte, wie Herr Müller dem Herrn Maier sagte... Sie verstehen? Und weil in Deutschland Frauen mit Kindern auf eine Stufe gestellt werden, bleibt ihnen nichts anderes übrig, als ebenso zu List und Tücke zu greifen.«

»Und es hat niemals irgend jemand Verdacht geschöpft? Nicht zu fassen!« Richard schüttelte den Kopf. »Braun erzählte mir, daß Sie vier Jahre mit ihm zusammengearbeitet haben?«

»Ja, und? Er wird Ihnen auch gesagt haben, daß ich ihm oft

wertvolle Hinweise geben konnte. Ihr Kollege ist übrigens einer der wenigen Menschen, von denen ich glaube, daß er mich auch als Frau akzeptiert hätte.« Victoria seufzte. »Leider konnte ich in meiner Stellung nicht täglich ins Polizeipräsidium laufen, ohne aufzufallen.«

»Ich verstehe es trotzdem nicht. Wie sind Sie bloß auf diese verquere Idee verfallen?«

Ihr Blick wurde kalt. »Wenn Sie nach allem, was ich Ihnen erzählt habe, Ihre Frage nicht selbst beantworten können, tut es mir leid.«

Richard überlegte, was er bei dieser Frau nur falsch machte. Jedes seiner Worte schien sie grundsätzlich in den verkehrten Hals zu bekommen. Er sah sie freundlich an. »Meinen Sie nicht, wir sollten das Kriegsbeil langsam begraben, gnädiges Fräulein?«

»Wenn Sie mich nicht dauernd gnädiges Fräulein nennen!«

»Was gibt es daran jetzt wieder auszusetzen?«

»Nichts. Ich mag es bloß nicht.«

»Gut, Fräulein Könitz. Ich frage Sie also in aller Höflichkeit: Woher beziehen Sie Ihre profunden Kenntnisse der Gerichtsmedizin?«

»Mein Onkel ist Arzt. Und er hat eine große Bibliothek. Genügt das?«

»Dr. Könitz hat Ihnen gestattet, seine Bibliothek zu benutzen?«

»Ich selbst habe es mir gestattet, wenn Sie erlauben, Herr Kommissar. Fragen erfordern Antworten, nicht wahr?«

»Und Ihre Antworten finden Sie ausschließlich zwischen Buchdeckeln?«

»Niemand sonst ist gewillt, sie mir zu geben.«

»Nicht einmal Ihr Cousin?«

»Wieso?« Sie sah ihn mißtrauisch an.

»Nur so ein Gedanke.« Richard bemühte sich, seine Stimme gleichgültig klingen zu lassen. »Ich hatte den Eindruck, Sie beide verstehen sich recht gut.«

»Eduard ist ein wunderbarer Mensch. Leider hat man ihm vor einigen Jahren sehr übel mitgespielt, und er war gezwungen, für längere Zeit im Ausland zu leben.«

Richard hatte es geahnt, daß sie mit ihm unter einer Decke steckte! Aber war das nicht eine günstige Gelegenheit, an Informationen heranzukommen, wenn er es nur geschickt genug anstellte? Eigentlich hätte ihn dieser Gedanke freuen müssen, doch er fühlte sich plötzlich elend. Müde fuhr er sich über seine brennenden Augen. Was, zum Teufel, war los mit ihm?»Was meinen Sie mit *übel mitgespielt*?« fragte er, nur um überhaupt irgend etwas zu sagen.

»Sie wollen mir doch nicht weismachen, daß Ihre Kollegen Ihnen nichts von dem berüchtigten *Stadtwaldwürger* erzählt haben und den häßlichen Anschuldigungen, die gegen Eduard erhoben wurden? Einer Ihrer profilierungssüchtigen Vorgänger, ein gewisser Kommissar Dickert, verdächtigte ihn, zwei Frauen umgebracht zu haben! Obwohl sich seine angeblichen Beweise allesamt in Luft auflösten, gab dieser rachsüchtige Mensch nicht früher Ruhe, bis er Eddys Ruf völlig ruiniert hatte, so daß ihm nichts anderes übrigblieb, als die Stadt zu verlassen.«

Richard preßte seine Hände zusammen, bis die Knöchel weiß hervortraten. »Ja. Doch. Ich erinnere mich, daß mein Kollege den Fall beiläufig erwähnte.« Er kämpfte gegen das Verlangen, seine Augen zu schließen. »Aber Sie waren damals noch ein Kind.«

»Ich war dreizehn und durchaus alt genug, um zu verstehen, was dieser elende Dickert meiner Familie angetan hat!« rief Victoria aufgebracht.

Richard fand es an der Zeit, ein anderes Thema anzuschneiden. »Woher wußten Sie, daß Emilie Louises Tochter ist?« fragte er.

Victoria sah ihn verwundert an. »Sie haben eine seltsame Chronologie in Ihren Fragen, Herr Kommissar. Im übrigen habe ich Ihnen darauf neulich schon geantwortet: Louise selbst hat es mir gesagt.«

»Wann und warum?«

»Was weiß ich? Irgendwann vor vielen Jahren.«

»Vor oder nachdem Ihr Cousin Frankfurt verließ?«

»Was hat denn Eduard damit zu tun?«

»Das frage ich Sie, Fräulein Könitz!«

»Meine Güte, wenn ich mich aber nicht mehr erinnern kann?«

»Wie alt war Emilie, als Sie von ihrer Existenz erfuhren?«

»Zwei oder drei Jahre. Sie wuchs bei Pflegeeltern auf. Louise hat ihr manchmal eine Kleinigkeit zukommen lassen, und...« Victoria stockte.

»Was und?«

»Ich habe Louise beim Stehlen erwischt, und sie gestand mir, daß es für ihre Tochter war. Seitdem bin ich im Bilde.«

»Und dafür mußte Louise später über Ihre Hanneseskapaden schweigen?«

»Sie wußte nur, daß ich mir das Haar geschnitten hatte und daß ich gelegentlich heimliche Ausflüge in die Stadt unternahm. Ich erlaubte ihr, während dieser Zeit ihre Eltern zu besuchen. Hannes war mein persönliches Geheimnis.«

»Wo wohnen die Eltern von Louise?«

»Glauben Sie mir etwa nicht?«

»Wo?«

»In der Münzgasse, im ersten Haus auf der rechten Seite, zweiter Stock, dreimal klopfen, Herr Kommissar.« Victoria lächelte süffisant, aber Richard sah darüber hinweg. Er war mit seinen Gedanken ganz woanders, und die Erkundigungen über Louise und Emilie waren nicht mehr als Verlegenheitsfragen. Er glaubte nicht daran, daß er von Victoria noch viel Neues erfahren würde. Wenn er sie jedoch über Eduard ausfragen wollte, durfte er keinesfalls mit der Tür ins Haus fallen. Dafür war sie zu mißtrauisch. Aber im Moment überlegte er, wie er es am geschicktesten anstellen könnte, sie nach diesen Fingerbildern zu fragen. Nicht einmal während seines Besuchs bei der Pariser Kriminalpolizei hatte er von dieser sonderbaren Methode gehört.

Richard nahm seine Aktenmappe, holte den Zierbeutel heraus und hielt ihn ihr hin. »Ich bin vor allem gekommen, um Ihnen das hier zurückzugeben.«

Victoria sah ihn einen Moment lang entgeistert, dann zornig an. Sie riß ihm den Beutel aus der Hand und nestelte ihn auf. »Sie haben sie gelesen, nicht wahr?«

Richard stellte sich dumm. »Wie bitte?«

»Die Briefe meines Bruders aus Indien! Sie haben sie gelesen!«

»Sie waren offen«, sagte er verlegen.

Victoria lachte verächtlich. »Ich frage mich wirklich, welcher Gnade ich es verdanke, daß Sie mich noch nicht bei meinen Eltern angeschwärzt haben, Herr Kommissar. Aber da ich Ihnen jetzt alles gesagt habe, was ich über Emilie und Louise weiß, können Sie beruhigt zum letzten Schlag ausholen. Ich nehme an, es wird Ihnen eine besondere Genugtuung bereiten, einem vorlauten Weib wie mir endlich das Maul zu stopfen.«

An dem leichten Zucken um ihre Mundwinkel erkannte Richard, daß sie nicht halb so kaltschnäuzig war, wie sie vorgab. Er lächelte. »Ich bin sicher, wenn Sie an meiner Stelle gewesen wären, hätten Sie die Briefe auch gelesen, Fräulein Könitz.« Sie war zu perplex, um zu antworten.

»Bei den ganzen Lügen, die Sie mir bislang aufgetischt haben, ist ein gewisses Mißtrauen meinerseits doch nicht verwunderlich, oder?«

»Geben Sie mir die Sachen von Hannes zurück«, sagte Victoria.

»Das kann ich nicht.«

»Und warum nicht?«

»Ist Ihnen denn nicht klar, in was für gefährliche Situationen Sie durch Ihr lächerliches Verkleidungsspielchen hätten kommen können?«

»In die einzige gefährliche Situation haben Sie mich gebracht, als Sie mich in das Kellerloch stießen!«

»Ja, nehmen Sie etwa an, das hätte ich mit Absicht gemacht? Sie können mir glauben, daß...« Richard brach ab, schloß seine Aktenmappe und stand auf. Es hatte keinen Sinn mit ihr. Und er hatte es nicht nötig, vor irgendeinem Menschen zu Kreuze zu kriechen, und schon gar nicht, wenn dieser Mensch eine derart starrsinnige Frau wie Victoria Könitz war. »Auf Wiedersehen, Fräulein Könitz«, sagte er förmlich.

Sie schaute ihn überrascht an. »Keine Fragen mehr, Herr Kommissar?«

»Nein.«

»Darf ich Ihnen trotzdem noch etwas sagen?« Ihre Stimme klang plötzlich ungewohnt weich.

»Wenn Sie es für erforderlich halten.«

»In Wien gibt es einen Professor für Gerichtsmedizin namens Eduard von Hofmann, eine Kapazität in seinem Fach. Vielleicht sollten Sie ihm oder einem anderen anerkannten Gerichtsmediziner den Autopsiebericht aus Weilbach zur Begutachtung schicken. Oder Sie fragen Dr. Heinrich Hoffmann, den Leiter der Frankfurter Irrenanstalt. Er führt regelmäßig Sektionen durch und interessiert sich auch für die gerichtsmedizinische Seite der Pathologie.« Als sie Richards abweisendes Gesicht sah, fügte sie seufzend hinzu: »Warum fällt es Männern bloß so schwer, einen gutgemeinten Ratschlag anzunehmen, wenn er von einer Frau stammt?«

»Das ist es nicht«, wandte Richard müde ein.

»Doch. Genau das ist es. Und es beginnt, ehe wir überhaupt alt genug sind, darüber nachzudenken. *Wenn sie den Stein der Weisen hätten, der Weise mangelte dem Stein.*«

»Bitte?«

Victoria lächelte. »Eines der vielen Zitate meiner Großmama. Es half mir auf äußerst profane Weise, das Labyrinth der Tunnelgänge im Glashaus zu bezwingen.«

»Dafür brauchte ich kein Zitat.«

»Die Idee ist die Leistung, nicht das Erkennen ihrer Ausführung!«

»Werden Sie jetzt philosophisch?« fragte Richard gereizt.

»Kennen Sie Detektiv Dupin, Herr Kommissar?«

»Wer ist das nun wieder?«

Victoria lachte. »Sie lesen keine Kriminalgeschichten, oder?«

Richard sah aus, als habe er gerade ein ganzes Glas von Brauns *Äppelwoi* trinken müssen. »Warum sollte ich? Geschichten bekomme ich doch den ganzen Tag über zur Genüge serviert. Von Ihnen zum Beispiel. Oder von Ihrer Zofe Louise.«

»Wie schade! Gute Geschichten lehren uns manchmal interessante Einsichten, zum Beispiel die: *Es gibt wenige Personen, denen es nicht in irgendeiner Periode ihres Lebens Vergnügen gemacht hätte, den Stufengang zurückzuverfolgen, auf dem ihr Geist zu gewissen Schlüssen gelangte. Wer es zum ersten Mal versucht, ist erstaunt über die scheinbar unendliche Entfernung zwischen dem Ausgangspunkt und dem Endpunkt und über den scheinbaren Mangel jeden Zusammenhangs zwischen beiden.*«

»Haben Sie etwa das ganze Buch auswendig gelernt?«

»Nein. Nur das, was wichtig ist, Herr Kommissar.«

»Und was ist sonst noch wichtig?«

»*Die Wahrheit steckt nicht immer in einem Brunnen. Sie liegt nicht in den tiefen Tälern, wo wir sie suchen, sie liegt auf den Höhen der Berge, wo wir sie finden.*«

»Wenn Sie meinen, Fräulein Könitz.« Richard schluckte. »Das mit Ihrem Sturz tut mir wirklich leid. Auf Wiedersehen.«

Victoria spürte, daß ihn die Entschuldigung Überwindung gekostet hatte. Er sah krank aus. Und übernächtigt. Unter seinen Augen lagen dunkle Schatten. »Danke, Herr Kommissar«, sagte sie, und es war kein bißchen Spott mehr in ihrer Stimme. Richard nickte ihr zu und ging durch den Garten zurück zum Haus. Warum mußte sie ausgerechnet die Cousine von Eduard Könitz sein!

※

»Kennen Sie Detektiv Dupin, Braun?« fragte Richard seinen Kollegen, als er einige Zeit später ins Polizeipräsidium zurückkehrte.

»Sollte ich ihn kennen?«

Richard schüttelte den Kopf. »Es beruhigt mich sogar ungemein, daß auch Sie nicht wissen, daß die Wahrheit nicht immer in einem Brunnen zu stecken pflegt.«

»Was sollte sie auch da.«

Richard lachte. »Nach den tiefschürfenden Zitaten, die ich mir im Hause Könitz anhören mußte, sind Ihre praktischen Lebensweisheiten der reinste Balsam für mein ungebildetes Gemüt!«

»Danke für die Blumen, Herr Kommissar.«

»Aber bitte sehr, Herr Kollege.«

Heiner Braun sah seinen Vorgesetzten neugierig an. »Und? Was haben Sie Neues erfahren?«

»Fräulein Könitz glaubt immer noch, daß es sich bei der unbekannten Toten von Weilbach um die vermißte Emilie handelt, und sie fühlte sich bemüßigt, mir einen Vortrag über die Irrtümer unfähiger Pathologen zu halten. Schließlich hat sie vorgeschlagen, ich möge das Autopsieprotokoll von einem fachkundigen Gerichtsmediziner überprüfen lassen!«

»Und wenn sie recht hat?«

»Das ist ja ....«

»... durchaus im Bereich des Möglichen. Einige Dinge passen nicht recht zusammen. Die Beschreibung der aufgefundenen Kleidungsstücke beispielsweise. Eine Dame aus dem gehobenen Bürgertum würde so etwas nicht anziehen. Hinzu kommt, daß kein Mensch im Umkreis von Frankfurt vermißt wird – außer Emilie Hehl.«

»Aber die Tote lag höchstens zehn Tage im Wasser!«

»Behaupten die Ärzte aus Weilbach. Aber die könnten sich irren, nicht wahr?«

»Woher soll ich das wissen?«

»Eben. Und deshalb sollten wir vielleicht doch ein weiteres Gutachten einholen. Man kann die Leiche bei Bedarf ja exhumieren.«

»Warum haben die Revierbeamten die Weilbacher Anfrage auch nicht an uns weitergegeben!« rief Richard aufgebracht.

»Im Grunde genommen können Sie den Kollegen keinen Vorwurf machen, Herr Kommissar«, wandte Heiner ein. »Wahrscheinlich hatten sie den gleichen Gedanken wie Sie: In dem Protokoll steht zehn Tage, und darum konnte es Fräulein Hehl nicht sein. Und so taten sie, was sie für richtig hielten, und gaben das Papier mit dem Hinweis nach Weilbach zurück, daß in Frankfurt zum fraglichen Zeitpunkt niemand vermißt wird.«

»Trotzdem ist es ärgerlich! Auch wenn ich nicht glaube, daß es sich bei der Toten um Emilie handelt, so hätten wir es durch eine Inaugenscheinnahme zweifelsfrei ausschließen können.«

»Leider hilft uns das jetzt nicht mehr weiter. Jedenfalls finde ich die Idee eines zweiten Gutachtens nicht schlecht.«

Richard seufzte ergeben. »Also gut. Morgen früh suche ich Dr. Heinrich Hoffmann auf und frage ihn um Rat. Sind Sie nun zufrieden?«

»Wenn etwas Vernünftiges dabei herauskommt, bin ich immer zufrieden, Herr Kommissar. Haben Sie sonst noch was Neues erfahren?«

»Die Eltern von Louise wohnen in der Münzgasse. Wir sollten sie fragen, ob Louise am Wäldchestag wirklich bei ihnen war.«

»Das könnte ich morgen erledigen, wenn Sie zu Dr. Hoffmann fahren.«

Richard nickte. »Ich habe da noch eine Sache«, sagte er und erzählte von dem belauschten Gespräch zwischen Eduard Könitz und Theodor Hortacker.

»Selbstverständlich kenne ich das *Schaumkonfekt* und die *Leierkasten-Guste*!« sagte Heiner. »Die Damen werden regelmäßig wegen Hurerei oder unsittlichen Verhaltens aufgegriffen, zum Beispiel, weil sie sich in unanständiger Toilette an den Fenstern ihres Bordells blicken lassen oder weil sie unerlaubt ihren Geschäften außerhalb der Rosengasse nachgehen. Ich habe schon so manchen nutzbringenden Hinweis von ihnen bekommen. Im Grunde genommen sind sie ja recht nette Fräuleins, die beiden.«

Richard verzog das Gesicht. »Jedes andere Urteil aus Ihrem Munde hätte mich auch überrascht.«

Heiner lächelte. »Über Theodor Hortacker sollten wir uns allerdings ein paar Gedanken machen.«

»Inwiefern?« fragte Richard, der nicht zugeben wollte, daß er mit diesem Namen nach wie vor nichts anzufangen wußte.

»Na ja, nach Ihren Beobachtungen scheint er den sinnlichen Freuden nicht abgeneigt zu sein, und Emilie war ein hübsches Ding. Ich denke da an die Theorie von Hannes, äh, Victoria, über den heimlichen Liebhaber des Mädchens. Könnte es nicht Hortacker gewesen sein?«

»Warum ausgerechnet er? Eduard Könitz und der dritte Mann, dieser Michel, waren genauso mit von der Partie.«

»Eduard kam aber erst nach Frankfurt zurück, als Emilie schon seit Wochen verschwunden war, während Hortacker das Mädchen gut kannte.«

Richard wurde die Sache langsam peinlich. »Wieso?« fragte er.

Heiner sah ihn erstaunt an. »Ja, haben Sie denn meinen Bericht nicht gelesen?«

»Gelesen schon. Aber zugegebenermaßen etwas flüchtig«, räumte Richard ein. Es wurde wirklich höchste Zeit, daß er mal wieder ausschlief und vor allem, daß er sich intensiver dieser Vermißtensache widmete!

»Emilie Hehl war vor der Anstellung im Hause Könitz als Dienstmädchen bei den Hortackers beschäftigt, und zwar fast zwei Jahre lang«, sagte Heiner. »Die Hochzeit findet übrigens im August statt. Soweit ich weiß, am zwölften.«

»Welche Hochzeit?« Richard rieb sich seinen schmerzenden Kopf. Unter seiner Schädeldecke klopfte und hämmerte es, als habe dort ein Hufschmied eine Werkstatt eröffnet.

Heiner Braun warf ihm einen strafenden Blick zu. »Sie selbst haben mir gerade erzählt, daß Theodor Hortacker die jüngere Schwester von Victoria heiratet! Und da die Familien Hortacker und Könitz in der Stadt bekannt sind wie die bunten Hunde, wird die Hochzeit bestimmt ein größeres Gesellschaftsereignis werden.«

Richard unterdrückte ein Gähnen. »Also sollten wir den Bräutigam möglichst vorher wegen Mordes an Emilie Hehl verhaften, oder wie?«

»Ich habe nicht von Mord gesprochen, sondern von der Möglichkeit, daß Hortacker mit dem Mädchen eine Tändelei angefangen haben könnte. Vielleicht wurde sie sogar deswegen entlassen. Ungewöhnlich wäre es nicht.«

»Nach Ihrer Theorie, Braun, könnte man die Polizei abschaffen; ist doch die Menschheit viel zu gut dazu, irgendwelche Verbrechen zu begehen.«

»Falsch, Herr Kommissar. Die Menschheit besteht durchaus aus guten und weniger guten Exemplaren. Aber man sollte sich sehr davor hüten, jemanden vorschnell der einen oder anderen Kategorie zuzuordnen, vor allem, wenn man Gefahr läuft, mit dem Urteil dessen Leben zu zerstören.«

»Wenn Sie damit auf meinen Vater anspielen: Ich bin nach wie vor davon überzeugt, daß er recht hatte!«

»Ich spiele auf gar nichts an. Was ich sagen will ist nur, daß Wirklichkeit und Wahrheit manchmal zwei grundverschiedene Dinge sind. Aber als ich so jung war wie Sie, habe ich das auch nicht einsehen wollen.«

»Ich bin dreißig und durchaus alt genug, um meinen Verstand zu gebrauchen!« rief Richard beleidigt.

»Mit dem Verstand hat es weniger zu tun. Es ist die Erfahrung, daß man das Leid, das einem angetan wird, überwinden muß, um sinnvoll weiterleben zu können. Haß ist dafür allerdings denkbar ungeeignet.«

»Amen.«

Heiner lächelte. »Genau das gleiche hätte ich vor zwanzig Jahren auch geantwortet. Doch irgendwann...«

»...fanden Sie heraus, daß das Befolgen von Befehlen Menschen zu Ungeheuern macht, und haben Ihrem geliebten Frankfurt den Rücken gekehrt. Ich glaube, Sie sind mir noch einige Antworten schuldig, was Ihre Vergangenheit betrifft, nicht wahr?«

Wie beim letzten Mal, als dieses Thema zur Sprache kam, verschwand schlagartig alle Unbekümmertheit aus Heiners Gesicht. »Das war eine rein persönliche Angelegenheit.«

»Warum sind Sie abgehauen?«

»Ich bin nicht abgehauen, sondern abgereist«, stellte Heiner ruhig fest. »Aber das erzähle ich Ihnen besser ein anderes Mal. Vorher sollten Sie...«

»...mindestens hundert Stunden Schlaf nachholen, ich weiß

schon.« Richard gähnte verhalten. »Und ausnahmsweise gebe ich Ihnen recht, Braun.« Er nahm seinen Hut und seine Jacke und ging zur Tür.

»Gute Nacht, Herr Kommissar!« rief Heiner ihm nach.

Als Richard den Clesernhof verlassen hatte, warf er einen Blick in den wolkenlosen Sommerhimmel hinauf und hatte keine Lust mehr, sich in seinem dunklen Zimmer im Rapunzelgäßchen zu verkriechen. Schlafen konnte er später noch genug. Er beschloß, einen Spaziergang zum Main zu machen, und folgte, ohne daß es ihm bewußt wurde, dem Weg, den Hannes vor drei Tagen gegangen war. Vor einem imposanten, zweistöckigen Langbau kurz vor der Obermainanlage blieb er nachdenklich stehen. Er schaute sich verstohlen nach allen Seiten um und stieg dann zögernd die Treppen zu dem mächtigen Säulenportal hinauf.

Vielleicht würde ihm ja in der Stadtbibliothek jemand Auskunft darüber geben können, ob es Schrifttum über Fingerbilder gab – und was es mit diesem verflixten Detektiv Dupin auf sich hatte!

14

Wenn man mit verschiedenen Beamten zu arbeiten hat, so wird man sehr bald Beamte bemerken, welche fast immer sich auf einer richtigen Spur bewegen, während andere fast jedesmal die falsche Spur verfolgen.

Über Nacht hatte sich der Himmel zugezogen, und als Richard, endlich einmal ausgeschlafen und durch ein ausgiebiges Frühstück gestärkt, die bestellte Droschke bestieg, die ihn zum Affensteiner Feld hinaus bringen sollte, begann es zu nieseln. Dunkle, schwere Wolken zogen über Frankfurt, und von den Straßen stieg der Geruch gelöschten Staubes auf. Er lehnte sich in den Sitz der Kutsche zurück und genoß es, dem gleichmäßigen Klappern der Pferdehufe zuzuhören. Zum ersten Mal seit Wochen hatte er keine Kopfschmerzen. Er fühlte sich befreit und klar. Und er war gespannt darauf, was der Vater des *Struwwelpeter* über die Tote von Weilbach sagen würde.

Ein Blick durch das von Regentropfen besprenkelte Fenster der Droschke zeigte ihm, daß sie sich dem Eschenheimer Turm näherten. Das Rumpeln der Wagenräder hallte an den steinernen Wänden des efeuumwucherten Unterbaus wider, als die Kutsche die Tordurchfahrt unter dem klobigen Turm passierte, der zu den wenigen Relikten der ehemaligen Frankfurter Stadtbefestigung gehörte. *Man rühmte ihn einst, einer der schönsten mittelalterlichen Tortürme in deutschen Landen zu sein, aber den modernen Baumeistern unseres Jahrhunderts fiel nichts Besseres ein, als gleich dreimal seinen Abriß zu fordern!*

Richard mußte lächeln, als er an die Entrüstung dachte, mit der Braun ihm die Geschichte des Turms erzählt hatte. *Was die Kanonenkugeln der Schweden und die Artillerie Napoleons nicht geschafft hatten, unsere Herren Stadtplaner gedachten es auszuführen! Hinrichten wollten sie den Turm! Plumpe Mauermasse, sinnlos herumstehend, die freie Passage hemmend, so schimpften sie und nannten dieses einmalige Zeugnis unserer Stadtgeschichte einen Anachronismus, der die Gegend verunstalte!* Der empörte Ausdruck in Heiners grauen Augen hatte sich noch verstärkt, als er hinzufügte, daß nicht etwa das Veto Frankfurter Bürger, sondern der Protest eines französischen Gesandten dem Turm noch einmal das Leben gerettet habe.

Richard grinste. Dank Braun würde er bald mehr über die Geschichte Frankfurts wissen als über die seiner Heimatstadt Berlin!

Der Weg führte aus der Stadt heraus, an Feldern und Wiesen vorbei, und mündete in eine von gepflegten Parkanlagen umgebene Zufahrt, die vor einem ausladenden, mehrflügeligen Gebäude endete. Das *Irrenschloß*, wie die vor achtzehn Jahren eröffnete Anstalt von den Frankfurter Bürgern spöttisch genannt wurde, wirkte auf den unbefangen näherkommenden Besucher tatsächlich eher wie das Anwesen eines Fürsten als wie ein Verwahrungsort für Geisteskranke und Epileptiker.

Erst als Richard aus der Droschke stieg und auf das Portal zuging, erkannte er die sorgfältige Sicherung der Außenanlagen und daß die kunstvoll gestalteten Gitter vor den Fenstern nicht zur reinen Zierde angebracht waren.

Sanitätsrat Dr. Heinrich Hoffmann erwartete ihn in seinem Büro im Verwaltungstrakt des Gebäudes. Sein Gesicht strahlte die Würde und Gelassenheit eines alten, erfahrenen Arztes aus, aber in seinen Augen blitzte eine Mischung aus Schalk und Lebensfreude, die ihn trotz seines schlohweißen, gescheitelten Haares und des ebenso weißen Bartes keineswegs wie einen Mann erscheinen ließ, der die Siebzig schon überschritten hatte. Er reichte Richard die Hand und bat ihn, Platz zu nehmen. »Was führt Sie zu mir, Herr Kommissar?« fragte er.

»*Es ging spazieren vor dem Tor/ein kohlpechrabenschwarzer Mohr./Die Sonne schien ihm aufs Gehirn,/da nahm er seinen Sonnenschirm*... Als ich fünf war, hätte ich mir nicht träumen lassen, daß ich eines Tages dem Schöpfer des *Struwwelpeter* die Hand schütteln würde.«

»Es scheint wohl mein unwiderrufliches Schicksal zu sein, daß mir ein paar drollige Bilder und Verse mehr Honneur einbringen als fast fünfzig Jahre Berufserfahrung als Arzt«, entgegnete Dr. Hoffmann amüsiert. »Im übrigen würde ich dem Mohren heute eher einen Regenschirm als einen Sonnenschirm empfehlen.«

»Das ist allerdings wahr!« Richard lachte. »Bezüglich der Honneurs kann ich Sie übrigens beruhigen, Doktor. Ich möchte mich mit Ihnen nämlich nicht über schwarze Buben, sondern über das Fach der Gerichtsmedizin unterhalten.«

Dr. Hoffmann sah ihn erstaunt an. »Und warum kommen Sie da ausgerechnet zu mir? Ich kann Ihnen mit detaillierten Ausführungen über Symptome bei Größenwahn und partieller Verrücktheit dienen, aber mit Fragen der gerichtlichen Medizin beschäftige ich mich, wenn überhaupt, nur am Rande.«

»Waren Sie nicht Lehrer in der Anatomie am Senckenbergischen Institut?«

»Du meine Güte, das ist doch schon ewig her!«

»Man sagte mir aber, daß Sie einen erheblichen Erfahrungsschatz haben, was Sektionen angeht.«

Dr. Hoffmann nickte. »Das ist richtig. Aber ...«

»Sie führen auch heute noch Leichenöffnungen durch?«

»Wir haben in der Anstalt einen eigenen Sektionsraum. Es ist allerdings ein weitverbreiteter Irrtum zu glauben, jeder Arzt sei ...«

»... per se fähig, gerichtsmedizinische Befunde zu erheben. Deshalb bin ich ja hier, Dr. Hoffmann.« Richard klappte seine mitgebrachte Aktenmappe auf und holte das Autopsieprotokoll aus Weilbach heraus. »Ich möchte Sie bitten, sich das einmal anzusehen.« Er reichte Hoffmann das Schriftstück.

Dr. Hoffmann schlug das Protokoll auf, fing an zu lesen, stutzte, blätterte zurück und begann von vorn. Schließlich legte er den Bericht kommentarlos vor sich auf den Tisch. Er sah Richard an. »Waren die Ärzte gerichtsmedizinisch geschult?«

Richard zuckte mit den Schultern. »Nach der neuen, für das gesamte Reich geltenden Strafprozeßordnung sind Leichenöffnungen von zwei Ärzten vorzunehmen, wobei einer davon Gerichtsmediziner sein muß«, sagte er. »Vorausgesetzt natürlich, es liegt der Verdacht auf ein Verbrechen vor, wovon bei einer im Main treibenden Leiche selbstverständlich ausgegangen werden muß.«

»Vielleicht klären Sie mich kurz über die Hintergründe des Falles auf, Herr Kommissar?«

»Vor zwei Wochen fanden Fischer eine tote Frau am Mainufer flußabwärts, etwa in Höhe des Badeortes Weilbach. Zuerst glaubte man, es handele sich um eine der dort kurenden Damen. Selbst als sich diese Vermutung als Irrtum erwies, nannte man die Unbekannte weiterhin *die Tote von Weilbach*. Niemand weiß jedoch, woher die Frau stammt, und weil in Frankfurt seit längerer Zeit ein junges Dienstmädchen vermißt wird, wollte ich sichergehen, daß...«

»Jetzt verstehe ich! Sie sind der preußische Kriminalbeamte aus Berlin, der die Sache Emilie Hehl bearbeitet. Dr. Könitz sprach davon.«

»Sie kennen sich?« fragte Richard mißtrauisch.

»Aber sicher kennen wir uns«, sagte Dr. Hoffmann. »Dr. Könitz ist schließlich ein Standeskollege und wie ich Mitglied des Ärztlichen Vereins. Darüber hinaus ist er ein guter Freund von mir.« In diesem verflixten Frankfurt schien jeder mit jedem befreundet zu sein! Und Braun plauderte über die letzte Ruine, behielt aber die Geschichten über die Bewohner dieser Stadt wohlweislich für sich!

»Hat Dr. Könitz Sie hergeschickt?« fragte Dr. Hoffmann.

»Nein«, entgegnete Richard knapp. »Selbstverständlich hätte ich auch zu einem beamteten Gerichtsarzt gehen können, aber nachdem Sie mir ausdrücklich empfohlen wurden...«

»Das ehrt mich zwar, aber das Wissen und Können unserer Amtsärzte kann sich im allgemeinen sehen lassen. Obwohl ich eingestehe, daß es unter ihnen auch Stümper gibt, die besser einen anderen Beruf hätten ergreifen sollen.«

Richard schob seine Bedenken beiseite. »Ich hatte in Berlin das Mißvergnügen, an einer gerichtlichen Sektion als Beobachter teilzunehmen; es war grauenhaft.« Er schüttelte sich noch nachträglich. »In der Hölle kann man sich nicht schlimmer fühlen als in diesem verdreckten, finsteren Kellerloch, in dem Dutzende von Leichen aller Verwesungsgrade herumlagen. Die blutstarrenden Kleider waren auf Wäscheleinen ausgebreitet, die kreuz und quer durch den Raum führten. Bevor wir überhaupt hineinkonnten, mußten wir uns an einer Trauerversammlung vorbeizwängen, denn praktischerweise wurden dort unten auch die Beerdigungsreden vorgenommen. Der Gestank war so bestialisch, daß ich ihn noch Tage später in der Nase hatte. Der Arzt, der die Autopsie durchführte, hatte jedenfalls mein volles Mitgefühl.«

»Professor Liman?« fragte Dr. Hoffmann.

»Ja, ich glaube, so hieß er.«

»Er gehört unbestreitbar zu den Großen seines Faches«, erklärte Dr. Hoffmann. »Ebenso wie sein verstorbener Onkel, Johann Ludwig Casper, der schon in den fünfziger Jahren geradezu revolutionäre Ideen und Gedanken hatte. Sein *Handbuch der Gerichtlichen Medizin* kann ich jedem Gerichtsmediziner nur wärmstens empfehlen. Leider verachten bis heute viele Ärzte, aber auch Allgemeinpathologen die Gerichtsmedizin als eine unter dem Schatten des Verbrechens stehende und daher nicht ernstzunehmende Wissenschaft. Sie werden umlernen müssen.«

»Wenn ich Sie recht verstehe, kann man es also nicht voraussetzen, daß ein Arzt, der als Gerichtsmediziner angestellt ist, über ausreichendes Wissen auf diesem Gebiet verfügt?«

»Leider nein. Es gibt in Deutschland so gut wie keine Forschungsinstitute, und an keiner einzigen deutschen Universität ist Gerichtsmedizin Prüfungsfach. An den meisten finden nicht einmal entsprechende Vorlesungen statt, und wo es doch der Fall ist, wird der Unterricht von den Studenten der Medizin und Jurisprudenz oft genug nur als lästiges Anhängsel gesehen. Und was das Anschauungsmaterial angeht, nämlich die Verfügbarkeit geeigneter Leichen, so haben die Gerichtsmediziner im Kampf mit den Allgemeinpathologen regelmäßig das Nachsehen.«

Richard deutete auf das Protokoll. »Und wie schätzen Sie das Wissen und Können Ihrer Kollegen aus Weilbach ein?«

»Es ist natürlich schwierig, über eine Sache zu urteilen, die man nicht mit eigenen Augen gesehen hat. Aber ich würde Ihnen raten, die Autopsie wiederholen zu lassen, auch auf die Gefahr hin, daß inzwischen viele Spuren vernichtet sind.«

Richard schluckte. Hatte Victoria Könitz etwa doch recht? »Und was genau veranlaßt Sie zu diesem Ratschlag, Herr Doktor?«

Dr. Hoffmann nahm den Bericht zur Hand und blätterte darin. »Da ist zum einen die Begründung des angeblichen Alters der Toten.« Er las vor: »*Es handelt sich mit Bestimmtheit um ein Individuum, welches wenigstens das achtzehnte, wahrscheinlich aber das zwanzigste Lebensjahr erreicht hat. Dies ist durch die allgemeine Entwicklung des Körpers, durch den Zustand der Zähne – Weisheitszähne fehlen noch – und die Tatsache bewiesen, daß die Stirnnaht des Stirnbeins bereits verwachsen ist.*«

»Und?« Richard sah Dr. Hoffmann fragend an.

»Ich will nicht vorschnell urteilen, aber daß die beiden Ärzte nicht einmal wissen, daß die Stirnnaht eines Menschen bereits im zweiten Lebensjahr zusammenwächst, spricht nicht gerade für ihre Qualifikation. Und was den Befund der Zähne angeht, so weist meiner Meinung nach das Fehlen der Weisheitszähne eher darauf hin, daß die Tote jünger als achtzehn war. Da es allerdings Menschen gibt, bei denen die Weisheitszähne erst im vierundzwanzigsten oder fünfundzwanzigsten Jahr durchbrechen, möchte ich diese Annahme mit einem Fragezeichen versehen.«

Dr. Hoffmann seufzte. »Bedauerlicherweise sind die Kollegen in keiner Weise auf das Skelett der Toten eingegangen, dessen Entwicklungsstand wichtige Hinweise auf das Alter gibt. Zum Beispiel kann man an den mehr oder weniger verschmolzenen Teilen des Hüftbeines oder dem Vorhandensein von Knochenkernen in den Knorpelteilen der Schulterblätter sehen, ob man es mit einem Kind oder einem Erwachsenen zu tun hat. Und die Feststellung, daß sich die Tote häufig mit Männern abgegeben habe, weil ihre Geschlechtsteile erweitert seien, beruht wahrscheinlich ebenso auf Unkenntnis der Erscheinungsformen von Wasserleichen wie die Angaben zur Liegezeit und die Behauptung, die Frau sei an Blutarmut gestorben.«

»Und was für Erscheinungsformen sind das?«

»Das Wasser kann Gewebsteile erschlaffen lassen, so daß sie sich über das Normalmaß hinaus erweitern«, erklärte Dr. Hoffmann. »Und was die angebliche Zartheit und Blässe der Haut sowie die behauptete Gepflegtheit der Finger- und Fußnägel angeht, die die Kollegen zu dem Schluß verleiteten«, er zitierte aus dem Bericht: »*... daß diese Tote zweifellos einem Stande angehörte, der keinerlei schwere Arbeit verrichten mußte und deshalb ganz gewiß eine vornehme Dame aus bestem Hause war, die aller Wahrscheinlichkeit nach an Blutarmut zugrunde ging,* so ist es durchaus möglich, daß sie nicht erkannten, daß in Wirklichkeit überhaupt keine Oberhaut mehr vorhanden war. Bei einer Exhumierung müßte das aber festzustellen sein.«

Richard sah Dr. Hoffmann verständnislos an. »Warum sollte die Tote ihre Haut verloren haben?«

»Wenn eine Leiche im oder sogar unter Wasser liegt, dann quillt die äußere Hautschicht auf und fängt an, sich zu wellen. Sie können diese Erscheinung in abgemilderter Form auch bei lebenden Personen beobachten, die mit den Händen längere Zeit im Wasser arbeiten, wie beispielsweise Wäscherinnen. Im fortgeschrittenen Stadium lockert sich der Zusammenhalt zwischen der Oberhaut und der darunterliegenden Lederhaut, und nach einigen Wochen Liegezeit im Wasser läßt sich die Oberhaut an Händen und Füßen mitsamt den Nägeln ganz leicht abstreifen. Aus der bloßliegenden Lederhaut sickert das Blut, so daß der Körper völlig ausbleichen und alle Symptome einer Blutarmut aufweisen kann. In diesem Zustand kann ein unerfahrener Arzt durchaus übersehen, daß es sich bei den angeblich gepflegten Nägeln in Wirklichkeit nur um die weichen, zarten Nagelbetten handelt.«

»Sie sprechen von einigen Wochen, aber die Ärzte behaupten, die Tote sei frisch und ohne jede Fäulnisspuren gewesen und habe höchstens zehn Tage im Wasser gelegen«, wandte Richard ein.

»Auch dafür könnte es eine plausible Erklärung geben, nämlich dann, wenn die Leiche durch irgendeinen Umstand längere Zeit unter Wasser festgehalten wurde. Normalerweise tauchen Tote nach einigen Tagen an der Oberfläche auf, und durch den Einfluß der Luft setzt der Verwesungsprozeß ein. Unter Wasser, ganz besonders aber in der Strömung eines Flusses, wird die Leiche über Wochen und Monate hinweg konserviert.« Dr. Hoffmann schlug das Protokoll zu und gab es Richard zurück. »Das waren die wesentlichen Punkte, die mich dazu veranlassen, die Feststellungen meiner Weilbacher Kollegen anzuzweifeln. Eine abschließende Beurteilung ist aber nur möglich, wenn eine zweite Autopsie durchgeführt würde.«

Richard verstaute das Papier wieder in seiner Aktenmappe. »Ich danke Ihnen, Doktor«, sagte er. »Eine Frage hätte ich allerdings noch: Wie viele Leichen muß man sezieren, um diese Erkenntnisse zu gewinnen?«

»Unzählige, Herr Kommissar, unzählige. Aber genauso wichtig ist es, sich regelmäßig mit den Forschungsergebnissen anderer Kollegen auseinanderzusetzen. In Wien gibt es beispielsweise einen Professor namens ...«

»... von Hofmann mit *einem* f?«

Dr. Hoffmann warf ihm einen erstaunten Blick zu. »Sie kennen ihn?«

»Nein«, entgegnete Richard wahrheitsgemäß. »Ich bin leider über einen Besuch der Pariser Kriminalpolizei noch nicht hinausgekommen und muß gestehen, daß das Gebiet der Gerichtsmedizin mich bis jetzt nicht besonders interessiert hat. Dazu war mein Berliner Kellererlebnis zu abschreckend. Doch Eduard von Hofmann ist mir durchaus ein Begriff.« *Wenn auch erst seit gestern.*

»Ich lernte von Hofmann auf einer meiner Reisen kennen«, sagte Dr. Hoffmann, »und ich bin davon überzeugt, daß er der Wiener Lehrkanzel für Gerichtsmedizin ihren alten Glanz zurückgeben wird. Einer seiner Leitsprüche lautet: *Die Welt der Gerichtsmedizin hat ihre Geheimnisse; sie wollen erkannt und erforscht sein.* Und daran arbeitet er mit wahrer Besessenheit.«

Richard lächelte. »Die ganze Welt besteht aus Geheimnissen, Doktor. Und manchmal...« Er brach ab, als es an der Tür klopfte, und er glaubte seinen Augen nicht zu trauen, als Victoria Könitz hereinkam.

»Guten Tag, Herr Doktor!« begrüßte sie Dr. Hoffmann. Erst dann schien sie die Anwesenheit von Richard Biddling zu bemerken. »Was führt Sie denn ins Städtische Irrenhaus?« fragte sie scheinheilig.

»Vielleicht wollte ich herausfinden, wo Sie Ihre Freizeit verbringen, Gnädigste«, entgegnete Richard grinsend.

Victoria zog es vor, darauf nicht zu antworten, und wandte sich wieder an Dr. Hoffmann. »Wie geht es Clara heute?«

»Den Umständen entsprechend gut. Sie hat schon nach Ihnen gefragt.« Mit einem Blick auf ihre verschorfte Stirnwunde fügte er hinzu: »Und wie geht es Ihnen, Fräulein Könitz? Ihr Onkel sagte mir, daß Sie einen Unfall hatten.«

»Ach, das war halb so wild. Ich bin ohnmächtig geworden und eine Treppe hinuntergefallen«, wiegelte sie ab und warf Richard einen bösen Blick zu.

»Wer ist Clara, wenn ich fragen dürfte?«

»Sie dürfen, Herr Kommissar. Sie ist meine Schwester, und da Sie sich ja so sehr für die Könitzschen Familienverhältnisse interessieren, schlage ich vor, Sie kommen mit, um sie kennenzulernen; vorausgesetzt, Dr. Hoffmann hat nichts dagegen.«

»Durchaus nicht«, sagte Dr. Hoffmann lächelnd, und Richard hatte wieder einmal das Gefühl, von dieser undurchschaubaren Frau überrumpelt zu werden. Schweigend folgte er den beiden durch die verschiedenen Gänge der Anstalt.

»Das Haus besteht aus einer Vielzahl von Einzelabteilungen, in denen die Patienten nach Geschlecht, Klassenzugehörigkeit und Krankheitsbildern aufgeteilt sind«, sagte Dr. Hoffmann und erklärte, wie wichtig es sei, die Kranken nicht auszugrenzen, sondern ihnen mit Verständnis und Zuwendung zu begegnen, um ihnen ein einigermaßen menschliches Leben zu ermöglichen, vor allem aber, um sie zu heilen. »Früher hatten Irrenhäuser nur den Zweck, Geisteskranke wegzuschließen und sie unschädlich zu machen, um die Gesellschaft vor ihnen zu schützen. In welcher Weise das geschah, spielte keine Rolle. Zum Glück beginnt man langsam, anders darüber zu denken.« Er blieb vor einem der Krankenzimmer stehen und sah Richard an. »Clara ist sehr geräuschempfindlich. Wenn Sie das Wort an sie richten, sprechen Sie bitte leise.«

Richard nickte. Die Sache war ihm unangenehm, und am liebsten wäre er davongerannt. Dr. Hoffmann klopfte kurz und ging hinein; Victoria und Richard folgten ihm. Vor das einzige Fenster des kleinen Zimmers hatte man einen schweren Vorhang gezogen, durch den nur wenig Licht hindurchschimmerte. An der rechten und linken Wandseite stand jeweils ein Bett, und in der Mitte des Raumes saß eine magere Frau mit strähnigen, dunklen Haaren an einem Tisch, auf dem eine weiße Decke lag. Sie drehte ihnen den Rücken zu und starrte reglos auf das verhangene Fenster.

»Ich bringe Ihnen Besuch, Clara«, flüsterte Dr. Hoffmann und berührte die Kranke leicht an der Schulter.

»Wer ist es?« fragte Clara tonlos, ohne sich umzudrehen.

»Na ich, deine Schwester«, antwortete Victoria leise und ging zu ihr hin. Richard blieb, wo er war. Er fühlte sich unwohl. Was sollte er eigentlich hier?

»Wo warst du so lange? Ich habe gewartet!« sagte Clara. Ihre Stimme klang verärgert. Sie drehte ihren Kopf in Victorias Richtung, musterte sie kurz und fügte verächtlich hinzu: »Du hast zugenommen, Schwester. Bekommst du ein Kind? Pfui Teufel, du Gottlose!«

»Ich wäre gern früher gekommen, Clara, aber ich war krank, und Onkel Konrad hat mir verboten, auszugehen«, sagte Victoria. Richard war überrascht, wie verständnisvoll und geduldig sich ihre Stimme anhörte.

»Wann ist deine Hochzeit?« fragte Clara gehässig.

»Nicht ich, Maria ist es, die heiratet. Das habe ich dir doch erzählt, erinnerst du dich nicht?«

»Das Kind in dir...«

»Ach, Clara«, sagte Victoria besänftigend, »mach dir um mich keine Gedanken. Ich bin hingefallen, ein ganz harmloser Sturz. Aber es tut zu weh, um ein Korsett zu tragen. Tante Sophia wollte mich ungeschnürt gar nicht aus dem Haus lassen. Wie geht es dir denn heute?«

»Ein ganz harmloser Sturz, und die Tante sorgt sich ums Korsett. Wie amüsant!« Clara lachte krächzend. »Und du willst wissen, wie es mir geht? Was für eine dumme Frage, Schwester! Der Tag ist Nacht, denn die Nacht frißt den Tag, und die fromme Fratze reißt mir die Seele aus dem Leib!« Ihr Lachen klang entsetzlich. »Leiden sind die Kinder meiner Sünde, und selbst das feuchte Grab schenkt keine Ruhe. Ein Verbrechen ist geschehen«, ihre Stimme nahm einen drohenden Klang an, »und du hast nichts Besseres zu tun, als deinen Bräutigam zu präsentieren!«

»Aber...«, wollte sich Richard einschalten, doch Victoria schüttelte den Kopf.

»Was redest du denn für Sachen, Liebes.« Sie streichelte Claras Hände, die leblos auf dem Tisch lagen.

»Nein!« Clara sprang auf und fuhr herum. Sie war ausgezehrt und verhärmt wie eine alte Frau. Mit ihren knochigen Fingern zeigte sie auf Richard und kreischte: »Du zwingst mich, erdiges Brot zu fressen, und auf meinen verwesten Leib läßt du stinkende Honigblüten regnen! Schlag mich doch endlich tot, du elender Hund!«

»Jetzt ist es aber genug, Clara!« fuhr Dr. Hoffmann energisch dazwischen.

Augenblicklich ließ die Kranke Arme und Kopf sinken. Apathisch ging sie zu ihrem Bett und legte sich hin. Victoria setzte sich neben sie und strich ihr sanft übers Haar. »Alles ist gut, ich bin bei dir. Niemand wird dir etwas tun, das verspreche ich, ja?«

Dr. Hoffmann nickte Richard zu. Leise verließen die beiden Männer das Zimmer. »Es war wohl keine besonders gute Idee, mitzukommen«, sagte Richard verlegen.

»Manchmal ist sie unberechenbar«, entgegnete Dr. Hoffmann, »und alles, was man tut, kann ebenso richtig wie falsch sein. Sonst freut sie sich jedesmal wie ein kleines Kind, wenn Victoria sie besucht.«

»Ist sie von Geburt an ...«, Richard stockte. »Diese Krankheit, nun, ich meine ...«

Dr. Hoffmann lächelte. »Ob sie von Geburt an irr ist, wollen Sie wissen? Nein, sie war ein ganz normales Kind, und ein außerordentlich hübsches dazu! Etwas in sich gekehrt, aber ziemlich unbedarft, so wie die meisten jungen Mädchen heutzutage. Kurz vor ihrem sechzehnten Geburtstag hatte sie dann den Unfall im Glashaus, und seitdem ...«

»Wie bitte?« rief Richard erregt. »Sagten Sie *Glashaus*?«

Dr. Hoffmann sah ihn erstaunt an. »Ja, sicher. Das Glashaus – so wird die Orangerie von Dr. Könitz genannt.«

»Das ist mir bekannt, Doktor. Was war mit Clara?«

»Sie fiel vermutlich von einer Leiter und verletzte sich dabei am Kopf.«

»Vermutlich?«

»Als Sophia Könitz sie fand, lag sie bewußtlos auf dem Boden. Außer einer Beule am Hinterkopf, einigen Schrammen und blauen Flecken hatte sie keine sichtbaren Verletzungen. Aber als sie erwachte, redete sie lauter wirres Zeug.«

»Und das hat sich bis heute nicht gebessert?«

»Leider nein«, sagte Dr. Hoffmann. »Sie entwickelte vielmehr typische Symptome einer Hysterie: Sensibilitätsstörungen an verschiedenen Körperstellen, ohne daß es dafür eine organische Ursache gegeben hätte, Beklemmungsgefühle in der Brust, Lähmungserscheinungen und ähnliches mehr. Dr. Könitz, der damals alles Menschenmögliche getan hat, um ihr zu helfen, sah schließlich keine andere Möglichkeit mehr, als eine Einweisung in meine Anstalt zu empfehlen. Ihre Eltern waren anfangs dagegen, aber nachdem sich Clara in einem Anfall von Wahn beinahe vom Balkon gestürzt hätte, willigten sie schließlich ein.«

»Hat Clara jemals über ihren Unfall gesprochen?«

»Nein. Sobald die Sprache darauf kommt, wird sie unzugänglich; im schlimmsten Fall löst es einen neuen Anfall aus. Im Zusammenhang mit ihrem Sturz hat sie offenbar starke Schuldgefühle entwickelt, und sie wiederholt ständig, daß Gott es ihr niemals verzeiht, daß sie ungehorsam war und ihr Kleid schmutzig gemacht hat.« Dr. Hoffmann sah Richards verständnislose Miene und fügte hinzu: »Sie müssen wissen, daß ihre Eltern sehr strenge Erziehungsprinzipien haben. Clara bemühte sich zwar, ein folgsames Mädchen zu sein, aber sie war auch jung und neugierig.«

»Genau wie ihre Schwester Victoria.«

Dr. Hoffmann lachte. »Ja. Im Gegensatz zu Clara ist Victoria allerdings eine kämpferische Natur, auch wenn sie das manchmal geschickt zu verbergen weiß.« Er sah Richard an. »Wenn Sie noch mehr wissen möchten, schlage ich vor, daß wir das Gespräch an einem gemütlicheren Ort fortsetzen. Ich könnte einen Kaffee vertragen. Sie auch?«

»Danke, gern.«

Über mehrere Flure erreichten sie einen kleinen Lichthof, in dem ein runder Tisch und zwei Sessel standen. Sie setzten sich. »Warum waren Sie so überrascht, daß Claras Unfall im Glashaus geschah?« nahm Dr. Hoffmann das Gespräch wieder auf.

Richard räusperte sich. Konnte er dem Doktor vertrauen? Oder würde er am Ende alles Dr. Könitz erzählen? »Ich arbeite an einem Kriminalfall...«, meinte er ausweichend.

Dr. Hoffmann erwiderte lächelnd: »Und ich unterliege der ärztlichen Schweigepflicht, Herr Kommissar.«

»Wann genau hatte Clara diesen Unfall?«

»Wie ich schon sagte: Sie war noch keine sechzehn. Da sie am 25. Mai Geburtstag hat, muß es irgendwann Ende April oder Anfang Mai 1872 gewesen sein. Und was hat das mit Ihrem Kriminalfall zu tun?«

Richard zuckte mit den Schultern. »Wahrscheinlich nichts. Es steht fest, daß das Dienstmädchen Emilie im Glashaus war, ehe sie verschwand, und die Spuren lassen darauf schließen, daß sie gegen einen Orangenbaum fiel. Ob absichtlich oder unabsichtlich, sei dahingestellt. Der Aufenthalt im Könitzschen Glashaus scheint mir jedenfalls reichlich unfallträchtig zu sein.«

»Aber die Sache mit Clara ist zehn Jahre her, und außerdem war die Situation damals eindeutig: Sophia Könitz fand das Mädchen direkt neben der umgestürzten Leiter.«

»Na ja, vielleicht treibt am Ende doch irgendein Geist in der Orangerie sein Unwesen«, sagte Richard ironisch und erzählte Dr. Hoffmann von den Stimmen, die Sophia Könitz nachts gehört hatte. »Aber schieben wir das Glashaus samt seinen vorhandenen oder eingebildeten Mysterien beiseite. Clara behauptete eben, es sei ein Verbrechen geschehen. Wissen Sie, was sie damit meinte, Doktor?«

»Ja, ich denke schon. Wie gesagt, leidet sie nicht nur an hysterischen Anfällen, sondern auch unter Wahnvorstellungen.

Sie fühlt sich von einer dunklen Macht bedroht, die sie zerstören will, oder, wie sie es ausdrückt, die ihr die Seele aus dem Leib reißt. Clara hat wiederholt versucht, sich das Leben zu nehmen, nur um uns zu beweisen, daß diese *Fratze* sie gar nicht sterben läßt. Verstehen Sie? Sie glaubt, daß sie ewig leben muß, um für ihre Sünden zu büßen.«

»Weil sie ein *Verbrechen* beging, indem sie auf eine Leiter stieg?«

Dr. Hoffmann lächelte. »Die Welten, in denen meine Patienten leben, folgen Gesetzen, die sich dem Gesunden nur schwer, manchmal auch gar nicht erschließen. Letztlich kann ich nur Vermutungen anstellen. Victoria erzählte mir, daß Clara einige Tage vor ihrem Unfall ein herrenloses Kätzchen mit nach Hause brachte, und ...« Er brach ab, als eine junge Krankenschwester auf einem Tablett den Kaffee brachte.

»Milch und Zucker, Herr Kommissar?« fragte sie.

»Ja, gerne.«

Sie schenkte den Kaffee aus, und die beiden Männer tranken einen Schluck, ehe Dr. Hoffmann das Gespräch fortsetzte. »Claras Mutter bestand darauf, daß das Tier sofort getötet wurde, und Clara gab sich die Schuld daran.«

»Und welches Geheimnis verbirgt sich hinter *erdigem Brot* und *stinkenden Honigblüten*?«

»Gar keins«, sagte Dr. Hoffmann. »Das Symptombild der Hysterie zeigt in vielen Fällen eine Störung der Sinnesnerven, die sich unter anderem dahingehend auswirken kann, daß die Kranken einen nicht vorhandenen Geruch oder Geschmack wahrzunehmen glauben. Clara behauptet, alles, was sie esse, schmecke nach Erde. Andererseits ist ihr der Duft von Blumen so zuwider, daß sie nicht einmal eine einzelne Rose in ihrem Zimmer erträgt, während sie den Gestank von verbrannten Federn über alles liebt. Auch ihre Geräuschempfindlichkeit, die selbst bei einer normalen Unterhaltung zu beobachten ist, liegt in der Irritation ihrer Nerven begründet.«

»Aber auf Ihren lauten Zuruf ist sie doch ganz ruhig geworden«, wandte Richard ein.

»Manchmal kann ein energisches Auftreten des behandelnden Arztes einen Anfall verhindern.«

»Gibt es eine Aussicht auf Heilung?«

»Leider wissen wir noch viel zu wenig über diese Krankheit.

Manche Ärzte glauben, eine Veranlagung dazu sei angeboren, andere meinen, es liege an der Erziehung und Lebensweise der überwiegend aus gehobenen Ständen stammenden Patientinnen, und sie fordern, man müsse junge Mädchen vor schlechter Lektüre bewahren, damit sie keine überspannten Ideen bekommen; nur so könne man verhindern, daß sie hysterisch werden. Viele meiner Kollegen vertreten darüber hinaus die Ansicht, daß die Hysterie eine von den Nerven der weiblichen Geschlechtsorgane ausgehende Störung sei und von widernatürlicher Aufregung oder Befriedigung des Geschlechtstriebes herrühre. Genauso widersprüchlich wie die Erklärungsbemühungen um ihre Entstehung sind Dauer und Verlauf der Krankheit. Bei manchen Frauen bleibt sie über Jahrzehnte in wechselnder Stärke bestehen, während sie bei anderen innerhalb eines relativ kurzen Zeitraumes folgenlos ausheilt. Leider gehört Clara zu der ersten Gruppe.«

Richard leerte seine Kaffeetasse und stellte sie auf das Tablett zurück. »Sind Sie sicher, daß ihre Krankheit durch den Sturz im Glashaus ausgebrochen ist?«

»Beide Ereignisse standen in so unmittelbarem Zusammenhang, daß ich davon ausgehen muß«, sagte Dr. Hoffmann. »Wenn Hysterie aber wirklich vererblich ist, hätte jedes beliebige Ereignis der Auslöser sein können.«

Richard warf einen Blick auf seine Taschenuhr und stand auf. »Ich muß zurück ins Präsidium. Ich glaube, ich habe Ihre Zeit nun auch lange genug in Anspruch genommen.«

Dr. Hoffmann erhob sich ebenfalls. »Es war mir ein Vergnügen, Herr Kommissar.« Er reichte ihm die Hand. »Und für den Fall, daß Sie eine zweite Autopsie ins Auge fassen, sollten Sie sich an Dr. Jakobi wenden. Er ist Gerichtsmediziner, und er versteht sein Fach.«

»Danke, Doktor.«

»Keine Ursache. Ich begleite Sie nach draußen.«

In der Eingangshalle trafen sie auf Victoria Könitz. Richard hatte den Eindruck, daß sie dort auf ihn gewartet hatte. »Wie kommen Sie in die Stadt zurück, Herr Kommissar?« fragte sie.

»Ich habe eine Droschke.«

»Wenn Sie wollen, können Sie auch mit mir zurückfahren.«

Richard lächelte. »Das Angebot nehme ich dankend an.«

»Clara war ziemlich erregt«, wandte sich Victoria an Dr.

Hoffmann, und der meinte: »Heute früh machte sie mir noch einen ruhigen Eindruck. Aber ihre plötzlichen Stimmungsschwankungen sind ja nichts Außergewöhnliches.«

»Trotzdem fällt es mir jedes Mal schwer, gelassen zu bleiben, wenn sie so bösartig reagiert.«

»Sie machen das schon sehr gut, Fräulein Könitz«, entgegnete Dr. Hoffmann freundlich. »Clara freut sich über Ihre Besuche, auch wenn es manchmal nicht den Anschein hat.«

»Sie zu besuchen ist ja das einzige, was ich noch für sie tun kann, Dr. Hoffmann«, sagte Victoria traurig, ehe sie sich von ihm verabschiedete und gemeinsam mit Richard Biddling die Anstalt verließ.

Inzwischen hatte es aufgehört zu regnen. Richard ging voraus, um dem Droschkenkutscher zu sagen, daß er ihn nicht mehr brauche. Victoria winkte ihren Wagen heran und ging langsam die Treppe hinunter. An ihren unbeholfenen Schritten und ihrem blassen Gesicht sah Richard, daß sie immer noch starke Schmerzen haben mußte. »Finden Sie es nicht ziemlich unvernünftig, in Ihrem Zustand schon wieder in der Weltgeschichte herumzufahren?« fragte er.

»Wenn ich geahnt hätte, daß Sie eine Belehrungsstunde abhalten wollen, hätte ich Sie die Droschke nehmen lassen«, entgegnete sie bissig.

»Das glaube ich nicht«, widersprach er grinsend. »Dazu sind Sie nämlich viel zu neugierig darauf, zu erfahren, was Dr. Hoffmann über das Autopsieprotokoll aus Weilbach gesagt hat.« Er sah, wie sie errötete.

»Ich nehme an, Sie wollen ins Polizeipräsidium?« fragte sie kühl, und er nickte. Victoria gab dem Kutscher Anweisung, zuerst zum Clesernhof zu fahren, und ließ sich nur widerwillig von Richard beim Einsteigen helfen. Er nahm ihr gegenüber Platz, und der Wagen fuhr an.

Richard lehnte sich in den Sitz zurück. »Sie wollen es also *nicht* wissen. Um so besser.«

Wie sie seine verdammte Selbstzufriedenheit haßte! »Sie warten ja nur darauf, daß ich Sie frage, damit Sie mir einmal mehr zu verstehen geben können, daß mich das nichts angeht.«

Richard lächelte. »Wenn Sie meinen, gnädiges Fräulein.«

Victoria schaute gespielt gelangweilt aus dem Fenster. Er würde es nicht schaffen, daß sie klein beigab. Er nicht!

»Ich möchte mich bei Ihnen bedanken, Fräulein Könitz«, sagte Richard in das Schweigen hinein.

Sie sah ihn erstaunt an. »Und womit habe ich mir diese außerordentliche Ehre verdient?«

Er ignorierte den sarkastischen Unterton in ihrer Stimme. »Ihre Vermutung war richtig. Das Autopsieprotokoll enthält einige Ungereimtheiten. Ich werde eine Exhumierung der Leiche befürworten.« Als sie schwieg, fügte er gereizt hinzu: »Für Sie ist ein preußischer Polizeibeamter so ziemlich das Letzte, nicht wahr?«

»Na ja, meine Erfahrungen mit Ihnen und ihresgleichen waren bislang nicht besonders angenehm, das ist richtig. Aber ich lasse mich gerne eines Besseren belehren. Ich freue mich jedenfalls, daß ich Ihnen mit meiner Anregung weiterhelfen konnte.«

Richard wurde nicht schlau aus ihr. Wie war es nur möglich, daß diese hübsche junge Frau, die ihm lächelnd gegenübersaß, sich ohne jede Vorwarnung in eine biestige Giftspritze verwandeln konnte, deren höchstes Vergnügen darin bestand, ihn zu verspotten und zu beleidigen?

»Was überlegen Sie, Herr Kommissar?«

»Vielleicht denke ich gerade darüber nach, warum Sie plötzlich so ungewohnt freundlich zu mir sind?«

»Wie es in den Wald hereinruft, so schallt es heraus, Herr Biddling.«

»Sind Sie sich darüber im klaren, daß das auch für Sie selbst gilt, gnädiges Fräulein?«

»Jedesmal, wenn ich versuche, mich mit Ihnen über ernsthafte Angelegenheiten zu unterhalten, nehmen Sie mich nicht für voll. Und ich *hasse* es, nicht für voll genommen zu werden. So einfach ist das.« Sie zuckte mit den Schultern. »Außerdem ärgere ich mich darüber, daß Sie immer noch glauben, ich hätte etwas mit dem Verschwinden von Emilie zu tun.«

Was sollte er darauf erwidern? Seine Zweifel ihr gegenüber hatten weniger mit Sophias Dienstmädchen, sondern vielmehr mit ihrem Sohn zu tun. Richard wußte nicht, wie er Victorias Beziehung zu Eduard einschätzen sollte und ob sie ihm nicht irgend etwas verheimlichte; aber andererseits: Was war Verwerfliches daran, seinen Cousin zu mögen? Schließlich war sie noch ein Kind gewesen, als die Morde geschahen. Wie er es auch drehte und wendete, ein gewisses Mißtrauen blieb trotzdem. Er wünschte sich nichts mehr, als es zerstreuen zu können, und gleichzeitig fürchtete er sich davor. *Vergiß die Weiber, die sind nur gut, um anständige Erben in die Welt zu setzen. Liebe lähmt den Geist, und Glück ersäuft den Verstand, mein Junge.* Meine Güte, wenn es nur so einfach wäre! Richard dachte an seine Mutter, und zum ersten Mal seit Jahren fühlte er keinen Groll mehr gegen sie. Warum sollte sie um einen Mann trauern, der sie im Grunde seines Herzens verachtet hatte? Und was war mit Therese? Würde sie um *ihn* trauern? Vielleicht ein wenig, der Etikette wegen. Er könnte es ihr nicht einmal verübeln. Er hatte sie geheiratet, weil sie eine passende Partie war. Und sie hatte ihn geheiratet, weil er der erste war, der um ihre Hand angehalten hatte. Die meisten Ehen wurden so geschlossen. Es war völlig normal, und doch ...

»Kennen Sie eigentlich Dr. Hoffmanns *Struwwelpeter*, Herr Kommissar?«

»Wen bitte?« fragte Richard verwirrt.

»Ob Sie als Kind auch den *Struwwelpeter* gelesen haben«, wiederholte Victoria. »Sie machen ein Gesicht, als hätte ich Sie etwas fürchterlich Unanständiges gefragt!«

»Nein, nein«, sagte Richard. »Es war nur ... Gibt es denn überhaupt Leute, die den *Struwwelpeter* nicht kennen?«

»Es gibt zumindest nicht wenige, die ihn am liebsten im Meer oder sonstwo versenken würden«, entgegnete sie lachend. »Mama zum Beispiel. Und da geht sie durchaus mit gewichtigen Gelehrten konform, die dem Buch einen bedenklichen Charakter bescheinigen, weil es verwerflich sei, die geistige Nahrung eines Kindes mit Elementen des Häßlichen zu versetzen.«

»Ich habe das Buch als Kind geliebt«, sagte Richard. »Deshalb war es für mich ein besonderes Vergnügen, Dr. Hoffmann persönlich kennenzulernen.«

»Wie schön, daß es wenigstens eine Sache gibt, in der wir einer Meinung sind, Herr Kommissar.« Victoria lächelte. »Was war Ihre Lieblingsgeschichte? Lassen Sie mich raten! Vielleicht die vom Paulinchen, das seine verdiente Strafe bekommt, weil es mit dem Feuer spielte, obwohl es verboten war?«

»Ganz und gar nicht«, antwortete Richard amüsiert. »Ein ungehorsames, hübsches Mädchen, das zu einem Häufchen Asche verbrennt, ist mir doch etwas zu traurig; auch wenn es seine ausweglose Lage selbst verursacht hat, weil es glaubte, ständig alles besser zu wissen.«

»Wenn man dem armen Kind statt eines strikten Nein erklärt hätte, *warum* es die Zündhölzer nicht anfassen soll, hätte es das Verbot bestimmt geachtet!«

Richard lachte. »Wetten, daß ich Ihre Lieblingsgeschichte auf Anhieb herausfinde, Fräulein Könitz?«

»Ach ja?«

»*Da kommt der wilde Jägersmann/zuletzt beim tiefen Brünnchen an./Er springt hinein. Die Not war groß;/es schießt der Has die Flinte los.*« Als sie schwieg, meinte er: »Na ja, allzu schwer war es nicht. Immerhin ist der kleine Hase der einzige Held im ganzen Buch, der nicht nur tun darf, was er will, ohne dafür zur Rechenschaft gezogen zu werden, sondern er triumphiert auch noch über seinen schlimmsten Feind, den bösen, mächtigen Jäger. Und was das Brünnchen angeht ...«

»Am allermeisten habe ich den *Struwwelpeter* gemocht«, unterbrach ihn Victoria trotzig. War es wirklich so leicht, sie zu durchschauen?

»Sie haben mit dem Ratespielchen angefangen, nicht ich!« sagte Richard.

Sie lächelte versöhnlich. »Sie haben ja recht. Ich finde jedenfalls, daß Dr. Hoffmann mit dem *Struwwelpeter* eines der schönsten Kinderbücher geschaffen hat, die es gibt.«

»Sie werden bestimmt noch Ihren Urenkeln daraus vorlesen, gnädiges Fräulein.«

»Bestimmt *nicht*!« entgegnete sie giftig. »Um es mit Schiller zu sagen: Ich denke nicht im Traum daran, im häuslichen Kreise weise zu herrschen und ohne Ende meine fleißigen Hände zu regen!«

»Dienen lerne beizeiten das Weib nach seiner Bestimmung.« Richard grinste, als er ihre böse Miene sah. »Das stammt von Goethe, nicht von mir, gnädiges Fräulein! Und der war immerhin auch Frankfurter, wenn ich nicht irre.«

»Ein ausgebürgerter Frankfurter, weil er keine Lust hatte, Steuern zu zahlen!«

»Somit hat er in Ihren Augen genauso viel Achtung zu erwarten wie ein preußischer Beamter, was?«

»Warum können Sie mich nicht *einmal* ernst nehmen!«

Richard sah sie mit einem festen Blick an. »Also gut. Spaß beiseite. Warum haben Sie Theodor Hortacker mit Ihrer Schwester Maria verkuppelt, Fräulein Könitz?«

Die Frage kam so überraschend, daß Victoria Mühe hatte, die Fassung zu wahren. »Aber wieso? Ich bin doch... Woher haben Sie bloß diese absurde Idee?«

»Sie brauchen mir nichts vorzumachen; ich weiß über das Arrangement Bescheid. Mich interessieren die Gründe dafür.« Provozierend fügte er hinzu: »Hatten Sie Angst, der Liebhaber Emilies könnte um *Ihre* Hand anhalten?«

»Was?« Victoria wurde blaß. »Wiederholen Sie das bitte, Herr Kommissar!« Das Entsetzen in ihrer Stimme klang echt.

Richard zuckte mit den Schultern. »Hannes respektive Sie selbst haben doch die Theorie von Emilies heimlicher Liebschaft in die Welt gesetzt. Und wenn Ihre Annahme stimmt, spricht durchaus einiges dafür, daß Hortacker der Mann war, der...«

»Mein Gott, daran habe ich im kühnsten Traum nicht gedacht!«

Richard sah, daß sie kurz davor war, in Tränen auszubrechen. »Es ist ja bloß eine Vermutung«, versuchte er sie zu beruhigen.

»Aber was für eine! Und das Schlimme daran ist, daß Sie recht haben könnten! Wahrscheinlich ist Emilie deshalb auch bei Hortackers rausgeflogen. Und ich habe am Ende meine Schwester mit einem Mörder verbandelt. Großer Gott!«

»Bis jetzt gibt es nicht den geringsten Hinweis, daß mehr dahinter stecken könnte als eine harmlose Tändelei.«

»Theodor ist berüchtigt dafür, daß er nichts anbrennen läßt, was weiblich, jung und hübsch ist. Aber das hielt meine kleine Schwester nicht davon ab, ihn zum Traumprinzen zu verklären, und ich dachte, ich schlage zwei Fliegen mit einer Klappe, verstehen Sie?«

Richard tat es leid, daß er überhaupt mit dem Thema angefangen hatte. »Noch steht ja gar nicht fest, ob Emilie wirklich tot ist.«

»Ein äußerst schwacher Trost, nicht wahr?« Victoria fuhr sich unauffällig über die Augen. »Ich hoffe...«

Plötzlich hielt die Kutsche an, und sie stellten überrascht fest, daß sie schon am Clesernhof waren. »Sie sollten sich nicht allzuviele Gedanken machen, Fräulein Könitz. Manche Dinge lösen sich sozusagen über Nacht in Wohlgefallen auf«, sagte Richard und stieg aus. Er schloß den Schlag, und Victoria öffnete das Fenster. »Bitte sagen Sie mir Bescheid, wenn Sie... wenn sich irgend etwas ergeben sollte.«

Er lächelte ihr aufmunternd zu. »Ich werde in den nächsten Tagen ohnehin bei Ihnen vorbeikommen müssen, denn die wichtigste Frage haben Sie mir immer noch nicht beantwortet, gnädiges Fräulein.«

»Und die wäre?«

»Was es mit diesen Fingerbildern auf sich hat.« Richard trat zurück und gab dem Kutscher ein Zeichen, daß er losfahren könne.

»Wenn Sie glauben, daß ich Ihre Indiskretion im entferntesten gutheiße, dann täuschen Sie sich aber gewaltig, Herr Kommissar!« rief Victoria ihm beleidigt nach, und es war das erste Mal, daß er sich über einen ihrer Wutausbrüche freute.

Auf Richards Schreibtisch lag ein Zettel von Heiner Braun. *Mußte auf Geheiß von Dr. Rumpff dringend in einer Anarchistensache los. Habe heute früh die Eltern von Louise aufgesucht: Sie war am Wäldchestag nicht bei ihnen!* Das *nicht* hatte der Kriminalschutzmann zweimal dick unterstrichen, und Richard ließ sich seufzend auf seinen Bürostuhl fallen. Langsam war er mit seinem Latein am Ende.

15

*Der verschmitzte Verbrecher weiß nicht selten alle
Spuren der That so geschickt zu verstecken, daß auch
nicht der geringste verdächtige Umstand gefunden wird.*

❖

Victoria fühlte sich elend. Sie hatte sich zu viel zugemutet, und das rächte sich jetzt. Trotzdem würde sie nicht eher zur Ruhe kommen, bis sie diesen schrecklichen Verdacht widerlegt hatte.

Bei dem Gedanken, Theodor könnte tatsächlich Emilies heimlicher Liebhaber gewesen und am Ende womöglich für ihr Verschwinden verantwortlich sein, drehte sich ihr der Magen um. Es würde einen Skandal geben, und die Hochzeit würde platzen. Für Maria wäre es eine Katastrophe! Und sie war schuld daran. Weil sie wieder einmal nur ihren eigenen Vorteil im Sinn gehabt hatte. *Die schlimmsten Waffen sind Worte, denn sie schlagen Wunden in die Seele, Schwester.* Sentimentales Zeug hatte Rudolf Könitz die Äußerungen seines Ältesten genannt. Ernst war gegangen. Um sich die Hörner abzustoßen, wie man so schön sagte. Töchter hatten keine Hörner, sie mußten brav zu Hause bleiben.

Trotzig wischte sich Victoria die Tränen aus den Augen und gab dem Kutscher das Zeichen, zu halten. »Bringen Sie mich zum Haus von Bankier Hortacker!« forderte sie ihn auf.

»Aber Ihre Tante hat doch gesagt...«

»Es ist mir egal, was meine Tante gesagt hat. Fahren Sie!«

Theodor Hortacker war genauso erstaunt wie beim ersten Mal, als Victoria ihn aufgesucht hatte. Mit einem spöttischen Grinsen deutete er auf ihren Mantel. »Haben Sie es so eilig, daß Sie nicht einmal ablegen möchten?«

»Die eine Frage, die ich an Sie habe, kann ich Ihnen auch so stellen!«

Er schüttelte den Kopf. »Was habe ich Ihnen eigentlich getan, daß Sie mich so verabscheuen, Fräulein Könitz?«

»Nichts von Belang, lieber Schwager in spe. Ich mag bloß Ihre Nasenspitze nicht. Warum wurde Emilie Hehl entlassen?«

»Wenn es denn wichtig für Ihr Seelenheil ist: Sie war eine unverschämte, vorlaute Person.« Er musterte sie kühl. »Als gutsituierte Bürgerdame kann man sich solche Charaktermängel unter Umständen gerade noch erlauben, als Dienstmädchen auf keinen Fall.«

Victoria sah ihn böse an. »Das war alles?«

»Verdammt noch mal, ja! Mein Vater hat das dem Beamten von der Kriminalpolizei doch schon hundertundeinmal haarklein erklärt. Was soll diese blöde Fragerei also?«

»Dann werde ich die Sache Ihrem Vater eben zum einhundertundzweiten Mal auseinandersetzen!«

Er faßte sie hart am Arm. »Das werden Sie nicht!«

»Lassen Sie mich auf der Stelle los, Sie Grobian!«

»Erst, wenn Sie mir sagen, was dieses Theater hier soll!«

»Sie finden offenbar nicht nur Gefallen an Kleinbürgertöchtern, sondern auch am weiblichen Teil des Hauspersonals, sofern es jung und hübsch ist, Herr Hortacker«, sagte Victoria verächtlich.

Theodor stieß sie so heftig von sich weg, daß sie ins Stolpern kam. »Soll ich Ihre dreiste Bemerkung etwa so deuten, daß Sie mir unterstellen, ich sei für das Verschwinden dieses dämlichen Dienstmädchens verantwortlich?« Sein Gesicht nahm einen selbstzufriedenen Ausdruck an. »Na ja, sie war durchaus ein adrettes Persönchen, die Kleine. Aber selbst wenn – ich betone ausdrücklich: *wenn* – ich ein bißchen Spaß mit ihr gehabt haben sollte, dann war das an dem Tag vorbei, als Vater sie hinauswarf. Um es deutlich auszudrücken: Ich habe es nicht nötig, irgendwelchen einfältigen Weibsbildern hinterherzulaufen. Es laufen genügend hinter *mir* her!«

Victoria hätte ihm am liebsten eine Ohrfeige verpaßt, aber sie fand keine Zeit, irgend etwas zu tun oder zu sagen, denn plötzlich stürmte Andreas ins Zimmer und ging auf seinen Bruder los. »Du bist der widerlichste Kerl, den ich kenne!« schrie er außer sich vor Wut. Aber bevor er mit seiner schmächtigen Faust ausholen konnte, um Theodor einen Kinnhaken zu verpassen, fand er sich selbst niedergestreckt auf dem Boden wieder.

Victoria half ihm beim Aufstehen. Theodor rieb sich lächelnd seine rechte Hand. »Du solltest inzwischen wissen, daß du gegen mich keine Chance hast, Brüderlein. Und an Türen lauschen nur alte Weiber!« Er sah Victoria an. »Ich rate Ihnen, das Gespräch mit meinem kleinen Bruder fortzusetzen. Unser sensibler Poet wird Ihnen sicher über die Nöte eines Liebenden bereitwillig Auskunft geben. Ich empfehle mich. Guten Tag, die Herrschaften.«

Andreas wischte sich das Blut vom Mund und rief ihm zornig hinterher: »Eines Tages wirst du für deinen Hochmut bezahlen, verlaß dich drauf!«

Theodors Antwort war ein höhnisches Lachen, bevor er die Tür hinter sich ins Schloß warf. Der schmächtige Andreas zitterte am ganzen Körper, und Victoria legte ihm mit einer mütterlichen Geste den Arm um die Schultern. »Es beruhigt mich, daß ich nicht die einzige bin, die sich mit ihrem Bruder prügelt«, sagte sie.

»Aber Fräulein Könitz! Sie sind eine Dame!«

»Na und?« meinte Victoria belustigt. »Auch Damen müssen sich ab und zu ihrer Haut wehren.«

Andreas sah zu Boden. »Und wenn er zehnmal mein Bruder ist, ich hasse ihn!«

»Das kann vorkommen«, sagte Victoria leichthin, obwohl ihr alles andere als wohl war. Dazu war die Erinnerung plötzlich zu lebendig. *Ich hasse und verfluche dich! Leiden sollst du, und häßlich sollst du werden, häßlich wie die Nacht!* Sie ließ Andreas los und fuhr sich mit der Hand über die Augen. Dann ging sie zu einem der Sessel und setzte sich. »Warum haßt du ihn, Andreas?«

Der Junge setzte sich ebenfalls. Er sah sie traurig an. »Weil er rücksichtslos und egoistisch ist, und weil es ihm Spaß macht, auf den Gefühlen anderer Menschen herumzutrampeln. Weil er es genießt, jede Frau zu kriegen, die er will, und...«, er stockte kurz, »weil er es immer wieder schafft, daß die Frauen auf ihn hereinfallen und seinen verlogenen Treueschwüren glauben. Dabei ist Theodor gar nicht fähig, jemanden zu lieben – außer sich selbst.«

»Ist Emilie auch auf ihn reingefallen?«

»Ja«, sagte Andreas leise. »Sie war besessen von dem Gedanken, daß er sie heiraten und aus ihrem Dienstmädchendasein befreien würde. Dabei wollte er nur das eine von ihr, und als sie ihm das gegeben hatte, war sie nicht mehr interessant für ihn.«

Victoria bekam Gänsehaut. »Und wegen dieser Sache ist sie entlassen worden?«

Andreas zögerte einen Moment, ehe er antwortete. »Ja. Das war wohl der Grund.«

»Weißt du, ob sich dein Bruder trotzdem weiterhin mit ihr getroffen hat? Nachts vielleicht? Im Glashaus meines Onkels?«

Andreas wurde kreidebleich. »Glauben Sie etwa, Theodor ... daß er sie *umgebracht* hat?«

»Nein. Ich möchte nur wissen, ob ihre Beziehung nach Emilies Entlassung weiterbestand.« Victoria war erstaunt, wie sachlich ihre Stimme klang. Dabei stand sie kurz vor dem Zerreißen. Was, wenn er jetzt *Ja* sagte?

»Mein Bruder ist ein zu bequemer Mensch, als daß er Mühe darauf verwenden würde, sich mit einem abgelegten Dienstmädchen in einer ungemütlichen Orangerie zum Stelldichein zu treffen«, sagte Andreas bitter.

Victoria atmete auf. »Und da bist du sicher?«

»Ziemlich.« Verächtlich fügte er hinzu: »Er hat ja genügend Auswahl, und notfalls tut es auch eine Dirne, sofern sie über ein weiches Bett verfügt.«

»Danke«, sagte Victoria.

»Wofür?«

»Daß du so ehrlich zu mir bist.«

»Bin ich das?« fragte Andreas traurig und stand auf.

»Dein Vater hat gegenüber der Polizei behauptet, Emilie sei wegen Unzuverlässigkeit gekündigt worden.«

»Was sollte er denn anderes sagen? Theodor ist sein ältester Sohn, und wenn er erst verheiratet ist, kräht nicht Huhn noch Hahn mehr nach seiner Vergangenheit.«

Victoria erhob sich mühsam aus ihrem Sessel und reichte Andreas die Hand. »Mach's gut. Wir sehen uns spätestens auf Marias Hochzeit, ja?«

»Werden Sie mir einen Tanz schenken?«

Victoria lächelte. »Wenn ich bis dahin wieder in Form bin, gerne auch zwei.«

»Ihre Schwester tut mir leid, Fräulein Könitz.«

»Mir auch, Andreas. Aber sie hat es nicht anders gewollt.«

Victoria war darauf vorbereitet, daß ihre Mutter bei ihrem Anblick ungehalten reagieren würde. Trotzdem tat es ihr weh, daß Henriette nicht einmal fragte, wie es ihr ging, sondern ihr sofort Vorwürfe machte. »Du bist doch nicht etwa in diesem Aufzug durch die Stadt gefahren!« rief sie mit einem entrüsteten Blick auf Victorias ungeschnürte Taille.

»Es hat mich ja keiner gesehen, Mama«, log Victoria. »Ich bin bloß gekommen, um noch ein paar Kleider zu holen.«

»Das heißt also, daß du das Haus deines Onkels deinem Heim hier weiterhin vorzuziehen gedenkst.«

Meine Güte, konnte sie sich nicht weniger theatralisch ausdrücken? »Papa hat es mir erlaubt.«

»Weil er nicht nachdenkt!« sagte Henriette spitz. »Aber wenn die arme Sophia eine Ersatztochter braucht – bitte sehr!«

Victoria konnte machen, was sie wollte, ihre Mutter blieb ein Buch mit sieben Siegeln für sie. Doch sie hatte immer weniger Verlangen danach, eins davon zu lösen. Als Kind hatte sie unter Henriettes abweisender, spröder Art gelitten, jetzt nicht mehr. Wenn sie etwas wollte, ging sie zu ihrem Vater. Der hatte zwar seine Prinzipien, aber er gab ihr nicht ständig dieses Gefühl der Unzulänglichkeit. Bei aller Strenge zeigte er wenigstens ein bißchen Achtung vor den Bedürfnissen seiner Kinder, auch wenn Victoria sich nichts vormachte: Ihre Brüder würden immer an erster Stelle stehen, und Rudolf Könitz' Verständnis für seine Tochter würde spätestens dann enden, wenn er ihr den nächsten Heiratskandidaten präsentierte. »Kann ich Louise mitnehmen?« fragte sie.

»Nein«, entgegnete Henriette gereizt. »Ich brauche sie hier. Wir haben morgen Waschtag. Im übrigen verfügt die liebe Sophia über genügend Personal, um dir für die Dauer deines Besuches jemanden zu überlassen!«

Die liebe Sophia sprach sie mit einer Verachtung aus, als zertrete sie eine Wanze am Boden, und Victoria erinnerte sich plötzlich an das belauschte Gespräch im Kontor. *Sie hat Anmut, sie ist gebildet, und sie ist beliebt. Alles Eigenschaften, die dir fehlen.* Sie hatte es vermutet, jetzt wußte sie es: Ihr Vater hatte von Sophia geredet! Und er hatte recht. Henriette war abstoßend in ihrer Gefühlskälte und Eifersucht, in ihrem lächerlichen Bemühen, einer Frau das Wasser zu reichen, die ihr in jeder Hinsicht überlegen war. »Ich gehe nach oben, Mama.« Als ihre Mutter Anstalten machte, mit ihrem Gezeter fortzufahren, fügte Victoria ungeduldig hinzu: »Entschuldige, aber ich habe Schmerzen. Ich will nur ein paar Sachen holen.«

»Du mußt wissen, was du tust. Du bist erwachsen.« Beiden war klar, daß sich das nicht auf irgendwelche Kleider bezog.

»Ja, Mama«, sagte Victoria kühl und ging hinaus. Mit kleinen Schritten quälte sie sich die Treppe hinauf und wollte gerade in ihrem Zimmer verschwinden, als Maria über den Flur kam. »Victoria!« rief sie überrascht. »Wie schön, dich zu sehen! Geht es dir gut?«

»Ja«, entgegnete Victoria knapp. Sie sah, daß sich auch ihre Schwester nicht für ihr Befinden interessierte. Dafür war sie viel zu sehr mit ihren eigenen Dingen beschäftigt.

»Stell dir vor, ich habe heute morgen beim Schneider das Brautkleid anprobiert!« Begeistert drehte Maria sich im Kreis herum. »Es ist ein Traum. Ein Traum aus weißer Seide, Tüll und Spitzen. Ich werde eine Königin sein. Ach, ich bin der glücklichste Mensch auf der ganzen Welt! So viel Glück habe ich in mir, daß ich es kaum fassen kann.«

»Genieße es«, sagte Victoria lächelnd, obwohl ihr zum Heulen war. Was hatte sie bloß angerichtet!

»Ich bin dir ja so dankbar. Ich könnte dich küssen!« rief Maria überschwenglich, und Victoria schrie auf vor Schmerz, als sie ihr ohne Vorwarnung um den Hals fiel. Maria fuhr erschrocken zurück. »Oh, entschuldige, ich wußte ja nicht, daß es so schlimm ist!«

Victoria rang sich ein Lächeln ab. »Halb so wild, Schwesterherz. Freu dich nur!« *Solange du noch kannst.*

»Bleibst du hier?« Maria lachte. »Ich habe übrigens deine Kaffeedecke fertig. Sie liegt auf deinem Bett.«

»Das ist lieb.« *Du würdest sie mir um die Ohren schlagen, wenn du wüßtest, was ich weiß.*

»Ich besticke dir gerne noch eine, wenn du möchtest. Oder auch zwei!«

Sie war ein Kind. Ein unbedarftes, rührendes Kind. Das Erwachen würde fürchterlich sein. Egal, ob der Bräutigam nun Hortacker oder anders hieß. »Ich werde noch einige Tage bei Onkel Konrad und Tante Sophia wohnen und bin nur gekommen, um ein paar Sachen zu holen«, sagte Victoria.

»Sieh zu, daß du bis zu meiner Hochzeit wieder auf den Beinen bist, Schwester!« rief Maria fröhlich und lief singend über den Flur davon. Victoria betrat ihr Zimmer und ging an ihrem Ankleideraum vorbei zum Schreibtisch. Wegen Modeaccessoires hatte sie sich bestimmt nicht hergeschleppt! Andächtig strich sie über die lederbezogene Arbeitsfläche und die feinen Holzintarsien des *Bureau* plat. Es tat weh, zu wissen, daß ihr Bruder nie mehr an diesem schönen Möbel sitzen würde. Ihr Vater würde toben, wenn er es erführe. Er ging fest davon aus, daß sein Ältester bald aus Indien zurückkommen würde, um seine Nachfolge anzutreten. Die Rückkehr Eduards hatte ihn in dieser Hoffnung sogar noch bestärkt. Ernst erwartete ein prächtiges Erbe, und es lag jenseits aller Vorstellungskraft des kaufmännisch-nüchtern denkenden Rudolf Könitz, daß sein Sohn für sein Leben andere Pläne haben könnte. Victoria zog die unterste Schublade heraus, öffnete das Geheimfach und wühlte darin herum, bis sie den kleinen blauen Umschlag fand. Sie hatte es tatsächlich vergessen. Einfach vergessen! Sie wußte, daß der Kommissar ungehalten darüber sein würde, und diesmal nicht zu Unrecht. Als sie zur Tür ging, fiel ihr Blick in den großen Spiegel. Sie trat näher und betrachtete ihr blasses Gesicht und die verschorfte Wunde auf ihrer Stirn. »Besonders anziehend siehst du heute wirklich nicht aus, Victoria Könitz«, sagte sie zu ihrem Spiegelbild. »Du denkst zu viel nach. Das macht alt und häßlich!« *Vor allem denkst du entschieden zu viel über einen bestimmten preußischen Beamten nach.* Wütend streckte sie sich selbst die Zunge heraus.

»Was machen Sie denn da, Herr Kommissar?«

Richard wischte sich hastig seine schwarzen Finger an einem Stück Papier ab und grinste verlegen. »Ich wollte nur mal sehen, wie sich die bösen Buben gefühlt haben, als der große Nikolas sie ins Tintenfaß steckte.«

»Was hat er gesagt?«

»Wer? Der Mohr oder Nikolas?«

»Der Doktor natürlich!« Heiner sah seinen Vorgesetzten kopfschüttelnd an. »Kann es sein, daß Ihr Besuch im Irrenschloß irgendwelche Nachwirkungen zeitigt?« Lachend zerknüllte Richard das Papier und warf es nach seinem Kollegen, der sich schnell duckte. »Scheinbar ja«, sagte Heiner und setzte sich. »Ich habe Neuigkeiten für Sie.«

»Ich für Sie auch«, entgegnete Richard und wurde ernst. »Sie zuerst: Was ist mit dieser Louise?«

»Ich habe sie für morgen vormittag um elf zum Verhör bestellen lassen und hoffe, daß sie uns dann endlich erzählt, wen sie am Wäldchestag wirklich mit ihrem Besuch beehrt hat. Doch das ist längst nicht alles.«

»Nebenbei haben Sie ein paar Anarchisten ausgehoben, wenn ich Ihre Notiz richtig deute?«

»Ein Spitzel hat Hinweise auf ein geheimes Treffen gegeben. Dr. Rumpff ist überzeugt davon, daß wir mit einem neuen Anschlag rechnen müssen. Er weiß nur noch nicht, wann und wo.«

»Dafür wissen *wir* nicht, wer und warum«, stellte Richard zynisch fest. »Diese vertrackte Sache zieht mir langsam den letzten Nerv! Eine Tote, die nicht vermißt wird, eine tote oder nicht tote Vermißte, lügende Zofen, Fischer und Bürgerdamen im halben Dutzend – und kein ernsthaft Verdächtiger weit und breit. Und das seit Mai! Ich komme mir allmählich vor wie ein Depp, Braun.«

»Und ich dachte immer, Ihre Nerven seien dick wie Batzenstricke, Herr Kommissar. Ach ja, ehe ich es vergesse...«, Heiner kramte in seiner Hosentasche und zog einen schmalen, blauen Briefumschlag heraus. »Das hat eben ein Bote für Sie abgegeben.«

Richard nahm das Kuvert und betrachtete es neugierig. Es stand kein Absender darauf. Er öffnete es und nahm einen zum Umschlag passenden, schwach nach Rosen duftenden Briefbogen heraus. Als er ihn auseinanderfaltete, fiel ein kleines braunes Stoffstück zu Boden. Er bückte sich danach und reichte es Braun, der ihn fragend anschaute.

Richard las vor: »*Theodor Hortacker war's nicht, aber der es war, hat jetzt ein Loch im Mantel. Wenn Sie noch Fragen haben: Ich gehe morgen nachmittag wie gewöhnlich in den Anlagen spazieren. B. weiß Bescheid. V. K.*«

»Von Fräulein Könitz!« rief Heiner.

»Ach, sieh an, B-Punkt weiß tatsächlich Bescheid.«

Heiner zuckte mit den Schultern. »In den Anlagen war einer unserer Treffpunkte.« Als er Richards entgeisterten Blick sah, fügte er grinsend hinzu: »Von Hannes und mir. Oder was dachten Sie? Hinter einer leichten Anhöhe, links vom Eschenheimer Turm, befindet sich neben dem Spazierweg ein kleines Rosenrondell mit zwei Bänken. Sie können es gar nicht verfehlen.«

»Dann hoffen wir mal, daß morgen schönes Wetter ist.«

»Was meint sie eigentlich mit *Hortacker war's nicht?*«

Richard räusperte sich. »Sie hat heute vormittag zufällig ihre Schwester besucht, als ich bei Dr. Hoffmann war. Und ich schien sie ziemlich erschreckt zu haben, als ich andeutete, daß Theodor Hortacker Emilies Liebhaber gewesen sein könnte.«

»Mußte das unbedingt sein?«

»Ich bin davon ausgegangen, daß der Gedanke für sie nicht allzu abwegig ist. Immerhin kann sie zwei und zwei zusammenzählen. Aber statt über Fräulein Könitz' Seelenleben sollten wir lieber über Fakten reden. Dr. Hoffmann empfiehlt, die Sektion wiederholen zu lassen«, sagte Richard und klärte seinen Kollegen über die Unstimmigkeiten auf, die der Arzt in dem Autopsieprotokoll festgestellt hatte. »Fast wünsche ich mir, daß es tatsächlich Emilie ist.«

»Viel Hoffnung, daß sie jetzt noch lebend gefunden wird, besteht ohnehin nicht mehr«, entgegnete Heiner. »Im übrigen war ich mit meinen Neuigkeiten noch nicht am Ende. Allerdings haben die nichts mit Emilie Hehl zu tun.«

»Sondern?«

»Ich habe die alte Holzsammlerin aufgestöbert, Herr Kommissar.« Heiner rieb sich sein Kinn. »Sie wissen schon: die damals den *Stadtwaldwürger* gesehen hat.«

»Wo?«

»Hier in der Altstadt.«

»Das gibt es doch nicht! Ich habe Gott und die Welt in Bewegung gesetzt, um sie zu finden!«

»Und ich habe Anna Bauder gefragt.«

»Die Mutter der ermordeten Christiane?« rief Richard. »Das habe ich auch! Aber sie lehnte es strikt ab, mit mir zu sprechen. Sie hat mich nicht mal ins Haus gelassen.«

»Ich habe sie nicht zu Hause befragt.«

»Sondern?«

»Auf dem Friedhof, Herr Kommissar. Am Grab ihrer Tochter. Das alte Lenchen wohnt bei Anna Bauder zur Untermiete. Seit zwei Jahren schon.«

Richard grinste. »Sie sind ein Schuft, Braun – einfach die Sentimentalitäten der Leute für Ihre eigenen Zwecke auszunutzen!«

»Wenn Sie wollen, können wir sie morgen früh besuchen, bevor Louise Kübler zum Verhör kommt.«

Richard fuhr sich durchs Haar. »Da haben wir ja allerhand vor«, sagte er.

»Ich dachte, Sie wollten so schnell wie möglich Ihr Wer und Warum beantworten, Herr Biddling.«

»Im Falle des *Stadtwaldwürgers* geht es mir nur noch um das Warum, Herr Braun.«

»Wenn Sie sich da mal nicht täuschen.« Heiner bückte sich nach dem zerknüllten Papier. »Die Buben im Tintenfaß nehme ich Ihnen jedenfalls nicht ab, Kollege.« Er warf das Knäuel Richard zu, der es geschickt auffing.

»Nein? Dann muß ich Ihnen eben beichten, daß ich gerade dabei war, eine neue Methode der Kriminalwissenschaft auszuprobieren, als Sie mich so dreist störten.«

»Methode der Kriminalwissenschaft – mit tintigen Fingern?«

»Fingerbilder, Braun. Man nennt es Fingerbilder.«

»Nie gehört«, meinte Heiner verwundert. »Welchen Zweck soll das haben?«

»Ganz einfach.« Richard schwärzte seinen rechten Zeigefinger mit etwas Stempelfarbe und drückte ihn auf ein weißes Blatt Papier. Er winkte Heiner zu seinem Schreibtisch. »So, und jetzt Ihrer!«

»Sie wollen doch nicht...!«

»Kneifen gilt nicht!« Richard nahm Heiners Hand, färbte ihm den Zeigefinger ein und forderte ihn auf, seinen Abdruck ebenfalls auf das Papier zu setzen. Dann reichte er ihm das Blatt und eine Lupe. »Schauen Sie sich das an! Sie sind verschieden.«

»Ich wäre auch beleidigt, wenn ich die gleichen Spuren hinterließe wie ein Preuße«, sagte Heiner und schaute angestrengt durch das Vergrößerungsglas. »Also, ehrlich, Herr Kommissar, ich seh gar nichts.«

»Ein britischer Verwaltungsbeamter namens Herschel hat in Indien fast zwanzig Jahre lang Fingerbilder gesammelt und herausgefunden, daß sie bei jedem Menschen anders sind und sich sein ganzes Leben hindurch nicht verändern.«

»Na ja, wenn der zwanzig Jahre dazu gebraucht hat, werde ich es kaum in zwanzig Sekunden schaffen«, stellte Heiner fest und gab Blatt und Lupe zurück. »Beeindruckend wäre es allerdings schon. Allein, mir fehlt der rechte Glaube. Wenn es wirklich so einfach wäre, warum nutzt die Polizei dieses Wundermittel nicht schon längst?«

»Bitte, Braun! Sie sind ja wohl lange genug Beamter, um zu wissen, wie langsam Bürokratenmühlen mahlen. Außerdem weiß ich nicht, ob die Methode in Deutschland überhaupt bekannt ist.«

»Und wie haben Sie davon erfahren?«

Richard zuckte mit den Schultern. »Man hat so seine Quellen.«

»Sprudeln die vielleicht in Paris?«

»Nein, aber dort habe ich auch einige Dinge gesehen, die mehr als eine Überlegung wert wären.«

Heiner warf einen Blick auf die Uhr. »Warum setzen wir dieses interessante Gespräch nicht bei einem gemütlichen Schoppen fort, Herr Kommissar? Es ist spät genug, und irgendwann muß man die Akten schließlich mal zuklappen.«

»Sie wollen mich doch nicht etwa in eine Apfelweinschenke schleppen, Braun?« rief Richard entrüstet.

»Sie werden begeistert sein, das schwöre ich Ihnen.«

»Und was, wenn nicht?«

»Dann gehe ich morgen ins Gefängnis und schwärze eigenhändig sämtlichen Insassen die Finger, damit Sie in aller Ausgiebigkeit Ihrer neuen Methode der Kriminalwissenschaft frönen können!«

Fünfzehn Minuten später überquerten die beiden Männer den Eisernen Steg und verschwanden kurz darauf in den verwinkelten Gassen von Sachsenhausen.

16

Das Publikum hat einen solchen Widerwillen davor, sich als Zeuge vernehmen zu lassen, daß die Untersuchungen hierunter wesentlich leiden. Der Zeuge fürchtet zunächst, daß ihm Laufereien und Versäumnisse aus seiner Zeugenschaft entstehen werden und ängstigt sich vor der Rache des Verbrechers und der Angehörigen desselben. In vielen Fällen hat der Zeuge hierin ganz Recht, und der Polizeibeamte wird das öffentliche Interesse wesentlich befördern, wenn er diesen Rücksichten möglichst Rechnung trägt.

Heiner Braun deutete auf ein schiefes, heruntergekommenes Häuschen, über dessen Eingangstür ein Fichtenkranz mit einem Apfel in der Mitte befestigt war. »Das Zeichen, daß hier *gezappt* wird; also nichts wie hinein!«

»Bei dem Geschrei hätte es keinen Kranz gebraucht, um das festzustellen«, sagte Richard, als sie den vollbesetzten Schankraum betraten, der vor seiner Inbetriebnahme offenbar als Abstellkammer gedient hatte, denn in einer Ecke standen noch einige Körbe und eine Leiter herum.

Die Möblierung der Apfelweinwirtschaft beschränkte sich auf einen grob zusammengezimmerten Schanktisch mit einem Trocken- und Ablaufbrett, ein Regal mit Gläsern, Kartenspielen, Kreideschachteln und Zigarrenkisten darauf und ein gutes Dutzend blankgescheuerte Tische und Bänke, an denen sich zahllose Gäste, Schulter an Schulter, Rücken an Rücken, lautstark vergnügten. Dem Aussehen nach waren die meisten von ihnen Fischer, Gärtner oder Handwerker, aber Richard sah hier und dort auch vornehm gekleidete Männer dazwischen sitzen, die amüsiert dem derben Sachsenhäuser Kauderwelsch lauschten und in regelmäßigen Abständen in lautes Gelächter ausbrachen.

»Herr Wirt! Könnten Sie mir wohl etwas Butter zu meinem

Schinkenbrötchen bringen?« rief einer der auswärtigen Gäste, und Richard beobachtete fasziniert, wie sich auf der Stirn des grobschlächtigen, mit einem kolossalen Schmerbauch gesegneten Wirtes zwei tiefe, rote Zornesfalten bildeten.

»Wos will der? Butter?« brüllte er los, und sein Doppelkinn erbebte vor Entrüstung. »Ich eß mei Schinkebrödcher ohne Butter, do könne Sie se aach ohne Butter runnerbringe!«

»Wahrlich die Liebenswürdigkeit in Person, diese Sachsenhäuser«, sagte Richard kopfschüttelnd.

Heiner grinste. »Es gibt eine Menge Leute, die aus aller Welt angereist kommen, um genau diese Liebenswürdigkeit mit eigenen Ohren zu hören, und sie wären entsetzlich enttäuscht, wenn der Matthes und seinesgleichen plötzlich *bitte* sagen würden.«

Der dicke Matthes wandte sich unterdessen ungerührt einem hölzernen, kippbaren Gestell zu, in dem ein bauchiger Steinkrug lag, und schenkte nacheinander eine Reihe Gläser voll, die eine pausbäckige, junge Frau auf ein Tablett stellte.

»Haben Sie das leise Ächzen gehört?« fragte Heiner.

»Wie sollte ich bei dem Krach ein leises Ächzen hören!« entgegnete Richard gereizt und wedelte den stinkenden Tabaksqualm beiseite, den ein vor ihm sitzender Fischer in die Luft blies.

Heiner deutete auf das Holzgestell auf dem Schanktisch. »Der Faulenzer! So heißt das Ding, weil es beim Schaffen immer ächzt. Und den Krug nennt man Bembel, Herr Kommissar.«

»Mein Leben wäre wahrlich ärmer ohne dieses wichtige Wissen.«

»Meine Rede! Ich erzähle Ihnen von Frankfurt, und Sie erzählen mir von Paris.«

»In diesem Getöse wollen Sie sich ernsthaft mit mir unterhalten? Man versteht ja sein eigenes Wort nicht! Im übrigen ist kein Platz frei.«

»Man kann sich hier ernsthaft unterhalten? Recht haben Sie. Aber es ist durchaus erlaubt, auch Witze zu machen. Guten Abend, Lisi«, begrüßte Heiner die pausbäckige Kellnerin, die mit dem vollen Tablett an ihnen vorbeiging.

»Gu'n Awend, Herr Braun«, sagte die Frau und rief dem Wirt über die Schulter zu: »Vadder, mach Licht, ich erkenn' die Leut' net mehr!«

»Ich glaube, da hinten wird ein Platz frei.« Heiner ging durch die verräucherte Luft zu einem Tisch, von dem gerade ein älterer Mann aufstand. Als er sich zu den beiden Beamten umdrehte, rief Heiner erfreut: »Ach, der Herr Stoltze! Wie geht's Ihnen denn?«

»Gut, Herr Braun, gut.« Mit einem Blick auf Richard fragte er: »Ein Kollege von Ihnen?«

Heiner nickte. »Aus Berlin. Aber trotzdem in Ordnung.«

Die beiden Männer lachten und verabschiedeten sich herzlich voneinander. Richard hatte keine Zeit, darüber nachzudenken, ob er sich über Brauns freche Bemerkung ärgern sollte oder nicht, denn der Mann, neben dem Stoltze gesessen hatte, zupfte ihn am Ärmel und sagte in breitem Dialekt: »Setze'se Ihne schnell, eh' sich en annern hiehockt.« Und dann brüllte er die neben ihm Sitzenden an: »Dunnerwetter! Macht emol Platz!« Als das nichts nützte, fügte er in noch größerer Lautstärke hinzu: »Gottverdammich! Rickt zesamme, ihr faule Schinnöser!«

Mit gemischten Gefühlen setzte sich Richard neben den Mann auf die Bank. »Sie sin net von Frankfort, Herr Nachbar, gell?« fragte sein Gegenüber, seinem Aussehen nach ebenfalls ein Fischer, und starrte ihn aus geröteten Augen neugierig an.

»Ich komme aus Berlin«, sagte Richard.

Der Fischer grinste. »Neulich kimmt en Preuß in die Wertsstubb un fracht, ob er Rum kriejen kann. Un wißt ihr, was die Lisi gesacht hat?« Triumphierend blickte er in die Runde. »Hier werd net rumgekroche, hier werd Äppelwoi getrunke!« Alle ringsum brachen in schallendes Gelächter aus, und der Witzeerzähler schaute Richard mit einem unschuldigen Gesichtsausdruck an. »Nix für ungut, der Herr. Lache is gesund! Un den Unnerschied zwische 'em Berliner un 'em Sachsehäuser kenne Se ja?«

Richard zuckte hilflos mit den Schultern. Wo war er hier bloß hingeraten? *Warte nur Braun, die Rache wird fürchterlich sein!*

»Na, ganz einfach«, belehrte ihn sein Nachbar, »der Berliner spricht: Mir kann keener. Un de Sachsehäuser sacht: Mich könne se all...! Lisi, bring dem Herrn 'n Schoppe!«

Richard seufzte unhörbar. Es gab wahrscheinlich nur eine Möglichkeit, dieses Geschwätz zu ertragen. Energisch verdrängte er den Gedanken an sein saures Erlebnis mit dem so harmlos aussehenden Getränk und ergriff mutig das gerippte Glas, das die dralle Lisi vor ihm abgestellt hatte. Er prostete dem Spender zu und leerte es in einem Zug aus.

Dem Sachsenhäuser blieb vor Erstaunen der Mund offenstehen. Richard deutete achselzuckend auf Heiner, der sich neben ihn auf die äußerste Kante der Bank gequetscht hatte. »Mein Freund hier ist ein alter Frankfurter, und er hat mir versichert, daß man von dem Gesöff mindestens zehn Schoppen trinken muß, damit es einigermaßen genießbar wird.«

Das Gebrüll, das daraufhin einsetzte, war ebenso heftig wie die derben Flüche und Schmähungen, die auf den armen Braun niederprasselten. Erst als er sich dazu bereit erklärte, eine Runde für den ganzen Tisch zu spendieren, kehrte wieder etwas Ruhe ein.

»Das kommt davon, wenn man einen preußischen Beamten ärgert«, sagte Richard und probierte seinen zweiten Schoppen. Ganz so schlecht, wie er anfangs dachte, schmeckte dieser *Äppelwoi* nun auch wieder nicht.

Heiner hob sein Glas. »Ich gebe mich geschlagen, Herr Biddling. Und jetzt erzählen Sie von Paris!«

»Erst sagen Sie mir, wer dieser Stoltze war, den Sie eben so zuvorkommend begrüßt haben. Ich glaube, den Namen schon irgendwo gehört zu haben.«

»Eher gelesen wahrscheinlich, Herr Kommissar. In der *Latern* – oder auf einem Fahndungsplakat.«

»Wie bitte?«

»Friedrich Stoltze war lange Zeit der *gesuchteste* Dichter von ganz Frankfurt. Bismarck liebt ihn bis heute, und die Preußen waren schon vor der Annexion seine besten Freunde; weil er nämlich so viele nette Geschichten über sie geschrieben hat in seiner Zeitung, der *Frankfurter Latern*, die sogar bis nach Berlin leuchtet.« Die Fältchen um Brauns Augen vertieften sich, als er weitersprach. »Dem Herrn Bismarck hat er zum Beispiel einen neuen *Struwwelpeter* gewidmet: Sammlung aller Ungezogenheiten und Grobheiten des Herren von ... Seht einmal, hier ist er, der garstige Minister! Aber leider hat's dem Minister nicht gefallen, und ...«

»Das ist eine Beleidigung Bismarcks!« rief Richard. »Sie als Beamter sollten ...«

»Das gleiche hat ein pflichtbewußter Staatsanwalt Stoltze auch vorgeworfen. Die wollten den Ärmsten sogar einsperren. Und wissen Sie, was in der nächsten Ausgabe der *Latern* stand? *Ihr könnt in meinen alten Tagen / mich schleppen vor ein Straf-*

gericht / Mich samt der Gicht ins Zuchthaus tragen / Doch bessern, bessern wird's mich nicht! Recht hat er!« Heiner zwinkerte Richard zu. »Inzwischen haben wir Altfrankfurter uns ja schon fast an die Preußen gewöhnt. Stellen Sie sich vor: Es gibt hier in Sachsenhausen sogar eine Apfelweinschenke mit einer Bismarck-Gedenk-Ecke.«
»Wie tröstlich.«
»Die Legende erzählt, daß unser eiserner Kanzler anno einundsiebzig nicht etwa wegen des Friedensvertrags nach Frankfurt kam, sondern weil er die vielgepriesene Liebenswürdigkeit der Sachsenhäuser Apfelweinwirte kennenlernen und in Ruhe ein Schöppchen trinken wollte. Aber genug jetzt von den Frankfurter Geschichten. Sie sind dran. Wann waren Sie in Paris?«
Richard nahm einen Schluck von seinem Apfelwein und räusperte sich. »Vor zwei Jahren. Es war reiner Zufall. Einer unserer Chefs brauchte einen Büttel.«
»Und der waren Sie?« fragte Heiner amüsiert.
»Nun, wie Sie wissen, hat jeder Beamte mindestens einen Vorgesetzten. Und während der meine bedeutsame Gespräche mit dem Pariser Polizeipräfekten Andrieux führte, habe ich mich ein bißchen in der *Sûreté* umgeschaut. Es war ein Jammer, kann ich Ihnen sagen.«
Heiner sah Richard erstaunt an. »Rühmt man nicht die Pariser Kriminalpolizei als die fortschrittlichste und beste der Welt?«
»Man kann nicht ewig vom Ruhm der Gestrigen leben, aber genau das wird dort praktiziert. Nur will es keiner wahrhaben.«
»Wie meinen Sie das?«
»Ich meine, daß es auf die Dauer nicht gutgehen kann, wenn man Kriminelle zu Ordnungshütern macht.«
»Einen Dieb fängt man am besten mit einem Dieb, Herr Kommissar«, entgegnete Heiner freundlich.
»Das ist nicht Ihr Ernst, Braun!«
»So halbwegs schon. Der Dieb muß ja nicht gleich Beamter werden. Aber ich weiß ja: Sie mögen keine Vigilanten. Obwohl Ihre Berliner Kollegen in dieser Hinsicht auch nicht gerade Waisenknaben sind, wie ich hörte.«
»Sie werden es nicht glauben«, sagte Richard, »aber in der *Sûreté* habe ich einen Mann kennengelernt, der Ihnen in puncto ungehörigen Betragens und Sarkasmus das Wasser hätte reichen können.«

»Tatsächlich?«

»Tatsächlich. Sein Name war Alphonse Bertillon, und ich frage mich manchmal, was wohl aus ihm geworden ist.«

»Seit wann trauern Sie disziplinlosen Beamten hinterher?«

»Ich trauere nicht, ich stelle wissenschaftliche Überlegungen an.«

»Aber meine Finger lassen Sie diesmal in Ruhe, ja?« rief Heiner entsetzt. »Ich mußte mir fast die Haut herunterschrubben, bis die Stempelfarbe endlich weg war!«

»Haben Sie schon mal was von den *Quételetschen Kurven* gehört, Braun?«

»Ist das ein Boulevard in Paris?«

»Mit Ihnen ist einfach nicht zu reden!«

»Aber zu trinken, Herr Kommissar.« Heiner winkte Lisi heran, die zwei weitere Schoppen vor ihnen abstellte.

Richard prostete seinem Nachbarn zu und trank einen großen Schluck, ehe er sich wieder seinem Kollegen zuwandte. »Nur zu Ihrer Kenntnis, Braun: Quételet war ein belgischer Forscher, und er hat sich mit den Körpermaßen der Menschen beschäftigt.«

»Was ist daran Besonderes? Nichts anderes tun Schneidermeister auch.«

Richard verdrehte die Augen. »Es ist offenbar völlig sinnlos, Ihnen wissenschaftliche Gedanken näherzubringen.«

»Solange sie nicht mit geschwärzten Fingern einhergehen, bin ich gerne bereit, sie anzuhören. Dieser sarkastische Bertillon hat Ihnen also von diesen ... diesen Quéte ... tele ... tetschen Kurven erzählt, oder wie?« Heiner leerte sein Glas und rief nach Lisi, um Nachschub zu bestellen.

»Er hat behauptet, daß es möglich sei, einen Verbrecher anhand seiner Körpermaße zu identifizieren, weil es keine zwei Menschen auf der Welt gibt, bei denen die Abmessungen aller Gliedmaßen übereinstimmen.«

»Du liebe Güte. Trinken Sie, Herr Kommissar! Wenn Ihnen der Apfelwein nicht schmeckt, muß ich womöglich morgen unseren Gefängnisinsassen nicht nur die Finger schwarz färben, sondern sie auch noch alle ausmessen.«

»Sie sind unmöglich, Braun.« Richard lachte, und er wußte nicht, ob es Brauns Witzeleien oder die Apfelweinschoppen waren, die ihn so heiter stimmten. Es war ihm auch egal.

Heiner kratzte sich nachdenklich am Kinn. »Was meinen Sie? Sollten wir das alte Lenchen morgen fragen, ob sie beim Holzsammeln den *Stadtwaldwürger* nicht nur gesehen hat, sondern sich vielleicht auch noch an die Länge seiner Arme und Beine erinnern kann?«

Richard grinste. »Und anschließend messen wir bei Eduard Könitz nach, und schon haben wir ihn. Eine großartige Idee, Herr Kollege. Daß ich darauf nicht selbst gekommen bin!«

»Unterbeamte sind zuweilen nicht ganz so dumm, wie Oberbeamte manchmal meinen.«

Richard hob sein Apfelweinglas. »Gleich morgen werde ich Dr. Rumpff empfehlen, Sie unverzüglich zum Wachtmeister zu befördern, Braun. Prost!«

»Prost, Herr Kommissar! Auf baldigen Erfolg in allen unseren Ermittlungen.«

Als die beiden Männer um Mitternacht über die Alte Brücke nach *hibb de Bach* zurückwankten, hatte Richard den Überblick über die Anzahl der genossenen Schoppen längst verloren. Der Boden unter seinen Füßen schien sich leicht zu bewegen. Unter dem *Brickegickel* blieb er stehen, lehnte sich gegen die Brüstung und sah in den schwarzen Fluß hinunter. »Leichen – im Dunkel der Nacht versenkt«, murmelte er in Erinnerung an Brauns Worte. »Hier hat die ganze Malaise angefangen, und wir sind keinen einzigen Schritt weitergekommen in all den Wochen.« Seine Stimme klang verwaschen.

Heiner stellte sich neben ihn und schaute ebenfalls ins Wasser. »Können Sie denn nicht wenigstens für ein paar Stunden diesen ganzen Kram mal vergessen?«

»Mein Vater wäre entsetzt, wenn er mich jetzt sähe«, sagte Richard. Der Apfelwein löste ihm die Zunge. »Sich mit einem Untergebenen in einer Schenke herumzutreiben und zu betrinken! Disziplinlose Kumpanei, eines Vorgesetzten unwürdig! Einfach beschämend!«

»Ihr Vater ist tot, Richard Biddling«, entgegnete Heiner ruhig. »Wann wollen Sie damit aufhören, einem Phantom nachzujagen?«

»Er war's. Eduard Könitz war's. Ich weiß es!«

»Sie wissen es nicht, Sie glauben es. Sie müssen es glauben, weil Sie Angst davor haben, sich einzugestehen, daß Ihrem unantastbaren Vorbild ein Fehler unterlaufen sein könnte. Was wäre schlimm daran? Fehler machen Menschen erst menschlich, Herr Kommissar. Und nur so sind sie zu ertragen.«

»Ach Sie mit Ihren dummen Sprüchen. Geschichten nützen mir nichts. Ich suche die Wahrheit!«

»Die Wahrheit ist, daß Sie vor die Hunde gehen, wenn Sie nicht endlich anfangen, Sie selbst zu sein.«

»Ich brauche keinen Beichtvater!« Richard stieß sich mit beiden Händen von der Steinmauer ab und lief die Brücke entlang, so schnell es sein angeschlagener Zustand erlaubte.

Heiner Braun folgte ihm keuchend. »Wollen Sie zu nachtschlafender Zeit ein Wettrennen mit mir veranstalten, Herr Kommissar?«

Richard ging schweigend weiter. Es fiel ihm schwer, seine Gedanken zu ordnen. In seinem Kopf rauschte es, Bilder stürzten durcheinander. Er sah Therese im Hochzeitskleid und seine Mutter tief verschleiert am Grab seines Vaters stehen und weinen. Dazwischen Victoria Könitz, die lachend in ihrer Kutsche saß... *Vergiß die Weiber, Junge!* Der Klang des Schusses hallte scheußlich in dem großen Haus wider und setzte sich als quälender Alptraum in den Wänden, den Gemälden, den Möbeln fest. *Du mußt hart werden, Junge!*

»Sie können nicht ewig davonlaufen, Richard Biddling.« Heiner Braun faßte ihn am Arm, doch Richard schüttelte ihn unwillig ab.

»Warum lassen Sie mich nicht in Ruhe?«

»Weil Sie begreifen müssen, daß Haß blind macht. Blind und krank. Und weil ich nicht mit ansehen will, wie Sie sich langsam zugrunde richten, Sie preußischer Sturkopf. Weil ich Sie mag, verdammt noch mal!«

Richard blieb mitten auf der Fahrbahn stehen und starrte Heiner aus glasigen Augen an. Die spärliche Gasbeleuchtung ließ sein Gesicht aschfahl aussehen. »Sie haben ja keine Ahnung.«

»Jedenfalls mehr, als Sie denken. Ich *weiß*, was Haß anrichten kann, Herr Biddling.«

»Himmel noch mal, Braun! Finden Sie es nicht allmählich an der Zeit, endlich mal Tacheles zu reden?« rief Richard wütend.

Heiner wandte sich ab. »Ich bin betrunken, entschuldigen Sie.«

Diesmal war es Richard, der ihm nachsetzte. »Eben drum;

mit vollem Kopf erzählt sich's freier! Was ist an diesem Nickelchestag vor neun Jahren passiert? Warum sind Sie aus Frankfurt weggegangen?«

Heiner schluckte und schaute an Richard vorbei. »Der Bierkrawall, ja... Mein Sohn war unter den Opfern.«

Richard sah ihn überrascht an. »Sagten Sie nicht, daß Sie ledig wären?«

Heiner zuckte müde mit den Schultern. »Sie wollten wissen, ob ich verheiratet bin. Ich bin's nicht. Nicht mehr.« Er fuhr sich mit der Hand über die Augen und ging langsam weiter. »Katharina war eine wunderbare Frau. Wir mußten uns lange gedulden, bis ich es wagen konnte, um ihre Hand anzuhalten. Das Salär eines Schutzmanns ist eben nicht üppig. Aber sie hat gewartet.« Heiner machte eine Pause, und Richard war trotz seines beduselten Zustands klar, daß es unhöflich von ihm war, Braun zu diesem Geständnis zu nötigen, aber er wollte endlich wissen, welches Geheimnis sein Kollege mit sich herumtrug.

»Und weiter?« drängte er.

»Wir wohnten hier in der Fahrgasse.« Heiner deutete vor sich in die Dunkelheit. »Dort, wo die Aufständischen am schlimmsten getobt haben. Oliver war zehn und ein neugieriger, aufgeweckter Junge. Katharina lief hinter ihm her, doch es war zu spät. Als der Schießbefehl gegeben wurde, machte man keinen Unterschied mehr zwischen Gut und Böse. Elf Tage lang kämpfte mein Sohn um sein Leben, dann war es vorbei. Und Katharina fing an, mich zu hassen.« Er blieb stehen. Sein Gesicht sah alt und eingefallen aus. »Es war ein preußischer Soldat, der ihn erschossen hat. Aber spielte das eine Rolle? *Ich* war Teil dieser Staatsmacht, auch *ich* war an diesem Tag eingesetzt, um die Ordnung wiederherzustellen: *Ich* war einer von *denen*. Das hat sie mir nicht verziehen.«

»Und wo ist sie jetzt?«

»Gleich nach der Beerdigung von Oliver zog Katharina nach Weimar, wo ihre Eltern lebten. Ich folgte ihr. Sie starb vor vier Jahren, krank und verbittert. Ohne ein Wort der Versöhnung.«

»Trotz allem kehrten Sie nach Frankfurt zurück.«

Heiner nickte, den Blick auf das dunkle Pflaster der Fahrgasse gerichtet. »Ich bin Frankfurter. Hier ist mein Zuhause.« Er schluckte. »Noch heute höre ich manchmal Olivers Lachen. Und seine Schreie. Und ich weiß nicht, was schlimmer ist. Neunzehn

Jahre wäre er jetzt alt.« Mit einer kraftlosen Handbewegung zeigte er auf zwei Fensterchen über einem Krämerladen. »Dort oben haben wir gewohnt. Es waren meine glücklichsten Jahre. Aber man kann nicht immer nur in der Vergangenheit leben, verstehen Sie?«

Richard verstand. Mit einem Male verstand er. »Es tut mir leid«, sagte er.

Heiner Braun schwieg, bis sie auf dem Domvorplatz angekommen waren; als großer, schwarzer Schatten ragte der Kirchturm in den Himmel. Heiner deutete zu der mondbeschienenen Spitze hinauf. »Manchmal ist ein Unglück in Wahrheit nur der Anfang eines neuen Kapitels in der Geschichte unseres Lebens, Herr Kommissar. Frankfurt war eine freie, stolze Stadt mit freien, stolzen Bürgern, und der Kaiserdom, Krönungsstätte deutscher Herrscher, ihr Wahrzeichen. Eines Nachts ging das Symbol in Flammen auf; nur wenige Stunden bevor der preußische König eintraf, um die annektierte Stadt zu besichtigen. War das nicht ein Zeichen des Himmels? Eine düstere Anklage gegen die Eroberer?« Heiner sah Richard an. »Mit Hilfe der Preußen wurde der Domturm nicht nur wiederaufgebaut, sondern nach mehr als dreihundertsechzig Jahren endlich vollendet. Jede Zeit hat ihre Berechtigung, und man kann die Uhr nicht zurückdrehen, indem man versucht, den Zeiger festzuhalten. Schlafen Sie wohl, Herr Kommissar.«

Richard schluckte. »Sie auch, Kollege.«

Heiner nickte wortlos und ging über den Domplatz davon.

»Braun?«

Er blieb stehen und drehte sich um. »Ja?«

»Sie sind der erste Untergebene, mit dem ich einen Schoppen trinken gegangen bin.«

»Und Sie sind der erste Vorgesetzte, den ich dazu eingeladen habe, Herr Kommissar«, entgegnete Heiner, und seine Stimme hatte fast wieder den gewohnten Klang. Kurz darauf war er zwischen den engen Häuserschluchten der Altstadt verschwunden.

Um halb fünf in der Frühe stand Louise auf, wusch sich flüchtig, zog ihr schlichtes, graues Baumwollkleid an und band eine weiße Schürze darüber. Im schwachen Schein einer heruntergebrannten Kerze frisierte sie vor einem kleinen Spiegel ihr Haar und steckte ein Spitzenhäubchen darin fest. Sie verließ ihr Zimmer und stieg leise, um ihre Herrschaft nicht zu wecken, in die dunkle Küche hinunter, um Feuer zu machen. Sie entfernte die Asche aus dem Ofen und trug sie in den Hof. Danach legte sie Holzscheite auf und zündete das Feuer an. Als sie die Kaffeedose aus dem Regal nahm, stellte sie mit Erschrecken fest, daß sie leer war. Aus einem Schrank neben dem Ofen holte sie einen trommelförmigen Kaffeeröster, setzte ihn auf den Herd und gab mehrere Handvoll graufarbene Bohnen hinein.

Fünf Minuten später kamen zwei junge Dienstmädchen in die Küche. Die Müdigkeit stand ihnen ins Gesicht geschrieben, und außer einem knappen Morgengruß und einigen Belanglosigkeiten wurde nichts gesprochen. Louise trug Paula, der älteren der beiden auf, das Rösten der Kaffeebohnen zu übernehmen, sobald der Herd genügend Hitze habe. Sie strich etwas Schmalz auf ein Stück Graubrot und schlang es herunter. Das mußte bis zum Mittag reichen. »Ich gehe in die Waschküche, um den Kessel anzuheizen. Wenn die Wäscherinnen kommen, schick sie zu mir«, sagte sie zu Paula und verließ die Küche.

Paula kam ihr hinterher. »Mir ist da gerade was eingefallen. Es tut mir leid, Louise, ich hab's vergessen, dir zu sagen. Du sollst heute um elf Uhr ins Polizeipräsidium kommen. Zu einem Herrn Braun. Was hast du denn Schlimmes angestellt?«

Louise wurde blaß. »Ich wüßte nicht, was dich das angeht!« Wie sollte sie das nur schaffen? Sie würde den ganzen Tag in der Waschküche stehen müssen, und es war zwecklos, die gnädige Frau unter diesen Umständen um Ausgang zu bitten. Sie würde ihr unterstellen, sich vor der Arbeit drücken zu wollen. Wäsche waschen war nämlich die unangenehmste und schwerste Arbeit, die es in einem Haushalt zu erledigen gab. Und obwohl die Familie Könitz reich genug war, um zum Waschtag alle vier bis sechs Wochen zwei Wäscherinnen zu bestellen, wurden zwei bis drei weitere Frauen benötigt, um die angefallenen Wäscheberge zu bewältigen. Louise war regelmäßig eine davon, und vom Tragen der schweren Wasserkübel und dem stundenlangen Hantieren in der starken Seifenlauge litt sie hinterher tagelang unter aufgeriebenen Händen und Schmerzen in den Gelenken und im Rücken.

»Was machst du denn jetzt?« fragte Paula betreten.

Louise zuckte wortlos mit den Schultern und ließ sie einfach stehen. Sie betrat die Waschküche, ging an mehreren wassergefüllten Zubern vorbei, in denen die Schmutzwäsche lag, und entfachte das in der Feuerstelle unter dem großen Waschkessel aufgestapelte Holz. Es würde mindestens eine Stunde dauern, bis das Wasser anfing zu sieden, und bis dahin waren die Wäscherinnen da.

Schon am Vortag waren alle Wäschestücke geholt, sortiert, gezählt und auf einer Liste festgehalten, in warmer Buchenlauge ausgewaschen und anschließend über Nacht eingeweicht worden. Auf der zeitraubenden Zählung bestand Henriette Könitz mit Vehemenz, seit vor einem Jahr ein Paar Handschuhe abhanden gekommen war.

Als die beiden Waschfrauen kurz nach sechs eintrafen, war Louise in dem Nebel aus Wasserdampf und Laugenschwaden kaum noch zu erkennen. Sofort begannen die Frauen mit der Arbeit und schrubbten den Inhalt des ersten Zubers Stück für Stück auf einem Waschbrett, bis kein Fleck mehr zu sehen war. Anschließend legten sie die Wäsche glatt übereinander in den Kessel und ließen sie unter ständigem Rühren zehn Minuten kochen. Danach wurden die Stücke nochmals durchgewaschen, gespült und gebleut.

Zuber für Zuber arbeiteten die Frauen durch, schleppten neues Wasser herbei, um Seifenlauge anzusetzen, zu erhitzen und umzufüllen, und es dauerte nicht lange, bis Louises Hände anfingen, zu jucken und zu brennen. Nach einer Stunde hatte sie das Gefühl, ihren Rücken nie mehr gerade biegen zu können, und nach einer weiteren Stunde spürte sie nicht einmal mehr den Schmerz.

»Was halten Sie davon, Braun?«

»Wollen Sie das wirklich wissen, Herr Kommissar?«

Die beiden Männer saßen sich in Richards Büro gegenüber, jeder eine Tasse dampfenden Kaffee vor sich.

»Hätte ich sonst gefragt, Sie Witzbold?« Richard rieb sich

seinen schmerzenden Kopf, und auch Heiner sah nicht halb so munter aus wie gewöhnlich. »Irgendwie bin ich heute nicht ganz auf der Höhe«, sagte er.

»Was trinken Sie auch so viel von diesem komischen *Äppelwoi*! Im übrigen warte ich auf Ihre Antwort, Kollege.«

Heiner zuckte mit den Schultern. »Meiner Meinung nach hat man die Aussage der Holzsammlerin damals überbewertet.«

»*Man*?«

»Es war zumindest reichlich gewagt von Ihrem Herrn Vater, Lenes Angaben als eindeutigen Beweis gegen Eduard Könitz anzusehen. Sie hat ihn zweimal dabei beobachtet, wie er zu der Hütte ging, na schön. Das besagt gar nichts.«

»Aber an dem Abend, als Christiane Bauder ermordet wurde, bemerkte sie ...«

»... einen Mann im Wald, richtig. Es war dämmrig, und sie sah ihn nur von hinten. Er hatte die Statur von Eduard Könitz. Wie viele Männer in Frankfurt haben wohl die Statur von Eduard Könitz? Jeder zehnte, jeder achte oder vielleicht sogar jeder fünfte?«

»Sie sagt, daß sie ihn am Gang und der Art erkannt habe, wie er sich bewegte.«

»Nicht ein einziges Merkmal konnte sie uns nennen, an dem sie diese besondere Art der Bewegung festgestellt haben will.«

»Meine Güte, es ist zehn Jahre her!«

»In den Akten steht auch nicht mehr, und ich wette, daß eine solche Beschreibung aufgenommen worden wäre, wenn es sie denn gegeben hätte.«

Richard mußte seinem Kollegen insgeheim recht geben. Er hatte sich von der Aussage der alten Frau wirklich mehr versprochen. Zum ersten Mal schlich sich ein kleiner Zweifel in seine Gedanken. Was, wenn Eduard Könitz tatsächlich unschuldig war? »Gab es damals eigentlich noch andere Tatverdächtige?« fragte er.

Heiner schüttelte den Kopf. »Nicht, daß ich wüßte. Allerdings hat man ... Na ja, ich meine, Ihr Vater hat sich nicht besonders darum bemüht, nach möglichen anderen Tätern zu suchen, denn für ihn stand der Schuldige ja von vornherein fest.« Als Heiner Richards verstimmte Miene sah, fügte er hinzu: »Sie können mir glauben, daß mir nichts ferner liegt, als die ansonsten sicher gute Arbeit Ihres Herrn Vater in Grund und Boden zu verdammen; aber wenn Sie schon nach meiner Meinung fragen, dann möchte ich sie gerne äußern dürfen, ohne Angst haben zu müssen, daß Sie mich dafür in Stücke reißen.«

Richard schmunzelte. »Sehe ich so aus?«

»Zumindest so ähnlich. Jedenfalls stand die aufwendige Suche nach der Frau in keinem Verhältnis zu dem Wert ihrer Aussage. Ich muß allerdings zugeben, daß ich ohnehin nicht damit gerechnet habe, daß sie heute mehr sagen kann als vor zehn Jahren. Aber ich wollte, daß Sie sich selbst davon überzeugen.«

Richard trank einen Schluck Kaffee. »Wer sollte es denn sonst gewesen sein, wenn nicht Eduard Könitz?«

»Vielleicht ein Landstreicher, der ab und zu in der Hütte übernachtete? Oder Diebesgesindel, das sich dort herumtrieb?«

»Hören Sie doch auf, Braun! Zwei junge, hübsche Bürgertöchter laufen nicht mutterseelenallein im tiefen Wald herum, sich mal eben von Diebesgesindel erwürgen zu lassen!«

»Vielleicht war's auch ein wohlanständiger Bürger, den die Mordlust überkam?«

»Die Hütte war doch ein Treffpunkt für Liebespärchen. Hat man denn nicht versucht herauszufinden, ob die beiden getöteten Frauen einen heimlichen Geliebten hatten, mit dem sie sich dort trafen?«

»Oh Gott, reicht Ihnen der unauffindbare heimliche Geliebte von Emilie Hehl etwa noch nicht, Herr Kommissar? Aber im Ernst: Über so was wird im allgemeinen nicht gesprochen. Immerhin steht nicht nur die Unbescholtenheit der Frau, sondern die Ehre der ganzen Familie auf dem Spiel. Da unterscheiden sich Kleinbürgertum und Großbürgertum nicht voneinander.«

»Das habe ich gemerkt«, sagte Richard und dachte an die abweisende Miene von Anna Bauder, als er es im Anschluß an Lenes Befragung gewagt hatte, diese Möglichkeit nur vage anzudeuten. *Meine Tochter war ein sittsames Mädchen, Herr Kommissar. Sie hätte so etwas niemals im ganzen Leben getan!*

»Sie müssen es aus Anna Bauders Sicht sehen«, sagte Heiner, als habe er Richards Gedanken gelesen. »Was ist der armen Frau geblieben außer der wenig tröstlichen Tatsache, daß ihr unbescholtenes Kind einem Wüstling zum Opfer fiel? Und da kommen Sie und wollen die Ehre der Toten in den Schmutz ziehen.«

»Quatsch!«

»Sie sieht es so. Jede Mutter würde es so sehen. Letztlich ist es leichter für sie, eine tote als eine entehrte Tochter zu haben. Um eine Tote darf man wenigstens ungestraft trauern.«

»Sie wollen doch nicht etwa behaupten, daß Anna Bauder es eher in Kauf nehmen würde, den Mord an ihrem Kind ungesühnt zu lassen, als zuzugeben, daß ...«

»Hätten *Sie* eine Frau geheiratet, die schon ein fremdes Bett gewärmt hat, Herr Kommissar?«

»Was soll das?« rief Richard empört.

»Eine Gesellschaft, die von Frauen verlangt, wie Heilige zu leben, braucht sich über Verlogenheit und Doppelmoral nicht zu wundern«, entgegnete Heiner ruhig.

»Das hätte genausogut von Victoria Könitz stammen können.«

Heiner lächelte. »Danke für das Kompliment, Herr Kollege. Fräulein Könitz ist eine kluge Frau.«

»Und mindestens so unverschämt wie Sie, Braun.«

»Aber dafür nur halb so stur wie Sie, Herr Kommissar.«

Richard überlegte, ob es nicht langsam angebracht sei, seinen Untergebenen etwas zu disziplinieren.

»Abgesehen davon hat sie eine fürchterlich unpünktliche Kammerzofe«, stellte Heiner mit einem Blick zur Uhr fest. »Es ist schon viertel nach elf.«

»Wir warten noch bis halb zwölf, dann holen wir sie!«

»Louise Kübler! Kommen Sie auf der Stelle her!«

Der Ruf ertönte von der Eingangstür der Waschküche her, und Louise ließ vor Schreck das Wäschestück, das sie in der Hand hielt, in den Seifenzuber fallen. Wenn Rudolf Könitz wütend war, war mit ihm nicht zu spaßen, und seine Stimme hatte gerade ziemlich wütend geklungen. Louise wischte sich ihre nassen Hände an der Schürze ab und fuhr sich nervös übers Haar, bevor sie durch die Dampfschwaden zur Tür lief.

Rudolf Könitz' Augen funkelten vor Zorn, als er sie sah. »Kommen Sie mit«, forderte er sie herrisch auf, und sie folgte ihm ängstlich durch den Kellerflur bis zu einer kleinen Abstellkammer. Er schloß die Tür auf und stieß sie in den dämmrigen Raum.

»Was will die Kriminalpolizei schon wieder von Ihnen?«

Louise nahm die Hände vors Gesicht. »Ich weiß es nicht, gnädiger Herr.«

»Hör auf zu lügen, du Luder!« schrie Rudolf und schlug ihr die Hände weg. »Und sieh mich gefälligst an, wenn du mit mir sprichst!«

Louise zitterte am ganzen Körper. »Ja, Herr.«

»Ich erwarte eine Antwort. Und zwar schnell!«

»Ich ... Wenn ich es aber doch nicht weiß, Herr?«

Er faßte ihren Arm und riß sie zu sich hin. »Ich frage dich jetzt zum letzten Mal: Was hast du mit der Polizei zu schaffen?«

Louise fing an zu weinen. »Ich konnte nichts dafür, es war wirklich nicht meine Idee, Herr, und daß sie dann einfach verschwunden ist, bitte, ich ...«

Selbst in dem schwachen Licht konnte sie sehen, wie die Adern an seinem Hals anschwollen. Er ließ sie los und schlug gleichzeitig mit der anderen Hand zu. Louise taumelte nach hinten, stolperte über eine herumstehende Kiste und fiel zu Boden, wo sie wimmernd liegenblieb.

»Du verfluchtes Aas, du elende Hure!« brüllte Rudolf Könitz. »Willst du damit etwa sagen, daß du meiner Schwägerin diesen *Bastard* untergejubelt hast? Los, steh auf!«

Louise stützte sich mit den Händen auf dem Boden ab und richtete sich mühsam auf.

»Was hast du der Polizei gesagt?« fragte Rudolf Könitz bedrohlich leise.

»Nichts, Herr«, entgegnete Louise hastig. »Nichts, was irgend jemandem schaden könnte.«

»Ich will nicht wissen, was du *nicht* gesagt hast, ich will wissen, *was* du gesagt hast. Und zwar jedes einzelne Wort, verstanden?«

»Ja, Herr.« Louise schaute ihn verängstigt an. »Ich ... Ich habe keine Ahnung, wie, aber sie haben herausgefunden, daß Emilie meine Tochter ist.« Tränen liefen über ihr Gesicht und mischten sich mit dem Blut der aufgeplatzten Lippe.

»Weiter!«

»Und daß ich sie vor dem Waisenhaus ausgesetzt habe. Daß ich den Namen des Vaters nicht kenne, und ...«

»Was wollen sie dann noch?« Rudolfs Stimme klang immer noch zornig, aber der gewalttätige Ausdruck in seinen Augen war verschwunden.

»Ihre Tochter erwähnte, daß man im Main eine Leiche gefunden hat. Vor einiger Zeit schon. Vielleicht ist es Emilie, und ich soll sie anschauen. Bitte, Herr, ich...«

»Was sagst du da? Hast du etwa Victoria...«

»Nein, nein«, rief Louise nervös. »Sie weiß nichts!« Er war imstande, sie totzuprügeln, wenn er die Wahrheit erführe.

»Ihnen ist hoffentlich klar, daß ich Sie unter diesen Umständen keine Minute länger in meinem Haus dulden kann, Louise Kübler«, sagte Rudolf Könitz streng.

»Ja, Herr«, flüsterte sie.

Er überlegte kurz und fügte etwas freundlicher hinzu: »Ich mache Ihnen ein Angebot: Sie halten Ihren Mund, und ich sorge dafür, daß Sie in einer anderen Stadt eine Stellung finden. Vielleicht in Wiesbaden, Kassel oder Berlin. Ich verfüge über genügend Beziehungen, um das schnell zu arrangieren.«

»Aber meine Eltern... Sie sind alt und brauchen meine Hilfe«, wandte Louise zaghaft ein.

»Dann nehmen Sie sie eben mit! Ich regle auch das. Entscheiden Sie sich! Und putzen Sie sich gefälligst Ihr Gesicht ab, Sie sehen scheußlich aus.«

Louise band ihre Schürze los und wischte sich damit über ihre aufgesprungenen Lippen. »Und was ist, wenn...«

»Wenn Sie *nein* sagen?« Rudolf Könitz bedachte sie mit einem verächtlichen Blick. »Ich werde es unter keinen Umständen dulden, daß Sie den Ruf meiner Familie beschmutzen. Und wenn ich Sie dafür im Main ersäufen müßte wie einen räudigen Hund!« Er lachte, als er ihr entsetztes Gesicht sah. »Ich sehe, wir verstehen uns. Sie gehen jetzt und bringen Ihr Kleid und Ihre Frisur in Ordnung. Die Herren von der Kriminalpolizei erwarten Sie im Salon.« Er entriegelte die Tür und öffnete sie. »Sobald das Verhör beendet ist, packen Sie Ihre Sachen und verschwinden. Ist das klar?«

Louise nickte und huschte an ihm vorbei nach oben. Rudolf Könitz zupfte die Ärmel seines Rocks in Form und ging mit gemessenem Schritt in den Salon hinauf. Die beiden Kriminalbeamten standen vor den Ölgemälden, die über dem Sofa hingen, und unterhielten sich leise miteinander.

»Meine Familie«, sagte Rudolf, und die Männer fuhren erschrocken herum.

»Guten Tag, Herr Könitz. Entschuldigen Sie, aber wir haben

Sie nicht hereinkommen gehört«, sagte Richard und gab ihm die Hand.

»Guten Tag, die Herren. Kann ich Ihnen etwas zu Trinken anbieten?«

Richard schüttelte den Kopf. »Nein, danke.«

»Wer ist das?« fragte Heiner und deutete auf das mittlere Bild, auf dem eine dunkelhaarige Frau mit zwei kleinen Jungen abgebildet war. »Ihre Schwester?«

Rudolf Könitz lachte. »Nein, meine Mutter. Als sie noch jung war.«

»Sie war sehr schön.«

»Oh ja, das war sie. Der vorwitzige blonde Bengel, das bin übrigens ich, und der schüchterne braunhaarige daneben ist mein älterer Bruder Konrad. Ich war ein fürchterlicher Rabauke, und Oppenheim hatte seine liebe Mühe mit mir.«

»Oppenheim?« fragte Richard irritiert.

»Der Maler des Bildes. Ich weigerte mich, auch nur eine Sekunde still zu sitzen, und trieb ihn fast zur Verzweiflung.«

Heiner hatte sich dem linken Gemälde zugewandt. »Das sind Ihre Kinder?«

Richard räusperte sich leicht. Er fand Brauns Interesse an der Könitzschen Ahnengalerie etwas übertrieben.

»Ja«, antwortete Rudolf. »Meine Söhne: Ernst, der Älteste, lebt in Indien, der zweitälteste, Heinz, in Kassel, und daneben sehen Sie David, den Jüngsten.« Er zeigte auf die Mädchen. »Meine jüngste Tochter Maria, dann Victoria, die Sie ja kennen, und ganz rechts, das ist Clara.«

»Sie ist Ihrer Mutter wie aus dem Gesicht geschnitten«, stellte Heiner fest.

»Früher, ja«, entgegnete Rudolf Könitz. »Kurz nachdem das Bild fertig war, wurde sie sehr krank. Sie lebt seit Jahren in der Anstalt von Dr. Hoffmann.«

»Ich nehme an, man hat Ihnen ausgerichtet, warum wir da sind?« unterbrach Richard das Gespräch und handelte sich dafür einen unwilligen Blick von Heiner ein.

Rudolf Könitz nickte. »Ja. Das Dienstmädchen, das Sie sprechen möchten, war in der Waschküche zugange und muß sich erst etwas frisch machen. Soll sie tatsächlich die Leiche identifizieren?«

»Bitte?« Richard sah ihn verblüfft an. »Woher wissen Sie...?«

»Louise hat es mir gesagt.«
»Was, alles?«
Rudolf Könitz lächelte. »Wenn Sie mit *alles* meinen, daß die verschwundene Emilie die uneheliche Tochter meines Dienstmädchens ist: Das ist mir bekannt.«
Die Kriminalbeamten wechselten einen ungläubigen Blick.
»Und woher, wenn ich fragen darf?« wollte Richard wissen.
»Auch das hat mir Louise gesagt.«
»Wann?«
»Spielt das eine Rolle?«
Es klopfte, und Rudolf Könitz rief laut: »Herein!«
Louise trug ein frisches Kleid, eine saubere Schürze, und ihr Haar war ordentlich gekämmt. Die geschwollenen Lippen und ihre verweinten Augen waren jedoch nicht zu übersehen.
»Was ist denn mit Ihnen passiert?« fragte Heiner. Er bemerkte, wie Rudolf Könitz der Zofe einen schnellen, scharfen Blick zuwarf.
»Ich ... ich vertrage die Waschlauge nicht«, stotterte Louise. »Und als ich gerufen wurde, wollte ich mich beeilen und bin ausgerutscht und gegen einen Waschzuber gefallen.«
Rudolf Könitz ging lächelnd auf sie zu. Louise zuckte zusammen, als er ihr Gesicht berührte. »Lassen Sie mal sehen. Na ja, ist gar nicht so schlimm, wie es aussieht.« Er drehte sich zu Richard um. »Wie lange werden Sie sie brauchen, Herr Kommissar?«
»Eine, vielleicht zwei Stunden.«
»Nun, dann gehen Sie jetzt mit den Herren, Louise.«
Louise stand reglos da, bis sich die Kriminalbeamten von ihrem Herrn verabschiedet hatten, und folgte ihnen dann mit gesenktem Kopf aus dem Salon.
»Liebe Zeit, ist es Ihnen denn nicht aufgefallen?« raunte Heiner seinem Vorgesetzten zu, als sie das Haus verlassen hatten und zu ihrem Wagen gingen.
»Was sollte mir bitte aufgefallen sein?«
»Die Bilder, Herr Kommissar. Als wir zum ersten Mal hier waren, haben wir sie schon einmal angeschaut. Erinnern Sie sich? Bevor man uns zu Fräulein Könitz hinaufführte.«
»Ja, und? Was ist damit, verdammt noch mal!« rief Richard. Er konnte es nicht leiden, wenn Braun in Rätseln sprach. Louise Kübler sah ihn ängstlich an. »Später, Herr Kommissar«, sagte Heiner freundlich und half Louise in die Kutsche.

»Sie hätten sich diese ganzen Umstände ersparen können, wenn Sie unserer Vorladung gefolgt wären, Frau Kübler!« sagte Richard streng, kaum daß Louise in seinem Büro Platz genommen hatte. »Wo waren Sie am Wäldchestag?«

Heiner Braun schüttelte den Kopf. »Möchten Sie etwas trinken? Ein Glas Wasser vielleicht?« Louise nickte schüchtern. Heiner verließ das Zimmer und kam kurz darauf mit einem gefüllten Becher zurück.

Louise trank einen Schluck und sah ihn verzweifelt an. »Ich... bitte glauben Sie mir. Ich liebe Emilie; ich könnte ihr niemals etwas zuleide tun.«

»Ich habe Sie gefragt, wo Sie am Wäldchestag waren!« wiederholte Richard ungeduldig. »Und sagen Sie mir jetzt bloß nicht: bei Ihren Eltern!«

Louise schluckte. »Ich war enttäuscht, weil Emilie nicht mit in den Wald gekommen war. Ich habe sie so selten gesehen. Und dann, ja dann... Es klingt albern, aber es war ein Gefühl, eine Ahnung. Ich *mußte* sie einfach sehen.«

»Also doch! Sie waren im Glashaus«, stellte Richard fest.

»Im Glashaus nicht. Im Garten. Ich wollte sie ja nur sehen.«

»Und haben Sie sie gesehen?«

»Ja. Sie goß die Pflanzen von Sophia Könitz.«

»Und dann? Mein Gott, Frau Kübler, lassen Sie sich nicht jedes Wort einzeln aus der Nase ziehen!«

Louises Augen füllten sich mit Tränen. »Dann bin ich zurückgefahren. Mit dem Zug. Victoria und Sophia Könitz haben schon auf mich gewartet.«

»Und warum haben Sie uns das nicht gleich erzählt?« fragte Heiner freundlich.

»Weil ich Angst hatte, daß Sie mir nicht glauben.«

»Ich glaube Ihnen auch jetzt nicht!« rief Richard. »Kein Mensch läuft stundenlang quer durch die Stadt und den halben Stadtwald, nur um jemanden für drei Minuten beim Blumengießen zu beobachten!«

»Ich wollte doch bloß nachschauen, ob es ihr gutgeht.« Louise zog ein Taschentuch aus ihrem Kleid, wischte sich die Tränen weg und trank einen Schluck Wasser. »Welchen Grund sollte ich haben, meinem Kind etwas anzutun? Ich...«

»Welchen Grund hatten Sie, Ihr Kind vor dem Waisenhaus abzustellen wie Müll?« fragte Richard gereizt.

Louise schluchzte laut, und ihr Körper erzitterte unter einem Weinkrampf.

»War das wirklich nötig?« zischte Heiner. Richard zuckte mit den Schultern, ging hinter seinen Schreibtisch und setzte sich. Behutsam nahm Heiner Louise den Becher aus den verkrampften Händen und stellte ihn auf dem Schreibtisch ab. Richard blätterte in einer Akte.

»Er hat Sie geschlagen, ja?« fragte Heiner leise. Louise hörte abrupt auf zu weinen, und Richard schaute von seiner Akte hoch.

»N-nein, ich bin ge-gegen einen W-Waschzuber gefallen«, stotterte Louise aufgelöst.

Heiner ging vor ihr in die Hocke und faßte ihre Hände. »Sie brauchen sich nicht zu fürchten, Louise. Ihnen geschieht nichts. Warum hat Herr Könitz Sie geschlagen?«

Louise saß steif wie ein Brett und schwieg.

»Was hat er Ihnen angedroht, wenn Sie reden?«

»Er... Nein, ich kann nicht! Bitte lassen Sie mich gehen, Herr Braun. Bitte.«

»Sie ist *seine* Tochter, nicht wahr, Louise?«

Richard schlug die Akte zu. »Zum Donnerwetter noch mal, Braun, könnten Sie mir verraten, von was Sie da reden?«

»Entsinnen Sie sich, daß ich Ihnen sagte, Emilie erinnere mich an irgend jemanden?« entgegnete Heiner ruhig. »Als ich heute die Bilder sah, wußte ich plötzlich, an wen. Mich wundert nur, daß es außer mir noch niemandem aufgefallen ist, wie ähnlich sie Victorias Schwester Clara sieht.«

»Er hat geschworen, daß er mich umbringt, wenn es herauskommt«, flüsterte Louise, und dann fing sie wieder an zu weinen.

17

Insbesondere dürfen Beamte nicht dem Trunke ergeben sein, ferner dürfen dieselben keine besonderen Neigungen zum weiblichen Geschlecht zeigen, da vorzugsweise die Criminal-Polizeibeamten nach dieser Richtung hin Anfechtungen ausgesetzt sind.

Es war schon spät, als Victoria aufwachte. Die Sonne schien ins Zimmer, und voller Freude wollte sie aus dem Bett springen. Doch bei der ersten hastigen Bewegung fingen ihre Rippen wieder an zu schmerzen, und sie unterdrückte einen Fluch. Vorsichtig setzte sie ihre Füße auf den Boden, stand auf und klingelte nach Sophias Zofe Elsa. Eine halbe Stunde später ging sie nach unten. »Guten Morgen, Tantchen«, begrüßte sie Sophia, die auf der Terrasse vor dem Salon saß und stickte.

Sophia zuckte zusammen und schaute zu ihr auf. »Liebe Güte, Kind, hast du mich erschreckt!«

Victoria lachte. »Hast du etwa geträumt beim Handarbeiten, Tante Sophia? Das passiert mir auch immer! Entschuldige bitte.« Gutgelaunt drückte sie ihrer Tante einen Kuß auf die Wange und setzte sich neben sie. »Was für ein herrlicher Tag heute!«

»Hast du schon gefrühstückt?«

»Nein. Der einzige Hunger, den ich habe, ist der nach Sonne und Wärme, Tantchen!«

Sophia ließ die Stickarbeit in ihren Schoß sinken und sah ihre Nichte vorwurfsvoll an. »Du mußt etwas Vernünftiges essen, damit du wieder zu Kräften kommst, Kind!«

»Mir geht's wunderbar. Sieh mal!« Victoria biß die Zähne zusammen und sprang auf. »Ich kann sogar schon wieder ein Korsett tragen! Und heute nachmittag werde ich einen schönen, langen Spaziergang durch die Anlagen machen.«

»Meinst du nicht, daß das etwas verfrüht ist?«

»Die frische Luft wird mir bestimmt guttun, Tante Sophia.«

»Frische Luft kannst du auch hier im Garten haben.«

»Tante Sophia, bitte!«

Warum schaffe ich es bloß nicht, nein zu sagen, dachte Sophia und nickte.

»Wo ist eigentlich Eddy?« fragte Victoria.

»Wenn mich nicht alles täuscht, ist er eben zum Glashaus hinübergegangen, um die Fenster zu öffnen.«

Victoria lief zur Treppe, die in den Garten führte. »Ich schau mal nach, ob er das auch richtig macht!«

»Wolltest du nicht *mir* Gesellschaft leisten?« rief ihr Sophia hinterher.

»Nachher, Tante Sophia! Erst will ich Eddy guten Tag sagen; ich sehe ihn sowieso viel zu selten.« Victoria unterdrückte ihre Schmerzen, sprang die Treppe hinunter und verschwand zwischen den hohen Bäumen, die den Pfad zur Orangerie säumten. Sophia schaute ihr nach. *Ich sollte es nicht erlauben,* dachte sie, und ihre Hände zitterten leicht, als sie ihre Stickarbeit wieder aufnahm.

Als Victoria die Tür zum Glashaus öffnete, schlug ihr der süße, schwere Duft der blühenden Zitrussträucher entgegen. Angewidert verzog sie das Gesicht. Eduard saß auf der kleinen Bank neben dem Orangenbaum, den Kopf auf die Brust gesenkt, und schlief. Victoria betrachtete ihn lächelnd. Irgendwie sah er rührend aus. Sie widerstand dem Verlangen, ihm übers Haar zu streichen, und setzte sich leise neben ihn.

Über der Bank breiteten sich die schwingenden Wedel einer Lord-Howe-Palme aus, und Victoria zog einen davon vorsichtig zu sich herab. Mit den Spitzen kitzelte sie Eduard im Nacken und unterdrückte ein Kichern, als er grummelnd danach schlug. Als es ihm nicht gelang, das lästige Insekt zu vertreiben, öffnete er die Augen und schaute sie überrascht an. »Wo kommst du denn plötzlich her, Prinzessin?« Er setzte sich auf und gähnte.

»Direkt aus meinem herrschaftlichen Schloß, oh gnädiger König der Schlafenden«, entgegnete Victoria lachend. »Wie du bei dieser Hitze und diesem Gestank seelenruhig vor dich hinschnarchen kannst, ist mir ein Rätsel!«

Eduard fuhr sich mit der Hand über seine feuchte Stirn. »Die Nacht war kurz, Cousinchen. Und was heißt hier Gestank? Ich liebe diesen Duft, ich könnte vergehen darin!« Nachdenklich betrachtete er den Orangenbaum und stand auf. Er strich über die dunklen, glänzenden Blätter und brach vorsichtig eine der porzellanfarbenen Blüten aus den Zweigen.

»Eine Orange weniger für Tante Sophia. Sie wird dir den Hintern versohlen, wenn sie es merkt!«

Eduard lachte und setzte sich wieder neben sie. »Sie wird es überleben, Prinzessin.« Er hielt sich die Blüte unter die Nase und roch genußvoll daran. »So duftet die Sehnsucht nach einem fernen, wundersamen Land – der Traum von ewiger Sonne, ewigem Licht und ewiger Liebe.«

»Meine Güte, ich wußte gar nicht, daß in dir das Talent eines Dichters schlummert.« Victoria hielt sich abwehrend die Hände vors Gesicht, als er ihr den kleinen, zerbrechlich aussehenden Blütenkelch reichen wollte.

»Nie darf die Sehnsucht sich erfüllen, der Traum bleibt ungeträumt«, sagte Eduard ernst und ließ die Blüte achtlos hinter die Bank in den Pflanzkübel der Palme fallen. »Was wollte dieser preußische Kriminalbeamte vorgestern von dir?«

Victoria spürte, wie ihr das Blut zu Kopf stieg. »Er hatte einige Fragen wegen Emilie Hehl, du weißt schon: das verschwundene Dienstmädchen deiner Mutter«, sagte sie und betrachtete angestrengt ihre Fußspitzen.

»Ach? Und warum ging er dann nicht gleich zu Sophia?«

»Ich weiß es nicht. Ich habe ihm jedenfalls gesagt, daß er mich mit seinen dummen Fragen in Ruhe lassen soll!«

Eduard klopfte sich auf die Schenkel. »Kann es vielleicht sein, daß du mir irgendwas verschweigst, güldene Prinzessin?«

»Aber nein! Wie kommst du denn darauf?«

»Du hast eine Gesichtsfarbe wie ein verliebter Backfisch beim ersten Rendezvous«, entgegnete er und beobachtete grinsend, wie sich das Rot auf Victorias Wangen um eine Nuance verstärkte. »Ein Preuße! Und ein unstandesgemäßer dazu! Dein Vater wird dir den Kopf abreißen!« Das kalte Funkeln in Eduards Augen strafte seine heitere Miene Lügen.

»Aber...«

»Laß es sein, Prinzessin.« Zärtlich hob er ihr Kinn an. »Du hast etwas Besseres verdient als so einen preußischen Mistkerl!«

»Aber Eddy, ich...«

Eduard verschloß ihr mit seinen Fingern behutsam den

Mund. »Die haben vom ersten Tag an nichts als Unglück über uns und unsere Stadt gebracht. Du warst zu jung damals, aber ich habe gesehen, mit welchem Hochmut die preußische Mainarmee in Frankfurt einmarschierte, in eine wehrlose Stadt, die Preußen nicht einmal den Krieg erklärt hatte! Ich habe erlebt, wie sie unsere Freiheit und Würde mit Füßen traten, wie sie mit ihren größenwahnsinnigen Kontributionsforderungen unseren Bürgermeister in den Tod trieben! Dreißig Millionen Gulden! Wer hätte das bezahlen sollen?«

»Aber das ist doch längst alles vorbei«, wandte Victoria zaghaft ein. »Und für Politik hast du dich sonst nie ...«

»Vorbei? Wie kannst du als Frankfurterin so etwas sagen!«

»Die Zeiten haben sich geändert. Du warst sehr lange fort, Eddy.«

»Und warum war ich fort?« stieß Eduard zornig hervor. »Weil mich ein gottverdammter preußischer Beamter so fertiggemacht hat, daß ich mich wie ein räudiger Hund aus der Stadt schleichen mußte!« Seine blauen Augen verengten sich zu Schlitzen. »Ein anständiger Frankfurter kann für die Preußen nur ein einziges Gefühl hegen, Prinzessin: Haß!«

Victoria schaute ihn traurig an. »Ich verstehe dich ja, Eddy. Und was diesen Dickert angeht, der dir so übel mitgespielt hat, bin ich ganz deiner Meinung. Aber man kann doch nicht ...«

»Man kann, Prinzessin, und wie man kann! Sollte es dieser Kerl wagen, dir einen Schritt zu nahe zu treten, wird er mich kennenlernen. Das schwöre ich dir, so wahr ich Eduard Könitz heiße!« Als er Victorias entsetztes Gesicht sah, strich er ihr lächelnd übers Haar. »Bitte entschuldige, wenn ich etwas ausfallend geworden bin, Cousinchen. Aber diese verfluchten Preußen ...!«

Victoria stand auf. »Manchmal könnte man Angst vor dir kriegen, Eduard Könitz.«

»Sag so was nicht, Prinzessin«, rief Eduard bestürzt. »Du bist doch mein kleines Mädchen!«

»Es gab eine Zeit, da habe ich dir genau das fürchterlich übel genommen, lieber Cousin. Und jetzt sollten wir die Fenster öffnen, ehe ich mich hier drin zu Tode schwitze!«

Richard Biddling ließ sich am Eschenheimer Tor absetzen und ging von dort zu Fuß weiter. Es war heiß, und er atmete auf, als er ein Platanenwäldchen erreichte. Nachdem er es durchquert hatte, entdeckte er das beschriebene Rondell und die zwei Bänke. Auf einer davon, mitten in der prallen Sonne, saß eine Frau. Sie trug ein weißes Kleid, und ihr Kopf war hinter einem ebenfalls weißen Sonnenschirm verborgen. Außer ihr war niemand zu sehen. Richard setzte sich neben sie. »Guten Tag, Fräulein Könitz«, sagte er.

»Guten Tag, Herr Kommissar. Sie haben meinen Brief also erhalten«, tönte es hinter dem Sonnenschirm hervor.

»Ich habe nicht die Absicht, mich mit Ihrem Schirm zu unterhalten, gnädiges Fräulein.«

Sie klappte ihn zu. »Ich werde mir wegen Ihnen noch meinen Teint ruinieren.«

»Sie sehen nicht so aus, als wenn Sie besonders traurig darüber wären.« Richard bemerkte, daß sie sich sorgfältig zurechtgemacht hatte. Ihr hochgestecktes, mit Kämmen verziertes Haar glänzte in der Sonne. Ihre Augen waren so blau wie der Himmel über ihnen. Auf ihrer Nase trotzten einige Sommersprossen der dünn aufgetragenen Puderschicht. Er wußte nicht warum, aber es beruhigte ihn, daß ihre Schönheit nicht ohne Makel war.

»Was starren Sie mich so an, Herr Kommissar?« fragte Victoria amüsiert. »Habe ich irgend etwas Außergewöhnliches an mir? Einen Höcker auf der Stirn? Eine Warze auf der Nase?«

Er sah sie streng an. »Was soll das bedeuten: *Der es war, hat jetzt ein Loch im Mantel*, Fräulein Könitz?«

»Es ist wirklich ein herzerfrischendes Vergnügen, mit Ihnen zu parlieren, Herr Biddling! Ich habe ja keine Ahnung, wie das bei Ihnen in Berlin ist, aber hier in Frankfurt gibt's Freundlichkeit umsonst, und für ein bißchen gute Laune müssen Sie auch nichts extra zahlen.« Sie freute sich, daß es ihr gelang, ihn zum Lächeln zu bringen. »Wissen Sie eigentlich, daß Sie ganz schön müde und abgekämpft aussehen?«

Richard zuckte mit den Schultern. »Meinem lieben Kollegen fiel gestern abend nichts Besseres ein, als mich in eine Sachsenhäuser Apfelweinschenke zu verfrachten.«

»Ach, der gute Herr Braun! Wie ich es vermisse, mit ihm zu arbeiten. Wo waren Sie? In der *Kalt Wand* oder beim *Lahmen Esel*?«

»Was weiß ich! Gefühlt habe ich mich heute früh, als habe ich beides hinter mir: wie ein lahmer Esel, der gegen die Wand gerannt ist, und zwar gegen eine ziemlich dicke Wand.«

Victoria lachte, und plötzlich dämmerte es ihm. »Sie wollen doch nicht etwa andeuten, daß Sie und Braun zusammen...«

»Ich nicht – Hannes. Er hat es sehr genossen, mit Ihrem netten Kollegen bei einem Schöppchen Apfelwein über Gott und die Welt zu plaudern.«

Richard schüttelte den Kopf. »Sie sind eine Dame!«

»Hannes nicht. Und ich am liebsten auch nicht«, rief Victoria aufgebracht. »Sie haben ja keine Ahnung, wie langweilig mein Leben geworden ist, seit Sie mir Hannes weggenommen haben!«

»Es schickt sich nicht.«

»Natürlich. Alles, was Spaß macht, schickt sich für eine Dame nicht!« Wütend rammte sie die Spitze ihres Sonnenschirms in den Boden. »Ich wünschte, Sie müßten nur einen Monat so leben wie ich! Vielleicht könnten Sie mich dann verstehen, Herr Biddling.«

Richard lächelte. »Wie war das noch gleich mit der kostenlosen Frankfurter Freundlichkeit, Fräulein Könitz?«

Victoria zog den Schirm aus dem Boden und stand auf. »Lassen Sie uns ein paar Meter gehen, mir wird es zu warm hier.« Sie steckte ihre Finger in den Mund und pfiff wie ein Gassenjunge, bevor sie den Weg zu dem Platanenwäldchen einschlug. Richard starrte auf die Gruppe mannshoher Sträucher, die etwa fünfzig Meter von ihnen entfernt standen. »Wie lange wollen Sie noch in der Sonne braten, Herr Kommissar?« fragte Victoria ironisch, als er keine Anstalten machte, ihr zu folgen. »Ich habe nur meiner Anstandsdame Bescheid gesagt. Immerhin schickt es sich nicht für ein Bürgerfräulein, ohne Begleitung in den Anlagen spazierenzugehen!« Sie grinste. »Zum Glück ist die liebe Elsa verschwiegen, und außerdem hat sie ein intimes Interesse daran, nicht gestört zu werden, wenn Sie verstehen, was ich meine?«

Richard hatte durchaus bemerkt, daß diese Elsa nicht alleine in den Büschen saß, und er schüttelte einmal mehr den Kopf. Victoria Könitz benahm sich unmöglich! Sie besaß kein Schamgefühl, sie zeigte nicht die geringste Spur von Zurückhaltung und Demut, und außerdem hatte sie keinen Funken Achtung vor männlicher Autorität – aber, verflixt noch mal, genau deshalb imponierte sie ihm ja!

»Es tut mir leid. Ich hatte es völlig vergessen.«
»Wie ... was?«
Victoria schaute Richard erstaunt an. »Ich dachte, Sie wollten von mir wissen, was es mit dem Stoffstück auf sich hat?«
»Ja, natürlich. Was ist damit?«
»Ich habe es in dem Gestrüpp vor der Pforte zu den Anlagen gefunden. Und zwar am Tag nach Emilies Verschwinden.«
»Und das sagen Sie mir jetzt – Wochen später?«
»Soweit ich informiert bin, haben Sie in diesen ganzen Wochen nicht eine einzige Person ermittelt, die verdächtig genug gewesen wäre, daß sich eine Überprüfung ihrer Kleidungsstücke angeboten hätte, Herr Biddling.« Mit zielsicherem Gespür hatte sie den Finger mitten in seine offene Wunde gelegt.

Richard schoß die Zornesröte ins Gesicht. »Selbst wenn es so wäre: Ich wüßte nicht, was Sie das anginge, gnädiges Fräulein!«

Sie lächelte kalt. »Fällt euch Männern nicht mal ein anderer Spruch ein, wenn ihr nicht mehr weiterwißt?«

Inzwischen hatten sie das Platanenwäldchen erreicht. Victoria lehnte sich gegen einen der gefleckten Stämme. Richard blieb vor ihr stehen und sah sie böse an. »Nur zu Ihrer Information, Victoria Königz: Sie sind gerade dabei, den Bogen zu überspannen, und zwar ganz erheblich!« Am liebsten hätte er ihr die Wahrheit über Emilies Herkunft mitten ins Gesicht geschleudert, aber er besaß genügend Anstand, es nicht zu tun. Seine Wut verflog so schnell, wie sie aufgekommen war, und er war froh, daß er die Beherrschung nicht verloren hatte.

»Ich nehme an, daß das Corpus delicti aus dem Saum oder einer aufgerissenen Seitennaht stammt«, sagte Victoria. »Aus einem flächigen Teil reißt nicht einfach ein Stück heraus.« Als Richard schwieg, fuhr sie fort: »Der Beschaffenheit und Qualität des Stoffes nach zu urteilen, handelt es sich bei dem gesuchten Kleidungsstück vermutlich um das Jackett oder den Mantel eines wohlhabenden Mannes, und somit dürfte es ziemlich unwahrscheinlich sein, daß als Träger ein gewisser Sachsenhäuser Mainfischer in Frage kommt. Es sei denn, er hätte den Mantel vorher extra geklaut. Was ebenfalls ziemlich unwahrscheinlich wäre, nicht wahr?«

Das saß.

»Sie sind ordinär, Fräulein Königz. Und Sie sollten achtgeben, daß Sie nicht schneller, als Ihnen lieb ist, von dem hohen Roß herunterfallen, auf dem Sie so selbstgefällig sitzen!«

»Danke für den Ratschlag, Herr Kommissar. Auch wenn ich ihn nicht ganz ernst nehmen kann, denn den einzigen Sturz, den ich bislang zu erleiden hatte, haben Sie zu verantworten.«

Richard sprang auf sie zu und faßte sie hart am Arm.

»Lassen Sie mich sofort los, oder ich schreie ganz Frankfurt zusammen!« rief sie wütend.

»Schreien Sie nur, das könnt ihr Weiber ohnehin am besten!« Richard hielt ihr auch den zweiten Arm fest, und sein Gesicht kam dem ihren gefährlich nahe. Beschämt schlug sie die Augen nieder. »Was erwarten Sie eigentlich von mir, Fräulein Könitz?« fragte er leise. »Was? Sagen Sie es mir!«

Als sie schwieg, ließ er sie los und ging davon. »Warten Sie!« Mit schnellen Schritten holte Victoria ihn ein. »Ich wollte nicht... wollte Sie nicht...«

»Was?« Richard blieb stehen und sah sie an. Diesmal hielt sie seinem Blick stand, und er erschrak, als er die unausgesprochenen Worte in ihren Augen las. Es durfte nicht sein! »Sobald der Vermißtenfall Emilie Hehl aufgeklärt ist, sind Sie mich los, Fräulein Könitz«, sagte er müde und wandte sich ab.

»Sie werden nicht in Frankfurt bleiben?« Es war nicht schwer, die Enttäuschung aus ihren Worten herauszuhören.

»Nein. Meine Frau wartet in Berlin auf mich.« Er ging den Weg zurück, auf dem er gekommen war. Und diesmal folgte sie ihm nicht.

18

Einen ganz eigenthümlichen Widerstand legen zuweilen die Weiber an den Tag. Sie erheben namentlich an öffentlichen Orten ein Geschrei und einen Lärm, daß man nur mit Anwendung der äußersten Gewalt etwas gegen sie ausrichten kann. Ein Eimer Wasser ist zuweilen ein ganz gutes Mittel gegen solche Exzesse; in den meisten Fällen genügt schon die bloße Herbeischaffung eines solchen, um eine fabelhaft schnelle Heilung zu erzielen.

»Und auf dem düstren Galgenfeld schaukelt der Gehenkte gar schaurig im Wind...«

»Au! Verdammt noch mal, Victoria, bist du wahnsinnig?« Eduard Könitz rieb sich seinen Fuß, auf den das Brett niedergesaust war, das er vor Schreck hatte fallen lassen.

Victoria ging in den Tunnelkeller hinein und setzte sich neben ihren Cousin auf den Bretterstapel. »Entschuldige, Eddy, das habe ich nicht gewollt.«

»Was tust du überhaupt hier?« fragte er böse.

»Tante Sophia hat mich gebeten, ihre französische Gießkanne zu holen, die sie gestern im Erdhaus stehen gelassen hat, und da sah ich, daß die Tür zum Tunnel aufstand. Und was tust du hier, Cousin?«

»Ich räume auf.«

»Zieh den Schuh aus!«

Eduard sah sie entgeistert an. »Bitte?«

»Mach schon, du Schwerverletzter! Ich will nachschauen, ob es was Schlimmes ist oder ob du nur schauspielerst, um mich zu erschrecken.«

»Wenn hier jemand erschreckt wurde, dann ja wohl ich!«

Victoria lachte. Sie kniete sich vor Eduard hin, schnürte seinen rechten Schuh auf, schob sein Hosenbein nach oben und zog ihm den Strumpf aus.

»Also Prinzessin, wirklich! Übertreib's nicht.«

»Na bitte. Alles noch dran. Und nicht mal ein klitzekleines bißchen Blut. Was seid ihr Männer bloß für Mimosen!« Victoria stand auf und ließ den Strumpf achtlos in Eduards Schoß fallen. Dann setzte sie sich wieder neben ihn. »Jedesmal, wenn ich hier drin bin, muß ich an Großmamas Schauermärchen denken. Du nicht auch?«

»Das nächste Mal könntest du mich wenigstens vorwarnen, ehe du anfängst, sie zu rezitieren!«

Victoria genoß es, so nah bei ihm zu sitzen und seine Körperwärme zu spüren. Es war wie die Rückkehr in eine vergangene Zeit, als sie sehr jung und sehr glücklich gewesen war. »Puh! Stell dir vor, man hat sie verrotten lassen.«

»Wen?«

»Na, die Toten auf dem Hochgericht! Erinnerst du dich nicht mehr? Großmama erzählte, man habe sie am Galgen baumeln lassen, bis sie verfault waren. Und jeder, der übers Galgentor in die Stadt hineinwollte, mußte daran vorbeireiten. Sie hat es als Kind selbst gesehen. Wie grauslig!«

»Ach was!« sagte Eduard. »So alt war sie gar nicht, daß sie das noch hätte erleben können. Soweit ich weiß, fand die letzte öffentliche Hinrichtung in Frankfurt 1799 statt, und das war nicht auf dem Galgenfeld, sondern auf dem Roßmarkt.«

»Und aus dem Galgentor machte man das Gallustor, und über die einstige Richtstätte fährt irgendwann die Eisenbahn in den neuen Zentralbahnhof ein.« Victoria grinste. »Und die Mörder legt man heutzutage heimlich hinter hohen Gefängnismauern unters Richtbeil. Und die Leute erfahren's hinterher aus der Zeitung. Wie phantasielos. Wahrlich schlechte Zeiten für schaurige Geschichten.«

»Das hört sich fast an, als seist du darüber betrübt, Prinzessin! Aber das sollte mich bei dir ja nicht wundern.« Eduard deutete auf die hölzerne Tür, die die Tunnelgänge verschloß. »Wenn ich daran denke, wie du Ernst und mich mit deinem miesen Versteckspiel zum Narren gehalten hast, wird mir heute noch übel. Wir dachten, wir würden dich in diesem Labyrinth nie mehr finden, und sind fast gestorben vor Angst.«

»Angst? Die hatte ich auch, lieber Cousin! Aber meine Neugier war eben stärker.« Victoria zwinkerte ihm zu. »Und mit ihren blutrünstigen Geschichten von bösen Buben und mordlüsternen

Räubern, die sich hier unten herumgetrieben haben sollen, hat Großmama mich erst recht neugierig gemacht. Ach, was sie alles zu erzählen wußte: vom gespenstischen Rabenstein, von Geräderten, Geköpften, dem *Brickegickel* über dem Kreuzbogen der Alten Brücke...«

»Eduard! Victoria! Was macht ihr da?« Fassungslos starrte Sophia Könitz auf den nackten Fuß ihres Sohnes und auf den Strumpf in seinem Schoß.

»Aber Tantchen, wir haben nur...«

»Komm sofort da heraus, Victoria! Und du, Eduard, zieh dich auf der Stelle ordentlich an!« Verwirrt stand Victoria auf. So wütend hatte sie ihre Tante noch nie gesehen. Eduard streifte sich schnell seinen Strumpf und den Schuh über.

»Mutter, wir haben wirklich...«

»Schweig still, Eduard! Ich will deine Lügen nicht hören!« Sophia knallte die Tür zu und schob krachend den Riegel davor. »Ich werde unverzüglich dafür sorgen, daß ein Schloß angebracht wird!« Ihre Hände zitterten, und ihr Gesicht war leichenblaß.

Victoria bekam Angst. Sie machte Eduard ein Zeichen zu verschwinden und legte ihrer Tante besänftigend die Hand auf die Schulter. »Es war allein meine Schuld. Eddy ist ein Brett auf den Fuß gefallen, weil ich ihn erschreckt habe.«

»Ist ja schon gut, Kind«, sagte Sophia beschämt. »Es tut mir leid, aber ich... Es ist gefährlich im Tunnel, und Konrad hat euch verboten, hineinzugehen.«

»Ja, Tante.« Victoria führte Sophia vorsichtig die Treppe zur Orangerie hinauf. Sie waren doch gar nicht im Tunnel gewesen; warum also dann diese Aufregung? Weil sie Eduard den Schuh ausgezogen hatte? Na gut, es gehörte sich nicht. Aber war das ein Grund, so ausfällig zu werden? Sie gingen zu der Bank neben dem Orangenbaum und setzten sich. Victoria nahm Sophias Hände, die sie verkrampft in ihrem Schoß hielt. *Es ist der Ausdruck in ihren Augen, der mich erschreckt. Wie damals, als sie ihr Kind verlor.*

»Bitte versprich mir, daß...«, Sophia sah ihre Nichte verlegen an und suchte nach den richtigen Worten, »daß du nicht irgendwelche Dummheiten machst.«

Das war es also! Die gute Sophia befürchtete, sie und Eduard könnten unzüchtige Dinge tun. Victoria mußte lachen. »Ach, Tantchen, was denkst du nur für Sachen! Ich liebe ihn, ja. Aber als meinen Freund und Cousin!« Daß es eine Zeit gegeben hatte, in der es anders gewesen war, brauchte ihre Tante ja nicht zu wissen.

Sophia lächelte zaghaft. »Ich fühle mich verantwortlich für dich, Kind. Und der Gedanke, dir könnte ein Unheil geschehen, macht mich krank.«

Victoria streichelte sanft Sophias kalte Hände. »Weißt du, daß ich mir manchmal wünsche, *du* wärst meine Mutter?«

»Das laß aber bloß nicht Henriette hören!« sagte Sophia streng, und dann lachten sie beide.

Der kommende Tag war ein Sonntag, und Victoria freute sich schon beim Frühstück auf ihr nachmittägliches Abenteuer in der Bibliothek. Deshalb war es ihr auch ganz recht, daß Eduard nach dem Mittagessen wegfuhr.

Dr. Rumpff und Dr. Hoffmann trafen wie immer pünktlich um halb vier ein, und Victoria wartete noch ein paar Minuten, bevor sie nach oben schlich. Sie war schon so oft hier gewesen, aber es war jedesmal wieder aufregend, den Schlüssel aus dem samtbeschlagenen Holzkästchen zu nehmen und die Tür zu dieser herrlichen Schatzkammer zu öffnen. Die Geschichte der Welt und alle Geschichten dieser Welt: Buchrücken an Buchrücken standen sie vor ihr, und sie brauchte nur zuzugreifen, um sich darin zu verlieren. Konnte es etwas Schöneres geben? Victoria lächelte. *Die interessanten Gespräche der Herren ein Stockwerk tiefer sind allerdings auch nicht zu verachten! Als anregender Aperitif sozusagen.* Gutgelaunt holte sie die Bücherleiter und kletterte hinauf.

»... und weißt du, welchen Rat mein Vater mir einst mit auf den Weg gab?« hörte sie Dr. Hoffmann sagen. »Beamter! Werde das bloß nicht! Du siehst an mir, welchen Plackereien man durch Vorgesetzte ausgesetzt ist, die nichts von der Sache verstehen.«

»Unverschämtheit!« rief Dr. Rumpff. »Wer beschützt euch Bürger denn, und wer paßt auf, daß die Gesetze zum Wohl aller eingehalten werden, wenn nicht wir Beamte?«

»Und wer zieht uns armen Untertanen gnadenlos die Steuergroschen aus dem Säckel und strietzt uns mit Bergen von unsinnigen Vorschriften?« konterte Dr. Hoffmann. »Liebe Güte, wenn ich daran denke, welche Hindernisse mir die werte Bürokratia in den Weg gelegt hat, als ich meine Irrenanstalt bauen wollte! Viel zu groß, eine heillose Verschwendung für eine Stadt wie Frankfurt, und überhaupt: da könnte ja die halbe Bürgerschaft verrückt werden!«

»Aber wie du's ihnen gegeben hast, war auch nicht übel«, warf Konrad Könitz ein. »*Ich denke, meine Herren, ein Haus, wo halb Frankfurt hineingehört, kann gar nicht groß genug werden!*«

Victoria hörte Gelächter und wieder die strenge Stimme von Dr. Rumpff: »Sie lassen heute entschieden den nötigen Ernst vermissen, meine Herren!«

»Und ich dachte, du freust dich, wenigstens einmal in der Woche in einen Kreis ehrlicher Leute aufgenommen zu werden, die nicht immerzu nach Zuchthaus riechen«, rief Dr. Hoffmann. »Abgesehen davon, kann es nichts schaden, wenn auch ein Kriminalbeamter ein bißchen Frohsinn pflegt, lieber Carl Ludwig. Und wie ich der Meinung bin, daß der Eintritt eines Arztes in eine Krankenabteilung etwas vom Sonnenaufgang an sich tragen sollte, so ...«

»... würden mir meine Untergebenen morgen feixend auf dem Kopf herumtanzen, wenn ich meine Befehle und Anordnungen mit Anekdötchen garnierte!« stellte Dr. Rumpff fest. »Nur weil ihr Ärzte nicht aus dem Steuersäckel bezahlt werdet, müßt ihr noch lange nicht die besseren Menschen sein.«

»Hat das jemand behauptet?« fragte Dr. Hoffmann belustigt. »Die bunteste Gesellschaft und die wunderlichsten Käuze findet man doch gerade unter uns Ärzten! Was für eine vielfarbige Fauna sehen wir da vor uns erscheinen: Da ist der feine, modisch geschniegelte Salonarzt, der in sorglich grammatikalischem Hochdeutsch sich ausdrückt, und der derbe Naturbursche, der mit voller Bravour sein Provinzialidiom spricht; der strenge, würdevolle *Doctor medicinae chirurgiae et artis obstetriciae*, der Mann mit der gebrochenen Lapidarschrift, der orakelnde Sarastro, die Sphinx mit der Allongeperücke, der leider das lange spanische Rohr mit dem Goldknopfe verlustig gegangen ist ...«

Dr. Hoffmann machte eine kleine Pause und räusperte sich. Doch niemand sagte etwas, und so fuhr er im gleichen, heiteren Tonfall fort: »Tja, und weiter begegnet uns der lateinische Brockenarzt, denn viele Leute glauben erst an ihre Krankheit, wenn sie einen ihnen ganz unverständlichen Namen auf *-itis* gehört haben! Und wir vergessen auch nicht den frommen, konventikelnden Doktor, der zugleich den Krankentröster abgeben könnte, wenn er nicht zu sehr das Vorgefühl des Leichenpredigers erregte.«

»Das war schon alles?« fragte Dr. Rumpff, und Dr. Hoffmann lachte. »Wo denkst du hin! Ich könnte gut und gerne ein Dutzend weitere hinzufügen, den eiligen, sternschnuppengleich verschwindenden Momentanarzt beispielsweise oder den alle Tage zweimal am Bett erscheinenden Wichtigtuer und schließlich den intermittierenden Kollegen, den mit langen doktorfreien Intervallen, e tutti quanti! Tutti quanti! Und wenn dir das immer noch nicht genügt, bester Freund, kann ich ...«

»Liebe Zeit, es reicht durchaus, Heinrich. Du solltest eine Naturgeschichte der Ärzte schreiben!«

Wieder hörte Victoria Lachen, und diesmal stimmte auch Dr. Rumpff mit ein. Dafür hielt sich Onkel Konrad auffällig zurück. Fühlte er sich etwa durch die Äußerungen des Kollegen in seiner Berufsehre gekränkt?

»Und welche kuriosen Gestalten hast du mir anzubieten, Carl Ludwig?« fragte Dr. Hoffmann. »Daß bei der Polizei nur brave und unscheinbare Beamte herumlaufen, nehme ich dir nämlich nicht ab, mein Lieber! Und ...«

»Das ist ja unglaublich!«

Victoria hatte das Gefühl, ihr Herzschlag setze aus, als sie die Stimme ihres Onkels plötzlich in ihrem Rücken hörte. Sie drehte sich so hastig um, daß sie beinahe das Gleichgewicht verloren hätte.

»Steig sofort von der Leiter herunter, Victoria Könitz!« Zitternd gehorchte sie. Konrad Könitz schloß die Tür und kam drohend auf sie zu. »Wie lange geht das schon?«

»Ich habe zufällig ... heute, und es war ja nur dieses eine Mal«, stotterte sie. »Ehrlich, Onkel Konrad, und ich verspreche dir ...«

Die Ohrfeige kam so überraschend, daß Victoria kaum wußte, wie ihr geschah. »Und ich verspreche dir, daß auf der Stelle eine zweite Backpfeife folgt, wenn du mich weiterhin zum Narren hältst!«

Er würde es nicht tun, das sah sie seinen Augen an. »Ich wollte bloß ein bißchen lesen, und da hörte ich eure Stimmen aus dem Belüftungsschacht. Es war nicht richtig von mir, und es tut mir schrecklich leid, Onkel Konrad.«

»Warum hast du mich nicht gefragt, wenn du ein Buch haben wolltest?« Seine Stimme nahm wieder einen normalen

Tonfall an. »Ich hätte es dir heraussuchen und leihen können.«

»Wirklich? Aber das wußte ich doch nicht.« *Ach Onkel! Die Bücher, die ich lesen mag, hättest du mir niemals überlassen!*

»Du hast mein Vertrauen mißbraucht, Victoria. Das macht mich sehr traurig. Die Lüge ist die häßlichste Form des Bösen, Kind.«

»Ja, Onkel Konrad.« *Ich bin kein Kind mehr, verdammt noch mal! Ich bin erwachsen, und mein Geist hungert und dürstet nach Nahrung!*

»Es ist nur zu deinem Besten. Ich möchte nicht, daß dein reines Gemüt durch schmutzige Dinge verdorben wird, die dich krank machen.«

»Ja, Onkel.« *Nicht die Bücher, ihr seid es, die mich krank machen!*

»Weibliche Neugier ist ein schlimmer Charakterfehler. Und Nachgiebigkeit erzeugt nur unsinnige Begierde, die Frauen davon abhält, sich ihrer Bestimmung zu widmen: der Sorge um Mann und Kinder, der Ordnung der häuslichen Angelegenheiten.«

»Ja.« *Wie lange kann ein Mensch in einer Wüste überleben, ohne Wasser, ohne Brot...*

»Du weißt, daß unsere Familie...«

...und ohne Hoffnung?

»Sophia war sehr krank, und Clara... Zu viele Träumereien sind nicht gut für eine Frau, und schlechte Lektüre weckt überspannte Ideen.«

Das Reich der Phantasie, das Meer des Wissens – nur staubigen Sand laßt ihr mir!

»Diese schreckliche Krankheit, an der Clara leidet... Ich will nicht, daß ihr noch jemand aus unserer Familie zum Opfer fällt.« Konrad Könitz sah seine Nichte besorgt an. »Das weibliche Nervensystem ist empfindlicher als das männliche, und zu viel geistige oder körperliche Anstrengung kann schädlich sein.«

Und wenn dein Geist endlich ganz und gar vertrocknet ist, putze dich aufs Feinste heraus und warte geduldig, bis der Eine kommt, um dir Schutz und Schirm fürs Leben zu gewähren. Dankend gebäre ihm Kind um Kind, und lächle selig dabei.

»Die wahre Macht der Frauen ist das Gefühl, Kind. Nicht die Vernunft.«

»Darf ich jetzt gehen, Onkel?«

Konrad legte Victoria seine Hand auf die Schulter. »Ich

möchte, daß du deine Sachen packst und heute noch nach Hause zurückkehrst.« Als sie schwieg, fügte er hinzu: »Es ist bestimmt nicht meine Absicht, dich zu kränken, Kind. Eines Tages wirst du das hoffentlich verstehen.«

Wortlos ging Victoria an ihm vorbei zur Tür. Das Schlimme war, daß er davon überzeugt war – daß er seine Worte für die Wahrheit hielt.

Sophia wußte sofort, was geschehen war, als Victoria mit verweinten Augen in den Salon kam, um sich zu verabschieden. »Es konnte nicht für immer gutgehen«, sagte sie. »Und vielleicht ist es das Beste so.«

Hat er mit seiner übergroßen Liebe auch deine Sehnsucht erstickt, Tante Sophia? »Wenn Onkel Konrad es erlaubt, besuche ich dich bald wieder. Grüß Eddy von mir.«

Sophia umarmte sie. »Ich liebe dich, Kind.«

»Ich liebe dich auch, Tante Sophia.« *Lebt wohl, ihr Wissenschaftler und Gelehrten. Leb wohl, Detektiv Dupin!*

»Sind Sie jetzt endlich zufrieden, Herr Biddling?« Mit einem Knall warf Victoria die Tür ins Schloß und blieb wütend vor Richards Schreibtisch stehen.

Er lächelte. »Wie ich sehe, hat man Ihnen immer noch nicht beigebracht, anzuklopfen, Fräulein Könitz.«

»Machen Sie sich nur lustig über mich, Sie ... Sie ...!«

»Bevor Sie weiterreden, möchte ich Sie darauf hinweisen, daß Beamtenbeleidigung strafbar ist, gnädiges Fräulein.«

Das *gnädige Fräulein* gab ihr den Rest. »Sie Widerling!« schrie sie. »Wie ich Sie hasse!«

Sein Lächeln verschwand. »Mäßigen Sie sich gefälligst etwas, Fräulein Könitz. Wir sind hier nicht auf dem Jahrmarkt!«

»Genießen Sie es, mich am Boden zu sehen, ja? Brauchen Sie das für Ihr Selbstverständnis?«

»Ich wäre Ihnen außerordentlich dankbar, wenn Sie mir erklären würden, welche Laus Ihnen über die Leber gelaufen ist, gnädiges Fräulein! Und zwar in einem etwas moderateren Tonfall, wenn ich bitten dürfte.«

»Tun Sie doch nicht so scheinheilig, Herr Biddling! Sie wissen selbst am besten, was Sie angerichtet haben.«

»Verdammt noch mal, jetzt reicht's aber!« Diese Frau konnte einen wirklich zum Wahnsinn treiben. »Wenn Sie mir nicht sofort sagen, was los ist, lasse ich Sie hinauswerfen!«

Victoria sah ihn böse an. »Sie haben unsere Abmachung gebrochen, Herr Kommissar.«

»Bitte?«

»Sie haben Louise bei meinem Vater schlechtgeredet, und Sie haben meinem Onkel verraten, daß ich heimlich in seiner Bibliothek...«

»Nein, das habe ich nicht.«

»Ach, dann waren es wohl die Heinzelmännchen, die es ihm zugeflüstert haben?«

»Zu Ihrer Information: Es interessiert mich nicht im geringsten, wie und wo Sie Ihre Freizeit verbringen, Fräulein Könitz. Und wenn Sie vor Langeweile in den Main springen.«

»Sie sind geschmacklos, Herr Biddling.«

»Und ich befürchtete schon, unsere Gemeinsamkeiten erschöpften sich in der Sympathie für den *Struwwelpeter*.«

»Wo ist Louise?«

»Sie sehen nicht besonders hübsch aus, wenn Sie so zornig sind.«

»Es ist mir egal, ob Sie mich hübsch oder häßlich finden. Ich will wissen, was Sie Papa über Emilie erzählt haben und wo Louise ist!«

»Ihr Vater hat sie entlassen.«

»Warum?«

»Was weiß ich? Fragen Sie ihn doch.«

Victoria hatte Lust, ihm in sein überhebliches Gesicht zu schlagen. »Ich will es von Ihnen hören, und zwar hier und jetzt!«

»Louise hat Ihrem Vater die Wahrheit gesagt.«

Victoria lachte verächtlich. »Das glauben Sie doch selbst nicht, Herr Biddling.«

»Mehr werden Sie von mir nicht erfahren.« Richard stand auf, ging zur Tür und öffnete sie. »Auf Wiedersehen.«

Victorias Gesicht wurde weiß vor Wut. »Ich verlasse diesen Raum nicht eher, bis ich weiß, wo Louise ist.«

Richard kam auf sie zu.

»Was haben Sie mit ihr gemacht?«

»Gehen Sie jetzt. Bitte!«

»Nein.«

»Fräulein Könitz!«

»Wo ist sie?«

»Wenn Sie nicht freiwillig gehen, trage ich Sie hinaus!«

»Was haben Sie mit ihr...?«

Richard faßte Victoria am Kleid und zog sie zur Tür. »Nein!« schrie sie. »Ich will nicht! Lassen Sie mich los!« Ihr Geschrei zerrte an seinen Nerven. Er hielt ihr den Mund zu, und sie biß ihn kräftig in die Hand. Mit schmerzverzerrtem Gesicht ließ Richard sie los und riß impulsiv den Arm hoch.

»Schlagen Sie ruhig zu, Herr Biddling!« rief Victoria höhnisch. »Das ist doch das einzige, was ihr Männer könnt! Na los, machen Sie schon!«

Langsam ließ Richard seinen Arm sinken und sah sie an. »Sie tun mir leid, Fräulein Könitz.«

Victoria spürte, wie ihr die Tränen in die Augen schossen. *Eduard hat recht*, dachte sie, während sie aus dem Zimmer rannte, *ein anständiger Frankfurter kann für die Preußen nur ein einziges Gefühl hegen!*

»Nanu, Fräulein Könitz, wo kommen Sie denn so aufgelöst her?«

Als Victoria aufblickte, sah sie in Heiner Brauns freundliches Gesicht. »Guten Tag, Herr Braun«, sagte sie gepreßt und wollte an ihm vorbei.

Er stellte sich ihr in den Weg. »Sie haben doch nicht etwa vor, in diesem Zustand auf die Straße hinauszugehen, oder?« Sie zuckte hilflos mit den Schultern. »Ich kann Ihnen einen Kaffee anbieten, wenn Sie möchten. Und dann ruhen Sie sich ein paar Minuten aus, und Sie werden sehen, daß die Welt wieder Farbe bekommt. Einverstanden?«

Victoria nickte ergeben und folgte dem Kriminalschutzmann in sein Büro. »Warum ist er so gemein zu mir?«

Heiner deutete auf einen Holzstuhl neben einem kleinen Ecktisch. »Setzen Sie sich doch.« Er holte zwei angeschlagene Tassen aus dem Schrank und schenkte aus einer grauweiß emaillierten Kanne Kaffee aus. Mit einem Lächeln reichte er ihr eine Tasse. »Jetzt trinken Sie erst mal, Fräulein Könitz.«

»Herr Braun?«

»Ja?«

»Wir kennen uns schon so lange. Wollen Sie mich nicht mit meinem Vornamen ansprechen?«

»Welchen hätten Sie denn gern? Hannes oder Victoria?«
»Victoria«, sagte sie und lächelte zaghaft.
»Na also, Victoria. So gefallen Sie mir schon viel besser.« Heiner reichte ihr ein Taschentuch, und sie wischte sich die Tränen ab.
»Danke, Herr Braun.«
»Aber, aber! Ist doch selbstverständlich – *unter Kollegen*.«
»Warum gibt es nicht mehr Männer wie Sie?«
Er lachte. »Liebe Güte, Sie wollen mir doch nicht etwa einen Antrag machen, wertes Fräulein?«
»Victoria«, sagte Victoria.
»Gut. Victoria.«
»Ich vermisse es schrecklich, mit Ihnen zu arbeiten.«
Heiner sah sie ernst an. »Ich vermisse den vorlauten Hannes auch. Aber irgendwann mußte es ein Ende haben. Es war nur eine Frage der Zeit.«
»Alles hat er mir kaputtgemacht! Wie ich ihn dafür hasse!«
»Sie tun Herrn Biddling unrecht, Victoria«, entgegnete Heiner ruhig. »Er meint es nicht böse.«
»Das ist ja gerade das Unglück! Keiner meint es böse.« Ihre Augen füllten sich wieder mit Tränen. »Alle wollen sie nur das Beste, und dann nehmen sie mir die Luft zum Atmen.«
»Aber ...«
»Er hat Onkel Konrad verraten, daß ich heimlich in seine Bibliothek gehe, um zu lesen. Deshalb hat mich mein Onkel aus seinem Haus gewiesen. Ich war so glücklich dort.« Victorias Stimme wurde lauter. »Und er hat Papa die Wahrheit über Emilie gesagt, obwohl er mir versprochen hatte ...«
»Nein«, unterbrach Heiner sie. »Kommissar Biddling hat Louise nicht verraten. Im Gegenteil.«
»Was soll das heißen?«
»Ihrem Herrn Vater war bereits bekannt, daß Emilie Louises Tochter ist, bevor wir sie zum Verhör holten.« Heiner sah Victoria unsicher an. »Möchten Sie noch Kaffee?«
»Nein!« rief sie. »Ich will endlich die Wahrheit wissen!«
»Mehr kann ich nicht sagen.«
»Wo ist Louise? Bitte, antworten Sie mir.«
»Sobald feststeht, ob die Tote von Weilbach Emilie ist oder nicht, wird Louise Frankfurt verlassen.«
»Wo sie ist, will ich wissen!«

»Sie hat mich gebeten, Ihnen auszurichten, daß sie Sie nicht sehen will.«

»Das glaube ich Ihnen nicht! Was verschweigen Sie mir?«

»Manchmal ist es gnädiger, mit einer Lüge zu leben, Victoria.«

Ihre Augen funkelten wütend. »Denken Sie etwa, ich sei zu zart und zerbrechlich, um die Wahrheit zu ertragen? Sie sollten mich besser kennen!«

»Victoria! Bitte zwingen Sie mich nicht, Ihnen wehzutun.«

»Sie sind der einzige Mensch, von dem ich glaubte, daß er ehrlich zu mir ist, Herr Braun. Wollen Sie mich auch noch enttäuschen?«

»Der Kommissar will aber nicht...«

»Sagen Sie es mir!«

Heiner lief unschlüssig in seinem Büro auf und ab und blieb schließlich am Fenster stehen. »Ich weiß nicht, ob es nicht doch besser wäre...«

»Nein!«

»Emilie ist Ihre Schwester«, sagte er, und vor Entsetzen ließ Victoria die halbvolle Kaffeetasse fallen, die sie in ihren Händen hielt.

19

Zuweilen findet man beim Thatbestande eines Verbrechens Erscheinungen, welche miteinander völlig in Widerspruch zu stehen scheinen und es überaus schwierig machen, sich ein klares Bild von dem Hergange des Verbrechens zu entwickeln.

❖

»Dieser *Cul de Paris* steht Ihnen wunderbar, gnädiges Fräulein«, sagte Paula, während sie mit einem prüfenden Blick die bis auf den Boden reichende Schleppe über dem mit Rüschen und Litzen besetzten Kleid aus isabellfarbenem Seidenatlas drapierte. *Gänsehintern!* dachte Victoria, als sie sich vor dem Spiegel drehte. Mit unbewegter Miene streifte sie die Handschuhe über, die Paula ihr hinhielt, und ließ es sich gleichmütig gefallen, daß das Mädchen ihr zum Abschluß eine Blume ins Haar steckte. Paula deutete auf das Brillantcollier, das in einer mit schwarzem Samt ausgeschlagenen Schatulle auf Victorias Toilettentisch lag. »Wollen Sie nicht doch etwas Schmuck anlegen?«

»Nein.«

»Aber Ihre Mutter hat ...«

»Das lassen Sie nur meine Sorge sein. Danke. Sie können gehen.«

Paula nickte und verließ das Zimmer. Victoria wußte, daß sie unhöflich war. Doch es war ihr egal. Ihr stand nicht der Sinn nach Heiterkeit. Und nach einer Hochzeitsfeier schon gar nicht. Wie sollte sie es nur ertragen, diesen widerlichen Theodor Hortacker Marias glücklichen Bräutigam mimen zu sehen? »Dieses Arrangement war die mit Abstand dümmste Idee, die du je hattest, Victoria Könitz«, sagte sie böse zu ihrem Spiegelbild. »Und es wird deinen Herrn Papa nicht im geringsten daran hindern, auch dich so bald wie möglich unter die Haube zu bringen!« Schlimmstenfalls würde er sich heute abend schon nach einer *guten Partie* umsehen. Die Gelegenheit war günstig, denn alle Familien, die in Frankfurt Rang und Namen hatten, waren zu Marias Hochzeit eingeladen worden.

Victoria lachte verächtlich. Der achtunggebietende Rudolf Könitz, der selbst bei den nebensächlichsten Dingen auf strenger Einhaltung der Etikette bestand ... Wo hatte er es getan? Tagsüber im Keller, nach Feierabend im Kontor oder sogar nachts auf der schäbigen Pritsche in Louises Kammer? Und wann? Als Henriette im Kindbett gelegen hatte? Oder jedesmal, wenn sie zu einer Teegesellschaft bei ihren Freundinnen eingeladen war? Wie oft war Louise wohl von *ihm* gekommen, wenn sie zum Frisieren oder Ankleiden nach ihr geschellt hatte? Allein beim Gedanken daran wurde Victoria übel.

Es ist eine andere Welt, und sie ist weit weg von der Ihren, gnädiges Fräulein. Blind war sie gewesen, blind und taub für die Verzweiflung in Louises Augen, ihre Andeutungen. *Ich habe geschworen, daß Emilie die Schönheit nicht zum Fluch werden wird wie ...* »Es kann nicht weit her sein mit deiner Klugheit, Fräulein Könitz, wenn du nicht einmal das begriffen hast!« sagte Victoria zu ihrem Spiegelbild.

Sie hatte angefangen, ihren Vater zu beobachten, und das Erschreckende war, daß sich nicht das geringste an ihm verändert hatte, seit sie es wußte. *Wie kann ich eine Frau begehren, die kalt ist wie ein Fisch!* War die Schuld bei ihrer Mutter zu suchen? Hatte Henriette ihren Mann durch ihre abweisende Art in die Arme des Dienstmädchens getrieben? Aber warum hatte er nicht wenigstens ordentlich für sein Kind gesorgt? Es gab genügend Mittel und Wege, so etwas ohne Aufhebens zu regeln. Warum hatte er nicht wenigstens *das* getan? Victoria versuchte, sich an Emilie zu erinnern, an die Art, wie sie gesprochen und gelacht hatte, an die Farbe ihrer Haare und Augen. *Sie ist Ihre Schwester.* Hätte sie es merken müssen? Sie war weit davon entfernt, ihren Vater zu vergöttern, und doch war bei Heiner Brauns Worten nicht nur die Tasse zerbrochen.

Plötzlich steckte David seinen Kopf zur Tür herein. »Na, Schwesterherz, unterhältst du dich wieder mit deinem Spiegelbild? Mama sagt, du sollst dich gefälligst beeilen! Die Kutsche wartet. Und die Hochzeitsgesellschaft auch.«

»Hau ab«, giftete Victoria, »sonst fliegt was!«

»Wenn Fliegen hinter Fliegen fliegen, fliegen Fliegen Fliegen hinterher!« lästerte der Junge.

Bevor Victoria darüber nachdachte, hielt sie die glanzvergoldete Porzellanvase in der Hand, die auf einem Tischchen neben dem Spiegel gestanden hatte. Mit einem Fluch, den ein Sachsenhäuser Apfelweinwirt nicht besser hätte formulieren können, warf sie sie samt den darin befindlichen Rosen in Richtung Tür, wo sie am Rahmen zerplatzte und in unzähligen Scherben klirrend zu Boden fiel.

David, der geistesgegenwärtig die Tür zugezogen hatte, als das Porzellangeschoß auf ihn zuflog, gab sich aber nicht geschlagen. Im Spiegel sah Victoria, wie sich die Tür nach einigen Schrecksekunden wieder öffnete. Der spöttische Blick ihres kleinen Bruders wanderte über die auf dem Tafelparkett verstreuten Scherben und blieb an der Pfütze hängen, in der die zerknickten Rosen lagen. »Falls du es vergessen haben solltest: Der Polterabend war gestern, Schwesterlein! Ganz abgesehen davon, daß man bei dieser Gelegenheit die Töpfe von außen gegen die Tür schmeißt. Und das Gemüse nimmt man vorher auch heraus.«

»Tu mir einen Gefallen und geh, David!« sagte Victoria, und selbst der sonst etwas begriffsstutzige Junge merkte, daß seiner Schwester heute nicht nach Scherzen zumute war.

»Ich glaube nicht, daß Mama noch lange auf dich warten wird«, entgegnete er mit säuerlicher Miene und verschwand.

Victoria drehte sich zu ihrem Spiegel um, und sie hatte das Gefühl, einer Fremden ins Gesicht zu sehen. *Sie ist Ihre Schwester. Meine Schwester! Warum hast du Emilie auch ausgerechnet an deine Tante vermittelt? Wie konnte ich ahnen, daß sie einfach von heute auf morgen verschwindet!* Der Gedanke kam völlig überraschend, und er war so naheliegend, daß Victoria der Schweiß ausbrach. Was, wenn am Ende ihr Vater hinter der ganzen Sache steckte?

Louise war dabei, ihre wenigen Habseligkeiten zusammenzupacken, als ihr die Zimmerwirtin meldete, daß ein Herr sie zu sprechen wünsche.

Kurz darauf betrat Richard Biddling das dunkle Dachstübchen. »Ich möchte mich für Ihre Hilfe bedanken«, sagte er und zog einen Briefumschlag aus seiner Jacke. »Darin finden Sie die Adresse und das Geld für die Bahnfahrt.«

Louise steckte den Brief ein. »Ich danke Ihnen, Herr Kommissar. Grüßen Sie Victoria von mir.«
»Ja.«
Louise schloß ihren abgewetzten Koffer, der auf dem Bett lag. »Und meine Eltern...?«
»Eine Aufwartfrau wird sich um sie kümmern.« Richard nahm ihr den Koffer ab, und hintereinander gingen sie die enge Treppe hinunter bis zu der Mietdroschke vor dem Haus. Er reichte dem Kutscher den Koffer und half Louise beim Einsteigen.
»Das werde ich Ihnen niemals vergessen, Herr Kommissar«, sagte sie.
Richard winkte ab. »Wie heißt es so schön? Eine Hand wäscht die andere. In diesem Sinne: eine gute Reise, Louise!« Er schaute der Kutsche nach, bis sie um die nächste Straßenecke gebogen war, und kehrte ins Polizeipräsidium zurück.

Heiner Braun stand an seinem Schreibpult und las aufmerksam den Bericht einer vornehmen Dame, die ihr diebisches Dienstmädchen angezeigt hatte, als Richard zu ihm hereinkam. Er schloß die Bürotür und lehnte sich dagegen. »Besitzen Sie zufällig einen Frack, Braun?« fragte er.
Heiner sah ihn verwundert an. »Was soll ich damit?«
»Das werde ich Ihnen gleich sagen. Also: haben Sie einen?«
»Ja. Allerdings ein etwas älteres Modell.«
»Dann gehen Sie nach Hause und entstauben Sie ihn, denn wir werden heute abend an einer ganz besonderen Feier teilnehmen.«
»Sie wollen doch nicht etwa zu Hortackers Hochzeit, Herr Kommissar?«
Richard grinste. »Waren Sie es nicht zufällig, der behauptet hat, daß man die Gepflogenheiten der verschiedenen Gesellschaftsschichten am besten bei einem Schöppchen studieren könne? Und was für Apfelwein recht ist, kann für Champagner nur billig sein.«
»Ehrlich gesagt finde ich diese Idee nicht besonders gut«, entgegnete Heiner ernst, doch Richard lachte nur.

Maria hatte noch nie so hübsch ausgesehen wie an ihrem Hochzeitstag. Das Brautkleid aus weißer Seide schmeichelte ihrer üppigen Figur und war von den exklusivsten und teuersten Schneidern genäht worden, die Rudolf Könitz hatte auftreiben können. Zusammen mit den spitzenbesetzten Brautschuhen aus Satin und dem drei Meter langen Schleier, der mit einem Myrtenkranz auf ihrem Kopf festgesteckt wurde und von vier Brautjungfern getragen werden mußte, hatte es ein Vermögen gekostet. Für eine standesgemäße Ausstattung seiner Töchter war Rudolf Könitz noch nie etwas zu kostspielig gewesen, und an diesem besonderen Tag wurde auch sonst an nichts gespart.

Der große Ballsaal im Stadtpalais der Hortackers war mit Blumenbuketts überladen, und in zwei Seitenräumen hatten Dekorateure auf Bühnen und Tischen die edelsten Delikatessen arrangiert: Escalopes von jungen Hasen, Geflügel und Fisch, gesülzte Wacholderdrosseln, geräucherte Schinken, gefüllte Kapaunen und gebratene Feldhühner fanden sich neben Kalbsschlegeln, Rehkeulen und kalten Pastetchen aus Fasanen und Gänselebern. Auf einem mit Arabesken und Rosetten verzierten Fettsockel thronte ein gefüllter Wildschweinkopf, der von filigranen Silberspießchen mit Fleischsülze, Champignons, Trüffeln und Artischockenböden umgeben war. Jede Menge Süßigkeiten und Backwaren der besten Konditoren Frankfurts vervollständigten das Büffet: Kronprinztorten, Baumkuchen, Maltheser- und Orangentorten wechselten mit feinen Gelées und Crèmes aus Mokka und Maraschino, karamelisierten Früchten und aufgesetzten Meringuen, und über all dem erhob sich als wahres Meisterwerk der Konditorkunst eine mehrstöckige, marzipanverzierte Hochzeitstorte.

Theodor Hortacker war ohne Zweifel der am besten aussehende Mann im ganzen Saal, und er las seiner frisch angetrauten, jungen Gattin jeden Wunsch von den Augen ab. Maria schwebte wie auf Wolken und überhörte die neidvollen Zwischentöne, die in manchen der überschwenglichen Glückwünsche anklagen, die sie lächelnd entgegennahm.

Victoria wurde dagegen immer wieder verstohlen gemustert und mit mitleidigen Blicken bedacht, und in den flüsternd geführten Gesprächen am Büffet und in den blumengeschmückten Säulengängen blühten Klatsch und Spekulation.

»Reichlich ungewöhnlich, daß die Ältere noch unverheiratet ist, nicht wahr?«

»Ja. Wer weiß, was es da für Gründe geben mag.«
»Dabei ist sie viel hübscher als ihre Schwester.«
»Es muß schon ein gewichtiger Grund sein, wenn dieses prächtige Mannsbild die häßliche Vettel vorzieht.«
»Ob sie vielleicht diese Krankheit hat?«
»Sie meinen...?«
»Wie die andere, diese Clara.«
»Die in der... ähm, Affensteiner Anstalt lebt?«
»Ja.«
»Liebe Zeit, meinen Sie wirklich?«
»Sie war auch sehr schön, diese Clara, bevor sie...«
»Oh Gott, wie entsetzlich!«

Ihr armseligen Geister, dachte Victoria, während sie ihnen lächelnd zunickte. *Ich wünschte, daß euch eure spitzen Zungen auf der Stelle in euren dürren Hälsen steckenblieben!* Sie hatte Lust zu tanzen und machte sich auf die Suche nach Eduard. Zu ihrem Bedauern sah sie ihn aber schon mit Theodors Schwester auf der Tanzfläche; sie trug ein rotes Seidenkleid, das wunderbar zu ihrem schwarzen Haar paßte, und lächelte schüchtern. Victoria kannte ihren Cousin gut genug, um die Blicke richtig zu deuten, die er der jungen Cornelia zuwarf. Es stimmte sie traurig. *Du spinnst, Victoria Könitz!* rief sie sich zur Vernunft. Aber so leicht ließ sich die Vergangenheit eben doch nicht abstreifen. Sie sah Sophia am Rand der Tanzfläche stehen und ging zu ihr hin.

»Na, amüsierst du dich gut, Tantchen?«

»Ja, ja, sicher«, sagte Sophia geistesabwesend. Ihr Blick wanderte immer wieder zu ihrem Sohn und der hübschen Cornelia, und sie sah dabei alles andere als glücklich aus.

»Er tanzt wie ein Gott«, bemerkte Victoria bewundernd.

»Er sollte langsam mal mit einer anderen tanzen! Wie er sie anschaut! Es schickt sich nicht. Cornelia Hortacker ist bereits versprochen.« Noch bevor der Tanz zu Ende war, entschuldigte Sophia sich bei ihr, und Victoria wußte, daß sie Eduard gleich unmißverständlich über einige grundlegende Benimmregeln aufklären würde. Er tat ihr leid.

»Werden Sie mir den nächsten Tanz schenken, Fräulein Könitz?«

Andreas Hortacker machte eine unbeholfene Verbeugung vor ihr. Sein Gesicht war rot vor Verlegenheit. Victoria nahm lächelnd seinen dargebotenen Arm. »Aber selbstverständlich!

Versprochen ist versprochen.« Andreas war rührend in seiner tolpatschigen, kindlichen Art und wirkte in dem strengen, schwarzen Frack seltsam fehl am Platz. Obwohl er nur einige Jahre jünger war als sie, weckte er in Victoria mütterliche Gefühle, und das ließ sie ihre plattgetretenen Füße und sein poetisches Geschwafel über das hehre Ideal der wahren Liebe gleichmütig ertragen. Davon abgesehen hoffte sie, daß sie vor unerwünschten Annäherungsversuchen sicher sein würde, solange sie mit Andreas tanzte. Es war ihr nämlich nicht entgangen, daß ihr Vater ein längeres und sehr angeregtes Gespräch mit einem seiner Geschäftsfreunde geführt hatte, dessen Sohn ihr seitdem dezente, aber nichtsdestotrotz eindeutige Blicke zuwarf.

Es war ausgerechnet die glückstrahlende Maria, die ihr eine halbe Stunde später die Schreckensnachricht überbrachte. Mit einer Miene, als sei sie die Hüterin des heiligen Grals, nahm sie Victoria am Arm und führte sie in eine ruhige Saalecke; ihr rundes Mädchengesicht glühte vor Eifer und Erregung. »Rate mal, Schwesterlein, was ich gerade Herrliches erfahren habe!«

»Na, was?« fragte Victoria uninteressiert.

»Es wird nachher eine Überraschung geben.« Maria schaute sich verstohlen nach allen Seiten um. »Eigentlich darf ich es dir gar nicht verraten...«

»Rück schon heraus mit der Sprache, Schwester. Du kannst es ja sowieso nicht für dich behalten.«

»Ach, es ist aber auch zu schön! Den mißgünstigen Weibern wird ein für alle Mal der Mund gestopft.«

»Liebe Zeit, mach es nicht so spannend!«

Maria sah sie feierlich an. »Papa wird um Mitternacht deine Verlobung mit dem jungen Eckstein bekanntgeben.«

Victoria war sprachlos vor Entsetzen.

»Ja, freust du dich denn gar nicht?«

»Nein.«

»Aber Victoria, ich dachte...«

»Schon gut. Ich glaube, Theodor sucht nach dir.«

Mit einem seligen Lächeln winkte Maria ihm zu und war kurz darauf verschwunden.

Victoria kämpfte mit den Tränen. Das war ja noch schlimmer, als sie befürchtet hatte. Vor dieser ganzen Festgesellschaft vollendete Tatsachen zu schaffen, ohne sie vorher wenigstens formell zu fragen. Entwürdigend war das! Und wieder warf ihr dieser Eckstein einen Blick zu. Bestimmt war *er* über die mitternächtliche Überraschung längst im Bilde! Victoria schaute demonstrativ in eine andere Richtung. Und wenn dem Kerl die Augen rausfielen: Von ihr würde er nicht einmal ein Anstandslächeln zu sehen bekommen. Mit hocherhobenem Kopf schritt sie durch den Saal auf den Durchgang zum ersten Büffetraum zu, wo sie Andreas stehen sah. »Ich möchte gern noch einmal mit dir tanzen«, sagte sie.

Andreas sah sie glücklich an. »Aber gern, Fräulein Könitz.« Gemeinsam gingen sie an dem verblüfften Eckstein vorbei zur Tanzfläche, und Victoria schämte sich für das Spiel, das sie trieb. Andreas bemühte sich redlich, aber er war ein miserabler Tänzer, und irgendwann hörte Victoria auf zu zählen, wie oft er ihr auf den Füßen stand.

Nur noch knappe zwei Stunden bis Mitternacht. Was sollte sie bloß tun? Vielleicht könnte sie behaupten, daß sie sich fürchterlich elend fühle und sofort nach Hause müsse? Außerdem stimmte es ja auch! Ein Blick zu ihrer Mutter zeigte Victoria jedoch sofort, daß es zwecklos sein würde, ihr Theater vorzuspielen. Henriette und Rudolf Könitz wollten das leidige Thema Heirat offenbar ein für alle Mal abschließen, und es war ihnen völlig egal, wie sich ihre Tochter dabei fühlte.

Victoria schossen Tränen in die Augen, und sofort bat ihr unbeholfener Tänzer zum unzähligen Mal höflichst um Verzeihung, und sie setzte zum unzähligen Mal ein gequältes Lächeln auf und log: »Ach was! Es macht mir gar nichts aus.« Sie ließ ihren Blick durch den Saal schweifen. Wohin sie schaute, überall sah sie glückliche und zufriedene Menschen; sie erfreuten sich an der Musik und am guten Essen, sie tanzten und lachten, sie diskutierten und scherzten. Victoria hätte am liebsten geheult. »Oh, Entschuldigung!« Diesmal war sie es, die ihrem Tanzpartner auf den Fuß getreten war.

»Nichts für ungut, Fräulein Könitz. Das habe ich mir jetzt redlich verdient«, erwiderte Andreas lachend, doch Victoria hörte gar nicht zu. Statt dessen schaute sie noch einmal zum Eingang hinüber, aber es gab keinen Zweifel: Dort standen tatsächlich Kriminalschutzmann Braun und Kommissar Biddling im Festtagsgewand. Wo kamen die denn plötzlich her? Oder vielmehr: Was wollten sie hier?

»Hast du was dagegen, wenn wir ein bißchen mit dem Tanzen aussetzen, Andreas? Ich möchte gerne die Herren da drüben begrüßen.«

Andreas sah ebenfalls zum Eingang. »Sie meinen den Kommissar und seinen Gehilfen?«

»Du kennst sie?« fragte Victoria überrascht.

»Natürlich kenne ich sie. Der Ältere war bei meinem Vater, um sich über Emilie zu erkundigen... die arme, arme Emilie!«

Am liebsten hätte Victoria ihm übers Haar gestrichen. Was für ein empfindsames Herz er hatte! Bestimmt würde er später einmal ein verständnisvoller Ehemann und Vater werden.

»Warum lächeln Sie?« fragte er schüchtern.

»Weil ich finde, daß du ein liebenswerter junger Mann bist, Andreas. Komm doch mit! Vielleicht wissen die Beamten ja etwas Neues über Emilie.« Der Junge nickte wortlos und lief hinter ihr her, blieb jedoch mit etwas Abstand zu den Männern stehen, als fürchtete er, weggeschickt zu werden.

»Guten Abend, die Herren!« begrüßte Victoria die beiden Kriminalbeamten, und es entging ihr nicht, daß Richard Biddling sie bewundernd ansah.

»Guten Abend, Fräulein Könitz.« Heiner nahm ihre dargebotene Hand und verbeugte sich. »Sie gestatten, daß ich mir erlaube, Ihnen ein Kompliment zu machen: Sie sehen heute wunderschön aus.«

»Nur heute, Herr Braun?«

Heiner grinste. »Selbstverständlich immer, aber heute ganz besonders, gnädiges Fräulein.«

Victoria verzog das Gesicht. »Hatten wir das nicht abgeschafft?«

Heiner warf seinem Vorgesetzten einen unsicheren Blick zu. »Wenn Sie darauf bestehen – Victoria?«

»Ich bestehe sogar entschieden darauf, Herr Braun!« Victoria genoß Richard Biddlings verschnupftes Gesicht wie ein Glas prickelnden Sekt. »Gibt es einen bestimmten Grund für Ihren Besuch, Herr Kommissar, oder wollten Sie sich nur einmal anschauen, wie in Frankfurt eine ordentliche Hochzeit gefeiert wird?«

»Ich nehme nicht an, daß sich besonders viele Menschen in dieser Stadt ein solches Gelage leisten können, gnädiges Fräulein.«

Heiner warf Richard einen ärgerlichen Blick zu. Victoria lächelte. »Lassen Sie nur, Herr Braun. Wenn in Berlin Benimm und Höflichkeit so selten und kostbar sind wie in Frankfurt die Hochzeitsgelage, kann es nicht verwundern, daß nur wenige Preußen über diese Eigenschaften verfügen.«

Es war gemein, und sie sah Richard Biddling an, daß er am liebsten auf der Stelle gegangen wäre. Doch ihr Stolz verbot ihr eine Entschuldigung. Warum benahm er sich ihr gegenüber auch so widerwärtig!

»Wir wissen jetzt mit Sicherheit, daß es sich bei der Toten von Weilbach um Emilie handelt«, sagte Heiner in das ungemütliche Schweigen hinein. »Es tut mir leid für Sie, Victoria.«

Sie nickte stumm.

»Wir haben eine zweite Autopsie durchführen lassen. Letzte Gewißheit haben wir aber erst erlangt, als Louise die Kleidung...«

»Louise?« rief Victoria. »Wo ist sie?«

»Auf ihren Wunsch hin ist Emilie in Weilbach beigesetzt worden.«

»Ich will endlich wissen, wo sie ist!«

»Heute vormittag hat...« Heiner brach ab, als er einen bitterbösen Blick von Biddling einfing.

»Sie ist abgereist«, sagte Richard förmlich. »Sie läßt Ihnen Grüße ausrichten.«

»Und wohin ist sie abgereist, wenn ich fragen dürfte?«

»Sie dürfen nicht. Sie ist weg und damit basta!«

Seine unversöhnliche Miene zeigte Victoria, daß er unter keinen Umständen bereit war, ihr weitere Auskünfte zu geben. Sie sah ihn hochmütig an. »Sonst noch was, Herr Kommissar? Oder darf ich gehen?«

»Ich kann mich nicht erinnern, Sie überhaupt hergebeten zu haben, gnädiges Fräulein.«

Heiner schüttelte den Kopf, und Victoria schaute sich suchend um. »Vermissen Sie Ihren jungen Freund?« fragte Richard ironisch. »Dem war unsere Unterhaltung offenbar zu ungehobelt, denn er zog es beizeiten vor, zu verschwinden und...«

»Könnten Sie mir freundlicherweise verraten, ob Sie über eine Einladung verfügen, Herr *Kommissar*?« Eduard Könitz war hinter Victoria aufgetaucht. Sein Gesichtsausdruck ließ nichts Gutes ahnen.

»Die Polizei braucht keine Einladung, um tätig zu werden«, antwortete Richard kühl.

»Jetzt warte ich aber gespannt auf Ihre Erklärung, was es auf der Hochzeitsfeier meiner Cousine Wichtiges für die Polizei zu tun gibt. Und da ich nur ein dummer Untertan im preußisch-deutschen Kaiserreich bin, möchte ich gern genauestens über das Gesetz aufgeklärt werden, das Ihnen solches Tun erlaubt, Herr *Kommissar*!« Den *Kommissar* sprach Eduard so verächtlich aus, daß Richard Lust verspürte, ihm sein widerliches Grinsen aus dem Gesicht zu schlagen.

»Daß das klar ist: Ihnen habe ich rein gar nichts zu erklären, Herr Könitz«, sagte er wütend.

Victoria wurde kalt. *Wie zwei Raubtiere vor dem entscheidenden, tödlichen Sprung.* Die beiden Männer haßten sich, daran gab es keinen Zweifel. Aber warum? Sie sah Heiner an, und auch er schien zu befürchten, daß einer der beiden die Beherrschung verlieren könnte. »Eddy, er hat mich bloß etwas fragen wollen«, versuchte sie die Situation zu entschärfen.

Eduard bedachte seine Cousine mit einem herablassenden Blick. »Sei mir nicht böse, Prinzessin, aber du hast nicht die geringste Ahnung, um was es hier überhaupt geht. Also sei so gut, und halte dich heraus.«

»Einen Teufel werde ich tun!«

Eduard quittierte ihren derben Ausruf mit einem gleichgültigen Schulterzucken und wandte sich wieder Biddling zu. »Nur, daß Sie es wissen, Herr *Kommissar*: Diese Feier ist o-p, und wenn Sie nicht auf der Stelle von selbst verschwinden, werde ich Sie hinausprügeln!«

»Sie ... das werden wir ja sehen!« An den betretenen Gesichtern von Braun und Victoria Könitz erkannte Richard, daß er der einzige war, der nicht wußte, was man unter einer o-p-Feier zu verstehen hatte, und es gelang ihm nur mit Mühe, seine Wut im Zaum zu halten.

»Sollte es etwa gar kein Gesetz geben, das Ihnen eine offizielle Einladung ersetzte, Herr *Kommissar*? Wie bedauerlich für Sie. Und ich dachte, die Preußen legen sich ihre Vorschriftensammlungen sogar nachts unters Kopfkissen.« Eduard lachte höhnisch. »Oder fehlt das Kürzel Klein-o-Punkt, Groß-P-Punkt in den Berliner Lexika immer noch? Dann wäre es an der Zeit, es nachzutragen, denn ein Frankfurter Fest wird *ohne Preußen* doch erst zum wahren Genuß!«

»Ich glaube, wir sollten gehen, Herr Kommissar«, sagte Heiner.

»Nicht bevor sich dieser Kerl in aller Form entschuldigt hat!«

»Ich bitte höflich um Verzeihung«, schaltete sich Victoria ein, »doch Sie werden es mir nachsehen, daß sich die Geduld einer Dame nicht endlos strapazieren läßt.« Sie lächelte kokett. »Nimm es mir bitte nicht übel, Eddy, aber ich habe mir erlaubt, die Herren zu Marias Hochzeit einzuladen. Und was Sie betrifft, Herr Kommissar, so warte ich seit einer halben Stunde darauf, daß Sie mich, wie versprochen, endlich zum Tanz führen!«

Bevor sich der verdatterte Richard zu einer Antwort durchringen konnte, zog Victoria ihn mit sich fort. Als sie die Tanzfläche erreichten, war sein ärgerlicher Gesichtsausdruck verschwunden. »Womit habe ich mir denn diese Ehre verdient, gnädiges Fräulein?«

»Eine andere Lösung ist mir auf die Schnelle eben nicht eingefallen, um zu verhindern, daß die Hochzeitsfeier meiner Schwester in eine Schlägerei ausartet, Herr Biddling«, entgegnete sie. »Es war allerdings in der Tat ziemlich vermessen von Ihnen, hier ohne jeden Grund aufzutauchen!«

Richard verbeugte sich vor ihr. »Was heißt ohne jeden Grund, Fräulein Könitz? Ich wollte schon immer mal mit Ihnen tanzen!«

Er tanzte gut. Nicht so formvollendet wie Eduard, aber um Welten besser als Andreas, und Victoria genoß es, seinen Körper zu spüren und an nichts denken zu müssen, sich nur im Takt der Musik zu bewegen und zu träumen.

»Sie haben es nicht für den Seelenfrieden Ihrer Schwester getan, sondern weil Sie sich über Eduards Bevormundung geärgert haben, nicht wahr?«

Mein Gott, mußte dieser Mensch denn jedes noch so harmlose Glücksgefühl sofort zerstören! »Ich mag es eben nicht, wenn mir jemand vorschreiben will, was ich zu tun und zu lassen habe, und ich mag es erst recht nicht, wenn man mir ständig sagt, von was ich eine Ahnung zu haben habe und von was nicht!«

Richard lachte. »Sie sind eine richtige kleine Kratzbürste, Victoria Könitz.«

»Ich verlange nicht, daß man mich liebt. Ich verlange, daß man mich achtet und ernst nimmt!«

Richard schaute ihr ins Gesicht. »Das glaube ich nicht.«

»Was?« fragte sie unsicher. Seine Augen waren anders. Anders als sein harter Mund und die mißtrauisch gefurchte Stirn. In seinen Augen lag etwas, das sie an Andreas erinnerte.

»Daß Sie nicht geliebt werden wollen. Jeder Mensch will geliebt werden.«

»Es fragt sich nur, was ich unter dieser Liebe zu verstehen habe. Sehen Sie sich meine kleine Schwester an. Sie ist ein Kind. Ein unschuldiges, dummes Kind. Und wie all die anderen Kinder, die man in Brautkleider steckt, wird sie nach dem großen Schock eine treusorgende Ehefrau werden, die ihrem Gatten brav ein Kind nach dem anderen gebärt, und ansonsten ihre Tage mit Müßiggang, schlechtem Klavierspiel und unsinnigen Handarbeiten verbringen. Aber sie weiß nichts, und am allerwenigsten weiß sie, was Liebe ist!«

»So ist der Gang der Dinge.«

»Es ist demütigend! Verschachert zu werden wie Vieh und keine andere Funktion zu haben als Vieh! Wofür hat Gott mir ein Gehirn geschenkt, wenn ich es nicht gebrauchen darf?« Victoria sah Richard an. »Wissen Sie eigentlich, was die Bibliothek meines Onkels für mich bedeutete?«

»Es ist nicht meine Schuld, Fräulein Könitz. Das habe ich Ihnen neulich bereits zu erklären versucht. Im übrigen sollten Sie beim Tanzen keine Reden halten. Die Leute schauen schon.«

»Die Leute, die Leute! Sollen sie denken, was sie wollen!«

»Jetzt mal im Ernst: So ganz einerlei ist Ihnen die Etikette auch wieder nicht.« Als Richard ihr zorniges Gesicht sah, lachte er. »Sie legen doch so viel Wert auf Wahrheit, gnädiges Fräulein. Nun, dann lassen Sie mich die Wahrheit sagen: Sie haben es sich in Ihrem Leben ganz bequem eingerichtet. Und Sie genießen den Luxus und die Privilegien Ihres Standes durchaus. Vielleicht sogar, ohne daß es Ihnen bewußt ist.«

Victoria wollte etwas erwidern, aber er schüttelte den Kopf. »Wenn es nicht so wäre, wenn Ihnen Ihre Freiheit wirklich so wichtig wäre, wie Sie ständig betonen, warum haben Sie dann nicht längst Ihre großbürgerlichen Fesseln abgestreift und sich beispielsweise einem der Frauenvereine angeschlossen, in denen

Ihre Geschlechtsgenossinnen um Gleichheit und Anerkennung kämpfen, wenn auch größtenteils um den Preis ihrer gesellschaftlichen Achtung?«

»Finden Sie es nicht gemein, mich zu einer Antwort auf eine Frage zu nötigen, die sich ein Mann erst gar nicht stellen muß? Aber es macht Ihnen Spaß, mich zu kränken, nicht wahr?«

Er sah sie freundlich an. »Bestimmt nicht. Ich versuche nur, Sie zu verstehen.«

»Das ist immerhin ein Anfang, Herr Biddling.«

»Sie werden es nicht glauben, ich...«

»Ja?«

»Ich schätze Sie als eine sehr ungewöhnliche Frau, Victoria Könitz.«

»Aber?«

»Es gibt im Leben nun einmal bestimmte Regeln, an die wir uns halten müssen. Auch wenn sie uns nicht gefallen. Es ist nicht der einzelne, sondern das Ganze, was am Ende zählt.«

»Sie predigen fast so gut wie meine Tante, Herr Kommissar«, sagte Victoria verächtlich. »Doch es ist zwecklos, mir einreden zu wollen, daß Zufriedenheit das höchste Gefühl ist, das eine Frau empfinden darf.«

Richards Schritte büßten plötzlich an Schwung ein, und sein Blick glitt an ihr vorbei zu einem unbestimmbaren Punkt irgendwo im Saal. »Es ist ein Irrtum zu glauben, daß nur das weibliche Geschlecht zu leiden vermag. Letztlich hat jeder von uns seine Pflicht zu erfüllen, nicht wahr?«

Es berührte sie, ihn so verletzlich zu sehen. »Wissen Sie was, Herr Kommissar? Wenn ich es mir recht überlege, sind Sie für einen Preußen doch ziemlich nett. Könnten Sie mich nachher nicht mitnehmen?«

»Wie bitte?« Richard blieb mitten auf der Tanzfläche stehen, und Victoria stolperte über seine Füße.

Sie schaute in sein ungläubiges Gesicht und mußte lachen. »Nicht, was Sie denken! Ich begleite Sie gerne zum Verhör oder meinetwegen auch ins Gefängnis.«

»Ich kann mich dunkel daran erinnern, daß meine Befragungen sich bisher nicht gerade Ihrer besonderen Wertschätzung erfreuten, gnädiges Fräulein«, sagte er lächelnd und setzte den Tanz fort. »Woher also dieser plötzliche Sinneswandel, und noch dazu mitten in der Nacht?«

»Genügt es, wenn ich Ihnen sage, daß mein Leben davon abhängt?«

»Lieber Himmel, weniger dramatisch geht's nicht?«

»Nein. Mein Vater hat sich partout in den Kopf gesetzt, mich heute abend zu verloben, und ich habe nicht die geringste ...«

An der Stirnseite des Saales entstand ein kleiner Tumult. Victoria sah, wie mehrere Gäste zusammenliefen, darunter auch ihr Onkel und Eduard. Und dann bemerkte sie Sophia, die an einem der Fenster stand und sich nur noch mit Mühe aufrecht halten konnte. »Bitte entschuldigen Sie mich, Herr Kommissar. Ich muß zu meiner Tante. Ich glaube, ihr geht es nicht gut.« Als Richard ihr folgen wollte, schüttelte Victoria den Kopf. »Mein Cousin und Sie sollten sich heute lieber nicht mehr über den Weg laufen.«

Sophia hatte sich gegen das Fenstersims gelehnt. Sie war leichenblaß und zitterte. Konrad tupfte ihr mit einem seidenen Taschentuch besorgt den Schweiß von der Stirn. »Liebste, geht es wieder?« fragte er und warf ihrer Zofe Elsa einen bösen Blick zu. »Was fällt Ihnen ein, meine Frau so zu erschrecken!«

Elsa zuckte hilflos mit den Schultern. »Aber wenn ich es doch gehört habe, Herr.«

»Die Seele! Es ist ihre *Seele*, und sie kommt zurück«, wisperte Sophia. Die Umstehenden wandten sich entsetzt ab.

»Laß sie uns hinausbringen, Vater«, sagte Eduard, aber als er seine Mutter anfaßte, stieß sie ihn brüsk von sich weg. »Nein, du nicht! Victoria, bitte ....«

Eduard stand wie versteinert.

»Nimm es nicht so schwer, Eddy«, sagte Victoria. »Sie weiß nicht, was sie tut.«

»Sie weiß es nur zu genau!« stieß Eduard wütend hervor und lief davon. Victoria schaute ihm verständnislos hinterher und nahm Sophia bei der Hand. »Komm, Tantchen, wir gehen ein wenig ausruhen.«

Sophia schien sie nicht zu hören. Ihr Blick glitt an ihr und Konrad vorbei. »Bitte, bleib doch hier, Eduard«, flüsterte sie. »Ich wollte dir nicht wehtun.«

Bis auf ein Raunen hier und dort war es still geworden in dem großen Saal, und alle Anwesenden starrten auf Sophia, Konrad und Victoria. Dr. Könitz war kurz davor, in Panik zu geraten, und Victoria sah die Angst in seinen Augen, daß jetzt auch seine Frau Opfer dieser schrecklichen Krankheit geworden sein könnte. *Claras Krankheit!*

Als sie zusammen mit ihrem Onkel Sophia unter den mitleidigen Blicken der Hochzeitsgäste durch den Saal zum Ausgang führte, drängte sich Rudolf Könitz zu ihnen durch. »Großer Gott! Was ist mit ihr?« rief er.

»Ich hoffe, nur ein kleiner Schwächeanfall«, entgegnete Konrad gepreßt. »Bitte beruhige die Leute, Rudolf. Und sorge dafür, daß die Musik wieder spielt.«

Inzwischen war auch Theodors Vater herangekommen. Er zeigte auf eines der Nebenzimmer. »Dort kann sie sich hinlegen. Ich schicke Ihnen sofort ein Mädchen.« Konrad nickte ihm dankbar zu.

Im ganzen Saal gab es nur einen Menschen, der für Sophia Könitz nicht die geringste Spur von Mitgefühl zeigte, und Victoria schüttelte den Kopf, als sie die unbewegte Miene ihrer Mutter sah. Diese Frau war noch kälter als ein Fisch!

Sie brachten Sophia ins Nachbarzimmer zu einer Chaiselongue, auf der mehrere Kissen und Decken lagen. Konrad zog seiner Frau die Schuhe aus und half ihr dabei, sich hinzulegen. Dann befahl er einem verlegen herumstehenden Dienstmädchen, sofort einen Tee aus gleichen Teilen Rosmarin und Lavendel zu kochen.

Sophia hatte die Augen geschlossen und rührte sich nicht. Konrad setzte sich neben sie, nahm behutsam ihren leblosen Arm und fühlte den Puls. »Fast normal«, stellte er erleichtert fest. Er breitete eine Decke über ihr aus und stand auf. »Man sollte dieses Weib erschlagen!«

Victoria sah ihn erstaunt an. »Wen? Elsa?«

»Ich frage mich, was sie um diese Uhrzeit überhaupt im Garten zu suchen hatte!«

»Was? Ich verstehe nicht ganz, Onkel.«

»Mitten in die Feier hineinzuplatzen und solchen Unsinn zu erzählen!«

»Was für einen...«

Sophia hüstelte, und sofort war Konrad an ihrer Seite. »Wie fühlst du dich, meine Liebe?«

»Es geht schon wieder. Mach dir nicht so viele Sorgen um mich.«

Liebevoll strich er ihr eine Haarsträhne aus der Stirn. »Aber natürlich mache ich mir Sorgen um dich.«

Victoria sah ein, daß es unmöglich war, aus ihrem Onkel etwas Vernünftiges herauszubekommen, und zog sich lautlos zurück. Ihrem Vater war es scheinbar gelungen, die Festgesellschaft von der Harmlosigkeit des Zwischenfalls zu überzeugen, denn als sie in den Saal zurückkehrte, spielten die Musiker gerade zu einem langsamen Walzer auf, und es wurde wieder gegessen und gelacht. Nur die arme Elsa stand immer noch wie zur Salzsäule erstarrt neben dem Fenster.

»Das ... das habe ich doch nicht gewollt, wie hätte ich denn ahnen können ...?« stammelte sie, als Victoria zu ihr kam.

»Was war denn los?«

Elsa sah sie verlegen an. »Ich war ... ich habe ...«

Victoria lächelte. »Vor mir brauchst du dich wirklich nicht zu schämen, Elsa. Ich weiß ja, daß du dich mit deinem Liebsten in den Anlagen triffst. Aber mit diesem Geständnis wirst du meine Tante wohl kaum erschreckt haben, oder?«

»Als ich am Glashaus vorbeiging, hörte ich so ein unheimliches Geräusch und ...«

»Ein Flüstern vielleicht?« unterbrach Victoria sie aufgeregt.

Elsa schüttelte den Kopf. »Nein. Es klang eher wie ein Wimmern.«

»Auch egal!« sagte Victoria bestimmt. »Du bleibst hier. Und ich gehe zusammen mit dem Kommissar nachschauen.«

»Ja, aber haben Sie denn gar keine Angst?«

»Ach was«, erwiderte Victoria und ließ sich den Hausschlüssel geben. Sie machte sich auf die Suche nach Richard Biddling und Heiner Braun und entdeckte sie am Ausgang. »Warten Sie!« rief sie.

Die beiden Beamten drehten sich überrascht zu ihr um. »Ich halte es wirklich für angebracht, wenn wir jetzt gehen«, sagte Heiner. »Wie steht es um Ihre Tante?«

»Schon besser. Haben Sie eine Droschke?«

»Nein«, antwortete Richard. »Wir werden laufen.«

»Im Glashaus sind wieder diese geheimnisvollen Stimmen zu hören.« Victoria erzählte ihnen, was sie von Elsa erfahren hatte. »Wir können meinen Wagen nehmen«, schlug sie vor.

»Ihren?« fragte Richard.

»Die Kutsche meiner Eltern. Und wir sollten uns beeilen,

bevor sich dieser mysteriöse Geist wieder einmal in Luft auflöst!«

Richard sah sie ungläubig an. »Sie wollen doch nicht etwa mitkommen? Dafür tragen Sie nicht ganz die passende Garderobe, gnädiges Fräulein.«

»Möchten Sie vielleicht lieber Eduard darum bitten, Herr Kommissar? Und was mein Kleid angeht: Darauf brauchen Sie genausowenig aufzupassen wie auf mich. Ach ja – für den Fall, daß Sie ins Haus müssen, habe ich vorgesorgt.« Grinsend hielt Victoria ihm den Schlüssel vors Gesicht.

Richard seufzte. »Na gut, Sie Dickkopf. Wir fahren mit Ihnen. Aber unterwegs nehmen wir Verstärkung auf. Wegen der Ausgänge.«

»Es gibt nur einen Ausgang aus dem Glashaus.«

»Sie vergessen den Tunnel, Fräulein Könitz.«

»Da ist mittlerweile ein dickes Schloß davor. Direkt an der Tür im Erdhaus.«

»Geister können auch durch geschlossene Türen wandeln.«

»Herr Kommissar! Sie wollen mir nicht im Ernst weismachen, daß Sie die Möglichkeit in Betracht ziehen, es könnte sich tatsächlich um eine *Seele* handeln, wie Tante Sophia behauptet?«

»Fürchten Sie sich etwa vor Gespenstern, Fräulein Könitz?«

»Das habe ich mir schon als Sechsjährige abgewöhnt«, antwortete Victoria lachend. In Begleitung der beiden Kriminalbeamten und mit sich selbst zufrieden, verließ sie das Haus. Kurz darauf schlugen die Uhren Mitternacht.

Richard wollte sich auf die Sache mit dem Schloß nicht verlassen und ließ sich am Fahrtor einen Wagen und zwei Nachtwächter abstellen. Schließlich war die Tür bei seinem ersten Besuch im Tunnel auch offen gewesen, obwohl sie laut Dr. Könitz hätte verschlossen sein müssen. Davon abgesehen, gab es für Schlösser Schlüssel; und Werkzeuge, um sie aufzubrechen. Mit dem zweiten Wagen im Gefolge erreichten sie die Neue Mainzer Straße. Vor der Villa von Dr. Könitz hielten sie an, und Richard winkte die beiden Wächter zu sich. Er erklärte ihnen, um was es ging, und daß es nur zwei Möglichkeiten gebe, das Glashaus zu verlassen.

Dann wandte er sich an Victoria. »Ich möchte Sie bitten, den Männern den Kellerzugang zum Tunnel zu zeigen, Fräulein Könitz.« Er sah sie streng an. »Und anschließend gehen Sie unverzüglich in den Salon und warten dort so lange, bis unsere Arbeit beendet ist. Haben Sie mich verstanden?«

»Aber sicher, Herr Kommissar«, sagte sie. »Wenn Sie Licht brauchen: Rechts neben dem Eingang im Glashaus steht eine Öllampe.«

Richard nickte und drehte sich zu Heiner um. »Also los, Braun. Lassen Sie uns endlich das Geheimnis dieses verflixten Glashauses lüften!«

Während Victoria mit den beiden Nachtwächtern durch einen Seiteneingang im Haus verschwand, schlichen sich Heiner und Richard über die Einfahrt in den hinteren Teil des Gartens, den das schwache Mondlicht in eine Menagerie aus unheimlichen Schattengestalten verwandelte. Als sie auf den von Büschen und Bäumen gesäumten Weg zum Glashaus einbogen, verzog sich der Mond hinter einer Wolke, und Richard fluchte unterdrückt, als er gegen etwas Hartes prallte. Aber sie durften es nicht wagen, Licht zu machen, weil man sie vom Glashaus aus hätte sehen können.

Vorsichtig tasteten sie sich auf dem schmalen, gewundenen Pfad vorwärts und hatten Mühe, nicht über Blumenkübel oder irgendwelche Steinputten zu stolpern. Diese Elsa mußte doch voller blauer Flecke sein, wenn sie diesen Weg regelmäßig benutzte! Richard atmete auf, als die Kuppel des Glashauses vor ihnen auftauchte. Wie ein großer schwarzer Fels ragte sie in den Himmel. Die beiden Männer blieben stehen und horchten in die Dunkelheit. Es war nicht der kleinste Laut zu vernehmen. Als sie sich dem Eingang näherten, machte Richard plötzlich erschrocken einen Schritt rückwärts.

»Au!« rief Heiner gepreßt und hielt sich seine Nase. »Könnten Sie mir vielleicht demnächst Bescheid geben, bevor Sie Ihre Richtung ändern, Herr Kommissar?«

»Pssst! Hören Sie nichts, Braun?«

Heiner horchte angestrengt. »Tatsächlich! Ein Wimmern. Und es kommt eindeutig aus dem Glashaus.«

»Die Fenster sind offen«, flüsterte Richard. Als er vorsichtig die Klinke der Eingangstür herunterdrückte, betete er zum Himmel, daß die Scharniere gut geölt waren, und er wurde erhört. Nicht das kleinste Knarren war zu hören, als sie hintereinander in die Kuppelhalle des Glashauses schlichen. Trotz der geöffneten Fenster war es in der Orangerie drückend schwül. Richard nahm einen feinen, angenehm aromatischen Duft wahr, der ihm irgendwie bekannt vorkam. Der helle Plattenbelag erleichterte es ihnen, einen Weg durch den Pflanzendschungel zu finden, und je weiter sie vordrangen, desto deutlicher war dieses merkwürdige Wimmern zu hören. Aber wo genau kam es her? Erst als das schwache Licht des Mondes wieder durch das gläserne Dach fiel, sahen sie eine schmale Gestalt, die vornübergebeugt auf einer Bank unter einer ausladenden Palme saß.

Richard gab Heiner ein Zeichen, stürzte sich auf den Unbekannten und riß ihn so schnell zu Boden, daß er nicht einmal Zeit hatte, zu schreien. Als er ihm gewaltsam die Arme auf den Rücken drehte, stöhnte der Mann vor Schmerz auf. »Ich habe ihn! Holen Sie die Lampe, Braun!« rief Richard und wunderte sich, daß sein Kollege unmittelbar darauf mit einer Kerze neben ihm kniete. Aber es war gar nicht Heiner, der dem Unbekannten ins Gesicht leuchtete. »Verdammt noch mal, Fräulein Könitz, habe ich Ihnen nicht ausdrücklich verboten...!«

»Andreas!« rief Victoria bestürzt. Beinahe hätte sie den Kerzenhalter fallen lassen. »Liebe Zeit, es ist Andreas Hortacker!«

»Ich... ich mache nichts, wirklich«, sagte der Junge mit weinerlicher Stimme.

Richard ließ ihn los. »Steh auf und erkläre uns gefälligst, was du um diese Uhrzeit hier zu suchen hast!«

Victoria reichte ihre Kerze an Heiner weiter, der den Jungen ungläubig anstarrte. Sie half Andreas beim Aufstehen und setzte sich neben ihn auf die Bank. Er war kalkweiß im Gesicht und zitterte. Sie gab ihm ihr Taschentuch, und er schneuzte geräuschvoll hinein. »Und jetzt erzähl mir bitte, was los ist«, forderte sie ihn freundlich auf.

Richard wollte dazwischenfahren, aber Heiner sagte leise: »Lassen Sie sie, Herr Kommissar.«

Andreas knüllte Victorias Taschentuch zusammen und wischte sich damit über sein Gesicht. »Ach, Fräulein Könitz, Sie waren immer so nett zu mir, und jetzt denken Sie bestimmt...«

»Ich denke gar nichts, Andreas. Ich möchte nur gern wissen, warum du hier im Glashaus sitzt und weinst.«

Er sah sie unglücklich an. »Ich habe sie doch wirklich geliebt, nicht Theodor, dieser elende Heuchler! Aber sie hatte nur ihn im Kopf! Nicht einmal angeschaut hat sie mich. Und dann habe ich ihr vorgelogen, daß *er* mich schickt.«

»*Du* warst es, der sich nachts heimlich mit Emilie im Glashaus getroffen hat?« rief Victoria verblüfft.

Andreas nickte traurig. »Nur *ihn* wollte sie, obwohl er sie so schändlich ausgenutzt hat. Dabei hätte ich sie sofort geheiratet, sobald ich alt genug gewesen wäre. Es war mir egal, daß sie nicht mehr ... daß sie schon mit ihm zusammen war. Alles hätte ich für sie getan, aber sie hat mich einen einfältigen Tölpel und dummen Träumer genannt.« Beschämt blickte er zu Boden.

»Und am Wäldchestag warst du auch hier?« fragte Richard.

»Ja, ja, ja!« rief Andreas verzweifelt. »Aber ich wollte sie doch nicht wehtun! Das müssen Sie mir glauben, bitte!«

Victoria konnte es nicht fassen. Hatte dieser stille, sanftmütige Junge tatsächlich einen Menschen getötet?

»Was ist am Wäldchestag passiert?« fragte Richard streng.

Andreas schluckte. »Wir haben uns gestritten. Es war wieder wegen *ihm*. Wegen Theodor!« Seine Stimme wurde leiser. »Ich hatte ihr ein Gedicht gemacht, und sie hat es vor meinen Augen zerrissen. *Verse kann man nicht essen und Papier nicht anziehn, du Dummkopf!* Ich habe die Papierschnipsel aufgesammelt, und sie lachte mich aus. Dann kam es plötzlich über mich, und ich habe sie gestoßen. Sie fiel gegen den Orangenbaum. Und dann bin ich weggelaufen.« Trotzig fügte er hinzu: »Aber den Ring, den hat sie genommen! Meiner großen Liebe / Funkelnder Feuerstein / Daß er für Dich bliebe / Mein Herz auf ewig Dein.«

Richard faßte ihn am Arm. »Was redest du da? Was für ein Feuerstein?«

Andreas antwortete nicht mehr. Weinend fiel er in Victorias Schoß, und sie strich ihm tröstend übers Haar.

Richard sah Heiner an. »Holen Sie die Kollegen, und nehmen Sie ihn mit.«

»Und Sie?« fragte Heiner.

»Ich werde Fräulein Könitz nach Hause begleiten, und anschließend treffen wir uns im Präsidium ... na, Sie wissen schon!« Er wollte in ihrer Anwesenheit nicht sagen, daß er vorhatte, noch in dieser Nacht bei Hortackers zu durchsuchen.

Heiner gab Richard die Kerze. »Ich nehme die Lampe am Eingang mit. Komm, Andreas.« Wortlos stand der Junge auf und folgte ihm wie ein Tier, das zur Schlachtbank geführt wird.

»Glauben Sie wirklich, daß er Emilie umgebracht hat, Herr Kommissar?« fragte Victoria leise, als die beiden gegangen waren.

Richard zuckte mit den Schultern. »Ich bringe Sie jetzt am besten nach Hause, Fräulein Könitz.« Er hielt die Kerze höher und sah sich suchend um. »Woher kommt eigentlich dieser angenehme Duft?«

»Angenehm? Gott bewahre! Es riecht scheußlich! Zum Glück ist wenigstens die Hauptblüte vorbei. Im Frühjahr kann man es hier drin nicht aushalten vor Gestank.«

Natürlich. Richard erinnerte sich. Es war der Orangenbaum. Und schon im Mai hatte er so herrlich geduftet. Richard leuchtete über die dunklen Blätter und betrachtete nachdenklich die gelblich-weißen Blüten.

»Man sollte es nicht glauben, aber dieses übelriechende Gewächs ist Tantchens ganzer Stolz«, sagte Victoria verächtlich. »Doch damit nicht genug! Außerdem nennt sie noch eine ansehnliche Sammlung von Pomeranzensträuchern, Zitronenbäumchen und Mandarinenbüschen ihr eigen, die die Luft genauso verpesten.«

Kleine weiße, duftende Blüten! War das des Rätsels Lösung? »Blühen die auch im Spätsommer und Herbst?« fragte Richard aufgeregt.

Victoria sah ihn überrascht an. »Ja. Mehr oder weniger das ganze Jahr über, außer im Winter. Wieso interessiert Sie das, Herr Kommissar?«

»Nur so.« Richard drückte Victoria die Kerze in die Hand und versuchte, eine der porzellanfarbenen Blüten abzupflücken, aber sie zerfiel unter seinen Händen. Erst beim dritten Versuch gelang es ihm, zwei der zerbrechlichen Kelche unversehrt aus den Zweigen zu lösen. Sie rochen intensiv, aber angenehm. Wie konnte man nur diesen Duft nicht mögen? Vorsichtig steckte er die Blüten ein.

»Ich scheine der einzige Mensch auf der ganzen Welt zu sein, der Orangenbäume zutiefst verabscheut«, stellte Victoria amüsiert fest.

»Man muß behutsam mit ihnen umgehen und darf nur die jungen, gerade aufgeblühten nehmen, Herr *Kommissar!*«

Richard fuhr entsetzt herum.

»Eddy!« rief Victoria böse. »Was fällt dir ein, uns so zu erschrecken!«

»Eine kleine Rache für den Toten am Galgen, Prinzessin.« Eduard grinste, als er Biddlings verwirrte Miene sah. »Ich habe von Elsa erfahren, wo du bist, Cousine, und ich muß sagen ...«

»Es war Andreas, Eddy! Er hat sich mit Emilie im Glashaus getroffen und sie ...«

»Schau an, der junge Hortacker, dieses Milchgesicht! Nicht mal trocken hinter den Ohren und schon auf Freiersfüßen wandeln wollen. Das enttäuscht Sie, nicht wahr, Herr *Kommissar*?«

Victoria wurde kalt. »Aber Eddy ...«

»Willst du wissen, um was es ihm *wirklich* geht, Prinzessin?«

»Herr Könitz, ich möchte Sie darauf hinweisen ...«

»Glauben Sie nur nicht, daß ich nicht gemerkt hätte, wie Sie mir nachspionieren, Herr *Kommissar*!«

Victorias verständnisloser Blick wanderte zwischen ihrem Cousin und Richard Biddling hin und her.

»Was denkst du eigentlich, warum er dir schöne Augen macht, Cousine? Bestimmt nicht wegen deines Liebreizes, das kann ich dir versichern.«

»Wenn Sie nicht sofort Ihr dreckiges Maul halten, Könitz, dann ...«

»Er hofft, daß er mit dir leichtes Spiel hat. Daß er dich über mich aushorchen kann, Prinzessin. Aber ein zweites Mal lasse ich mich nicht aus dieser Stadt jagen!«

»Eddy, ich verstehe nicht ...«

»So wie Sie sich über mich, habe ich mich selbstverständlich auch über Sie erkundigt, Herr *Kommissar*!«

»Lassen Sie uns gehen, Fräulein Könitz. Bitte.« Richards Stimme klang müde; als sei er nach langer Reise an einem Ziel angekommen, das diesen Namen nicht verdiente.

Victoria schaute ihren Cousin ratlos an. »Eddy, ich ...«

»Ja, hast du es denn immer noch nicht begriffen, Prinzessin? Er will nicht dich, er will mich!«

»Dich? Warum dich?«

»Weil er der Sohn von Kommissar Dickert ist, deshalb!«

»Das ist nicht wahr!« rief Victoria fassungslos.

»Frag ihn doch, Prinzessin.« Eduard lachte häßlich. »Er ist nur aus einem Grund nach Frankfurt gekommen: um die verpfuschte Arbeit seines verdammten Vaters zu vollenden, der in seinem ganzen Leben nur eine einzige gute Tat vollbracht hat, und das war, sich eine Kugel durch den Kopf zu jagen!«

Wut und Haß ließen keinen Platz für einen klaren Gedanken. Richard sprang auf Eduard zu und schlug ihm seine Faust

mitten ins Gesicht. Eduard torkelte zurück, ging aber nicht in die Knie. »Sie verfluchter...!«
»Nein! Hört auf!« schrie Victoria und stellte sich ihrem Cousin in den Weg. »Bitte, Eddy, laß ihn«, flehte sie ihn an.
Eduard schob sie zur Seite.
»Eddy! Bitte!«
»Na gut, Prinzessin.« Eduard wischte sich das Blut von seiner aufgeplatzten Lippe ab. »Das werden Sie mir büßen, Biddling. Und jetzt verlassen Sie auf der Stelle dieses Haus!«
»Fräulein Könitz, ich...«
»Gehen Sie, Herr Kommissar«, sagte Victoria. Sie hatte Mühe, die Tränen zurückzuhalten.

Es wurde schon langsam hell, als Victoria aus einem unruhigen Schlaf erwachte. Zuerst dachte sie, sie habe geträumt, aber dann hörte sie, wie jemand etwas gegen ihr Fenster warf. Sie stand auf, zog den Vorhang zurück, entriegelte das Fenster und schaute neugierig in den Hof hinunter.
»Bitte laß mich rein! Bitte«, flüsterte Maria.
Victoria nickte ihr zu und schlich nach unten, um die Tür zu öffnen. Ihre Schwester hatte immer noch ihr teures, weißes Kleid an, aber es sah zerdrückt und schmutzig aus. Aus ihrem Gesicht war alles Glück verschwunden. Stumm folgte sie Victoria in ihr Zimmer.
Victoria fragte nichts. Sie mußte nichts fragen. Sie holte eins von ihren besonders weiten Nachthemden aus einer Truhe und half ihrer Schwester dabei, das Brautkleid auszuziehen. Maria streifte das Hemd über und setzte sich aufs Bett. »Er hat solche schmutzigen Dinge von mir verlangt, schlimme Dinge, Victoria. Es war entsetzlich!« schluchzte sie, und dann verkroch sie sich unter der Bettdecke wie ein Küken, das die Nestwärme sucht.

20

*Der geniale, mit einem richtigen polizeilichen Instinkt
begabte Beamte wird oftmals den Täter herausfühlen,
ohne daß er für seine Ansicht sich selbst oder Anderen
augenblicklich bestimmte Gründe anzugeben vermag.*

❧

Der alte Hortacker tobte wie ein Berserker, als er erfuhr, warum er aus dem Ballsaal geholt worden war, aber Richard hatte den Eindruck, daß seine Wut mehr seinem jüngsten Sohn als der angekündigten Polizeimaßnahme galt. Mit versteinerter Miene stand er dabei, als Richard und Heiner das Zimmer von Andreas durchsuchten, und seine größte Sorge war es, daß von seinen vornehmen Gästen niemand etwas von dieser Peinlichkeit mitbekam.

»Kann es sein, daß Sie mit Ihren Gedanken nicht ganz bei der Sache waren, Herr Kommissar?« fragte Heiner Braun auf dem Rückweg ins Polizeipräsidium, aber Richard zuckte nur wortlos mit den Schultern.

Drei Stunden später hatte Richard immer noch kein Auge zugetan. Ruhelos lief er in seinem Zimmer auf und ab. Was für ein Unglück, daß Victoria Könitz die Wahrheit unter diesen Umständen und ausgerechnet von Eduard erfahren mußte! Wie enttäuscht sie ihn angesehen hatte! Was würde Eduard jetzt tun? Ihn wegen Hausfriedensbruchs, vorsätzlicher Körperverletzung und Amtspflichtverletzung anzeigen? Was das hieße, wußte Richard nur zu gut.

Sollte Dr. Rumpff auch noch herausbekommen, daß er eigenmächtig die Stadtwaldwürgerakten aus dem Archiv geholt hatte, um den Fall wiederaufzunehmen, würde er bestimmt nicht lange zögern, ihn seines Amtes zu entheben. So, wie er es mit seinem Vater vor zehn Jahren ebenfalls getan hatte.

Braun hatte wieder einmal recht gehabt. Es war keine gute

Idee gewesen, auf Hortackers Hochzeit zu gehen. Richard knöpfte sein Hemd auf, streifte es ab und warf es achtlos über einen Stuhl. Als er sich setzte, um die Hosen auszuziehen, fielen ihm die Blüten wieder ein. Er holte sie hervor und betrachtete die angewelkten, kleinen Kelche, die immer noch ihren aromatischen Duft verströmten.

Selbst *wenn* es Orangenblüten gewesen waren, die man bei den beiden toten Frauen im Stadtwald gefunden hatte: beweisen konnte er es nicht. Es würde genauso eine Vermutung bleiben wie die Beobachtungen der alten Holzsammlerin und die ganzen anderen Spuren, denen er vergebens nachgegangen war, um Eduard Könitz zu überführen. Aber spielte das überhaupt noch eine Rolle? Am Ende war Eduard wirklich unschuldig, und er hatte es in seinem übersteigerten Haß nur nicht wahrhaben wollen.

Richard legte die Blüten auf den Tisch und holte ein frisches Hemd aus dem Schrank. Während er sich umzog, erinnerte er sich, mit welchem Eifer er nach Frankfurt gekommen war, fest entschlossen, das Spiel zu Ende zu bringen, an dem sein Vater gescheitert war. Nicht im Traum hatte er daran gedacht, daß ihm diese Stadt und die Menschen hier jemals etwas bedeuten könnten.

Er ging zum Fenster und schaute hinaus. Es dämmerte schon, aber der Himmel hatte sich zugezogen, und es fing an zu regnen. Wie konnte er bloß verhindern, daß Eduard Heiner Braun in die Sache hineinzog? Dieser sympathisch-disziplinlose Mensch, der dreißig Dienstjahre lang allen möglichen und unmöglichen Vorgesetzten erfolgreich getrotzt hatte, hatte es einfach nicht verdient, ausgerechnet über den einzigen zu stolpern, dem er jemals sein Vertrauen geschenkt hatte! Richard überlegte, ob es nicht am besten wäre, wenn er von sich aus zu Dr. Rumpff ginge und um seine Rückversetzung nach Berlin bat. Vielleicht konnte er so das Schlimmste abwenden? Aber ohne plausible Begründung würde der Polizeirat seinem Ersuchen kaum nachkommen. Er konnte es drehen und wenden, wie er wollte: Er saß in der Klemme!

Seufzend wandte er sich vom Fenster ab. Da an Schlafen nicht zu denken war, konnte er auch arbeiten gehen. Er steckte die Blüten ein und verließ das Zimmer.

»Raus aus dem Bett! Sofort!«

Victoria und Maria fuhren aus dem Schlaf hoch und starrten entsetzt auf ihren Vater, der, die Arme wütend in die Seiten gestemmt, im Zimmer stand. »Was fällt dir ein, deinem Mann davonzulaufen?« schrie er seine jüngste Tochter an und riß ihr die Decke weg. »Raus mit dir, los!«

»Bitte, Papa, ich ... es war ... bitte ...«, stammelte Maria und kletterte verängstigt aus Victorias Bett.

»Darf ich ...«, setzte Victoria an.

»Schweig!« Rudolf zerrte Maria am Arm zur Tür. »Du gehst augenblicklich in dein Zimmer, läßt dich ankleiden und frisieren, und danach begibst du dich nach unten in den Salon, mein Fräulein! Theodor erwartet dich dort. Und wage es nicht noch einmal, dich ihm zu entziehen! Hast du mich verstanden?«

»Ja, Papa.« Marias Gesicht war kreidebleich, und sie zitterte am ganzen Körper.

Rudolf ließ sie los. »Heiraten bedeutet vor allem, Pflichten zu übernehmen, Tochter«, sagte er etwas freundlicher. »Du gehörst jetzt zu Theodor.«

Bis daß der Tod euch scheidet, dachte Victoria grimmig.

»Ja, Papa«, flüsterte Maria und lief weinend aus dem Zimmer.

Rudolf Könitz kam zum Bett zurück. »Und jetzt zu dir! Was fällt dir ein, ohne Erlaubnis die Feier zu verlassen? Und noch dazu mit meinem Wagen!«

»Bitte, Papa, laß dir erklären ...«

»Du hast mir gefälligst Bescheid zu geben, bevor du irgendwohin gehst!«

»Elsa hat im Glashaus Stimmen gehört, und der Kommissar ...«

»Ich frage mich, was der auf Marias Hochzeit überhaupt verloren hatte!«

Verlegen zog sich Victoria die Decke über ihre Beine. »Ich weiß es auch nicht. Er war auf einmal da, und ...«

»Spar dir deine Lügen. Eduard hat mich ausreichend informiert.«

»Was hat ...«

»Ich werde mich über das ungehörige Benehmen dieses Beamten bei seinem Vorgesetzten beschweren!« Als Victoria schwieg, fügte er verächtlich hinzu: »Glaube ja nicht, daß ich nicht wüßte, was der eigentliche Grund für dein Verschwinden war.«

»Aber...«

»Ich bin nicht von gestern.« Seine Augen funkelten kalt. »Und ich habe deine kindischen Spielchen ein für alle Mal satt. Ob du willst oder nicht: Du wirst Gerhard Eckstein heiraten, Victoria Könitz! Und zwar noch in diesem Jahr.«

Victoria sah ihren Vater an, und eine schmerzliche Leere breitete sich in ihr aus. »Nein«, sagte sie. »Das werde ich nicht.«

Die Adern an Rudolfs Hals schwollen an; ein sicheres Zeichen, daß er sich nur noch mit Mühe beherrschen konnte. »Du wagst es, dich mir zu widersetzen?«

Victoria dachte an Emilie. Und an Louise. Und sie wunderte sich über die Ruhe, die sie überkam. »Ich werde Gerhard Eckstein nicht heiraten, Papa.« Es klang, als habe sie übers Wetter geredet.

»Du wirst tun, was ich dir sage, sonst...!«

»Louise hat ihr Kind nicht ausgesetzt. *Du* warst es, nicht wahr?«

»Was?«

»Auch ich bin nicht von gestern, Papa.«

Rudolf riß sie am Nachthemd zu sich hin. Sein Gesicht war fast so weiß wie vorhin das von Maria. »Was soll das heißen?«

»Ich weiß Bescheid«, sagte Victoria. Sie spürte, wie ihr der Schweiß ausbrach. »Über Louise und dich. Über Emilie. Alles weiß ich, Papa.«

Grob stieß Rudolf sie in die Kissen zurück. »Willst du mir etwa drohen?«

»Nein«, sagte sie leise. Ihre Lippen fingen an zu zittern.

»Was dann?« fragte er schroff.

Er war ihr Vater! Sie liebte ihn. Trotz allem liebte sie ihn!

»Ich will... Ich will doch bloß...«

Rudolf Könitz richtete sich auf und fixierte seine Tochter mit einem harten, unversöhnlichen Blick. »Wenn du dich unterstehst, ein einziges Wort davon gegenüber deiner Mutter zu erwähnen, dann gnade dir Gott!« Sekunden später fiel die Tür ins Schloß, und Victoria sank weinend auf ihrem Bett zusammen.

Um halb acht klopfte Heiner Braun an Richards Bürotür.

»Guten Morgen, Herr Kommissar!« rief er fröhlich. Als er Richards Gesicht sah, wurde er ernst. »Wenn Sie Ihren Frack noch anhätten, würde ich behaupten, daß Sie gar nicht zu Hause waren, so wie Sie aussehen.«

Richard rang sich ein Lächeln ab. »Kommen Sie herein und machen Sie die Tür zu, Sie Quälgeist.«

Heiner verschwand und kam kurz darauf mit seiner alten Emailkanne und einer angeschlagenen Kaffeetasse wieder. »Ich hoffe, Sie haben hier irgendwo eine zweite Tasse versteckt? Mein Ersatzstück hat Fräulein Könitz neulich zertöppert.«

Richard deutete wortlos auf ein Hängeschränkchen. Heiner holte eine Tasse heraus und goß Kaffee ein. »Das wird Ihre Lebensgeister hoffentlich aus den Federn treiben, Herr Kommissar.«

»Danke«, sagte Richard. Er stellte die Tasse vor sich ab und sah seinen Kollegen nachdenklich an. »Ich habe mich heute nacht im Glashaus mit Eduard Könitz geprügelt, Braun.«

Heiner grinste. »Nun, wenn das so ist – dafür sehen Sie wiederum noch recht gut aus.«

»Er weiß, daß Friedrich Dickert mein Vater war und warum ich in Frankfurt bin. Und er hat angedroht, daß er mir deswegen Ärger macht.« Richard berichtete, was geschehen war, nachdem Heiner mit Andreas Hortacker das Glashaus verlassen hatte. »Ich denke, es ist am besten, wenn ich jetzt gleich zu Dr. Rumpff gehe und ihm alles beichte, bevor es Eduard Könitz tut.«

Heiner runzelte die Stirn. »Und ich denke, das sollten Sie bleibenlassen, Herr Kommissar.« Richard schaute ihn fragend an, und er fügte hinzu: »Victoria Könitz ist eine kluge Frau, und sie wird...«

»...alles andere tun, als für mich ein gutes Wort einzulegen, so wütend, wie sie war!«

»Warten wir's ab«, sagte Heiner. »Wahrscheinlich kommt sie sowieso heute vorbei, um sich nach Andreas zu erkundigen.«

»Ich will aber nicht untätig herumsitzen und auf die Gnade einer Frau spekulieren!«

»Manchmal ist es gar nicht verkehrt, ein bißchen herumzusitzen. Das macht die Gedanken frei, Herr Kommissar. Nur eines sollten Sie vielleicht doch tun...«

»Was?«

»Die Stadtwaldwürgerakten ins Archiv zurückbringen.«

Richard nickte müde. »Sie haben recht, Braun. Es ist sinnlos, einem Phantom hinterherzujagen, und es wird Zeit, die Dinge endlich ruhen zu lassen.« Er zog eine Schublade seines Schreibtisches auf, holte die Akten heraus und gab sie Heiner.

»Ich glaube, Sie haben da etwas mißverstanden, Herr Kommissar.«

»Wie bitte?«

Heiner lächelte. »Ich habe nie behauptet, daß man die Dinge ruhen lassen soll. Ich habe gesagt, daß es keinen Sinn hat, sie ans Licht zu zerren, solange man sie nicht beweisen kann. Das ist ein kleiner, aber nichtsdestotrotz bedeutsamer Unterschied.«

Richard verdrehte die Augen und schwieg.

»Dürfte ich mal diese Blüten sehen, die Sie heute nacht im Glashaus gepflückt haben?«

»Könnten Sie mir verraten, was Sie eigentlich vorhaben?«

»Sie schwärmen doch so für wissenschaftliche Methoden, Herr Kommissar. Haben Sie zufällig ein Blatt Papier für mich?«

»Braun, was zum Teufel...«

»Und eine Feder?«

Richard reichte ihm kopfschüttelnd sein Schreibgerät.

»Ich mag zwar ein Problem damit haben, den Sinn quälender Kurven zu begreifen...«

»*Quételetsche* Kurven, Braun!«

»Meinetwegen auch die.« Heiner nahm die Feder, tauchte sie ins Tintenfaß, kleckste eine Handbreit auseinander zwei Punkte auf das Blatt und reichte es Richard, der es verständnislos betrachtete.

»Und was soll das jetzt?«

»Ganz einfach: Ich möchte Ihnen zeigen, welchen Fehler Sie bei Ihren Stadtwaldwürger-Ermittlungen gemacht haben, Herr Kommissar. Halten Sie Ihr rechtes Auge zu und schauen Sie mit dem linken auf den rechten Punkt. Und dann ziehen Sie das Blatt langsam zu sich hin.«

»Wollen Sie mich vereimern, Braun?«

»Machen Sie's einfach, und sagen Sie mir, was Sie sehen.«

Richard warf ihm einen gereizten Blick zu, gehorchte aber. »Es ist plötzlich nur noch einer der Punkte da!« rief er verblüfft.

»Und zwar der rechte, auf den Sie Ihr ausschließliches Augenmerk richten, nicht wahr?«

Richard nickte und ließ das Blatt sinken.

»Man nennt es den blinden Fleck, Herr Kommissar.«

»Ich habe schon verstanden.« Richard grinste. »Teufel noch mal, wo soll das bloß enden, wenn Sie schon anfangen, mich mit meinen eigenen Waffen zu schlagen, Braun?«

»Beschweren Sie sich bei meiner Zimmerwirtin.«

»Bitte?«

»Nun ja, wenn's mir ab und zu langweilig wird, gehe ich gern auf ein Schwätzchen zu ihr runter. Zufällig besitzt sie eine Ausgabe von Meyers Konversationslexikon; ein Erbstück ihres vor Jahresfrist verstorbenen Gatten und eine wahre Fundgrube, kann ich Ihnen sagen. Kaum zu glauben, was man darin beim Durchblättern alles findet.«

»Sie sind unmöglich, Braun!«

Heiner zog seine Taschenuhr hervor. »Liebe Zeit, Oskar wartet bestimmt schon.«

»Sagen Sie bloß, Sie hoffen immer noch, den Gedächtnisschwund dieses Mainfischers kurieren zu können?«

»Ich pflege die Flinte erst dann ins Korn zu schmeißen, wenn ich sicher bin, daß kein Schuß mehr drin ist, Herr Kommissar. Und da Oskar ohnehin seine Schulden bei mir zurückzahlen muß, bietet es sich an...«

Richard verzog das Gesicht. »Großer Gott, schweigen Sie! Wenn ich nur daran denke, bekomme ich Magenschmerzen.«

Heiner sah ihn unschuldig an. »Wo Sie gerade vom Denken sprechen: Könnten Sie mir vielleicht für ein Viertelstündchen diese wohlriechenden Glashausblumen leihen?«

Richard gab es auf, in Brauns Tun irgendeinen Sinn sehen zu wollen, und reichte ihm die Orangenblüten. »Ich nehme an, wenigstens Sie wissen, was Sie machen.«

»Also, wenn ich ehrlich bin: Noch habe ich nicht die geringste Ahnung, Herr Kommissar.« Heiner steckte die Blüten ein, nahm die Stadtwaldwürgerakten und seine alte Kaffeekanne und verließ das Büro.

Richard schüttelte den Kopf und begann, die Papiere auf seinem Schreibtisch zu ordnen. Sein Vater wäre entsetzt, wenn er dieses Chaos sähe! *Gehorsam, Treue und Pflichtgefühl sind die höchsten Tugenden eines Beamten. Und Ordnung ist das halbe Leben, merk dir das, mein Junge!* »Aber eben nur das halbe«, murmelte Richard, und es war das erste Mal, daß er über die Worte seines Vaters lächeln konnte.

Nach einer knappen Stunde kam Heiner Braun in Richards Büro zurück. »Habe ich es nicht gesagt, daß der Fischer uns irgendwann auf die richtige Spur bringen wird?«

Richard sah ihn zweifelnd an. »Da bin ich aber gespannt, Herr Kollege!«

Heiner holte einen Stuhl heran und setzte sich. »Ich gehe davon aus, daß wir der gleichen Meinung sind, was Andreas Hortacker betrifft?«

Richard nickte. »Ich werde ihn nachher verhören und anschließend mit dem Staatsanwalt sprechen. Da wir bei der Durchsuchung nichts gefunden haben, wird er wohl auf die richterliche Vorführung verzichten. Selbst wenn Emilie an den Folgen des Sturzes gestorben sein sollte, was nach dem Autopsiebericht mehr als zweifelhaft ist, davonlaufen wird Andreas uns bestimmt nicht.«

»Dafür sorgt schon sein um Reputationsverlust fürchtender Vater. Wahrscheinlich wäre es gnädiger, den Jungen ins Gefängnis zu sperren, als ihn dem Zorn des alten Hortacker auszuliefern.«

»Langsam glaube ich wirklich, daß es ein Glashausgeist war, der der armen Emilie das Lebenslicht ausgeblasen hat, Braun.«

»Ein ziemlich lebendiger Geist, wenn ich richtig vermute«, wandte Heiner lächelnd ein. Dann wurde er ernst. »Nach Louises Geständnis hatte ich den Verdacht, es könnte Victorias Vater gewesen sein. Pech nur, daß er den ganzen Tag mit seiner Familie im *Wäldche* zubrachte. Tja, und für Theodor Hortacker war Emilie offenbar nur eine hübsche Spielerei, die er in dem Moment vergessen hatte, als sie ihm aus den Augen ging.«

Richard sah ihn unwillig an. »Sie haben ein seltenes Talent, mich auf die Folter zu spannen! Und wenn Sie nicht augenblicklich damit herausrücken, welche phantastischen Einsichten Ihnen dieser Fischkopp-Oskar vermittelt hat, werde ich Sie...«

Braun erfuhr vorerst nicht, was sein Vorgesetzter mit ihm anzustellen beabsichtigte, denn es klopfte an der Tür, und ein junger Beamter kam herein. »Herr Polizeirat Dr. Rumpff hat mir aufgetragen, daß er Sie sofort zu sprechen wünscht, Herr Kommissar.«

Sein unsicherer Blick wanderte von Richard zu Heiner. »Und Sie auch, Herr Braun. Ich glaube, er hat ganz schön schlechte Laune.«

»Ich hab's ja geahnt!« rief Richard. »Ich hätte gleich heute morgen zu ihm gehen sollen!«

»Nützt uns das jetzt noch was?« entgegnete Heiner ruhig.

Richard hatte Dr. Rumpff noch nie so wütend gesehen. »Ich habe kaum das Präsidium betreten und werde schon mit einem halben Dutzend Beschwerden über Sie konfrontiert, meine Herren! Sind wir hier in einem Tollhaus, oder was?« herrschte er die beiden Beamten an, noch bevor sie die Bürotür richtig hinter sich zugemacht hatten.

»Sie möchten sicher wissen, warum wir Andreas Hortacker...«, begann Richard.

»Ich will zuallererst wissen, was Sie hier für eine Schmierenkomödie aufführen, Biddling!« Dr. Rumpff blieb vor Richard stehen und sah ihn drohend an. »Sind Sie Dickerts Sohn? Ja oder nein?«

Richard schluckte. »Ja, aber...«

»Jetzt rede ich! Haben Sie die Stadtwaldwürgerakten an sich genommen? Ja oder nein?«

Richard senkte den Blick zu Boden. »Ja.«

»Gehe ich recht in der Annahme, daß Sie nur aus diesem Grund nach Frankfurt gekommen sind? Daß Sie Ihre Dienstpflichten vernachlässigt haben, um Ihren privaten Rachefeldzug zu führen? Daß Sie es gewagt haben, unbescholtene Bürger zu belästigen und ihnen nächtelang hinterherzuspionieren?«

»Ich habe nur...«

»Ich will ein deutliches Ja oder Nein hören, Biddling!«

»Ja.«

Heiner Braun seufzte unhörbar. Der Mensch war glatt imstande, sich aus lauter Ehrgefühl und Pflichtbewußtsein um Kopf und Kragen zu reden. »Wenn Sie bitte entschuldigen: Es war meine Idee, Herr Doktor Polizeirat.«

Dr. Rumpff starrte ihn zornig an. »Es hätte mich auch verdammt gewundert, wenn Sie Ihre Finger da nicht mit drin gehabt hätten, Braun!«

Heiner hielt seinem Blick stand und sagte höflich: »Als Kommissar Biddling erwähnte, daß sein Vater damals diese Mordfälle bearbeitet hat, bin ich neugierig geworden, und er hat für mich die Akten im Archiv herausgesucht. Ich habe sie aber schon wieder zurückgebracht. Hätte ich gewußt, daß es untersagt ist...«

»Grundsätzlich ist es das nicht! Aber wenn von einem Betroffenen der Verdacht geäußert wird, daß irgendwelche Dinge vertuscht werden sollen, ist das allerdings untersagt!«

»Liebe Zeit, wer behauptet denn so was?«

»Eduard Könitz behauptet das. Das und noch mehr!«

Heiner Braun machte ein nachdenkliches Gesicht und sah Richard an. »Könnte es sein, daß er den voreiligen Schluß zog, unsere Observationen hätten ihm gegolten?«

»Könnten Sie mir gnädigerweise erklären, von was Sie reden, Braun?« fragte Dr. Rumpff sarkastisch.

»Gern, Herr Doktor Polizeirat. Wie Sie wissen, bekamen wir kurz nach Emilie Hehls Verschwinden von einem Vigilanten den Hinweis, daß sich das Mädchen möglicherweise nachts in der Orangerie der Familie Könitz mit ihrem Liebhaber getroffen hat. Alle diesbezüglichen Nachforschungen verliefen jedoch im Sande. Da außerdem keine Leiche gefunden wurde, kamen wir mit den Ermittlungen nicht recht voran.«

»Das ist mir bekannt. Weiter!«

»Gestern morgen erfuhren wir, daß es sich bei der unbekannten Toten von Weilbach um Emilie handelt. Der Autopsiebericht müßte Ihnen inzwischen vorliegen.« Heiner wagte einen Blick auf Richard und hoffte, daß er sich nicht genötigt sehen würde, irgendwelche Erklärungen abzugeben. Aber er war viel zu verblüfft dazu. »Durch unsere Ermittlungen verstärkte sich der Verdacht, daß es sich bei dem unbekannten Liebhaber der Toten um einen der Hortacker-Brüder gehandelt haben könnte. Herr Kommissar Biddling hat mehrere Observationen vorgenommen, wobei er zufällig feststellte, daß Eduard Könitz und Theodor Hortacker sich nachts in der Wohnung eines polizeibekannten Hasardspielers treffen, um ihrer Spielleidenschaft nachzugehen.«

Dr. Rumpff nickte, und Braun fuhr fort: »Aber auch diese Maßnahmen erbrachten keine weiteren Beweise in bezug auf das verschwundene Dienstmädchen. Herrn Kommissar Biddling fiel schließlich die Sache mit der Hochzeit ein. Wie Sie ja inzwischen erfahren haben, gelang es uns heute nacht, den jüngeren der Hortacker-Brüder zu verhaften, der ohne Umschweife zugab, sich mit Emilie im Glashaus getroffen zu haben. Und was die anschließende Haussuchung bei der Familie Hortacker angeht, so haben wir uns bemüht...«

»An dieser Maßnahme habe ich nichts zu monieren, meine Herren«, sagte Dr. Rumpff besänftigt. »Ich will lediglich dem Gerücht entgegentreten, in meiner Abteilung werde mit unsauberen Mitteln gearbeitet. Und ich bestehe darauf, daß sich meine Beamten bei ihren Handlungen an Recht und Gesetz halten. Ist das klar?«

Richard und Heiner nickten wortlos.

»Gut. Dann können Sie jetzt gehen, Braun.«

Heiner warf Richard einen aufmunternden Blick zu und verließ das Büro. Dr. Rumpff wartete, bis er die Tür hinter sich geschlossen hatte, und wandte sich Richard zu. »Daß wir uns richtig verstehen, Biddling: Ihr Vater war ein guter Beamter, und an seiner Arbeit gab es nichts zu bemängeln. Aber in der Stadtwaldsache verlor er plötzlich jedes Maß, und als er anfing, die Gesetze nach seinem Gutdünken auszulegen, war ich gezwungen zu handeln. Sie dürfen mir glauben, daß mir das nicht leicht fiel, und«, seine Stimme nahm einen scharfen Tonfall an, »ich will nicht erleben, daß sich eine solche Geschichte mit Ihnen wiederholt! Ist das klar?«

»Ja.«

»Wie geht es ihm überhaupt?«

Richard sah starr geradeaus. »Mein Vater ist tot. Er hat sich umgebracht. In Berlin. Einen Tag nach seiner Rückkehr aus Frankfurt.«

Dr. Rumpff ging zu seinem Schreibtisch und setzte sich. »Das wußte ich nicht. Es tut mir leid, Biddling.«

»Zehn Jahre sind eine lange Zeit, Herr Polizeirat. Kann ich gehen?«

»Ich will bis heute nachmittag einen ausführlichen Bericht über die Umstände der Verhaftung und eine Niederschrift des Verhörs von Andreas Hortacker auf dem Tisch haben!«

»Ja, Herr Polizeirat.«

»Ach, und noch was, Biddling.« Dr. Rumpff räusperte sich. »Nach den ganzen unerfreulichen Dingen will ich Ihnen zum Schluß wenigstens in einem Punkt meine Anerkennung aussprechen: Es freut mich, daß Sie den alten Querschädel Braun so gut im Griff haben!«

Richard nickte stumm. *Wenn Sie da mal nichts verwechseln, Herr Polizeirat.*

»Und jetzt können Sie gehen.«

»Es ist nicht zu glauben! Sie lügen wie gedruckt, Braun«, rief Richard, als er kurz darauf in sein Büro zurückkam. »Und Sie werden nicht mal rot dabei!«

Heiner sah ihn unschuldig an. »Was heißt lügen, Herr Kommissar? Abgesehen davon, daß es nicht meine, sondern Ihre Idee war, die Stadtwaldwürgerakten aus dem Archiv zu holen, habe ich nicht eine einzige Unwahrheit gesagt, sondern lediglich einige Tatsachen ... nun ja«, er zuckte mit den Schultern, »sozusagen ein bißchen vorgesetztenfreundlich formuliert.«

»Was denken Sie eigentlich, wen Sie vor sich haben, Sie ...!«

»Verzeihen Sie bitte, es lag mir fern, Sie zu beleidigen.«

»Herrje! Schweigen Sie endlich, Sie Lügenbold.« Richards Versuch, eine strenge Miene aufzusetzen, scheiterte kläglich. »Danke, Braun.«

»Ach was! War doch reiner Selbstzweck, Herr Kommissar. Mein Bedarf an Disziplinaruntersuchungen ist nämlich für die nächsten Jahre schon gedeckt. Und jetzt sollten wir uns lieber der toten Emilie oder besser ihrem lebenden Mörder zuwenden.«

Richard grinste. »Na, dann schießen Sie los, Kollege! Welche Bedeutsamkeiten hat Ihnen Fischkopp-Oskar offenbart?«

»Ich habe ihn nochmal eingehend zu diesem Unbekannten befragt, mit dem er sich auf der Alten Brücke geprügelt hat.«

»Der mit Bart und langem Mantel und sonst nichts?«

»Es war stockduster.«

»Also ist der Bürgermeister an allem schuld! Hätte er nicht dieses Gasleuchten-Sparexperiment ...«

»Nasen brauchen kein Licht, Herr Kommissar.«

»Verdammt noch mal, hören Sie gefälligst damit auf, ständig in Rätseln zu sprechen!«

Heiner sah Richard ernst an. »Also gut. Ich bin inzwischen davon überzeugt, daß Eduard Könitz Emilie umgebracht hat.«

Richard glaubte, sich verhört zu haben. »Wiederholen Sie das bitte! Oder besser noch: Erklären Sie mir auf der Stelle, wie Sie zu dieser absurden Behauptung kommen! Eduard kehrte erst sechs Wochen nach Emilies Tod nach Frankfurt zurück!« Richard lachte verächtlich. »Und er mag zwar genauso wie schätzungsweise neun von zehn Frankfurtern einen Mantel besitzen, aber es wäre mir bestimmt aufgefallen, wenn er einen Bart trüge.«

»Den kann man abnehmen. Es waren die Blüten. Oskar erinnerte sich an den Geruch.«

»Wie bitte?«

»Na ja, ich kann es selbst nicht erklären, aber ich hatte plötzlich diese Idee...«

»Welche Idee? Verflucht noch mal, Braun, reden Sie endlich!« Eduard Könitz. Das durfte doch nicht wahr sein!

»Erinnern Sie sich an unser Gespräch, als das leere Weinfaß gefunden wurde, Herr Kommissar? Als ich sagte, es könne kein Zufall sein, wenn innerhalb eines Tages ein Dienstmädchen und ein Faß aus dem selben Haus spurlos verschwinden?«

»Ja, und?«

»Es gibt nicht viele Personen, die den Tunnel unter dem Glashaus kennen. Und es gibt noch weniger, die wissen, wie man hindurchfindet, ohne sich zu verlaufen. Und die es wissen könnten, waren alle auf dem Wäldchestag.«

»Und was hat das mit den Orangenblüten zu tun?«

Heiner sah seinen Vorgesetzten nachdenklich an. »Also, was wir wissen, ist folgendes: Die Familie Könitz bricht zum Wäldchestag auf, und Emilie bleibt zu Hause, weil sie sich nachmittags mit Andreas Hortacker treffen will. Sie arbeitet im Glashaus, wo sie von Louise später auch gesehen wird. Noch etwas später taucht dann Andreas auf. Es kommt zum Streit, er stößt sie gegen den Orangenbaum, und als sie sich nicht mehr rührt, läuft er in Panik davon.«

Richard verzog das Gesicht. »Und dann erscheint Eduard sozusagen aus dem Nichts, geht durch den Tunnel in den Keller, holt ein leeres Weinfaß, verstaut die Ohnmächtige darin, wartet, bis es dunkel ist, wirft das Faß von der Alten Brücke in den Main und verschwindet wieder, um sechs Wochen später als verlorener Sohn heimzukehren.«

»So ähnlich könnte es gewesen sein, ja. Nur, daß er Emilie erwürgte, bevor er sie ins Faß steckte, sofern man dem Autopsieprotokoll Glauben schenken kann.«

»Die Blüten, Braun! Sie haben mir immer noch nicht erklärt, was...« Richard starrte seinen Kollegen entgeistert an. »Das ergibt doch alles nur einen Sinn, wenn...« Er wagte es nicht, seinen Gedanken auszusprechen.

»Ja«, sagte Heiner ruhig. »Sie hatten recht, Herr Kommissar. Eduard Könitz ist offenbar tatsächlich der Stadtwaldwürger. Und die Orangenblüten sind die Verbindung...«

»Nein! Ich glaube es einfach nicht!« Richard lief im Büro

auf und ab. »Da ermittele ich Wochen, nein, Monate in diesen verdammten Fällen, und kaum habe ich mich entschlossen, sie ad acta zu legen, graben Sie sie wieder aus!«

»Ich weiß, es klingt etwas abenteuerlich, aber...«

»Abenteuerlich ist gar kein Ausdruck! Mir werfen Sie vor, mich von unbewiesenen Vermutungen leiten zu lassen, und gleichzeitig nehmen Sie das Gefasel eines besoffenen Mainfischers für bare Münze und basteln daraus die hanebüchenste Theorie, die ich je gehört habe!«

»Ich hatte gedacht, Sie freuen sich, recht gehabt zu haben.«

»Habe ich das? Mein Gott, Braun! Wissen Sie überhaupt, wie schwer es mir fiel, diese elende Sache endlich abzuschließen? Und jetzt kommen Sie und...«

»Wenn die alten Akten nicht mehr hergeben, kann man nichts machen. Im Fall Hehl könnte es uns aber gelingen, Eduards Schuld zu beweisen. Und fürs Richtbeil genügt auch *ein* Mord.«

»Einen manteltragenden Unbekannten, der sich nachts auf Brücken prügelt und nach Orangenblüten duftet: das nennen Sie einen Beweis?«

»Ein Indiz, Herr Kommissar, nur ein Indiz. Aber ein nicht unerhebliches, würde ich sagen.«

»Jeder, der im Glashaus war und diesen verdammten Baum angefaßt hat, riecht nach Orangenblüten! Warum also ausgerechnet Eduard?«

»Das stimmt so nicht.«

»Was stimmt nicht?«

»Daß der Geruch so stark abfärbt. Ich habe es ausprobiert. Schon kurze Zeit, nachdem ich die Blüten aus der Hand gelegt hatte, war der Duft verflogen. Aber an den Blüten selbst haftet er auch nach der Welke noch.« Heiner nahm die beiden bräunlich verfärbten Kelche, roch daran und hielt sie Richard hin. »Was ich damit sagen will, ist, daß der Mörder den Geruch nicht zufällig an sich gehabt haben kann. Er muß es darauf angelegt haben, so zu riechen! Und haben Sie mir vorhin nicht erzählt, mit welcher Bewunderung Eduard Könitz von diesen Blüten sprach? Daß man *behutsam* mit ihnen umgehen müsse und nur die *jungen, gerade aufgeblühten* nehmen dürfe? So redet man doch nicht über Dinge, die einem gleichgültig sind. Ganz abgesehen davon, daß seine Worte ziemlich doppeldeutig klingen, wenn man Alter und Stand der ermordeten Frauen bedenkt.«

»Du lieber Himmel! Das wird ja immer toller, was Sie mir hier auftischen, Braun. Vorausgesetzt, Ihre Überlegungen träfen zu, würde das bedeuten, daß Eduard das Mädchen unmittelbar nach seiner Rückkehr ermordete. Und daß er anschließend gleich wieder aus der Stadt floh.« Richard schüttelte den Kopf. »Es ist aberwitzig! Warum gleich am ersten Tag? Warum ausgerechnet Emilie, mit der er nie ein Wort gewechselt hat? Eine Frau, die ohnmächtig vor ihm lag, die gar kein Entsetzen zeigen konnte, als er ihr den Hals zudrückte? Warum im Glashaus, wo es so schwierig für ihn war, die Leiche wegzuschaffen?«

»Ich nehme nicht an, daß er sich darüber große Gedanken gemacht hat, als es ihn überkam.«

»Aber warum überkam es ihn, Braun? Warum, verflucht noch mal? Wo liegt das Motiv?«

Heiner lächelte. »Ich wüßte einen Weg, wie wir es herausfinden könnten, Herr Kommissar.«

»Und der wäre?«

»Indem wir Fräulein Könitz in die Sache einweihen.«

»Niemals!« rief Richard.

21

**Namentlich in großen Städten oder bei weit verzweigten
Verbrechen vermag der einzelne Beamte trotz
aller Geschicklichkeit und trotz allem guten Willen
wenig zu leisten.**

❖

»Nein!« sagte Victoria Könitz. »Ich werde unter gar keinen Umständen mit ihm reden! Ich bin nur gekommen, um zu fragen, wie es Andreas geht.«

»Wissen Sie eigentlich, wie ähnlich Sie ihm sind?« Heiner Brauns Stimme klang gereizt. Langsam verlor er die Geduld. Fast eine Stunde hatte er mit Engelszungen auf den Kommissar eingeredet, bis er ihn endlich dazu gebracht hatte, seinem Vorschlag zuzustimmen, und jetzt ging das gleiche Theater mit Victoria von vorn los. »Ich frage mich nur, wer von Ihnen beiden der größere Maulesel ist!«

Victoria mußte lachen. »Ach, Herr Braun! Sie sehen sogar nett aus, wenn Sie zornig sind.«

Heiners Gesicht entspannte sich. »Wenn ich es mir richtig überlege, ist es vielleicht besser, das Buch zuzumachen.«

»Welches Buch? Und wieso zumachen?«

»Wer weiß, ob Sie die bittere Wahrheit überhaupt ertragen könnten.«

Victoria warf ihm einen vorwurfsvollen Blick zu. »Ich habe Ihnen schon einmal gesagt, daß Sie mich nicht in Watte zu packen brauchen, Herr Braun! Was für eine Wahrheit?«

»Sie wollen ja nicht.«

»Sagen Sie's mir!«

»Nein, das werde ich nicht. Den Fall bearbeitet Kommissar Biddling, und ich werde einen Teufel tun und ihm ins Handwerk pfuschen. Tut mir leid.«

»Er hat mich belogen und ausgenutzt, und alles nur, um sich an Eddy zu rächen!«

Heiner schaute ihr direkt ins Gesicht. »Ich glaube nicht, daß Sie annähernd so wütend auf Herrn Biddling sind, wie Sie vorgeben, Victoria.«

»Das ist nicht wahr!«

»Was haben Sie Eduard angedroht, wenn er etwas von der Schlägerei im Glashaus verrät?«

Sie sah ihn unsicher an. »Woher wissen Sie ...?«

»Mit Ausnahme der erwähnten Handgreiflichkeit hat Ihr Cousin die Ereignisse des gestrigen Tages unserem Chef gleich heute morgen brühwarm zum Frühstück serviert, woraufhin der Kommissar und ich einen ziemlich gepfefferten Anschiß zu verdauen hatten.«

Victoria lächelte. »Warum sollte es Ihnen besser gehen als mir?«

»Bitte?«

»Papa traf beinahe der Schlag, als er entdeckte, daß seine jüngste Tochter es vorgezogen hatte, ihre Hochzeitsnacht in meinem Bett statt in dem ihres Gatten zu verbringen, was ihr eine deftige Belehrung über die ehelichen Duldungspflichten einer Frau und mir einen üblen Tadel einbrachte, zumal ich es außerdem gewagt hatte, die Feier gestern vor Bekanntgabe meiner Verlobung zu verlassen.«

»Ihrem Gesicht nach zu urteilen, legten Sie keinen besonderen Wert auf diese Verlobung«, stellte Heiner fest.

»Wenn ich ehrlich bin ...« Victoria wurde ernst. »Wußten Sie, daß der Kommissar Dickerts Sohn ist?«

»Ja. Er hat es mir gesagt. Und? Gerade Sie müßten doch verstehen, daß niemand etwas für die Verfehlungen seines Vaters kann, Victoria.«

»Sie hätten seinen Gesichtsausdruck sehen sollen! Er haßt Eduard. Er will ihn vernichten, und nichts anderes interessiert ihn. Soll denn diese schlimme Sache wieder von vorn losgehen? Eddy ist unschuldig.« Als Braun nichts darauf erwiderte, wiederholte sie nervös: »Nicht wahr? Er ist doch unschuldig!«

»Eduard bedeutet Ihnen viel, ja?« fragte Heiner leise.

Victoria nickte. »Es besteht eine, wie soll ich's sagen, eine Verbundenheit zwischen uns, die über das rein Verwandtschaftliche weit hinausgeht. Eddy ist mein einziger Freund, und ich könnte es nicht ertragen, wenn ...«

Heiner ging zur Tür. Herrgott, was für ein Narr er war! Es

war ihm überhaupt nicht in den Sinn gekommen, daß Victoria für ihren Cousin so tiefe Gefühle hegen könnte! »Wenn Sie sich einen Moment gedulden würden? Ich frage mal eben, was mit Andreas ist.«

»Bitte bleiben Sie hier, Herr Braun.«

Heiner drehte sich zu ihr um und sah sie unschlüssig an.

»Haben Sie Angst, ich könnte Ihre polizeilichen Erkenntnisse ausplaudern? Ich schwöre, daß ich schweigen werde wie ein Grab!« In ihren Augen erkannte er, welche Kraft es sie kostete, sich ihre Verzweiflung nicht anmerken zu lassen. »Sagen Sie mir die Wahrheit, Herr Braun. Bitte.«

Heiner räusperte sich. »Wir glauben nicht, daß Andreas Emilie umgebracht hat. Er mag sie im Zorn gestoßen haben, ja. Aber bestimmt ist er nicht so berechnend, sie anschließend in ein Faß zu stecken und durch die halbe Stadt zu schleppen. Ganz abgesehen davon, daß er gar nicht die nötige Kraft dazu gehabt hätte, und...«

»Ich meinte die Wahrheit über den *Stadtwaldwürger*, Herr Braun.« Ihr Gesicht war kreidebleich.

»Ich habe nicht nachgedacht. Bitte verzeihen Sie. Und noch ist ja gar nichts bewiesen.«

Victoria zwang sich ein Lächeln ins Gesicht. »Vielleicht sollten Sie mir ein Täßchen von Ihrem vorzüglichen Kaffee anbieten, Herr Braun. Und dann reden wir in Ruhe darüber, ja? Ich verspreche Ihnen auch, daß ich diesmal Ihr Geschirr nicht zerschlage.«

»Das beruhigt mich«, ging Heiner auf ihren lockeren Tonfall ein, »denn wenn Sie meine zweite Tasse auch noch zertöppern, muß ich demnächst aus der Kanne trinken.« Geistesabwesend griff er nach der Emailkanne, um ihr Kaffee einzugießen. Am Ende war es doch nur ein Hirngespinst, und er quälte sie völlig umsonst! *Mein einziger Freund.* Wie paßte das zusammen? Wie konnte ein Mann drei Frauen kaltblütig ermorden und mit der vierten eine liebevolle Freundschaft pflegen? Warum hatte er Victoria nichts getan? Weil sie eine Verwandte war? Weil sie damals noch zu jung war? Heiner wußte, daß es das allein nicht sein konnte. Aber was war es dann? *Warum überkam es ihn, verflucht noch mal? Wo liegt das Motiv?* Der Kommissar hatte recht: Solange sie das nicht herausfanden, würden sie nicht weiterkommen.

»Um Gottes willen, Herr Braun! Kaffee läßt sich nicht stapeln!«

»Oh, Verzeihung.« Vorsichtig reichte Heiner Victoria die übervolle Tasse.

Sie trank einen Schluck. Ihre zitternden Hände straften ihre zur Schau gestellte Gelassenheit Lügen. »Stellen Sie sich doch einfach vor, daß Hannes vor Ihnen sitzt.« Sie verzog das Gesicht und fügte mit verstellter Stimme hinzu: »Ich finde Polizeiarbeit nämlich interessant, und es macht mir Spaß, irgendwelche Gauner zu entlarven, Herr Kriminalschutzmann!«

»Leider ist das, was ich Ihnen sagen muß, alles andere als spaßig, Victoria.«

»Ich glaube, Sie müssen mir gar nichts mehr sagen«, entgegnete sie steif. »Ich will nur eins wissen: Ist es Ihre Überzeugung oder hat der Kommissar Sie so lange bearbeitet, bis Sie sich seiner Meinung über den *Stadtwaldwürger* angeschlossen haben?«

»Ich habe ihn gebeten, die Ermittlungen wieder aufzunehmen. Beantwortet das Ihre Frage?«

»Ja.« Ihre Mundwinkel zuckten. »Und Sie erwarten ernsthaft, daß ich Ihnen meinen Cousin ans Messer liefere?«

»Nein. Wir wollten Sie nur darum bitten, uns ein paar Fragen zu seiner Person zu beantworten. Es könnte uns weiterhelfen.« Heiner lächelte dünn. »Und vielleicht stellt sich ja heraus, daß wir uns geirrt haben.«

»Und wer aus meiner Familie hat Emilie auf dem Gewissen, Herr Braun?« In ihren Augen lag so viel Entsetzen und Trauer, daß Heiner betroffen den Blick senkte. »Ich warte auf den zweiten Schlag ins Kontor, Herr Kriminalbeamter!«

»Wir sind uns nicht sicher«, antwortete er ausweichend.

»Wer war es?«

Heiner zuckte hilflos mit den Schultern.

»Wer?« wiederholte Victoria störrisch.

Heiner vermied es, ihr ins Gesicht zu sehen. »Vermutlich ebenfalls Eduard.«

»Oh Gott, warum denn nur?«

»Genau das bemühen wir uns, herauszufinden, Victoria.«

Sie schaute ihn traurig an. »Gut. Ich werde Ihnen helfen – wenn Sie mir etwas versprechen, Herr Braun.«

»Ja?«

»Daß Sie Eddy nicht verhaften werden, solange seine Schuld nicht zweifelsfrei feststeht.« Sie schluckte. »Diese furchtbaren Gerüchte damals... Man kann sich nicht dagegen wehren, und immer bleibt etwas zurück. Verstehen Sie?«

»Ich verspreche es, Victoria.«

Sie stand auf. »Sie werden es mir nachsehen, wenn ich darum bitte, meine Aussage erst morgen machen zu dürfen?«

»Selbstverständlich, Fräulein Könitz«, fiel er in die förmliche Anrede zurück, doch keiner von beiden merkte es.

»Ich tue es nur für Sie, Herr Braun. Und für Eduard. Weil ich die Hoffnung nicht aufgebe, daß es ein Irrtum ist.«

»Und ich tue es, weil mein Beruf von mir verlangt, für Gerechtigkeit zu sorgen, Victoria. Auch der Kommissar...«

»Der Haß in seinen Augen sprach eine zu deutliche Sprache, als daß ich bei ihm etwas anderes als Rachedurst vermuten könnte!«

»Finden Sie es nach allem, was ich Ihnen anvertraut habe, nicht an der Zeit, Ihre Vorbehalte gegen ihn aufzugeben?« Heiner sah sie ernst an. »Wenn ein Mensch sein Herz nicht auf der Zunge trägt, muß das nicht bedeuten, daß er auch im Leib keins hat.«

»Bis morgen, Herr Braun«, sagte Victoria und rannte aus dem Büro.

Bevor Victoria auf die Straße hinausging, spannte sie ihren Sonnenschirm auf und hielt ihn so, daß niemand ihr Gesicht sehen konnte. »Fahren Sie mich zum Eschenheimer Turm. Ich möchte ein wenig spazierengehen«, wies sie den Kutscher an, der vor dem Clesernhof auf sie gewartet hatte.

Der Mann nickte wortlos. Er wußte, daß es keinen Sinn hatte, das widerborstige gnädige Fräulein daran zu erinnern, daß sie ihrer Mutter versprochen hatte, spätestens nach drei Stunden vom Krankenbesuch bei ihrer Tante zurück zu sein. Ganz abgesehen davon, daß Sophia Könitz bestimmt nicht im Polizeipräsidium wohnte!

Victoria ließ sich vor dem Turm absetzen und schlug den Weg zu dem kleinen Platanenwäldchen ein. Das Laufen half ihr dabei, ihre Gedanken zu ordnen. Wenn der Kommissar ihr diese entsetzlichen Dinge erzählt hätte, hätte sie ihn ausgelacht, aber Kriminalschutzmann Braun war ein besonnener, überlegt handelnder Mensch. Er mußte sich seiner Sache ziemlich sicher sein.

Und trotzdem konnte Victoria es nicht glauben. Sie sah Eduard vor sich, wie er mit ihr geplaudert und gescherzt hatte, neulich, als ihre Welt noch heil gewesen war. Großer Gott! Sie waren nicht nur zusammen aufgewachsen, er war ein Teil von ihr! *Du bist doch mein kleines Mädchen.* Es war Mai gewesen, und der Orangenbaum hatte sein duftendes Blütenkleid getragen. *Die Sehnsucht nach einem fernen, wundersamen Land:* eine dunkle, verschwommene Erinnerung, und der Sommer wurde heiß und sonnig, so wie dieser. Nein, Braun hatte unrecht! Eddy war unschuldig. Sie war ihm so nahe, sie hätte es gemerkt. Ganz sicher hätte sie es gemerkt!

Victoria erreichte das Rosenrondell und setzte sich. *Und noch ist ja gar nichts bewiesen.* Sie würde den Beweis erbringen. Aber bestimmt nicht den, den Braun und der Kommissar von ihr erhofften! Sie würde nicht eher ruhen, bis dieser schlimme Verdacht widerlegt war, bis sie ein für alle Mal Eddys Unschuld bewiesen hatte! Und am besten fing sie gleich damit an. Es war ein tröstlicher Gedanke, und sie spürte die Wärme der Sonne wieder, die sie so liebte. Sie stand auf und ging zur Kutsche zurück, um den versprochenen Krankenbesuch bei ihrer Tante zu machen.

Sophia ruhte auf einer Liege, die unter einem großen Sonnenschirm auf der Terrasse aufgestellt worden war. Sie sah blaß aus, aber als sie ihre Nichte begrüßte, lächelte sie.

Victoria küßte sie auf die Wange und setzte sich neben sie. »Was machst du nur für Sachen, Tantchen!«

»Keine Sorge, Kind«, sagte Sophia. »Mir geht es wieder gut.« Ihre Miene wurde ernst. »Bitte sag mir, was gestern abend passiert ist!«

»Ja, hat Onkel Konrad dir denn nicht erzählt...«

»Er befürchtet, daß ich zu krank bin, um die Wahrheit zu verkraften. Er behauptet, ich hätte plötzlich einen Schwächeanfall gehabt, aber da war noch etwas anderes. Was, Victoria?«

Es war immer das gleiche! Ständig maßten sich Männer an, darüber zu befinden, was einer Frau zugemutet werden konnte und was nicht! »Elsa hat gestern nacht wieder die Stimmen im Glashaus gehört«. Als Victoria Sophias entsetzte Miene sah, fügte sie schnell hinzu: »Es war Andreas Hortacker, Tante! *Er war es,* der sich heimlich mit Emilie im Glashaus getroffen hat, und es war *seine* Stimme, die du gehört hast! Kein Geist und keine Seele, sondern ein ganz normaler Mensch aus Fleisch und Blut.«

Sophias Gesicht entspannte sich. »Andreas? Dieses Kind? Hat er ...?«

»Ob er Emilie umgebracht hat? Vermutlich nicht, wenn man dem Kommissar und seinem Gehilfen glauben kann.«

»Ja, aber – wer dann?«

Victoria zuckte mit den Schultern. »Irgendwann wird es die Polizei herausfinden. Oder auch nicht. Laß uns nicht mehr darüber reden, ja?«

Sophia nickte erleichtert. Eine Weile saßen sie schweigend nebeneinander. »Ist Eddy in seinem Zimmer, Tante?« fragte Victoria schließlich.

Sophia schüttelte den Kopf. »Er ist *unterwegs*.« An der Art, wie sie es aussprach, konnte Victoria erraten, was sie damit meinte. »Ich werde mit Konrad darüber reden müssen. Bevor es ein Unglück gibt.«

»Ein Unglück?« fragte Victoria. »Weil Cornelia Hortacker einem anderen versprochen ist?«

»Ja. Eduard wird einsehen müssen, daß er sie nicht haben kann.« Sophias Blick wurde starr. »Je schneller er das begreift, desto besser.«

»Manchmal ist es schmerzlich, sich in Dinge zu fügen...«, erinnerte sich Victoria an die Worte ihrer Tante.

Sophia lächelte. »Ja, Kind. Schmerzen sind der Jugend Nahrung, Tränen seliger Lobgesang ...«

»Glücklich allein ist die Seele, die liebt! Auch das stammt von Goethe, Tante.«

Sophia sah sie verwundert an. »Warum ereiferst du dich so? Es ist Eduards Problem.«

Victoria senkte verlegen den Kopf. »Ich mag ihn. Wie könnte mir da sein Leid gleichgültig sein?«

»Es gibt genügend standesgemäße junge Frauen in Frankfurt, und ich sehe nicht ein, warum es ausgerechnet Cornelia Hortacker sein muß.«

»Aber wenn er sie doch liebt! Könnte man denn nicht versuchen, einen Weg zu finden?«

Der harte Ausdruck im Gesicht ihrer Tante verstärkte sich. »Es gibt keinen Weg, Victoria. Das solltest du wissen.«

Victoria nickte. Es hatte keinen Zweck, mit ihr weiter darüber zu reden. Seufzend ließ sie ihren Blick über den Garten schweifen. »Ist es nicht schade, wie schnell die Zeit vergeht, Tante Sophia? Es kommt mir vor, als sei ich erst gestern zusammen mit Eddy hier herumgetollt.«

»Du warst ein unmögliches Kind!« schalt Sophia lächelnd. »Ständig mußte ich dich ermahnen, dein Kleid nicht schmutzig zu machen.«

»Aber Eddy hat auf mich aufgepaßt – auf mich und Clara.«

»Clara war kein Kind mehr. Sie konnte selbst auf sich aufpassen!« Etwas in Sophias Stimme ließ Victoria aufhorchen.

Sie schaute ihrer Tante aufmerksam ins Gesicht. »Ich kann mich kaum noch daran erinnern, wie sie früher war.«

»Sie war maßlos, indem sie glaubte, Verbote nicht achten zu müssen!«

Trotz der Wärme wurde Victoria kalt. *Leiden sollst du, und häßlich sollst du werden, häßlich wie die Nacht!*

»Ich weiß bis heute nicht, was in sie gefahren ist, einfach auf die Leiter zu steigen«, sagte Sophia.

»Tante, glaubst du, daß Gedanken irgendeine Macht haben können?«

»Wie darf ich das verstehen, Kind?«

»Also, wenn man sich etwas von ganzem Herzen wünscht – kann es sein, daß die gedachten oder ausgesprochenen Worte sich irgendwann erfüllen?«

»Liebe Zeit, willst du diese schwierige Frage nicht lieber die Philosophen beantworten lassen?« Sophia schüttelte den Kopf. »Es erstaunt mich immer wieder, was dir so alles durch den Kopf geht! Es war doch ganz gut, daß Konrad dich in der Bibliothek...«

»Nein!« Victoria wurde blaß. »Hast *du* es ihm verraten?«

»Ach was! Es wird Zufall gewesen sein. Vielleicht wollte er seinen Freunden ein Buch holen.«

»Vielleicht, ja«, murmelte Victoria. Ein Zufall? Bestimmt nicht! Je länger sie darüber nachdachte, desto klarer schien es ihr, daß Dr. Hoffmann seinen heiteren Vortrag über die Ärzteschaft absichtlich so wortreich ausgeschmückt hatte, und das hieß, daß ihr Onkel gewußt haben mußte, daß sie nicht nur zum Lesen in der Bibliothek war. Durch die geöffnete Terrassentür hörte sie die Standuhr im Salon schlagen. »Liebe Zeit, ich muß nach Hause, Tante Sophia!« Sie stand auf. »Darf ich morgen wiederkommen?«

»Aber gern, Kind.« Sophia richtete sich etwas auf und nahm Victorias Hände. »Ich freue mich immer, wenn du ein bißchen Zeit für deine alte Tante übrig hast.«

Victoria lachte. »Alte Tante? Also bitte!« Sie wurde ernst. »Ist es Onkel Konrad denn recht, wenn ich dich so oft besuche?«

»Wenn ich ihm sage, daß mir deine Besuche guttun, wird er nicht das geringste dagegen einzuwenden haben.«

»Bevor ich gehe, will ich noch schnell nachschauen, ob Eddy inzwischen zurück ist. Vielleicht sollte *ich* mal mit ihm reden, Tante. Wegen Cornelia, meine ich.«

»Wenn du glaubst, daß er auf dich hört«, sagte Sophia.

Als Victoria die Treppe zu Eduards Zimmer hinaufging, spürte sie vor Aufregung ihr Herz schlagen. Sie hatte Angst, ihm in die Augen zu sehen; Angst, daß er irgend etwas merken könnte. Aber warum eigentlich? Er war doch unschuldig!

Sie biß die Zähne zusammen und klopfte mehrmals, ehe sie die Klinke herunterdrückte. Sie betrat das leere Zimmer und zog leise die Tür hinter sich ins Schloß. Unschlüssig schaute sie sich um. Was wollte sie eigentlich hier? Was erhoffte sie sich? Oder schlimmer: Was befürchtete sie? Sie ging in Eduards Ankleidezimmer und seufzte, als sie die vielen Jacken, Anzüge und Mäntel sah, die fein säuberlich aufgereiht vor ihr hingen. Es nützte nichts: Wenn sie seine Unschuld beweisen wollte, mußte sie alles ausschließen, was ihn verdächtig machen könnte, und es wäre beruhigend zu wissen, daß er kein zerrissenes Jackett besaß.

Geduldig nahm Victoria sich ein Kleidungsstück nach dem anderen vor und untersuchte jedes davon sorgfältig auf eingerissene oder ausgebesserte Stellen. Zwischendurch horchte sie immer wieder in Richtung Tür, aber es blieb still. Lächelnd hängte sie schließlich den letzten Mantel zurück. An irgendwelchen Dornen war Eduard jedenfalls nicht hängengeblieben!

Zufrieden kehrte sie ins Schlafzimmer zurück und blieb vor dem Fenster stehen. Sie warf einen kurzen Blick hinaus in den Garten und wandte sich dann dem Schreibtisch zu. Ohne zu wissen, nach was sie überhaupt suchte, zog sie die einzelnen Fächer und Schubladen auf. Die meisten waren leer, und in den übrigen fand sie lediglich einige vergilbte Blätter Schreibpapier, eine mit eingetrockneter Tinte verschmutzte Feder und einen ramponierten Briefbeschwerer. Ihr Cousin war wirklich kein Mann des Wortes, und diesen prachtvollen Schreibtisch besaß er wohl nur aus Gründen der Renommage.

Victoria schüttelte den Kopf. Da lebte Eduard in einem Haus mit einer riesigen Bibliothek, und er nutzte sie nicht. Dabei brauchte er nur zu fragen, und sein Vater würde ihm sofort den Schlüssel geben. Wie ungerecht das war! Sie durchquerte das Zimmer und blieb vor Eduards Bett stehen. Lächelnd nahm sie das holzgerahmte Photo, das auf dem Nachttischchen stand. Sie war elf und Clara fünfzehn Jahre alt gewesen, als das Bild im Sommer 1871 aufgenommen worden war. Arm in Arm standen sie da: ein dürres, blondes Mädchen neben einer erblühenden, jungen Frau. Victoria betrachtete Claras dunkles, dichtes Haar und ihre ebenmäßigen Gesichtszüge. Was für eine Schönheit sie gewesen war ...

Als Victoria das Photo zurückstellte, fiel ihr Blick auf ein unscheinbares, dunkles Glasfläschchen. Neugierig nahm sie es in die Hand und las das Etikett. *Oleum aurantiorum florum.* Sie setzte sich aufs Bett, öffnete den Verschluß und träufelte etwas von der bräunlichroten Flüssigkeit auf ihren Handrücken. Der Geruch breitete sich aus, als habe sie einen Flaschengeist aus seinem Gefängnis befreit.

»Pfui Teufel!« rief sie und wischte sich ihre Hand angewidert an ihrem Kleid ab. Orangenblütenöl! Das roch ja zehnmal schlimmer als Sophias gesamte Zitrusgewächssammlung! Mit spitzen Fingern verschloß Victoria das Flakon und wollte es gerade wieder an seinen Platz stellen, als Eduard hereinkam.

»Was tust du hier?« fuhr er sie an.

Victoria stand hastig auf. »Ich habe Tante Sophia besucht, und bevor ich ging, wollte ich dir kurz ...«

»Was fällt dir ein, in meinem Zimmer herumzuschnüffeln?« Eduard kam auf sie zu und riß ihr das Ölfläschchen aus der Hand. »Ich warte auf eine Erklärung!«

Victoria schaute beschämt zu Boden. »Es tut mir leid, Eddy. Ich wollte wirklich nichts Böses.«

»Ich glaube, es ist langsam an der Zeit, daß du deine Grenzen erkennst und sie vor allem akzeptierst, liebe Cousine!« sagte er grimmig.

»Aber Eddy, ich ...«

»Du wagst es, vor meinen Augen für diesen widerlichen Preußen Partei zu ergreifen und mich bloßzustellen«, rief er. »Du erdreistest dich sogar, mir vorzuwerfen, ich hätte ihn provoziert! Und alles nur, weil er dir ein paar billige Komplimente gemacht hat! Ich hätte mehr von dir erwartet, *Prinzessin*.« Eduard sprach den Kosenamen so verächtlich aus, daß Victoria die Tränen in die Augen schossen.

»Ich konnte doch nicht zulassen, daß ihr aufeinander losgeht wie wilde Tiere!«

»Ach? Und dafür war es gleich nötig, mit ihm zu tanzen und ihm verliebte Blicke zuzuwerfen?«

»Es tut mir leid, wenn du denkst, ich hätte es für mich getan.«

Eduard lachte verächtlich. »Willst du mir im Ernst weismachen, du hättest es *nicht* für dich getan? Für wie blöd hältst du mich, Cousine?«

»Eddy, ich will doch nur... will dir doch nur helfen.«

Er faßte sie roh am Arm. »Helfen? Wobei?«

»Daß es nicht wieder von vorn anfängt! Diese ganzen schrecklichen Dinge.« Victorias Stimme wurde zu einem Flüstern. »Ich konnte doch nicht ahnen, daß er Dickerts Sohn ist.«

»Er ist ein Preuße, das allein sollte genügen!« Eduard sah sie streng an. »Was hat er vor?«

»Wie?«

»Erzähl mir nicht, daß der Kerl aus Vergnügen nachts im Glashaus Orangenblüten pflückt!«

»Aber was haben denn die Blüten mit all dem zu tun?«

»Was weiß denn ich? Das einzige, *was* ich weiß, ist, daß dieser haßverblendete preußische Dreckskerl genau wie sein verdammter Vater alles daran setzen wird, mich fertigzumachen! Und daß ihm dazu jedes Mittel recht ist!« In Eduards Augen trat ein bekümmerter Ausdruck. »Und ich fürchte, daß er nicht einmal davor zurückschreckt, meine kleine Prinzessin gegen mich aufzuhetzen.« Es war, als habe jemand ein Netz über sie geworfen und es immer weiter zugezogen, bis sie sich nicht mehr bewegen, nicht mehr sprechen, nicht mehr denken konnte. Alle ihre widersprüchlichen Gefühle hatten sich in den engen Maschen verfangen und drohten, sie zu ersticken. Sie sank auf Eduards Bett und schlug die Hände vors Gesicht. Nein, sie wollte nicht weinen. Nicht jetzt und nicht hier. Sie wollte kein Mitleid, sie wollte ernst genommen werden. Sie wollte Hannes sein!

Eduard setzte sich neben sie und legte ihr seinen Arm um die Schultern. »Ich will dir nicht wehtun. Ich habe dich doch gern, Prinzessin«, sagte er leise.

»Ich habe dich auch gern, Eddy. Und du mußt mir bitte glauben ...«

Seine Finger berührten sanft ihre Lippen. »Nicht sprechen.« Er sah sie traurig an. »Das Schlimmste, was mir passieren könnte, wäre, daß du eines Tages anfängst, mich zu hassen, Prinzessin.« Mit einem Schlag zerriß das enge Maschengewirr, und alle Gefühle brachen sich Bahn, und sie hatte keine Macht, es zu verhindern. Und als Eduard sie in seine Arme nahm, spürte sie auch kein Verlangen mehr danach.

22

Jeder professionirte Verbrecher hat in solcher Weise seine Liebhaberei, welche der Polizeibeamte genau kennen muß.

❖

Als Victoria aufwachte, glaubte sie einen glücklichen Moment lang, sie habe die Schrecklichkeiten des vergangenen Tages nur geträumt, aber das Gefühl der Erleichterung hielt nicht lange an. Seufzend stand sie auf, um die Vorhänge zurückzuziehen.

Es war ein Sommertag, wie sie ihn liebte: wolkenlos, warm und sonnig. Als sie das Fenster öffnete, drangen die Rufe zweier Kutscher herein, die im Hof miteinander palaverten, und in der alten Linde neben den Ställen zwitscherte eine Amsel. Es war ein Tag, der wie geschaffen war zum Spazierengehen und Fröhlichsein, und gestern noch wäre sie übermütig die Treppe hinuntergelaufen, um genau das zu tun. Aber nichts war mehr wie gestern.

Victoria wandte sich vom Fenster ab und schellte nach Paula, die ihr beim Anziehen und Frisieren helfen sollte. Es war die gleiche Leere und Traurigkeit, die sie gefühlt hatte, als Ernst sie verließ und als Eduard damals weggegangen war. Trotzig hatte sie sich dagegen gewehrt, hatte der grauen Welt der Etikette heimlich bunte Tupfen aufgesetzt und sich darin gefallen, immer neue, neckische Spielchen zu spielen. Einem davon hatte sie den Namen *Hannes* gegeben. Sie ging zu ihrem Spiegel und sah hinein. *Kann es sein, daß du mir irgendwas verschweigst, güldene Prinzessin? Du denkst zu viel nach, Victoria Könitz. Ich wollte schon immer mal mit Ihnen tanzen. Ich werde niemals heiraten, und wenn doch, dann nur einen Mann, den ich mir selbst aussuche.* Und Maria hatte sie Einfältigkeit und Unbedarftheit vorgeworfen!

»Ja, sieh dich nur an«, sagte sie verächtlich zu ihrem Spiegelbild. »Statt einer duftenden Rose hast du ein dürres Kaninchen aus dem Hut gezaubert, du Künstlerin!« *Und kommt das arme Häschen dann / Zuletzt beim tiefen Brünnchen an / Fällt es hinein. Die Not war groß / Es war sein vorbestimmtes Los.* Im Spiegel sah sie Paula hereinkommen.

»Guten Morgen, gnädiges Fräulein. Haben Sie Ihre Garderobe für heute schon gewählt?«

»Guten Morgen, Paula. Nein, habe ich nicht«, erwiderte Victoria, ohne sich umzudrehen. »Es ist mir auch egal. Suchen Sie irgendwas aus.« *Hast du es nicht bemerkt? Indem die eine Tür krachend zufiel, öffnete sich nebenan leise eine neue. Du solltest nachschauen, ob sich das Hindurchgehen lohnt, Victoria Könitz!* Sie wandte sich Paula zu. »Ich habe es mir anders überlegt«, sagte sie bestimmt. »Ich werde heute ein rotes Kleid tragen. Und zwar ein feuerrotes mit einem bißchen Grün darin.«

◆

Eduard saß mit seiner Mutter am Kaffeetisch auf der Terrasse und stritt sich mit ihr, ob der Duft von *Citrus Aurantium* dem von *Citrus Bigaradia* vorzuziehen sei, oder ob doch *Citrus Limonum* am lieblichsten rieche.

»Wenn ihr mich fragt: Sie stinken allesamt abscheulich!« Lachend trat Victoria vom Salon nach draußen.

Eduard stand auf, um sie zu begrüßen. »Guten Tag, Prinzessin. Wie geht es dir?«

»Prima, Eddy«, entgegnete sie, und als sie den sorgenvollen Ausdruck in seinem Gesicht bemerkte, fügte sie vieldeutig hinzu: »Wenn die Sonne scheint, sollte man aufhören, über den Regen nachzudenken, Cousin.«

»Sagt mal, was...«, begann Sophia verwirrt.

»Nur so eine Redensart, Tantchen.« Victoria deutete auf die verführerisch duftenden Gebäckstückchen, die in einer mit Gold und blauem Strich bemalten Porzellanschale auf dem Tisch standen. »Hast du was dagegen, wenn ich eins deiner köstlichen Rosentörtchen verspeise?«

»Dazu sind sie da, Kind.« Sophia winkte Elsa herbei und bat sie, ein weiteres Kaffeegedeck aufzutragen.

Victoria setzte sich. Sie freute sich, daß es ihrer Tante besser ging, und griff hungrig nach dem ersten Törtchen. »Findest du nicht, daß es langsam an der Zeit wäre, uns ein wenig von deinen vielen Reisen zu berichten, liebster Cousin?« fragte sie kauend.

Eduard lachte. »Welche Geschichten möchtest du denn hören, Prinzessin? Afrikanische oder amerikanische?«

»Ist mir egal. Nur sonnig sollten sie sein!«

»Na, dann fange ich am besten mit Afrika an.« Eduard leerte seine Kaffeetasse und lehnte sich behaglich in seinem Stuhl zurück. »Also, es war an einem heißen Augusttag vor acht Jahren in Marseille, als ich aus einer Laune heraus beschloß, mich nach Algier einzuschiffen...«

Rosentörtchen knabbernd hörte Victoria ihm zu und ließ sich von seinen Worten in ein fernes, geheimnisvolles Land tragen, in dem es kein Gestern und kein Morgen gab und in dem immer die Sonne schien. Sie lächelte zufrieden. Wie schön es war, hier zu sitzen und den Tag zu genießen! Langsam kehrte ihre Zuversicht zurück, die sich schließlich zur Gewißheit verstärkte: Alles würde sich aufklären, alles würde gut werden. Es konnte gar nicht anders sein!

Sie nahm noch ein Rosentörtchen und legte es vor sich auf den Kuchenteller. Vielleicht sollte sie einfach aufhören, darüber nachzudenken? Sie war eine Frau, und niemand verlangte von ihr, sich den Kopf zu zerbrechen. Im Gegenteil! Und niemand konnte sie dazu zwingen, gegen Eduard auszusagen. Auszusagen? Was denn auch? Sie würde Biddling bestimmt nicht dabei helfen, ausgerechnet das Leben der beiden Menschen zu zerstören, die sie am meisten liebte! Daß Sophia eine Hetzjagd wie vor zehn Jahren kein zweites Mal durchstehen würde, hatte ihr der Vorfall auf Marias Hochzeit deutlich genug gezeigt.

»... und ihr könnt euch nicht vorstellen, wie ausgelassen dieses Völkchen zu feiern versteht«, erzählte Eduard, aber Victoria hörte längst nicht mehr zu.

Und wenn sie nicht hingänge? Sich hinter elterlichen Verboten verschanzte? Nichts wäre leichter als das! Andererseits hatte sie Braun versprochen zu kommen, und sie wollte ihn nicht enttäuschen. Was mochte der Kommissar dem Ärmsten über Eduard vorgefabelt haben? *Die Tür, Victoria Könitz! Hast du nicht selbst den Riegel zurückgeschoben? Jetzt ist sie offen, und du hast keine Wahl mehr.*

»Nein!« Als Eduard und Sophia sie fragend ansahen, merkte Victoria, daß sie laut gesprochen hatte. Sie lächelte verlegen. »Verzeiht, aber bei dem Wort *Feier* mußte ich an diesen schrecklichen Gerhard Eckstein denken, mit dem ich mich nach Papas Willen unbedingt verheiraten soll«, log sie.

Eduard grinste. »Die Anstrengung, dich unter die Haube zu bringen, treibt dem armen Rudolf langsam den Schweiß auf die Stirn, was?«

»Na ja, wenn ich an die liebe Cornelia denke, bist du auch nicht gerade leichte Kost«, gab Victoria schlagfertig zurück. Aber als sie Sophias bestürzte Miene sah, biß sie sich vor Zorn auf die Lippen. Warum konnte sie nicht einmal überlegen, ehe sie drauflosplapperte! Ihr fiel das Photo auf Eduards Nachttisch ein. »Ach, übrigens, ich wollte dich fragen, ob du nicht Lust hast, morgen mit mir zusammen Clara zu besuchen, Eddy. Dr. Hoffmann vermutet, daß sie...«

»Nein!« Er sagte es in einem Ton, als habe sie ihm vorgeschlagen, einen Spaziergang durch die Hölle zu machen. Sophia nestelte nervös an ihrem Kleid herum.

»Aber Eddy...«, begann Victoria.

»Ich gehe nicht mit, und Schluß!«

Sophia stand auf. »Ihr entschuldigt mich? Ich muß der Köchin Anweisungen fürs Abendessen geben.« Hatte das nicht noch Zeit? Victorias erstaunter Blick wanderte von Eduard zu ihrer Tante. Was war denn auf einmal los mit ihr? »Man kann nicht den ganzen Tag mit Nichtstun vertrödeln, nicht wahr?« Mit einem gekünstelten Lächeln verschwand Sophia im Salon.

»Was mußtest du auch *damit* anfangen!« sagte Eduard verärgert. »Du weißt genau, wie anfällig sie ist! Noch heute macht sie sich Vorwürfe, daß sie damals dem Gärtner nicht befohlen hat, die dämliche Leiter wegzustellen.«

»Aber sie konnte doch nicht ahnen, daß Clara...«

»Sie hat Alpträume deswegen, Cousine!«

»Das wußte ich doch nicht! Warum hat sie nie mit mir darüber gesprochen?«

»Man muß nicht ständig über alles quasseln, was einen drückt, Prinzessin.«

Aber Sophia hatte ja geredet! Ihre merkwürdigen Andeutungen über die Angst, die sie nicht schlafen ließ, die Bedrohung, der sie sich ausgesetzt fühlte, und dann diese *Seele*, die angeblich ins Glashaus zurückgekehrt war: Wahrscheinlich hatte das alles gar nichts mit dem Verschwinden von Emilie zu tun! Sophias harte Worte gestern waren am Ende nur der Versuch gewesen, mit der Schuld fertig zu werden, die sie auf sich geladen zu haben glaubte. *Clara war kein Kind mehr. Sie konnte selbst auf sich aufpassen.* »Bitte entschuldige, Eddy«, sagte Victoria. »Ich wollte Tante Sophia nicht wehtun. Ich dachte nur, daß du Clara vielleicht wiedersehen möchtest; du hattest sie doch gern. Sie würde sich bestimmt darüber freuen.«

»Clara ist tot, Victoria.«

Sie sah ihn betroffen an. »Wie kannst du so etwas sagen, Eddy! Sie ist sehr krank, aber ...«

»Sie ist tot.«

»Nein, sie ...«

»Doch!« Eduards Hände verkrampften sich in seinem Schoß. »Das Gesicht: tot! Die Hände: tot! Das Lächeln, die Tränen: alles tot.«

»Aber ...«

»Verdammt noch mal, begreifst du nicht? Clara war im Glashaus, und Clara ist tot!«

»Nein!« sagte Victoria stur. »Sie hatte einen Unfall. Aber sie lebt. In Doktor Hoffmanns Anstalt. Und ...«

»Alles Lüge«, preßte Eduard hervor. »War sie nicht eine wunderschöne, zauberhafte Frau? Was hat diese häßliche, sabbernde Hülle mit ihr zu schaffen, die im Irrenschloß dahinvegetiert? Nichts.« Sein Blick wurde traurig. »Ist denn nicht alles tot, was war?«

»Du machst es dir sehr bequem, indem du deine Augen einfach vor der Wahrheit verschließt, Eduard.«

»Ich wüßte nicht, was dich das anginge, Cousine!«

»Falls du es vergessen haben solltest: Sie ist immerhin meine Schwester, Cousin!«

»Was dich nicht im geringsten davon abhielt, sie zum Teufel zu wünschen, als sie dir in die Quere kam!«

Victoria wurde blaß. »Du weißt ...«

»Ich weiß mehr, als dir lieb sein kann, *Prinzessin!*« sagte Eduard kalt. »Und vor allem weiß ich, daß du dir für eine Frau entschieden zu viel anmaßt. Und daß es höchste Zeit für dich wird, etwas mehr Demut und Gehorsam zu lernen, wie es sich für eine anständige Dame gehört!«

In seinen Augen lag etwas, das sie entsetzt schweigen ließ.

Und plötzlich war da dieser häßliche Gedanke. »*Du* warst es«, rief sie, »*du* hast Onkel Konrad meine Besuche in der Bibliothek verraten!«

Eduard lachte verächtlich. »Was dachtest du? Daß ich tatenlos zusehe, wie du ihn hintergehst? Er ist mein Vater! Und...«

»...ich bin nur ein dummes Weib, das gefälligst dumm zu bleiben hat!« Sie sah das Netz ganz deutlich: Es war größer geworden, und es hing direkt über ihr. Unzerreißbar.

Eduards Züge entspannten sich. »Liebe Güte, Prinzessin, nimm es nicht gleich so tragisch. Was ist schlimm daran?«

Er verstand nichts. Wie sollte er auch. Er war ein Mann. Ein Mann wie all die anderen. Nichts sonst. »Ich habe dir vertraut«, sagte Victoria leise und stand auf. *Du selbst hast den Riegel zurückgeschoben, und ein bißchen Wahrheit gibt es nun einmal nicht. Ob es dir paßt oder nicht: Du mußt ganz hindurch.*

»Aber Prinzessin! Ich habe es nur gut gemeint.« Eduards Gesicht spiegelte Betroffenheit. »Wenn dir so viel an diesen dummen Büchern liegt... Ich könnte mit Vater reden, bestimmt würde er dir das eine oder andere ausleihen.«

»Leb wohl, Eddy.« *Die Wahrheit steckt nicht immer in einem Brunnen. Wer hätte gedacht, daß du auch zu denen gehörst, die erst unten ankommen müssen, um das zu merken, Victoria Könitz.*

»He! Prinzessin! Du kannst doch nicht einfach verschwinden, ohne daß wir uns versöhnt haben!«

Hat Hannes dich nicht gelehrt, daß ein tiefer Sturz niemals ohne schmerzhafte Blessuren abgeht?

»Prinzessin...!«

Netz oder Schacht – die einzige Wahl, die dir bleibt.

Victoria sah ihn an. Ihr Gesicht war aschfahl. »Nenn mich nie wieder *Prinzessin*, Eduard Könitz«, sagte sie. »Nie wieder! Hast du verstanden?«

Heiner Brauns Büro war verschlossen, und Victoria wollte gerade erleichtert verschwinden, als Richard Biddling auf den Flur hinaustrat. Sie widerstand dem Verlangen, auf dem Absatz kehrtzumachen, wartete, bis er herangekommen war, und fragte ihn mit unbewegter Miene, wo Braun sei.

»Er mußte überraschend weg – ein wichtiger Auftrag von Dr. Rumpff. Ich erwarte ihn allerdings jeden Moment zurück.« Richards unsicherer Blick blieb an ihrem Kleid hängen. »Eine schöne Farbe. Sie paßt gut zu Ihrem Haar.«

»Noch besser paßt sie zu meiner Stimmung: Feuer und Zorn, Herr Kommissar!« Victoria hatte nicht die geringste Lust, sich mit ihm zu unterhalten. Ihr Bedarf an scheinheiligen Freundlichkeiten war für heute mehr als gedeckt.

»Wenn Sie möchten, können Sie in meinem Zimmer auf Herrn Braun warten.«

Am liebsten hätte Victoria ihm ein *Nein* entgegengeschleudert und wäre gegangen, aber sie war sich nicht sicher, ob sie ein zweites Mal den Mut aufbringen würde, herzukommen. Und immerhin hatte sie Braun ihr Wort gegeben. Sie folgte Richard in sein Büro. Dickerts Sohn! Und sie hatte sich eingebildet... War sie wirklich eine solche Närrin, daß sie nicht merkte, wie sie von allen nur ausgenutzt wurde? Richard spürte ihren Widerwillen. Er bot ihr einen Stuhl an und vergrub sich hinter seinen Akten, ohne ihr weiter Beachtung zu schenken.

»Interessiert es Sie nicht, was ich von Herrn Braun will?« fragte sie nach einer Weile in das Schweigen hinein.

Richard schaute zögernd von den Akten auf. »Nun ja, er erwähnte, daß Sie irgend etwas zu dem Mordfall Hehl sagen möchten.«

Warum tat er so, als habe er mit alldem nichts zu tun? Als sei diese ganze Sache auf dem Mist von Braun gewachsen? Herrgott, wie leid sie es war, sich von jedermann für dumm verkaufen zu lassen! »Hören Sie bitte auf, um den heißen Brei herum zu reden, Herr Kommissar. Sie jagen Eduard Könitz. Und ich bin hier, weil Sie darauf hoffen, daß ich Ihnen dabei helfe... daß ich Ihnen die Flinte reiche, damit Sie endlich auf ihn anlegen und abdrücken können!«

Victoria war darauf gefaßt, daß er abweisend reagierte, aber er sah sie nur müde an. »Es tut mir leid. Ich habe das alles nicht gewollt. Nicht *so*.«

»Wie – nicht *so*? Dachten Sie ernsthaft, daß Sie einen Menschen vernichten können, ohne andere dabei zu verletzen, Herr Biddling?«

Er zuckte hilflos mit den Schultern. »Vielleicht dachte ich das, Fräulein Könitz.«

Wo war der Haß geblieben und die Wut, die vorgestern nacht im Glashaus aus ihm herausgebrochen waren? Seine Augen sahen traurig aus. Plötzlich schämte Victoria sich für ihr unfreundliches Benehmen. »Ihr Vater – hat er wirklich...?«

»Er erschoß sich einen Tag nach seiner Suspendierung. Ja.«

»Das wußte ich nicht.«

»Er hat einen Fehler gemacht. Dr. Rumpff blieb nichts anderes übrig, als ihn zurückzuschicken«, sagte Richard. Bitter fügte er hinzu: »Und ich habe einen Fehler gemacht, indem ich hierherkam und dachte, es könne mir gelingen, den Fehler meines Vaters auszubügeln.« Er sah sie an. »Bitte glauben Sie mir, daß es mir fern lag, Sie ...«

»Ich schlage vor, daß wir damit anfangen, die Wahrheit herauszufinden, Herr Kommissar. Ich bin nämlich davon überzeugt, daß mein Cousin unschuldig ist, und wenn Sie vorhaben sollten, mich vom Gegenteil zu überzeugen, wartet ein hübsches Stück Arbeit auf Sie.«

»Sie wollen uns wirklich helfen?« fragte er verblüfft.

»Helfen? Na ja, sagen wir mal so: Ich will, daß diese leidige Angelegenheit ein für alle Mal aus der Welt geschafft wird. Also: Fragen Sie!«

Richard räusperte sich. »Sofern Sie keinen Wert darauf legen, alles zweimal zu erzählen, sollten wir warten, bis Braun zurückkommt.«

»Sie verlangen doch nicht im Ernst von mir, daß ich mich weiterhin auf diesem lausig unbequemen Stuhl langweile, während Sie vergnügt Ihre Akten studieren!« Victoria freute sich, daß es ihr gelang, seine traurige Miene aufzulockern.

»Wie konnte ich ahnen, daß Sie derart erpicht auf meine Fragen sind, gnädiges Fräulein?« Er überlegte kurz. »Na gut. Wenn Sie so vehement darauf bestehen, von mir ins Verhör genommen zu werden: Was hat es mit diesen *Fingerbildern* auf sich, Fräulein Könitz?«

Ihre Augenbrauen zogen sich mißbilligend zusammen. »Ich glaube nicht, daß das zur Sache gehört, Herr Kommissar! Im übrigen finde ich es nach wie vor reichlich unverschämt von Ihnen, ungefragt die Post fremder Leute zu lesen!«

»Ich bin nun einmal von Berufs wegen neugierig.« Richard lächelte. »Sind Sie mir etwas weniger gram, wenn ich Ihnen verrate, was *ich* inzwischen darüber weiß?«

»Ach? Ist Ihnen dieser Herschel zufällig persönlich über den Weg gelaufen? Ein Buch hat er meines Wissens über seine Entdeckung nämlich nicht verfaßt, zumindest keins, das mein Onkel für wert befunden hätte, in seine Bibliothek aufzunehmen.«

»Ein Buch vielleicht nicht, aber einen Brief. Und zwar an die Londoner Zeitschrift *Nature*. Aber er war nicht der erste!«

»Und wer war der erste?«

»Ein schottischer Arzt namens Faulds, der am Tsukiji-Krankenhaus in Tokio arbeitete.« Richard zog die oberste Schublade seines Schreibtisches auf und holte zwei eng beschriebene Blätter heraus. »Faulds' Brief wurde vor zwei Jahren in der *Nature* veröffentlicht, und zwar in der Ausgabe vom 28. Oktober.« Er lächelte. »Da ich nicht ganz so gut im Auswendiglernen bin wie Sie, habe ich mir beim Lesen ein paar Notizen gemacht. Über seine Entdeckung schreibt er beispielsweise: *Ich besichtigte 1879 einige in Japan gefundene prähistorische Tonscherben und wurde auf bestimmte Fingerabdrücke aufmerksam, die entstanden sein mußten, als der Ton noch weich war. Ein Vergleich der Fingerabdrücke mit neu hergestellten Fingerabdrücken veranlaßte mich, das Problem allgemein zu studieren.*« Murmelnd überflog Richard seine Aufzeichnungen. »Ja, und dann berichtet er, wie er einen Dieb überführte, der mit rußigen Fingern über eine weißgestrichene Mauer geklettert war, und genau wie Herschel behauptet auch Faulds, daß sich die Fingerabdrücke eines Menschen – er nennt sie übrigens Papillarlinienbilder – während seines ganzen Lebens nicht verändern.« Richard sah Victoria nachdenklich an. »Was mich allerdings besonders fasziniert, sind die Schlußfolgerungen, die Faulds daraus zieht.«

»Die da wären?«

Er legte das Blatt beiseite. Liebe Zeit, sie war eine Frau! Wie kam er dazu, mit ihr solche Dinge zu besprechen? »Ich denke, das reicht fürs erste.«

»Herr Kommissar!« rief Victoria gekränkt. »Wenn Sie glauben, daß ich statt der in Aussicht gestellten Cremeschnitte einen Brotkrumen schlucke, kennen Sie mich aber schlecht!«

»Ich meine ...«

»Wenn Sie jetzt sagen, daß Sie es nur *gut* mit mir meinen, fange ich auf der Stelle an zu schreien, Herr Biddling.«

Ja, sie war eine Frau – aber was für eine!

»Also gut, Sie Giftnudel«, sagte Richard lachend und nahm das zweite Blatt zur Hand. »Aus seiner Überlegung, daß ein Verbrecher zwar sein Gesicht und sein sonstiges Aussehen, nicht jedoch seine Fingerbilder verändern kann, schlußfolgert der gute Faulds, daß sich ein Mensch durch seine Fingerabdrücke besser identifizieren läßt als mit einem Photo. Er schlägt deshalb nicht nur vor, an dem Ort eines Verbrechens gezielt nach diesen Spuren zu suchen, um sie mit Tatverdächtigen zu vergleichen, sondern darüber hinaus von jedem Schwerverbrecher nach seiner Verurteilung Fingerabdrücke zu nehmen und diese zu sammeln.« Richard zitierte: »*Wenn derselbe Verbrecher später wegen einer neuen Straftat verhaftet wird und einen falschen Namen angibt, kann man durch Vergleich der Fingerabdrücke seinen wahren Namen ermitteln. In der gerichtsärztlichen Praxis werden noch andere Verwertungen von Fingerabdrücken vorkommen, wenn zum Beispiel von einem verstümmelten Leichnam nur die Hände gefunden werden.*« Er registrierte erstaunt, daß Victoria keinerlei Abscheu oder Entsetzen zeigte und schloß: »*Sind die Papillarlinienbilder von früher her bekannt, so haben sie sicher mehr Beweiskraft als das übliche Muttermal der Groschen-Schauerromane.*«

Richard ließ das Papier sinken. In Victorias Blick lag Anerkennung. »Sie waren ja ganz schön rührig, Herr Kommissar!«

»Ich bemühe mich eben, die Dinge bis zum Ende zu erforschen.« Er lächelte verlegen. »Allerdings wäre es mir entschieden lieber gewesen, Faulds hätte seinen Bericht nicht nach London, sondern nach Berlin oder Paris geschickt. Mein Englisch ist nämlich ziemlich grauslig.«

»Dafür haben Sie aber erstaunlich viel herausgefunden«, sagte Victoria. »Und was soll *ich* Ihnen jetzt noch verraten?«

Richard runzelte die Stirn. »Ich habe nirgends etwas darüber erfahren können, ob diese Methode in Europa irgendwo angewendet wird; ob sie also tatsächlich funktioniert. Und was auch nicht ganz unwichtig ist: Ob es dafür eine praktikable Registrierung gibt.«

»Was meinen Sie mit Registrierung?«

»Wenn ich eine Verbrecherkartei anlege, sortiere ich sie nach

Namen, also nach dem Alphabet«, erklärte Richard. »*Müller* finde ich demnach unter M und *Schmidt* unter S. Wenn ich aber einen Fingerabdruck von jemandem habe, der sich *Schulze* nennt – wie bekomme ich heraus, ob ich ihn nicht schon unter einem anderen Namen, beispielsweise *Kunze*, erfaßt habe?«

»Schauen Sie eben unter *Kunze* nach, und schon haben Sie's«, schlug Victoria unbekümmert vor.

Richard lachte. »Wenn ich weiß, daß nur *Kunze* in Frage kommt, ist es kein Problem, richtig! Aber was, wenn nicht? Was, wenn's einer der tausend anderen Halunken ist, die in meiner Kartei stecken? Sollen diese Fingerbilder nicht nur als Spielerei dienen, sondern gezielt zur Identifikation von Personen genutzt werden, so müßte man ihre verschiedenen Muster erst einmal in irgendein System bringen, damit sie untereinander vergleichbar werden. Mich würde interessieren, ob dieser Herschel Ihrem Bruder dazu irgend etwas gesagt hat.«

»Leider nein. Die kurze Bekanntschaft meines Bruders mit Herschel entsprang einem Zufall. Ernst hat nie mehr etwas von ihm gehört. Und alles, was *ich* über diese Sache weiß, steht in den beiden Briefen.« Als Victoria Richards enttäuschtes Gesicht sah, fügte sie augenzwinkernd hinzu: »Allerdings hat mich der Bericht meines Bruders so fasziniert, daß ich selbst einige praktische Versuche angestellt habe.«

»Inwiefern?« fragte Richard neugierig.

»Ach, nichts Besonderes, Herr Kommissar. Nur so eine kleine Sammlung Fingerbilder – mal hier eins, mal dort eins. Von Mama und Papa, Tante Sophia, meinen Geschwistern, den Dienstboten ...«

»Und die haben Sie nicht für verrückt erklärt?«

»Glauben Sie etwa, ich hätte es ihnen auf die Nase gebunden? Große Güte, wahrscheinlich hätte Mama mich auf der Stelle bei Clara in Dr. Hoffmanns Irrenschloß Logis nehmen lassen!« Sie grinste. »Aber ich habe sie alle überlistet! Alle, bis auf Onkel Konrad.«

»Auch Ihren Cousin Eduard?«

»Auch den! Aber was ...«

In diesem Augenblick kam Heiner Braun herein. Er begrüßte Victoria und wandte sich dann seinem Vorgesetzten zu. »Ich befürchte, daß Dr. Rumpff mit seiner Vermutung recht behält, was die Anarchisten betrifft«, sagte er nachdenklich. »Irgendwas ist im Busch. Und ich habe das dumme Gefühl, daß sie es dieses Mal sogar auf Rumpff persönlich abgesehen haben. Aber nicht mal aus unseren besten Vigilanten ist etwas Konkretes herauszubringen – nur vage Andeutungen und nebulöse Gerüchte!« Er zuckte mit den Schultern. »Na ja, lassen wir die Anarchisten vorläufig ruhen, und wenden wir uns der anderen Sache zu.« Sein Blick glitt zurück zu Victoria. »Ich nehme an, Herr Biddling hat Sie schon ein wenig ins Bild gesetzt?«

»Ins Bild? Nicht, daß ich wüßte, Herr Braun.« Sie lächelte. »Wir haben uns nur über *Fingerbilder* unterhalten.«

»Grundgütiger Himmel, Herr Kommissar! Wir werden bald neue Stempelfarbe beantragen müssen, wenn Sie jedem die Finger einschwärzen wollen!«

Heiner Braun zog ein so drolliges Gesicht, daß Victoria lachen mußte. Richard zwinkerte ihr zu. »Nun, so eine kleine Sammlung Fingerbilder ist durchaus nicht zu verachten, Kollege. Mal hier eins, mal dort eins – schließlich weiß man nie, wofür man's irgendwann gebrauchen kann, nicht wahr, Fräulein Könitz?«

Heiner verdrehte die Augen. »In der Debatte über den Sinn oder Unsinn wissenschaftlicher Methoden scheine ich hier auf hoffnungslos verlorenem Posten zu stehen.« Er sah Victoria an und wurde ernst. »Ich möchte Ihnen danken, daß Sie sich bereit erklärt haben, mit uns zusammenzuarbeiten, Fräulein Könitz.«

»Victoria«, sagte Victoria.

Braun räusperte sich. »Gut. Victoria. Wir wissen, daß wir sehr viel von Ihnen verlangen. Der Verdächtige ist immerhin Ihr Cousin, und als Frau haben Sie …«

Wütend sprang sie auf. »In drei Teufels Namen, ich kann's nicht mehr hören!«

Richard und Heiner wechselten einen irritierten Blick.

»Um eins klarzustellen, meine Herren«, sagte sie bissig, »ich bin bereit, alle Ihre Fragen zu beantworten, aber im Gegenzug erwarte ich von Ihnen, daß Sie mir nicht nur rückhaltlos die Wahrheit sagen, sondern auch verdammt noch mal damit aufhören, mich wie einen kränkelnden Säugling zu behandeln, der beim geringsten Luftzug dahinzusiechen droht!«

Richard faßte sich als erster wieder. »Es ist doch äußerst beruhigend zu wissen, daß Sie nicht vorhaben, bei jeder zweiten Frage in Tränen auszubrechen oder sich persönlich beleidigt zu fühlen, gnädiges Fräulein.«

»Noch viel beruhigender wäre es, wenn ich letzteres auch von Ihrer Reaktion auf meine Antworten erwarten dürfte, Herr Kommissar!«

Sie war das mit Abstand frechste und ungezogenste Weibsbild, das Richard je über den Weg gelaufen war. Und das widersprüchlichste dazu. Aber ganz bestimmt das faszinierendste!

»Also gut«, sagte er grinsend. »Ich verspreche Ihnen feierlich, daß ich bei Ihren Antworten auf einen Tränenausbruch verzichten werde. Zufrieden?«

Heiner Braun betrachtete prüfend einen wackeligen Holzhocker, der vor dem Fenster stand, und ließ sich vorsichtig darauf nieder. »Was halten Sie beide davon, wenn wir uns zur Abwechslung jetzt wie vernünftige Menschen unterhalten?«

»Viel, Herr Braun.« Auch Victoria setzte sich wieder. Ihre Heiterkeit war wie weggeblasen. »Wie kommen Sie eigentlich darauf, daß Eduard Emilie umgebracht haben könnte? Haben Sie denn vergessen, daß er gar nicht in Frankfurt war, als sie verschwand?«

Heiner sah sie freundlich an. »Nein, das habe ich nicht. Aber wenn Sie erlauben, sollten wir mit dem Anfang beginnen und nicht mit dem Ende.«

Victoria und Richard schauten gleichermaßen erstaunt.

Heiner zuckte mit den Schultern. »Ich kann nicht genau erklären, warum, aber ich werde das Gefühl nicht los, daß des Rätsels Lösung irgendwie mit der Orangerie Ihres Onkels zusammenhängt. Erzählen Sie uns vom Glashaus, Victoria.«

Das war wirklich das letzte, mit dem sie gerechnet hatte. »Ja, aber ... Was wollen Sie hören?«

»Alles, was Ihnen dazu einfällt.«

»Also«, begann sie zögernd, »das Glashaus wurde vor fünfunddreißig Jahren gebaut. Onkel Konrad schenkte es Tante Sophia zur Hochzeit.« Heiner warf ihr einen aufmunternden Blick zu, und sie fuhr fort: »Aus den Erzählungen meiner Tante weiß ich, daß es meinen Onkel einige Nerven gekostet hat, bis alles nach seinen Wünschen geplant und ausgeführt war. Die Wallservitut hätte nämlich um ein Haar das ganze Vorhaben zu Fall gebracht.«

»Die – was?« fragte Richard.

»Die Servitut enthält die Baubeschränkungen für die Grundstücke der ehemaligen Wallanlagen«, erklärte Heiner.

»Welche Baubeschränkungen?«

»Erinnern Sie sich an meine Geschichte vom Eschenheimer Turm als einer der wenigen Relikte der alten Stadtbefestigung, Herr Kommissar? Zu Anfang dieses Jahrhunderts fing man an, die Frankfurter Festungswälle zu schleifen, die Bastionen und Mauern einzureißen ...«

»... und die inneren Wallgrundstücke wurden nach und nach an Frankfurter Bürger verkauft«, fügte Victoria hinzu. »Für die Bebauung stellte man allerdings strenge Richtlinien auf, um den neugeschaffenen Grüngürtel um die Stadt zu schützen, damit sich irgendwann auch noch unsere Ururenkel an den schönen Gartenanlagen erfreuen können.«

»Die Beschränkungen legte man 1808 in der genannten Servitut nieder«, fuhr Heiner fort, »und sie beinhalten unter anderem, daß sämtliche Gebäude an der oberen Lage der Grundstücke – im Falle Könitz also der Neuen Mainzer Straße zu – errichtet werden müssen und daß dem Nachbarn die Aussicht nicht versperrt werden darf.«

Victoria lächelte. »Es war nicht ganz einfach, Onkelchens hochfliegende Pläne mit der Servitut in Einklang zu bringen. Erst als mein Großvater, dem das Grundstück damals noch gehörte, seinen Einfluß geltend gemacht hatte, konnte das Glashaus gebaut werden.«

»Und dabei stieß man auf die Tunnelgänge«, sinnierte Richard.

»Die waren schon vorher bekannt«, entgegnete Victoria. »Aber durch den Gang unter dem Glashaus konnte man erstmals vom Keller direkt in den Garten gehen. Das hat uns Kinder natürlich gereizt. Umsomehr, als es strengstens verboten war.« Sie lachte. »Mir hat es Spaß gemacht, mit Ernst und Eddy in den Gängen Verstecken zu spielen, und ich war richtig traurig, als sie schließlich meinen steinernen Wegweiser entdeckten.«

»Steinerner Wegweiser – Steine als Wegweiser?« Heiner sah Richard an. »War das der Grund, warum Sie damals auf Anhieb den Weg durch das Labyrinth gefunden haben?« Richard nickte, und Heiner wandte sich wieder an Victoria. »Und wer kennt dieses Geheimnis außer Ihrem Bruder, Ihrem Cousin und Ihnen sonst noch?«

»Soweit ich weiß, niemand. Mein Onkel würde sich dort unten auch heute noch hoffnungslos verirren.«

»Das ist anzunehmen, ja«, sagte Richard und dachte an die furchtsame Miene von Dr. Könitz, als er ihn aufgefordert hatte, mit ihm durch den Tunnel zu kommen.

»Und Emilie?« fragte Heiner. »Könnte sie ...?«

»Nie im Leben! Sie wäre gestorben vor Angst. Genauso wie meine Tante.«

»Besteht die Möglichkeit, daß Eduard oder Ihr Bruder den Tunnel Freunden oder Bekannten gezeigt haben?« wollte Richard wissen. »Oder daß außer mir noch andere Personen die Steine richtig deuteten?«

»Theoretisch schon«, antwortete Victoria. »Aber ich kann es mir nicht vorstellen. Das Betretungsverbot wurde ja nicht nur ausgesprochen, weil wir uns hätten verlaufen können, sondern auch, weil einige der Tunnel einsturzgefährdet sind. Deshalb ließ mein Onkel die Zugänge vor einigen Jahren mit Holztüren verschließen.«

»Von denen eine nach Emilies Verschwinden offenstand«, vervollständigte Richard.

»Nun ja, wie Sie wissen, habe ich heimlich drinnen nachgeschaut«, räumte Victoria ein. »Und zwar wegen der Schuhabdrücke im Erdhaus.«

»Aus deren Vorhandensein sich der Schluß ziehen läßt, daß es doch noch jemanden geben muß, der sich in diesem Labyrinth auskennt.«

»Ich vermute eher, daß dieser Jemand nur den Vorraumkeller als Versteck benutzte und gar nicht im Tunnel selbst war«, sagte Victoria.

»Sie vergessen das Weinfaß, Fräulein Könitz. Ich glaube diesbezüglich nicht an einen Zufall.«

»Ich auch nicht«, stimmte Heiner zu.

Victoria runzelte die Stirn. »Aber wer sollte denn ...«

»Es spricht einiges dafür, daß es Ihr Cousin war«, sagte Heiner.

»Dazu hätte er erst mal in Frankfurt sein müssen!«

»Wer sagt, daß er das *nicht* war? Vielleicht hatte er seine Rückkehr als Überraschung geplant und deshalb nicht angekündigt«, gab Heiner zu bedenken. »Sie behaupten doch selbst, daß Eduard der einzige war, der außer Ihnen und Ihrem Bruder den Weg durch das Labyrinth kannte. Und Ihr Bruder Ernst scheidet ja wohl als Verdächtiger aus.«

»Ja. Aber Eduard *hat* seine Rückkehr angekündigt. Der Brief an Tante Sophia...«

»... kann ein Ablenkungsmanöver gewesen sein. Erinnern Sie sich daran, wann und wo er abgeschickt wurde?«

»Ich weiß noch, daß ich mich darüber wunderte, daß kein Datum auf dem Briefbogen stand. Eduard schrieb, daß er vor seiner Rückkehr nach Frankfurt noch einige Tage in Kassel bleiben wollte. Später schickte er dann ein Telegramm mit der genauen Ankunftszeit, und wir holten ihn am 13. Juli am Taunus-Bahnhof ab.«

»Taunus-Bahnhof?« rief Heiner erstaunt. »Die Züge aus Kassel kommen am Weser-Bahnhof an!«

»Aber kann es nicht sein, daß er...« Victoria stutzte. »Die Zeitung! Jetzt verstehe ich.«

Richard sah sie streng an. »Welche Zeitung, Fräulein Könitz?«

»Das Weilbacher Blättchen, in dem ich den Artikel über die unbekannte Tote fand.« Victoria senkte den Kopf. »Ich habe Sie angelogen, Herr Kommissar. Nicht mein Onkel, sondern Eduard brachte es mit. Ich fand es zufällig in seinem Zimmer im Papierkorb.«

»Na, wunderbar! Vielleicht sollten wir erst mal klären, was Sie mir sonst noch für Lügenmärchen aufgetischt haben, ehe wir weitermachen!«

»Also kam Eduard nicht, wie angekündigt, aus Kassel, sondern aus Richtung Wiesbaden«, stellte Heiner fest. »Welchen Grund könnte es geben, das zu verheimlichen, wenn nicht...«

»Aber das ist doch kein Beweis dafür, daß er am Wäldchestag in Frankfurt war!« rief Victoria aufgebracht. »Oder hat ihn jemand gesehen?«

»Gesehen nicht...«, meinte Heiner zögernd.

»Sondern?«

»Gerochen.«

»Bitte?«

»Der Fischer, der Emilies Amulett versetzt hat, behauptet, daß er sich nachts auf der Alten Brücke mit einem Mann geprügelt hat, der nach Orangenblüten roch und... Was ist mit Ihnen, Victoria?«

»Die Blüten!« Ihr gehetzter Blick wanderte von Heiner zu Richard. »Eddy hatte also recht.«

»Recht womit?« fragte Richard gereizt.

»Daß Sie nicht zum Vergnügen nachts im Glashaus Orangenblüten pflückten!« Hastig fügte sie hinzu: »Es war so, daß ich in seinem Zimmer dieses eklige Fläschchen mit Orangenblütenöl fand und ...«

»Fläschchen mit Orangenblütenöl?« rief Richard. »Ihre Theorie, Braun! Das ist es!«

»Welche Theorie?« fragte Victoria verwirrt. »Sicher, Eddy liebt diesen Duft. Aber Tante Sophia schwärmt genauso dafür!«

»Der Mörder von Emilie war aber ein Mann«, sagte Heiner.

»Und der *Stadtwaldwürger* auch«, fügte Richard hinzu.

»Was soll das heißen?«

Heiner erklärte Victoria, daß bei den toten Frauen im Stadtwald damals duftende, weiße Blüten gefunden wurden, deren Herkunft nicht geklärt werden konnte.

»Hat Ihr Cousin eigentlich eine besondere Beziehung zur Alten Brücke?« fragte Richard.

»Besondere Beziehung – wie meinen Sie das?«

Richard räusperte sich und sah Braun an, während er weitersprach. »Ich frage mich, ob es einen bestimmten Grund gegeben haben könnte, warum er Emilie ausgerechnet dort ...«

»Wenn er es überhaupt war!« rief Victoria aufgebracht. »Und um Ihre Frage zu beantworten: Nein, Eduard hatte keine besondere Beziehung zu dieser Brücke! Zumindest keine, die mir aufgefallen wäre.«

»Vielleicht hat er ja über den Brickedings zufällig irgendwo mal was gelesen«, überlegte Richard.

»*Brickegickel* – das Tier heißt *Brickegickel*, Herr Kommissar«, sagte Heiner.

Victoria wurde blaß. »Spielen Sie etwa auf die Sache mit der Hinrichtungsstätte an, die früher ...« Sie brach entsetzt ab.

»Was, Fräulein Könitz?« fragte Richard scharf.

»Aber das war doch bloß eine dumme Geschichte! Eine von vielen, die Großmama uns erzählt hat, als wir Kinder waren.«

»Keine Geschichte – Tatsache, Fräulein Könitz. Nicht wahr, Braun? Sperrte man nicht in vergangenen Jahrhunderten Verbrecherinnen in Fässer, um sie im Main zu ersäufen? Und warf man sie nicht genau an dieser Stelle ins Wasser, um sicherzugehen, daß sie im Stadtgebiet nicht wieder angeschwemmt würden?«

Heiner nickte wortlos.

»Was heißt das schon!« rief Victoria. Es konnte, es durfte nicht sein! Sie riß sich zusammen, aber es gelang ihr trotzdem nicht, ruhig zu bleiben. »Wer sagt denn, daß Emilie überhaupt in diesem dummen Faß war? Es wurde leer gefunden! Und dann das Amulett!« Sie lachte gekünstelt. »Es müßte von Emilies Hals zufällig ins Faß und von dort zufällig auf die Brücke gefallen sein: ziemlich unwahrscheinlich, oder?«

»Vermutlich nahm der Mörder Emilie das Amulett ab und verlor es später bei der Schlägerei mit dem Fischer«, bemerkte Heiner. Er sah Victoria mitfühlend an. »Den toten Frauen im Stadtwald wurde damals auch ihr Schmuck gestohlen.«

»Und was das Faß betrifft, so gehe ich davon aus, daß es nicht fest genug verschlossen war, so daß beim Aufprall aufs Wasser der Deckel absprang«, sagte Richard. »Im übrigen kann ich mich an einen gewissen Vigilanten namens Hannes erinnern, der uns seinerzeit überhaupt erst auf diese Faßspur gebracht hat.«

Victoria sah betreten zu Boden und schwieg.

»Sollen wir für heute aufhören?« fragte Heiner Braun freundlich.

»Nein.« Ihr Blick wurde starr. »Ich habe gesagt, daß ich *alle* Fragen beantworte. Also bitte: Fragen Sie, meine Herren.«

»Wenn Sie erlauben, möchte ich gerne noch einmal auf die Orangenblüten zurückkommen, Victoria«, sagte Heiner. Sie tat ihm leid, aber es mußte sein. Langsam wurden Konturen sichtbar, langsam fügten sich scheinbar sinnlose Teile zu einem Ganzen zusammen. Doch er machte sich nichts vor: Einen verwertbaren Beweis hatten sie immer noch nicht.

»Fragen Sie!« wiederholte Victoria.

»Bei welchen Gelegenheiten benutzte Ihr Cousin dieses Öl?«

»Ich weiß es nicht«, antwortete sie. »Ich wußte ja nicht mal, daß er so etwas besitzt. Es war nur, weil...« Sie warf Richard einen triumphierenden Blick zu. »Eduard war es jedenfalls nicht, der sich an der Pforte zu den Anlagen den Mantel zerrissen hat!«

»Ach?« entgegnete Richard ironisch. »Und woher wissen Sie das so genau?«

»Weil ich seine Mäntel und Jacken allesamt überprüft habe – daher!«

Richard sah sie herausfordernd an. »Sie schätzen Ihren Cousin sehr, nicht wahr?«

Sie nickte zögernd.

»Sie besprechen mit ihm Dinge, die Sie beschäftigen...«

Victoria nickte erneut.

»...und haben ihm Ihre Überlegungen zum Verschwinden von Emilie mitgeteilt?«

»Ja.« Victoria spürte, wie ihr das Blut zu Kopf stieg.

Richard grinste. »Lassen Sie mich raten! Sie haben ihm selbstverständlich auch von Ihren diversen Nachforschungen erzählt, so daß er alle Zeit der Welt gehabt hätte, seinen Mantel verschwinden zu lassen. Oder?«

»Ich konnte doch nicht ahnen...« Victoria biß sich wütend auf die Lippen. Herrgott, was war sie für ein dummes Schaf! Natürlich hatte sie Eduard regelmäßig stolz berichtet, was sie alles herausgefunden hatte! Er war ja der einzige, der ihr zugehört hatte. Sie fuhr sich mit der Hand über die Augen. »Sie haben keinen einzigen Beweis gegen ihn!« rief sie zornig. »Nichts, was mich überzeugen könnte, daß er mit diesen schmutzigen Dingen das Geringste zu tun hat!«

»Warum mögen *Sie* eigentlich den Duft der Orangenbäume nicht?« fragte Richard.

Victoria sah ihn entgeistert an. »Was tut das jetzt zur Sache, Herr Biddling?«

»Beantworten Sie bitte meine Frage, Fräulein Könitz.«

»Ich weiß es nicht«, murmelte sie ausweichend. Irgend etwas tief in ihr fing an, sich zu regen. Etwas Dunkles, das ihr angst machte.

»Und seit wann haben Sie diese Aversion?«

»Ich kann es nicht sagen.«

»Können Sie nicht, oder wollen Sie nicht, Fräulein Könitz?«

Es war ein großes, schwarzes Loch, das sie aufzusaugen drohte, und ein Bild im Nebel, das sich nicht formen ließ.

»Herr Kommissar, meinen Sie nicht...«, begann Heiner.

Richard schüttelte den Kopf. »Haben Sie nicht erklärt, *jede* Frage zu beantworten, Fräulein Könitz? Also?«

»Wenn ich mich aber doch nicht erinnern kann.«

Er sah, wie sie litt. Gewaltsam kämpfte er sein Mitgefühl nieder. »Dann denken Sie gefälligst nach, gnädiges Fräulein.«

»Tante Sophia sagt, ich hätte den Duft als Kind geliebt. Doch das muß lange her sein. Ich habe keine Erinnerung daran.«

Richard fiel plötzlich sein Erlebnis im Irrenschloß ein. »Aber

Ihre Schwester Clara – die *hat* eine Erinnerung, nicht wahr?«

In Victorias Gesicht machte sich Panik breit. »Bitte! Ich verstehe nicht, was Clara mit der Sache zu tun hat.«

»Herr Kommissar, ich glaube, wir sollten ...«

»Nein, Braun!« rief Richard aufgebracht. »Ich will das jetzt geklärt haben. Was hat es mit diesen verdammten Blüten auf sich, Fräulein Könitz?«

»Ich ... ich weiß nicht, von was Sie sprechen.«

»Ein Verbrechen ist geschehen – und auf meinen verwesten Leib läßt du stinkende Honigblüten regnen. Das ist doch kein Zufall! Was hat Ihre Schwester damit gemeint? Was ist in diesem Glashaus passiert, verflucht noch mal?«

»Nichts«, sagte Victoria tonlos. »Clara stürzte von der Leiter. Ein Unfall. Und dann wurde sie krank.«

»Die Blüten, Fräulein Könitz!« wiederholte Richard böse. »Was ist damit?«

Es war der Gestank der Lüge, der Atem der Schuld. *Häßlich wie die Nacht!* »Wir haben mit ihnen gespielt. Clara und ich. Als wir Kinder waren.«

»Und weiter? Reden Sie!«

»Ich *kann* nicht, Herr Kommissar!« rief Victoria verzweifelt. »Es ist, als ob ...« Es klopfte, und erleichtert brach sie ab.

Ein Polizeidiener steckte den Kopf zur Tür herein. Sein suchender Blick blieb an Heiner hängen. »Sie sollen sofort zu Polizeirat Dr. Rumpff kommen, Herr Braun«, sagte er und verschwand wieder.

»Die Anarchisten, ja, ja«, murmelte Braun und stand auf. Auch Victoria erhob sich. Heiner lächelte ihr aufmunternd zu. »Sie haben uns sehr geholfen, Victoria. Danke!«

»Bleiben Sie noch einen Moment, Fräulein Könitz«, sagte Richard, als sie zusammen mit Braun das Zimmer verlassen wollte.

»Ich muß aber dringend nach Hause, Herr Kommissar.« Victorias Hände zitterten, und ihre Stirn glänzte feucht.

Richard tat es leid, daß er so grob zu ihr gewesen war. Er sah sie freundlich an. »Sie selbst haben mich darum gebeten, keine Rücksicht zu nehmen, Fräulein Könitz.«

»Habe ich mich etwa beschwert?« erwiderte sie und wandte sich ab.

Ihre Haltung war bewundernswert. Richard war sich sicher,

daß jede andere Frau an ihrer Stelle längst in Tränen ausgebrochen wäre. Aber das würde ihr Stolz nicht zulassen. »*Mit leisem Kichern rühmte er sich zuweilen, daß für ihn die meisten Menschen ein kleines Fensterchen auf der Brust hätten.*«

Victoria fuhr herum und starrte ihn an. Richard lächelte. »Ich habe Ihnen vorhin schon gesagt, daß ich von Berufs wegen fürchterlich neugierig bin.« Er öffnete die Schublade, in der er die Notizen zu den Fingerbildern aufbewahrte, nahm ein schmales Buch heraus, kam hinter seinem Schreibtisch hervor und drückte es ihr in die Hand. »Ich denke, Sie können mehr damit anfangen als ich, gnädiges Fräulein.«

Ehrfürchtig strich Victoria über den Einband. *Sei gegrüßt, Detektiv Dupin.* »Das ist wirklich für mich?«

Richard nickte.

»Danke, Herr Kommissar.«

»Ein kleiner Trost für die verschlossene Tür zur Bibliothek Ihres Onkels. Aber ich möchte ausdrücklich betonen, daß das kein Schuldeingeständnis ist!«

»Ich muß mich bei Ihnen entschuldigen, Herr Biddling«, sagte Victoria leise. »Es war Eduard, der mich verraten hat.«

Die Traurigkeit in ihren Augen ließ ihn schweigen. Noch nie hatte Richard sich einer Frau so nah gefühlt wie ihr. Und noch nie hatte er eine so begehrt wie sie. Alles in ihm drängte danach, sie zu berühren, ihren Mund, ihre Nase, ihre Stirn zu küssen, und für einen flüchtigen Moment konnte er sehen, daß sie sich nichts mehr wünschte, als daß er es endlich täte. Dann schaute sie an ihm vorbei zum Fenster.

»Wie geht es Ihrer Frau, Herr Biddling?«

Richard fühlte sich, als habe sie ihm einen Eimer kaltes Wasser ins Gesicht geschüttet. »Gut«, sagte er und öffnete ihr die Tür. »Auf Wiedersehen, Fräulein Könitz.«

»Auf Wiedersehen, Herr Kommissar«, entgegnete Victoria und ging hinaus.

23

Der Zufall ist häufig der beste Bundesgenosse des Polizeibeamten und der gefährlichste Feind der Verbrecher.

❧

»Glauben Sie, daß sie noch einmal wiederkommt?«

Richard zuckte mit den Schultern. »Keine Ahnung.« Seit Victorias Aussage waren acht Tage vergangen, in denen sie weder etwas von ihr gesehen noch gehört hatten.

»Es ist ja mehr als verständlich, daß ihr die Sache so nahegeht«, sagte Heiner.

»Ja«, entgegnete Richard. *Diese – und die andere.*

»Vielleicht sollten wir doch versuchen, ohne sie weiterzukommen.«

»Das sollten wir, Braun.«

Richard hatte einige unruhige Nächte hinter sich, aber dieses Mal war es nicht der *Stadtwaldwürger*, der ihm den Schlaf raubte, sondern Victoria Könitz. Und sein schlechtes Gewissen gegenüber Therese. *Wie geht es Ihrer Frau, Herr Biddling? Gut.* Tatsächlich? Richard wußte es nicht; er wußte nichts von ihr, und Therese wußte nichts von ihm. Sie lebten in verschiedenen Welten, und es war so normal für ihn, daß er nie darüber nachgedacht hatte, daß es anders sein könnte, daß eine Frau mehr sein könnte als die Mutter seiner Kinder, mehr als ein demütiges, hübsch angezogenes Wesen, das bewundernd zu ihm aufschaute und ihm zu Willen war, wann immer er es für nötig hielt. Aber Therese war seine Frau, und wenn er sie schon nicht liebte, hatte er sie wenigstens zu achten! Er konnte ihr schließlich nicht vorwerfen, daß sie sich genau so verhielt, wie es alle von ihr erwarteten und wie es ihr von Kindesbeinen an beigebracht worden war. Kaum eine Handvoll nichtssagender Briefe hatten sie miteinander gewechselt, seit er in Frankfurt war, und es tat ihm plötzlich leid. *Stadtwaldwürger* hin oder her, sobald das Kind da war, würde er um einige Tage Urlaub bitten und zu ihr fahren.

»Was überlegen Sie so angestrengt, Herr Kommissar?« fragte Heiner.

»Nichts, Braun.« Richard wühlte in den Papieren, die vor ihm auf dem Schreibtisch lagen. »Zum Teufel, wo habe ich bloß...? Ach, hier ist es ja.« Er zog einen Notizzettel hervor und überflog ihn murmelnd. Dann sah er Heiner an. »Während Sie Ihre Zeit damit verbrachten, Rumpffs Anarchistentheorien zu überprüfen, habe ich mir einmal die Mühe gemacht, unsere Erkenntnisse über den *Stadtwaldwürger* zu sortieren – und die über den Mörder von Emilie.«

»Und zu welchem Ergebnis sind Sie dabei gekommen?«

»Daß wir immer noch keinen Beweis gegen Eduard Könitz haben, den ein Staatsanwalt oder Richter akzeptieren würde.«

Heiner zuckte mit den Schultern. »Sie sollten nicht so ungeduldig sein, Herr Kommissar. Wir sind doch schon ein ganzes Stück vorangekommen.«

»Ach ja?« fragte Richard bitter. »Nach fast drei Monaten Arbeit haben wir nicht mehr fertiggebracht, als zu einem halben Dutzend unbewiesener Vermutungen ein weiteres halbes Dutzend unbewiesener Vermutungen hinzuzufügen. Ein wahrhaft berauschender Erfolg.«

»Na ja, wenn das so ist, kann es nichts schaden, mit dem zweiten Dutzend anzufangen, oder?«

Richard warf seinem Untergebenen einen bösen Blick zu. »Können Sie nicht einmal ernst bleiben, Braun?«

»Ich *bin* ernst, Herr Kommissar, *todernst* sozusagen.« Heiner strich sich nachdenklich übers Kinn. »Ich mußte gestern nachmittag auf Dr. Rumpffs Anordnung eine Überprüfung am Taunus-Bahnhof machen und habe mich mal ein bißchen umgehört. Leider waren Sie schon gegangen, als ich ins Präsidium zurückkam.«

»Ich habe es mir ausnahmsweise erlaubt, pünktlich Feierabend zu machen!«

»Das sollte um Himmels willen kein Vorwurf sein, Herr Kommissar. Aber...«

Richard sah ihn grimmig an. »Ich warne Sie, Braun! Fangen Sie bloß nicht wieder damit an, mir die Jugenderinnerungen Ihrer Großmutter zu erzählen, bevor Sie auf den Punkt kommen.«

»Ich habe mich also ein bißchen umgehört«, fuhr Heiner unbeeindruckt fort, »und am Weser-Bahnhof hatte ich das Glück, auf einen äußerst aufmerksamen Lademeister zu treffen. Er erinnerte sich nämlich an einen Mann, der am Wäldchestag spätnachmittags mit dem Zug aus Kassel in Frankfurt ankam. Und wie es der Zufall will, war dieser Mann etwa Mitte Dreißig und hatte Eduards Statur und Haarfarbe. Außerdem trug er einen Bart und einen langen Mantel.«

»Roch er zufällig auch nach Orangenbäumen?«

Heiner grinste. »Sie sollten besser fragen, warum dem aufmerksamen Lademeister ausgerechnet *dieser* Reisende in besonderer Erinnerung blieb, Herr Kommissar.«

Richard seufzte. »Warum also blieb ihm *dieser* Reisende in besonderer Erinnerung?«

»Weil er gleich am nächsten Tag in aller Herrgottsfrühe sein gesamtes Gepäck, das er am Weser-Bahnhof deponiert hatte, zum Taunus-Bahnhof bringen ließ, obwohl er dem Lademeister gegenüber erwähnt hatte, daß er sich freue, nach zehn Jahren wieder in Frankfurt zu sein. Allerdings...«

Richard sprang auf. »Das ist ja phantastisch! Endlich haben wir ihn!«

»Na ja, nicht ganz, Herr Kommissar.«

»Braun! Wenn Sie nicht augenblicklich Tacheles reden...!«

»Ich war ja mit meinem Satz noch nicht zu Ende«, sagte Heiner freundlich. »Unser Zeuge kann sich zwar an den Mann erinnern, allerdings nicht gut genug, um ihn mit Sicherheit wiederzuerkennen – zumal dann nicht, wenn der Bart ab ist. Tut mir leid.«

»Verdammt und zugenäht! Ist denn dieser Scheißkerl überhaupt nicht zu fassen?«

»Sie sollten das Positive daran sehen. Diese Beobachtung stützt immerhin unsere Vermutung, daß...«

»Herrgott noch mal, ich pfeife auf Ihre Vermutungen! Tatsachen brauchen wir. Beweise, zum Henker!«

Heiner zuckte mit den Schultern. »Es ist also anzunehmen, daß Eduard am Wäldchestag nach Frankfurt zurückkehrte. Wahrscheinlich sogar, ohne daran zu denken, daß er zu Hause niemanden antreffen würde. Er ließ sein Gepäck am Bahnhof zurück, fuhr in die Neue Mainzer Straße – und stand vor verschlossenen Türen. Er ging in den Garten, fand im Glashaus die ohnmächtige Emilie neben dem umgefallenen Orangenbaum und...«

»... schätzte sich überaus glücklich, endlich mal wieder jemanden erwürgen zu können.«

Heiner sah seinen Vorgesetzten strafend an. »Und mir werfen Sie vor, die Sache nicht ernst zu nehmen.«

»Irgendwas paßt da nicht, Braun, und ich werde noch wahnsinnig, wenn ich nicht bald herausbekomme, was es ist! Nach der Aktenlage und unseren bisherigen Ermittlungen zufolge, können die Stadtwaldmorde kein Zufall gewesen sein. Es muß also einen Grund geben, warum Eduard ausgerechnet diese beiden Frauen umbrachte. Und zehn Jahre später soll er sich an seinem Ankunftstag auf ein Mädchen stürzen, das er nie zuvor gesehen hat? Es macht keinen Sinn, verflucht noch mal!«

»Lassen Sie uns einfach den Faden weiterspinnen. Vielleicht kommt uns ja dabei der erleuchtende Gedanke«, schlug Heiner vor. Richard schwieg, und er fuhr fort: »Eduard fand also Emilie ohnmächtig neben dem Orangenbaum und hat sie – warum auch immer – umgebracht. Als er wieder klar denken konnte, überlegte er, wie er die Leiche verschwinden lassen könnte, erinnerte sich an den Tunnel und brachte sie hinein. Da er nicht ins Haus konnte, ging er wahrscheinlich in die Stadt zurück, unschlüssig, was er nun am besten tun sollte. Vielleicht wurde ihm dabei klar, daß sein Versteck nicht besonders klug gewählt war. Spätabends, als die Familie Könitz Emilies Verschwinden längst festgestellt hatte, muß er über die Alte Brücke gegangen und auf den neben seiner Schiebekarre schlafenden Oskar Straube getroffen sein. Und beim Anblick des Gefährts mit dem leeren Apfelweinfäßchen darauf fiel ihm die Geschichte mit dem *Brickegickel* und damit die Lösung seines Problems ein. Er brauchte sich nur noch ein größeres Faß zu besorgen.«

»Sie meinen, Eduard hat Oskars Schiebekarre benutzt, um die tote Emilie zur Alten Brücke zu schaffen?« fragte Richard.

Heiner nickte. »Sagten Sie nicht selbst, daß der Mörder über Bärenkräfte verfügen müßte, um ein Faß mit einer Leiche von den Anlagen bis zum Main zu schleppen? Mit der Karre war er dieser Mühe enthoben. Ganz abgesehen davon, daß das auch erklären würde, warum Oskar sich erst nach Mitternacht mit ihm auf der Brücke prügelte. Wahrscheinlich ist der arme Kerl irgendwann aus seinem Rausch erwacht und auf der Suche nach seiner Karre ausgerechnet dann über die Brücke getorkelt, als Eduard das Faß in den Fluß werfen wollte.«

»Worauf der ihn wütend ins Reich der Träume zurückschickte.«

»Ja. Und als Oskar wieder zu sich kam und benommen auf dem Boden herumkroch, fand er Emilies Amulett. Und anschließend wankte er zur Quaimauer und schlief ein.«

»Und Eduard verließ mit dem ersten Zug frühmorgens die Stadt.«

»Ja.« Heiner sah Richard nachdenklich an. »Und was nun die Beweise angeht ... Eduard ist Frankfurter, und es waren viele Leute unterwegs – es müßte mit dem Teufel zugehen, wenn er nicht irgendwo einen Bekannten getroffen hätte.«

»Die Frage ist nur, wo wir den suchen sollen.«

»Vielleicht könnte Victo ...«

»Nein!«

»Aber sie weiß am besten, welche Freunde und Bekannten er hat.«

»Ich sagte: Nein!«

»Und was ist mit den Orangenblüten, Herr Kommissar? Sie glauben doch auch, daß sie uns da irgend etwas verschweigt. Es muß ja nicht gleich ...«

»Nein!« wiederholte Richard, und es war nicht klar, ob er damit Brauns Vermutung oder seine Weigerung meinte, Victoria Könitz noch mal zu verhören. »Ich will auf keinen Fall, daß sie da hineingezogen wird. Ist das klar, Braun?«

»Schade. Sie könnte ...«

»Und wenn Sie sich auf den Kopf stellen: Dieses Mal werde ich meine Meinung nicht ändern.«

Heiner zuckte die Achseln. »Ich denke trotzdem, daß sie uns weiterhelfen könnte.«

Richard studierte seinen Notizzettel.

»Als ich die Akten ausgewertet habe, ist mir etwas aufgefallen.«

»Was, Herr Kommissar?«

»Die toten Frauen weisen ein paar Übereinstimmungen auf. Sie waren zwischen fünfzehn und neunzehn Jahren alt; alle drei hatten dunkles Haar. Und – wie soll ich es sagen? Wenn ich mir ihre Photos anschaue, dann wirken sie auf mich irgendwie fraulich und kindlich zugleich. Auf jeden Fall war eine hübscher als die andere.«

»Die Haarfarbe könnte in der Tat ein Grund sein, warum er Victoria in Ruhe ließ«, überlegte Heiner. »Andererseits ...«

»Mir ist schon klar, daß die Beschreibung auf mindestens

fünf von zehn jungen Frankfurterinnen zutrifft und daß es sich genausogut um einen Zufall handeln kann.«

Heiner grinste. »Fünf von zehn? Mindestens neun von zehn jungen Frankfurterinnen sind hübsch anzuschauen, Herr Kommissar!«

Richard mußte lachen. »Braun, Sie sind...«

»...der mit Abstand unmöglichste Beamte, der Ihnen je unterstellt wurde, ja, ja. Sie können sicher sein, daß ich diese Ehre zu schätzen weiß. Im übrigen hätte ich noch eine andere Idee, wie wir weiterkommen könnten.«

»Spucken Sie's schon aus, Sie unmöglicher Beamter.«

»Ich treffe mich morgen mit einem Vigilanten aus der Rosengasse, und ich denke, ich sollte die Gelegenheit nutzen, um ein bißchen mit der *Leierkasten-Guste* und dem *Schaumkonfekt* zu plaudern. Seit ich den beiden Damen unlängst eine kleine Gefälligkeit erwiesen habe, sind sie recht zugänglich und...«

Richard hob abwehrend seine Hände. »Seien Sie bitte auf der Stelle ruhig! Ich will gar nicht wissen, welche Ratenverträge Sie mit Dirnen aufsetzen.«

»Überhaupt nichts Ungesetzliches, sondern nur...«

»Und was gedenken Sie von den Damen zu erfahren?«

»Mal sehn. Immerhin besuchen Eduard Könitz und Theodor Hortacker sie in schöner Regelmäßigkeit, und vielleicht haben die beiden Fräuleins ja Kenntnis darüber, mit wem Victorias Cousin ansonsten noch Umgang pflegt.«

Richard sah seinen Untergebenen streng an. »Woher wissen Sie, daß Eduard in der Rosengasse verkehrt, Braun?«

»Na ja, wenn ich ab und an zufällig in der Gegend zu tun habe, höre ich mich etwas um, und vorgestern ist er mir vor einnem Bordell geradewegs in die Arme gelaufen. Es war ihm ganz schön peinlich, kann ich Ihnen sagen.«

»Und warum haben Sie mir nichts davon erzählt?« fragte Richard scharf.

Heiner lächelte. »Weil ich so ein bißchen den Eindruck hatte, daß Sie mit Ihren Gedanken gerade woanders waren, Herr Kommissar. Und später habe ich es dann glatt vergessen zu erwähnen.«

»Ist Ihnen eigentlich mal in den Sinn gekommen, daß Eduard gefährlich werden kann, wenn er sich von uns in die Enge getrieben fühlt?«

Heiner wunderte sich über die Besorgnis in Richards Stimme. »Ach was! Eduard Könitz ist doch bloß ein Maulheld. Wenn's darauf ankommt, wird er zehnmal eher fliehen als angreifen.«

»Diese Einschätzung kann ich nicht ganz teilen«, sagte Richard und dachte an sein Erlebnis im Glashaus, »und ich verbiete Ihnen ausdrücklich, irgendwelche eigenmächtigen Ermittlungen zu führen!«

Heiner nahm Haltung an. »Keine eigenmächtigen Ermittlungen. Zu Befehl, Herr Kommissar!«

Richard lachte. »In Berlin würden Sie als Beamter nicht einen einzigen Tag überstehen, Braun.«

»Wenn Sie erlauben: Ich hege nicht die geringste Absicht, dorthin umzuziehen«, sagte Heiner freundlich.

Traurig und träge hatten sich die Tage dahingezogen, und erst als sich die Sonne zum Wochenende hinter grauen Wolken verkroch, die kurz darauf ihre Wassermassen mit Blitz und Donner entließen, fühlte sich Victoria etwas besser. Während sich David ängstlich in seinem Zimmer verkroch, öffnete sie ihr Fenster und lehnte sich hinaus. Die Regentropfen spritzten in ihr Gesicht und auf ihr Kleid, aber es kümmerte sie nicht. Henriette konnte mit ihr zufrieden sein. Keine Besuche mehr bei Tante Sophia und Eduard, keine Widerworte, kein ungehöriges Benehmen, freiwillige Klavierübungen und Handarbeitsstunden... Gestern hatte ihre Mutter tatsächlich gefragt, ob sie krank sei!

Victoria lachte höhnisch in den Regen hinaus. Da strengte sich die unnachsichtige, gefühlskalte Henriette seit Jahren an, um aus ihrer Tochter eine anständige Dame zu machen, und kaum benahm sie sich eine Woche wie gewünscht, machte sie sich Sorgen! Victoria schloß das Fenster, wischte sich mit der Hand über das Gesicht und setzte sich an ihren Schreibtisch. Sie öffnete das Geheimfach und holte das Buch heraus.

Biddlings Buch. Ihr Weg in Dupins Welt würde für immer mit der Erinnerung an ihn beginnen. Sanft strich Victoria über den Einband. Selbst wenn er nicht verheiratet wäre, ihr Vater würde es niemals erlauben. *Ein Preuße! Und ein unstandesgemäßer dazu. Laß es sein, Prinzessin!* Als wenn man Gefühle vergessen könnte wie eine ungeliebte Geschichte, die man einfach mit dem Buch zuschlug. *Nur einen Mann, den ich mir selbst aussuche.* Im Oktober würde sie vierundzwanzig werden und die Einwilligung ihres Vaters nicht mehr brauchen. Aber was nützte das schon? Keine Sekunde hatte sie daran gedacht, daß der, den sie aussuchen würde, nicht frei sein könnte. Wie dumm sie war! Dümmer noch als Maria, die sich mit ihrem Schicksal abfand und das Beste daraus machte, genauso wie ihre Mutter und Tante Sophia und all die anderen Frauen, die sie kannte.

Wie hatte sie sich einbilden können, etwas Besonderes zu sein, nur weil es ihr gelungen war, heimlich ein paar verbotene Bücher zu lesen? Biddling hatte recht: Es ließ sich bequem leben in ihrer Welt, solange sie darin neckische Spielchen spielen und von dem Krug träumen konnte, ohne davon trinken zu müssen. Victoria legte das Buch zurück. Biddling hatte recht, und Dupin hatte unrecht: Nicht auf den sonnenbeschienenen Höhen der Berge, sondern im dunklen Brunnenschacht war der Krug verborgen, und der Sturz hinab tat weh. Aber noch viel schmerzlicher war die Erkenntnis, daß die ersehnte Süße einen bitteren Beigeschmack hatte und daß sich die Dinge nach dem ersten Schluck unwiderruflich zu verändern begannen.

Wie sollte sie Eduard noch in die Augen sehen, nach allem, was Braun und der Kommissar ihr gesagt hatten? Und wie Tante Sophia? Eduard war ihr einziger Sohn – sie liebte ihn! Gleichgültig, ob er schuldig war oder nicht, gleichgültig, ob sich seine Schuld je beweisen ließe: Es würde nie mehr wie früher sein. War es das wert gewesen?

Victoria stand auf und ging zu ihrem Spiegel. Aber alles, was sie darin sah, war das blasse, verweinte Gesicht eines kleinen Mädchens, das sich immer noch dagegen wehrte, endlich erwachsen zu werden. Kein Mut, keine Stärke und kein bißchen Stolz spiegelte sich darin. »Lüge, nichts als Lüge! Billige Träumereien«, rief sie verzweifelt. »Sich mit dem eigenen Spiegelbild zu unterhalten!« Sie lief zu ihrem Schreibtisch, nahm ihren Briefbeschwerer und warf ihn mit aller Kraft mitten in das Gesicht des kleinen Mädchens. Weinend stand sie in den Scherben. *Und wenn der Brunnen gar kein Brunnen ist, Victoria Könitz? Wenn er in Wirklichkeit ein Tunnel ist? Ein Tunnel, durch den du gehen mußt, um am anderen Ende das Licht zu sehen.*

Zwei Tage später, etwa zur gleichen Zeit, als Kriminalschutzmann Braun dem Kommissar von seinen Feststellungen am Weser-Bahnhof berichtete, schob Victoria ihre Vorbehalte beiseite und beschloß, ihre Tante zu besuchen. Das Herz schlug ihr vor Aufregung bis zum Hals, als sie den Salon betrat und Sophia mit einer Handarbeit auf dem Sofa sitzen sah. Würde sie ihre Unsicherheit bemerken? Würde sie den Vorfall auf der Terrasse zur Sprache bringen? Hatte sie am Ende sogar mit Eduard darüber geredet? Und wenn ja, was hatte er ihr verraten? *Ich weiß mehr, als dir lieb sein kann, Prinzessin!* Das Bild ließ sich nicht formen, und es machte ihr angst.

»Victoria! Wie schön, dich zu sehen.« Sophia erhob sich lächelnd, um sie zu begrüßen, und Victoria atmete auf. Sie küßte ihre Tante auf die Wange, und gemeinsam ließen sie sich auf dem Bugholzsofa nieder. Sophias Augen leuchteten. »Stell dir vor, heute morgen ist endlich meine *Kniphófia sarmentosa* mit der Frachtpost gekommen! Ich kann es kaum erwarten, bis sie im nächsten Frühjahr im Glashaus blüht. Scharlachrot. Es wird wunderbar aussehen.«

Victoria wußte nicht, was eine *Kniphófia sarmentosa* war, und es interessierte sie auch nicht im geringsten. Sie hörte den Schwärmereien ihrer Tante eine Weile schweigend zu und fragte dann: »Gibt es eigentlich einen bestimmten Grund dafür, daß ich den Duft des Orangenbaums nicht mag?«

Sophia sah sie erstaunt an. »Woher soll ich das wissen?«

»Aber du hast doch gesagt, daß ich die Blüten als Kind geliebt habe!«

»Das stimmt ja auch«, entgegnete Sophia. »Du warst so wild darauf, daß du es sogar fertigbrachtest, zwei meiner Mandarinenbüsche bis auf den letzten Kelch leerzuräumen. Und dann hast du die Blüten mitten im Glashaus zu einem Häufchen gestapelt.«

»Daran kann ich mich ja gar nicht erinnern«, sagte Victoria erstaunt. »Und warum tat ich das?«

»*Wenn sie zusammenliegen, kann ich sie alle auf einmal riechen, Tante Sophia!* hast du stolz gesagt, als ich das Malheur entdeckte.« Sophia lachte. »Und als ich dich tadelte, anstatt deine geniale Idee gebührend zu bewundern, warst du schrecklich beleidigt.«

»Und von einem auf den anderen Tag begann ich, den Duft zu verabscheuen? Warum denn nur?«

Sophia zuckte mit den Schultern. »Ich weiß es wirklich nicht, Kind. Aber wenn es so wichtig für dich ist: Vielleicht kann Eduard dir weiterhelfen.«

»Eduard?« wiederholte Victoria verblüfft.

»Warum nicht? Ihr beide habt euch doch immer im Glashaus herumgetrieben, und was seine Vorliebe für Zitrusgewächse angeht, bedarf es ja keiner näheren Erklärung.«

Das Bild tauchte kurz aus dem Nebel auf. Ein dürres, kleines Mädchen im weißen Spitzenkleid; das Gesicht blieb verschwommen. Ein hohes Stimmchen, das ein feierliches Gelöbnis abgab. *Der Duft wird mein Brautstrauß sein.* Der Nebel wurde dichter. *Die Blüten hüten mein Geheimnis.* Jemand weinte. *Warum wirfst du meine Puppe ins Wasser? Verrat! Du hast mich verraten!* Ein Schmerz, der nur durch Vergessen zu ertragen war. *Schau den Orangenbaum, Prinzessin.* Spitz und schrill durchschnitt die Stimme des Mädchens die Nebelschwaden: *Leiden sollst du, und häßlich sollst du werden, häßlich wie die Nacht!* Die Schreie erstarben, und die qualvolle Wahrheit verlor sich in dem Gefühl einer nie mehr gutzumachenden Schuld. *Eddy! Geh nicht fort! Bitte!*

»Was ist mit dir, Kind?« fragte Sophia besorgt.

Victoria fuhr zusammen. »Nichts, Tante.«

»Nichts? Dafür siehst du aber ganz schön blaß aus! Soll Elsa dir einen Tee kochen?« Victoria nickte. Es waren nicht nur ihre schlimmen Worte gewesen. Da war noch etwas anderes, an das sie sich nicht erinnern konnte und das sie den Duft von Orangen hassen ließ. Sie wußte, daß auch das mit Eduard zusammenhing. Mit Eduard und dem Glashaus – und mit Clara.

Es war Zufall, daß der Brief an diesem Tag eintraf, und es war ein noch größerer Zufall, daß Victoria von ihrem Besuch bei Sophia nach Hause kam, kurz nachdem Rudolf Könitz das Schreiben seines Sohnes gelesen hatte und in den Salon gerannt war, um seine ganze Wut Henriette ins Gesicht zu schleudern.

In seiner Erregung hatte ihr ansonsten auf Wahrung der Etikette bedachter Vater nicht einmal die Tür zugemacht, und so hallte sein Gebrüll in Flur und Treppenhaus wider. Victoria blieb fassungslos stehen. Der im Kontor belauschte Streit zwischen ihren Eltern war harmlos gewesen gegen die Beleidigungen, die Rudolf Könitz seiner Frau diesmal an den Kopf warf.

»Du bist zu nichts fähig! Zu gar nichts! Wie ich dich verachte«, schrie er. »Du bist an allem schuld. Nur du! Nichts bringst du auf die Reihe, außer ein paar teure Kleider spazierenzutragen, die deine Häßlichkeit doch nicht verbergen können! Versagt hast du. Unwürdig bist du. Aus meinen Söhnen hast du Waschlappen gemacht und aus meinen Töchtern undisziplinierte Gören! Die eine zu dumm, die ehelichen Pflichten einer Frau zu begreifen, die andere widerspenstig wie ein Maulesel, und die dritte...«

»Ja, sag's nur, was mit der dritten ist«, rief Henriette böse.

»Ins Irrenhaus hast du sie getrieben.«

»Ich?« schrie Rudolf. »Bist du jetzt völlig übergeschnappt, Weib? Hättest du ihr die nötige Keuschheit beigebracht und anständiges Benehmen, wäre es nie soweit gekommen!«

»Du hättest *alles* für sie getan. Alles!« Henriettes Stimme wurde leiser. »Und wenn sie von dir verlangt hätte, dein Kind vor ihren Augen zu erschlagen, hättest du auch das getan, nicht wahr, Rudolf?«

Victoria mußte näher zur Tür gehen, um noch etwas verstehen zu können. »Schweig auf der Stelle still, Weib«, sagte ihr Vater in schneidendem Ton. »Ehe ich mich vergesse.«

Dann geschah etwas Unglaubliches: Henriette fing an zu weinen »Ich weiß ja, daß du mich keinen einzigen Tag geliebt hast«, sagte sie.

»Schau in den Spiegel, und du begreifst, warum!«

Victoria zuckte zusammen. Mein Gott, wie konnte er nur so gemein sein! Egal, was er Henriette auch vorwerfen mochte, das hatte sie nicht verdient!

»Ich hoffte, daß du mich wenigstens achtest.«

»Da du es nicht für nötig hältst, meine Kinder zu ordentlichen Menschen zu erziehen, die verdammt noch mal zu kapieren haben, wo ihr Platz in dieser Gesellschaft ist, wüßte ich nicht, wofür ich dich achten sollte!«

Victoria schämte sich. Mußte ihre Mutter jetzt für ihre Spielereien büßen, für ihr schlechtes Benehmen und ihre Weigerung, sich verheiraten zu lassen?

»Du liebst sie immer noch, selbst nach all den Jahren«, rief Henriette verzweifelt.

Statt einer Antwort hörte Victoria ein häßliches Klatschen,

und sie hatte gerade noch Zeit, sich im Türrahmen zum Nachbarzimmer zu verstecken, bevor ihr Vater aus dem Salon stürzte. Sie wartete einen Moment und ging zu ihrer Mutter hinein. Henriette saß auf dem Sofa, hatte die Hände vors Gesicht geschlagen und weinte. Victoria setzte sich neben sie und legte ihr die Hand auf die Schulter. Ihre Mutter fuhr zusammen und sah sie entsetzt an.

»Papa hatte kein Recht, dich so zu beleidigen«, sagte Victoria leise.

»Was? Wie kommst du ...«

»Er brüllte wirklich laut genug, daß man es bis in den letzten Winkel des Hauses hören konnte, Mama!«

Auf Henriettes rechter Wange zeichneten sich die Konturen mehrerer Finger ab, und Victoria hatte plötzlich einen unbändigen Zorn auf ihren Vater, der es sich anmaßte, in seiner angeblichen Vollkommenheit einen anderen Menschen so zu demütigen. »Was war denn los?« fragte sie.

Ihre Mutter zog ein Taschentuch aus ihrem Kleid und wischte sich die Tränen ab. »Ernst hat geschrieben, daß er eine Inderin geheiratet hat. Ist das nicht entsetzlich?«

Victoria schwieg. Was hätte sie auch sagen sollen? Daß sie es längst wußte? Daß sie ihren Bruder nicht nur verstand, sondern sogar beneidete? *Ich werde niemals zurückkehren. Aber bitte verrate es den Eltern nicht. Noch nicht.* Unbeirrt war er seinem Weg gefolgt, und Victoria wünschte sich, es genauso machen zu können. Aber gleichzeitig war sie wütend auf ihn, weil er sich einfach mit ein paar Briefzeilen aus ihrem Leben und seiner Verantwortung stahl und weil er nicht sehen mußte, was er seinen Eltern damit antat.

»Es ist, als sei er tot, verstehst du?«

Victoria nickte. Es war ein merkwürdiges Gefühl, ihre Mutter so hilflos zu sehen, so verletzlich, so *menschlich*. Victorias plötzlich erwachte Zuneigung machte es ihr schwer, zu tun, was sie tun mußte: die Wahrheit herausfinden. »Was geschah mit Clara, Mama?« fragte sie leise.

Henriette sah sie betroffen an. »Ich habe keine Ahnung, was du meinst.«

»Mama – bitte! Papa sprach so laut, daß ich jedes Wort verstehen konnte.« Ihre Mutter schaute auf den Boden und schwieg.

»Bitte. Es ist so wichtig für mich.«

Henriette schüttelte den Kopf. »Es war nichts.«

Victoria faßte ihre Hände. »Bitte, Mama, hilf mir doch!«

Henriette nahm Victorias Hände weg und stand auf. »Es war nichts.«

»Willst du tatenlos zusehen, wie er ein zweites seiner Kinder verrät? Es vor ihren Augen erschlägt? Wie er sein eigen Fleisch und Blut in den Schmutz tritt – ihr zuliebe?« In ihrer Verzweiflung schleuderte Victoria ihrer Mutter die Worte entgegen, deren Sinn sie nicht verstand. Henriette sank auf das Sofa zurück und brach in Tränen aus. »Verzeih, Mama, ich wollte nicht...«

Es war zu spät. Der Damm war gebrochen, und die jahrelang unterdrückten Kümmernisse einer ungeliebten Frau, die sich dahinter aufgestaut hatten, stürzten mit einer Gewalt hervor, die Victoria keine Worte mehr finden ließ. Sie saß einfach da und ließ es geschehen. Schließlich hob Henriette den Kopf und sah sie an. »Claras Unfall war gar kein Unfall«, flüsterte sie.

Victoria hatte es geahnt. Die ganzen Jahre über hatte sie es geahnt. Der Nebel begann sich zu lichten, aber das Bild war nicht klar genug, um zu verstehen, warum sich in das Gefühl der Befreiung Entsetzen mischte. »Wer ist *sie*?« fragte sie tonlos. »Wer ist die Frau, die Papa liebt?«

Ihre Mutter starrte sie an, und ihr Gesicht verkrampfte sich. Als sie den Namen endlich aussprach, lag so viel Haß und Verachtung darin, daß es Victoria bis ins Innere traf. »Sophia – deine verehrte Tante Sophia hat mir meinen Mann gestohlen!«

Kein Gedanke formte sich in Victorias Kopf, kein Bild, kein Gefühl mehr, nichts. Wenn die Wahrheit ein Tunnel war, dann war er gerade über ihr eingestürzt.

24

Ist der Beamte des Verbrechers endlich ansichtig
geworden, so hat die Verhaftung desselben nicht selten
ihre Schwierigkeiten. Oftmals kommt es dabei zu einem
Kampfe auf Tod und Leben zwischen beiden Theilen.

―◇―

Manchmal ist es gnädiger, mit einer Lüge zu leben. Victoria wußte nicht, wie oft ihr nach dem Gespräch mit ihrer Mutter Brauns Worte durch den Kopf gegangen waren. Am Abend, als sie vor dem spiegellosen, leeren Rahmen in ihrem Zimmer stand und weinte, in der Nacht, als sie nicht schlafen konnte, am nächsten Morgen, als sie beim Frühstück saß, beim Mittagessen und schließlich beim Abendbrot, als sie schweigend zuhörte, wie sich ihre Eltern in aller Freundlichkeit über irgendwelche Banalitäten unterhielten, als sei nicht das Geringste zwischen ihnen vorgefallen.

... mit einer Lüge zu leben. Eine? Es war ein dicht gewebtes Netz aus Hunderten und Aberhunderten von Halbwahrheiten und Heucheleien, kleinen und großen Lügen, in dem sie gefangen war. Und bei jedem Versuch, die vielen Fäden zu entwirren, hatten sie sich zu immer neuen Maschen verflochten.

Als ihr Vater sich vom Tisch erhob, stand auch Victoria auf und fragte höflich, ob sie auf ihr Zimmer gehen dürfe.

»Ja.« Die Stimme ihrer Mutter war ausdruckslos, genauso wie ihr Gesicht: *kalt wie ein Fisch.* Wie schaffte sie es bloß, jede Lebendigkeit darin zu töten? Indem sie selbst die Lügen weglog? Das einzige Gefühl, das Victoria in Henriettes verschlossener Miene erkennen konnte, war die Sorge, daß ihre Tochter es wagen könnte, sie an gestern zu erinnern und damit in die Verlegenheit zu bringen, darüber nachdenken zu müssen. Wieviel bequemer war es doch, sich statt dessen zu freuen, daß ihr Mann eine Zeitlang zuvorkommend und großzügig sein würde, und darauf zu hoffen, neue Kleider und Edelsteine würden sie seine Demütigungen wieder einmal vergessen lassen.

Victoria nickte ihrem Vater zu und verließ den Salon. Es kam ihr vor, als habe sie aus einer unüberlegten Laune heraus das Tuch vom Tisch genommen und statt einer fein polierten Platte ein ungehobeltes, rauhes Brett darunter vorgefunden. Aber indem sie das häßliche Relief betrachtete, fing sie gleichzeitig an zu verstehen, zum ersten Mal die Dinge ganz zu begreifen. Dinge, die kein Tuch dieser Welt mehr vor ihr würde verbergen können: Sophias merkwürdige Reaktion auf Eduards Brief, ihre Angst, als sie sie mit ihm zusammen im Tunnelkeller überraschte, ihr Zusammenbruch auf Marias Hochzeit; all das reihte sich aneinander, Masche für Masche im großen Netz. Victoria ging in ihr Zimmer und öffnete das Fenster, um die letzten Strahlen der untergehenden Sonne hereinzulassen.

Ja, endlich verstand sie. Aber warum wollte sich der Nebel trotzdem nicht lichten? Warum quälte sie das dunkle, verhangene Bild in ihrem Herzen immer noch? Wo war die tückische Masche, in der sie hing? Sie begann, sich auszuziehen, und atmete auf, als sie das drückende Korsett abstreifte.

Die ganzen Jahre über hatte Sophia gewußt, daß Claras Krankheit weder schlechte Bücher noch böse Worte zur Ursache hatte. Genausogut wie sie wußte, daß ihre eigene Krankheit nichts anderes war als der aussichtslose Kampf gegen die Tatsache, daß sie selbst es gewesen war, die ihrer unglücklichen Nichte den Boden unter den Füßen weggezogen hatte. Weil nicht sein konnte, was nicht sein durfte!

Victoria streifte ein luftiges Hauskleid über und löste ihr Haar. Nein, sie würde es nicht akzeptieren, dieses schreckliche Netz. Niemals! Sie würde immer wieder den Tunnel wählen, und wenn er tausendmal über ihr zusammenbräche: Blessuren verheilten, und Steine konnte man wegräumen.

Lächelnd ging sie zum Fenster und sah hinaus. *Wenn sie den Stein der Weisen hätten, der Weise mangelte dem Stein*. Hatte sie nicht schon als Kind gelernt, wie man einen Tunnel bezwang, und waren ihr Steine dabei nicht sogar zum Wegweiser geworden? Jetzt war sie erwachsen und konnte... Großer Gott! Warum war ihr das nicht früher aufgefallen? Die Fragen setzten sich als bohrende Stachel in ihrem Kopf fest und verdrängten augenblicklich alles andere: Was gab es an einem Holzstapel aufzuräumen, der seit Jahren herumlag und niemanden je gestört hatte? Waren es gar nicht ihre Worte vom schaurig Gehenkten gewesen, die Eduard so erschreckt hatten? Die Wahrheit – lag sie am Ende tatsächlich in einem Tunnel begraben? Victoria überlegte kurz, dann stand ihr Entschluß fest.

⁃◈⁃

Es ging schon auf Mitternacht zu, als Heiner Braun an die Tür zu dem ärmlichen Zimmer klopfte, das sich die *Leierkasten-Guste* und das *Schaumkonfekt* teilten. Die beiden Dirnen saßen auf ihren Betten und kicherten, als er hereinkam.

»Guten Abend, die Damen«, begrüßte er sie, und das *Schaumkonfekt* schlug in gespieltem Entsetzen die Hände vors Gesicht.

»Ach du meine Güte, die Polizei! Ich bin unschuldig, Herr Wachtmeister! Wirklich ganz und gar unschuldig, genau wie das sittsame Fräulein hier an meiner Seite.«

Heiner schloß lachend die Tür. Im Grunde genommen waren sie beide noch Kinder, und wenn man die aufdringlichen Farben und die dicken Puderschichten aus ihren Gesichtern wischte, würde jeder sehen, daß von den vierundzwanzig und fünfundzwanzig Lebensjahren, die sie sich angedichtet hatten, mindestens fünf gelogen waren. Aber was würde das schon ändern? »Danke für die Beförderung zum Wachtmeister, meine Damen!« Er deutete auf einen altersschwachen Holzstuhl zwischen den Betten. »Darf ich?«

»Aber sicher«, sagte das *Schaumkonfekt*. Die *Leierkasten-Guste* hüstelte und stand auf. »Kann ich gehen? Ich habe nämlich noch ein bißchen zu arbeiten.« Sie grinste. »Wenn Sie etwas über unseren *Affen-Eddy* wissen wollen, ist Eva ohnehin die bessere Gesprächspartnerin. Ich kümmere mich derweil um seinen holden Freund Hortacker, den schneidigen Nimmersatt.«

Heiner nickte und wartete, bis sie hinausgegangen war. Sein Blick wanderte über die verblaßten, roten Plüschvorhänge, mit denen man den Raum in zwei kleine Séparées unterteilen konnte, den abgetretenen, schmuddeligen Teppich bis zu den bonbonfarbenen Seidenkissen auf Evas Bett. Zwei Söhne aus bestem Hause, und sie hatten nichts Vernünftigeres zu tun, als sich in dieser billigen Absteige zu vergnügen!

»Was schauen Sie so, Herr Braun?« fragte Eva amüsiert.

»Uns geht es bestens hier! Und Sie werden es auch heute nicht schaffen, mich von den angeblichen Vorzügen einer sittsameren Profession zu überzeugen.«

Sie beugte sich vor, und Braun konnte gar nicht anders, als auf ihren weißen, prallen Busen zu starren, der ihm aus dem mehr als großzügigen Dekolleté entgegenquoll. Im Geiste mochte sie zehnmal ein Kind sein: Ihr Körper war eindeutig der einer Frau – und das wußte sie verdammt genau! Heiner räusperte sich und heftete seinen Blick stur auf ihre Nasenspitze, während er sprach. »Warum nennen Sie ihn eigentlich *Affen-Eddy?*«

Eva kicherte. »Weil es Tage gibt, an denen er sich wie ein Winseläffchen an mir festklammert, ein verwirrtes, hilfloses Geschöpf, das jammernd die Mutter sucht...«

»Ach ja?«

»...und weil es andere Tage gibt, an denen er sich«, ihr Gesicht wurde ernst, »plötzlich aufführt wie ein tollwütiger Gorilla! Man kann nie sicher sein, woran man mit ihm ist, und mehr als einmal hatte ich Angst, daß er mich in seinem Wahn...« Sie brach entsetzt ab.

Heiner sah sie freundlich an. »Was, Eva?«

»Mit einer schäbigen Hurenschickse kann man eben ungestraft alle möglichen Dinge tun!«

»Welche Dinge, Eva?«

»Sie beschimpfen, verhöhnen, verprügeln – sie würgen, bis ihr die Sinne schwinden und...«

»Sagten Sie *würgen?*«

Eva lachte verächtlich. »Gerade Sie sollten wissen, daß wir in den Augen der sogenannten anständigen Leute der letzte Abschaum sind, Herr Polizist! Ehrloses Gesindel, das es nicht besser verdient hat. Gesindel, dessen schmutzige Dienste man nichtsdestotrotz eifrig in Anspruch nimmt.«

»Eduard hat Sie tatsächlich *gewürgt?*« fragte Braun nervös. »Wann? Wie oft?«

Eva schaute ihn mit einem Blick an, als zweifle sie an seinem Verstand. »Also, ich begreife Ihre Aufregung nicht recht...«

»Haben Sie je etwas vom *Stadtwaldwürger* gehört, Eva?«

»Nein. Wer soll das sein?«

»Vor zehn Jahren wurden im Stadtwald zwei junge Frauen erwürgt. Man verdächtigte damals Eduard, konnte ihm aber nie etwas nachweisen.«

Eva wurde kreidebleich. »Das wußte ich doch nicht, um Himmels willen! Ich kam erst vor zwei Jahren nach Frankfurt.« Sie schluckte. »Und Sie glauben wirklich, daß Eduard diese Morde begangen hat?«

Heiner sah sie ernst an. »Ja, das glaube ich. Und nach allem, was Sie mir gerade erzählt haben, möchte ich Ihnen in Ihrem eigenen Interesse dringend raten, den Kontakt zu Herrn Könitz sofort abzubrechen, Eva!«

»Eduard sagte mir, daß er bald heiraten will.«

»Wie bitte?« Das war ja etwas ganz Neues!

»Ja, und zwar die Schwester von Theodor Hortacker. Wie war noch gleich ihr Name? Cornelia, genau. Angeblich hat er sich vor kurzem mit ihr verlobt.«

Heiner erinnerte sich undeutlich an ein junges Mädchen, das er im Hause Hortacker gesehen hatte, als er sich nach Emilie erkundigte. Hatte Eduard nicht mit ihr auf der Hochzeit von Victorias Schwester getanzt? Eine schwarzgelockte, kindlich wirkende Schönheit... Sein Blick glitt über Evas dick gepudertes, aber zweifellos hübsches Gesicht und ihr dunkles Haar, und ihn packte plötzlich Grausen. Bei ihren ganzen Ermittlungen und Vermutungen hatten sie völlig außer acht gelassen, daß er es wieder tun könnte! Daß es nicht nur darum ging, die geschehenen Morde aufzuklären, sondern vor allem darum, weitere zu verhindern! Aber wenn Eduard wirklich verlobt war: Warum hatte Victoria nichts davon erwähnt? Heiner warf einen Blick auf seine Uhr. Kurz nach Mitternacht. Der Kommissar würde es bestimmt verstehen, wenn er ihn jetzt noch störte. Er sprang auf. »Ich muß sofort weg, Eva!«

»Aber was...?«

»Bitte beherzigen Sie meine Warnung«, rief er und lief aus dem Zimmer. Er verließ das Bordell über den hölzernen Treppenturm im Hinterhaus, durchquerte mit schnellen Schritten ein kleines Höfchen und ging durch den steinernen Rundbogen in einer niedrigen Scheidemauer auf die Straße hinaus. Ohne nach rechts oder links zu schauen, eilte er in Richtung des Rapunzelgäßchens davon. Den Schatten, der sich aus einem Winkel neben dem wuchtigen Tragstein einer Brandmauer löste und ihm folgte, bemerkte er nicht.

Victoria hörte ihr Herz schlagen, als sie kurz vor Mitternacht mit Elsas Schlüssel den Seiteneingang zum Haus ihres Onkels aufschloß und hineinschlüpfte. Zitternd zündete sie die mitgebrachte Kerze an, und während sie in die feuchten Kellergewölbe hinabschlich, hoffte sie, daß ihre Tante nicht auf die Idee gekommen war, auch am Tunnelzugang im Weinkeller ein Schloß anbringen zu lassen.

Sie hatte Glück. Erleichtert schob sie den Riegel zurück, öffnete die schwere Holztür und ging in den muffig riechenden, stockdunklen Tunnel hinein. Vorsichtig zog sie die Tür wieder hinter sich zu. Das flackernde Kerzenlicht erhellte den Gang nur dürftig, und langsam folgte sie dem gekennzeichneten Weg durch das Labyrinth. Sie hatte ungefähr die Hälfte geschafft, als sie das Gefühl beschlich, nicht allein im Tunnel zu sein. Die Kerze zitterte in ihren Händen. Was, wenn sie erlosch? Was, wenn ihr jemand in einem der unzähligen Nebengänge auflauerte?

»Alles Quatsch!« sagte sie laut, aber der dumpfe, fremde Klang ihrer Stimme vergrößerte ihre Furcht eher, als daß er sie schmälern half. Sie blieb stehen und betrachtete mißtrauisch die Steine am Tunnelrand: Sahen sie nicht irgendwie ungewöhnlich aus? Konnte es nicht sein, daß jemand sie verlegt hatte, um sie in die Irre zu leiten? Klatschnaß klebte das Kleid an ihrem Rücken. Niemand würde sie je finden, wenn sie sich verlief. *Was für ein düsteres, schauriges Grab das für dich wäre!* Sie wischte sich den Schweiß von der Stirn und ging weiter. Unmittelbar darauf hörte sie ein Geräusch. *Bitte keine Panik, Victoria Könitz! Du bist nicht zum ersten Mal hier unten.*

Aber früher waren es bloß dumme Geschichten gewesen, mit denen man sie hatte erschrecken wollen. Wenn jedoch ihre Vermutung stimmte, wenn Eduard ... *Denk an den Sommer, die Sonne, den Rosenduft im Pavillon!* Und wieder hörte sie das Geräusch. Ein leises Rascheln. Es *war* jemand hier! Was für eine irrsinnige Idee, allein herzukommen. Sie hätte sich Braun anvertrauen sollen. Bestimmt wäre er mitgekommen. Aber was half das jetzt noch? Andererseits: Wovor hatte sie eigentlich Angst? Etwa vor Eduard? Lächerlich. Warum sollte er um diese Uhrzeit auf die Idee kommen, in den Tunnel zu gehen? Warum sollte überhaupt irgend jemand um diese Uhrzeit in den Tunnel gehen wollen?

Den Blick starr geradeaus gerichtet, lief Victoria hastig weiter und atmete auf, als die Holztür zum Tunnelkeller vor ihr auftauchte. Die verrosteten Scharniere knarrten leise in den Angeln, als sie sie aufstieß und in den Tunnelkeller hineinging. Sie stolperte über etwas und erstarrte, als sie sah, daß es der herausgeschlagene Eisenriegel war. Es gab keinen Zweifel mehr: Jemand war vom Haus aus durch den Tunnel gegangen und hatte die Tür aufgebrochen, um in den Erdkeller zu kommen. Aber jetzt war der Raum leer.

Victoria atmete tief durch, bückte sich, stellte den Kerzenhalter neben dem Holzstapel ab und zog an den unteren Brettern. Sie merkte, daß sich eins davon ohne Mühe herausnehmen ließ, und entdeckte dahinter einen schmalen Hohlraum. Vorsichtig tastete sie ihn ab, bis sie an etwas Hartes stieß. Aufgeregt zog sie es hervor. Als sie ihren Fund ins Licht hielt, sah sie, daß es ein in mehrere Lagen Wachstuch eingeschlagener und fest verschnürter kleiner Würfel war. Sie nestelte die Bänder auseinander, entfernte die Umhüllung und hielt ein Schmuckkästchen in der Hand.

Neugierig öffnete sie es – und hatte im gleichen Moment das Gefühl, ihr Herzschlag setze aus. Sie hatte den Inhalt nie zuvor gesehen, und doch wußte sie mit schrecklicher Gewißheit, daß sie gerade den Beweis gefunden hatte, nach dem Braun und der Kommissar seit Monaten suchten. *Eddy – oh Gott, nein!*

Mit zitternden Knien ließ Victoria sich auf den Holzstapel fallen und starrte auf den Inhalt des Kästchens, als könne sie ihn mit ihren Blicken zum Verschwinden bringen. *Ich räume auf.* Hier hatte sie mit ihm gesessen und gelacht, hatte die Wärme seines Körpers gespürt. Hier war sie mit ihm glücklich gewesen. Und jetzt hatte er ihr das Herz herausgerissen und es mit dem bis zuletzt gehegten Fünkchen Hoffnung auf einen Scheiterhaufen geworfen. *Es brennt die Hand, es brennt das Haar, es brennt das ganze Kind sogar.*

Es dauerte mehrere Minuten, bis sie wieder einen vernünftigen Gedanken fassen konnte. Sie schloß das Kästchen, wischte sich die Tränen aus den Augen und stand auf. *Das Licht am Ende des Tunnels.* Sie würde es erreichen, und wenn sie noch so viele Steine beiseite räumen mußte!

Ihr frisch gefaßter Mut hielt bis zur ersten Weggabelung, dann begann das flackernde Licht, sie erneut zu narren. War da nicht eine Bewegung gewesen, kurz vor der Biegung? Ein flüchtiger Schatten an der erdigen Wand? In immer kürzeren Abständen hielt Victoria an und horchte angestrengt in die Dunkelheit. Plötzlich hörte sie das Geräusch direkt vor sich und ließ fast die Kerze fallen. Sie leuchtete zur Tunnelwand und lachte befreit auf, als sie zwei fette Ratten in einem der Seitengänge verschwinden sah. Auf welchen verborgenen Wegen mochten sie in den Tunnel hineingekommen sein? Liebe Zeit, wer hätte gedacht, daß der Anblick von Ratten so viel Freude machen könnte!

Als Victoria den Tunnel verlassen hatte und die Treppe nach oben ging, brach über ihr ein kleiner Tumult aus. Sie hörte mehrere Stimmen, darunter ganz deutlich die ihres Onkels, und zuckte vor Schreck zusammen. War es möglich, daß man ihren heimlichen Besuch bemerkt hatte? Hatte sie vielleicht die Ausgangstür nicht richtig verschlossen? Eilig hin- und herlaufende Schritte schienen sich dem Kellerabgang zu nähern, und sie duckte sich hinter einen Mauervorsprung. Kurz darauf entfernten sich die Schritte wieder. Erleichtert hastete Victoria zum Ausgang, blies die Kerze aus und schlüpfte nach draußen.

Sie sah Licht in den Ställen und hörte, wie ihr Onkel mit energischer Stimme befahl, sofort anzuspannen. Was war geschehen, daß er um diese Uhrzeit so eine Geschäftigkeit entfaltete? Um auszuschließen, daß man sie doch noch entdeckte, schlug sie den Weg zum Garten ein und folgte dem dunklen Pfad am Glashaus vorbei zu der alten Pforte.

Der Schrei drang zusammen mit der lauen Nachtluft durch das geöffnete Fenster in Richards Zimmer und riß ihn aus dem Schlaf. Einen Moment lang dachte er, er habe geträumt. Dann hörte er draußen Stimmen, sprang aus dem Bett und schaute neugierig aus dem Fenster. Im trüben Schein der Gaslaternen sah er, wie zwei Männer wild gestikulierend das Gäßchen entlangrannten. Irgend etwas war passiert! Hastig streifte Richard sich Hemd, Hosen und Schuhe über und lief nach unten.

»Einen Arzt, schnell, wir brauchen dringend einen Arzt!« schrie jemand, als er auf die Straße herauskam. Die beiden Männer beugten sich über eine dunkle Gestalt, die vor dem Nachbarhaus reglos auf dem Pflaster lag.

Richard rannte zu ihnen hin, und seine bange Vorahnung wurde zur Gewißheit. »Um Gottes willen! Nein!«

»Sie kennen ihn?« fragte einer der Männer.

»Ja.« Richard kniete sich neben den halb auf der Seite, halb auf dem Bauch liegenden Heiner Braun und starrte fassungslos auf den großen, dunklen Fleck, der sich langsam auf seinem Rücken ausbreitete. Er fühlte nach Heiners Puls. Nichts! Panik erfaßte ihn. Doch dann gab Braun ein leises Stöhnen von sich, und vor lauter Erleichterung hätte Richard am liebsten geheult.

»Wir sollten ihn schnell hineintragen, Herr Kommissar«, sagte eine weibliche Stimme neben ihm, und als er aufsah, blickte er in das blasse, aber gefaßte Gesicht seiner Vermieterin. »In die Kammer gleich neben der Treppe – ich richte das Bett her!«

»Ja, Frau Müller.« Behutsam drehte Richard seinen Kollegen auf den Rücken. Heiners Augen waren geschlossen und sein Gesicht von einer gelblichen Blässe überzogen. Seine Atemzüge kamen unregelmäßig und waren so schwach, daß Richard sie kaum wahrnehmen konnte. Einer der beiden Männer half ihm, den Bewußtlosen an den aufgeregt durcheinanderplappernden Rapunzelgäßchenbewohnern vorbei ins Haus zu tragen.

»Man hat schon nach einem Arzt geschickt«, sagte der Mann, als sie Heiner in der Kammer vorsichtig auf das Bett legten. Frau Müller streifte dem Verletzten die Schuhe ab.

»Haben Sie gesehen, wer es war?« fragte Richard leise.

Der Mann schüttelte den Kopf. »Nein. Ich hörte bloß seinen Schrei und bin ...«

»Ich brauche sofort heißes Wasser, um die Wunden zu reinigen! Und saubere Tücher und Binden!« rief Frau Müller energisch dazwischen. Sie sah ihren Nachbarn an. »Sie finden alles in der Küche. Binden und Tücher in dem kleinen Eckschrank rechts neben der Tür, und Wasser steht noch auf dem Herd.« Dann wandte sie sich an Richard. »Wir müssen ihm die Jacke und das Hemd ausziehen!«

Richard half ihr, Heiner aufzurichten, und hielt ihn fest, während Frau Müller ihn entkleidete. Sie warf die besudelten Kleidungsstücke achtlos auf den Boden und untersuchte Heiners blutverschmierten Rücken. »Zwei oder drei Stiche, ich kann's nicht genau erkennen«, murmelte sie, »aber dieser hier«, sie deutete auf eine schmale, glattrandige, etwa zwei Handbreit unterhalb der linken Schulter liegende Wunde, aus der es heftig blutete, »scheint mir der tiefste zu sein. Wir müssen schnell einen Druckverband anlegen, ehe er zu viel Blut verliert.«

Der Mann, den Frau Müller in die Küche geschickt hatte, kam mit einer dampfenden Wasserschüssel, Verbandszeug und Leinentüchern zurück. Richard sah erstaunt zu, wie seine Vermieterin mit wenigen, geschickten Handgriffen Brauns Rücken säuberte und gleichzeitig nach frischem, heißem Wasser verlangte. Sie faltete eines der Tücher mehrmals zusammen, tauchte es kurz in die zweite Schüssel und forderte Richard auf, die Kompresse auf die blutende Wunde zu drücken. Dann fixierte sie den Druckverband mit mehreren Mullbinden, die sie um Heiners Schultern und seinen Bauch führte.

Eine Viertelstunde später traf Dr. Könitz im Rapunzelgäßchen ein. Richard starrte ihn an wie einen Geist. War es denn die Möglichkeit? Der Vater von Eduard! Als wenn es in ganz Frankfurt keinen anderen Arzt gäbe als ausgerechnet diesen!

Dr. Könitz, dem der unversöhnliche Blick des Kommissars nicht entgangen war, wandte sich nach einer knappen Begrüßung sofort Heiner zu. »Wer hat den Verband angelegt?« fragte er.

»Ich, Herr Doktor«, sagte Frau Müller. »Er blutete ziemlich heftig, und ich befürchtete...« Verlegen brach sie ab.

Dr. Könitz sah sie überrascht an. »Ich muß Ihnen ein Lob aussprechen, Frau...«

»Müller.«

»Frau Müller – ich hätte es nicht besser machen können! Wo haben Sie das gelernt?«

»Mein Mann war Arzt, und ich habe ihm oft assistiert, aber das ist viele Jahre her.«

»Soso«, murmelte Dr. Könitz, und dann schenkte er seine ganze Aufmerksamkeit dem schwerverletzten Heiner Braun.

»Was ist mit ihm?« fragte Richard, als die Untersuchung beendet war.

Dr. Könitz stand vom Bett des Bewußtlosen auf. »Ich kann es nicht genau sagen.«

»Was soll das heißen: Sie können es nicht genau sagen?« rief Richard erregt.

»Das soll heißen, daß die Gefahr besteht, daß er innere Verletzungen davongetragen hat«, entgegnete Dr. Könitz ruhig. »Ich kann lediglich ausschließen, daß die Lunge betroffen ist; ansonsten müssen wir abwarten.« Er zuckte mit den Schultern. »Und hoffen.«

»Und wie groß ist diese Hoffnung?« Richards Stimme klang plötzlich sehr müde.

»Wenn ich ehrlich bin: nicht sehr groß, Herr Kommissar.« Dr. Könitz nickte Frau Müller zu. »Wenn er überleben sollte, hat er es vor allem Ihrer schnellen und sachkundigen Hilfe zu verdanken, gnädige Frau.«

Sie machte eine abwehrende Handbewegung. »Ich habe nur meine Pflicht getan, Herr Doktor.«

Richards Gesichtsfarbe unterschied sich nicht mehr viel von der seines todkranken Kollegen. »Wann werden wir es denn wissen, ob er überlebt?«

Dr. Könitz schloß seine Arzttasche. »Ich denke, wenn er diese Nacht und den morgigen Tag übersteht, ist das Schlimmste vorbei, Herr Kommissar.« Er sah Frau Müller an. »Wenn sich die Wunden entzünden sollten oder er hohes Fieber bekommt, lassen Sie es mich sofort wissen.«

Sie nickte, und Richard begleitete ihn hinaus. Dieser dreimal gottverfluchte Eduard! Richard war überzeugt, daß nur der *Stadtwaldwürger* für diesen heimtückischen Anschlag in Frage kommen konnte, und er machte sich heftige Vorwürfe, daß er Braun in diese leidige Sache hineingezogen hatte. Dr. Könitz blieb an der Haustür stehen und reichte ihm die Hand.

»Wo ist Ihr Sohn, Doktor?«

Dr. Könitz zog seine Hand zurück und schaute Richard kopfschüttelnd an. »Andere Sorgen haben Sie im Moment nicht, Herr Kommissar?«

»Wo ist er?«

»Könnten Sie mir erklären, was das soll, Herr Biddling?«

Richard packte den Arzt am Revers seiner Jacke und zog ihn grob zu sich heran. »Eins verspreche ich Ihnen: Wenn Braun stirbt, dann bringe ich Eduard eigenhändig um! Bestellen Sie ihm das bitte, Doktor.«

Dr. Könitz riß sich los und starrte ihn entgeistert an. »Sie glauben doch nicht etwa, daß mein Sohn...? Sie sind ja wahnsinnig, Biddling!«

Richard lachte verächtlich. »Ich denke nicht, daß ich Ihnen erzählen muß, was Ihr werter Herr Sohn vor zehn Jahren im Stadtwald angerichtet hat und was Ihr verschwundenes...«

»Schweigen Sie!« rief Dr. Könitz außer sich. Er war blaß, und seine Hände zitterten.

»Was regen Sie sich auf, wenn er unschuldig ist wie ein Lamm, Herr Doktor?«

»Ich werde es zu verhindern wissen, daß diese widerlichen Verleumdungen aufs neue hervorgekehrt werden, das verspreche *ich* Ihnen, Herr Biddling!« Wütend verließ Dr. Könitz das Haus. Auf der Straße drehte er sich noch einmal um. »Und was Ihre Frage angeht: Eduard ist selbstverständlich zu Hause in seinem Bett. Wo sollte er auch sonst um diese Uhrzeit sein!«

»Meinen Sie nicht, es wäre am besten, wenn Sie versuchen würden, ein wenig zu schlafen, Herr Kommissar?« fragte Frau Müller, als Richard in die Kammer zurückkam.

»Nein. Ich bleibe hier.«

Nach mehreren erfolglosen Versuchen, ihn umzustimmen, gab sie es auf. »Gut. Dann wachen Sie diese Nacht bei ihm, und ich, wenn nötig, die kommende.«

Richard wartete, bis seine Vermieterin die Tür hinter sich geschlossen hatte. Dann rückte er den Stuhl, auf dem sie gesessen hatte, etwas näher zu Heiners Bett. Er setzte sich. »Das können Sie doch nicht machen, Sie unmöglicher Beamter«, sagte er rauh, »mich einfach in diesem ganzen Schlamassel allein zu lassen.«

25

Schußwaffen haben den Nachtheil, daß solche auch sofort tödtlich wirken, also ein dem Polizeibeamten in der Regel sehr unerwünschtes Resultat herbeiführen.

Erst gegen Morgen fiel Victoria in einen leichten Schlaf, der jedoch keine Erholung brachte. Sie träumte von einem Schatten, der sie in einen Brunnenschacht hinabzog, auf dessen Grund zahllose Bretter aufgestapelt waren.

Bei dem Versuch, hinaufzuklettern, stieß sie an einen großen, irdenen Krug, der in ihren Händen zerbrach, und zusammen mit den Scherben stürzte sie in eine bodenlose Schwärze, die von Eduards höhnischem Lachen durchdrungen wurde. *Ein Preuße! Was denkst du eigentlich, warum er dir schöne Augen macht? Ich weiß mehr, als dir lieb sein kann, Prinzessin!*

Eduards Stimme verschwand, und sie stand plötzlich im Tunnel. Huschende Geräusche wurden zu Flüsterstimmen, die sich mit dem Geschrei Claras vermischten. *Der Tag ist Nacht, denn die Nacht frißt den Tag, und auf meinen Leib läßt du stinkende Honigblüten regnen! Das feuchte Grab schenkt keine Ruhe. Keine Ruhe! Schlag mich doch endlich tot! Schlag mich tot! Tot!*

Victoria spürte überall Bewegung um sich herum, und im trüben Schein des Kerzenlichts sah sie, daß es Ratten waren; Hunderte, Tausende von Ratten, die aus den Tunnelgängen hervorquollen, über ihre Füße liefen, ihre Beine, ihre Arme, sich in ihrem Haar verfingen. Sie wollte wegrennen, um sich schlagen, schreien, aber das Netz, in dem sie gefangen war, hinderte sie daran. Eduard kam auf sie zu. Lächelnd blieb er vor ihr stehen und hielt ihr das Kästchen hin. *Ich will dir nicht wehtun. Ich habe dich doch gern, Prinzessin.* Er nahm ihre Hand und legte sie an den Deckel. Sie öffnete ihn.

Etwas Rotes funkelte ihr entgegen. Es wurde größer und größer, schwappte über, rann ihr über Hände und Arme, beschmutzte ihr Kleid, tropfte auf den Boden, und plötzlich sah sie, daß es Blut war. Mit einem Schrei fuhr Victoria in ihrem Bett hoch. Sie zitterte am ganzen Körper, und ihr Nachthemd war durchgeschwitzt. Was für ein Alptraum! Ihr Blick fiel auf die unscheinbare Schatulle auf ihrem Nachtschränkchen, und sie griff danach. Nein, kein Traum, sondern Wirklichkeit – der Beweis! Gütiger Gott, konnte es nicht eine harmlose Erklärung geben, irgendeinen plausiblen Grund...?

Victoria schüttelte den Kopf. Es hatte keinen Sinn, sich länger etwas vorzumachen: In ihren Händen lag der Beweis für Eduards Schuld und gleichzeitig die Macht, über sein Schicksal zu bestimmen. Aber niemand wußte davon! Was hinderte sie also daran, hinauszugehen und dieses Ding zusammen mit seinem entsetzlichen Inhalt in den Main zu werfen? Kein Mensch würde es je erfahren; kein Mensch könnte ihr je einen Vorwurf machen. Er war ihr Cousin. Und ihr einziger Freund! *Das Schlimmste, was mir passieren könnte, wäre, daß du eines Tages anfängst, mich zu hassen, Prinzessin.* Mit Tränen in den Augen stellte sie das Schmuckkästchen auf den Nachttisch zurück und stand auf. Was immer Eduard auch getan hatte: hassen – nein, hassen würde sie ihn niemals können.

Um drei Uhr nachts fing Heiner Braun an, unruhig zu werden und wirr zu reden. Er sprach von winselnden Affen, schmutzigem Gesindel, das irgend etwas nicht verdient hatte, von der Hochzeit einer schwarzhaarigen Cornelia – und von Eduard. Immer wieder murmelte er den Namen, und für Richard, der ihm besorgt den Schweiß von der Stirn tupfte, stand es außer Zweifel, daß Dr. Könitz' Sohn für den Mordanschlag auf seinen Kollegen verantwortlich war. Aber was zählte das schon gegen die Angst, daß Braun diesen Kampf womöglich verlieren könnte!

»Katharina?« Heiner lag plötzlich still und schlug die Augen auf. »Sag doch was, Katharina!« Sein verwirrter Blick wanderte ziellos durchs Zimmer und blieb an Richard hängen. »Danke, daß du gekommen bist«, flüsterte er. Richard nickte stumm.

»All die Jahre... habe ich auf dich gewartet, Katharina.«

»Ja«, sagte Richard. Er hatte das Gefühl, jemand schnüre ihm die Luft ab.

»Wie schön es wäre, wenn du ... wenn du mir bitte endlich verzeihen ...«

»Ich verzeihe dir«, preßte Richard mit dem letzten Rest an Beherrschung hervor. Mein Gott, wie sehr mußte er sie geliebt haben!

Heiner Brauns rechte Hand wanderte suchend über die Bettdecke, und Richard nahm sie. Über das blasse, eingefallene Gesicht des Kriminalschutzmanns glitt ein Lächeln. »Laß uns gehen, Katharina.«

»Nein!« Richard sprang so heftig auf, daß der Stuhl polternd umkippte. »Sie bleiben gefälligst hier, verdammt noch mal! Braun, Sie ...!« Heiner sah ihn mit einem erstaunten Blick an. Seine Augen flackerten und fielen zu.

»Was ist denn los, um Gottes willen?« Die nur mit einem Nachthemd und einem Morgenmantel bekleidete Frau Müller kam ins Zimmer gelaufen. »Herr Kommissar! Was ist passiert?« Richard war nicht fähig, auch nur ein Wort herauszubringen. Mit einer hilflosen Geste deutete er auf Heiners Bett. Seine Vermieterin strich sich mit einer flüchtigen Handbewegung das aufgelöste Haar aus dem Gesicht und setzte sich auf die Bettkante. Sie faßte Brauns Arm, fühlte den Puls und legte ihm ihre Hand auf die Stirn. »Leichtes Fieber«, stellte sie fest und stand auf.

Richard starrte sie entgeistert an. »Wie? Er ist nicht ...?«

»Er schläft, Herr Kommissar.« Sie lächelte. »Und das sollten Sie auch langsam tun.«

»Er schläft«, murmelte Richard. Er konnte sich nicht daran erinnern, wann er zum letzten Mal ein solches Gefühl von Erleichterung und Freude gespürt hatte.

»Herr Kommissar, Sie sollten wirklich ...«

»Ich bleibe hier«, sagte Richard. »Und zwar so lange, bis er aufwacht. Und wenn es eine ganze Woche dauert.«

Heiner Braun ging durch einen langen Flur mit unzähligen Zimmern auf beiden Seiten. Und alle waren sie verschlossen. Von irgendwoher kam eine Stimme, die ihm schmerzlich vertraut war. Katharinas Stimme! Er fing an zu laufen und rief nach ihr. Sie lächelte ihm zu. Wie glücklich er war ... *Oliver! Nicht auf die Straße gehen, hörst du!* Ein entsetzlicher Schrei. Und dann nichts als Dunkelheit.

Als Heiner aufwachte, war es draußen schon hell, aber durch das kleine Fenster drang nur spärliches Licht in die Kammer. Sein erstaunter Blick fiel auf die zusammengesunkene Gestalt von Richard Biddling, der auf einem Stuhl neben seinem Bett saß und schlief. Was tat denn der Kommissar hier? Wo war er überhaupt? Wie kam er in dieses Bett? Er wollte sich aufrichten und stöhnte, als ein glühender Schmerz durch seinen Rücken fuhr. Richard schreckte hoch und schaute ihn aus geröteten, dunkel umschatteten Augen besorgt an.

»Sie sehen fürchterlich aus, Herr Kommissar.« Heiner versuchte zu lächeln, aber es gelang ihm nicht.

»Das habe ich gern«, polterte Richard los, »kaum von den Toten auferstanden und schon wieder Unverschämtheiten verbreiten!«

»Welche Toten?«

Richard deutete grinsend zur Zimmerdecke. »Ich hatte heute nacht ernste Befürchtungen, die würden Sie da oben tatsächlich reinlassen – geklopft hatten Sie offenbar schon!«

»Da wird Petrus jetzt wohl wegen widerrechtlichen Nichterscheinens eine Disziplinaruntersuchung gegen mich einleiten.« Heiner fiel das Sprechen schwer. Auf seiner Stirn bildeten sich Schweißtröpfchen.

»Keine Sorge: Ich lege ein gutes Wort für Sie ein, Braun«, entgegnete Richard lächelnd. Dann wurde er ernst. »Wer war es?«

»Wer war was?« fragte Heiner verwirrt.

»Ja, erinnern Sie sich nicht? Sie wurden niedergestochen – draußen im Rapunzelgäßchen. Nur wenige Meter von diesem Haus entfernt!«

»Nein, ich weiß nichts.«

»Was wollten Sie denn um diese Uhrzeit überhaupt hier?«

Heiner zuckte mit den Schultern und verzog das Gesicht, als der Schmerz erneut durch seinen Körper jagte. »Keine Ahnung. Es ist wie abgeschnitten«, murmelte er. »Da war ein Zimmer – nein, viele Zimmer in einem düsteren Gang. Stimmen. Ich habe mit jemandem gesprochen.« In seine Augen trat ein trauriger Ausdruck. »Es war *ihre* Stimme. Und plötzlich war da dieser grauenhafte Schrei. Ein Schrei wie...«

»Vergessen Sie's einfach«, sagte Richard. Er sah verlegen aus.

»Wieso? Habe ich Ihnen in meinem Fieberwahn etwa irgendwelche Beleidigungen an den Kopf geworfen, Herr Kommissar?«

Richard lachte. »Da muß ich Sie enttäuschen, Braun. Die einmalige Gelegenheit, Ihrem Vorgesetzten ungestraft die Meinung zu geigen, haben Sie ungenutzt verstreichen lassen. Dafür haben Sie jede Menge anderen Unsinn zusammenfabuliert, aus dem ich nicht schlau geworden bin.«

»Und was, wenn ich fragen darf?«

»Irgend etwas von Affen, einer Hochzeit und schmutzigem Gesindel oder so ähnlich.«

Heiners ohnehin fahle Gesichtsfarbe wurde noch um eine Spur blasser. »Eva!« Er schrie auf, als er sich bewegte.

»Ihre Turnübungen sollten Sie lieber noch etwas verschieben, Kollege. Wer ist Eva?«

»Na, das *Schaumkonfekt*! Mein Gott, ich erinnere mich wieder. Ich war in der Rosengasse, und sie hat mir... Wir müssen sofort Cornelia Hortacker warnen!«

»Könnten Sie mir das Ganze zur Abwechslung vielleicht auf deutsch erklären, Braun?« fragte Richard süffisant.

In abgehackten Worten erzählte Heiner ihm, was er von der jungen Dirne erfahren hatte. Noch während er sprach, stand Richard auf und lief nervös im Zimmer auf und ab. Er blieb vor Brauns Bett stehen und sah ihn durchdringend an. »Und Sie haben wirklich nichts von dem Kerl gesehen, der Sie überfallen hat?«

»Nein – wenn ich es doch sage. Ich kann mich nur an einen harten Stoß erinnern, und dann bin ich in diesem Bett hier aufgewacht.«

»Nach Orangenblüten hat der große Unbekannte nicht zufällig geduftet?«

»Ich verstehe ja, daß Sie enttäuscht sind, Herr Kommissar. Aber...«

»Und was soll ich dieser Cornelia erzählen? Daß sie sich mit einem Mörder eingelassen hat? Wunderbar! Und wenn sie mich fragt, wie ich darauf komme, antworte ich: Es ist halt so eine nette, kleine Vermutung von mir, die ich im übrigen mit seiner Lieblingsdirne teile. Verdammt, wir brauchen endlich Beweise, Braun. Beweise, Beweise und nochmals Beweise!«

»Ich glaube, ich höre nicht recht! Sind Sie wahnsinnig?« Frau Müller war hereingekommen. »Ihr Kollege ist schwerkrank; und was tun Sie? Belästigen ihn mit unwichtigem Polizeikram, kaum daß er aufgewacht ist!«

»Entschuldigung, aber ich wollte nur ...«

»Bitte, Frau ...?« Heiner schaute sie interessiert an, doch ihm wollte einfach nicht einfallen, wer sie war.

»Frau Müller, meine Vermieterin«, stellte Richard sie vor. »Daß Sie noch unter den Lebenden weilen, haben Sie übrigens ihr zu verdanken. Sie hat ...«

»Das ist jetzt ganz und gar unwichtig, Herr Kommissar! Haben Sie vergessen, was der Doktor gesagt hat? Herr Braun braucht strengste Ruhe! Und wenn Ihnen etwas an ihm liegt, sollten Sie besser ...«

»Bitte, Frau Müller – nur noch ein Minütchen«, bat Heiner.

Frau Müller seufzte. »Wenn es Ihnen Spaß macht, an Ihrem Grab zu schaufeln, meinetwegen.« Sie sah Richard an. »In genau einer Minute komme ich wieder, und dann sind Sie verschwunden, Herr Kommissar!«

»Eine ganz schön resolute Person, Ihre Frau Vermieterin«, sagte Heiner lächelnd, als sie gegangen war.

Richard zuckte mit den Schultern. »Normalerweise ist sie die Liebenswürdigkeit und Sanftmütigkeit in Person. Weiß der Teufel, was auf einmal in sie gefahren ist.«

»Was werden Sie jetzt tun, Herr Kommissar?«

»Ich werde das tun, was ich längst hätte tun sollen. Ich knöpfe mir Eduard Könitz vor!«

Heiner erschrak über den haßerfüllten Ausdruck in seinen Augen. »Ich denke, das ist keine besonders gute Idee, Herr Kommissar. Und ich bitte Sie ...«

Richard lachte höhnisch. »Es ist die beste Idee, die ich je hatte, Braun!« Seine Miene entspannte sich. »Im übrigen möchte ich mich der Meinung von Frau Müller anschließen: Statt sich Gedanken über den *Stadtwaldwürger* zu machen, sollten Sie lieber zusehen, daß Sie wieder auf die Beine kommen, Kollege.«

»Ich muß dringend mit ihm sprechen! Nur ganz kurz – bitte.« Heiner, der vor sich hingedöst hatte, öffnete die Augen und horchte angestrengt auf die Stimmen, die vom Flur hereindrangen.

»Nein!« sagte Frau Müller. »Er darf nicht gestört werden.«

»Dann seien Sie wenigstens so gut und bestellen ihm ...«

»Victoria!« rief Heiner, aber es wurde nur ein mißratenes Krächzen daraus. Lieber Gott, sie mußte hereinkommen. Sie mußte! »Auf Wiedersehen, Frau Müller«, hörte er sie sagen.

Mit aller Kraft riß Heiner sich zusammen und versuchte, aufzustehen. Es war ein Gefühl, als bohre ihm jemand mit einem Dolch im Rücken herum. Mit zitternden Händen stemmte er sich von der Bettkante ab und griff nach der Lehne des Stuhls, um sich daran festzuhalten. Er rutschte ab und fiel polternd mit dem Stuhl zusammen um. Der Schmerz war so unbeschreiblich, daß er glaubte, ohnmächtig zu werden.

Frau Müller stürzte ins Zimmer und kniete sich neben ihn hin. »Gütiger Himmel, Herr Braun! Was machen Sie denn!« Sie drehte sich zu Victoria um, die im Türrahmen stehengeblieben war. »Kommen Sie her und helfen Sie mir!« Mit blassem Gesicht kam Victoria herein und stellte ihr Handtäschchen neben den umgestürzten Stuhl. Gemeinsam halfen die beiden Frauen dem vor Schmerzen stöhnenden Heiner Braun zurück ins Bett.

Victoria sah schweigend zu, wie Frau Müller ihn zudeckte und ein Leinentuch aus dem Nachtschrank nahm, um ihm den Schweiß von der Stirn zu tupfen. »Ich frage mich, warum ich mir überhaupt so viel Mühe mit Ihnen gebe, wenn Sie es ohnehin darauf anlegen, Ihr Bett schnellstmöglich gegen einen Sarg zu tauschen, Herr Kriminalbeamter!« sagte sie vorwurfsvoll.

Heiner Braun grinste gequält. »Nichts für ungut, aber ich bin zäh. Und so schnell stirbt sich's nicht.« Sein Blick glitt an Frau Müller vorbei zu Victoria. »Ich freue mich, daß Sie mich besuchen kommen, gnädiges Fräu...«, er verbesserte sich, »Victoria.« Sie lächelte zaghaft.

Frau Müller legte das Tuch beiseite. »Bei Ihnen ist einfach Hopfen und Malz verloren!«

»Ich weiß«, entgegnete Braun. »Hätten Sie vielleicht einen Kaffee für mich?«

»Einen Kaffee?« Frau Müller sah ihn fassungslos an. »In Ihrem Zustand? Sie können einen Fleischtee haben oder eine Kraftbrühe!«

»Gerne – nachher«, sagte Heiner.

»Kaffee! Ich glaube es nicht!« Kopfschüttelnd ging sie hinaus.

»Die Ärmste wird bis zu Ihrer Genesung wahrscheinlich dreimal so viele graue Haare haben wie jetzt«, sagte Victoria lächelnd. Dann wurde sie ernst. »Es tut mir leid, daß ich so rücksichtslos hier hereingeplatzt bin.«

»Ach was! Ich bin ja froh, daß Sie da sind, Victoria. Ich muß mit Ihnen reden.« Heiner deutete auf ein kleines *Canapé rond* neben dem Fenster, auf dem zwei spitzenverzierte Paradekissen lagen. »Wenn Sie so nett wären? Ich möchte mich gern ein bißchen aufsetzen.«

Victoria ging zu dem Sofa und nahm die Kissen. Erstaunt betrachtete sie den wertvollen Samtbezug und die aufwendig gearbeitete Polsterung mit den verschiedenfarbigen, tief eingezogenen Knöpfen. Das kostbare Möbelstück wirkte in dieser armseligen Kammer völlig fehl am Platz, und Victoria fragte sich, woher es stammen mochte. Sie trug die Paradekissen zu Heiner Brauns Bett und half ihm, sich aufzurichten. »Die gute Frau Müller wird nicht glücklich sein, wenn sie es sieht«, bemerkte sie, als sie ihm das erste Kissen vorsichtig unter den Rücken schob.

»Ich fühle mich aber jetzt besser«, behauptete Heiner, doch ein Blick in sein blasses Gesicht genügte Victoria, um zu sehen, daß es ihm nicht halb so gut ging, wie er vorgab.

Sie hob den umgefallenen Stuhl auf, rückte ihn zum Bett und setzte sich. »Im Polizeipräsidium sagte man mir, Sie seien überfallen worden.«

Heiner nickte. »Sie waren im Clesernhof? Hat Ihnen Kommissar Biddling verraten, wo ich bin?«

Victoria schüttelte den Kopf. »Ich hörte, er sei nur kurz dagewesen, um wegen des Überfalls auf Sie Bescheid zu geben, und wenig später wieder gegangen. Eigentlich hatte ich gehofft, ihn bei Ihnen anzutreffen. Er wohnt doch hier, oder?«

»Ja. Er hat ein Zimmer im dritten Stock.« Heiner sah sie nachdenklich an. »Victoria, ich weiß, daß Sie Ihren Cousin sehr ...«

»Hatten wir nicht eine kleine Vereinbarung getroffen, Herr Braun?« unterbrach sie ihn lächelnd. »Also: heraus mit der Sprache!«

So weh konnte sein Rücken gar nicht tun, daß er nicht bemerkt hätte, wie übernächtigt und elend sie aussah und wie sehr sie sich darum bemühte, ihre Verzweiflung hinter einem unbekümmerten Gesichtsausdruck zu verstecken. Aber er konnte sie nicht länger vor der Wahrheit schützen. Stockend, und immer wieder kurze Pausen einlegend, erzählte er ihr vorbehaltlos alles, was er und Kommissar Biddling über Eduard herausgefunden hatten.

Als Heiner, vom vielen Sprechen erschöpft, in die Kissen zurücksank, sah Victoria ihn immer noch lächelnd an. Aber was für ein lebloses Lächeln das war! »Sie glauben also, daß Cornelia sein nächstes Opfer sein wird?« Selbst ihre Stimme klang wie eingefroren.

Heiner nickte. »Nach all dem, was ich gestern abend erfahren habe, ist es reiner Zufall, daß noch nichts geschehen ist. Seit wann ist Ihr Cousin mit ihr verlobt?«

»Bitte?« Das eisige Lächeln wich einem Ausdruck der Verblüffung.

»Das *Schaum*... – ähm, diese Eva erzählte mir, daß Eduard mit Cornelia Hortacker verlobt sei und sie heiraten wolle.«

»Aber nein«, rief Victoria. »Sie ist doch längst einem anderen versprochen! Tante Sophia hat Eddy jeden Kontakt mit ihr untersagt.«

»Kann es sein, daß er sich an dieses Verbot nicht hält?«

Victoria schluckte. »Ich kenne ihn lange genug, um das anzunehmen, ja. Ich weiß aber weder wie oft, noch wann oder wo er sich mit ihr trifft.« Sie schaute zu Boden. »Ich glaube nicht, daß er es war, der Sie überfallen hat.«

»Ich kann's mir, ehrlich gesagt, auch nicht vorstellen. Trotzdem möchte ich Sie warnen, denn es besteht die Gefahr...«

Sie sah ihn unglücklich an. »Mir wird er nichts tun, Herr Braun.«

»Ich hätte Ihnen das wirklich gern erspart, Victoria. Aber nach allem, was wir inzwischen wissen, müssen wir davon ausgehen, daß Ihr Cousin die drei Morde begangen hat.« Heiner seufzte. »Auch wenn wir es ihm nicht beweisen können.«

Victoria bückte sich nach ihrem Handtäschchen. Sie öffnete es, nahm die kleine Schmuckschatulle heraus, hielt sie Braun hin und setzte wieder ihr entsetzliches Lächeln auf. »Bitte: Hier ist er, Ihr Beweis.«

Heiner mißachtete seine Schmerzen, richtete sich auf und nahm ihr das Kästchen aus der Hand. Ihre Finger waren eiskalt. Neugierig klappte er den Deckel hoch und starrte auf den Inhalt. »Um Gottes willen, ist das etwa...?« So vorsichtig, als sei er zerbrechlich, holte er einen goldenen Ring heraus, in den ein rot geglühter Topas von so intensiver Leuchtkraft gefaßt war, wie er ihn nie zuvor gesehen hatte. »Meiner großen Liebe / Funkelnder Feuerstein...«

Victoria nickte. »Genau das war auch mein erster Gedanke, Herr Braun. Auf der Innenseite hat Andreas Emilies Namen eingravieren lassen.«

»Ja. Und das hier«, Heiner deutete auf einen aus hohlem Gold gearbeiteten, mit roten und grünen Steinen besetzten und mit Email verzierten Anhänger, »sieht aus wie das in den Akten beschriebene Stück von Marianne Hagemann.«

»In dem dazu passenden Ring stehen ihre Initialen«, sagte Victoria. »Die beiden silbernen Armbänder sind nicht graviert, aber ich vermute, daß sie der zweiten Toten gehörten.«

»Christiane Bauder, ja.« Heiner legte den Goldring zurück und sah sie an. »Wo haben Sie das her, Victoria?«

»Im Tunnel gefunden. Heute nacht. Unter einem Bretterstapel«, sagte sie stockend. Sie holte Luft und fügte hinzu: »Vor etwa drei Wochen bat mich meine Tante, ihr eine Gießkanne aus dem Glashaus zu holen. Die Tür zum Tunnelkeller stand offen, und ich beobachtete, wie Eddy«, sie schluckte, »wie er sich an diesem Holzstapel zu schaffen machte. Als er mich bemerkte, erschrak er sehr. Aber ich dachte mir doch nichts dabei. Damals.«

Es dauerte einen Moment, bis Heiner Braun die Bedeutung ihrer Worte wirklich begriff. Er sah sie ernst an. »Wissen Sie eigentlich, was Sie mir da sagen?«

Victoria nickte. In ihren Augen standen Tränen.

»Würden Sie das auch vor Gericht beschwören?«

»Ja«, sagte sie leise. Heiner schloß das Schmuckkästchen und reichte es ihr. Victoria stellte es auf dem Nachttisch ab. »Ich nehme an, der Kommissar wird sich darüber freuen.«

»Das wird er sicher. Wo ist Eduard jetzt?«

Sie zuckte kraftlos mit den Schultern. »Vermutlich zu Hause. Oder irgendwo in der Stadt unterwegs.«

»Verdammt! Und ich liege hier herum!« entfuhr es ihm. Der Ausbruch rächte sich auf der Stelle. Er unterdrückte einen Schmerzenslaut. »Ich hoffe, es geschieht nicht noch ein Unglück.«

»Was für ein Unglück?« fragte Victoria erschrocken.

»Kommissar Biddling ist davon überzeugt, daß Ihr Cousin mich töten wollte, und ich habe das ungute Gefühl, daß er sich zu einer Dummheit hinreißen lassen könnte.«

Victorias Hände verkrampften sich im Stoff ihres Kleides. »Ich werde nachher bei meiner Tante vorbeigehen. Sobald ich weiß, wo Eduard ist, lasse ich Ihnen Bescheid geben.«

Mit einer väterlichen Geste legte Heiner seine Hand auf ihren Arm. »Sie sind die tapferste junge Frau, die ich kenne. Und ich bewundere Sie sehr.«

»Ich und tapfer? Ach, Herr Braun!« Victoria schaute ihn traurig an. »Ich fühle mich so hundsmiserabel wie noch nie zuvor in meinem ganzen Leben.«

»Sie sind stark, und Sie werden darüber hinwegkommen, Victoria. Über das – und alles andere.« In seinen Worten lag so viel Herzlichkeit, daß sie trotz ihres Kummers ein bißchen Freude spürte.

»Danke, Herr Braun. Sie sind der einzige Mensch auf der Welt, der mich ernst nimmt.«

»Der einzige, bei dem Sie es gemerkt haben, Victoria«, sagte Heiner freundlich. »Und wenn Ihnen danach ist, können Sie gern jederzeit auf ein Täßchen Kaffee im Clesernhof vorbeikommen.« Er machte eine kleine Pause. »Notfalls schaffen Sie sich ein diebisches Dienstmädchen an, das Sie ab und zu bei mir anzeigen können.«

»Sie sind unmöglich, Herr Braun.«

Er zuckte mit den Schultern. »Das wirft mir der Kommissar auch ständig vor. Aber wie heißt es so schön? *Zum Ziele führt dich diese Bahn.*«

Victoria nahm ihr Handtäschchen, stand auf und reichte Heiner die Hand. »Ich werde ganz bestimmt kommen.« Sie lächelte. »Und Ihnen eine neue Tasse vorbeibringen. Auf Wiedersehen und gute Besserung!«

»Danke. Und ...«

»Ja?«

»Die Aussicht, meinen Kaffee demnächst aus einem *nicht* angeschlagenen Gefäß trinken zu dürfen, stimmt mich froh, gnädiges Fräulein.« Wie gut es tat, das Lächeln auch in ihre Augen zurückkehren zu sehen!

Als Victoria das Zimmer verlassen hatte, lehnte sie sich müde gegen die geschlossene Tür. Der gute Herr Braun! War halb tot und versuchte noch, sie aufzumuntern. Welche Überwindung es ihn gekostet hatte, ihr diese ganzen Scheußlichkeiten zu erzählen. Und wie besorgt er sie angeschaut hatte! Sie setzte eine entschlossene Miene auf und brachte mit einigen Handgriffen ihr zerdrücktes Kleid in Ordnung. *Reiß dich zusammen, Victoria*

Könitz! Es gibt einen Menschen, der an dich glaubt, und du solltest ihm beweisen, daß du seine Wertschätzung auch verdienst! Sie holte ein Seidentuch aus ihrem Handtäschchen und wischte sich damit über das Gesicht. *Ich werde Sie vermissen, Herr Braun. Ich dich auch, Hannes.*

Abwartend lauschte Victoria in Richtung Küche und schlich dann die Treppe nach oben in den dritten Stock. Vier Türen – aber welche davon war die zu Biddlings Zimmer? Sie klopfte an die erste, und als es still blieb, drückte sie vorsichtig die Klinke herunter. Eine Abstellkammer. Die zweite und die dritte Tür waren abgeschlossen. Bei der vierten hatte sie Glück. Leise schlüpfte sie ins Zimmer. Ihr unschlüssiger Blick wanderte über einen alten Holzschrank, einen wurmstichigen Waschtisch, zwei achtlos über einen Stuhl geworfene Männerhosen und das sorgfältig gemachte Bett. Victoria lächelte. Das war bestimmt das Werk der eifrigen Frau Müller.

Sie sah ein Photo auf dem Nachttisch stehen und ging neugierig hin. Es war ein Hochzeitsbild, und es anzuschauen tat ihr weh. Aber wenigstens wußte sie jetzt mit Sicherheit, daß sie in Biddlings Zimmer war. Seine Frau sah wunderschön aus. Und das weiße Stadtpalais, vor dem das Bild aufgenommen worden war: War das etwa sein Zuhause in Berlin? Aber warum gab er sich dann mit diesem ärmlichen Zimmer zufrieden? Victoria stellte die Photographie zurück und sah sich suchend um. In Biddlings Büro hatte sie den Koffer nicht stehen sehen, und daß er ihn weggeworfen haben könnte, wollte sie nicht glauben. Sie fand ihn schließlich in einer von einem losen Brett verdeckten Nische in der Dachschräge, und als sie ihn öffnete, kam es ihr vor, als begrüße sie einen alten Freund.

Richard war todmüde und hellwach zur gleichen Zeit, und er spürte eine so schlimme Unruhe in sich, daß es ihm unmöglich war, länger als ein paar Minuten still an seinem Schreibtisch zu sitzen. Als dann auch noch der fünfte oder sechste Beamte hereinplatzte, um nach den näheren Umständen des nächtlichen Überfalls auf Braun zu fragen und zu beteuern, daß die halbe Polizeimannschaft von Frankfurt auf den Beinen sei, um den feisten Halunken dingfest zu machen, hatte Richard endgültig genug, zumal er, im Gegensatz zu allen anderen, genau zu wissen glaubte, wo dieser feiste Halunke zu finden war. Aber ohne Beweise brauchte er Dr. Rumpff damit überhaupt nicht zu kommen. Und nach dem Vorfall auf Hortackers Hochzeit schon gar nicht.

Wieder und wieder sah er Heiner Brauns blasses, schmerzverzerrtes Gesicht vor sich, und mit jedem Mal wuchs seine Wut auf Eduard Könitz, bis er glaubte, es keine Sekunde länger aushalten zu können. Er sah die zerschnittene, verfaulte Leiche der jungen Emilie Hehl auf dem Seziertisch, er sah das lebendig gestorbene Gesicht von Anna Bauder, die den Tod ihrer Tochter bis heute nicht überwunden hatte; er hörte den dröhnenden Hall des Schusses und die Schreie des Dienstmädchens, das seinen toten Vater gefunden hatte, und das alles steigerte seine Wut zu Haß. Was sollte noch alles geschehen, ehe diesem Kerl endlich das Handwerk gelegt wurde?

Mit grimmiger Miene nahm Richard seinen Hut vom Haken, zog die Jacke an, und verließ den Clesernhof in westliche Richtung. Kurze Zeit später bezog er auf dem Grundstück eines zum Verkauf stehenden Hauses schräg gegenüber von Dr. Könitz' Villa Stellung, und er schwor sich, nicht eher zu weichen, bis Eduard hineinging oder herauskam. Seine Geduld wurde auf eine harte Probe gestellt, und er kämpfte verbissen gegen das übermächtige Schlafbedürfnis an, das ihm immer öfter die Augen zufallen ließ.

Es war früher Nachmittag, als Eduard das Haus verließ, in eine Droschke stieg und davonfuhr. Richard hätte sich am liebsten selbst geohrfeigt. Wie dämlich war es eigentlich, anzunehmen, ein Könitz ginge zu Fuß? Der Wagen fuhr stadteinwärts, und Richard versuchte, ihm zu folgen. Es war ein sinnloses Unterfangen. Um Atem ringend lehnte er sich gegen eine Hauswand und winkte unwirsch ab, als ihn jemand fragte, ob er sich nicht wohl fühle. Er überlegte, wohin Eduard gefahren sein könnte. Es gab viele Möglichkeiten: Freunde besuchen, Geschäfte machen – und Cornelia Hortacker! Richard entschied, daß die letzte Variante die wahrscheinlichste war, und schlug den kürzesten Weg zur Villa der Hortackers ein.

Eine Viertelstunde später lag das große Anwesen vor ihm, und es wirkte so ruhig und verlassen, daß man hätte glauben können, es wohne gar niemand darin. Es gab nicht das geringste Anzeichen dafür, daß Eduard hier war. Richard wollte sich schon abwenden, als er einen Phaeton mit zurückgeschlagenem Verdeck vorfahren sah. Einige Minuten darauf kam eine junge, dunkelhaarige Frau aus dem Haus, rief dem Kutscher lachend etwas zu und stieg in den Wagen. Und zum zweiten Mal an diesem Tag rannte Richard fluchend einer davonfahrenden Kutsche hinterher.

Im Gegensatz zu Eduard schien Cornelia Hortacker jedoch keine besondere Eile zu haben, und es gelang ihm, dem Wagen bis zum Mainufer zu folgen, wo er ihn von der Schönen Aussicht auf die Alte Brücke abbiegen sah. Als Richard die Straße überquerte, überlegte er, was Cornelia Hortacker in Sachsenhausen zu tun haben könnte, und nur der markerschütternde Schrei des Kutschers bewahrte ihn davor, mit einem Coupé zusammenzustoßen, das vom Untermainquai heraufkam und das er in seiner Gedankenlosigkeit völlig übersehen hatte. Entsetzt sprang er zur Seite, und der Wagen raste an ihm vorbei. Fünfzig Meter weiter hielt er an, wendete und kam zurück.

»Haben Sie keine Augen im Kopf, Mann?« herrschte der Kutscher ihn an, als er sich mit seinem Wagen – diesmal im Schrittempo – näherte. Richard zuckte wortlos mit den Schultern, und der Mann schüttelte den Kopf. Als der Wagen an ihm vorbeirollte, glaubte Richard, ein blasses Gesicht hinter dem verhangenen Fenster wahrgenommen zu haben, aber es konnte genausogut eine Täuschung gewesen sein.

Auch das Coupé bog auf die Alte Brücke ab und verschwand, wie zuvor Cornelias Wagen, zwischen den Häusern am anderen Mainufer.

»Verdammter Mist!« rief Richard und ging zum Clesernhof zurück. Als er sein Büro aufschließen wollte, fiel ihm plötzlich ein, wo er Eduard Könitz finden würde.

Victoria hatte den Koffer an seinen angestammten Platz zurückgebracht und sich dann schweren Herzens auf den Weg in die Neue Mainzer Straße zum Haus ihres Onkels gemacht.

»Liebe Zeit, bist du krank?« rief Sophia statt einer Begrüßung.

»Nein, nur ein wenig müde«, entgegnete Victoria matt. »Ich habe in der vergangenen Nacht schlecht geschlafen.«

Sophia winkte Elsa herbei und bat sie, einen Tee zu kochen.
»Ein Kaffee wäre mir lieber, Tante«, sagte Victoria.
Sophia nickte. »Gut. Dann brühen Sie Kaffee auf, Elsa.« Sie schaute Victoria besorgt an. »Du solltest ein bißchen mehr auf deine Gesundheit achten, Kind!«
»Ja, Tante«, erwiderte Victoria tonlos. Sie setzte sich. »Ist Eduard da?«
Sophia ließ sich ihr gegenüber auf dem Bugholzsofa nieder. »Nein. Er ist eben in die Stadt gefahren. Warum?«
»Hat er dir gesagt, wann er zurückkommt?«
Sophia schüttelte den Kopf. »Was willst du denn von ihm?«
Victoria sah zu Boden. »Nichts.«
»Victoria, Kind! Irgend etwas stimmt doch nicht mit dir.«
»Mir geht es gut.«
»Lüg mich bitte nicht an!«
Victorias Kopf fuhr hoch. In ihren Augen standen Tränen. »Ihr lügt ja auch alle!«
»Aber Kind, was ...«
»Du hast es die ganzen Jahre über gewußt!«
Auf Sophias Gesicht machte sich Verwirrung breit. »Was denn, um Himmels willen?«
»Zum Beispiel, daß Claras Unfall gar kein Unfall war.«
Sophia wurde blaß. »Aber woher ...« Sie brach ab und winkte Elsa hinaus, die den Kaffee bringen wollte.
»Ist das die Angst, die dich verfolgt, ja?« Victorias Unterlippe fing an zu zucken. »Daß er es mit mir auch tun könnte? Bist du deshalb so wütend geworden, als du uns im Tunnel erwischt hast? Hast du ...?«
»Nein. Bitte, Victoria, du verstehst nicht ...«
»Doch Tante, ich verstehe sehr gut! Die ganzen muffigen Lügen, unter denen ich fast erstickt bin – nicht die kleinste davon hast du mir von den Schultern genommen!«
»Sie hat diese schmutzigen Dinge freiwillig getan«, sagte Sophia leise.
»Clara hat Eduard geliebt, Tante. Und Eduard liebte sie.«
Sophias Augen füllten sich mit Tränen. »Das ist ...«
»Es ist die Wahrheit. Und du wußtest es. Du und mein Vater!« Victoria sah ihre Tante feindselig an. »Was habt ihr mit ihr gemacht, daß sie *so* enden mußte?«
Sophia blickte zu Boden und schwieg.

»Tante! Die Wahrheit!«
»Aber du hast doch damals...«
»Nein!« rief Victoria erregt. »Ich will wissen, was im *Glashaus* geschah!«
»Ich sah, wie Eduard und Clara...« Sophia brach ab und wischte sich mit der Hand über die Augen.
»Was? Was hast du gesehen?« Das Bild im Nebel, dieser grauenhafte, quälende Druck – würde er endlich weichen?
Sophia weinte. »Eduard hat ihr Orangenblüten ins Haar gesteckt und sie geküßt. Dein Vater schlug sie. Aber er wollte doch nicht, daß sie stürzte! Es tat ihm leid. Er trug sie ins Haus.«
Die Sonne brach durch die Nebelschwaden und verwandelte sie in luftige Schleier, die sich nach und nach im Blau des Himmels auflösten: Claras blasses, schönes Gesicht zeigte Verzweiflung, Scham und Angst. Ihr helles Kleid war schmutzig. Und in ihrem dunklen, glänzenden Haar steckten die zarten, duftenden Blüten. Das Bild war deutlich und klar, und trotzdem wollte sich die ersehnte Erleichterung nicht einstellen.
»Und Eddy?« fragte Victoria leise. »Was hat er gesagt?«
Sophia sah sie mit geröteten Augen an. »Nichts. Er hat eingesehen, daß es nicht richtig war.«
»Und du? Hast du auch *nichts* gesagt?« brach es aus Victoria hervor. »Wie lange hat es gedauert, bis *du* eingesehen hast, daß deine Liebe *nicht richtig* war?«
Sophia saß wie versteinert. Ihr Gesicht war kalkweiß. »Aber...«
»Du brauchst mich nicht mehr zu belügen. Ich weiß Bescheid!«
»Bitte, Victoria, ich war so schrecklich jung damals. Ich fühlte mich einsam in dieser fremden Stadt, und dein Vater...« Sophia stockte. »Aber es ist vorbei, so viele Jahre schon ist es vorbei.« Ihre Augen baten um Verständnis, doch es berührte Victoria nicht. Sie wollte sich nicht mehr verletzen, sich nicht mehr belügen lassen. Von niemandem mehr. Mit aller Macht schlug sie auf dieses entsetzliche Netz ein, um es endlich zu zerstören und sich ein für alle Mal daraus zu befreien.
»Vorbei? Nichts ist vorbei, Tante! Weißt du, daß er Mama dafür leiden läßt? Jeden Tag läßt er *sie* leiden, weil er *dich* nicht haben kann! All die schönen Weisheiten, die du mir eingetrichtert hast, dein dummes Gerede von Liebe, Glück und Zufrieden-

heit: nichts als Schwindeleien! Geheuchelte Gefühle, geheuchelte Worte, geheuchelte Welt, in der du so selbstzufrieden lebst!«

»Bitte mach doch nicht alles kaputt«, flüsterte Sophia.

Victoria lachte böse. »Selbst mit meiner Zofe hat er es getrieben, dein heimlicher Geliebter. Emilie war meine *Schwester*!«

»Nein«, schluchzte Sophia. »Bitte...«

»Du haßt Mama genauso, wie sie dich haßt, nicht wahr? War das der Grund, warum Eddy und Clara sich nicht lieben durften? Weil Clara Henriettes Tochter ist? Weil du ihr Glück nicht ertragen konntest, Tante? Weil ihre Liebe nicht in deine scheinheilige Welt hineinpaßte?«

»Ich wollte... Ich konnte doch nicht...«

»Clara hast du die Seele, und deinem Sohn hast du das Herz herausgerissen! Er tötete, weil du ihm verboten hast zu lieben. War es nicht so?«

»Nein, bitte. Ich...«

Victoria sprang auf. »Hör endlich auf mit deinen verdammten Lügen!« schrie sie. »Dein Erschrecken, als Eduards Brief damals kam, deine Angst, deine angeblichen Anfälligkeiten – du wußtest genau, was er getan hatte. Du wußtest es und hast tatenlos zugesehen. Wie ich dich dafür hasse!«

Sophia war nicht mehr fähig, sich zu verteidigen. Sie hatte ihre Hände vors Gesicht geschlagen und schluchzte.

»Daß du es nur weißt: Er hat Emilie umgebracht. Und Cornelia Hortacker wird die nächste sein!« Victoria lachte höhnisch. »Blüten hat er Clara ins Haar gesteckt, sagst du? Ist das nicht reizend? Bei den Toten im Stadtwald hat sich dein Sohn weit weniger Mühe gegeben.«

»Bitte...« Sophia hielt sich verzweifelt die Ohren zu, aber Victoria riß ihr die Hände weg.

»Du hörst mir jetzt gefälligst zu, Tante!« schrie sie. »Eduards Duft war es, den Marianne Hagemann und Christiane Bauder in ihren toten Händen hielten. Eduards Duft ist es, der über dem Grab von Emilie liegt. Und Eduards Duft wird bald auch Cornelias Tod sein. Vielleicht heute schon, vielleicht gerade in dieser Sekunde. Und du bist schuld!«

»Nein, es war doch...« Sophias Stimme erstarb zu einem Wimmern, und Victorias Wut verlor sich plötzlich.

Sie ließ Sophias Hände los. »Es tut mir leid.« Sie rannte aus dem Zimmer und aus dem Haus, hinaus auf die Straße, wo die

Sonne schien. Während sie noch hoffte, frei zu sein, fiel das Netz auf sie herab. Und sie ahnte, daß sie einen furchtbaren Fehler gemacht hatte.

❦

Als Richard Biddling sich von einer Droschke am Sandhof absetzen ließ, überraschte es ihn nicht besonders, dort den Phaeton von Cornelia Hortacker stehen zu sehen. Der Kutscher saß unter einer hohen Buche, den Kopf auf den Tressenkragen gesenkt, und schlief. Von Cornelia war weder im Parkgarten noch im Sandhof etwas zu sehen. Auch das überraschte Richard nicht, aber es weckte eine dumpfe Angst in ihm, die sich verstärkte, als er den inzwischen deutlich sichtbar gewordenen Pfad zwischen den alten Eichenbäumen erreichte. Warum hatte er bloß nicht früher an diese verdammte Hütte gedacht!

Während er über vertrocknete Farnwedel, niedergetretene Sauerkleeteppiche und Moospolster rannte, hörte er von irgendwoher das Wiehern eines Pferdes, und seine Angst steigerte sich zur Panik. Und wenn er zu spät kam? Wenn er dieses junge, hübsche Mädchen nur noch tot vorfinden würde? Die Angst trieb ihn an, und sie ließ ihn seine Müdigkeit und alle Schmerzen verdrängen. In zahlreichen Windungen schlängelte sich der Pfad durch den Wald, aber Richard lief rücksichtslos geradeaus, stieß sich an laubbedeckten Steinen, stolperte über tückische Fangstricke aus Wurzelgestrüpp und riß sich seine Hände an dornigen Brombeerranken auf.

Als er den Waldsaum vor der Lichtung erreichte, hielt er an und rang keuchend nach Luft. Aufmerksam spähte er über die Wiese zur Hütte hinüber, die verlassen im Sonnenlicht lag. Nichts deutete darauf hin, daß jemand dort war. Außer Vogelgezwitscher drang kein Laut an sein Ohr. Seine Angst ließ nach. Er durfte jetzt keinen Fehler machen! Und wenn er nicht gesehen werden wollte, blieb ihm nichts anderes übrig, als sich im Schutz des dichten Unterholzes bis zum anderen Ende der Lichtung vorzukämpfen. Als er ungefähr zwei Drittel des Weges geschafft hatte, nahm er an der Rückseite des Holzverschlags eine Bewegung wahr. Abwartend blieb er hinter dem dicken Stamm einer Buche stehen und sah, wie eine junge Frau, die er mit großer Erleichterung als Cornelia Hortacker erkannte, kurz ins Sonnenlicht trat, sich umschaute und wieder im Schatten der Hütte verschwand. Es sah ganz danach aus, als sei sie allein hier. Möglicherweise hatte Eduard noch etwas anderes zu erledigen gehabt und sich verspätet, aber Richard wollte sich nicht darauf verlassen und behielt seine Vorsicht bei, bis er so weit an die Hütte herangekommen war, daß er die gesamte Rückseite in seinem Blickfeld hatte.

Außer Cornelia war jedoch niemand zu sehen, und ihr mißmutiges Gesicht deutete darauf hin, daß sie sich offenbar tatsächlich versetzt fühlte. Da es Richard nicht möglich war, einen Blick in die Hütte zu werfen, ohne von ihr bemerkt zu werden, beschloß er, den Zeichen zu trauen, und trat ins Freie.

Cornelia Hortacker erschrak fast zu Tode, als er plötzlich aus dem Gebüsch kam, und er versicherte ihr schnell, daß er ein Beamter der Kriminalpolizei sei und nichts Böses im Schilde führe. »Ich nehme an, Sie warten auf Eduard Könitz?« fragte er und nestelte sich ein paar Kletten von der Jacke.

Cornelia schaute ihn verunsichert an. »Aber wie ...«

»Ich möchte Sie bitten, sofort nach Hause zu gehen, gnädiges Fräulein«, sagte Richard.

»Aber warum denn?« fragte sie ängstlich. Sie war noch sehr jung, aber ganz sicher die schönste Frau, die er je gesehen hatte. Sie hatte tiefschwarzes Haar, ein schmales, ebenmäßiges Gesicht und eine sehr frauliche Figur, an der nicht der geringste Makel zu entdecken war.

Richard räusperte sich. »Es ist besser, wenn Sie Eduard Könitz nicht treffen, Fräulein Hortacker. Bitte verstehen Sie, daß ich Ihnen im Moment nicht mehr dazu sagen kann, und leisten Sie meiner Anordnung einfach Folge.«

Ihr schönes Gesicht verlor alle Farbe. »Ist etwas geschehen?«

Richard schüttelte lächelnd den Kopf. »Nein, gnädiges Fräulein. Wie lange warten Sie denn schon auf ihn?«

»Ich weiß es nicht genau. Vielleicht zwanzig Minuten oder eine halbe Stunde. Ich versteh' das nicht, er ist sonst immer ...« Sie brach ab und lief rot an.

»Wie oft haben Sie sich hier schon mit ihm getroffen, Fräulein Hortacker?«

»Nicht so oft. Vielleicht einmal oder zweimal.«

Es war offensichtlich, daß sie log. Aber was hatte er denn erwartet? Ihr Verhalten war ein schwerer Verstoß gegen die Etikette, und ihr verstörter Gesichtsausdruck zeigte ihm deutlich, daß sie Angst vor den Folgen hatte. Er sah sie freundlich an. »Ich glaube, es ist am besten, wenn ich Sie jetzt zum Sandhof bringe. Dort steigen Sie in Ihren Wagen und fahren zurück in die Stadt. Und ich habe Sie nie hier gesehen, ja?«

»Ich finde den Weg auch allein zurück, Herr Kriminalbeamter«, wandte Cornelia zaghaft ein. »Und wenn Sie mit Eduard sprechen möchten – er kommt ja aus der anderen Richtung.«

»Bitte?« fragte Richard irritiert.

Cornelia deutete über die Wiese zum Waldrand. »Nicht weit vom Riedhof entfernt gibt es eine kleine Abzweigung, die dort hinten endet. Eduard sagt, es ist besser, wenn wir nicht beide vom Sandhof aus...« Sie stockte und sah ihn an. »Kann ich wirklich darauf vertrauen, daß Sie schweigen werden, Herr...?«

»Biddling«, sagte Richard. »Ich gebe Ihnen mein Wort.« Es lag ihm nichts daran, ihr Schwierigkeiten zu machen, und die würde sie bekommen, wenn er sie – wie es eigentlich seine Pflicht wäre – zu ihren Eltern bringen würde.

»Danke, Herr Biddling.«

Ihr Gesicht war noch hübscher, wenn sie lächelte, und Richard fröstelte es, als er daran dachte, daß auch Marianne Hagemann und Christiane Bauder so reizend gelächelt haben mochten, bevor Eduard Könitz seine widerlichen Hände an sie gelegt hatte. »Sie sollten jetzt aber wirklich gehen, gnädiges Fräulein«, forderte er sie auf.

»Darf ich vorher noch schnell meine Handtasche aus der Hütte holen?«

Richard unterdrückte ein Gähnen. »Aber selbstverständlich, gnädiges Fräulein.« Die Müdigkeit überfiel ihn mit solcher Macht, daß er sich für einen Moment an die rauhen Holzbohlen der Hüttenwand lehnte. Augenblicklich nickte er ein und fuhr erschrocken zusammen, als er ein Geräusch hörte. Aber es war nur Cornelia, die sich von ihm verabschiedete und dann zu dem Wildpfad lief. Er sah ihr nach, bis sie zwischen den Bäumen am Rand der Lichtung verschwunden war, warf einen flüchtigen Blick in den dunklen Verschlag und zog sich gähnend in den Schutz des Waldes zurück, um das Eintreffen von Eduard abzuwarten.

Das Knacken eines zertretenen Zweiges weckte ihn auf, aber es war zu spät, um zu reagieren. Eduard Könitz trat mit solcher

Wucht zu, daß Richard glaubte, sein Körper breche auseinander.
»Wo ist sie?« schrie Eduard, außer sich vor Zorn. Er holte aus, um Richard einen zweiten Tritt zu versetzen, aber in letzter Sekunde konnte er sich zur Seite rollen. »Was haben Sie mit ihr gemacht, Sie gottverdammter preußischer Hurensohn?«

Bevor es Richard gelang, auf die Beine zu kommen, stürzte sich Eduard auf ihn und riß ihn hoch. Richard nahm seine Hände nach oben, um den Schlag abzuwehren, und er schaffte es, Eduard von sich wegzustoßen. Er nutzte seine Chance und schlug seinerseits zu. Eduard hatte nicht mit dem Angriff gerechnet und torkelte benommen einige Schritte zurück.

Aus zusammengekniffenen Augen starrte er Richard an. »Ich mach' Sie fertig, Biddling; diesmal mach' ich Sie fertig. Sie werden nicht mehr in meinem Leben herumpfuschen. Sie nicht! Das schwöre ich Ihnen!«

»Und ich schwöre Ihnen, daß Sie der letzten Frau die Kehle zugedrückt haben, Könitz«, keuchte Richard, und sein Haß ließ ihn keine Schmerzen mehr fühlen.

Kurze Zeit später brach sich der Knall eines Schusses an den Wipfeln der hohen Bäume, und eine Schar Vögel floh aufgeregt zwitschernd aus dem dichten Gestrüpp hinter der Hütte.

26

*Überhaupt wird der Beamte wohl daran thun, einen
persönlichen Kampf so viel als möglich zu vermeiden,
da die allgemeine Stimme des Publikums in der Regel
geneigt ist, Parthei gegen den Beamten zu nehmen
und der Beamte außer der Gefahr für sein Leben
und seine Gesundheit nicht selten noch eine
gerichtliche Untersuchung wegen Überschreitung
des Waffengebrauchs zu befürchten hat.*

◆

Es dämmerte schon, als Richard zu sich kam, und das erste, was er wahrnahm, war ein erdiger Geschmack auf seinen Lippen und der Geruch nach moderndem Holz. Er hob seinen Kopf und hatte das Gefühl, er müsse ihm zerspringen. Mit aller Kraft stemmte er seine Hände in den weichen Waldboden und versuchte aufzustehen. Er schaffte es nicht und blieb stöhnend liegen.

Das Hämmern und Bohren hinter seiner Stirn dröhnte so laut, daß nicht der kleinste Gedanke dagegen ankam, und nur allmählich durchdrang die Erinnerung den Schmerz, der mit Gewalt von seinem Kopf auf seinen Körper übergriff. Er hatte gewartet. Plötzlich war Eduard dagewesen, und sie hatten aufeinander eingeschlagen, wieder und immer wieder. Hatte Eduard nicht am Boden gelegen? Ja. Und er war so unvorsichtig gewesen, ihm den Rücken zuzudrehen. Eine gleißende Sonne sprengte seinen Kopf, und der Explosion folgte augenblicklich Dunkelheit. Und ein tiefes, schwarzes Nichts.

Richard versuchte erneut, sich aufzurichten, und diesmal gelang es ihm, bis auf die Knie zu kommen. Eduard – verflucht, wo war er hin? Lauerte er irgendwo im Hinterhalt und wartete nur darauf, ihm den Rest zu geben? Die Angst drängte den Schmerz zurück und half ihm auf die Beine. Die mächtigen Stämme der Bäume schwankten im Zwielicht des sich neigenden Tages als verschwommene Schatten hin und her, und Richard fuhr sich über seine geschwollenen Augen, um den Blick zu klären. Als er die Wunde an seiner Stirn berührte, zuckte er zusammen und spürte, wie aus seiner Magengegend ein schlimmes Gefühl von Übelkeit hochstieg. Er preßte die Hand vor den Mund, wankte zu einer alten Eiche und übergab sich. Was hatte er getan! *Gehe ich recht in der Annahme, daß Sie Ihre Dienstpflichten vernachlässigt haben, um Ihren privaten Rachefeldzug zu führen?* Haß, nichts als blinder, wahnsinniger Haß hatte ihn getrieben! Und dieses Mal würde auch Braun ihm nicht mehr helfen können.

Die Erkenntnis, versagt zu haben, überkam Richard mit einer Macht, die ihn sogar seine Angst vor einem weiteren Angriff vergessen ließ, und er konnte nichts anderes mehr denken als dieses eine, dieses beschämende, vernichtende Wort: *Versagt!* Wie ein Betrunkener torkelte er zwischen den Bäumen hindurch, an der Rückseite der Hütte entlang und über die Lichtung dem Pfad zu. Ohne anzuhalten oder sich umzudrehen, lief er durch den Wald und am Sandhof vorbei, und er merkte nicht, wie zwei späte Ausflügler ihm hinterherschauten und zu tuscheln anfingen. Er sah auch die uniformierten Reiter nicht, die auf den Wald zugaloppierten, genausowenig, wie er ihre Rufe hörte, als sie auf den Pfad und kurz darauf zur Hütte stießen; und daß er den Weg zum Landungsplatz der Färcher eingeschlagen hatte, registrierte er erst, als er am Ufer des Mains zusammenbrach und ins Wasser starrte.

Irgendwie mußte er über den Fluß und von dort durch die Stadt ins Polizeipräsidium gekommen sein, aber daran fehlte Richard später jede Erinnerung. Das erste, was er wieder bewußt wahrnahm, war, daß er mit einem wassergetränkten Taschentuch vor dem halbblinden Spiegel in seinem Büro stand und sich das angetrocknete Blut aus dem Gesicht wischte.

Er wollte gerade zu seinem Schreibtisch gehen, als ein junger Beamter hereinkam. »Entschuldigen Sie, Herr Kommissar, ich soll...« Als er Richards zerschlagenes Gesicht und seine ungeordnete, verschmutzte Kleidung sah, brach er entsetzt ab.

»Was gibt's?« fragte Richard ungehalten.

Der Junge senkte beschämt den Blick. »Ich soll nachschauen, ob noch Beamte da sind. Für den Mordfall im Stadtwald, Herr Kommissar.«

Richard fühlte, wie sich eine eisige Faust um seinen schmerzenden Körper zu legen begann. »Mordfall im Stadtwald? Aber wieso...?«

»Ist Ihnen nicht gut, Herr Kommissar?«

Richard reagierte nicht. Die Faust hatte ihn gepackt.

»Herr Kommissar?«

Er riß sich zusammen. »Ja. Weiß man schon, wer es ist?«

»Eduard Könitz«, sagte der junge Polizist und fügte in bestem Amtsdeutsch hinzu: »Der Tote wurde in den frühen Abendstunden durch Beamte der Berittenen Schutzmannschaft in einer abgelegenen Waldhütte in der Nähe des Sandhofes erschossen aufgefunden. Die Tatwaffe konnte am Tatort sichergestellt werden.«

»Tatwaffe«, murmelte Richard. Er faßte an seine Hüfte, doch da war nichts: Sein Dienstrevolver war weg! Seine Knie fingen an zu zittern, und ihm wurde so übel, daß er glaubte, sich auf der Stelle übergeben zu müssen. Stöhnend sank er auf den Stuhl hinter seinem Schreibtisch und schlug die Hände vors Gesicht.

»Herr Kommissar! Soll ich Hilfe holen?« fragte der junge Polizist und kam näher.

Richard ließ seine Hände sinken und sah ihn ungläubig an. »Das kann ja gar nicht...! Woher wußten die überhaupt...?«

Langsam bekam es der Junge mit der Angst zu tun. »Ich glaube, ich gehe besser«, sagte er nervös.

»Halt! Erst erklären Sie mir, was...« Richard brach ab und sammelte sich. »Wer hat die Sache gemeldet?«

»Gemeldet? Niemand, Herr Kommissar. Es war doch geplant, Herrn Könitz dort zu verhaften, und als die Beamten...«

»Was? Was sagen Sie da?« Das Hämmern in seinem Kopf steigerte sich ins Unerträgliche. »Man wollte ihn *verhaften*? Aber warum?«

»Ja, wissen Sie es denn nicht?«

»*Was* weiß ich nicht, verdammt noch mal?« schrie Richard. Mühsam stand er auf und stützte sich mit den Händen am Schreibtisch ab. »Wenn Sie mir nicht augenblicklich sagen, was hier eigentlich los ist, dann...« Er ließ offen, was dann sein würde, und starrte den Jungen grimmig an.

»Aber ich dachte... Bearbeiten Sie denn nicht diesen Fall, Herr Kommissar?«

Richard hatte das Gefühl, kurz vor dem Wahnsinn zu stehen. Erschöpft ließ er sich auf seinen Stuhl zurückfallen. »Ich war unterwegs. Also bitte: *Was* ist los?«

Der Beamte schaute ihn unsicher an. »Also, soweit ich das mitbekommen habe, hat man einen verschwundenen Ring von dem toten Dienstmädchen gefunden, dieser Emma oder so.«

»Emilie«, verbesserte Richard tonlos.

»Ja, genau. Emilies Ring.« Die Wangen des Jungen begannen sich zu röten, als er aufgeregt hinzufügte: »Und noch anderen Schmuck dazu! Von diesem... diesem«, er schüttelte sich, »vielleicht haben Sie davon gehört: zwei Mordfälle vor zehn Jahren, die nie aufgeklärt werden konnten – der *Stadtwaldwürger*, so nannte man ihn wohl. Es heißt, Herr Könitz sei auch das gewesen, und weil man ihn in der Stadt nicht finden konnte, meinte Kriminalschutzmann Braun, daß er vielleicht in dieser Hütte sein könnte. Und dann hat Herr Polizeirat Dr. Rumpff die Beamten dorthin befohlen und...«

»Danke. Sie können gehen.« Es war nicht seine Stimme, die Richard sprechen hörte; es war die Stimme eines Fremden, der neben ihm stand. »Worauf warten Sie noch? Gehen Sie.«

»Ja, Herr Kommissar.« Erleichtert lief der junge Polizist zur Tür. »Soll ich Ihnen nicht doch jemanden schicken?«

»Nein«, sagte die fremde Stimme. »Verschwinden Sie endlich.« Richard sah den Fremden planlos einige Papiere auf seinem Schreibtisch zurechtrücken; er sah, wie er durchs Zimmer ging, die Tür abschloß und den Clesernhof verließ. Er sah ihn im Licht vereinzelt vom Himmel zuckender Blitze über den Römerberg ins Rapunzelgäßchen laufen und mit dem ersten, fernen Donnergrollen im Haus der Müllerin verschwinden.

»Wer ist da?« Das Knarren der Zimmertür hatte Heiner Braun aus dem Schlaf gerissen, und er starrte angestrengt auf die dunkle Gestalt, die sich seinem Bett näherte. »Sind Sie das, Herr Kommissar?«

»Ja.«

In einem Gefühl plötzlicher Unruhe griff Heiner neben sich, um Licht zu machen. »Großer Gott! Was...?«

Richard stützte sich schwerfällig auf die Lehne des Stuhls, der neben dem Bett stand. »Eduard Könitz ist tot.«

»Um Himmels willen! Sie haben ihn doch nicht etwa...?«

»Erschossen. Mit meinem Revolver – vermutlich. In der Hütte beim Sandhof.«

Heiner Braun schwieg. Er hatte es geahnt. Von Anfang an hatte er geahnt, daß das nicht gutgehen würde.

»Ich habe nicht viel Zeit, Braun. Und ich wollte Ihnen...« Er brach ab. Sinnlos. Es war alles sinnlos.

»Wir haben endlich den Beweis dafür, daß Eduard der *Stadtwaldwürger* war – und daß er auch Emilie Hehl umgebracht hat«, sagte Heiner.

Richard ließ den Stuhl los und richtete sich auf. »Ich weiß. Ich hörte davon. Im Präsidium. Vorhin. Aber wer hat...?«

»Victoria Könitz. Sie fand den Schmuck der Toten gestern nacht im Tunnel unter dem Glashaus. Als sie mir Bescheid geben ließ, daß Eduard nicht zu Hause sei, und Sie nicht zurückkamen, da *mußte* ich handeln!«

Richard winkte müde ab. »Ihnen ist kein Vorwurf zu machen, Braun.« *Ihnen nicht. Mir!* »Das Spiel ist aus. Ich habe verloren, und...«

»Herr Kommissar, ich bitte Sie...«

»Zu spät, Braun. Es ist zu spät. Und ich sollte besser verschwinden, ehe man Sie noch als meinen Gehilfen verhaftet.« Er verzog sein Gesicht, aber es wurde nicht einmal der Ansatz eines Lächelns daraus.

»Wie ist es passiert?«

»Herrgott, ich *weiß* es doch nicht!« stieß Richard erregt hervor. »Wir haben uns geprügelt, im Wald hinter der Hütte. Nachdem ich Cornelia Hortacker nach Hause geschickt hatte. Ich fiel, und dann – *nichts!* Da ist einfach nichts, Braun.« Leise fügte er hinzu: »Und als ich wieder zu mir kam, war Eduard verschwunden.«

»Und Ihre Waffe?«

»Sie ist weg.« Richard schluckte. »Und ich kann mich auch *daran* nicht erinnern.«

Heiner sah ihn erleichtert an. »Dann haben Sie ihn also gar nicht erschossen?«

»Ich war doch überhaupt nicht in dieser verdammten Hütte!« rief Richard. Bitter fügte er hinzu: »Aber spielt das irgendeine Rolle? Es war der *Haß*, dieser dumme, unvernünftige Haß. Sie hatten recht: kein guter Ratgeber, ich...«

Durch das geöffnete Fenster drang Donnergrollen herein, das sich mit dunkel klingenden Stimmen mischte, die sich dem Haus näherten.

»Ich muß fort«, flüsterte Richard nervös.
»Ja, aber ... Wo wollen Sie denn hin?«
Richard zuckte resigniert mit den Schultern.
»Meinen Sie nicht, es wäre besser, hierzubleiben?«
»Hierbleiben?« Der Ausdruck in Richards übermüdeten Augen jagte Heiner einen Schauer über den Rücken. »Hierbleiben soll ich? Damit man mich einsperrt? Mit dem letzten Lumpengesindel zusammen in eine Zelle pfercht? Sie glauben nicht im Ernst, daß ich mich von den eigenen Kollegen verhaften und verhören lasse! Eher werde ich ...«

Die Stimmen verstummten, und kurz darauf wurde laut gegen die Haustür geschlagen. Richards gehetzter Blick glitt zum Fenster. Dann lief er zur Tür.

»Herr Kommissar – bitte. Bleiben Sie!«

»Leben Sie wohl, Braun.« Mit einem Knall flog die Tür ins Schloß, und Heiner verfluchte seine Hilflosigkeit, die ihn wehrlos wie einen Säugling an dieses elende Bett fesselte.

»Aufmachen! Polizei!« brüllte jemand von draußen.

Im Türrahmen erschien das blasse Gesicht von Frau Müller. »Was wollen die von uns, Herr Braun?«

Heiner legte seine Hand auf den Mund und deutete mit der anderen zum Fenster. »Bitte, Frau Müller, machen Sie einfach auf. Sie wissen von nichts, und Sie haben niemanden gesehen, ja?«

»Aber was ...«

Heiner sah sie eindringlich an. »Vertrauen Sie mir. Ich erkläre Ihnen nachher alles.«

»Wenn Sie nicht augenblicklich die Tür öffnen, wenden wir Gewalt an!« dröhnte es von draußen.

Frau Müller lief hinaus. »Ja, doch! Einen Moment, ich komme ja schon«, hörte Heiner sie im Flur rufen.

Vom dritten Stock führte eine steile Holzstiege zum Dachboden. Keuchend kletterte Richard hinauf. Es war stockfinster. Gebückt tastete er sich durch die niedrige Bodenkammertür und schloß sie leise hinter sich. Als er sich aufrichtete, prallte er mit dem Kopf gegen einen hölzernen Spannriegel. Der Schmerz war so unerträglich, daß er ihn in die Knie zwang und ihn sich seine Lippen zerbeißen ließ, um nicht schreien zu müssen. Er spürte, wie ihm das Blut von der Stirn über das Gesicht lief, und er wischte es mit der Hand weg. *Fort!* dröhnte es in seinem Kopf. Egal wie, und egal wohin! Nur nicht diese Schande und Demütigung erleben, vor aller Leute Augen wie ein Verbrecher abgeführt zu werden! *Ehre edelt, mein Junge, und sie zu nehmen, heißt aufzuhören, ein Mann zu sein.*

Richard taumelte auf zwei nebeneinanderliegende Holzverschläge zu, öffnete den ersten und ging hinein. Plötzlich fing es um ihn herum wild zu flattern an, und er schlug entsetzt um sich, bis er begriff, daß er in einen Taubenschlag geraten war. Hastig sperrte er die Tür wieder zu und lehnte sich erschöpft dagegen. Als er den Riegel der zweiten Tür zurückschob, hörte er seine Kollegen die Treppe heraufpoltern und blieb reglos stehen.

»Welches Zimmer ist es, gnädige Frau?«

»Ich sagte Ihnen doch, daß der Herr Kommissar nicht da ist!«

»Welches?«

»Ich hätte es bestimmt gehört, wenn er zurückgekommen wäre!«

»Ist es Ihnen etwa lieber, wenn meine Leute gleich alle vier Türen einschlagen, gnädige Frau?«

»Nein. Es ist die hier.«

Leise schlüpfte Richard in die zweite Kammer. Unter dem spitzgiebeligen, schiefergedeckten Dach hatte sich die ganze Hitze eines Sommertages aufgestaut, und ihm brach der Schweiß aus allen Poren, als er sich vorsichtig zu einer kleinen Dachluke vortastete, die sich als graublauer Streifen zwischen den dunklen Dachbalken abzeichnete. Er stieß das Fensterchen auf und schaute hinaus. Was er sah, ließ ihn trotz der Hitze frösteln: ein furchteinflößend steiles Dächergewirr mit unzähligen Schornsteinen, Mauervorsprüngen, Erkern und Türmchen darauf, deren Silhouetten sich matt gegen den bedrohlich dunklen Nachthimmel abzeichneten. Vor ihm lag Brauns geliebtes, über Jahrhunderte zusammengezimmertes Altfrankfurt, und es war Wahnsinn, es bezwingen zu wollen.

Ein derbes »Verdammt noch mal!« und gleichzeitig einsetzendes Taubengurren machten Richard klar, daß er keine andere Wahl hatte. Er biß die Zähne zusammen und zwängte sich durch die enge Öffnung nach draußen. Er hatte das Fenster gerade wieder beigeschoben, als ein Blitz die bizarre Dachlandschaft für Sekunden in ein grelles Licht tauchte. Unmittelbar darauf folgte ein heftiger Donnerschlag, und Richard hoffte, daß es nicht anfangen würde zu regnen. Er vermied es, nach unten zu schauen, stützte sich mit den Füßen an einem verrosteten Schneefanggitter ab und kletterte auf den noch sonnenwarmen Schieferplatten zum Dach des Nachbarhauses hinüber.

Plötzlich hörte er von der Dachluke her Stimmen und duckte sich erschrocken hinter einen baufälligen Schornstein. Als ein zweiter Blitz vom Himmel zuckte, sah er einen Kopf in der Dachöffnung. Aber er sah noch etwas anderes: Auf dem rissigen Mörtel der Esse zeichnete sich deutlich der blutige Abdruck seiner Hand ab. Bei dem Gedanken, möglicherweise auch am Fensterausstieg eine solche Spur hinterlassen zu haben, wurde ihm schlecht vor Angst.

»Also, wenn er hier raus ist, dann ist er bekloppt!« hörte er eine Männerstimme rufen, und eine zweite entgegnete: »Wenn du recht hast, hast du recht, Junge! Da wird einem ja schon beim Rausgucken übel.« Lachend zogen sich die Männer zurück, und Richard atmete auf.

Schwerfällig erhob er sich und kletterte vorsichtig von Giebel zu Giebel weiter. Dabei mußte er immer wieder kurze Pausen einlegen, um gegen starken Schwindel anzukämpfen. Schließlich versperrte ihm eine mit Schieferplatten belegte Brandmauer den Weg. Nach mehreren Versuchen, sie zu überwinden, gab er auf und blieb schweratmend neben einem runden Türmchen liegen, das von einer verschnörkelten Wetterfahne gekrönt wurde. Erschöpft schloß er seine brennenden Augen. *Ich bestehe darauf, daß sich meine Beamten bei ihren Handlungen an Recht und Gesetz halten, ist das klar, Biddling? Man nennt es den blinden Fleck, Herr Kommissar. Schlagen Sie ruhig zu, Herr Biddling. Das ist doch das einzige, was ihr Männer könnt!*

Er hatte versagt, in allen Dingen ganz und gar versagt. Mit überheblicher Siegesgewißheit war er in diese Stadt gekommen, um die Schande vom Grab seines Vaters zu nehmen, um ihm den Glanz der Bewunderung zurückzugeben, um ihn einmal, wenigstens ein einziges Mal lächeln zu sehen. *Ich bin stolz auf dich, mein Sohn.* Aber er hatte versagt. Einmal mehr, einmal zuviel in seinem Leben. *Elendes Waschweib, du! Hör sofort auf zu flennen, verdammt! Ja, Vater.*

Der gewaltige Donnerhall war direkt über ihm, und als die ersten, schweren Regentropfen den Geruch des Staubes aus dem warmen Schiefer lösten, raffte Richard sich zu einem letzten Versuch auf, über die Mauer zu kommen. Diesmal schaffte er es. Auf der anderen Seite entdeckte er eine morsche Leiter, über die er ein verborgenes *Belvederche* erreichte, das so winzig war, daß nicht mehr als ein Stuhl und drei Töpfe mit Geranien darauf Platz fanden. Als er von dort auf die Straße hinunter sah, fiel sein Blick auf einen schindelgedeckten, verglasten Übergang, der eins der Rapunzelgäßchenhäuser mit seinem Pendant vom Römerberg verband. Richard konnte nicht erkennen, ob die Fenster geöffnet waren, aber einen Versuch war es wert.

Während er an einem der Stützbalken des *Belvederches* nach unten kletterte, gingen die vereinzelten Regentropfen in einen heftigen Schauer über, der die staubigen Dächer innerhalb kürzester Zeit in eine schwarzglänzende Rutschbahn verwandelte, auf der seine Füße keinen Halt mehr fanden. Über eine Traufe fiel er auf das flache Dach des Ganges und blieb dort zitternd liegen, bis das Donnergrollen leiser wurde und der Regen nachließ.

Als er wieder aufstand, hörte er das Wasser in den Abfallrohren zu Boden rauschen. Eins der Rohre befand sich unmittelbar neben dem Übergang an der Hauswand. Richard hielt sich mit den Händen daran fest, suchte mit den Füßen Halt an der Mauer und ließ sich langsam abwärts gleiten. Unterhalb des Ganges hatte das Rohr einen leichten Knick, und als er nachfaßte, hörte er ein häßliches Knirschen und stürzte zusammen mit dem durchgerosteten Rohrstück aufs Pflaster. Der Stich in seinem rechten Fuß war nicht einmal der stärkste Schmerz, den er beim Aufprall spürte, aber als er versuchte, auf die Beine zu kommen, wollte es ihm nicht gelingen. Und so blieb er in der schlammigen Regenpfütze liegen, die sich in einer Vertiefung des Gäßchens gebildet hatte, und erfreute sich am Anblick der süßen, roten Kirschen, die im Garten seiner Großmutter weithin leuchteten und für Momente die Geborgenheit und Wärme einer kurzen, glücklichen Kindheit zurückbrachten, ehe ein herrisches Lachen alle Sehnsucht danach erstickte.

Die Augen des Toten starrten ihn noch unbarmherziger, noch verächtlicher an als die des Lebenden, und ihr Blick traf ihn bis ins Mark. *Bring es mit Anstand hinter dich, Junge. Wenigstens das solltest du mir schuldig sein.* Und Richard wußte, daß er am Ende des Weges angekommen war.

»Sie haben mich rufen lassen, Herr Braun?«

Heiners Blick wanderte über Victorias blasses Gesicht und ihr schwarzes Kleid, und er verwünschte seine aus Verzweiflung geborene Idee. »Ich möchte Ihnen mein Beileid aussprechen, Victoria. Bitte setzen Sie sich doch.«

»Warum hat er das getan? Sagen Sie's mir! Warum?«

Wie elend und krank sie aussah! »Kommissar Biddling hat Eduard nicht erschossen«, sagte er.

»Und warum sucht dann die gesamte Frankfurter Polizei nach ihm?« rief Victoria mit Tränen in den Augen. »Die Leute erzählen«, sie schluckte, »daß er an der Hütte gesehen wurde, kurz nachdem es geschah. Und daß Eddy mit seiner Waffe...«

»Es tut mir wirklich sehr leid, Victoria«, sagte Heiner leise.

Sie ließ die Hände in ihren Schoß sinken. »Warum ist er feige davongelaufen, wenn er es nicht war?«

Heiner schaute sie niedergeschlagen an. »Sie sagen es doch selbst: Alles spricht gegen ihn. Und die Preußen haben eben manchmal ein etwas seltsames Ehrgefühl. Ich befürchte, daß er sich was antut, wenn die Kollegen ihn finden. Er war ziemlich durcheinander gestern abend.«

»Er war hier?« fragte Victoria überrascht.

Heiner erzählte ihr von Richards nächtlichem Besuch und der anschließenden Polizeimaßnahme.

»Und wo könnte er hingegangen sein?« fragte sie.

»Ich habe mir die halbe Nacht den Kopf darüber zerbrochen, Victoria.« Er fuhr sich über das Gesicht. »Und ich bin zu dem Schluß gekommen, daß sich ihm nicht allzuviele Möglichkeiten bieten; vorausgesetzt, er hat die Stadt nicht verlassen.«

»Aber allein in der Altstadt gibt es Hunderte von Verstecken und Schlupfwinkeln!«

»Das mag ja sein, doch Sie dürfen nicht vergessen, daß der Kommissar kein Frankfurter ist. Er hat weder Angehörige noch Freunde hier, bei denen er untertauchen könnte. Und was die Verstecke und Schlupfwinkel angeht, bin ich fast sicher, daß er nicht viel mehr davon kennt als die wenigen, die ich ihm persönlich gezeigt habe. Und deshalb dachte ich...«

»...daß ich Ihnen helfe, ihn zu finden«, ergänzte Victoria tonlos.

Heiner nickte. »Ich weiß, daß ich Unmögliches von Ihnen verlange, aber es gibt niemanden sonst, den ich darum bitten könnte. Und weil ich eben dachte, daß er Ihnen nicht ganz einerlei ...« Er brach ab und betrachtete seine Bettdecke.

»Sieht man es mir so sehr an?« fragte sie betroffen.

»Es steht in Ihren Augen geschrieben, Victoria. Für den, der darin zu lesen weiß.«

Ihr Kinn fing an zu zucken. »Eddy wußte auch darin zu lesen, Herr Braun. Und obwohl er diese *Dinge* getan hat, ich ...« Sie stockte und sah Heiner unglücklich an.

Er beugte sich vor und nahm ihre schmalen, kalten Hände. »Sie brauchen sich für Ihre Gefühle nicht zu schämen, Victoria. Kein Mensch trägt nur häßliche Seiten in sich.«

»Ja.« Tränen liefen über ihr blasses, übernächtigtes Gesicht, und Heiner spürte, daß es nicht nur Eduards Tod war, der sie weinen ließ.

»Wenn Sie reden möchten ...?«

»Warum tut es bloß so schrecklich weh?«

Er drückte ihre Hände. »Schauen Sie, Victoria, es gibt viele Kapitel im Buch unseres Lebens: heitere und ernste, glückliche wie traurige, und manche davon verstehen wir erst, wenn wir bis zum letzten Wort alles gelesen haben und am Ziel angekommen sind.«

Victoria schluckte. »Es war der Duft der Orangenblüten in Claras Haar«, sagte sie leise. »*Sein* Duft in ihrem Haar. Sie liebten sich, und Clara war fast sechzehn. Sie hätten Dispens bekommen. Ich verstehe es bis heute nicht. Damals war ich froh darüber. Eddy war *mein* Freund.« Sie barg den Kopf in ihre Hände und weinte. »Herr Braun, ich habe ihn so sehr *geliebt!*«

Heiner strich ihr übers Haar, wie er vor langer Zeit Oliver übers Haar gestrichen hatte, und sie begann, die traurige Geschichte des kleinen Mädchens zu erzählen, das sein Glück darin zu finden hoffte, ein kleiner Junge zu sein, bis es erfahren mußte, daß die Macht der Gefühle stärker war als die der Vernunft und daß auch ein noch so verzweifelter Vernichtungsschlag sie nicht bannen konnte. Es dauerte lange, bis sie ihr Gesicht wieder hob, und Heiner sah Erleichterung darin. Und wieder ein bißchen Hoffnung. Wortlos reichte er ihr ein Taschentuch. Victoria wischte sich die Tränen weg und sagte: »Vier oder fünf Wochen, nachdem Clara ins Irrenhaus gekommen war, lernte Eduard Marianne Hagemann kennen. Aber es wurde nichts daraus, weil sie nicht standesgemäß war. Und mit dem anderen Mädchen, dieser Christiane, war es wohl ähnlich.«

Heiner sah sie verblüfft an. »Aber Mariannes Eltern behaupteten, daß ihre Tochter Eduard gar nicht kannte!«

Victoria zuckte mit den Schultern. »Entweder wußten sie wirklich nichts, oder sie haben aus Scham gelogen.« Sie faltete Heiners Taschentuch zusammen und legte es in ihren Schoß. »Wissen Sie, ich glaube, daß Eduard seit der Sache mit Clara nie wieder eine Frau richtig lieben konnte. Vielleicht hat er deshalb getötet. Vielleicht war es die Sehnsucht, die sich nicht erfüllen durfte: Clara war im Glashaus, und Clara ist tot.«

»Wie bitte?«

Victoria lächelte traurig. »Als ich ihn bat, sie zu besuchen, geriet er völlig außer sich und behauptete steif und fest, sie sei tot. Verstehen Sie? Er dachte, daß *sie* es ist, daß Emilie Clara ist und daß *all das* von vorn beginnt! Und ich? Ich war immer nur ein dummes Kind für ihn.«

Heiner nickte stumm. Die Antwort auf all die Fragen war so naheliegend und einleuchtend – und völlig bedeutungslos geworden.

»Noch heute sehe ich ihn vor mir, wie er damals von der Polizei zurückkam: zerschlagen und gedemütigt. Und die vielen schrecklichen Zeitungsberichte: *Der Tod heißt Könitz...*«

»Ich erinnere mich, ja«, murmelte Heiner.

»Und dieser Dickert«, stieß Victoria haßerfüllt hervor, »schreckte nicht einmal davor zurück, Tante Sophia zum Verhör zu zwingen, als sie sich nach Eddy erkundigen wollte. Obwohl sie hochschwanger war. Sie verlor das Kind und starb fast dabei.«

Heiner schluckte. »Das wußte ich nicht, Victoria. Bitte verzeihen Sie. Ich hatte kein Recht, Sie da hineinzuziehen.«

Sie sah ihn fest an. »Es ist vorbei. Und Dickert ist tot. Und der Kommissar – wo soll ich ihn suchen, Herr Braun?«

Heiner deutete auf die oberste Schublade des Nachttischchens. »Ich habe es Ihnen aufgeschrieben.« Victoria zog die Lade auf und nahm ein zusammengefaltetes Blatt Papier heraus. »Bitte versprechen Sie mir, daß Sie vorsichtig sind, Victoria.«

Sie stand auf. »Ich verspreche es.«

»Wenn Ihnen etwas zustoßen würde, könnte ich es mir nie verzeihen.«

Victoria lächelte. »Ich passe schon auf mich auf, Herr Kriminalschutzmann.« An der Tür blieb sie noch einmal stehen.

»Dieses Ziel, Herr Braun – wann werde ich denn wissen, daß ich das letzte Wort gelesen und den Sieg errungen habe?«

Heiner schüttelte den Kopf. »Nicht der Sieg, sondern der Frieden ist das Ziel. Der Frieden mit sich selbst. Ich bin sicher, daß Sie ihn eines Tages finden werden, Victoria.«

»Wenn nur der Tunnel nicht wäre«, sagte sie traurig und ging hinaus.

Sie hatte das Haus noch nicht verlassen, als im Polizeipräsidium bei Dr. Rumpff die Meldung einging, daß im fünf Kilometer entfernten Offenbach in den frühen Morgenstunden ein betrunkener, wild tobender Mann verhaftet worden war, der sich damit gebrüstet hatte, in Frankfurt einen Mord begangen zu haben.

27

Bei einem gewaltsamen Morde bildet das Blut, wenn solches vergossen ist, ein überaus günstiges Mittel zur Entdeckung des Thäters. Die allwaltende Remesis hat es so wunderbar eingerichtet, daß dieser Siegel der Schuld überaus schwer zu beseitigen ist und schon mancher Mörder ist durch das Blut, welches zum Himmel Rache schreit, entdeckt worden.

Auf der Straße schlug Victoria eine drückende Schwüle entgegen. Sie blieb kurz stehen, um Heiner Brauns Zettel zu lesen. Dreizehn Adressen hatte er ihr aufgeschrieben, und wie sie vermutet hatte, lagen sie nicht in den besten Wohnvierteln der Stadt. Im Gegensatz zu Braun hatte sie allerdings keine Angst, daß ihr dort irgend etwas zustoßen könnte, zumal das Gegenteil viel wahrscheinlicher war: Vermutlich würde sie spätestens beim dritten Haus die Polizei am Hals haben, denn gnädige Fräuleins pflegten nun einmal nicht in dunklen Hinterhöfen und schmuddeligen Absteigen herumzuschnüffeln. Lächelnd faltete Victoria das Papier zusammen und verließ das Rapunzelgäßchen in Richtung Domplatz. Zum Glück hatte sie ja vorgesorgt: Nicht sie selbst, sondern Hannes würde gehen!

Die Sonne brannte auf ihrem schwarzen Kleid und trieb ihr den Schweiß auf die Stirn, aber es kümmerte sie nicht. *Nichts, dessen ich mich schämen müßte.* Hatte Braun ihr nicht die quälende Last von den Schultern genommen? Trotz ihrer Trauer fühlte Victoria sich endlich frei, und frischer Mut und neue Zuversicht halfen ihr, die leise Stimme zu überhören, die schon so viele Jahre in ihrem Herzen war.

Nachdem sie in die Judengasse eingebogen war, schaute sie sich immer wieder mißtrauisch um, denn auch in dieser Welt war das vornehme Fräulein Könitz fehl am Platz, und das verborgene Leben hinter den verfallenen Fassaden würde nur einen Hannes akzeptieren. Durch den eisernen Torbogen ging sie in den kleinen Hof, in den sie der Kommissar damals nach ihrem Sturz getragen hatte. Es kam ihr vor, als sei das alles Jahre her, und doch konnte sie nicht vergessen, wie er sie angesehen hatte, als sie erwacht war.

Victoria lief am Brunnen und an der Mauerruine vorbei und erschrak, als sie das niedergetretene Strauchwerk vor dem Kellerabgang sah. Eilig kehrte sie um und holte aus einem Versteck an der Mauer ein Windlicht hervor. Sie zündete den Kerzenrest an, der sich darin befand, stieg über das Gestrüpp und schlich vorsichtig die Treppe hinunter. Als sie in das feuchte Kellerverlies kam, spürte sie sofort, daß sie nicht allein war. Ängstlich hielt sie das Licht in die Finsternis, und plötzlich sah sie, daß sie Brauns Liste nicht mehr brauchen würde.

Richard Biddling lag mit dem Gesicht zur Wand in der Ecke vor dem Durchgang zum Nachbarkeller, und als Victoria hastig zu ihm hinstolperte, hätte sie um ein Haar das Windlicht fallen lassen. »Um Himmels willen, Herr Kommissar!« rief sie und kniete sich neben ihn. Sein Anzug klebte naß und verdreckt an seinem Körper, und er zitterte vor Fieber und Kälte. Mit einem leisen Stöhnen drehte er sich zu ihr hin, und es fiel ihr schwer, nicht zu schreien, als sie sein blutverkrustetes und geschwollenes Gesicht sah, das eher einem Gespenst als einem Menschen zu gehören schien. »Oh Gott!« war das einzige, was sie über die Lippen brachte.

»Lassen Sie. Bitte«, flüsterte er, und Victoria erkannte, daß er sich aufgegeben hatte, daß er den Tod nicht mehr fürchtete, sondern nur noch das Leben.

»Sie müssen hier heraus«, sagte sie.

Er schüttelte schwach den Kopf.

»Doch! Und zwar auf der Stelle! Ich werde Hilfe holen, und dann...«

»Nein.« Seine Stimme war nur ein heiseres Krächzen. Vergeblich versuchte er, sich aufzurichten. »Ich habe nur eine Bitte: Gehen Sie.«

Victoria spürte plötzlich Zorn. »Mir scheint, die Familie Dickert findet ein besonderes Vergnügen daran, sich selbst auszurotten. Aber so einfach kommen Sie mir nicht davon, Herr Kommissar!« Liebe Güte, sie mußte ihn aus dieser tödlichen Lethargie reißen!

In seine fiebrigen Augen trat ein so mutloser und trauriger Ausdruck, daß sie nichts anderes tun konnte, als ihm behutsam das nasse Haar aus der blutverschmierten, glühenden Stirn zu streichen. »Haben Sie Kinder?« fragte sie leise.

»Nein. Noch nicht – bald.«

»Wollen Sie denn, daß, wenn es ein Junge ...«, begann sie, doch dann zog sie ihre Hand zurück und stieß aufgebracht hervor: »Mein Gott, wollen Sie, daß man ihm eines Tages erzählt, sein Vater habe sich feige in ein dreckiges Kellerloch verkrochen, um jämmerlich zu verrecken, statt sich der Verantwortung für seine Fehler zu stellen? Wollen Sie *das* Ihrem Sohn wirklich antun?« Sie sah, wie sehr ihn ihre Worte trafen, wie er an ihnen litt. Aber das Leben kehrte nicht in seine Augen zurück.

»Sinnlos. Ich habe versagt. Und es ist besser, wenn ich ...« Er brach ab.

Victoria stand auf. »Da draußen läuft irgendwo ein Mörder frei herum. Er hat meinen Cousin auf dem Gewissen. Ist es nicht Ihre Aufgabe, dafür zu sorgen, daß er seine gerechte Strafe bekommt? Bitte enttäuschen Sie mich nicht, bitte – *Richard!*«

Er schloß die Augen. Als er sie wieder öffnete, stützte er sich mit den Händen am Boden ab und wollte aufstehen. Mit einem unterdrückten Schmerzenslaut fiel er zurück. »Mein Fuß – ich glaube ...«

»Ich helfe Ihnen«, sagte Victoria und wischte sich verstohlen über ihre Augen. Doch als sie nach seinem Fuß sah, war ihre Hoffnung sofort dahin. Er hatte nicht einmal die Kraft gehabt, die Schuhe auszuziehen. Das Sprunggelenk war dick geschwollen, und bei der leisesten Berührung zuckte er sofort zusammen. Sie konnte nicht beurteilen, ob der Fuß gebrochen oder nur verstaucht war, aber sie wußte, daß sie es allein niemals schaffen würde, ihn die enge, steile Treppe hinaufzuschleppen. Doch selbst *wenn* sie es schaffte: Wohin sollte sie ihn denn bringen? »Wie ist das passiert?« fragte sie.

»Vom Dach gefallen. Gestern abend. Im Rapunzelgäßchen.«

»Großer Gott! Und damit sind Sie durch die halbe Stadt bis hierher gelaufen?«

Er nickte stumm.

»Sie brauchen einen Arzt. Dringend!«

»Nein! Bitte nicht – sie sperren mich ein!« Die Panik in seinem zerschundenen Gesicht zeigte Victoria, daß er zu allem entschlossen war, wenn sie es wagen würde, den Keller zu verlassen. Aber um überhaupt irgendeine Chance zu haben, mußte er sofort aus seinen nassen Kleidern heraus! Und aus diesem modrigen, muffigen Loch! Was sollte sie nur machen? Tausend Gedanken gingen ihr auf einmal durch den Kopf, und es lief immer wieder auf das Gleiche hinaus: Der einzige, der hätte helfen können, war selbst ans Bett gefesselt.

Verzweifelt schaute sie sich im Keller um, und plötzlich hatte sie die rettende Idee! Sie faßte Richard am Arm und sah ihn fest an. »Ich werde Sie hier herausholen, und ich schwöre, daß Ihnen nichts geschieht und daß niemand Sie verhaften wird, wenn Sie mir vertrauen und keine Fragen stellen!«

»Aber wie...?«

Victoria berührte mit ihren Fingern sanft seinen Mund. »Keine Fragen, Herr Kommissar! Versprechen Sie's?«

»Ja.«

Sie nahm das Licht, ging zu dem alten Schrank, holte den Koffer heraus und verschwand im angrenzenden Keller. Kurz darauf kam Hannes herein. Er verstaute den Koffer wieder sorgfältig im Schrank, bevor er neben dem fassungslosen Richard Biddling in die Hocke ging.

»Was zur Hölle soll das?«

Hannes sah ihn böse an. »Keine Fragen – das war die Vereinbarung, Herr Kommissar!« Näselnd fügte er hinzu: »Wenn Ihnen nur das geringste an Fräulein Könitz liegt, sollten Sie sie auf der Stelle vergessen. Und verzeihen Sie mir, daß ich Sie in der nächsten Zeit mit Ihrem Vornamen ansprechen werde. Es geht nicht anders.«

»Aber...«

»Wenn Sie mich nicht in ernste Schwierigkeiten bringen wollen, überlassen Sie das Reden bitte mir. Ich weiß, was ich tue.«

»Und *warum* tun Sie es, Fräu... Hannes?«

»Weil ich erwarte, daß Sie einen Mordfall aufklären, Richard!« antwortete Hannes brüsk.

Hannes fand die Lumpensammler drei Häuser weiter in einer verräucherten Bude beim Kartenspiel. Als er den Raum betrat, verstummte das lautstarke Palaver der Männer, und vier Augenpaare wandten sich ihm neugierig zu.

»He, Junge, lang nicht gesehn!« rief der Älteste der Männer, ein schmuddeliger, grobschlächtiger Kerl mit langem, verfilztem Haar und einem ebensolchen Bart. Mißtrauisch kniff er seine wäßrigen Augen zusammen. »Wo hast du dich die ganze Zeit rumgetrieben?«

»Tag, Max! Hier drin stinkt's wie in einem übervölkerten Hühnerstall. Ihr solltet mal lüften«, meinte Hannes statt einer Antwort.

»Lüften?« rief Max entrüstet. »Verdammter Weiberkram! Alles echter Männerduft – je älter, desto besser, gell, Jungs?«

Die drei anderen, im Gegensatz zu ihrem Anführer dürre, abgemagerte Burschen und ihrem Aussehen nach nicht viel älter als Hannes, brachen in gröhlendes Gelächter aus.

»Ähm, Max, ich ...«, begann Hannes zögernd.

Max grinste. »Willste mitspielen? Klar, komm her!«

»Nein. Ich müßte dich mal kurz sprechen – allein.«

Max stand seufzend auf. »Kaum wieder im Lande, und schon bringste alles durcheinander, Junge!«

Sie gingen in einen düsteren Nebenraum, in dem es glücklicherweise nicht ganz so streng roch. Max lehnte sich lässig gegen eine holzverschalte Wand, von der die Farbe abblätterte. »Haste'n verdorbenen Hering gefrühstückt? Siehst ganz blaß aus um die Nase.«

Hannes räusperte sich. »Viele Geschäfte und wenig Schlaf, Max. Ein Bekannter von mir ist in Schwierigkeiten. Ich bräuchte einen verschwiegenen Arzt und ein ebensolches Plätzchen, wo er sich ein bißchen ausruhen kann.«

»Und was springt dabei für mich raus?«

»Es wird nicht zu deinem Nachteil sein!«

»Wieviel?«

Hannes kramte in seiner Hosentasche, holte einen schmalen Goldring heraus und hielt ihn Max hin. Max nahm ihn, betrachtete ihn ausgiebig und biß darauf herum. »Echt«, murmelte er.

»Glaubst du, ich dreh' dir Schund an?« rief Hannes erbost.

»Geklaut?«

Hannes schüttelte den Kopf. »Sauber. Garantier' ich dir!«

»Der Doc, unser Knochenbrecher – ein guter Mann. Er fragt nicht viel, aber wie das halt so ist: Je weniger er fragt, desto teurer wird's«, sagte Max gedehnt.

»Er soll ihn erst anschauen, und dann reden wir übers Geld.«

»Und wo ist er, dein Bekannter?«
»Im Keller. Und er kann nicht laufen.«
»War früher mal Gepäckträger, Junge.«

Richard Biddling lag noch genauso da, wie Hannes ihn verlassen hatte. Max bückte sich und leuchtete ihm ins Gesicht. Als Hannes Richards entsetzte Miene sah, schickte er ein Gebet zum Himmel, daß er bloß seinen Mund halten möge. Max warf einen nachdenklichen Blick auf Richards schmutzige Kleidung und betrachtete kurz seinen verletzten Fuß. Dann richtete er sich wieder auf und schob den überraschten Hannes vor sich her in den Nachbarkeller. »Bekannter, hä?« stieß er böse hervor.

Hannes wurde kalt. »Ja. Sagte ich doch!«

»Er mag sich zwar ein bißchen im Dreck gewälzt haben, aber für die Kleider, die er am Leib hat, muß unsereins 'ne ganze Weile sammeln gehn.« Als Hannes schwieg, faßte Max ihn grob am Arm. »Wenn du mich verscheißern willst, Junge, werd' ich ungemütlich!«

»Nein, nein«, versicherte Hannes schnell. Er beschloß, den Weg nach vorn anzutreten. »Vielleicht hast du davon gehört, der Polizeibeamte, der gesucht wird...«

Der Druck um seinen Arm verstärkte sich. »Du willst doch nicht etwa behaupten, daß der da drin«, Max machte eine verächtliche Kopfbewegung in Richtung Nebenraum, »daß das dieser Kommissar ist, hinter dem die halbe Stadt her ist?«

Hannes nickte.

»Bist du wahnsinnig? Weißt du, was passiert, wenn die ihn hier finden? Die reißen uns die ganze Bude über dem Kopf ein!«

Mit einem Ruck befreite sich Hannes aus dem Griff des Lumpensammlers. »Dachte eben, daß du an einem Bombengeschäft interessiert bist. Na, dann nicht«, sagte er gelangweilt.

Max sah ihn neugierig an. »Haben die etwa 'ne Prämie auf den ausgesetzt?«

»Prämie? Lächerlich«, entgegnete Hannes lässig. »Du hast recht. Er ist nicht mein Bekannter. Und mir ist wurschtegal, was mit ihm wird. Aber es gibt jemanden, dem es nicht wurschtegal ist, und dieser Jemand wird sehr viel zahlen, wenn wir dem Kerl ein Bett und einen Arzt besorgen. Kapiert?«

»Wieviel?«

Hannes machte eine kleine Pause. »Dreimal die Prämie, egal, wie hoch sie ist.«

»Mhm...« Max überlegte angestrengt. »Meine Jungs da oben – ich müßte sie überzeugen, nicht allzu gesprächig zu sein. Dürfte schwerfallen.«

»Für jeden die halbe Prämie – zusätzlich.« Ein Blick in Max' gierige Augen zeigte Hannes, daß er schon fast gewonnen hatte.

»Also gut. Dreimal die Prämie für mich, plus eineinhalbmal für die Jungs. Und drei Goldringe extra.« Hannes nickte, und Max rief verblüfft: »Teufel noch mal! Dieser Jemand muß ja verdammt dran interessiert sein, daß der Kerl nicht in die Fänge seiner Kollegen gerät!«

»Vielleicht weiß er ein paar unangenehme Sachen, die er ausplaudern könnte?«

»Soll mir egal sein. Laß ihn uns raufschaffen!«

Sie kehrten zu Richard zurück, und Max zog ihn grummelnd hoch, um ihn sich auf sein breites Kreuz zu laden. Er ging dabei nicht sehr feinfühlig mit ihm um, und Hannes biß die Zähne zusammen, um seine unbeeindruckte Miene zu wahren.

Der Lumpensammler trug den Kommissar über mehrere Treppen, durch verwinkelte Flure und verschachtelte Räume in eines der Nachbarhäuser und brachte ihn in ein kleines Zimmer, in dem nichts weiter stand als ein altes Bett mit einer zerschlissenen, schmuddeligen Matratze und mehreren mottenzerfressenen Decken darauf.

Richard stöhnte, als Max ihn unsanft auf das Bett fallen ließ und ihm die Schuhe auszog. Er ließ sie auf den Boden poltern und drehte sich zu Hannes um. »Was stehst du dumm rum und hältst Maulaffen feil? Hilf mir gefälligst!«

Hannes lief rot an und kam zögernd näher. Während er mit Max zusammen den fiebernden und vor Schmerzen fast besinnungslosen Richard Biddling entkleidete, vermied er es angestrengt, ihm ins Gesicht zu sehen. Er atmete auf, als der Kommissar endlich in die Decken eingehüllt dalag, und deutete auf eine verbeulte Blechschüssel neben dem Bett. »Ich geh' mal eben runter, Max. Wasser zum Waschen holen.«

Max schüttelte sich. »Waschen – brr! Wie ekelhaft! Ich lass' dem Knochenbrecher Bescheid geben, Junge.«

Victoria tauchte ihr Taschentuch ins Wasser und betupfte damit vorsichtig Richards Gesicht, um den Schmutz und das angetrocknete Blut daraus zu entfernen. Dabei zuckte er immer wieder zusammen, und es tat ihr leid, daß sie ihm wehtun mußte. Die große Platzwunde auf seiner Stirn war dick verkrustet und sein rechtes Auge blau angelaufen, aber wenigstens sah er wieder einigermaßen menschlich aus, als sie die Wasserschüssel beiseite stellte.

Mit einer kraftlosen Bewegung deutete Richard auf die Bettkante, und Victoria setzte sich. Er legte seine Hand auf die ihre, und sie spürte die Fieberhitze darin. Aber gleichzeitig spürte sie eine Wärme, die aus ihrem Körper kam und die sie verwirrte. »Danke«, sagte er, und sie stellte überrascht fest, daß der Blick aus seinen traurigen Augen diese aufregende Wärme in ihr verstärkte. Sie wollte etwas erwidern, aber er schüttelte den Kopf. Seine Hand zog sie zu sich hin, und sie berührte zärtlich sein Gesicht. Und dann polterte der Knochenbrecher herein.

Er war ein ungehobelter, nervöser Mann mit einer blechernen, durchdringenden Stimme, und seine erste Frage war, wie es mit der Bezahlung aussehe. Peinlich berührt stand Hannes auf und zog ihn vom Bett weg. Er kramte wieder in seinen Hosentaschen und holte einen zweiten Goldring heraus. Der Doktor begutachtete das Schmuckstück argwöhnisch. »Eine kleine Anzahlung. Gut. Die restlichen zwei Drittel morgen, Junge!« Hannes schaute ihn böse an und nickte. Warum konnte dieser widerliche Mensch das nicht vor der Tür regeln!

Der Knochenbrecher steckte den Ring ein, ging zum Bett und schlug mit einer ruppigen Bewegung die Decken zurück. Er warf einen kurzen Blick auf Richards geschwollenen Fuß und drückte und drehte ihn dann mit seinen groben Händen, ohne Richards Schmerzenslaute zu beachten. Am liebsten hätte Hannes ihm die Schüssel mit dem Schmutzwasser an den Kopf geworfen. »Gebrochen ist nichts«, murmelte er schließlich. »Aber ordentlich verrenkt, die Sache.« Er deckte das Bein bis zum Oberschenkel auf, winkte Hannes herbei und deutete auf Richards Knie. »Faß ihn mit beiden Händen direkt unterhalb des Gelenks und halt fest!« Er selbst nahm mit einer Hand den Spann und warf Hannes einen grimmigen Blick zu. »Festhalten habe ich gesagt!« Dann griff er mit seiner zweiten Hand um den Fuß und riß ihn mit einem Ruck zu sich hin. Richard schrie auf, und der Doktor fluchte. Er sah Hannes an. »Noch mal, Junge!«

Als er beim dritten Mal endlich Erfolg hatte, war Hannes schweißgebadet, und Richard hatte das Bewußtsein verloren. Mit zitternden Händen deckte Hannes ihn zu. Der Doktor bedachte ihn mit einem drohenden Blick aus seinen unruhigen Schweinsaugen. »Die anderen zwei Drittel morgen, klar?«

»Ja«, sagte Hannes. »Ich geb's Max.«

»Einverstanden.« Er setzte ein feistes Grinsen auf. »Und wenn sonst noch was ist: Ich komme natürlich sofort, Junge!«

Gott bewahre! Erleichtert schloß Victoria die Tür hinter dem widerwärtigen Menschen und hoffte inständig, daß der Kommissar ohne weiteres Zutun dieses Grobians genesen würde, der seinem Spitznamen wirklich alle Ehre machte.

Sie kehrte zu Richards Bett zurück und schaute eine Weile nachdenklich in sein blasses Gesicht, bevor sie sich zu ihm herabbeugte und ihn auf seine rauhen, aufgesprungenen Lippen küßte. Sie nahm die Blechschüssel und seine nassen Sachen vom Boden auf und verließ leise das Zimmer.

Auf der Straße kippte sie das Schmutzwasser aus und lief über den Torbogen in den kleinen Hof. Die Schüssel stellte sie neben dem Brunnen ab, und Richards Kleider warf sie achtlos in den Unterstand an der alten Stadtmauer. Dann ging sie in den Keller hinunter, um sich umzuziehen.

»Du liebe Zeit! Woher wollen Sie das viele Geld nehmen, um diese Halsabschneider zu bezahlen?« rief Heiner Braun bestürzt, als Victoria ihm die ganze Geschichte erzählt hatte.

Sie winkte ab. »Das lassen Sie mal meine Sorge sein, Herr Braun. Ich versetze einfach einen Teil meines Schmucks. Der liegt ohnehin nur unnütz bei mir herum. Viel wichtiger ist es, zu überlegen, was wir jetzt machen sollen.«

Heiner runzelte die Stirn. »Wie ich den Kommissar kenne, wird er keine Sekunde länger als nötig im Bett bleiben, und ...«

Victoria lachte. »Ihm wird gar nichts anderes übrigbleiben, als dieses Bett so lange zu hüten, bis ich wiederkomme und ihm was zum Anziehen bringe!«

»Sie haben ihm doch nicht etwa die Kleider weggenommen?«

»Ich vermute, er wird mir vor Wut an den Hals springen.«

»Wirklich helfen können wir ihm nur, wenn wir Eduards Mörder finden«, sagte Heiner ernst. Dann hellte sich seine Miene auf. »Sie wissen es ja noch gar nicht!« rief er.

Victoria sah ihn erstaunt an. »Was denn?«

»Ich habe es selbst vorhin erst erfahren. Man hat den Mann gefaßt, der mich überfallen hat! Eduard hatte mit der Sache nichts zu tun.« Heiner freute sich, als er sah, wie gut ihr diese Nachricht tat, wie wichtig sie für sie war.

»Und wer war es?« fragte sie.

»Ein amtsbekannter Räuber aus Offenbach. Er wurde heute früh verhaftet.« Heiner grinste. »Er dachte, ich sei einer der zahlenden Verehrer der Damen aus der Rosengasse! Liebe Güte, was muß er enttäuscht gewesen sein, als er feststellte, daß ich nicht einen einzigen Groschen einstecken hatte.«

»Und wie hat man ihn gefunden?«

»Er war dumm genug, sich in einer düsteren Spelunke einen Rausch anzutrinken und vor seinen Kumpanen mit dem Überfall zu prahlen. Pech für ihn und Glück für uns, daß wenigstens einer der nicht minder düsteren Gäste noch einen Rest von Anstand in sich verspürte und die Polizei verständigte.«

»So ein bißchen von diesem Glück könnten wir jetzt auch gebrauchen«, sagte Victoria.

Heiner kratzte sich nachdenklich am Kinn. »Vielleicht war es ja einer von Eduards Spielerfreunden.«

»Das könnte sein, ja. Ich weiß zum Beispiel, daß Theodor schon öfter Schwierigkeiten hatte, seine Spielschulden zu bezahlen. Und daß es einige Leute gibt, die deswegen – höflich ausgedrückt – nicht sehr glücklich sind.« Victoria seufzte. »Da ich mit meinem Schwager nicht gerade den freundlichsten Umgang pflege, wird er allerdings einen Teufel tun, mir Auskunft darüber zu geben, ob Eduard ähnliche Probleme hatte.«

»Unter Umständen könnte uns Eva weiterhelfen.«

»Eva?«

»Die Dame aus der Rosengasse.« Heiner sah Victoria streng an. »Unterstehen Sie sich, dorthin zu gehen!«

»Haben wir denn eine andere Wahl?«

»Ich werde einen Boten schicken und sie bitten, herzukommen.«

»Ich glaube nicht, daß Frau Müller das besonders gut finden wird.«

Heiner lächelte. »Ich werde sie schon zu überzeugen wissen.«

»Gut. Dann befragen Sie das Fräulein aus der Rosengasse, und ich werde zu dieser Hütte fahren.«

Als Victoria Heiners verständnislosen Blick sah, lachte sie. »Eine kleine Arznei aus der kriminalpolizeilichen Hausapotheke, Herr Braun.«

»Bitte?«

»Nun ja, wenn dem Beamten die Entwicklung oder der Verlauf des Verbrechens unklar ist, so begebe sich derselbe nur an den Ort der Tat und denke er sich recht lebhaft in die Stelle des Verbrechers hinein.« Sie grinste. »So was lernt man bei der Polizei in Berlin. Und hin und wieder haben die Preußen auch mal ganz annehmbare Ideen, nicht wahr?«

Durch das Hin und Her von berittenen und unberittenen Schutzleuten war der schmale Pfad mittlerweile zu einer breiten Schneise geworden und gar nicht mehr zu verfehlen.

Es dämmerte schon, als Victoria die Lichtung und kurz darauf die Hütte erreichte. Die schief in den Angeln hängende Tür stand offen. Sie zündete die mitgebrachte Kerze an und ging hinein. Ihr Blick wanderte von dem alten, eisernen Bettgestell, auf dem einige Strohsäcke und Decken lagen, zu dem windschiefen Tisch mit dem grob zusammengenagelten Schemel davor.

Sie trat zum Bett, schlug die Decken zurück und drehte die Säcke um, doch sie konnte nicht die kleinste Auffälligkeit daran entdecken. Dann ging sie nach und nach den ganzen Raum ab, leuchtete sorgfältig jede Ecke und jeden Winkel aus, fand aber nichts, was ihr irgendwie hätte weiterhelfen können. Schließlich kehrte sie enttäuscht zu der Bettstelle zurück und setzte sich. Was hatte sie erwartet? Daß der Mörder auf dem Tisch oder unter dem Bett hockte und darauf hoffte, daß Victoria Könitz endlich kam, um ihn zu überführen? Aber unter dem Bett hatte sie ja noch gar nicht nachgeschaut! Sie bückte sich, und als sie den dunklen Fleck auf dem rauhen Dielenboden sah, sprang sie schreiend zur Seite. Eddys Blut! Sie stand mitten in Eddys Blut!

Victoria wankte zu dem Holzschemel, tropfte mit zitternden Händen etwas Wachs auf die Tischplatte und befestigte die Kerze darin. Hier war er gestorben! In dieser verkommenen Hütte, vor diesem schäbigen Bett. Sie sank auf den Schemel und schlug weinend die Hände vors Gesicht. Und plötzlich stand Eduard so wirklich vor ihren Augen, als sei er noch einmal zurückgekommen, als wolle er ihr ausgerechnet an diesem schaurigen Ort ein letztes Mal zulächeln. *Leb wohl, Prinzessin.*

Als Victoria aufwachte, war die Kerze fast niedergebrannt, und über der Hütte leuchteten die Sterne am Nachthimmel. Es dauerte einen Moment, bis sie wieder wußte, wo sie war. Fröstelnd stand sie auf und rieb sich ihre tauben Arme, in die sich die Maserung des Tisches eingegraben hatte. Dieses Mal würde sie eine Menge Phantasie brauchen, um sich eine überzeugende Erklärung für ihr spätes Nachhausekommen auszudenken.

Sie brach den Kerzenstummel aus der dicken Wachsschicht und ging zögernd zum Bett. Als sie den Fleck davor sah, wurde ihr übel, aber sie riß sich zusammen und hockte sich hin, um einen Blick unter das eiserne Gestell zu werfen. Es lag eine dicke Staubschicht darunter. Und irgend etwas Helles, vermutlich ein Stück Papier. Es half alles nichts, sie mußte auf die Knie, um es hervorholen zu können. Als sie aufstand, hielt sie sich würgend die Hand vor den Mund.

Es war ein unbeschrifteter, leerer Briefumschlag, und als sie die braunrot eingetrockneten Flecken darauf bemerkte, drehte sich ihr von neuem der Magen um. Doch dann stutzte sie. Sie hielt das Kuvert etwas näher ans Licht und betrachtete fasziniert die fein gezeichneten Linien, Bögen und Schleifen, die sich in einigen der Blutflecken abzeichneten: Fingerbilder! Auf dem Papier waren tatsächlich Fingerbilder zu sehen! Spuren des Mörders? Oder von Eduard? Oder sogar von beiden? Mit Hilfe ihrer Sammlung würde sie es herausfinden!

Als Victoria den Untermainquai und wenig später ihr Zuhause erreichte, war es kurz vor Mitternacht, und sie war überrascht, daß im Salon noch Licht brannte. Sie wollte sich gerade an der Tür vorbei nach oben schleichen, als ihre Mutter herauskam. »Wo warst du?« fragte sie streng.

»Entschuldige, Mama, ich...«, begann Victoria, aber Hen-

riette winkte unwirsch ab. »Konrad hat dich gesucht. Du sollst mit Sophia reden. Er hofft, daß sie vielleicht auf dich hört.«
Victoria registrierte erstaunt, daß der Haß aus ihrer Stimme verschwunden war. »Inwiefern? Ich verstehe nicht...«
»Sie ist krank. Sie will nicht mehr leben.«
Victoria wurde blaß. »Wie spät ist es genau?«
Ihre Mutter sah sie böse an. »Du verschwindest auf der Stelle in dein Bett und schläfst dich aus! Morgen früh ist noch Zeit genug für deinen Besuch.«
Victoria nickte ergeben und ging die Treppe hinauf in ihr Zimmer. Schlafen! Wie sollte sie schlafen können, wo alles in ihr in Aufruhr war, alles ungeordnet durcheinanderfiel? Sophia. Eddy. Der Kommissar. *Die Fingerbilder!*
Sie mußte es wissen. Jetzt sofort! Sie ging zu ihrem Schreibtisch und zündete die Kerze an, die darauf stand. Dann öffnete sie das Geheimfach und nahm mehrere Bögen Papier heraus, auf denen schwarze und blaue Fingerabdrücke zu sehen waren, aber auch einzelne Wörter, ganze Sätze und hingekritzelte Figuren. Auch das war eins ihrer neckischen Spielchen gewesen, mit denen sie sich die Langeweile vertrieben hatte.
Bei dem ersten Blatt handelte es sich um eine zerknitterte Rechnungsabschrift, und am rechten oberen Rand hatte Victoria *Papa* vermerkt. *Verdammter Mist! Wer zum Donnerwetter hat die Stempelfarbe so dämlich hier stehen lassen?* Seine Fingerbilder waren nicht gut geworden und die einzelnen Linien auf dem zerknüllten Papier nur schwer zu erkennen. Die von ihrer Mutter waren besser, und die von Louise auch. *Wozu soll das jetzt wieder gut sein, gnädiges Fräulein?*
Victoria nahm den Bogen mit Eduards Abdrücken zur Hand und betrachtete wehmütig die zehn lustigen Strichmännchen, die auf krummen Beinen über das Papier hüpften. Jedes von ihnen hatte einen blauen Fingerbildmantel an. *Laß uns ein kleines Spiel spielen, Cousin! Was denn, Prinzessin? Na, ganz einfach: Du drückst deinen Daumen hierhin und deinen Zeigefinger dahin, Eddy, und ich zaubere dir lauter freche Wurzelwichte daraus. Du spinnst, Prinzessin!*
Victoria legte das Blatt beiseite, holte ein Vergrößerungsglas aus der obersten Schreibtischschublade und hielt es über das Briefkuvert aus der Hütte. Die meisten der Blutflecken waren verwischt, aber auf der Vorderseite sah sie rechts einen einzel-

nen Abdruck, in dem sich diese – wie hatte der Kommissar gesagt: Papillarlinien? – ganz deutlich abzeichneten. Auf der Rückseite des Umschlags befanden sich etwa an der gleichen Stelle dicht nebeneinander drei weitere Flecken, in denen die Linien jedoch nur schwach ausgeprägt waren. Victoria überlegte kurz und kam zu dem Schluß, daß es sich bei dem Abdruck auf der Vorderseite um den rechten Daumen handeln mußte.

Sie nahm Eduards Bogen und hielt die Lupe über den dicken Bauch eines grinsenden Fingermännchens, das einen angedeuteten Zylinder auf seinem kahlen Schädel trug. Ungefähr in Nabelhöhe entdeckte sie einen Doppelwirbel und direkt daneben eine Art schiefen Streifen und ein durch die Papillarlinien gebildetes offenes Dreieck. Dann studierte sie aufmerksam den Abdruck auf dem Briefkuvert, aber dort konnte sie an der gleichen Stelle nur eine einzelne Spirale und einen kleinen Kreis ausfindig machen, der wie ein winziges Auge aussah. Auch die Häkchen und Schleifen am rechten Rand des Fingerbildes fanden sich nicht im Mantel von Eduards Strichmännchen wieder.

Victorias Hände fingen an zu zittern. Sie legte das Briefkuvert auf den Schreibtisch zurück. Hatte der Kommissar nicht gesagt, daß diese Fingerbilder einen Menschen besser identifizieren könnten als eine Photographie? Eduard hatte ihr mit seinem Blut das Photo seines Mörders in die Hand gelegt! *Wenn ich weiß, daß nur Kunze in Frage kommt, ist es kein Problem. Aber was, wenn nicht?* Mein Gott, was nützte die schönste Spur, wenn sie den Täter nicht fand, zu dem sie gehörte? Ob Braun etwas von dieser Eva erfahren hatte? Und wenn nicht? Sie hatten keine Zeit, Tage oder Wochen nach dem Mörder zu suchen! Wie lange würde sie den Kommissar in der Judengasse verstecken können? Zwei, vielleicht drei Tage? Und dann? Vielleicht sollte sie zu Dr. Rumpff gehen und versuchen, ihm alles zu erklären? Sie mußte unbedingt mit Braun darüber reden, gleich morgen früh. Und sie mußte zurück in die Judengasse, dem Kommissar frische Kleider bringen! Nein, zuerst mußte sie unbedingt zu Tante Sophia! Victoria preßte die Hände gegen ihre schmerzenden Schläfen. Es war viel zu viel, was sie alles tun mußte.

Keine Sekunde hatte Victoria geschlafen, als sie am nächsten Morgen in der Neuen Mainzer Straße eintraf.

»Ich danke dir, daß du gekommen bist«, begrüßte ihr Onkel sie. Sein Lächeln wirkte aufgesetzt, und in seinen Augen lag ein ungesunder Glanz. »Ich glaube, dein Besuch wird Sophia guttun.«

»Ich werde mein Bestes versuchen, Onkel Konrad.« *Ausgerechnet ich! Wo ich ihr diese Gemeinheiten gesagt habe. Diese unverzeihlichen Worte!*

»Ich mache mir ernste Sorgen um sie, Victoria. Eduards Tod und die schrecklichen Dinge, die man über ihn erzählt: Es geht einfach über ihre Kraft, weißt du.«

»Ja, Onkel«, sagte Victoria und vermied es, ihm dabei in die Augen zu schauen.

Sophia sah jämmerlich aus. Unter ihren Augen lagen dunkle Schatten, und ihr Gesicht war fast so bleich wie das Laken ihres Bettes. Aber als Victoria ins Zimmer kam, lächelte sie. »Wie sehr ich mich freue, dich zu sehen, Kind.«

Victoria setzte sich zu ihr aufs Bett und nahm ihre schmalen, kalten Hände. »Ich freue mich auch, dich zu sehen, Tante Sophia.« Sie schluckte. »Ich möchte mich für mein ungehöriges Verhalten entschuldigen. Es tut mir furchtbar leid, und der Gedanke, daß ich ...«

»Du mußt dir keine Vorwürfe machen. Du kannst nichts dafür.«

Irgend etwas in ihrer Stimme machte Victoria angst. »Du bist mir nicht böse, Tante?«

»Nein, Kind. Warum denn auch? Du hattest ja recht.«

»Weißt du, Eddy ...«

Sophia schüttelte den Kopf. »Laß ihn schlafen. Es ist besser so. Irgendwann muß jeder von uns gehen, und wie tröstlich ist es, wenn man sich den Zeitpunkt dafür aussuchen kann.«

»Aber Eddy hat doch gar nicht ...« Betroffen brach Victoria ab, als ihr bewußt wurde, daß Sophia nicht von ihrem Sohn sprach, sondern von sich selbst.

»Tante Sophia, du wirst nicht sterben!« rief sie. »Es gibt immer ein Morgen, an dem die Sonne wieder scheint!«

»Für mich nicht, Kind.«

Victoria kämpfte mit den Tränen. »Bitte, Tante Sophia! Denk

doch an Onkel Konrad! Was soll er denn ohne dich auf dieser Welt?«

Sophias Lippen zitterten. »Ich denke nur an ihn, Victoria. Bei allem, was ich tue, denke ich an ihn.«

»Aber das schönste Geschenk, das du ihm überhaupt machen kannst ist, daß du schnell wieder gesund wirst!«

Sophia sah ihre Nichte traurig an. »Ich habe es nicht gewußt. Nein, *gewußt* habe ich es nicht. Ich *ahnte* es. Ich bin seine Mutter, und ich spürte, daß etwas nicht stimmte. Aber ich wollte es nicht wahrhaben.« Sie wischte sich mit der Hand über ihre Augen. »Und ich werde es mir nie verzeihen können, daß wieder Menschen sterben mußten, weil ich so feige war.«

»Bitte, du darfst nicht daran denken, du mußt...«

»Die Dinge sind, wie sie sind, Victoria. Und irgendwann sollte man aufhören, sie ändern zu wollen.« Sophia lächelte. »Und jetzt möchte ich dich bitten, mich ein wenig allein zu lassen. Ich bin sehr müde.«

Victoria stand auf und küßte sie auf die Stirn. »Ich liebe dich, Tante Sophia.«

»Ich liebe dich auch, mein Kind.«

Konrad Könitz saß im Salon und schaute auf das Gemälde über dem Sofa, das ihn und Sophia an ihrem Hochzeitstag zeigte. Als er Victoria hereinkommen hörte, drehte er sich zu ihr um. »Wie geht es ihr?«

Victoria schüttelte leicht den Kopf. Noch nie hatte sie ihren Onkel so hilflos gesehen. »Vielleicht bringt es Tante Sophia ja auf andere Gedanken, wenn ihr eine Reise macht, ein Weilchen weggeht aus der Stadt«, schlug sie zaghaft vor.

Konrad sah sie unglücklich an. »Sie will nicht. Sie will... Allmächtiger, Victoria! Sie *darf* nicht sterben!« Er schlug die Hände vors Gesicht, und seine Schultern fingen an zu zucken.

»Soll ich gehen, Onkel?« fragte Victoria leise, und er nickte stumm.

Victoria ging zu Fuß in die Stadt, aber diesmal half ihr nicht einmal das Laufen dabei, das schmerzliche Durcheinander hinter ihrer Stirn zu ordnen. Warum tat Sophia das ihrem Mann an? *Bei allem, was ich tue, denke ich an ihn.* Nein, sie dachte nur an sich, und es war ihr egal, was aus ihm wurde! Warum? Warum ist sein Schicksal ihr gleichgültig? Aber war es das denn? *Ich hätte nichts Besseres tun können, als ihn zu heiraten.* Victoria verstand es einfach nicht, es war ohne jeden Sinn! *Ich werde es mir nie verzeihen können, daß wieder Menschen sterben mußten.* Wer denn noch außer Emilie? *Bei allem, was ich tue, denke ich...* Nein! Victoria wurde so schwindlig, daß sie sich gegen eine Hauswand lehnen mußte. Sie rang nach Luft. *Du fängst an, durchzudrehen, Victoria Könitz! Ich denke nur an ihn.*

Mit letzter Kraft schleppte sie sich nach Hause zurück, die Treppe hinauf und in ihr Zimmer. Zitternd holte sie die Lupe, den Briefumschlag und die Blätter mit den Fingerbildern aus dem Schreibtisch. Eine Hoffnung, eine verzweifelte Hoffnung, daß ihre Nerven überreizt waren... Und da war es: eine einzelne Spirale und ein kleiner Kreis, der wie ein winziges Auge aussah. Immer wieder wanderte Victorias fassungsloser Blick zwischen dem Umschlag und Sophias Fingerbildern hin und her, aber es gab keinen Zweifel: die Häkchen, die Schleifen – hier wie dort waren sie an der gleichen Stelle!

Sie hatte den Mörder gefunden. Aber sie konnte doch nicht... *doch nicht Tante Sophia!*

»*Du* warst es«, preßte Victoria hervor. »*Du* warst in der Hütte, und *du* hast Eddy erschossen. Willst du deshalb sterben, Tante?«

Aus Sophias Gesicht verschwand schlagartig das letzte bißchen Farbe. Sie starrte ihre Nichte an wie einen Geist. »Aber... aber was...«, stammelte sie.

Victoria stützte sich auf die Lehne des Sessels, der vor Sophias Bett stand. »Du hast mit Eddys Blut... Gütiger Gott! Mit seinem Blut an den Händen hast du ein Kuvert angefaßt.«

»Cornelias Brief«, flüsterte Sophia. Sie schlug die Hände vors Gesicht und fing an zu weinen. »Ja. Ich war dort. Eduard hat Kommissar Biddling umgebracht.«

»Nein, Tante.«

»Nein?« Durch Sophias Verzweiflung drang Fassungslosigkeit. »Aber ich habe ihn doch gesehen! Er...«

»Er war nicht tot, nur bewußtlos«, sagte Victoria tonlos. »Weißt du denn nicht, daß die ganze Stadt nach ihm sucht? Daß man *ihn* für Eddys Mörder hält?«

»Oh Gott, nein! Konrad hat mir nichts gesagt.«

»Sie werden ihn verhaften und für eine Tat richten, die er nicht begangen hat, Tante.«

»Das konnte ich doch nicht ahnen«, schluchzte Sophia. »Ich ...«

»Du wirst der Polizei alles erzählen, nicht wahr?«

»Nein! Bitte ...« Sophias Hände fielen kraftlos auf die Decke. »Konrad darf es nicht erfahren. Niemals.« Sie sah Victoria flehend an. »Bitte, versprich mir das!«

Victoria hatte das Gefühl, jeden Moment ersticken zu müssen. »Woher wußtest du, daß Eduard an dieser Hütte ist?«

»Ich wollte zu Cornelia. Sie warnen. Ich hatte entsetzliche Angst ... nach deinen Worten.«

Meine Worte! Irgend jemand nahm ihren Kopf und zerquetschte ihn langsam zwischen zwei Eisenplatten, an denen jedes einzelne dieser Worte mit ohrenbetäubendem Donner widerhallte.

Sophias verweinte Augen starrten zu dem kostbaren Seidenhimmel ihres Bettes hinauf. »Ich sah Cornelias Wagen. An der Alten Brücke. Ich folgte ihr. In den Wald. Der Kommissar war dort. Eduard schlug ihn nieder. Ich dachte, er wäre tot. Ich nahm die Waffe. Als Eduard am Teich war, sich waschen. Ich sah ihn in die Hütte gehen, Cornelias Brief holen. Er lachte mich aus. Und dann tat ich es.« Ihre Hände verkrampften sich in der Bettdecke. »Damit es endlich aufhört, verstehst du?«

Victoria konnte nichts sagen. Tränen liefen über ihr Gesicht, aber sie wischte sie nicht weg. Sie konnte nichts tun, außer sich an diesen Sessel zu klammern und gegen das Dröhnen in ihrem Kopf anzukämpfen.

»Ich habe dich belogen«, sagte Sophia. »Dich und Konrad. Und alle. Aber Eduard wußte es. All die Jahre hat er es gewußt. Und die Wahrheit hat ihn krank gemacht. Und schließlich wahnsinnig.«

»Welche Wahrheit denn?« rief Victoria verzweifelt. »Welche Wahrheit denn *noch*?«

»Er lag ganz ruhig da und schaute mich an«, flüsterte Sophia. »Wütend und erstaunt und enttäuscht schaute er mich an. Und so furchtbar traurig. Wie damals. Oh Gott, er war doch mein Sohn!«

Mit einem zufriedenen Grinsen in seinem schmutzigen Gesicht schloß Max den ledernen Beutel. »Hattest recht, Junge. Gutes Geschäft. *Sehr gutes Geschäft!*« Hannes nickte langsam. Max sah ihn aufmerksam an. »Stimmt was nicht? Siehst fürchterlich aus heute.« »Nur der Hering, Max.« Der Lumpensammler lachte kehlig und deutete auf das Zimmer, in dem Richard Biddling lag. »Weiß der Kerl eigentlich, wieviel er wert is'?« Er grinste. »Mußte ihm vorhin jedenfalls erst mal klarmachen, daß ich ihn hiermit«, drohend hob er seine kräftige rechte Faust, »auf der Stelle schlafen schicke, wenn er nicht aufhört, rumzublöken!«

»Hab' nicht viel Zeit«, preßte Hannes hervor.

Max ließ das prall gefüllte Säckchen von seiner linken in die rechte Hand gleiten. »Versteh' schon, die Geschäfte. Falls du mal wieder so'ne einmalige Gelegenheit auftust: Weißt ja, wo ich zu finden bin.«

Hannes wartete, bis Max verschwunden war. Dann ging er zu Biddlings Zimmer und klopfte zögernd an.

»Was fällt Ihnen ein, mir die Kleider wegzunehmen? Mich wehrlos diesem *widerlichen Subjekt* auszuliefern?« schrie Richard, als er hereinkam.

Victoria registrierte unbewußt, daß das Fieber und die Schwellungen aus seinem Gesicht verschwunden waren und daß die Haut um sein rechtes Auge eine grünlich-gelbe Färbung angenommen hatte. »Wenn Sie mit dem *widerlichen Subjekt* Max meinen sollten, dann möchte ich Sie darauf hinweisen, daß Sie ohne ihn immer noch in dem modrigen Kellerloch liegen würden«, sagte sie tonlos.

»Wieviel haben Sie diesen Halunken zahlen müssen, damit sie ihr dreckiges Maul halten?« Seine Augen funkelten böse, doch sie nahm keine Notiz davon.

»Es war ein Geschäft zwischen Max und Hannes. Mehr braucht Sie nicht zu interessieren.« Ihre Worte lagen alle auf einem einzigen, dissonanten Ton.

»Und ob mich das zu interessieren hat, Fräulein Könitz! Immerhin...«

»Sie sollten sich anziehen.« Victoria drückte Richard ein Kleiderbündel in die Hand. »Ich habe Ihnen eine Droschke bestellt. Sie wartet vor dem Haus.« Ihr Blick war leer und schien durch ihn hindurchzugehen.

Richards Zorn verflog. »Was ist denn los mit Ihnen?« fragte er besorgt.

Victoria ging zur Tür. »Dr. Rumpff erwartet Sie, Herr Kommissar.«

»Bleiben Sie hier, und sagen Sie mir bitte, was passiert ist.«

Victoria blieb stehen, drehte sich aber nicht um. »Man hat den Mörder von Eduard gefunden. Sie sind frei, Herr Kommissar. Dr. Rumpff wird Ihnen alles erklären.« Ohne ein weiteres Wort ging sie hinaus.

»Ich will es nicht von Rumpff wissen, ich will es von Ihnen wissen! Fräulein Könitz, warten Sie!« Mit einem Fluch quälte sich Richard aus dem Bett und nestelte den Kleiderpacken auseinander. Was zum Teufel war in sie gefahren? Er mißachtete seine Schmerzen und kleidete sich hastig an. Als er sich bückte, um die Schuhe anzuziehen, wurde ihm schwarz vor Augen, und er klammerte sich für einen Moment an das rostige Kopfende des Bettes. Dann humpelte er durch das Zimmer in den Flur. Von Victoria war nichts zu sehen. Bestimmt würde sie sich umziehen, und dazu mußte sie in den Keller!

Es kam ihm vor wie eine Ewigkeit, bis er endlich den kleinen Hof erreichte, und er atmete auf, als er sie hinter dem Brunnen an der Mauerruine sitzen sah. Sie hatte immer noch Hannes' Sachen an, aber über ihrer Stirn schauten einige blonde Haarsträhnchen unter den braunen Locken hervor. Richard humpelte auf sie zu und blieb vor ihr stehen. »Warum laufen Sie denn weg?«

Victoria hob den Kopf und sah ihn stumm aus verweinten Augen an.

»Fräulein Könitz, bitte sagen Sie mir jetzt, was los ist.«

»*Ich* bin schuld an Eddys Tod. An *allem* bin ich schuld.«

»Was? Wie meinen Sie das?« *Nein, bitte nicht. Nicht sie!*

»Die Fingerbilder. Ich habe die Fingerbilder gefunden.«

»Welche Fingerbilder?« rief Richard nervös. »Mein Gott, reden Sie!«

Ihr Blick glitt an ihm vorbei auf die grasbewachsenen Reste der alten Stadtmauer. »Ich war an der Hütte. Gestern abend. Unter dem Bett lag ein leerer Briefumschlag. Mit Fingerbildern darauf. Er könnte noch leben, wenn ich nur...« Sie verbarg den Kopf in ihren Armen und weinte.

»Fräulein Könitz! Wer war es? Wer hat Eduard erschossen?« Richard beugte sich zu ihr hinunter, faßte sie an der zerschlissenen Jacke und zog sie hoch. »Haben Sie selbst...? Verdammt, so reden Sie doch endlich!«

»Tante Sophia«, flüsterte sie.

Richard ließ sie auf der Stelle los. »Ihre Tante? Aber warum?« Sie reagierte nicht. *Die schlimmsten Waffen sind Worte, denn sie schlagen Wunden in die Seele, Schwester.* »Fräulein Könitz! Warum hat Sophia ihren Sohn erschossen?«

Victoria blickte zu Boden. »Ich habe ihr alles gesagt. Alles, was er getan hat. Und daß Cornelia die nächste ist. Sie wollte zu ihr.«

»Dann war es der Wagen Ihrer Tante, der mich an der Alten Brücke beinahe über den Haufen gefahren hätte?« rief Richard verblüfft. Victoria nickte. »Und weiter?« Er wollte es endlich wissen; er war wie besessen davon und merkte nicht, wie sie mit sich kämpfte, wie die Schrecklichkeiten hinter ihrer Stirn immer lauter dröhnten, daß sie glaubte, jeden Moment den Verstand zu verlieren.

»Tante Sophia hat Sie gesehen und Cornelia und *alles*. Im Wald.«

»Und was war das für ein Umschlag mit Fingerbildern, von dem Sie sprachen?«

»Cornelias Brief in der Hütte. Eddys Blut an ihren Händen. Sophias Fingerbilder habe ich mit meiner Sammlung ganz sicher herausgefunden.« Es schien, als seien selbst die Worte in ihr zerbrochen.

»Deshalb hat Eduard mich also im Wald gefunden!« Richard sah sie streng an. »Wo sind diese Fingerbilder?«

»Ich habe sie verbrannt.«

»Soll das etwa bedeuten, daß Sie das einzige Beweismittel vernichtet haben, Fräulein Könitz?«

»Welches Beweismittel?« Sie lächelte entrückt. »Nur eine dumme Spielerei, die ohnehin niemand ernst nehmen würde, nicht wahr?«

Er faßte sie roh am Arm. »Sie können doch nicht einfach...«

»Bitte, Herr Kommissar...« Victoria preßte ihre Hände gegen ihre Schläfen. Das Denken fiel so schwer, und sie hatte Angst, daß es ihr nicht länger gelingen könnte, die durcheinandergefallenen Wörter in ihrem Kopf zu vernünftigen Sätzen zu formen.« »Mein Onkel ist der einzige Unschuldige in dieser Sache, und er darf nie erfahren, daß Papa und Sophia... daß sie beide...« Sie stockte und fuhr sich über die Augen.

Richard verstand überhaupt nichts mehr. »Fräulein Könitz«, sagte er mit einem drohenden Unterton in der Stimme, »ich will jetzt auf der Stelle die ganze verdammte Wahrheit wissen, hören Sie? Was hat Ihr Vater damit zu tun?«

»Sie haben sich geliebt. Papa und Tante Sophia haben sich geliebt.« Victoria begann zu weinen. »Und Eddy wußte es. Schon als er noch ein Kind war. Und Sophia wußte, daß er es wußte. Diese entsetzlichen, verlogenen Scheinheiligkeiten! Doch darüber redet man ja nicht. Glückliche Familie, nicht wahr?« Sie sah ihn traurig an. »Aber warum er Clara nicht lieben durfte, das wußte Eddy nicht. Bis sie diesen Unfall im Glashaus hatte. Und Clara weiß es bis heute nicht.«

»Was weiß Clara nicht, Fräulein Könitz?«

»Daß Eddy ihr Bruder war! Ihrer und meiner.« Die Worte hallten in ihrem Kopf als donnerndes Echo wider. »Aber ich werde nichts sagen, niemandem mehr. Nichts von all dem. Kein einziges Wort. Onkel Konrad zuliebe, verstehen Sie?«

»Sophia Könitz hat einen Menschen umgebracht!«

Der Brunnen, die Mauer, der ganze Hof fing an, sich zu bewegen. »Bitte! Was hätten Sie davon, sie als Mörderin anzuklagen, sie in die Öffentlichkeit zu zerren? Reicht es nicht, was geschehen ist? Wollen Sie meinem Onkel nicht wenigstens seine Trauer lassen? Er hat doch sonst nichts mehr.«

»Verflucht noch mal, Fräulein Könitz!« brach es aus Richard hervor. »Man hängt diesen Mord mir an! Wie soll ich je meine Unschuld beweisen, wenn Sie...«

»Ich habe Dr. Rumpff zu ihr geschickt«, sagte Victoria leise. Sie hatte das Gefühl, auf Watte zu stehen. »Tante Sophia hat dafür bezahlt.«

»Was soll das heißen: Sie hat bezahlt?« fragte Richard scharf.

Auch seine Stimme war in Watte gehüllt. Es war alles unwirklich. Wie ein langer, trauriger Traum. »Onkel Konrad ist Arzt. Sie weiß Bescheid, was zu tun ist.« Victoria lehnte sich gegen die Mauer. Sie war weich und gab unter ihr nach.

Richard faßte sie besorgt am Arm und deutete auf die Reste einer steinernen Sitzbank vor der alten Stadtmauer. »Sie sollten sich ein wenig hinsetzen, Fräulein Könitz.«

»Nein.«

»Wie kann ich Ihnen denn helfen?«

Victoria schüttelte den Kopf. »Mir kann niemand helfen. Und Sie sollten... die Droschke. Sie wartet auf Sie, Herr Kommissar.« Bevor Richard reagieren konnte, rutschte sie an der Mauer zu Boden.

»Fräulein Könitz, um Gottes willen!« Er kniete sich neben sie. Was war er nur für ein Rindvieh! Ihr Leben war auseinandergebrochen, und er hatte nichts Besseres zu tun, als sie mit dummen Fragen zu quälen! Er zog seine Jacke aus und schob sie ihr unter den Kopf. Als sie wieder zu sich kam, trug er sie zu der Steinbank und ließ sie vorsichtig darauf nieder.

»Eddy war doch *mein* Freund!« rief sie verzweifelt. »Nur deshalb habe ich sie verraten, verstehen Sie? Aus Eifersucht! Ich war es! Ich bin an allem schuld!«

Richard setzte sich neben sie. »Wen haben Sie denn verraten?« fragte er leise. »Clara?«

»Ja. Ich habe Tante Sophia gesagt, daß sie mit Eddy zusammen im Glashaus ist. Und Tante Sophia hat es meinem Vater gesagt.« Ausdruckslos starrte Victoria auf ein Büschel dürres Gras, das zwischen den Ritzen einer zerbrochenen Bodenplatte hervorsproß. »Ich wußte nicht, was wirklich geschehen war, und im Grunde meines Herzens wollte ich es auch nicht wissen. Clara war von der Leiter gestürzt, nichts weiter. Und ich konnte nicht das Geringste dafür.« Sie schluckte. »Papa hatte Angst, daß sie schwanger sein könnte, und weil Onkel Konrad nichts erfahren durfte, hat er sie zu irgend so einem Pfuscher geschickt, und dann ist sie durchgedreht und wollte sich umbringen, und... alles meine Schuld. Ich *wollte*, daß sie leidet! Weil sie mir Eddy weggenommen hat. Und seinen Duft. Und meine Träume. Wie ich sie dafür haßte! Meine Worte. Immer waren es meine häßlichen Worte.« Weinend schlug Victoria die Hände vors Gesicht. »Sophia wäre nie zu dieser Hütte gefahren. Sie hätte nie...«

Behutsam nahm Richard ihre Hände zur Seite. »Bitte, Fräulein Könitz, Sie dürfen sich das nicht einreden! Ihre Tante ist ein erwachsener Mensch, und sie wußte, was sie tat.«

»Aber ich habe...«

Er schüttelte den Kopf. »Wenn überhaupt, dann ist es meine Schuld. Ich habe mich von Haß statt von sachlichen Überlegungen leiten lassen und bin gegen jede Vernunft allein in den

Wald gegangen, nichts als billige Rache im Kopf.« Ruhig setzte er hinzu: »Aber letztlich geschah vielleicht doch nur das, was geschehen mußte, und wir sollten uns nicht anmaßen, das Schicksal in der Hand zu halten.«

»Aber...«

»Nicht – bitte.« Seine Finger berührten ihre Lippen. »Es hilft niemandem, wenn Sie sich mit Dingen plagen, die nicht mehr zu ändern sind.« Er sah sie ernst an. »Aber vielleicht kann Dr. Hoffmann Clara ja helfen, wenn Sie ihm alles sagen.«

»Meinen Sie?« fragte sie zaghaft.

Er lächelte. »Ja. Ich bin sogar ganz sicher.« Sanft fuhren seine Finger die Konturen ihrer Lippen nach. Dann berührten sie sacht ihre Wangen, ihre Nase und ihre Stirn. Sie nahmen Hannes' Perücke weg und streichelten zärtlich ihr Haar. Victoria ließ es geschehen, und sie spürte, wie die verwirrende Wärme zurückkehrte, wie sie ihre Erstarrung löste und die quälenden Gedanken zurückdrängte. *Es ist nicht recht!* rief eine Stimme in ihrem Kopf, aber sie hatte die Grenze längst überschritten.

Noch nie hatte Richard einen Menschen so sehr geliebt wie sie, und als er sie umarmte und küßte, als er durch Hannes' fadenscheinige Kleider ihren Körper fühlte, brach das unterdrückte Begehren mit einer Macht hervor, die nichts anderes mehr gelten ließ als mit ihr eins zu sein, als sie hier und jetzt zu besitzen. Ein stechender Schmerz in seinem Fuß brachte ihn wieder zur Besinnung. *Hätten Sie eine Frau geheiratet, die schon ein fremdes Bett gewärmt hat, Herr Kommissar?* Abrupt ließ er von ihr ab, und er sah die Scham in ihren Augen und die Demütigung, die es für sie bedeutete, jetzt zurückgewiesen zu werden. Er stand auf. »Es tut mir leid. Es war falsch von mir.«

Auch Victoria stand auf. »Ja«, sagte sie. *Wie kann es falsch sein? Wie kann ein solches Gefühl falsch sein?*

»Ich gehe dann besser.«

Sie reichte ihm die Hand. »Leben Sie wohl, Herr Kommissar.«

Richard nahm ihre Hand und drückte sie. »Leben Sie wohl, Fräulein Könitz.« Er sah sie an, als wollte er noch etwas sagen, aber dann wandte er sich hastig ab und humpelte über den Hof davon.

»Herr Kommissar?«

Er blieb stehen und drehte sich zu ihr um.

»Erfüllen Sie mir eine letzte Bitte?«

»Ja?«
»Wenn es ein Mädchen wird – wenn Sie jemals eine Tochter haben werden: Erzählen Sie ihr vom Leben, lassen Sie sie *frei* sein.«
»Ich verspreche es«, sagte er rauh. Kurz darauf war er durch den Torgang verschwunden.

Victoria bückte sich nach Hannes' Perücke und ging in den Keller hinunter, um sich umzuziehen. Als sie fertig war, stellte sie den leeren Koffer in den Schrank zurück, verschnürte Hannes zu einem Bündel und nahm ihn mit.

Sie lief die Mainstraße entlang, über die Schöne Aussicht und zur Alten Brücke. Über dem Kreuzbogen in ihrer Mitte, unter dem Kruzifix mit dem goldenen Hahn, blieb sie stehen. Seit sie ein Kind war, liebte sie diesen Fluß. Sie liebte ihn, weil er wild war und ruhig, alt und jung, zerstörerisch und friedvoll; weil er so schön und so häßlich war wie das Leben und immer wieder die Sehnsucht weckte: *nach einem fernen, wundersamen Land.*
Sie sah Hannes noch einmal an, ehe sie sich über die steinerne Brüstung lehnte und ihn fallen ließ. Dann kehrte sie in die Stadt zurück, um sich zum Irrenschloß fahren zu lassen.

Kommissar Biddling sollte nie erfahren, was Sophia Könitz dem Freund ihres Mannes alles gesagt hatte. Aber aus der Tatsache, daß Dr. Rumpff sich vorbehaltlos und ohne jeden Tadel bei ihm entschuldigte, daß er weder Cornelia Hortacker noch die Schlägerei mit Eduard erwähnte, schloß er, daß sie ihm eine Wahrheit erzählt hatte, die niemandem mehr wehtun konnte. Im Anschluß an das Gespräch bat er um seine Rückversetzung nach Berlin.

Drei Tage nach der Beerdigung von Sophia Könitz reiste Richard aus Frankfurt ab, und es war eine seltsam fremde Welt, in die er zurückkam, mit fremden und doch vertrauten Menschen: seine Mutter, sein Bruder und der laute, dickleibige Georg Biddling, der gleich nach der Begrüßung anfing, mit seinen großartigen Geschäften zu prahlen, und die Frage nach dem Grund für Richards Fußverletzung zum Anlaß nahm, ihm einmal mehr die Mitarbeit in seiner Fabrik schmackhaft zu machen.

»Ich kann dir wirklich mehr bieten als diesen jämmerlichen Hungerlohn, für den du dich bei der Polizei abrackerst. Werde endlich vernünftig, Richard! Gerade jetzt, wo deine Frau...«
»Wo ist sie?« fiel Richard ihm ins Wort.
Seine Mutter deutete nach oben. »Sie hat sich ein wenig hingelegt. Du weißt ja, wie zart sie ist. Und die Schwangerschaft nimmt sie sehr mit.«

Therese lag so still in ihrem Bett, als schliefe sie, aber als Richard ins Zimmer kam, schlug sie die Augen auf. Sie lächelte, doch dann wurde sie ernst. »Du hinkst ja. Was ist denn geschehen?«
»Kein Grund zur Sorge, meine Liebe. Ich habe mir nur ein bißchen den Fuß vertreten.«
»Na, dann ist es ja gut.«
Er setzte sich zu ihr aufs Bett und streichelte ihre Hände. Sie sah ihn glücklich an. »Wie schön, daß du wieder da bist.« Er nickte, und sie nahm seine Hand, um sie auf ihren Bauch zu legen, der sich unter der Seidendecke wölbte. »Bald wirst du einen Sohn haben.«
»Oder eine Tochter.«
Therese schüttelte energisch den Kopf. »Nein. Es wird ganz bestimmt ein Junge!«
Richard sah sie an, und dann küßte er sie, wie man ein geliebtes Kind küßt, das stolz ein neues Spielzeug zeigt. Und er fühlte sich entsetzlich schlecht dabei.

28

Bestimmte Bureaustunden lassen sich für den Dienst der Criminal-Polizei nicht festsetzen, da das Publikum zu jeder Stunde bei Tag und Nacht bei der Criminal-Polizei Hülfe sucht.

❖

Die Wochen nach Sophias Tod vergingen langsam und freudlos, und als sich die Wiesen und Wälder nach und nach herbstlich färbten, dachte Victoria oft an den Garten, in dem sie glücklich gewesen war und der wie Eduards Lächeln bald nur noch Erinnerung sein würde. Konrad Könitz hatte das große, leere Haus nicht ertragen und es gegen alle guten Ratschläge weit unter Wert an eine Versicherungsgesellschaft verkauft.

An einem Montag im September kamen Bedienstete des Städtischen Palmengartens, um Sophias Pflanzen abzuholen. Zwei Tage danach zog Dr. Könitz zur Familie seiner ältesten Tochter nach Köln. Und eine Woche später war die Kuppel des Glashauses zwischen den hohen Bäumen für immer verschwunden.

Am Mittwoch, dem achtzehnten Oktober, ihrem vierundzwanzigsten Geburtstag, stand Victoria früh auf. Leise verließ sie das Haus und bat einen Kutscher, anzuspannen und sie zum Eschenheimer Turm zu fahren.

Der Morgennebel lag wie ein weiches Tuch über den Büschen und Bäumen der Anlagen, und in den Zweigen der buntbelaubten Sträucher neben der kleinen Bank nahe des Platanenwäldchens waren unzählige, mit silbernen Tauperlen bestickte Fäden aufgespannt. Als die Sonne den Tag mit ihrem milden Licht zu erwärmen begann, ging Victoria zurück zum Wagen und ließ sich zum Affensteiner Feld hinausbringen. Claras Lächeln war das schönste Geburtstagsgeschenk, das sie sich vorstellen konnte. Es hatte sie große Überwindung gekostet, Kommissar Biddlings Rat zu befolgen und Dr. Hoffmann alles zu erzählen. Aber jedesmal, wenn sie

Clara besuchte und sah, wie es ihr ein bißchen besser ging, war sie froh, daß sie es getan hatte.

Nachdem sie Dr. Hoffmanns Anstalt verlassen hatte, beschloß sie, einen Spaziergang durch die herbstlichen Felder und Wiesen zu machen, und wies den Kutscher an, am Palmengarten auf sie zu warten. Der Mann schaute sie an, als sei sie gerade dem Irrenschloß entlaufen, und zum ersten Mal seit Sophias Tod konnte sie wieder lächeln. Das Palmenhaus war ein über fünfzig Meter langer Glaspalast mit Tausenden von Pflanzen darin, und Victoria mußte lange suchen, bis sie den Orangenbaum fand. Seine Blütezeit war vorüber, aber als sie die ledrigen Blätter zwischen ihren Fingern rieb, kehrte die Erinnerung zurück. Heimlich brach sie zwei kleine Zweige heraus und nahm sie mit. Auch auf dem Friedhof hatten die warmen Farben des Herbstes Einzug gehalten, und als sie die Orangenzweige auf den beiden Gräbern niederlegte, hatte sie aufgehört, ihren Duft zu fürchten.

Heiner Braun brütete über einem dicken Stapel Akten, als es an seiner Tür klopfte, aber als er sah, wer auf sein *Herein* ins Büro kam, schlug er sie sofort zu.»Fräulein Könitz! Wie schön, Sie zu sehen!«

»Victoria«, sagte Victoria.»Ich wollte fragen, wie es Ihnen geht.«

»Bestens! Sie wissen doch: Ich bin zäh – und die diebischen Dienstmädchen und hinterlistigen Anarchistenkerle warten ja nur darauf, daß ich sie schnellstmöglich hinter Schloß und Riegel bringe.« Er warf ihr einen unsicheren Blick zu.»Und wie geht es Ihnen, Victoria?«

»Nun ja, die Kämpfe habe ich weitgehend hinter mir, und nach den vielen Niederlagen bin ich immer noch auf der Suche nach dem letzten Wort, Herr Kriminalschutzmann!«

Heiner lächelte.»Sie werden es finden.«

Wie gut es tat, die Wärme und Herzlichkeit zu spüren, die in seinen Worten lag. Victoria zwinkerte ihm zu.»Wissen Sie denn, warum ich hier bin, Herr Braun?«

Er sah sie neugierig an.»Mhm... keine Ahnung. Na, warum?«

»Ich habe es Ihnen doch versprochen. Erinnern Sie sich nicht mehr?« Victoria nahm eine kleine, in Geschenkpapier eingeschlagene Schachtel aus ihrer Tasche und gab sie ihm.

»Für mich?« fragte Heiner erstaunt. Er entfernte das Papier, öffnete den Deckel und holte zwei zierliche, mit Gold bemalte Porzellantassen hervor. »Damit wird mir der Kaffee ja gleich dreimal so gut schmecken! Danke, Victoria.«

Sie deutete auf die zweite Tasse. »Na ja, ein bißchen Eigennutz ist auch dabei.«

Heiner lachte. »Ein äußerst willkommener Eigennutz, gnädiges Fräulein!« Er holte seine Kaffeekanne, schenkte ein und reichte Victoria eine der Tassen.

»Haben Sie etwas von Kommissar Biddling gehört, seit er wieder in Berlin ist?« fragte sie verlegen.

»Ja, er schrieb mir einen Brief. Einige Tage nach seiner Rückkehr. Ich habe ihn für Sie aufgehoben.« Heiner wühlte in der obersten Schublade seines Schreibpults.

»Ich weiß nicht. Vielleicht wäre es ihm nicht recht, wenn ich ...«

»Ach, woher! Er hat's ohnehin mehr für Sie als für mich geschrieben.« Heiner reichte Victoria ein graues Briefkuvert. »Lesen Sie nur!« Zögernd nahm sie den Briefbogen heraus. Es waren nur wenige Zeilen, und der erste Satz lautete: *Gestern bin ich Vater eines Töchterchens geworden.* Und unter *Postskriptum* hatte er hinzugefügt: *Wenn Sie Fräulein Könitz sehen, grüßen Sie sie bitte von mir. Ich werde mein Versprechen ganz bestimmt halten!* Heiner sah die Tränen in ihren Augen, und er verzichtete darauf zu fragen, was für ein Versprechen der Kommissar ihr gegeben hatte.

»Seitdem hat er sich nicht mehr gemeldet?«

»Nein. Und ich denke, es ist auch das Beste so.« Als Victoria ihm den Brief zurückgeben wollte, schüttelte er den Kopf. »Wenn Sie wollen, dürfen Sie ihn behalten. Noch etwas Kaffee, Victoria?«

»Ja, Herr Braun«, sagte sie und lächelte ihm zu.

Als Victoria nach Hause zurückkam, war es schon spät. Sie ging in ihr Zimmer und öffnete das Fenster, um die Abendkühle hereinzulassen. Vom Hof drang das laute Palaver der Kutscher zu ihr herauf, und irgendwo saß eine Amsel in der alten Linde und sang ihr Lied. *Letztlich hat jeder von uns seine Pflicht zu erfüllen, nicht wahr?* Alles hatte sich verändert, und doch war alles gleichgeblieben, und es war ein tröstlicher Gedanke, daß es so war. Victoria hörte, wie jemand ins Zimmer kam, aber sie drehte sich nicht um. Als sie eine kühle Hand auf ihrer Schulter spürte, wußte sie, daß es ihre Mutter war.

»Wo warst du?« fragte sie spröde. »Ich wollte dir zum Geburtstag gratulieren.«

»Ein bißchen spazieren und bei Clara. Und auf dem Friedhof, Mama.«

»Auch wenn du es nicht glaubst: Ich wollte immer nur das Beste für meine Kinder«, sagte Henriette steif, und als Victoria nichts darauf erwiderte, ging sie ohne ein weiteres Wort hinaus.

Das Beste. Hinter dem Tunnel sah sie das Netz. Es hing unter ihr, und es hatte jede Bedrohlichkeit verloren. »Doch, Mama, ich glaube dir«, sagte Victoria und schloß das Fenster.

◆

Am Abend des dreißigsten Oktober, kurz nach sechs Uhr, wurden die Andeutungen und Gerüchte zur Gewißheit, und eine gewaltige Detonation erschütterte den Clesernhof. Mit einem Schlag erloschen sämtliche Gasflammen, und zahlreiche Fensterscheiben gingen zu Bruch; durch die Wucht des Luftdrucks hoben sich die Treppen, Stufen rissen aus dem Mauerwerk, und die Geländer zerbarsten wie dünne Drähte. Obwohl noch viele Beamte in ihren Büros arbeiteten, wurde wie durch ein Wunder niemand verletzt.

Die Ladung Dynamit war unter dem Treppenabsatz im zweiten Stock versteckt und mit einem Zeitzünder zur Explosion gebracht worden. Es gab keinen Zweifel daran, daß der Anschlag Polizeirat Dr. Rumpff gegolten hatte, und noch am gleichen Abend setzte eine Verhaftungswelle ein. Jeder, der nur im entferntesten verdächtig schien, ein Anarchist zu sein, wurde ohne viel Federlesens eingesperrt.

◆

»Braun – bei Ihnen zieht's wie Hechtsuppe!« Grinsend deutete Richard Biddling auf das notdürftig verhangene, scheibenlose Fenster in Heiners Büro.

Die Freude in Heiner Brauns Gesicht war unübersehbar. »Wo kommen Sie denn plötzlich her, Herr Kommissar?«

»Aus Berlin, woher sonst? Man suchte zwei Freiwillige, die

den Frankfurtern ein bißchen dabei helfen, Anarchisten zu fangen, und da dachte ich: na ja, warum nicht? Polizeirat Dr. Rumpff ist übrigens sehr angetan davon, daß ich Ihnen endlich wieder Disziplin beibringen werde!«

»Nun ja ... Was sollte ich denn machen, als dieser dumme Mensch namens Bergmann mich ständig beleidigte«, sagte Heiner zerknirscht.

»Dieser *dumme Mensch* war immerhin Ihr Vorgesetzter! Sie haben ihn tatsächlich einen *jungen Schnösel* genannt? Unglaublich!«

»Also bitte, Herr Kommissar: Wenn er aber doch einer ist. Wie geht es Ihrer kleinen Tochter?«

»Prima. Kann nicht mal reden und tyrannisiert schon das gesamte Personal mit ihrem Geschrei.«

»Alle Achtung, aus dem Kind wird mal was werden. Und Ihre Frau? Ist sie diesmal mitgekommen?«

»Sie ist tot.«

Heiner sah Richard betroffen an. »Wie ...?«

Richard schluckte. »Es war das Fieber.« Verstohlen wischte er sich über die Augen. »Und dabei dachten wir doch alle, sie hätte es geschafft.« Stunde um Stunde hatte sie geschrien, die ganze Nacht hindurch, und mit ohnmächtiger Wut war er vor dem Schlafzimmer auf und ab gelaufen. *Warum muß sie so leiden? Warum?* Der Morgen dämmerte herauf, als Stille eintrat, und dann hatte er ein krächzendes Stimmchen gehört und war einfach ins Zimmer gelaufen. Aber die Tränen in Thereses blassem Gesicht waren erst versiegt, als sie gesehen hatte, wie er sich freute, obwohl sie ihm statt eines Sohnes nur eine Tochter geboren hatte. Er sah Braun an. »Das Schlimmste war, nichts dagegen tun zu können, hilflos mit ansehen zu müssen, wie sie langsam starb, verstehen Sie?«

»Ja.«

»Deshalb habe ich auch nicht mehr geschrieben. Ich brauchte einfach ein wenig Zeit, um über alles in Ruhe nachzudenken und«, Richard stockte kurz, »um Abschied zu nehmen.« Er verzog das Gesicht zu einem mißglückten Grinsen. »Aber jetzt denke ich, nun, ich denke, diese Stadt könnte ein Ort sein, um sich niederzulassen, oder?«

Heiner warf ihm einen aufmunternden Blick zu. »Es freut mich, daß meine Geschichten auf fruchtbaren Boden gefallen sind, Herr Kommissar.« Er überlegte kurz. »Was halten Sie davon, die Fortsetzung unserer Zusammenarbeit heute abend bei einem Schöppchen *Äppelwoi* zu feiern?« Richard nickte, und die unausgesprochene Frage stand ihm so deutlich auf die Stirn geschrieben, daß Heiner innerlich lächeln mußte.

Am Nachmittag klopfte Richard an Heiners Büro. »Ich habe beschlossen, daß es jetzt eine gute Zeit wäre, die vielgepriesene Freundlichkeit der Sachsenhäuser Apfelweinwirte zu genießen, Braun. Was meinen Sie?«

Heiner sah von seinen Akten auf. »Ähm, ja... Ich hatte eigentlich gedacht, später.«

»Aber Sie selbst haben doch...«

»Wenn Sie vielleicht noch ein Viertelstündchen Geduld hätten?« Heiner räusperte sich verlegen. »Ich müßte nämlich schnell Helena Bescheid sagen, daß...«

»Helena?« unterbrach ihn Richard verblüfft.

»Nun, Frau Müller, weil, nun ja ...«

Richard grinste. »Gehe ich recht in der Annahme, daß es dieses Mal nicht Meyers Konversationslexikon ist, was Sie treibt, Kollege?« Als er sah, wie der gestandene Kriminalschutzmann die Farbe eines pickeligen Schuljungen annahm, mußte er lachen. »Es sei Ihnen gegönnt, Braun! In einer Viertelstunde komme ich wieder.«

Zwanzig Minuten später gingen die beiden Männer über den Mainquai zur Alten Brücke. Als sie am Standbild Karls des Großen vorbeikamen, blieb Richard stehen. »Man sollte dieser Hirschkuh noch heute dankbar sein«, meinte er in Erinnerung an Brauns kleine Anekdote.

Heiner Braun lachte. »Ich hab's ja schon immer gewußt, daß die Preußen lernfähig sind.«

Richard lehnte sich gegen die steinerne Brüstung und ließ seinen Blick über den Fluß bis zu den breiten, offenen Quais und den eleganten Häuserfronten am jenseitigen Ufer schweifen. Dann sah er Heiner an. »Wissen Sie, was ich mich frage?«

»Was, Herr Kommissar?«

»Wie man eine Stadt lieben kann, Braun.«

Heiner schaute nachdenklich einem Schiff zu, das sich der Brücke näherte. »Vielleicht sind es die Sagen, die ihre Häuser erzählen, die Geheimnisse ihrer verwinkelten Gäßchen und

Gemäuer? Vielleicht sind es aber auch die Fabeln und Legenden, die sich um eine steinerne Brücke ranken, oder das uralte Gebot, auf ihr den Frieden zu wahren?« Er sah Richard an. »Aber bestimmt sind es die vielen glücklichen und traurigen Geschichten der Menschen, die in ihr leben und sterben.«
»Bestimmt, ja.«

Am nächsten Morgen hatte sich Richard mit seinem Brummschädel gerade hinter seinem Schreibtisch verkrochen, als Heiner Braun seinen Kopf zur Tür hereinsteckte. »Fühlen Sie sich in der Lage, ein kleines Verhör zu übernehmen, Herr Kommissar?« Richard unterdrückte ein Gähnen. »Irgendwie scheine ich die mir zuträgliche Anzahl von *Äppelwoi*-Schoppen immer noch nicht herausgefunden zu haben. Aber wenn's denn sein muß. Bringen Sie mir die Akte, Braun.«

Heiner grinste. »Ich glaube nicht, daß Sie dazu eine Akte brauchen werden.« Ehe Richard etwas erwidern konnte, war er verschwunden. Kurz darauf klopfte es zaghaft, und Victoria Könitz kam herein. Richard spürte, wie ihm vor Verlegenheit heiß wurde.

»Guten Tag, Herr Kommissar«, sagte sie. Auch ihr stand die Unsicherheit ins Gesicht geschrieben.

»Guten Tag, Fräulein Könitz. Nehmen Sie doch Platz.«

Sie setzte sich. »Ich wollte Ihnen ... Das mit Ihrer Frau tut mir leid.«

»Ja.«

Es entstand eine kleine Pause.

»Wie geht es Clara?« fragte Richard.

»Etwas besser«, antwortete Victoria. »Ihre Wahnvorstellungen sind fast verschwunden, aber ob sie jemals wieder gesund wird, kann Dr. Hoffmann noch nicht sagen. Er bemüht sich sehr um sie.«

»Man darf nur die Hoffnung nicht aufgeben.«

»Ja. Die Hoffnung ist das wichtigste.« Ihre Blicke begegneten sich, und Victoria wurde rot. »Ich hörte, Sie haben vor, diesmal für länger in Frankfurt zu bleiben?«

Richard lächelte. »Das kann man so sagen, ja. Dem Kindermädchen meiner Tochter gefällt es nicht besonders in Berlin.«

Ihr Blick zeigte Erstaunen. »Sie richten sich bei der Wahl Ihres Wohnortes nach den Wünschen eines Kindermädchens?«

»Sie ist eben ein gutes Kindermädchen. Ein sehr gutes sogar.«
Plötzlich dämmerte es ihr. »Louise ...?«
»Ich soll Ihnen viele Grüße von ihr ausrichten.«
»Wann kommt sie denn zurück?«
»Sobald ich eine passende Bleibe gefunden habe, gnädiges Fräulein.«
»Das ist schön.«
Wieder saßen sie sich einige Augenblicke schweigend gegenüber. Victoria atmete tief durch. »Also...«, begann sie zögernd, »warum ich eigentlich hier bin.« Sie schaute ihm direkt ins Gesicht. »Ich bin zu dem Schluß gekommen, daß Sie der Richtige für mich sind, Herr Biddling.«
Es war ganz und gar unschicklich, und es verstieß gegen jegliche Regeln, daß eine Frau sich anmaßte, so etwas zu sagen: Es war einfach völlig unmöglich! »Soll das etwa ein Heiratsantrag sein, Fräulein Könitz?« fragte Richard amüsiert.
Sie zuckte mit den Schultern. »Vielleicht, ja. Aber nur, wenn Sie zwei Bedingungen akzeptieren.«
Er lächelte. »Nun ja, ich denke, die erste ist nicht allzu schwer zu erraten, gnädiges Fräulein: eine Bibliothek, für die Sie die Bücher selbst aussuchen dürfen?« Sie nickte, und er runzelte die Stirn. »Und was wäre die zweite?«
»Daß Sie verdammt noch mal endlich damit aufhören, mich *gnädiges Fräulein* zu nennen!«
Er lachte. »Zu Befehl – Victoria!«
»Na dann: Worauf warten wir noch, Richard?«

Epilog

Der Begriff Kriminalpolizei leitet sich aus dem lateinischen Wort *crimen* (Verbrechen) ab, und die Anfänge ihrer Entwicklung lassen sich bis ins 18. Jahrhundert zurückverfolgen. Als älteste und traditionsreichste, als »Wiege der Kriminalpolizei«, gilt die 1810 in Paris entstandene Sûreté, als deren Gründer François Eugène Vidocq in die Geschichte einging. Der ehemalige Bagno-Sträfling hatte jahrelang im Kerker Seite an Seite mit den schlimmsten Verbrechern gelebt, bis ihm 1799 die Flucht gelang. Danach tauchte er zehn Jahre lang als Kleiderhändler in Paris unter und bot schließlich der Polizei seine Dienste an, als ihm der Verrat durch die ehemaligen Kumpanen drohte.

Vidocq war überzeugt davon, daß das Verbrechen nur durch Verbrecher bekämpft werden könne, und rekrutierte seine Hilfsmannschaft aus ehemaligen Häftlingen, die in den unterschiedlichsten Verkleidungen Verbrecherviertel durchstreiften, in Gefängnisse eingeschleust oder scheinverhaftet wurden. Auf diese Weise gelang es ihm, innerhalb eines einzigen Jahres mit nur zwölf Mitarbeitern achthundertzwölf Mörder, Diebe, Einbrecher, Räuber und Betrüger dingfest zu machen und Verbrecherquartiere auszuräumen, die vor ihm kein Polizist zu betreten gewagt hätte.

Als ein neuer Polizeipräfekt 1833 nicht mehr hinnehmen wollte, daß die gesamte Pariser Kriminalpolizei aus ehemaligen Kriminellen bestand, trat Vidocq zurück und eröffnete ein privates Detektivbüro (wahrscheinlich das erste der Welt), während sich seine bürgerlichen Nachfolger nicht scheuten, weiterhin nach seinen Prinzipien zu handeln und eine ständig wachsende Schar von Vorbestraften als Spitzel und Mitarbeiter zu beschäftigen.

Spätestens seit Mitte des 19. Jahrhunderts wuchs nicht nur die Bevölkerung in den Städten und der Entwicklungsstand der Industrialisierung rapide an, sondern auch die Anzahl der Kriminellen und deren Intelligenzgrad und Bildungsstand. Aus diesem Grund versagten die von Vidocq eingeführten Methoden immer öfter, vor allem auch deshalb, weil niemand mehr den Überblick über Zehntausende von Karteikarten und Photographien haben konnte. Hinzu kam, daß viele dieser Photographien eher künstlerischen als kriminalpolizeilichen Anforderungen genügten und zu Identifizierungszwecken häufig nicht zu gebrauchen waren.

Der sechsundzwanzigjährige Alphonse Bertillon, der als Hilfsschreiber im ersten Bureau der Polizeipräfektur von Paris arbeitete, war der erste, der wissenschaftliche Ideen in die polizeiliche Arbeit einbrachte. 1879 entwickelte er eine anthropometrische Methode zur Erfassung von Gesetzesbrechern. Grundlage dieser Methode waren die Forschungen des belgischen Astronoms und Statistikers Adolphe Quételet, der mit seinen *Quételetschen Kurven* bewiesen hatte, daß sich die Körpergrößen der Menschen nach einer bestimmten Ordnung verteilen und daß es keine zwei Menschen gibt, bei denen die Abmessungen aller Gliedmaßen übereinstimmen.

Bertillon war es auch, der einen später nach ihm benannten Stuhl in den Photolabors der Kriminalpolizei einführte, mit dem es möglich wurde, alle Straftäter in übereinstimmender Weise zu photographieren und damit die Identifizierungserfolge wesentlich zu erhöhen. Sein System der dreiteiligen Verbrecherphotographie ist bis heute Bestandteil des polizeilichen Erkennungsdienstes.

Bertillon wurde lange wegen seiner Ideen verspottet, bis man ihm Ende 1882 die Chance gab, sein anthropometrisches Karteisystem in der Sûreté probeweise einzuführen. Als es ihm im Februar 1883 tatsächlich gelang, einen Verbrecher mit seiner Methode zu überführen, begann der Siegeszug der *Bertillonage*, die Paris recht bald zum Mekka der europäischen Polizeiverwaltungen werden ließ.

Der Erfolg der *Bertillonage* verhinderte zunächst, daß sich eine andere Möglichkeit zur Identifizierung von Personen durchsetzte, nämlich die Abnahme von Fingerabdrücken, auf die der schottische Arzt Dr. Henry Faulds in Japan und der britische Verwaltungsbeamte William J. Herschel in Indien fast zur gleichen Zeit gestoßen waren. Dr. Faulds' Forschungsergebnisse wurden am 28. Oktober 1880 in der Londoner Zeitschrift *Nature* veröffentlicht, aber er wurde ebenso wie Herschel nicht ernst genommen. Als Faulds seine Erfindung dem Londoner Polizeipräsidenten anbot, hielt man ihn im Scotland Yard sogar für einen Schwindler.

Diese Einstellung begann sich erst zu ändern, als sich zwölf Jahre später der britische Vererbungsforscher Sir Francis Galton in seinem Buch *Fingerprints* ausführlich mit den Möglichkeiten des Fingerabdruckverfahrens beschäftigte und auch Vorschläge machte, wie man die verschiedenen Fingerbilder systematisch erfassen und ordnen könnte. Spätestens nach der Jahrhundertwende verdrängte dann die *Daktyloskopie* die *Bertillonage* immer mehr, und heute gilt sie als eines der besten polizeilichen Identifizierungsmittel überhaupt.

In Deutschland setzte man 1799 in der sogenannten *Criminalkommission* beim Berliner Kammergericht zum ersten Mal Kriminalbeamte ein, um Kapitalverbrechen zu untersuchen. Eine eigene Zuständigkeit zur Aufklärung von Kriminaldelikten erhielt die Berliner Polizei aber erst 1811. Zehn weitere Jahre dauerte es, bis Schutzleute in Zivil zur Verbrechensbekämpfung eingesetzt wurden, und wieder acht Jahre später gründete man beim Polizeipräsidium Berlin eine Kriminalabteilung, die sich aber erst 1879 endgültig aus der uniformierten Polizei herauslöste. Nirgendwo in Deutschland entwickelte sich jedoch eine Kriminalpolizei, mit deren Namen man wie bei der *Sûreté* und dem *Scotland Yard* Ruhm oder Legende verknüpfte, was vor allem der einfallslosen Nüchternheit des preußischen Beamtentums zugeschrieben wurde.

Vier Jahre bevor Galtons Buch *Fingerprints* erschien, hatte der Berliner Tierarzt Dr. Wilhelm Eber dem preußischen Innenministerium eine Denkschrift eingereicht, die sich mit den kriminalistischen Möglichkeiten des Tatortfingerabdrucks beschäftigte und der preußischen Polizei einen Anteil an der Entwicklung der Daktyloskopie hätte sichern können, wenn man sie ernst genommen hätte.

Ähnliches gilt auch für die Nutzung der gerichtsmedizinischen Erkenntnisse, deren Grundlagen unter anderem durch den Berliner Amtsarzt Johann Ludwig Casper in den 50er Jahren des 19. Jahrhunderts mitgeschaffen wurden. Zwar war die Organisation der Amts- und Gerichtsärzte im Deutschen Kaiserreich während der letzten Jahrzehnte des 19. Jahrhunderts besser als in vielen anderen Staaten, aber es fehlten entsprechende Institute und Einrichtungen, um die Grundzüge der forensischen Medizin zu vermitteln. Die Umstände, unter denen in Berlin noch in den 80er Jahren gerichtliche Leichenöffnungen vorgenommen wurden, spotteten jeder Beschreibung.

Eine der besonders umstrittenen Persönlichkeiten der Berliner Polizei war der 1850 zum Leiter der Sicherheitspolizei ernannte spätere Kriminalpolizeidirektor Dr. jur. Wilhelm Stieber. Er legte mit seinem *Practischen Lehrbuch der Criminal-Polizei* 1860 das erste kriminalpolizeiliche Lehrbuch in deutscher Sprache vor, wurde aber noch im Erscheinungsjahr wegen verschiedener Gesetzesverletzungen und willkürlicher Übergriffe vor Gericht gestellt und vom Dienst suspendiert. Von Bismarck protegiert, ernannte man ihn sechs Jahre später zum Leiter der Geheimen Militärpolizei. Er starb am 29. Januar 1882 in Berlin.

Als die Freie Stadt Frankfurt am Main im Juli 1866 nach der Niederlage Österreichs im preußisch-österreichischen Krieg von Preußen annektiert wurde, ersetzte man die liberale, allerdings auch nicht besonders effektive Stadtpolizei durch eine straff organisierte preußische Ordnungsmacht. Für viele Frankfurter Bürger galt das am 1.10.1867 gegründete Königliche Polizeipräsidium lange Zeit als ein Symbol für preußische Besatzung und Unterdrückung.

Eine Folge der politischen und sozialen Auseinandersetzungen gegen Ende des 19. Jahrhunderts war der Anarchismus, dessen Anhänger den Staat durch Attentate und Bombenanschläge umstürzen wollten. Dr. jur. Carl Ludwig Rumpff, seit 1867 Königlicher Polizeirat und Leiter der Frankfurter Kriminalpolizei und der Politischen Polizei, war über die Grenzen Frankfurts hinaus als Sachverständiger für anarchistische Verschwörungen bekannt und trat in mehreren Prozessen gegen Anarchisten auf.

Am 30. Oktober 1882 wurde ein Bombenattentat auf ihn verübt, das jedoch fehlschlug. Am Abend des 13. Januar 1885 wurde er im Hausflur vor seiner Wohnung Am Sachsenlager 5 in Frankfurt erstochen. Als Täter verhaftete man den 20jährigen Schustergesellen Julius Lieske aus Berlin. Er wurde zum Tode verurteilt und im Herbst 1885 durch das Beil hingerichtet.

Die Verantwortlichen für den Anschlag von 1882 konnten trotz größter Anstrengungen nie ermittelt werden.

Der »Einheitspolizist«, das heißt der uniformierte Schutzmann, der auch Kriminaldienst versah – in einer preußischen Kabinettsorder von 1848 noch als Regelfall bezeichnet –, wurde gegen Ende des 19. Jahrhunderts und in den darauffolgenden Jahren immer mehr durch speziell ausgebildete und eigenständig organisierte Kriminalbeamte ersetzt.

Kriminalkommissar Biddling und Kriminalschutzmann Braun, die beiden Helden des vorliegenden Romans, stehen somit für die Anfänge einer Entwicklung, die zur Ausprägung einer modernen Kriminalpolizei führte, wie wir sie heute kennen.

Nachruf.

Gestern Abend ist der Königliche Polizei-Rath

Dr. Rumpff

durch Mörderhand seiner Familie und seinem Amte entrissen worden. Seit Errichtung des hiesigen Königlichen Polizei-Präsidiums hat der Dahingeschiedene, welcher schon vorher seiner Vaterstadt Frankfurt a. Main als Offizier und als Polizeibeamter mit Auszeichnung gedient hatte, der Criminal-Abtheilung als Dirigent vorgestanden und mit unermüdlichem Eifer, mit nie rastender Thätigkeit und hingebendster Aufopferung seiner Person die schweren Pflichten seines Amtes, getreu bis zum Tode, erfüllt. Nun ist er nach Gottes unerforschlichem Rathschlusse in seinem Berufe, wie der Krieger auf dem Felde der Ehre, dahingerafft, – ein Opfer seiner erfolgreichen, muthigen und unerschrockenen Pflichterfüllung.

Als leuchtendes Vorbild eines pflichtgetreuen Beamten wird der Heimgegangene uns alle Zeit unvergessen sein.

Frankfurt a. M., den 14. Januar 1885.

Im Namen der Beamten des Königlichen Polizei-Präsidiums:

von Hergenhahn
Polizei-Präsident.

Quellennachweis

Um mich über die Frankfurter Stadtgeschichte, den Entwicklungsstand der Kriminalistik im späten 19. Jahrhundert und die Art und Weise zu informieren, wie unsere Ur-Urgroßeltern lebten und dachten, habe ich unzählige Bücher und Schriften zu Rate gezogen, von denen die wichtigsten nachfolgend genannt werden.

Walter GERTEIS, Das unbekannte Frankfurt, 3. Bd., Frankfurt am Main, 1971.

Kurt KRAUS, Frankfurter Polizeigeschichte, Gackenbach, s. d.

Jürgen THORWALD, Das Jahrhundert der Detektive, Zürich, 1964.

Wilhelm STIEBER, Practisches Lehrbuch der Criminal-Polizei, Reprint der Originalausgabe von 1860, Zentralantiquariat der DDR, Leipzig, 1983.

Martin KESSEL (Hrsg.), Zwischen Abwasch und Verlangen, Zeiterfahrungen von Frauen im 19. u. 20. Jahrhundert, München, 1995.

Gerhard SCHILDT, Frauenarbeit im 19. Jahrhundert, Pfaffenweiler, 1993.

Heinrich HOFFMANN, Schriften zur Psychiatrie, Frankfurt am Main, 1990.

Die im Roman verwendeten Literaturzitate stammen aus:

Edgar Allan POE, Der Doppelmord in der Rue Morgue und andere Verbrechergeschichten, Frankfurt am Main/Berlin, 1987.

Dr. Heinrich HOFFMANN, Der Struwwelpeter oder lustige Geschichten und drollige Bilder für Kinder von 3 bis 6 Jahren, Nachdruck der Frankfurter Originalausgabe, s. l., s. d.

Das im Roman verarbeitete gerichtsmedizinische Gutachten beruht auf einem authentischen Fall, der sich 1882 in Ungarn zutrug.

Dr. Heinrich Hoffmanns »Vielfarbige Fauna der Ärzte« entnahm ich seiner Rede, die er 1883 in Frankfurt am Main zur Feier seines 50jährigen Doktorjubiläums hielt.

Der Abdruck des Nachrufs auf Polizeirat Dr. Rumpff erfolgte mit freundlicher Genehmigung des Stadtarchivs in Frankfurt am Main.